罗兰小语

（上）

罗 兰 著

当代世界出版社

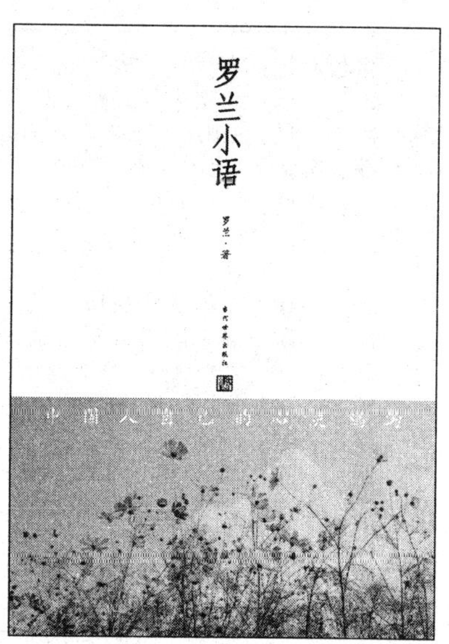

责任编辑： 高玉琪
封面设计： 蒋宏工作室

图书在版编目（CIP）数据

罗兰小语：全2册/罗兰著．—北京：当代世界出版社，2011.11

ISBN 978-7-5090-0793-8

Ⅰ.①罗… Ⅱ.①罗… Ⅲ.①散文集—中国—当代 Ⅳ.①I267

中国版本图书馆CIP数据核字（2011）第225030号

著作权登记号 图字：01—2011—6913

出版发行：当代世界出版社
地　　址：北京市复兴路4号（100860）
网　　址：http：//www.worldpress.com.cn
编务电话：（010）83907528
发行电话：（010）83908410（传真）
（010）83908408
（010）83908409
经　　销：全国新华书店
印　　刷：北京欣睿虹彩印刷有限公司
开　　本：700毫米×960毫米　1/16
印　　张：35
字　　数：573千字
版　　次：2012年6月第1版
印　　次：2012年6月第1次
书　　号：ISBN 978-7-5090-0793-8
定　　价：44.80元（上下册）

目 录

人生小语

睡眠·营养 …… (2)
想 …… (3)
敝屣 …… (4)
猫科 …… (6)
老人 …… (7)
看戏的傻子 …… (8)
何必轻生 …… (10)
谈信教 …… (12)
什么也不信 …… (13)
静一静·想一想 …… (14)
偷闲一游 …… (16)
谈忙 …… (17)
认清自己 …… (19)
柔韧 …… (22)
人事·职位 …… (29)
初入社会 …… (31)
互助合作 …… (32)
青年 …… (33)
教育 …… (36)
鼓励 …… (40)
善恶 …… (41)
朋友之间 …… (44)

风度 …… (49)
辞令 …… (50)
应酬 …… (51)
原谅·宽恕 …… (53)
含蓄 …… (55)
弱点·嫉妒 …… (55)
金钱 …… (57)
忘忧 …… (59)
宁静 …… (61)
淡泊 …… (63)
豁达·洒脱 …… (66)
送你一首古人的“小”曲 …… (68)
心灵上的舒展 …… (69)
生之乐趣 …… (71)
快乐的共鸣 …… (73)
境由心造 …… (75)
加减乘除 …… (76)
谈紧张 …… (77)
再谈紧张 …… (79)
请勿苛求 …… (81)
反省的限度 …… (83)
谈正常 …… (85)
邻居的花园 …… (88)
寄情 …… (89)
忙工作，忙玩 …… (91)
赤子之心 …… (92)
老人 …… (94)
尽力而为 …… (97)
取与舍 …… (99)
豪迈豁达的胸襟 …… (101)
谈快乐 …… (105)

快乐小语 …………………………………………………… (107)
做事之乐 …………………………………………………… (113)
经验与热情 ………………………………………………… (117)
谈走入社会 ………………………………………………… (120)
谈内向 ……………………………………………………… (123)
工作小语 …………………………………………………… (125)
谈性向 ……………………………………………………… (130)
谈胆识 ……………………………………………………… (134)
谈决心 ……………………………………………………… (136)
我们的来处与去处 ………………………………………… (138)
谈谈寂寞 …………………………………………………… (142)
快乐的种子 ………………………………………………… (143)
生活情趣 …………………………………………………… (145)
随遇而安 …………………………………………………… (147)
知足常乐 …………………………………………………… (148)
清醒与糊涂 ………………………………………………… (150)
谈果决 ……………………………………………………… (151)
笑 …………………………………………………………… (153)
人生偶得 …………………………………………………… (154)

励志小语

火种 ……………………………………………………… (162)
给失败者 …………………………………………………… (163)
战胜环境 …………………………………………………… (164)
由林海峰谈起 ……………………………………………… (166)
冲破苦闷 …………………………………………………… (168)
出路问题 …………………………………………………… (170)
春风化雨 …………………………………………………… (173)
童心 ………………………………………………………… (176)

好人与坏人 …………………………………………………… (178)
谈节俭 …………………………………………………… (180)
凿井 …………………………………………………… (182)
谈争 …………………………………………………… (184)
“闲”会使你累 …………………………………………………… (186)
减少应酬 …………………………………………………… (187)
跟上时代 …………………………………………………… (189)
成年人的学习 …………………………………………………… (191)
拓展与圆满 …………………………………………………… (193)
实行 …………………………………………………… (196)
忙碌与进取 …………………………………………………… (199)
耕耘 …………………………………………………… (203)
专精 …………………………………………………… (205)
学习 …………………………………………………… (207)
快乐的工作 …………………………………………………… (208)
快乐的来源 …………………………………………………… (210)
生动 …………………………………………………… (214)
苦闷 …………………………………………………… (216)
成功 …………………………………………………… (217)
推动自己 …………………………………………………… (220)
克服惰性 …………………………………………………… (222)
对的起点 …………………………………………………… (224)
果断与担当 …………………………………………………… (225)
为了快乐 …………………………………………………… (227)
我们的路 …………………………………………………… (230)
战胜自己 …………………………………………………… (232)
目的要纯正 …………………………………………………… (234)
想到就做 …………………………………………………… (235)
急不如快 …………………………………………………… (237)
责任感 …………………………………………………… (238)
关于命运（一） …………………………………………………… (239)

关于命运（二） …………………………………………………………… (241)
目标 ……………………………………………………………………… (242)
坚强·独立 ……………………………………………………………… (246)
理想 ……………………………………………………………………… (249)
勇往直前谈人生 ………………………………………………………… (250)
面对现实 ………………………………………………………………… (255)
人生逆境 ………………………………………………………………… (257)
初生之犊不怕虎 ………………………………………………………… (258)
励志小语 ………………………………………………………………… (260)
处世小语 ………………………………………………………………… (264)

人生小语

睡眠·营养
——好吃懒做的哲学

我们常在报纸或杂志上看到一些所谓养生之道的文字。这些养生之道除了告诉人们一天需要多少“卡路里”，该吃多少蛋白质，多少淀粉，多少铁质，多少盐分，多少牛奶，多少蔬菜水果之外，就是告诉我们该补充多少维他命，然后就是告诉我们要有充足的睡眠。

日子久了，大家不免觉得似乎如要维持健康，使青春永驻，就得多吃多睡。换句话说，这是一种好吃懒做的哲学。久而久之，自然会养成人们一种追求物质，耽于安逸的观念。因为如要营养丰富，睡眠充足，达到“多吃少动”的目的，势必非有钱不可。如此推演出来的结论，会使人产生一种错觉：认为只有追求金钱财富，使我们养尊处优之后，才可以保持健康和青春。

然而，我却认为这种想法有很大的毛病。第一，它慢慢地使人忘记了身体是应该锻炼的和精神是需要源头活水来灌溉的。第二，人们注重“吃睡”的结果，只养成了一个痴肥的身体；却已禁不起劳动，以及由于缺少清晨新鲜空气的滋养，会越睡越觉昏昏沉沉，以致体内充满了浊气和暮气。

因此，我觉得我们应该去寻求那清醒鲜亮的意识，积极进取的精神。让我们重新相信——活动的力量来自活动……真正的健康只有从勤劳之中才能够得到！

让我们相信，只有在真正饿了的时候，吃进去的东西才能发生作用。即使这些饭菜中所含的养分和讲究营养的人们的饭菜比起来，相差很多，可是，因为后者因不劳动而没有饥饿的感觉，勉强吃下，营养不能发挥作用，仍是等于浪费。而且，对那些迷信“睡眠有益健康”的人，我们似乎也应该提醒他们——可能他那晚上睡不着觉的毛病正是因为白天睡得太多和太缺少劳动所致。

固然，营养对健康的密切关系不容否认。譬如，日本人因为讲求营养而长高了；杨传广到了美国，吃得好，因而成绩进步了等等。不过，我们更应该承认，日本人体格的进步，多半还是由于他们对体力操作和运动的认真。

一个民族的健康和朝气，在于他们是否“起得早，练得勤”，其次才是他们“吃”什么。只知讲究营养，而没有吸收营养的胃口，即使喂得很胖，也是不堪一击，也不是真正的健康。

想

有一位应征“你怎么办有奖征答”的听友，在他的答案后面写了一句话：“谢谢你给我想的机会。”

要说脑子是自己的，想不想之权，应该操在自己手里。但是，我们时常会在不知不觉中，让脑子投闲置散，成天尽管手脚不停地忙，脑子却很少活动的机会。有时，虽然我们也感觉到，不该把脑子的工作机会剥夺掉，但只因我们已习惯于不思不想，或一时觉得没有什么可想，而不知从什么地方想起。好像一个没有接上电源的马达，没有原动力，就只好在那里静止着。而一旦有了外界的刺激，触动了脑子的电源，使它有了活动的机会，就觉值得感谢了。我想这就是那位听友在答案后面附上那句话的道理。

林语堂博士曾谈到“安卧眠床”和“坐在椅子上”的哲学。这位“近情”的哲学家，把“用思想”这件事看得很重要。他觉得与其做一个谈不到效率和成绩的“无事忙”，不如做一个静下来思想的人物。他强调有许多伟大的事业，伟大的发明，不朽的著作，都是在形体静止而头脑活动的时候产生出来的。

不过，他这种说法很容易被不了解这个道理的人们误会为“懒人的哲学”。而且事实上，如果我们也像他老先生那样，一天倒有十四小时坐在椅子上去思想，一定会被所有的人骂为懒惰虫。何况，在我们没有把握能想出什么了不起的道理来以前，倒先学会了坐在那里不动，也未免说不过去。所以，我时常留神在日常生活中找一些可以两全的办法。既显得忙，又不耽误用思想，结果很有收获，愿意在这里把它提供给喜欢用思想而又不愿担“懒惰”之名的朋友们，特别是既忙碌，又在习惯上被认为不该懒着不动的女同胞们。

我时常用织毛线来做我用思想时的掩护。当我一面像很认真地在努力织毛衣时，一面可以偷偷地在心里思想许许多多的道理。因为我知道假如我手上没有拿着毛线在织，而只是呆坐在那里想，不但别人会觉得我莫名其妙，或笑我浪费光阴，就连我自己也会觉得不好意思，而且还会由于心情紧张怕人讥笑而想不下去。此外，洗衣服、洗碗碟、擦地板，以至于坐在那里写小楷字，都可以给脑子的工作做烟幕。当然，也许有人认为这是一种注意力不集中，心有二用的坏作风，那就得看你认为是哪一头儿比较重要了。

男人们，自然不便织毛衣，洗碗碟；但他们却比较有自由去坐在椅子上深思熟虑。而且当他们坐在椅子上深思熟虑的时候，他们的家人或太太还有义务为他们管制噪音，以便不打断他的思绪。所以，我倒不打算对男士们提出什么特殊建议。不过，假如我是他们的活，我也会尽力多把握一点用思想的机会。譬如，上下班坐交通车的时候，旅行的途中，散步的时候，听无聊的人物做冗长的演讲的时候，上你所不喜欢的课的时候，替太太抱孩子的时候，睡不着觉的时候……等等。

无论如何，思想是要用的。它不但是我们发现真理的途径，而且可以为我们解除许多烦恼，消磨许多无聊的时刻。日本作家厨川白村说："思想和金钱是相反的，越是用出去，内容就越丰饶。如果停止不用，泉源就涸竭了。"所以，奉劝诸君，金钱尽可节约，思想却不必怕浪费。

敝 履

世界上最可敬佩的人就是那些能够化腐朽为神奇的人。

前几天，我的皮鞋坏了，拿到附近一家修理皮鞋的店里去修。

修鞋的人是个三十多岁的人，另外有一个驼背的小孩子，大概是他的学徒。这间铺子里有一架缝鞋的机器；这大概是唯一比较值钱的东西。其余就是一张破旧的两个抽屉的桌子，一个旧洋铁罐，里面装的是钉子。修鞋的人坐在矮竹凳上，膝上铺着一块很脏的布。他的两只手，又粗又黑，满是油污泥垢。那个小学徒弯着身子，用钉子钉一双鞋的前掌。地上堆的满是些破旧难看的鞋。

古人形容抛掉一个极端被厌弃，最不值一顾的东西，为“弃如敝履”，可见天下最令人厌弃的东西之一，就是破鞋。但在这间修鞋店的小门面里，触目者，皆是敝履。虽然人人都是喜欢美好、新鲜和干净的，但是，送到他们这里来的，就永远没有一件美好、新鲜、干净的东西。

一个人从事这种职业，不用说，是很悲哀的。因为，这是一种很苦的、很卑下的职业。

但是，当我站在那儿，继续看的时候，我看见他用他那双油污的手，一点也没有嫌恶的表情，拿起那穿脏了的破鞋，放在膝上，敏捷地缝，仔细地剪，像欣赏一件艺术品那样，用刀子削去多余的、不美观的部分，再拿到缝鞋机上去，用熟练的手法，缝起上面开线的地方，然后拿起油污的布，涂上一层油，再把它擦亮。

当他把这双几乎要被我扔掉的鞋，交到我手上的时候，它已经完全面目一新了。我再把它穿到我穿着玻璃丝袜的脚上，它闪闪发光，就像未破以前一样，很神气地为我继续服务。当我穿着它来上班或上街，或看朋友的时候，它一样可以配得上我的衣服，一点也不显得寒酸。而这代价仅仅是二十三元。甚至于如果我会讲价钱的话，它还可以更少。

这在我看来，真是值得感谢。因为，即使别人给我二百三十元，我也不会把一双又破又脏的鞋，改头换面到这个程度。即使我会，我也宁愿花这些钱，找别人来替我做。所以，当我接过那双皮鞋的时候，付过了钱，还直向他道谢，我觉得他是这样的值得敬佩。

世界上最可敬佩的人，就是那些能够化腐朽为神奇的人。他们以极少的代价，为我们做最需要的工作；而平常，我们只拿他们当做卑微的工匠。

事实上，不但是他们，在我们日常生活中，随处都可以找到一些人，他们的工作是我们所不屑为的，但我们却是非得求他们不可的。如果我们能了解到自己生活在这个社会里，究竟对别人有没有实际的贡献的话，相信我们可以生活得比较心平气和得多。

猫　科

台北动物园中最能吸引游客的是老虎。因为老虎是猛兽，如果不是被关在铁槛里，我们是没有胆量去仔细观察它的。而即使它被关在铁槛里，我们也依然可以看出它那万兽之王的高贵身份，它的一动一静也仍然气宇轩昂，并没有因为它的不得志而表现出一点潦倒畏缩的神情。

动物园为了使观众了解各种动物的身世，在每一种动物的门槛上都钉着一个木牌，上面简略地写出它的名称，产地，以及在动物学上的分类。老虎槛上写的是“虎”，下面有两个字的小注，写着“猫科”。

我不知道当初生物学家们给动物编制族谱的时候是根据什么原则。但我每看到“老虎属于猫科”的时候，就不由得猜想当初那位生物学家在做这个工作的时候，掺入了亲疏远近的人事关系。因为猫和人类比较有交情，所以虽然猫在体形和本领上都不是老虎的对手，却仍把老虎编作了“猫科”里的一员。

猫这种小东西长得很漂亮。它有老虎的灵巧、活泼，也有老虎的那份风仪，但是它决不会像老虎那么令人望而生畏。它生长在我们家庭里，乖乖地做我们家庭中的一分子。看到我们情绪好的时候，它会爬到我们膝上或肩上，呼噜呼噜地腻一阵子。碰到我们情绪不好，它就很知趣地避开。它偶尔也抓一只老鼠或蟑螂表演一下它的老虎作风；但那只是表演，它不会真的为我们兴利除害。因为它如果可以偷到一条鲜鱼，它还是宁愿放弃老鼠。而且因为它乖巧柔顺，它又可以给我们的小孩提来提去，拿它当小老虎玩，因此，我们和猫的私交总是十分亲密的。

老虎却不懂得这些。它愿意啸傲山林，自食其力，而不愿低声下气地受人类的豢养。在它眼里，这个世界还是虎类的天下，而不是人类的天下。在它看来，也许除了觉得人类的肉有点酸之外，对我们人类一点也不重视。所以，这才大大地伤了我们这万物之灵的自尊心。那末好了！既然如此，当我们万物之灵运用智慧给其他“不灵”的万物分门别类，编制族谱的时候，你老虎再怎么厉害，也得“对不起，您委屈一点，做我们好朋友‘猫’科里的一员吧!”

当然，我说这话，并不是希望生物学家再破除“人事关系”，外举不避仇地来个大翻案，把猫编入老虎科。因为老虎这个东西，无论如何，总是个不通人情的东西。在我们没有办法说服老虎，使它相信这个世界是人类的天下以前，自然希望生物学家们不要冒这个险，以免纵虎归山，闹得天下大乱。因为，我也和当初那位生物学家一样，想来想去，还是猫比老虎可爱一点。

我相信，这点道理可以给那些自叹怀才不遇的人们一点安慰。因为，你虽然被委屈在“猫科”里做了不能出头的一员，但事实上，你总归还是一只令人不敢轻视的老虎。你也因此应该原谅那些不敢使你露出头角的人们，原谅他们是这样的胆小，惟恐纵虎归山，会使天下大乱。而且你还应该因此而心平气和，因为猫的乖巧柔顺，正是老虎所看不起而永远也不屑于去学习的。那么你的得不到宠幸和援引，也就是理所当然的事了!

老　人

一天，我坐 25 路公共汽车由二女中到衡阳路去。车到新生北路站的时候，上来了一位老头儿，手里提着两大箩喜饼。

常坐公共汽车的人都知道，公共汽车为了节省时间，往往是乘客一脚上车，服务员就一面吹哨，一面拉门。腿脚要十分敏捷利落才会站得稳。而这个老头儿两手拿着东西，上得车来，刚把东西弯腰往地上一放，还未来得及站直身躯，车已开动，他就跟着往前一扑，两手落地。这时坐在他附近的一位乘客连忙伸于把他老人家扶了起来，并搀着他坐下。

我一看，原来扶他坐下的这位也是个老头儿，和刚上来的这位，年纪差不多，头发和胡子都白了，手里拿着个拐棍儿。那位老头一面坐下，一面自己叹息着：

“年纪老啦！不行啦!”

“我还不是一样?”搀扶他的那位老人说，“您多大岁数啦?”

“没有多少啦！只有七十岁。”老头儿回答，谦虚地笑着。

“我比你大几岁，七十五啦！看起来你比我还永健。”

“不行啦！去年差一点死翘翘。”

全车的人都笑了。他们两人也笑了。

两个老头儿谈得很投机。依我看来，两个人都很“永健”。别看都七十多了，除了头发胡子白之外，精神都很足，腰板也很挺，一点也没有老态龙钟的样子。而且更令人佩服的是：他们看来都很快乐，和充满着自信。

本来我们因为看见老人家上得车来，没站稳，车就开了，因而跌了一跤，心里未免有点不舒服。但是，他们二位老人家却一直谈笑自若，认为跌跤之过，在于自己老了，如此而已。而且他们并不觉得在全车乘客之前跌跤是件难为情的事，也不打算追究责任。在他们饱经世故的眼里，“这算得了什么呢?”“没有什么事是值得紧张气恼，或不可原谅的。”

他并不打算把站不稳的责任归罪于司机或车掌，他们更不会怪那些眼明身健的年青乘客竟不先让个座位给他，而只一心谈论着快要出嫁的孙女，和当兵回来马上娶媳妇的孙子。好像这个世界一直对他们都很宽厚仁慈，好像七十多年的人生经验足够他们了解，愁苦气恼的不必要，和快乐知足的可贵。

他们俩这样一问一答地谈着，又亲切又安详。使全车的人们也跟着觉得轻松愉快起来。车里因为有了两位老者风趣地谈笑，而觉得初冬的阳光格外温暖了。于是这些没有来得及搀扶老人的人，没有让位子给他的人，以及不等老人坐好就吹哨开车的车掌，都好像因此而得到了赦免，觉得心里宽畅起来了。

西哲说：“这个世界假如没有儿童，该是多么寂寞！”而我却想说：“这个世界假如没有老人，该是多么寒冷啊！”

看戏的傻子

有一位听友来信和我谈起，他每看到情节悲伤动人的电影，就忍不住哭。可是，在电影院哭是一件很难为情的事，真不知道怎么办才好。他问：

“怎么样才可以使自己不至于哭出来呢?”

有句俗话说:“演戏的是疯子,看戏的是傻子。”舞台或银幕上的演员在那里学着别人的动作,表演着别人的苦乐悲欢,细想起来,真难免有些疯疯癫癫。而台下看戏的人们却又明知眼前一切是假,而还要把假当真,跟着剧中人去哭哭笑笑;冷眼旁观的话,也真都是一些糊涂执迷的傻子。不过,说也奇怪,我们每一个人又都是在人生舞台上不知不觉地做着演戏的疯子,而且在做了一阵疯子之后,又会自动情愿地跑到戏院去做一回看戏的傻子。似乎人们对于做演戏的疯子和做看戏的傻子,同样的有着莫大的兴趣。

同时,我们也似乎可以相信,假使人们对做演戏的疯子和做看戏的傻子都消失了兴趣的话,那么也就没有人生了。换句话说,人生就是靠着这点认真执迷的疯疯傻傻,才会显得多彩多姿的。

然而,我们却该认清一点,演戏的虽然像是疯子,但他们却是有意识的疯子,他们知道自己是在演戏。假如一个人在台上哭哭笑笑,而并不知道自己是在演戏的话,那他可就真是个疯子了。同样的道理,看戏的虽然在认真看戏的时候,不妨像个傻子,但是假如他忘了自己是在看戏,而真的像一个笑话里所说的那样,跑上台去把台上的曹操杀了的话,那他也就真的是个傻子了。

因此,不管我们是演员,还是观众,都该维持那点有意识的清醒,而在必要的时候可以想起:“哦!这只是一场戏!”

这样,你就可以知道怎样才不至于在电影院为悲剧情节痛哭失声了。

当你看到银幕上的人物生离死别,气氛哀伤绝顶,你的眼泪涌上来,鼻子发酸的时候,你就该马上把眼光的焦点离开银幕远一点,使你的视界除了银幕上的人物布景之外,同时也看到了银幕四周的帏幔,舞台旁边“No-Smoking”的告示,精心设计的戏院天花板,以及那坐在你前面,正在为戏中人掉眼泪的芸芸众生。在这一刹那之间,你会发觉,自己已经很快地由那虚构的悲剧气氛中退了出来,变成了一个有意识的旁观者。你不但觉悟到,那只不过是一场戏,而且你还看见其他观众的不能置身事外,而觉得有些好笑。这时,你就可以用较为轻松的心情继续去看银幕上的戏了。

这是使自己做个清醒观众的好办法,也是使自己过清醒人生的好态度。在戏院里,我们该做认真而又有意识的观众。在人生舞台上,我们该做认真而又有意识的演员。为了使人生不至真的幻灭而成为冷寂的虚空,我们一定要有故意不去看破的执迷,这就是认真。但为了使自己不至掉入人间苦乐的幻景中而不能自拔，我们更一定要有随时把镜头拉开，而觉悟到“这是一场戏”的清醒，这就是有意识的豁达。

能做到这样，我们就不但可以避免做在戏院里看戏的傻子，也可以避免做在人生舞台上演戏的疯子，而能够过一种快乐而又超然的生活了。

何必轻生

好莱坞影星玛丽莲·梦露的自杀是一九六二年娱乐界的大新闻。人们谈论的除了她为什么自杀之外，是她死的时候，手里握着电话听筒。因为由这点迹象看来，人们猜测她可能是打电话找人来救她，但未等电话接通，她就已经支持不住了。

这种猜测是有理由的。因为根据许多事实，我们都可以证明，自杀的人在接近死亡的时候，都一定会后悔自己为什么要自杀。我们可以想象，这种后悔一方面是由于毒性发作的痛苦，一方面是由于在明白自己确实就要离开人世的时候，会突然记起世间有许多可爱的东西和可留恋的人或事。因此，她会在一时之间大彻大悟，觉得无论如何，还是活下去才对。

不久以前，台北曾有两个风尘女郎一同自杀。死到一半的时候，就都不想死了。在医院急诊室里急救之后，其中一个在痛苦呻吟中问护士：“我不要紧吧?”报纸的记者描写当时的情景说：“那位护士小姐很不耐烦地答道：‘死不了啦!’”护士小姐宣判的语气虽然冰冷，但在自杀求救的这位女郎听来，都如同逢了大赦，心中定有一百万分的欣慰与感激。而在看报的人们看来，又不免想：“这真是何苦来?早知如此，何必当初呢?”

有些人会以为自杀是件很干脆的事，没想到它的痛苦比他们所要解决的痛苦还要厉害几千万倍。因此才会在几分钟之前还在“求死”，几分钟之后又迫切地求救命了。

曾有一位朋友说：“既有死的勇气，难道还不能拿这个勇气来解决问题，好好活下去吗?”

没有比“死”更严重的问题。拿出勇气来面对生活，才是最好的生活态度。固然说，生活中确有许多拂逆的遭遇、难解决的问题和深重的痛苦。但是，我们要退一步想的是：这拂逆，这难题，这痛苦，都不只是我一个人才有机会遇到的，而是世界上很多人都有机会遇到的。像经商失败、失去亲人、被爱人遗弃、失去了财产、事业不如意、身体上的病痛等等，又哪一件痛苦不是世界每一个角落都有的？世界上又哪里有几个真正万事如意，永远没有痛苦的人？而每一个人不还是在继续走着他所应走的路吗？

我当然并不希望你完全忘却痛苦，强做乐观。我所要建议你的是，把你看人生的镜头拉开一点，从近景变成远景。这时，你会发现，许多人生过程中一次又一次的痛苦和挫折就变为渺小，渺小得几乎看不见了！而你这时所看到的，将是我们从出生到老死之间，这段短短的距离。

西班牙有一幅名画，描写人生如渡险桥，两端云雾迷蒙，人都从不可知处来，向不可知处去。但不可知的来处与那不可知的去处，却就是那漫漫不可捉摸的永恒。这段“人生的险桥”，不过是从此岸到彼岸之间的一段旅程，我们既已降生人世，走上这座险桥了，那末，尽管这桥上险象环生，我们却已后退无门而只有小心认真地把它走完，才可到达彼岸。中途坠落桥下，或停顿不前，不但不能得到平安，反而会流落深谷，迷失路途，掉入更难测的艰苦与迷茫中去。

所幸的是，这险桥并不太长，仅有七八十年的旅程，何况它虽然惊险，但也并不缺乏乐趣。我们有名山大川可以留连，有诗文音乐可以欣赏，有亲情友爱可以享受。能来到这人世上游览一番，也并不坏。应该“既来之，则安之”。所有一切的人间苦乐，就都不应该去逃避。正相反，我们不妨认真地体尝一下，究竟人生是怎样的苦，是怎样的乐，是怎样的多彩多姿。因为它本不是一段永无尽头的险桥，也不是一出永不闭幕的戏。为怕痛苦而想从人生的舞台上早退，那不是负责任的演员所应有的行为。

奉劝所有对人生抱悲观的朋友，请千万收拾起你灰黯的心情。人生只有几十年，这世界虽不美满，却也足够多彩多姿。你可以认真热烈地亲自做人生舞台上的演员，也有时可以退在一旁，欣赏欣赏别人的戏。这几十年，我们会觉得忙不过来，而没有多少时间去发愁。

我们要像个内行的旅行家那样的认真而愉快地走我们的人生旅程。七八十年的寿命正好够我们欣赏留连。然后以倦游满足的心情告别尘世，没入险桥彼端的苍茫中去。这难道不是很理想的生活态度吗，何必轻生呢？

谈信教

台中大甲镇一位李先生给我一封信，他信中提到我在节目中答复一位小姐来信的时候，我曾说了一句："我不信任何宗教。"因此李先生问我："你为什么不信宗教？你认为'神'是否存在？有人说教堂是人生避难所，这句话正确吗?"

关于李先生这封信，在我回答之前，我首先要更正我上次那句话。因为我不能说"我不信任何宗教"。这句话听起来过于武断。而我应该说："我目前还没有任何宗教信仰。"这样就比较合理。因为在一个人没有机会深入地去了解宗教之前，他是没有理由说他信与不信的。

我方才说：我"目前"还没有任何宗教信仰，是因为我不敢预言我以后是否一直没有任何宗教信仰。一个人在年纪轻的时候，环境顺利的时候，往往不会有心去了解宗教。大多数参加宗教活动的人，对宗教的了解并不深。而我虽然有很多机会和宗教团体接近，我也曾每礼拜进教堂，但在我认为自己还没有十分了解宗教的真义之前，我不愿盲目地去信。我知道，这种态度可能有所改变的，也许由于年纪，也许由于环境。

二十年前，林语堂博士曾用他犀利的词锋强调"没有永生"、"没有天堂"、"尘世是唯一的天堂"。但是二十年后，这位自称为"异教徒"者，竟做了基督的信徒。凡是看过他的那本名著《生活的艺术》的人，大概都对这位哲学家那种入世而清醒的哲学，佩服和感动。林语堂博士在那时，相信"死"就是整个的完了。他强调我们只有这"一生"，而没有"永生"。他认为这样是"很好的"。因为这样，他说我们就可以知道人类的寿命有限（很少可能活到七十岁以上），因此我们必须把生活调整，在现实的环境下，尽量地过着快乐的生活。

这是二十年前，四十多岁的林语堂博士用英文写那本《生活的艺术》时的论调。但是二十年后，他六十多岁了，他信了宗教。

我们可以想象：这位幽默大师，忽然推翻了他那"尘世是唯一的天堂"的信念，而开始相信永生，一定有他的道理在。所以，我们现在不信宗教，可能是因为我们对世事的看法还没有达到皈依宗教的境地。

我觉得，我们对宗教信仰是应该像林语堂博士这样听其自然的。当自己认为没有理由信仰的时候，当然不能勉强装做去信仰。而当自己认为对宗教有了另一种看法，而衷心愿意去皈依，认为只有这样才是“对的”的时候，就不妨去皈依宗教。我相信任何宗教都欢迎真正的信徒，而并不欢迎有所为而来，存有自私自利念头的信徒。

在我们还没有领悟到应该怎样去爱“神”之前，如果我们能切实做到爱“真理”和爱“人”的话，我们相信那伟大的“神”一定也同意并欣赏我们的这个做法的。这样我们是否有宗教信仰，对我们的为人做事就毫无影响。宗教的意义也无非是劝人为善，舍己为人。我们做到这一点，相信任何神都会保佑我们的。

至于李先生最后问：“有人说教堂是人生避难所，这话是否正确?”在我个人认为，我们好像不应该到自己有“难”临头的时候，才跑到教堂去避。那等于是临时抱佛脚，神大概不会欢迎这种“平日不烧香”，“临难苟免”的假信徒。

神是肯自己受难来拯救世人的，他一定也希望世人有面对危难拯危救亡的勇气和襟怀，而不希望世人懦弱到一遇危难就到教堂去躲避。

什么也不信

我家雇用的十七岁的女孩阿秀，不只一次自鸣得意地对我说：“我什么也不信！乡下的敬神拜佛都是迷信，土里土气，我才不拜!”

是的，她真的是什么也不信。她对动物残忍，虐待它们至死，也不会眨一眨眼，对她那年老的祖父母没有丝毫敬意，因为她不相信因果报应之说。她受过两年小学教育，略识之无，在衣饰举止上常表现“力争上游”，唯恐被人识破她是“乡下来的”。

几次，我试图使她明白，人为什么不该残忍，为什么要遵守传统习俗，为什么要有所忌惮。可是，她显然对我的说法不感兴趣，甚至在神情间流露出“你枉为都市中的知识分子，思想却如此落伍陈旧!”然后，她会很含蓄地提醒我一句："你小时候习惯了乡下旧式的迷信。"

她说得不错，我生长在北方乡下旧式的大家庭里。那个家庭里的人不但死读经书，而且敬神拜佛，唯恐不诚。小阿秀的话很有知人之智，她一语道破了我之所以"落伍"的原因，因为她是由懵然无知，一跃而进入了这个核子时代。核子不但破坏了宇宙间空气的纯净，而且更进一步粉碎了人们本已脆弱的一切信奉。她不懂什么是科学，但她却相信个人的至高无上——没有什么东西可以令我们在精神上有所戒惧。这真是可怕的！

陈之藩先生在《迷失的时代与海明威》一文中说："我们这个时代是个迷失的时代，人们把庙堂建筑得美轮美奂，却把神像拉塌台了！"其结果是，人们在精神上失去了凭借，对道德的敬意和对善美的憧憬都因而崩溃。破除迷信的结果是撕毁了赏善罚恶的条例，是使人们觉得他们"不为什么"而生。"不为什么"即是没有信仰，没有信仰就是今朝有酒今朝醉，追求今生形体的恣纵而等待死亡。

现代人们因为亲眼见到人造火箭可以直上月球，并可把月球背后的形势一览无遗，认为替他们证明了天堂只是一片虚空，一切神祇均不存在。因此，人类觉悟了——我们尽可胆大妄为，无恶不作，而不必戒惧着会被居高临下的神明在冥冥之中给我们做下记录。以前人们会为恐怕"只瞒得了人，却瞒不了神"而不敢"欺于暗室"。现代人却有人为他们证明只要瞒得了人即可胡作非为，而不必怕"上干天怒"。于是，道德法纪乃随之而荡然无存了！

现代人对一切善美消失了敬意和赞美的心情，因为他们已看破了所谓天堂只不过是虚空的一片。他们对神祇已经毫无敬意，因为他们相信离地三尺并无神明，而只是那冉冉下降的原子尘。

静一静·想一想

我们所常见的人中有两种类型，一种是忙人，一种是闲人。这里我们所说的忙人，是在客观的立场来看的。我们并不知道他在那儿忙些什么，或者究竟是否值得那样忙法；只是让人看起来，他总是片刻不停的在忙。另一种人是闲人，这也是在客观立场来看的。我们也不知道他为什么那么闲，或究竟他是否真的没事可做；只是让人看起来，他时常都是那样悠游自在，不慌不忙。

“忙”与“闲”，除了事实使然之外，有时也是由于天性或习惯。记得十几年前，我在小学教书的时候，有一位教劳作的女同事，她除去睡觉之外，一天到晚总是手脚不停，摸摸这儿，弄弄那儿，似乎永远也没有她觉得“一切妥当了”的时候，总有地方让她看着不顺眼，而需要动手把它弄好。实在没事可做的时候，她就去把门上的铜把手擦得雪亮。她的家永远是窗明几净，一尘不染，在我们看来，那已经是整洁到不能再整洁了，但她却还是走来走去地收拾。

有时，我就忍不住好奇地问她：“你把这周围弄得这样好，难道还不够吗？你为什么不坐下来，欣赏欣赏你的成绩呢？”她有时也听我的话，坐下来，停一会儿。但不到几分钟的工夫，只见她又走来走去地去收拾了！有一回，她反而很不懂似地问我：“你们为什么可以什么事也不做地坐在那里呆着呢？”

我也常看见一些郑重其事去游山玩水的人，他们从好几天以前就准备一应事宜，到了这天，他们穿上为出去玩而特制的衣服，戴着草帽和太阳镜，提着野餐水壶以至于急救用的药品箱等等，郑重其事地出发。但是，他们一路只是马不停蹄地跟着大队的人们，像竞走一样，又像要赶着去参加什么非去不可的重要会议一样，目不斜视地匆匆赶路，并不停下来留神一下周围的景色。

他们在做什么呢？难道他们这样装扮了出来一趟，只是为了赶路吗？——当坐在车子上，开往目的地的时候，他们就极不耐烦，认为这段时间是多么浪费呀！

听说阿尔卑斯山谷中，在一条风景极佳的路上，有一句标语：“慢慢走，欣赏啊！”许多人在这车如流水马如龙的世界上过活，手脚不停，恰如在阿尔卑斯山谷中，乘汽车匆匆而过，顾不得回一回头，停一停步，赏玩一下风景一样；结果，使这丰富华丽的世界，在他们心中成为空无所有，只剩匆忙而紧张，劳碌而无意义。

有位哲学家说：“单凭思想而不劳动，自然不能生活。但一生像机器一样的勤劳，当更没有意义。”我们每人都应该有赶到风景幽美的地方之后，停下来，静静地玩赏一下的时候，让我们用一用思想，尝味一下生活，认识一下自己，从中发现一些韵味或道理，有如飞驰快车中途的停站，静一静，想一想，了解一下方向和自己所站的位置。

匆忙的人生恰如一列不肯停站的柴油快车，一路上埋首狂奔，一口气直达终站，沿途上一无所获。真正懂得旅行的人是为了玩赏而赶路，真正懂得人生的人也应该是为了获得闲暇去尝味人生而忙。只赶路而不玩赏，和只劳动而不思想是同样的辛劳而没有意义。

你忙得差不多了吧？那么，请你静下来，想一想！这时，你才会寻找到更丰富、更有意义的人生！

偷闲一游

现代人看来是太忙了。其实，并非人们真有那么多的事情要忙，而是现代的生活把我们卷入“忙”的漩涡中，不由自主地不得不跟着汹涌的人潮旋转起伏。因而我们虽置身于这丰富多彩的世界，却如跟着大队游山，匆匆忙忙走马观花地赶路。形体虽十分劳顿，内心却一无所获。

因此，如何捕捉一点不受干扰不受牵绊的属于自己的时间，做一做自己的主人，是很要紧的。因为只有在自己做司机，想走就走，想停就停的时刻，才能随心所欲地撷拾到人生旅途中那些值得尝味，或值得珍重的东西。

古人欣赏“偷得浮生半日闲”的乐趣，而这“半日闲”的偷得却需要一些当机立断的果敢。要能毅然摆脱那已经陷入固定轮回的日常琐事，挥刀斩断那些牵丝攀藤，永远没完没了的俗务，腾身出来，毫无牵挂，潇潇洒洒地脱身一游。即使只有半日，也可以涤净尘虑，使精神焕然一新。

这种“偷闲之游”容或被人目为行为怪诞，可是，当你能享受别人所享受不到的悠哉游哉之乐的时候，别人的大惊小怪又算得了什么呢？

既然这种闲暇需要“偷”得，就不能早定计划，亦无须预约游伴。最好是临时一看，天气相宜，或春暖，或秋凉，或微云，或雨后，而凑巧这时又可以摆脱有关家属或上司的牵绊，体康身健，袋中恰有余钱，即可毅然成行。

你到达公路车站，任意选择一条远近相宜，乘客稀少的路线，即可买票登车，拣一靠窗座位坐定。车开之后。凭窗远眺，天光云影，远山近树即可像弧形全景大银幕般一路展开，任你观赏。

此时绝不必再顾到公文案牍，也不必再分心柴米油盐，更可对人事恩怨淡焉忘怀。自己随心所欲，任灵感飘往何方，尽情领略大自然的宁静悠闲；这时，你与自然方始真能合而为一，你才能享受到返璞归真之乐。

游的真正佳境是随遇而安。因为既云游览，则到处都是欣赏的对象，原不必一定要到达某处之后，再郑重其事地去观赏。

我曾由隆田至台南游赤嵌楼，抵步之后，发见赤嵌楼原不过是一肮脏杂乱的处所，毫无雅趣可寻。和沿途那绵绵阡陌，密密蔗田，亭亭椰树，以及蓝天白云，小桥流水相比，实不可同日而语。

所以，当你偷闲半日之际，只要乘车至适当地点做一往返。在目的地下车之后，如景物尚可，固不妨略做逗留，随意观赏一二。万一该地无甚佳处，则回程时间一到，即可登车赋归。

此时或正丽日当空，阳光灿烂；或已暮霭沉沉，晚霞似锦，原野景色，比之来时自然又另有一番值得观赏之处。

待你游罢归来，带回满怀诗意和焕然一新的精神，这时再用开朗的胸襟，豁达的态度，来看你周遭的人和事，以博大对渺小，以优容对攘夺，以旷达对沾滞，以洒脱对沉迷，定觉心情恬淡宁帖，与未去之前迥然不同。

人生原只是我们在漫漫不可捉摸的永恒中的一段旅程。我们既有机会来到这多彩多姿的人世间，也正应如一个内行的旅行家，不只是要跋山涉水，走完我们的旅程，而且更要懂得欣赏留连，当走时走，当停时停。走时是为赶往另一佳境，停时是为领略把玩。

“闲”并不乐，懂得忙里偷闲又能善用其“闲”，始为至乐。

谈　忙

我很喜欢注意看朋友们来信中最后的一句“祝你”如何如何。虽然这仅是一个礼貌上的祝福或客套，不见得真能代表什么意义，但我总想象朋友们下笔写这几个字的时候，也往往要经过一点思考。这里面包含了他对你友情的深浅，也有时暗示了他自己对生活的观念与愿望。

例如：有人喜欢祝我快乐，（我也喜欢祝人快乐。）这是因为他觉得快乐最可贵。也有人喜欢祝我健康，我想在他的观念中，健康可能是最重要，也许他是希望我能健康一点。

也有人偶尔祝我永远年青美丽，这个祝词虽然非常值得向往，但却是个难题。不过无沦朋友们祝我什么，那总代表着他们的一番好意或关心。当他下笔写这几个字的时候，也必或多或少地流露出他的一份真情。

在我所接到的许多各式各样的祝福之中，以一位新闻界的朋友给我的祝福最为别致，他在把信写完之后，在后面简单地写了两个字——祝忙。

由这“祝忙”两个字中，我却读出了许多的意义。一方面，我由此可以推测，这位新闻界的忙人不但没有忙怕，而且他是多么喜爱他的忙碌生活。另一方面，我看出他是怎样的对我用了一分深挚的关切，他把他自己所欣赏的“忙”来祝福我，显示出他是如何的懂得推己及人，和如何的对一个喜欢工作的人有着透彻的了解。

虽然说，好逸恶劳是人类的天性，但是，拿“闲”所带给我们的痛苦，和“忙”所带给我们的劳累两相比较，我们仍会发现，“忙”中却有乐趣，而“闲”里却只有愁苦。

拿我自己来说，事情多的时候，固然难免会觉得头昏脑胀，但是，我知道，假使我每星期没有这许多稿子要写，没有这许多信件要答复，没有这许多答案要看，没有这许多唱片要编排，那我一定会天天对着办公桌发愁，而觉得这个工作没有一点趣味，只为了每月的那点薪水，才不得不来签到上班，因此觉得自己天天把可贵的时间空对着办公桌，成为一种痛苦的等待。

我有过一次只拿钱不做事的痛苦经验，这在我未曾接受这个工作之前，或没有过这种经验的人想来，那岂不是很惬意的事么？其实只有身历其境的人才知道那种工作是多么有伤自尊。因为自己没有付出相当于那些报酬的劳动，好像自己每天来签到应卯是在等待接受施舍。

从那时起，我开始相信，每一个人都愿意自己觉得所做工作的分量比所拿的待遇高，而并不愿意觉得自己的工作配不上那份待遇。

我有一个朋友说：“一个人最怕的是没有工作，其次才是没有钱。”我相信他这句话是对的。

工作固然是为了赚钱，但如果一个人赋闲在家，虽然他不愁衣食，但他还是会觉得痛苦。因为工作不仅是一个人获得生活费用的途径，而且更是一个人整个精神的寄托。

我们可以想象，一个过惯了上班生活的人，一旦让他赋闲在家，让他不再想到早晨六点半起来，七点钟吃早饭，为的是赶七点半的交通车去上班；让他不再想到把皮鞋擦亮胡子刮好为的是在主管、同事或僚属面前有个整洁的仪表；他一定会整天闷闷不乐，因为他的生活失去了重心。

一个人在“忙”的生活里，他的精神和体力得到了充分的活动机会。他的脑子里一定随时在为下一步该做什么而准备。所以一个忙的人，他不但忙出他分内的工作，还可以由于惯性的关系，忙出他额外的工作。而一个闲的人，却正好像一架没有开动的机器一样；他只好成天坐在那里，连一件轻微的小事都做不出来。

闲并不是一件好事。尽管一个忙人若有机会“偷闲半日”，他会觉得这半日的清闲非常可贵。而对于一个整年都很闲的人来说，时间对他毫无作用，闲着无所事事的感觉反而成了他的一种负担。

当一个人闲着没有事做的时候，他就会觉得生活没有意义，空虚乏味。尤其是当他遭遇到烦恼的事情的时候，因为他没有非忙不可的事情逼着他忘掉这点烦恼，于是，这些烦恼就有机会在他心里生根发芽，使他陷入烦恼的重围中去，逃不出来。

因此，“忙”这个祝词是一个真正对人关心的祝词。当你祝福一个人，希望他“忙”的时候，那就等于间接地祝他健康，祝他快乐，同时也等于祝他永远年青美丽。因为，一个人如果有事情给他忙，就可以使他没有功夫发愁，没有功夫生病。而一个人不发愁不生病，自然健康情形良好。这样，他虽不能“永远”年青美丽，但至少，他可以多年青美丽几年。

认清自己

一个人一定要先认清自己，找到目标，然后才有权去选择自己要的和拒绝自己不想要的。如果自己也不认识自己，也没有目标，而只是因为自己觉得目前所有的东西不好，就放下手里的，另外去拿一个别的，那就只是没有主见和见异思迁。像这样彷徨犹豫，结果会是一事无成。

* * *

高中的阶段是决定一个人兴趣志愿的主要阶段，这时，该让自己多接触各类学科和课外的各种活动。尽量留神自己究竟喜好的是什么，擅长的是什么。这样，在投考大学深造的时候，就不致盲目地跟着别人去挤那几个热门的科系，而可以决定一个真正的志愿。

* * *

一个人追求学问应该是一种乐趣。为了功利实用的目的去读书，境界已经差了，如果再为了虚荣去读书，那就更是最大的错误。为了兴趣读书之后，这书才可以真正消化，才可以成为你自己的一部分，将来才可以真正有用。为了虚荣读书，就会使你觉得读书是一种痛苦的负担。

* * *

一个人只有在他为自己的兴趣和志愿去追求和努力的时候，他才觉得他的人生有目的。奉劝对人生怀疑的同学们，好好地想一想，你喜欢什么？你擅长什么？你想做些什么？放下一切的功利，一切的虚荣，去坚决地朝着你所认定的方向去追求，你就不会再觉得苦闷和彷徨了。

* * *

“学以致用”，固然是读书的一大前提，但是，单单为了兴趣，以无所为而为的态度去热心钻研一项学问，往往更能有伟大的成就。

* * *

一切真正的成就，都有“热忱”两个字在那里做原动力。缺少热忱而单凭实用的观念去做学问，那是被动的，境界就差了！

* * *

能够在这一生中，确实认清自己，为自己找到一个正确的目标，走出一条路，充分发挥了自己天赋的，就可以算是一个成功的人了。

* * *

每个人生命中都有属于他自己的一分精华。我们要先了解自己，选定方向，认真地去追求，那就叫做立志。

* * *

读书需要恒心、毅力和刻苦的精神。天下没有不劳而获的事。即使凭兴趣，也一定要同时具备克服困难和懒惰的坚强与专注，才可望成功。

* * *

一切有分量、有内容的知识，都是较为艰深和难于接近的。轻松的东西容易学会，但是用处少；严肃的东西不易学会，但是用处多。作学问不能专凭好恶，而要用点理智去逼迫自己才行。

* * *

选错了科系，最好是及早转系。如果不能，你就只好在课余去发展自己兴趣接近的东西。这样做虽然要多花一倍的力气，可是，趁着年轻，多学一点，多记一点，两者也未尝不可相辅相成，使你比别人多有一件谋生或求知致用的工具。

* * *

有些人并没有很显明的对某一项学科的兴趣与专长，也没有很显明的志愿。他有时对学业发生怀疑，只是因为他不喜欢读书。像这种情形，即使转学，也不一定就会好。一次又一次的转学或转系是一种缺少定见，没有目标的表现。像这样下去，徒然浪费了时间，结果是一无所成。

* * *

一个人要能抛开一切，只朝他所喜欢的方向去发展研求，才可以有成就。但是，一个未成年的孩子，他的选择能力还不够，他还不能认清自己究竟适于做什么。他也还没有真正完全看到可以供他选择的路向。在这种情形之下，他是没有资格听凭自己的意愿去选择的。他该再多受点学校教育，再多认识一下环境和他自己，多打一点基础，然后才可以谈得到选择自己的方向。在具备这些条件之前，他是应该接受父母师长的辅导的。

柔　韧

当我们遇到挫折的时候，第一样要做的事，是马上找一个新的希望。不管这希望将来是否能实现，甚至不管它是否真的是一个“值得的”希望，只要你找到一个，然后，让自己认真地朝这方向去计划、去努力、去追寻。不必关心它将来会怎么样，至少在目前，你可以很快地忘了那失败的痛苦，提早结束那痛苦的尾声，而重新感到自己又充满了希望和对事情的热情。

*　*　*

过分的刚强，不如适度的柔韧。我们应该多有一点韧性，能够在必要的时候弯一弯，转一转。太坚硬的东西，容易折断。唯有那些不只是坚硬，而更多有一些柔韧的弹性的人，才可以克服更多的困难，渡过更多的挫败。

*　*　*

平常我们推崇一个人的刚烈，说它是“宁折不弯”。但是也有更多的时候，当我们还有更重要的事情要做，还有更崇高的任务要达成，当我们的生命的力量尚未充分发挥的时候，如果懂得怎么样使自己弯而不折，可能更需要一些智慧、勇气和毅力。

*　*　*

对一时的烦恼，最好不要太认真。一方面，你要相信，人人都有烦恼。另一方面，你要相信，你绝不会永远这样烦恼下去。过一过，你总会找到一些值得让你为它快快乐乐地活下去的东西。

* * *

如果我们只紧张焦急于大希望的不易满足，而忽略了铺路的小希望的达成，结果就反而会达不到那个大希望。先哲劝我们“大处着眼，小处着手”，就是这个道理。

* * *

一个人不能没有希望，希望虽未必实现，但在希望的过程之中，我们会由于希望的鼓励而增加了生存的勇气。

* * *

“百炼钢成绕指柔”。一个人经过千锤百炼之后，会成为绕指柔的纯钢。而一个柔顺如纯钢的人，却正是一个坚韧如纯钢的人。我们应该让自己坚强，但不要让自己缺少那以柔克刚的韧性。能忍的人不一定是软弱的人。表面上的强硬，有时正足以换来不可挽救的失败。只要你懂得怎样容忍，只要你容忍得有风度、有目的，只要你能把容忍变为内在的力量，你的容忍就正是可贵的坚强。

* * *

成功不能单靠聪明，而还要靠一种百折不回的坚强。太神经质、太敏感、太脆弱，是成功的障碍，一定要受得住挫折和屈辱，才可以走完全程，达到成功的目的。

* * *

如想成功，需要有点韧性。只能面临成功，不能面临失败，一遇挫折，就感沮丧的人，是弱者。这种人，空有好胜图强的心，但只因他缺少忍受挫败的韧性，所以，他反而会是最先失败，最早放弃努力的一个。

* * *

一个被环境宠惯了的人，往往觉得胜利应该毫无条件地归于自己，而一旦他离开了那宠惯他的环境，被放在和别人同等地位，接受同等待遇，同等考验，用同等标准去衡量时，他就会觉得自己一无所有了！

* * *

屈辱失望的时刻是每一个好胜的人开始走向失败的关键。如果你坚强，你会忍下这屈辱，从被否定中，重新去寻求肯定。当然，那需要毅力，需要时间。而如果你软弱，你就难免自暴自弃，承认失败，放弃本来可能有的成就了。

* * *

被否定是一件痛苦的事，但否定才是进步的来源。一个人必须在陌生的环境里通过考验，所得的分数，才是肯定的分数。一个人必须在被挫败的时候，有勇气从头检讨自己，虚心地充实自己，再找机会去通过陌生环境的考验，才有希望得到真正的成功。

* * *

世上没有绝对的成功。人外有人，天外有天。我们既不能骄盈自满，更不必灰心退让。一个人尽最大的努力，获得他自己能力范围之内的最大限度的成功，他就是成功的人。

* * *

成功虽然像是竞赛，跑在前面的，算是最成功的。但它又不完全是竞赛，成功的另一意义是“创造”。不要跟在大队人们的群中去竞赛，而要自己另辟蹊径，发挥自己的特长，显出自己的特色，找到属于自己的成功。

* * *

别人的批评鼓励，对你只是一个参考。而真正成功的标准要由你自己心里去定。它必须是够高的、够远的；必须是你要尽自己全力才能达到的。否则，你就姑息了自己。

* * *

遇到挫折而不沮丧的人是没有的。只是有的人会由此永远不能振作，而有的人却能在暂时的沮丧之后，马上重整旗鼓，拿出更大的力量，使刚刚还在冷笑着的敌人溃不成军。

* * *

去尝尝克服困难的滋味，那真和在前线打胜仗一样痛快！要恨那些妨碍你成功的阻力像恨一个侵略者一样！

* * *

人都是崇拜英雄的。你如果在阻碍你的力量面前停下来，你马上会成为被讥笑的对象！

* * *

把你的苦难当做一个难得的经验，忍耐一时之痛去体会它，你将因为这些苦难而比别人更了解人生。

* * *

一个始终生活在顺境里的人，比起经过风险的人来，他对人生的体会是肤浅的。

不管过去有多好，它总是过去了。不管过去有多少成功，那也不值得炫耀。唯有现在才值得把握，唯有未来的成功才是值得期待的成功。

* * *

不要为已有的成功而骄傲。不要以为现在已经有一些成绩而就觉得满意，我们要把理想的目标悬得更高更远，用更大的努力去追求更大的成功。

* * *

人生本无所谓美满，它是一个不断奋斗，不断感到茫然，不断收获，又不断感到失望与不满的过程。事业的成功没有止境，只是一场无终点的追求而已。

* * *

在一切事情都竞争激烈的今天，我们要有足够的坚强来接受失败的打击和考验。能够面临失败而不灰心、不气馁的人，在这个时代才会站得住脚。只能面对胜利而不能面对失败的人，并不是最强的人。

* * *

有谁是能永远也不失败的呢？世界上有哪一条路是完全平坦的呢？有多少件事是一帆风顺的呢？如果你只能面对胜利而不能面对失败，那么你一定走不了多远就败退下来，落伍了！

* * *

不要为自己的失败悲伤流泪或怨天尤人，而要检讨失败的原因，埋头自修，重新做起。这话你一定也听许多人说过，但是你却不一定看到过许多人这样实行，那么，你去实行吧！

* * *

要看自己是否经得起失败的考验，才能决定失败是否真为成功之母。失败如不配上坚强的意志和一贯的恒心，它就只能是一个“失败”，而不会孕育出成功。

* * *

生命途中，人人都随时可能遭遇到失败的考验。可是，有人碰到失败，就马上退步回头，不再尝试。有人却是在失败之后，马上省察失败的原因所在，针对失败的原因，去修正自己进取的方法，打起精神，卷土重来。一次不成，再来一次。总有一天，会走通这一关。

* * *

当每天的工作告一段落之后，我们无论是在成功的快乐或失败的困恼之中，都应该相信，生活就是这样的。有时逢到好天，有时遇上风浪。只要你的舵掌得稳，人生的海洋通常都能安全地渡过，而到达彼岸。

* * *

宗教家叫人每晚祈祷，并非教我们祈求神力帮助，而是教我们搜求出自己内在的力量来，支持自己，渡过风浪，继续前行。

* * *

对无论什么事，我们都应准备一分耐性，一分坚贞。耐性使我们可以等待，坚贞使我们可以不变。

* * *

同样的事情，处理的方法因人而异，问题只在你是否看得开，是否放得下，或是否有毅力去执着不放。

* * *

“以准备失败的心情去迎接胜利”，这是一个人面临得失的时候所必须有的一种态度。假如只准备成功而不准备失败，当失败来临时就会措手不及了。

* * *

轻易放弃愿望的人，固然不会有成功的机会，可是，只知紧张固执而不知道用实际行动去达成愿望的人，也一样不会有成功的机会。

* * *

要达到你的目的，就须忍耐一时的不便。表面上的柔顺永远比一场冲突更能达到你的目的。

* * *

快乐虽然人人向往，但它总不免是浮浅的。痛苦虽然可怕，但它是深沉的。它可以从你心的深处激发出一些真的和美的东西来。

* * *

柔弱的人不能抵抗环境，所以只好让环境把他征服，坚强的人能利用环境的压力，产生更大的弹力，结果压力越大，他跳得越高。

* * *

每个人内心深处都不免有悲哀与彷徨的感觉，只是每人应付的方法不同，所得的结果也不同而已。

* * *

俗语说："好事多磨"，一切我们期盼的事，总难免有些波折，成功本来不是一件容易的事，幸运更不是随手可以拿到。如果我们一受到挫折就灰心丧气，就放弃了自己的愿望，就向环境妥协，那我们当然就只有失败了。

* * *

坚强的人最大的长处是能够化痛苦为力量。别人在痛苦面前低头退缩，他反抗痛苦，克服痛苦，超越痛苦，得到比别人辉煌的成功。

* * *

世人畏惧痛苦与困难，是因为他们总认为，痛苦与困难是一件不应该存在和必须避免的东西。所以才会格外惶惶不安。

* * *

对已经失去了的，就让它失去吧！与其惋惜，不如积极求进，让自己在别的方面得到有意义的补偿。

* * *

不要羡慕平稳的生活，不要畏惧苦闷的心境。假如你有坚定的理想，有足够的信念，坎坷的遭遇和苦闷的心境都可以构成推动你的力量。假如你有时觉得软弱，希望你多拿出一分耐性与坚忍。也许，再向前一步，你就会发现，已经是峰回路转，夜尽天明！

* * *

不可能每天都是完美的，我们只能希望生活中不缺少令我们觉得完美或愉快的日子，只要有少数这样的日子，就可以使我们在辛苦与奋战中得到鼓励与安慰。

* * *

我们的生活有苦也有乐。几乎每一件甜美的事物背后都必定随带着一些辛苦，换句话说，几乎每一件辛苦的事情背后也必定随带着一些安慰和快乐。当你觉得辛苦和不耐烦的时候，请你为它另一面的意义而忍耐。当你有机会安享你的收获时，你一定会领悟到当初所付出的并没有落空。

* * *

俗话说：每个人头上一片天，只要努力，定有路走。

人事·职位

一个人做事，应以求得工作上的成功为最高目标。职位上的升迁，只可当做希望借职位之便来施展自己抱负的一个机会，而并不是为了虚荣或权势。

* * *

尽管你职位上没有机会升迁，但假如你能认真地尽忠你现在的职守，你仍然是一个成功而可敬的人。假如你真的有理想，有抱负，职位也并不会永远把你局限。你可以由你职权范围之内做起，尽你最大可能去接近你的理想，你仍会有所成就。

* * *

不要抱怨别人借人事关系而升迁得快。要知道，这种情形是古今中外在所难免。值得注意的是，不见得有人事关系的人就是有理想有抱负的人。自古能成功成名的无一不是靠着理想和抱负，没有一个庸才能靠人事关系而名垂青史的。

* * *

要决定自己这一生要做什么样的人物！这决定可以节省你许多时间和精力，使你在今生有所成就。

* * *

在事业上，我们都应该有一点近乎“野心”的抱负。这样，才可以勇往直前，才可以把困难艰危轻易克服，才可以有胆量去希望别人所不敢希望的成就。

* * *

真正能够大处着眼的人，决不计较一个官阶或职务名衔的得失。我们要追求那真实的功业，要追求对宇宙人生更深远的了解；要追求远超过狭小生活圈子之外的更有意义的东西！

* * *

即使职位低，头衔小，那也不是耻辱。一个认真尽责的工友，比尸位素餐的主管更为光荣。

* * *

无论我们在哪一个年龄，也无论我们在社会上做了多久的事情，我们都不可缺少热忱。那些混日子的，投机取巧，靠手腕和人事关系来维持自己地位的，他们即使在职位上得些便宜，但他们绝不是成功的人，也绝不是可敬的人。

* * *

在走入社会之前，与其为人事关系操心，倒不如多在自己本身学识技能上去下点功夫。只要你不好高骛远，肯从最基层的地方起步，你总不会没有机会走出你自己的路来的。

* * *

假如我们把在社会上做事也当做一种学习，当做一个充实自己，以待将来的机会，我们就不会为成功来得太慢而焦急，也不会为职位太低而抱怨。

对工作，我们要先能胜任，而后才能愉快。勉强攀上一个高职位，假如职位虽好，而我们能力不够，也会紧张困扰，徒然增加别人对我们的轻视。

初入社会

每一个人在初入社会时都会紧张的，而且谁都难免有错的，只要你朝着最高标准去努力就是了。至于一些未能避免的错误，那正是你取得经验的机会。

* * *

初入社会最该注意的一个原则是少说，多做。

* * *

年青人比年纪大的人可贵的地方是他们有热忱，千万要把握自己这可贵的一点。不要学油滑，做事不可斤斤计较。许多主管喜欢用初出茅庐的年青人，就是喜欢他们这种做事不计较和对事情发自内心的一种热忱。

* * *

不要羡慕那些过分油滑、强作世故的青年，他们是得不到同事的好感的。因为油滑世故使他失去了青年人的本色，他那虚伪和投机取巧的作风，会使同事们对他缺少信心与同情，于是，该帮他也不帮了。

* * *

人生是一段很长的过程。在这段过程之中，每一个人都是走一步学一步的。多数的问题，我们都是在错误中明白对是什么，没有人能够不犯错而度过一生的。

* * *

把错误看做不可避免的过程，你会多有一些勇气！

互助合作

与人愉快相处，不但别人快乐，自己也同样得到快乐的回报。

* * *

一个人要想在事业上成功，固然要靠自己的努力，但是，我们发现，除了自己的努力之外，还需要别人的合作。一个人如果只知有己，不知有人，那么他努力的成绩会在别人反对或制肘之下被抵销。

* * *

一个人，无论自己以为有多少才华，有多少成就，这世界上总还有比他才华更高、成就更大的。唯有虚心诚恳地不断地学习，不使自己骄盈自满，才可以有更高的成就。

* * *

你不能凭空超过别人。如想出人头地，必须先埋头自修，充实自己。一切的成功都是靠一砖一石的累积和别人的认可，绝不能凭空得来的。

* * *

人与人之间靠了彼此的尊敬与合作，彼此的帮助和鼓励才可以把事情做好，互相排挤和倾轧，以致目中无人，唯我独尊的作风，不但不能成功，反而导致失败。聪明人是知道怎样帮助别人，并与别人和气相处的。

* * *

一个精明有为的主管，一定知道怎样安定自己所属单位的人事；一个真正爱工作的有为的职员，也一定懂得怎样把心力充分用在工作上。

* * *

每一个人的成绩固然是整个机关的体面，而整个机关的体面，也正是其中每个职员的光荣。

* * *

任何一个单位，如果其中每一个人都能把精神心力百分之百地用在工作上，而不把它分散到人事倾轧和彼此对立、互相掣肘上，这个单位的工作效率一定会好。而且，大家精神一定愉快，意志一定集中。即使物质条件差一点，成绩也不会因而降低。

青　年

青年人应该就像个青年人，有他们应有的天真和率直。有创造性，不怕碰钉子得罪人，这是青年人的本色。

* * *

保存自己个性，但不要把它在人前炫耀，或故意侵犯别人。

* * *

要认识自己，并且懂得如何尊重别人。“认识自己”可以使你走上属于你自己的适合于你的路。懂得如何尊重别人是让你推己及人，知道什么是你所不愿忍受的，从而想到这也必然是别人所不愿忍受的。

＊　＊　＊

“尊重别人”并不是圆滑，而是一个人应有的礼貌和谦虚的表现。

＊　＊　＊

认真和率直是青年人可爱的地方，骄傲和自满是成功的致命伤。

＊　＊　＊

“圆滑”是虚伪和怯懦的表现。我们不可能靠圆滑去获得朋友，更不可能靠圆滑去赢得成功。

＊　＊　＊

不要好高骛远，不重视眼前的工作的人，就不会有可以期待的将来。

＊　＊　＊

“摒弃世故，还我纯真。”不要放弃做中流砥柱的雄心。要做众人皆醉我独醒的清醒的人，而不要随波逐流，去做不问是非黑白的世故的人！

＊　＊　＊

要想开拓自己的前途，先让自己具备所需的学识和力量；要改造你所认为不满意的环境，先要磨炼你自己！

＊　＊　＊

维护社会风气的纯良是我们每一个人的责任。因为这不但是为了我们自己，而且是为了我们的下一代。

＊　＊　＊

青年人有创造的精神，有改革的勇气。他们是敢破坏、敢建设的。中年朋友们假如没有忘记自己当年的创造精神和改革的勇气，就该了解你们的子弟为什么苦闷。多了解他们，就可以多帮助他们，少阻碍他们，使他们的生命发出应有的光辉。

* * *

逸乐颓废是这个时代的一部分，艰苦奋斗又是这个时代的一部分。谁的指南针性能好，谁就不会迷路。经得起考验的，才可以过关。只要我们听从良知的指引，服从真理，我们就可以用自己的手和脑创造一个有朝气有希望的时代！

* * *

假如你对社会人群失望，你并不算错，因为那证明你有眼力，有理想。但是，假如你真有眼力，有理想，你就不能止于失望，而要拿出改革和创造的精神来。否则，你就和那些令你失望的人们没有分别了！

* * *

人们本来就有好有坏，只要你自己站在好的一方，社会就多一分希望。

* * *

复杂堕落的社会，对犹豫的人是陷阱，对坚定的人是锤炼。

* * *

有创造的勇气，有日新又新的精神，是年青有朝气的象征。抱残守缺、故步自封是衰退的现象。

* * *

对年轻人来说，受教育是一种权利。因此，假如你的环境许可，你应该老实不客气地抓住这个机会。

* * *

除非你的家庭真的没有力量供你上学，你不必因为要减轻家庭负担而放弃上学的机会。要知道，当你受了完整的教育之后，对家庭会有更大的帮助。

* * *

孩子为家庭减轻负担是对的，但是要看在哪一方面来说。平常的衣食零用，可省则省，那是美德。但是求学上进所必须的花费，则不必为了节省开支而过于打算。假使你诚心要为家庭减轻负担，你可以在课外找时间半工半读。

* * *

求学的机会是难得的。往往你放过这一个机会之后，这机会就永远不会再来了。那时你会后悔的。

* * *

一个人读书，并不只是为了将来找工作赚钱。一个人除了维持生活之外，还应该为自己的生命找出一点更鲜明的意义。

* * *

爱自己的学校也是一种美德。如果你爱自己，你一定懂得学校和你息息相关。奉劝自以为学校不够理想的同学们，收拾起抱怨的心情，拿出积极的力量来，使你的学校因你的努力而增加一分光彩。

* * *

为了学历或虚荣去进大学，那目的就错了。即使侥幸能够进去，所得亦必有限，将来也不会有什么出息的。

教　育

“规过私室”，可以使人在不丧失自尊的情形下，自动改过向善。

* * *

你如果希望一个人好，你要使他相信他有好的可能，你要使他觉得你仍相信他、看重他、同情他，并且支持他。

* * *

办教育是为了孩子，一切对孩子有害的事，都要避免。

* * *

谁都知道，儿童是国家未来的主人翁。我们该给他们一个健康的身体，给他们一个愉快的灵魂，使他们对书本有好感，对社会有信心。好让他们将来用善意和爱心，以及健全的身体和健全的灵魂来推动这世界。

* * *

对青年的教育。应该以爱和同情为出发点。当他们犯了错误，我们要站在他的立场，去设身处地为他们设想。打击和不择手段的惩罚，从来不会使一个人心悦诚服地改过向善。

* * *

如果你希望说服一个人，你先要使他信赖你，敬爱你。如果你要管好一个孩子，你先要关心他的痛苦，了解他的困难，帮他遮掩他的错误，替他宣扬他的优点。

* * *

所谓“训导”当然不是单纯的挑剔或惩罚，而更包含同情、劝勉和导引。

* * *

教育不是军事训练。教学生不能让他们毫无理由地绝对服从，而要用感情去打动他，用理智去诱导他，要他明辨是非，知道廉耻。这样，才能造就出正直有为的第二代。体罚是落伍的，而且是错误的方法。

* * *

一个少年的堕落，家庭负最大责任，因为无论他有什么问题，如果不是家庭对他放弃了管教与爱护的责任，他仍然不致走入歧途。

* * *

做父母的只要爱他的孩子，不轻蔑他的孩子，不刺激他的孩子，他的孩子是不会自暴自弃的。

* * *

当一个孩子有了问题的时候，他第一个希望是希望他的父母帮助他，支持他，替他解决困难。假如他的父母不但不能帮助他解决困难，反而责骂他，鄙弃他，他就难免要走入歧途了！

留神你自己的孩子，了解他的困难和痛苦，不要把他关在你的世界以外。他犯了错误，你要给他悔过的机会。

* * *

每一个青年都是好胜的。那些自甘堕落的青年，是由于人们剥夺了他表现自己的机会。

* * *

对任何人的过错，都要存一分仁恕的心肠。我们要了解他犯错的原因，原谅每个人性格中的弱点，替人隐藏他的过错，帮助他离开罪恶的深渊，走上平坦的大道。对一个孩子惩罚的时候，要顾到他的自尊，要给他革面洗心的机会，不要让别人永远记起他的过错。

* * *

很多孩子都有一个时期喜欢胡闹，但绝大多数到了一定的年龄会自动地悔悟，走上正轨。多数青年都在他成熟之后，明白了认真做事、好好用功的重要。假如我们懂得怎样给他们保存一个革面洗心的机会，不使他们留下有记录的污点，不公开他们的过错，他们的进步会快得多。

* * *

如果你遭遇到什么困难，或做错了什么事，无论是精神上的，还是物质上的，你都不要只顾隐瞒，更不要胡乱去想办法弥补。你该做的是：把这困难告诉你的父母、兄姐、老师，或其他你可以信赖的长辈。要知道，有些事，在你自己看来是很严重，很难办，但是在有经验的成年人看来，却可能很轻松平常，容易解决。不要把自己闷在牛角尖里胡思乱想，更不要认定你的困难得不到父母师长的谅解。对一切事，“坦诚”都是最好的取得别人信任的办法。

* * *

你要想在精神上帮助一个人，你先要了解这个人。假如你的子弟有困难，你要给他机会，让他说出他的困难。这样，你才可以在适当的时候去帮助他们。父母师长和他们的子弟之间距离太大，隔膜太厚，孩子有问题的时候，不敢求取父母师长的谅解，不敢去向父母师长商量。于是，他只好凭自己的力量，用不妥当的方法弥补，或索性找他所能找到的朋友去帮他解决。而这些朋友又多半都很年轻，也帮不了他多少忙。甚至因所出的主意不妥当，而使他越陷越深，归根结蒂，这责任还是应由家长或老师来负的。

* * *

教育的使命是发现一个人内在的长处，然后去培植它，鼓励它。当你看见一个被认为一无所长的孩子，在你的爱护诱导之下，发挥出他可惊的特长，成为一个出众的人物的时候，你的快乐是无可比拟的。

* * *

每一个人都有他优良的内在，同时每一个人也有他反抗、敌对和故意自暴自弃的一面。你如希望一个人拿出好的一面来，你要使他觉得你愿意相信他的“好”，并且愿意接纳他的“好”。你如对一个人打击、轻视，对他表示不信任，他就只好拿出他坏的一面来对你表示抗议了！

* * *

不要用狭窄的眼光和主观的尺度去衡量别人。如果学校对学生只要求功课上的成绩，有些孩子其他方面的长处就会被忽视和埋没，而成为所谓的坏学生。埋没了孩子的天赋，造成社会上人才的损失。

鼓　励

鼓励是我们对别人的成功与荣誉所表示的一种发自内心的赞助和喜悦。这种赞助和喜悦会使被鼓励的人增加自信和得到成功的快乐。一句简单的鼓励的话，往往可以使一个萎靡不振的人突然得到了自信和向上进取的力量。

* * *

假如你希望一个人成功，你不要把目标悬得太高，放得太远，以致使他无法达到。你要把目标订得低一点，放得近一点，使他在他能力范围之内可以达成，慢慢地再引导他向前迈进，这才是有效的教育方法。

* * *

打击和责难足以使一个原来很坚强的人变为灰心丧气，使一个本来就很软弱的人更加怯懦自卑、自暴自弃。打击一个人的自信是天下最残忍的事，打击了一个人的自信等于陷害了他的一生。

* * *

假如你希望你的孩子孝顺，你就不要骂他不孝。假如你希望你的妻子勤俭持家，你就不要骂她好吃懒做。假如你希望你的学生用功奋发，你就不要当众说他没有出息。一切打击和轻蔑的评语都会使人发生反感而自暴自弃。你如希望对方顺从你，你一定要先尊重他。

* * *

鼓励和同情虽然可贵，但那总归是别人的事。有同情和鼓励固然好，如果没有，那就正是我们意志坚定的一种考验。让那些软弱的人去自暴自弃，而我们却要由自己内心发出力量来，使自己由挫败中抬头。

* * *

青年人需要鼓励和帮助，了解与同情；需要给他们希望，给他们目标，让他们知道自己的方向。并且给他们机会去朝这个方向走，让他们尝到希望的甘甜和成功的快乐。

* * *

适度的刺激可以激发一个人的志气，使他产生一种奋发有为的力量。过多的刺激却会使一个人失去自信，变为麻痹，不想上进。

善　恶

一个人假如勇敢地去生活，他这一生，事实上不只是“一”生，而是好几“生”。把过去的一切统统让它埋葬，从头开始，换一个环境，换一个新的姿态来生活，只要你有魄力，你会办得到的！

* * *

每个人都可能做错事，只看他怎样去悔悟，怎样去忘记，怎样去重新开始。不要把自己偶尔的过错看为不可饶恕的罪行。

* * *

谁都有错。错了之后，第一步是悔悟，第二步是重新找一个起点，不再犯同样的错。第三步是忘记自己因错误而来的耻辱，不要一味地责备自己！

* * *

时常想到父母，我们便不致自暴自弃。

＊ ＊ ＊

上帝是无形的，良心是难以捉摸的，但我们只要能时常想到自己的行为是否对得起父母，就不易走入歧途。

＊ ＊ ＊

不要把自己的身体随便糟蹋，不要把自己的姓名列入作奸犯科的名单！因为那样会牵连到我们的父母，令他们伤心和被人耻笑。

＊ ＊ ＊

有崇高理想的人是不肯轻易浪费他的生命的。他知道，在他短促的一生中，有待完成的事很多，因而把人生途程上所遭遇的一切挫折和打击，视为不值一顾。他也绝不浪费时间和精力去斤斤计较俗人的爱恨或恩怨。

＊ ＊ ＊

凡一种不正当的行为，只要习之已久，就可能被视为当然，积非成是。最后，它能麻醉全部的是非心，泯灭全部的良知；把以前认为可耻的行为看做值得，而不再有任何不安之感。堕落就已深了！

＊ ＊ ＊

没有人甘心堕落。一个堕落的人，在一开始的时候，会像失足掉在水里的人一样，他并没有马上放弃回到岸上的希望和努力。只是当他发现没有人对他加以援手，而他是越飘越远的时候，他就慢慢放弃他的希望和努力了。

＊ ＊ ＊

一切坏事都是第一次开始做的时候最拿不定主意，最难。可是，当他做过一次之后，他就会把这事看得很平常，以后再犯的机会就多了！

＊ ＊ ＊

一个人离开正常生活越远，就越会觉得自己目前的坏行为是一种聪明和进步，而把正常生活着的人们看为落伍或迂腐。

* * *

当一个人堕落到没有人肯再对他提出忠告的时候，他那是非的观念就完全模糊了！因为这时正直的人都对他退避三舍，邪恶的人反而是他的朋友。

* * *

堕落的路是一条很奇怪的路，当你沿着它走去的时候，似乎离你出发的地方已经很远，但是，假如你一旦下了一个无比的决心，想要回来的时候，只要一回头，便马上会发现那熟悉的亲友、熟悉的事物和熟悉的生活，在向你微笑着伸出他们友谊的手。

* * *

一个人不能分辨是非善恶就是愚蠢。一个不能分辨是非善恶的人而有才能，这才能就会变成他的帮凶。

* * *

能觉悟到今天的自己比昨天的自己清醒而进步，那是一种快乐。很难得有这种快乐的，你要重视这点快乐！

* * *

对已经改过的人，我们要慷慨地忘记他的过去，把他当一个正常可交的朋友，帮助他重建生活的勇气和信心。对那些正在错路上留连的，要尽力给他点忠告，给他一点影响的力量，使他借你之助，及早回头。

* * *

一失足虽然可以成千古恨，但只要能及时回头，仍然可以找到正常生活的起点。十年二十年的岁月，我们可能很轻易地混过，假如用这十年二十年的时间，重新建立光明正常的生活，是足够用而且有余的。

* * *

我们常听人说，一失足成千古恨。一失足之所以会成千古恨，是因为社会往往不给一个曾经走错路的人自新的机会。使他一步走错之后就会步步走错。希望我们能对一些人的过失，给以适当的宽恕和同情，使他们有机会重过正常的生活。

* * *

隐恶扬善并不只是个人修养的表现，它更有着转移社会风气的力量。多宣扬好事，而不要去描述坏事，一般人自然就减少了受坏人坏事感染的可能性。

朋友之间

交朋友不是让我们用眼睛去挑选那十全十美的，而是让我们用心去吸引那志同道合的。

* * *

赢得朋友的方式很多，喜欢交际的人有喜欢交际的朋友，他的朋友很多，但品流不齐，而且缺少知交。个性孤癖的人有个性孤癖的朋友，他的朋友很少，但有一个是一个，而且是真正了解他的。

* * *

我们不一定要很多人来附和我们，我们宁愿曲高和寡，也不要流于低俗。

* * *

保持你的个性，不要人云亦云。

* * *

友情是很珍贵难得的一件东西，我们可能在千百人中，找不到一个真正的朋友，可是，这正像开凿油井一样，只要你找到了一个，你就一生都不会贫乏了。

* * *

友情是一种互相吸引的感情，因此它是可遇而不可求的。

* * *

把快乐寄托在别人身上，总难免会失望。一个人假如没有一点适当的方法来安排自己的生活，他即使“求”来了一个朋友，也仍然会常常感到痛苦、失望和紧张的。

* * *

交朋友要靠平时。友情是一种最需要小心积蓄和保存的财富。你不能到用得着朋友的时候才去交朋友，而要在平时，用无所谓的心情去交朋友。朋友之间如加入了功利的目的，那么，这种友情必定受不住考验。

* * *

你交到什么朋友，是要看你自己以哪一种出发点去找朋友。注重情谊的人，对那喜欢功利的人自然会敬而远之。对那以功利的标准去选择而得来的朋友，我们自然不能再在情谊上去对他苛求。

* * *

我们要交志趣相投的“同道”的朋友，这种朋友才可以和我们在一起谈抱负，谈志愿，谈彼此心中的烦恼，谈问题，才可以患难相助，安乐相共。

* * *

交朋友时，如果一开始就以“对方是否有用”的标准去衡量，那就难怪你会对友情失望。“同道”的朋友往往并不一定在实际上“有用”，但他可以在必要的时候，出全力来支持你。

* * *

“同利”的朋友，在你们互相有用的当时，可能相处得很好，但既然这友情是建立在利害关系上，那么，一旦你在他心中的利用价值消失了，他当然就用不着再来和你交往了。

* * *

不要因为要“用”朋友，而才去交朋友。而要因为“爱”朋友才去交朋友！这样我们对朋友就不会失望了。

* * *

世上没有十全十美的事，也没有十全十美的人。你如拿了十全十美的标准去衡量环境，去选择朋友，你就一定会失望。

* * *

我们是人，而不是神。对人们不必苛求，对自己，也不妨存有几分原谅。失望的机会自然少了。

* * *

一个人不随便交朋友不算缺点，但是，交了朋友，而对这个朋友挑剔苛求，那才是不懂得朋友二字的意义。

* * *

有人用感情交朋友，有人用理智交朋友。用感情交友的人，对朋友的好处和缺点一律钟爱，对朋友的错误也大量宽容。用理智交朋友的人对朋友是非分明，但也正因为他的诤言直谏，会使朋友得到更大的益处。这两种人交友的态度虽然不同，但他们对朋友的诚意则是一样的。

* * *

与朋友交往，千万不要存着一定要占尽上风的念头。人们多半是因为寂寞才需要朋友，应该多给朋友发表意见的机会。

* * *

交朋友是双方互相付出善意、宠爱与关心的。这样彼此在一起时才会觉得自由和快乐。

* * *

精神上的压力最苦恼。不要对别人存有成见和敌意。解除了对别人的戒备，你会发现，生活的境界开朗多了。

* * *

要把“信”和“爱”做为待人的基本信条，不可对人运用权术。

* * *

与人坦诚相见，人们会了解你的优点，而原谅你的缺点；待人矫饰诈伪，人们会把你的优点看做假的，把你的缺点看做你的全部。

* * *

人越老大，真朋友越难得。这是因为失去了那不计一切的赤子之心的缘故。

* * *

一旦你懂得由别人的环境（而不由他的本人）去观察他的时候，你就不易再获得真正的朋友了。

* * *

一切零星片段的处世哲学，归根结蒂，都是以顾到别人自尊为出发点的。

* * *

一个处处顾到别人的自尊心的人，他不但可以获得真正的朋友，而且他可以成为一个成功的领袖。

* * *

一位优秀的老师，一位懂得教育的家长，一位成功的主管，都一定会运用适当的鼓励去使他们的学生、孩子或属员们增加自信，而获得教育上的效果或事业上的成功。

* * *

一个人快乐、进取和积极，只是因为他从不怀疑自己。

* * *

工于心计的人只有遇到工于心计的人，才可以有机会施展他的专长。但如遇到一个坦白豁达、高瞻远瞩的人，他的一番心计就没有用武之地了。

我们应把心力用到远大有益的事物上去，而不要像一匹蒙着眼睛的驴子那样，围着一个磨盘去兜那转不尽的小圈子。尽管在狭隘的生活圈子中也可能有所收获，但那决不是有抱负的人所能认为满足的收获。

* * *

“鼓励”是为你肯定了你所假定的目标，让你有力量和信心去继续走向这更为明确、更为真实的目标。

* * *

让我们随时都准备做一个倾听别人申诉的人吧！当你的朋友或同事推门进来，向你说，他这些天心里很烦的时候，即使你忙，你也该暂时放下你的工作听听他的述说，他是会感激你的。

* * *

需要帮助的人很多。有人拿物质去救济别人，有人用精神的力量去支持别人。当你能付出这些的时候，请你不要犹豫。你常常想不到，这在你是轻而易举的小事，对方却受惠无穷！

* * *

不要固执地以为一切人都不如我们，不要以为只有某些人才配做我们的朋友。去试着和你所认识的随便什么人谈谈，他都有一些你所不曾经历过的经历，都会说出一些你所不曾体味过的人生的道理。这些经历，这些人生的道理，就都是你自己生活的一些参考，也都是一些值得你去深思的问题。

＊　＊　＊

在自己能力范围之内尽力，不贪心，不妄求，以诚心待人，不求自己压倒别人，只希望自己能为别人做些有益的事。这样，你自会心平气和，用不着因自己不如人而感到自卑和难过了。

风　度

风度是由一种丰富的内在外铄到你的言谈举止，所形成的一种光辉。

＊　＊　＊

多读一些书，让自己多有一点自信，加上你因了解人情世故而产生的一种对人对物的爱与宽恕的涵养。那时，你自然就会有一种从容不迫、雍容高雅的风度。

＊　＊　＊

光是读书，有时也难免为书本所囿。有些人迂阔拘谨，是太信书本所致。所以不但要读书，而且要把书本消化选择，尽信书不如无书。

＊　＊　＊

除了书本上的知识之外，我们更要明白“常识”的重要。只有学问而无常识，与人谈话时，会缺少轻松平易的话题。有你在座，空气即会紧张严肃，成为不受欢迎的人物。所谓常识，包罗万象，一切都该去留神知道，才可使你活泼风趣，谈起话来左右逢源。

＊　＊　＊

要想使自己有风度，第一要有“你自己”。有人太注意迎合别人，而忽略了自己的主见与个性，使他成为毫无特色、毫无韵致的人，在风度上也会失败。

* * *

在举止方面如要自然，要靠你的自信。不必过于注意自己举止如何。太注意了，反会手足无措。

辞　令

不喜欢说话的人，往往用思想的机会多些。冷眼观察人生世相的机会也多些。反而比那些喜欢热闹的人能了解和体会到更多的事物。所以，性情内向的人不必故意勉强自己去学别人的谈笑风生。

* * *

朋友并不完全是靠言词交来的。真正的朋友所爱的是你个性中的美点与特色，而不是你的辞令。

* * *

言词不过是帮助我们表达自己思想与情感的一种工具。所以，主要的还是看我们是否有值得表达的思想和纯真的情感。如果一个人本身空无所有，单靠美丽的言词也并不能使他获得朋友的爱戴。

* * *

许多真有学问的人并不见得是很擅长辞令的人。但是，哪怕他们只是静静地坐在那里听别人谈话，你也会觉得他的在座使你们的谈话增加了意义。你也会觉得他那不多说话的态度正是一种可敬的含蓄。

* * *

不擅长讲话比毫无目的地乱讲要好得多。

* * *

假如你真的为自己不擅辞令而感到困恼，我建议你，不妨先从和你要好的朋友单独谈天做起。单独谈天，可以使你不太紧张。慢慢的，你可以得到一点经验，建立起一点自信，多少总可以使你进步一些。

* * *

年轻人不喜欢说话或不长于说话是常见的事，认真说来，那也正是年轻人可爱的地方。

应　酬

要训练自己做一个高明的听者。因为，给别人发表意见的机会是你对他表示关切与尊重的方法之一。

* * *

沉默寡言的人往往有丰富的内涵。对这样的朋友，你要先去了解他，而后才可以找到他所关心的话题，引起他谈话的兴趣。

* * *

年轻人有时为礼貌发窘，这是谁都难免的。因为在有些场合，人们把你当大人，可是在另一些场合人们又忘了把你当大人，而把你当孩子，这时你就想要装老成也没有机会。所以，最好的办法还是听其自然，如果你觉得说不出话来，就笑笑也一样可以表示礼貌。

* * *

每一个年轻人都有过受窘的经验。好在我发现，如果人们趣味相投，就不应酬也一样可以常在一起，有说有笑。至于那些让我们发窘紧张的场合，如果非去接受考验不可，当然只得硬着头皮去受罪一次。假如失败，也不必放在心上。我常觉得我们这一生该用心的事情实在太多，不可能面面俱到。在某一些人面前或某些场合之中不能适应，就马马虎虎随它去，也不算是什么大不了的缺点。

* * *

人是群居的动物，与世隔绝的生活是找不到的。所以，有许多时候，我们不能在表面上过于强调自己的个性。

* * *

应酬是难免的，在你不得不参加的时候，你要想到那等于是在演戏。演得好坏，你可以不要去管他。反正你不准备一辈子演那种无聊的戏。演过就算了，回家之后，也用不着再去检讨自己扮演这个角色的得失。希望自认性情内向的人能用这种心情去参加应酬。

* * *

你在应酬的场合，觉得紧张、苦恼和失败，那是因为你太注意自己了。如果你不过分地希望自己在应酬的场合出类拔萃，不过分地希望自己胜过别人，那你就可以有闲情去注意别人的形形色色，而不会把注意力集中在自己身上，使自己拘束紧张了。

* * *

人生如戏，在积极的意义上来说，这句话当然不能成立，但是在应酬的场合，那真是一场一场的戏。只要你别把自己沉迷其中去苦恼紧张，你仍会从中得到许多乐趣。

* * *

知人者智，自知者明。先要知道自己的性情，自己的爱好，然后才可以知道自己所喜欢接近的是哪 类型的人。

* * *

应酬交际之所以使你精神紧张，并不是因为你不喜欢朋友，而是因为那些人根本不一定是你的朋友。

原谅・宽恕

假使凡事都能设身处地为别人想一想，人与人之间的纠纷就会减少很多。

* * *

事缓则圆，对那些可能发生冲突的问题，不妨兜兜圈子，早晚会达到目的，不必争在一时。

* * *

人与人之间，误会在所难免。有了误会，千万不要僵持，由自己主动地向对方解释，使对方明白真相，可以化戾气为祥和。

* * *

当别人好意向我们来解释误会时，不可矜持固执。辜负了对方的好意，伤了对方自尊，失去了难得的朋友。

* * *

人与人之间需要同情和原谅，你能同情人，就能原谅人；能原谅人，自己也就快乐了。

* * *

当有人同你争吵的时候，假如你能够心平气和地诚恳地向他表示，你不想和他争吵，不但不想和他争吵，而且你是他的朋友。使他相信你，并且安静下来，听你解释事情的真相，你们可以化敌为友。

* * *

我常常发现一些喜欢大发脾气的人，心理上都有点自卑的倾向。为了掩饰自己的胆怯、无能和弱点，就先发制人地去找人争吵。事实上，有许多纠纷都是可以和平解决的。对那些喜欢找你麻烦的人，也不妨多存几分悲悯和原谅。

* * *

和气致祥，能以和气的态度待人，以超然的态度处世，烦恼必会减少，你也就可以把心力用在有意义的事情上去了！

* * *

宽宏大量是一种美德。它是由修养和自信、同情和仁爱组成的。一个宽宏大量的人快乐必多，烦恼必少。

* * *

暂时的忍让，会换来长久的平安。

* * *

让我们尽量相信，每一个有坏处的人都有他值得人同情和原谅的地方。一个人的过错，常常并不只是他一个人所造成的。

* * *

人与人之间如谈报复，一切冤怨都将没有止境，天下必定大乱，人间也必充满了怨毒和恐怖。

* * *

有许多事情是不应该急于去采取行动的。往往事情在开始的时候，是在一个混沌的阶段，一时看不出其中因果。这时，我们需要的是静下来等待，等待事态澄清。澄清之后，才可以看出它的来龙去脉，才可以明白怎样去寻找对策。才不会在慌乱中，凭一时意气，采取了不正确的措施。

含　蓄

如想避免别人的嫉妒，唯一的办法是使自己不要太锋芒。不要太锋芒也就是含蓄。你有十分本领，在表面上，只须表现五分。如果你美貌，你就要穿得朴素。如果你聪明，你最好少在人前炫耀你自己。

* * *

太露锋芒招人嫉妒，招人嫉妒，前途必有暗礁。不如收敛些，无人防你，成功反而快些。急于表现自己者眼光未免浅短，难成大事。

* * *

你可以独来独往，但不能让人觉得你有敌意。你可以自鸣孤高，但你不必使别人觉得你瞧不起他们。

* * *

最有力的辩论是无言的微笑。

* * *

“潭水静默，浅流乃潺潺作响。”要做潭水，别做浅流。

弱点・嫉妒

一个人最要紧的是要有自己的本色。要发挥自己的长处。用自己的长处去冲淡自己的弱点，比用尽心力去设法补救自己的短处更容易使你得到成功和快乐。

* * *

人的好处与缺点是一体的两面。对待别人，我们固然应该重视他的长处，原谅他的缺点；对待自己，也不妨在努力自修之外，对自己那不容易克服的弱点，存着几分宽容。这样，可以减少拘束紧张、举止失措的毛病。

* * *

怕羞是过分注意自己的结果。试试看，去注意别人，而不要太注意自己。别总担心自己给别人的印象是好是坏，这样可以使你轻松下来，态度就自然了。

* * *

身体上的缺陷有时会成为一个人发奋图强的原动力。当一个人身体方面有不如人的地方时，如果打算与别人公平竞争，或胜过别人，就必须在精神方面多去充实。中外古今，有很多这类的实例。造物主为每一个人都准备了适于他走的路，只看他是否认真地去找。

* * *

置身逆境、遭逢变故的人，如能逆来顺受，把已经绝望的索性放弃，而把自己所有的聪明才力和心智，尽量转移到其他方面，这样，他虽残缺，仍是个强者。他仍可能是个成功的人。

* * *

一个人是否尊贵，不在他穿什么，戴什么，不在他吃什么，住什么，而在于他怎样思想，怎样行动，怎样让人由小地方看出他的教养。

* * *

人生难免有拂逆的境遇。既然不可避免，就不如以泰然的心境，坦荡的襟怀，从容应付。不但可以顺利度过，反而还可由其中领悟到一些哲理。

* * *

不管自己遭遇如何，总要尽力使自己的情绪维持镇定和平衡。欢乐时固然不必忘形，愁苦时也不可过分。因为时光不停地飞逝，一切喜怒悲欢终会逐渐褪色，变成陈迹。

* * *

不要事事都和别人竞争。喜欢嫉妒的人多半都是因为他希望自己样样都比别人好。但事实上，这是不可能的。一个人能有一样比别人好，就已经不容易。那么除了这一样之外，别人胜过你的地方，你就应该心平气和地接受。要相信，这是很公平的，你就不会再去嫉妒了。

* * *

如果我们能多同情别人，多为别人设想，就能把自私自利的念头抛开，用学习和观摩的精神去承认别人的长处。要相信，世界这样大，你决不可能样样都凌驾别人之上。尽量在自己擅长的方面去求发展，不求压倒别人，只求尽自己最大的努力，完成自己天赋的使命，就可以心平气和了。

* * *

要多有点自信，有自信的人是不嫉妒的。

金　钱

凡事如在金钱利益上着眼，就难免在人情道义上有几分刻薄。有了物质享受的人，势必要放弃掉许多精神上的自由和心安理得的快乐。

* * *

一个人假如除了赚钱享受之外，没有其他，他的生活必然缺少乐趣。他会失去真正的朋友，换来一群趋炎附势的小人。他会缺少真正爱他本人的人，而只剩下那些爱他金钱的人。

* * *

人们都说“钱能通神”，我恐怕这个说法是太乐观了一点。由许多的事例都可以证明，太多的钱所通的并不是神，而是罪恶。

* * *

不管人们认为现代生活是怎样的需要金钱，可是，在我们教育子弟的时候，仍然要使他们相信，工作和兴趣才是一切，金钱报酬应该是附带的东西。

* * *

唯有那不注意物质上的缺憾的人，才可以集中力量去追求精神上更可贵的东西。

* * *

人与人之间，金钱往来也很难避免。所以，当你开始和人发生债务关系之前，就应先有心理上的准备。假如对方是朋友，那么，你不要为金钱而失去朋友。这笔钱借出去之后，还也好，不还也好，就不要再存心去计较。

* * *

量入为出，这是生活的一大原则。赚得少花得多，难免东挪西借，一切烦恼都将由此发生。

* * *

物欲是没有止境的。安于俭素的生活，不贪心，不慕虚荣，不妄想非分的享受，生活中自然会有恬淡安适的乐趣。

* * *

金钱虽然是身外之物，但是因为它对每一个人都有用，所以我们仍要尽最大可能，以正当方法赚取，并且俭约地使用。

不要接受别人的金钱。尤其是为了一时的虚荣或排场，去用别人的钱，将来就算能够设法偿还，也必相当苦恼。如果没有办法偿还，那么那一时的虚荣和排场就抵不过日后的苦恼和麻烦。

* * *

“不做亏心事，不欠别人钱。”尽管生活苦一点，但是，心情松快，睡也安然，走也方便。这种松快、安然和方便，是金钱所买不来的。

忘　忧

每人都有时会对生活失去信心的，问题是你是否有足够的力量在适当的时候使自己重新振作。这点力量就是促使一个人成功的原动力。

* * *

找一个新的朋友，或和你其他的朋友多来往，不要把自己闷在狭小的生活圈子里，可以帮助你忘记那令你失望的人。

* * *

不值得回忆的事之所以常常萦绕脑中，不能忘去，是由于生活太闲散和太单调所致。在这种情形下，你应该为自己找点事情做，或者出去走走，使生活有变化。生活有变化，那原来令你困扰的事就不会再显得那样突出和重要了！

* * *

一个人如果肯对自己所有的一切，抱着一种知足感谢的心情，就不会抱怨命运待他不公。一个人如果能多想到自己对别人所应付出的感情或力量，他就不会觉得这世界没有他的容身之地，也就自然会觉悟到生命的另一种意义。

* * *

要用乐观的态度来解释这世界。因为只有当我们认为它好的时候，它才好。假如我们处处想去拆穿它，想去揭发它不好的地方，那我们就难免失望了。失望徒然增加我们的烦恼，减少我们的活力，对实际生活却毫无补益。

* * *

生活中本来就是苦多乐少。如果我们自问，在日常生活中还有一些，或曾有过一些值得我们欢欣鼓舞或留恋沉醉的事，那就已经应该高兴。对一些不可避免的挫折或打击，也就只有处之泰然了。

* * *

当一个人心情痛苦的时候，往往会羡慕其他的人，认为能像别人那样无愁无虑，该有多好！其实，他没有想到别人也有痛苦凄惨的时候，而他自己也曾在不知不觉中被别人羡慕过。心情是会变的，痛苦是会过去的，快乐是会再有的。不要以为一时的黯淡就会永远也见不到光明。

* * *

生活中不可能没有一点忧愁，不过，有的人比较善于排遣，比较看得开而已。眼光放远一点，得失看淡一点，忧愁的分量就可以减轻一些了！

* * *

希望不能没有，但不要太奢望。不要希望那些自己所够不上去希望的事。本分一点，知足一点，忧愁也就可以少一点了！

* * *

不要顾虑太多，不要把事情看得太严重。想想看，你的朋友中大概总会有一两个开朗豁达的人。看看他们怎样处理那些值得发愁的事。平常，你也许会笑他们太不严肃，但是，在面临忧愁的时候，他们的态度却值得你去学习。

宁　静

“韵味”是一切艺术必备的条件，缺少这一条件，格调就低了，生活也是如此。

*　*　*

肉体的存在是短暂而又局限的。精神的活动是永恒而又广远的，你如不甘使自己庸碌一生，你就要在精神方面去多追求。

*　*　*

一个人能有真正静下来的、属于自己的、不受外界干扰的时间，是一种难得的幸福。因为唯有在这个时候，你才是属于你自己的。你才可以做自己的事，想自己的思想，温习自己的旧梦，计划自己的将来。

*　*　*

每一首音乐都是一首诗，每一首诗和每一首音乐也都是一幅画。只要你懂得欣赏，在它们之间，你都可以发现一种共通的值得欣赏之处。

*　*　*

绝对的美和纯白的爱是信则有，不信则无的。你相信它有，它才有；你不相信它有，而要用现实的眼光去把它拆穿，去把它分析，它就会幻灭。

*　*　*

最好不要用现实的眼光去分析你认为美的东西。有时不妨故意避免去看破那些本来应该看破的东西。

* * *

我们最好能一方面过生动活跃的生活，一方面有宁静沉思的机会。这样我们才不致成为只知劳动而不用思想的机器。

* * *

我们固然经常需要用清醒锐敏的眼光去认识世界，了解人情，但我们也有时需要一点薄薄的烟雾来润饰粗糙的景物，和不完美的人情。它能使我们心境更超然些，对一切的喜怒哀乐也都可以更看得淡些。

一切痛苦或欢乐，失望或悲哀，当它成为回忆的时候，就有了雾里看花的朦胧之美。当时的痛苦或欢乐，失望或悲哀的心情，也就都成为值得欣赏的心情了！

* * *

时间可以做很多好事。当你不了解一个人的时候，你不妨等时间来帮你了解他；当你不知事情将如何演变而忧虑的时候，时间也常常会意外地告诉你一个很轻松的答案。

* * *

大树是植物中的哲学家。它可以告诉你，人生的短暂、宇宙的永恒。它知道世事演变是怎样的无常，更知道一切的争名夺利、贪欲、嫉恨，到头来是怎样地消灭得无影无踪！

* * *

不要说人生没有乐趣！请听听那些音乐，想想那清澈的水，悠闲的云，宁静的月，以及一切你所爱的和爱着你的。人生可留恋的东西不是很多吗？

* * *

雾里看花，云中望月，都有一种朦胧之美。有时，我们需要一点烟雾，去把粗糙的现实软化，使它看来柔和些，会多有一些美感。

* * *

每一种感情都需要一点故意不去看破的执迷，让我们尽量往好的一面去想吧！

* * *

生活里，没有让你烦心的问题，没有金钱上的得失，没有名誉地位上的困扰，没有人事方面的磨擦与纠纷，这就是快乐的生活了。

* * *

天地就是我们的家，天地间的万事万物都是我们欣赏的对象。不要总抱怨生活无聊、单调或贫乏，只要你懂得体味，你可以在别人所见不到的地方找到乐趣。

* * *

为了生活，我们不能不忙，但是别忘了给自己精神上找点清凉的机会。静下来，看看远山白云，听听雨滴风声，生活所带给你的烦倦就会慢慢消失。

淡　泊

宁愿在注重功利的人面前做傻瓜，也不要被注重精神的人骂我们现实。

* * *

财富并不会给人们带来真正的幸福。时常，我们发现，人们在没有钱的时候，很懂得享受生活情趣，而一旦有了钱之后，他们就不由自主地做了金钱的奴隶。

* * *

要避免让自己陷到物质欲望的泥淖里去。生活中有许多可爱、可欣赏的东西，有许多轻松隽永的乐趣，这些东西，这些乐趣，往往并不是金钱可以换来的。

* * *

一个人物质上的欲望越少，精神上拥有的自由越多。如果我们把一切的物欲、名位等等得失放开看破，使自己安于淡泊俭素不求闻达的生活，心情自然就宁静了。

* * *

不要以为钱是好东西。一切物质上的需求都是过犹不及的。刚好够用、不虞匮乏的生活，是最理想的生活。超出这个范围之外，苦恼就多了！

* * *

一个人的心力精神一旦完全被物欲征服，受到外界无谓的滋扰，他心中就没有余地再去容纳天光云影了！这损失岂是金钱所可以换得来的？

* * *

维持生活并不需要很多的钱，问题只在有些人太注重奢靡享受了，结果就为物质的享受而付出了自己。

* * *

财富是靠不住的，今日的富翁，说不定是明日的乞丐。唯有本身的学问、才干，才是真实的本钱。

* * *

假如一个人能自然而然地安于简单朴素的生活，穷困的日子对他的压力就会轻得多。

* * *

如果你根本不想得到，你就不会有失去的痛苦。对一些不是我们分内应有的东西，最好不要去贪心妄求。世间有些东西是值得我们下功夫去追求的，有些东西是用不着去为它花心思的。一个人，在这一生中，只要尽了自己应尽的力量，做了自己应做的事，使生命没有浪费，其他的东西都是可有可无的。

* * *

赚钱是维持生活的手段，而不是人生的目的。一个人只要能有足够的钱，可以买到他生活中所必须的东西，就是富裕的生活了。不要让自己去做金钱的奴隶！

* * *

事情如意与否，要看自己怎样去衡量。过多的、不自量力的奢望，自然不容易如愿以偿。本分些，量力而为，如意的机会自然也就多了。

* * *

简单朴素的生活可以使我们不沉迷于物欲的追求和享受。可以使我们把心力用来追求高尚远大的目标，这才是理想的生活，这样才不致浪费了大好的时光和宝贵的生命。

* * *

有些人终年孜孜为利，所求无非是物质的享受。但他们在精神上却是紧张困扰，劳碌贫乏的。真正懂得生活的人，一定知道怎样避免让自己做物质的奴隶。

* * *

追求物质的人，所得越多，越不满足。但是，一个懂得享受精神生活的人，他即使在最低限度的物质生活中，也能领略到海阔天空心安理得的快乐。

豁达·洒脱

当你遭遇到不如意事的时候，尽可把它看做一幕戏或一段小说，而你不过临时做了其中主角而已。那样你将会反而觉得有所收获而感欣慰。

* * *

一个人如有一项别人所比不上的专长，就算是得天独厚。有了这项得天独厚的专长，你就不必觉得生活没有希望。

* * *

人的一生时间太少，旁枝末节的小问题，能放开就放开算了，用不着花那么多的时间去为它忧虑感伤。

* * *

有些痛苦是徒然无益的。既然明知道你的痛苦改变不了事实，那你为什么不想开点呢?

* * *

我们固然不能糊里糊涂地浪费光阴，但也不必对一切事都过分地认真苛求。最好的生活态度应该是，在认真严肃的一面之外，仍有豁达洒脱的一面。

* * *

有些问题是我们可以解决的，我们就该尽量想办法去解决。能用自己的力量去解决而不去解决，那是懦弱与不负责任的表现。有些问题是我们的力量所解决不了的，对自己无能为力的问题而偏偏不肯放下，那就是想不开。希望我们都知道在什么情形之下负起责任；在什么情形之下，确实明白自己的立场和权限，做一个清醒而明智的人。

* * *

每人都有遇到烦恼问题的时候，但烦恼迷惑并不能解决困难，唯有清醒达观，才可以明白什么是应该去尽力克服的，什么是根本不值得去费心思的。

* * *

一般人之所以为生活中的琐事烦恼，都是因为既拿不起，又放不下。既没有魄力与勇气去承担和解决困难，又没有真正豁达洒脱的精神去摆脱困难，所以才牵丝攀藤，一天到晚陷在困扰之中。

* * *

当我们能活动的时候，不要放弃活动的机会。一天到晚坐在那里不动，不但身体失去了活力，精神也会觉得衰老。

* * *

一切事都是这样，你急于去求，就会得不到。放平淡些，反而不求也来了！（在恋爱方面，你也应明白这个原则。）

* * *

人是大地的产物，请试着去了解自然，它会使你胸襟开阔，眼光远大，人格崇高。

* * *

退出人海，做一回旁观者，会使你懂得一些别人所来不及发现的道理。

* * *

人们自古就向往着神仙的生活。其实认真想来，所谓神仙的快乐，也无非是能超然于肉体的、物质的、功利的需求之外，而不受任何限制的快乐。人越能脱离物欲的需求和功利的约束，就越觉得快乐。

* * *

莠杂的东西总比优良的东西显得热闹。挤在低矮的墙角边熙熙攘攘的小野花，早晨开过，晚上便消失了，它们永没有机会了解千百年的参天古木所经历过的沧桑。

* * *

快乐的人有两种。一种是真正了解宇宙人生，而把一切都看为值得欣赏和宽容的人；另一种是热爱生活，不懂烦恼为何物的人。因此，要么你就真的看透，否则，你该多保存一点执迷。

送你一首古人的“小”曲

双调庆东原

诗情放
剑气豪
英雄不把穷通较
江中斩蛟
云间射雕
席上挥毫
他得意笑闲人
他失脚闲人笑

——元·张可久

心灵上的舒展

人生最大的苦恼，不在自己拥有的太少，而在自己想望的太多。想望不是坏事，但想望的太多，而自己能力又不能达到，则会构成长久的失望与不满。在对环境、对自己，都长久的感到失望与不满的情形之下，就产生了自卑、疑惧、对环境的戒备和内心的紧张。

我常想，对那些太急于求好，或急于求功的人们来说，他们需要学会一分“心灵上的舒展”。这种心灵上的舒展是让自己能把一切看平淡些，看轻松些。不要巴望得太高，不要过分的求全苛刻。固然，在正常的情形之下，我们都应该要求自己上进，要求自己做事要精确、要成功、要胜利、要超越；但是在这一切要求之上，还必须有另一种要求来使它平衡。这要求便是使自己“量力而为”，要“轻松平淡”。

一个人的智力、体力、领悟力与适应力，都有一定的限度和范围，不可能在每一件事上都一路领先，胜过所有的人。我们必须承认有自己力量所不能达到之处。必须承认人外有人，天外有天。我们可以在某一些事情上比别人略胜一筹，但当别人在另一些事情上胜过我们时，我们必须有为别人喝彩的心情；至低限度要有承认别人在某些方面比自己好的雅量。而且即使对自己来说，当我们达不到自己所要求的目标时，除去准备继续努力之外，也必须对自己能存几分原谅。

我们常见有两种人。一种人是太懒散，因此他们需要多催逼自己；另有一种人是太要强，因此他们需要略微放宽自己。对一个过分求全的人来说，他如想真正得到成功，必须先让自己学会几分平淡。否则单是那种急于求功的紧张焦虑，就会把他的精神无益地消耗，以致一事无成。

当你紧张焦虑、不可终日的时候，你不妨想想世界上那些尽人皆知、值得紧张焦虑的大事。例如，太空人登陆月球的事。试着设想一下太空人所面临的考验，科学家们所面临的考验，以至于太空人的家属们所面临的考验等等，你会开始了解，你自己目前所引为紧张的事情实在很小；你所面临的成败得失也实在并不那么严重。

世上真正成功的人常能举重若轻，履险如夷，临危不乱。这是一分定力，也是一种智慧和胸襟。太空人在登月探险的过程中，还有心情说笑话，那一分轻松正是最高智慧的表现，也是成功者所必备的条件之一。

大成功如此，小成功亦然。念书、参加考试，除认真准备之外，必须能够把得失置之度外。凡事在于自己尽力而为，只要自己已经尽力，成功与否，或是否胜过别人，那就已经不是自己的力量所可操纵，多去忧虑反而分散了自己的精神与心力，削弱了成功的可能性。

“不问收获，但问耕耘”，这句名言不但是我们做事为人的一个守则，也更是应付得失问题时的最佳箴言，同时也是一项真正帮助我们达到成功目的的信条。因为我们在耕耘时，如果分心去巴望收获，或因急于收获而不耐烦去脚踏实地地耕耘，都足以影响到正常的工作步骤，而减少或失去了应得的收获。

个人的成就与竞争时的得胜，固然是值得快乐的事；但假如一个人处处想得胜、要争强，则不但享不到成功的乐趣，反而充满了惟恐被别人超越的苦恼。由于你时时想要胜过别人，则一切人都将成为你的敌人。生活中那些本来值得欣赏的项目，也都由于你急于求功，而变成了不受欢迎的干扰。这样，你的生活势必内容枯燥、冷硬而乏味。由于你只欣赏自己而不欣赏别人，难免使自己变为孤立而非常寂寞。那时，你即使成功，也会由于无人与你分享而不会觉得快乐。

因此，假如你已具备了天赋的聪明与后天的勤奋，希望你在这两项成功必备的条件之外，再加上一分平淡轻松的心情，那是真有智慧者所最应追求的。

聪明勤奋和平淡轻松是成功的两翼，缺少其一，都将使你不能成行。

生之乐趣

——答某青年

你信上从头到尾都是一片悲观厌世的论调。在你看来，人生毫无意义，理想也是虚空。你说你以前想出家，现在想自杀；不想为谁而活，也不想为活着而活。

其实，像你这种心情，并不古怪。因为几乎人人都有对生活厌倦的时候，人人都有时受到打击和挫折，有时生病、失恋，而觉得活着真没意思。但是，尽管觉得活着没意思，我们还是活下来了。而且当渡过了那一阵心绪的低潮之后，我们究竟还会发现阳光很可爱，水很好喝，烧饼油条或水果很好吃，音乐很好听，电影很好看，睡眠很舒服等等。这时，我们就会感到奇怪，那一阵怎么那么可笑，而竟想自杀呢？

我常想，如果一定要说人生是为了什么堂皇的大题目，那就未免太严肃。我们其实是不必把事情弄得那么严肃的。一个人，假如他有理想、有抱负、有作为、肯牺牲，那当然很可贵；但多数人都不会那么杰出，或那么认真地让自己像参加竞赛一样地去生活。事实上，我们活着的乐趣也决不会只仰仗那些大题目；而在于一些小事情、小项目、小趣味，生活不是沿着一条直线单纯地进行，而是由许多小项目交互变换而组成。

打个譬喻说：那些理想、抱负、牺牲精神等等，好比是远远地摆在终点上的碑石，而日常生活中的小项目、小趣味，好比旅行途中的花木、山水、风景、旅伴、车船以及歌唱、野餐等等。假如你不把注意力放在旅途的趣味上，而一心焦急紧张地奔赴你的目标，那当然会觉得这一段生之旅途太严肃、乏味、辛苦，而且漫长。特别是当你并不像有些人那样重视终点的目标，或根本不觉得你那目标有什么重要时，如果再忽略生活中的小趣味，那你就会苦恼不堪，而想要自杀了。

你是否可以暂时不去讨论那些终点上的大题目，而留神注意一下眼前身边的小题目呢？我常说，单单为了音乐和诗歌，我也不愿离开这世界。有时，我会为一双新皮鞋而舍不得死呢！

你一定也有时会有这种心情的。

人生的乐趣不在大目标，而在小趣味。

当然，这并不是说，我们不该有大目标，而是说，在大目标之外，也不能忽略小趣味。

像你信中所说："一位同学，读了医科，做了医生，救了好些人，是否这就是他理想的达成呢?"你说，"人们结婚生子，为下一代牺牲，是一种义务。"所以你觉得"无聊"。这都证明你把事情看得太机械、太严肃了。

人生哪里是像你所说的这样——学医就只是为了救人，结婚就只是为了下一代而牺牲？照你这样想法，当然什么都没意思了。

其实，学医的人在学习的时候，小目的很多。除了"学医"这正式的目的之外，他的日常生活中还必有其他的内容，他可能将来会救了很多人，受很多人的感谢与爱戴；但他自己在这学医和行医的过程之中，仍多半是把它当作一项学业和一个职业。他的日常生活中，除了，上课、实习、解剖等等之外，一定还有许多小事，如打球啦、听音乐晚会啦、约女朋友啦、和同学聊天啦……等等。他的学业或工作可以说是生活的经线，而那些生活小事是生活的纬线。这样，才构成他"医学院学生"和"某某医院医生"的生命。

医生固然常能在他们把病人医好的时候感到快乐和欣慰。但他们也更能在业余打打羽毛球或保龄球，或和妻儿一同去爬山野餐时，感到乐趣。你能想象"光行医，不生活"的医生吗?

别把生活看得那么严肃冷硬，你就可以轻松下来了。

真正聪明的人是那些懂得享受生活中小趣味的人。大趣味太高远，太难得了。如果在追求大趣味的过程中，没有小趣味来调剂，人生当然就成为痛苦漫长而艰辛的一段跋涉，而使人不想活下去了。

太严肃并不是最好的生活态度。

不要只想到自己所将付出的，而要想到自己经常收到的，你就会心平气和而豁然开朗了。

服务或牺牲如果使你痛苦，那么，请想想你生活中有着多少别人的服务或牺牲吧！

那些扫街道的、挑垃圾的、倒水肥的、修桥的、开路的、卖冷饮、卖豆浆的……直接间接，我们都需要他们的服务。我们究竟为别人做过一些什么呢？而我们还要时常抱怨，好像别人都亏欠了我们似的，你不觉得这太不公平吗？

你说，人为下一代是一种牺牲。因此觉得结婚生子毫无意义。但是，你去看看那些植物，它们的老枝死了，下面生出新枝，比老枝健壮而又漂亮多了。这就是自然的代谢。当一位祖父年老而即将死去，他的小孙儿却正在开始牙牙学语的时候，他不会感到那是牺牲，而只会感到莫大的欣慰。这就是自然的生命之力。我们来自自然，一切都由自然支配。求生存是自然之力，求延续也是自然要我们如此。生命的本身就是一种成功，就值得快乐和歌颂，你想要厌弃它都难呢！

快乐的共鸣

我们的每一天都要靠自己去涂上彩色，否则，它就可能是一片空白。

这彩色就是生活的内容。当你度过了充实、活跃而有成绩的一天，到了晚上，才觉得日子没有白过，而人生也就因此而有乐趣。

朋友A从国外同来，带来了许多漂亮的彩色纸、绸、纱和毛料。还带来了许多手工艺的书。闲时和爱好工艺的朋友一同做纸花、缝靠垫、做壁饰；每做成一件，就约朋友来欣赏一下。一面喝喝茶、谈谈天，日子里就充满了乐趣。当这些工艺品积多了之后，就开个展览会给更多的人来欣赏。

她说：“小快乐才是构成人生乐趣的主要旋律。”

朋友B在郊区买了一幢小小的市民住宅。因为房子坐落在山脚下，风景绝佳，就常约三五友好，带上一点野餐，偷闲半日，去山上寻幽探胜。山坡上跑跑，小庙里坐坐，一面谈谈文章或人生心得。所费无几，生活却有了浪花，心情就不会呆滞。

他说：“又何必一定要跑到远处去观光？”

朋友C家中有个小小的后园，于是植花种树成了他生活的最大乐趣。偶尔去乡下走走，带回一些柳枝、昙茎、兰根，试着栽培。小园里随时有新叶新花，闲时约好友同来欣赏，趣味盎然。

他说："创造的快乐并不难求呢！"

朋友D平时工作甚忙。但他却每月抽出半日，办一个文友雅集。下午二时至五时，茶点招待。朋友们随时可来，有事即可早退。因为不是正式餐聚，没有人数多少的负担。来三五人，八九人，十数人，都可聚晤，茶点既无客数限制，临时人多，也不难立刻添补。可说是最自如的聚会。

他说："友情即是乐趣。又何必一定享高官厚禄，或得奖出名才觉快乐呢？"

成功与荣誉的得来非易。它们是大快乐，要靠多少年的辛苦耕耘。而它的目标无止境，成功之外另有更大的成功在等待你去追求；荣誉之外另有更大的荣誉在吸引你去获致。如果你只能在成功与荣誉得来的那一刻才感到快乐，那么你日常的人生必然只剩下紧张、焦灼与苦闷了。

何况成功与荣誉贵在有人愿意与你分享。日常只顾奔忙，而忽略了友情，则即使成功与荣誉集于你的一身，又有什么真正的乐趣呢？

尤其当年老退休之后，一生繁华似乎俱已过去。如果没有适当的方法来使生活充实，就只有凄惶待毙了。那又岂是当初努力辛勤工作的本意？

人生的意义在于尽量把握有生之年，发挥自己的所长，并享有宽朗和平的乐趣。

发挥自己所长是向自己内在去发掘，去充实，去磨练。享有宽朗和平的人生乐趣，是向周围环境的付出。把自己所知、所有、所得，与别人分享。你会觉得生活的空间广大开朗；生活的内容丰富多彩，日子就不会枯燥乏味了。

快乐不是一条单音的旋律，它需要来自多种音响的协奏与共鸣。它不单是发射，而更需要回应。

当你有心情聆赏林间鸟语，你会听到它们的鸣唱总是此起彼应，越唱越有精神。

境由心造

一个人的处境是苦是乐常是主观的。

有人安于某种生活，有人不能。因此能安于自己目前处境的不妨就如此生活下去；不能的只好努力另找出路。

你无法断言哪里才是成功的，也无法肯定当自己到达了某一点之后，会不会快乐。

有些人永远不会感到满足，他的快乐只建立在不断的追求与争取的过程之中，因此他的目标不断地向远处推移。这种人的快乐可能少，但成就可能大。

苦乐全凭自己判断。有人认为学历不重要，他就不会因无学历而苦恼。有人认为一定要有学历，他才觉得快乐和心安，因此他只好去追求学历。这和客观环境并不一定有直接关系，正如一个不爱珠宝的女人，即使置身在极其重视虚荣的环境，也无伤她的自尊。因为贫富贵贱各有不同的标准与定义。拥有万卷图书的穷书生，并不想去和百万富翁交换钻石或股票。满足于田园生活的人也并不艳慕任何学者的荣誉头衔，或任何的高官厚禄。

你的爱好就是你的方向，你的兴趣就是你的资本，你的性情就是你的命运。

各人有各人理想的乐园，有自己所乐于安享的花花世界。

朝自己所乐于追求的方向去追求，就是你一生的道路，不必抱怨环境，也无须艳羡别人。

加减乘除

某日，一个女孩子打电话给我，说有一个很令她困扰的问题，要来和我谈谈。适巧我那天有事，只得约她次日再来。

当时，在电话中听她语气，仿佛那件事确是十分严重而不易解决。所以我也希望同她谈谈，帮她想一想办法。

哪知到了次日，她忽然又打电话给我，说，经过了这一天的时间，她已经觉得问题不那么严重，而可以不必和我谈了。

由于这件事，我想到，可能有很多问题都是如此。

在当时觉得严重；稍过一段时间之后，自己冷静下来，开始可以看清事情的始末，感情平复而理智抬头，那时即可知道如何处理，或如何化解了。

时常当我们遇到某些问题时，觉得需要和朋友或其他的人去商量一下，而他们也往往能给我们很适当的建议。主要还是因为别人是旁观者。旁观者未被卷入实际的利害，所以理智清醒，头脑冷静，而能够看得周全，想得透彻。并不一定是旁观者比我们聪明，而只是旁观者比我们冷静。

生活原就是由许多错综复杂的问题组成。

我们活在世上一天，就一天难免要面对各种的问题。逃避问题既不可能，只有尽量让自己学习冷静。

能冷静的面对问题，自然可以减少困扰，而易于克服困难了。

一帆风顺的生活固然值得羡慕，但究竟很难始终顺利。生活中总会有需待解决的问题。有一位朋友在遇到拂逆事情的时候，总是说：

“好啦！现在让我来作这道算术题吧！”

他把生活中须待应付的困难事件，看作算术题去处理。这种心情，也可说是一种冷静而超然的心情了。

他说：

“赚钱是加法，赔钱是减法。运气来了，大发财源是乘法；困难来了，需要解决是除法。能设法把除法除尽，那就是生活上的一项胜利，等于学生考试及格。”

克服困难时，所用的方法越正确，困难解除得越快。

不必害怕困难。因为每一项困难都是一则生活的习题。它能训练你的思路与临危不乱的本领。使你以后遇到其他难题，也能因训练有素而应付裕如。

* * *

不要轻视数学。它能训练你的思考力，帮助你学习推理。当面对问题时，才容易看清事情必然的因果与归趋，而下正确的判断，做明智的抉择。

* * *

是否能经常做正确的判断与明智的抉择，往往决定一个人一生的苦乐。

* * *

数学常包含在愉快的事物之中。下棋、打桌球、画几何图案、读侦探小说或推理小说，推算前程吉凶，都是由已知推未知，设法看清事情的演变，而洞烛机先，采取正确的对策。

谈紧张

紧张有时可以产生激发潜力的作用。

通常，人们在应付重要事情时，都会比平时紧张。这种紧张的生理作用，是让我们集中一切力量来应付所将面临的事；可以发挥比平时更大的力量，使所做的事得到预期的成功。

但是，如果这紧张超过了应付事情的所需，而变成过度的紧张，以致心智混乱，举动失措慌张，那就不但无助于你所要做的事，反而会使你失常出错，那就是你所要克制的了。

过度紧张是除了对应付事情本身所应提高的警觉和所应付出的力量之外，更对事情的后果过分患得患失。由于这患得患失而致不能集中力量来面对事情的本身。

许多学生在考试时，常会因紧张过度而失常。原因就是未能把考试只当做一个测验自己能力和所学多少的机会；而把它当做一个成败的关键，或荣辱的分界。他所关心的事，远超过了问题的本身。得失心一大，心情负担自然加重。心情负担重，思路就会闭塞、混乱，而无法完成所应做的事了。

凡事欲速则不达。一步一步地做，一分一分地累积，慢慢的，成功的曙光自然照临。急于求功，往往会使该有的成就减色，使该到手的东西因为未能把握而失去。

正常的紧张是促进成功的力量。

过度的紧张则是成功的阻碍。

怎样把握这分际呢？

主要的是：

你不要过于担心事情的后果及其他枝节问题。集中注意所要应付的事情的本身，心情自然平稳，头脑自然清明。

过度紧张的另一原因是惟恐自己不如人。

但是，每人的天分、智力、性格各有不同。如果凡事都想与人比个高下，自然会使你疲于奔命。因为你不可能在每一件事上都出人头地。如果每当我们发现自己比不上别人就失望、灰心，而否定自己；或认为一定要胜过别人而后快，那当然紧张、苦恼，不可终日了。

认清自己的能力，朝自己能力所及的方向去努力发展。如果你资质够，天分高，可能你处处独占鳌头；但那不是可以强求的事。通常情形之下，只要尽力而为，即可心安理得。至于是否胜过别人，应该不必放在心上。

学业成绩比不上别人固然苦恼；但不必为此紧张。把紧张苦恼的时间和心情用来埋头多用点功，而不必去关心是否赛过了别人，这才是为学的正确方法，也是为人的正确态度。

考大学，是读高中的同学心理上最大的压力。但是，我们仍要承认，这是一件只能尽力而为的事。除了尽力而为之外，一切好好坏坏的后果，都不是个人所可控制。对自己不能控制的事，耽心和紧张有什么用呢？

俗话说，“无心插柳柳成荫”。原因就是由于你的“无心”。

“无心”使你轻松，使你不妄动，不因过分的关心反而扰乱了它生长的自然过程。

做事业也是如此。在正常的努力之外，需要给它一个必然要经过的发展过程。这过程，不是一己的力量所可控制。因此，必须听其自然。

把成败置之度外，而只对所应做的事尽力而为，不但可以解除心情上的紧张，而且可以由于轻松的心情，而得到预料之外的成就。

再谈紧张

我常发现，当我们认为某一件事是很困难、很麻烦、很费心思，因而苦恼不堪的时候，事情的本身可能不至于真的那样令我们苦恼。只是我们自己心理上的负担太重，想得太多，担忧得太多，顾虑得太多。以致事情尚未发生，心情上的困扰和忧虑却早已远远地跑到了事实的前面。

譬如说，你将参加大专联考。但是你的心不在念书上，而尽在为考取或考不取的后果去担忧。

你一天到晚的在想，假如考取了，该多神气！假如考不取，该多丢脸！

你一天到晚都在揣摩考试时的种种情况，都在担心万一自己临时忘带准考证？万一自己临时怯场？万一分到自己认为不适当的考场？万一所出的题目太难或太容易？……

万一这，万一那。这些“万一”，事实上都还离得你好远好远。而你的心里却已经幻想了千遍万遍。因此使你精神疲劳，心情恍惚。这种无益的过虑，比真正的事实更令你不胜负荷。

其他事情也是一样。

时常，当我们准备接受一个新的职务，开始一项新的工作，交涉一件新的问题，会见一位陌生人物之前，事情尚未开始，而我们却早已患得患失地把事情想象了千遍万遍。这种想象，可说是最无益、最有害、最傻的了。但是，许多人面临这类事情的时候，还是免不了这种无益的担忧。

真正能担重任的人决不过分忧虑。

他们勇敢、乐观、看得开、有担当。对事情先有缜密的计划，此外，他们根本不再去担忧什么事情将要发生。他们只重视问题的本身，“有问题，就去解决。”如此而已。决不去杞人忧天，也不去猜想别人心中的好恶。他们只管做自己认为对的和必须的，此外不去多想。

充分的计划与准备是完成任务所必须；多余的思虑却足以蒙蔽智慧，扰乱步骤，有碍事情的正常进行。

让自己在适度的范围之内，做自己力量所能控制的事，这是最明智的生活态度。

思虑太多，不但足以导致事情失败；而且由于情绪不安，有害健康；更会由于你的犹豫彷徨，紧张戒备而失去朋友。

在纷纭复杂的现代生活里，我们必须让自己勇敢一点。这勇敢，是让自己不在乎损失，能承担挫败，能容忍批评。

把精神消耗在无益的担忧上，等真正有了问题的时候，反而没有足够的力量去应付了。

要让自己的生活态度尽量开朗些。有疑惑，就索性问出来。有苦恼，就索性说出来。不要只是自己闷在心里去猜测和疑虑。这样才会使你的心情拨云见日，坦荡光明。

人不可能永远不得罪人的；不可能每件事都占尽了便宜而一点也不吃亏的。

我们固然不容易永远置身在幸运之中，但也不会永远都是不幸的。

人世间固然有许多困难与阻挠，但也不见得都会被我们遭遇到的。

为一些未必发生的困难，老早就在那里紧张忧虑，不但无益，反而耽误了手边应做的事。

要练习多用轻松的态度去面对问题。

在每个人的经验中，都一定有过许多不易克服的困难，或令自己脸红的错误。但现在回想一下，那一切都已成为过去，当时的紧张也早已不存在了。

有时，我们应该相信“船到桥头自然直”。它并不是教我们得过且过，而是对那些容易紧张、患得患失的人们的一付镇定剂。

紧张有什么用呢？反正你要事到临头，才可以采取行动。

凡事只要自问已是尽力而为了，对它的得失成败，就不必多去担忧吧！

请勿苛求
——答某青年

你抱怨世界不完美，说，每当你对世界多认识一层，你就多失望一次。你说，你迫切追求真理的渴望都被现实的世界给破坏了。

你问，该如何面对这世界？如何对待人们？

我不想谈许多严肃的道理；而只想简单的建议你，不要用苛求的眼光去看世界。

对这世界，我们不妨认真去了解；了解之后，却更要存心去原谅。再以原谅之心去求改造，那就是一种宽大和平的生活态度了。

单是了解而不原谅，会把自己逼入牛角尖，而痛苦不堪。单是原谅而不求尽自己之力去对世界略加改进，那也未免不负责任。

你或许要问："为什么我应当原谅？"

理由是，这世界确实并不完美。它生成是如此的，而我们却是这世界的一部分。

我们由这世界诞生，先天就带来了它所具有的好处，也带来了它天然的缺点。

大自然有良辰美景，也有暴风山洪；人有种种爱与善的美德，也有不少恨与恶的劣点。

你要诅咒大自然吗？你当然知道，它的美点足够抵消它的缺点而有余。人类正在做着种种努力去改善大自然。如果人类的方向正确，那可能是人类的福祉。

你要抱怨人类有种种恶德吗？那么你不妨先问问自己，是否自己是一清如水，只有善意与爱心，而从未有过一丝恶意与嫉恨之心？

以你这封信来说，你对周围人们的抱怨是够多的了。

你抱怨家庭加给你的责任太重；抱怨妈妈不爱你；爸爸软弱与落伍。你说你对任何人都不信任。说你希望被了解、被爱、被宽恕；希望有很多的朋友。但你说世界并不接纳你。

这一切，似乎确是值得抱怨。但假如你再冷静地想一下，大概就会发现它的不公平了吧？

想想看，是否正因为你自己也如同别人一样的具有一些优点和一些缺点，而你的缺点就造成了你对这世界的抱怨呢？

比如说，你希望被了解、被爱、被宽恕。但是，你不信任别人。这不信任的心情，首先就造成了你和别人之间的距离。换句话说，是你先把自己与人隔绝起来，然后又抱怨别人不了解你。你先对别人表示不信任，处处发掘别人的缺点，然后又抱怨别人不爱你。

你对别人的缺点如此认真而苛求，却抱怨别人不宽待你。

请想，这是公平的吗？

“推己谓之恕”。当我们责怪别人，对别人失望的时候，应该反过来问问自己：“我是否没有他们那些缺点呢？”

当然，有人的优点较多些；有人缺点较多。但绝少数是纯粹的好或纯粹的坏。

你也许比一般人多具有一些优点。但由你信中这些抱怨看来，你也仍然难免是不大肯宽恕人的。“不肯宽恕人”不也正是一种缺点吗？

固然，你也许认为，人们对别人的缺点或过失不肯原谅，是一种求全的心和对完美的向往。把这求全苛责之心发扬光大一下，也未尝不可发挥为一种建设性的力量。既然觉得人们有太多缺点是一件令你痛心疾首的事；那么，你不妨发个心愿，将来去办教育，以教育的力量来教化世人，使大家学好一点。或者你将来去推广宗教，以宗教的力量去感化世人，使他们更善良一点。这就是积极的人生态度了。

你肯负起这样的责任吗？

以你信上所说，你是如此的为了父母加给你的责任太重而厌烦。那么，你可能不是那种肯负责任的人了。这也就是说，教育或宗教的工作或许更会使你觉得责任沉重而心烦了。然则你又有什么权利去抱怨和责备这世界呢？

既然无力兼善天下，那么就独善其身也好。从自己本身做起，让自己宽大些、平和些，多存几分仁恕，少用几分抱怨。承认自己和世界都是如此不完美的，不必为此气恼。

能这样想想，至少你自己是得救了。

* * *

你可以愤世嫉俗，与环境为敌，以表示自己不同凡响。只是如果你决心采取这种生活态度，你就无权抱怨自己寂寞、孤独或不快乐。更无权抱怨别人不了解你。

* * *

假如你的不快乐能激发你的潜力，去设法消除你所认为不满意的事物，改进你所认为不满意的现象，创造你认为理想的世界；那么，这“不快乐”就正是一切进步与改革的功臣。你当然更不必对它抱怨。

* * *

对环境不满，并非坏事。问题只在你是止于不满，还是准备去适应？还是准备去改造？

反省的限度

反省本来是一种美德。对自己做错了的事，知道悔悟和责备自己，这也是敦品励行的原动力。不反省不会知道自己的缺点和过失；不悔悟就无从改进。

但是这种因悔悟而对自己的责备应该适可而止。在你已经知错，决定下次不再错的时候，就是停止后悔的最好的时候。然后，你就应该摆脱这悔根的纠缠。使自己有心情去做别的事．如果这悔恨的心情一直无法摆脱，而你一直苛责自己，懊恼不止，那就是一种病态，或可能形成一种病态了。

你不能让病态的心情持续。你必须了解，它是病态，精神遭受太多的折磨，有发生异状的可能，那就严重了。

所以，当你知道悔恨与自责已是过分的时候，要相信自己能够控制自己。告诉自己，“赶快停止对自己的苛责，因为这是一种病态。”为避免病态具体化而加深，要尽量使自己摆脱它的纠缠。这种自我控制的力量是否能够发挥，决定一个人的精神是否健全。

人人都可能做错事。做了错事而不知悔改，那是坏人；知道悔改，那是好人。所谓放下屠刀，立地成佛。过去的既已不可挽回，那么唯有以后坚决行善可以补偿。

每人都有缺点，这是为什么我们要受教育。教育使我们有能力认识自己的缺点，并加以改正，这就是进步。但在知道随时发现自己的缺点并随时改正之外；更要注意建立自己的自信，相信自己的自尊。

有人一旦犯了错误，感觉自己样样不如人。由自责产生自卑。由于自卑而更容易受到打击，经不起自己小小的过失，受不了外界一点点的轻侮。为任何一件小事，都会痛苦不已。

一个人，缺少了自信，就容易对环境产生怀疑与戒备。所谓“天下本无事，庸人自扰之”。

面对这种“无事自扰”的方法，最好是努力进修，勤于做事。使自己因有进步而增加自信；因工作有成绩而增加对前途的希望，不再向后作无益的回顾。

进德与修业，都能建立一个人的自信心和荣誉感。对自己偶尔的小错误、小疏忽，就不至过分苛责，而易于从悔恨中发挥积极的力量。

自尊心人人都有。但没有自信做基础的自尊会使人变为偏激狂傲或神经过敏，以致对环境产生敌视与不合作的态度。要满足自尊心，只有多充实自己。使自己减少“不如人”的可能性，而增加对自己的信心。

做好人的愿望当然值得鼓励，但不必“好”到一切迁就别人，凡事委屈自己。更不能希望自己好到没有一丝缺点，而一旦发现缺点就拼命“修理”自己。一个健全的好人应该是该做就做，想说就说。一切要求合情合理之外，如果自己偶有过失，也能潇潇洒洒地承认：“这次错了，下次改过就是。”不必把一个污点放大为全身的污点。

人总是人。人有要求完美的愿望；但也有犯错误的“可能”。只有犯了错误不肯悔改才是耻辱。犯了错误不能摆脱自责和不肯悔改，是对自己的虐待，与对社会的干扰。

* * *

如果我们想要战胜环境，先得有力量战胜自己。如果我们想要影响别人，先得有力量约束自己。

* * *

情绪的波动对有些人可以发挥积极的作用。那是由于他们会在适当的时候发泄，也在适当的时候控制，不使它们泛滥而淹没了别人；也不任它们淤塞而使自己崩溃。

谈正常
——答某听友

你信上所提出的问题正是我近来常常想到的问题——正常与不正常的界限。

你说你的男友性喜哲学，笃信佛教。常说，他可以与宇宙最高存在交通。并经常谈到死亡的问题，行径怪异，令你担忧，不知是否他“不大正常”。

当然，喜欢研究哲学，或笃信宗教都没有什么不对，问题是他研究的方式及结果。像他这种人，可能是大智慧，也可能是不大正常。他的结局如何，端视他在哲理及佛学上有没有真正的发现及领悟，有没有给世人再提示一个更新的道路。当初释迦在菩提树下悟道，舍王子尊位而不做，在世人看来当然是不正常；但他终于悟出佛理，创下慈悲救世的宗教，因而证明他并非不正常，而是大智慧了。

普通一般人，多希求一种“正常”。所谓正常，就是遵循人类先天的自然法则与后天的人为规范，顺应大家认为理所当然的方式去生活，不做独立特行的事，或即使做，却仍能在大体上与众人步调一致。如超过这个范围，则被认为是不正常了。

但是，大多数人对人生真理缺少深思，不去洞察。因此可以浑浑噩噩，不觉什么约束与痛苦；也不去注意某些人们视为理所当然的行动是否愚昧。只有极少数人，着眼于人生真正的问题，提出宇宙的本源、万物的生灭、生活轨道的是否当然等等哲学上的问题，想要穷究其中真正的道理。此心一生，就难免与众人所走的大道逐渐分手了。

表面上看，中外许多大哲学家几乎都有其不正常之处。在他们自己，是深思明辨，想穷究一分真理。而在世人眼中，他们则难免是疯疯癫癫。叔本华虽极力强调天才不是疯子，但他本人行径反映在世人眼中，还是与疯子相差无几。诗人、艺术家、音乐家多有不理世俗、我行我素之处。他们也被世人认为多少有几分不正常。但唯其有这分不正常，他们才可以有勇气跳出世俗条律的约束，从根本上对人生作清醒的观察，深刻的体认与独立的判断，从而发现一些真理，完成一些杰作。

同于流俗，在人群中做一个不逾越常轨的人，是正常，但有时也是庸俗。

究竟一个被认为“不正常”的人是天才还是疯子，要看他们自己有无条理和有无目的。因为天才们表面上的行径尽管不合世俗规范；内心却有条理，有理智，极清醒。对自己的言行经过理智的认可，是有意义的，而不是无意义或下意识的。

他们能整理自己的思想，能解释自己的行为。他们还是随时可以克制自己，说服自己；行于所当行，止于所当止的。换句话说，他们尽管特立独行，却不致走火入魔；他们虽不理世俗规范，却仍有自己的规范。他们的言论与行径虽然难获世俗的了解，他们自己却是了解的。他们的每一条对人生的见解与发现，都是有道路、有纹理可循，而不是胡思乱想的。

这也就是说，如果一个行径怪异的人能解释他自己，他就只是不愿随俗而已。如果一个人对自己怪异的行径不知不觉，无理可喻，那么他就是不正常或疯癫了。

在我看来，太正常是俗人。略有不肯随俗之处是智者。过于不肯随俗是异人。不肯随俗而始终独立特行，并因此而有哲学上的创见，那是先知。不肯随俗却无法解释自己，而又要把自己的奇思异想勉强用在日常生活上，而且强迫别人也去遵奉的话，那恐怕不是很令人乐观的现象了。

因为如果他真是大智慧，就应了解，他的所思所想所悟，并不能勉强拿来应用在俗世。老子说：

“上士闻道，勤而行之。中士闻道，若存若亡。下士闻道，大笑之，不笑不足以为道。”就是指他知道世俗不能完全接受他的哲理。所以如果一般人听了他的“道”而大笑，他也不以为忤，更不会勉强那些根本不能了解他的“道”的人去奉行。

总之，一个真正在研究哲学的人应该知道自己每一种玄想都并非毫无根据的胡思乱想而都有它们的道理。因此，凡是把他自己也无法解释的种种幻想，坚持为可信的预感或真理，且希望别人也信以为真的话，那就是不大正常了。

一个喜欢哲学的人应该是有理可喻的。否则就恐怕近于心理学上所说的“妄想”了。

生死的问题虽然一向为喜欢研究哲学的人们所重视。但大家也都知道，上天（或造物者、大自然）在创造生命的同时，也赋予了我们一种无视这“必然的死亡”的天性。如果人们每一分秒都意识到自己迟早将会死去这一事实，那么这世界早就消失了。

聪明人或许比别人多注意而更希望去了解这个问题。但只要他是一个“人”，他就先天具有了这分对生死处之泰然的秉赋，如果勉强让自己去把死亡的问题拉近放大，已是违背天性，如果更进一步去预卜死期，那就真正是近于“妄”了。

事实上，有关生死的问题，庄子解释得最好，人是天地自然的一部分，与万物一体。“天地与我并生，万物与我为一。”他认为死亡在大自然中不过是一种演化，个体的死亡并不是真的死亡，它只是化为“物”或化为其他的生命了。人与万物在天地间不过是生生灭灭，“以不同形相禅”，并没有真正的寂灭，所谓“薪尽火传”，柴烧完了，变成火，火变成热力。人死了，埋在地下，荣养了花木或虫蚁，死亡不过是变作另一形态罢了。如着眼在宇宙的大生命，则个体的生命就无所谓存亡了。

庄子的说法，在科学昌明的现代，不但未减少其真理；反而由科学得到更多的印证。现代人时常为“我们自何处来?”“到何处去?”而感到失落彷徨，实在应该仔细读读庄子。

你不妨把我的意见转告你的朋友，既然喜欢研究哲学，对生死的问题应从多方面去了悟，不可存有悲观或偏激的心理。

你问，交到这样的男友，可否和他论及嫁娶呢?

依我较罗曼蒂克的想法，和这样的人做个性灵上的朋友是相当理想。至于说将来共同生活，那就要看你对他了解的程度及适应的可能性了。

邻居的花园

人们烦恼迷惑，多半是把一个“我”字看得太重。凡事唯恐自己吃亏，深怕别人得利。一分一厘也要计较，所以才会闹得自己寝食不安。其实，有些事是根本不值得计较，不必计较的；而且有些得失也不是绝对的。譬如：

你得到了金钱，也许失去了荣誉。

你争来了地位，也许失去了朋友。

你侵占了一点土地，也许失去了可以守望相助的好邻居。

相反的，假如你为失去了某些金钱而烦恼，你也许可以保持了清高的荣誉而应该快乐。

假如你没有争来你所希望的升迁，也许你会维护住很多同僚的友情。

假如你不争夺与邻居共有的那一线土地，你也许今后一直和邻居相处得很好，得到他们很多的照顾。

凡不如意事如能反过来想，就可以心平气和而觉得快乐。

前几天，有一位朋友和我谈起，今年他家里又有很漂亮的圣诞红可看了。

我问他：“你种了圣诞红吗?”

他说：“不是，是隔壁人家种的。”

这位朋友说，他的邻居太太平素很喜欢在小事上计较，他们两家本来各在共有的墙边种了一些花木。他种的是一株爬墙花，邻居种的是圣诞红。可是，当他的爬墙花长到够高，可以爬上墙头的时候，邻居就把它从墙头上推下来。起初，他不在意，以为是风吹的。就用细绳把花蔓绑在篱笆上。哪知那细绳又被剪断，花蔓又被推了下来。

后来，他才知道，原来邻居不喜欢爬墙花，怕爬墙花侵占了他们的院墙。于是，他想，也罢，就把爬墙花移到另一边的墙下去了。

慢慢的，邻居的圣诞红长得很高，高过了墙头。从他家的客厅里，抬眼一望，就可看见那漂亮的枝叶迎风招展。每到十二月，开了大大的红花，正可赏心悦目。

这位朋友说："我并不觉得自己有什么损失。相反的，我照样有花可以欣赏。又何必在乎它是邻居的，还是自己的呢?"

大家种花，大家欣赏，本来是何等的愉快！

偏偏这位朋友的邻居不能了解这个道理。只希望自己种的花好，不希望别人种的花开。

其实，那位朋友说，他邻居的圣诞红所种的地方，在角度上并不适于给那种花的主人欣赏。相反的，朋友所种的那爬墙花，如不移开，倒正可以慢慢爬满邻居前面的院墙。当春暖时节，会有一簇簇的粉红花朵开放，不知该有多么赏心悦目！但那邻居却只因它不是自己种的花而放弃了大好享受。

只知欣赏自己成就，而不知欣赏别人成就的人，都是自寻苦恼。因为单是那偏私嫉妒的心情，就会剥夺了他整个的生之乐趣。何况单凭一个人的力量，又能有多少值得欣赏的成就呢?

唯有把一切的美，不分人我，一律由衷颂赞，才能欣赏到真正广远的美。他生命中的园林才能辽阔无边而丰富无比。

寄　情

人在精神上或感情上都需要有点寄托。以我这大半生的经验，我发现，与其寄托在人；不如寄托于事或物，或一种信仰。

因为人是复杂的，是有自主自动之权而又偏偏必须受环境限制的，是无法避免诸多牵制的。

你寄情于一个"人"，原无可厚非；可惜的是，任何人都不是完全独立的个体。每个人都有他自己的家庭关系、社会关系、事业关系，以及情绪上的变化等等。

你无法抓牢一个人，使他完全适应你。你必须顾到他大部时间是不能适应你的。因为他另有他自己的牵绊或烦恼。

他有时比你更需要寄托。而这寄托却并不一定是你所可以胜任。

因此，人与人之间的感情或助力的可靠性，甚难如自己的意。不如寄情于事、于物或信仰。

所谓“事”，指事业、工作、文章、艺术、音乐、等等。所谓物，指山水、古玩，各种珍品的搜集等等。这种寄托，因对象无主动力，所以能够承纳你一切的感情。

所谓信仰，是指理想或宗教。

有理想的人，可从努力追求理想的过程得到寄托；由理想的逐渐达成而得到安慰。

我并不是说人都不好，都自私；而是说，人多半都不由自主。这不由自主，有时固然是被环境所迫；有时也是因为当事者另有其他必须献身的工作。既不一定是由于自私；也不一定是由于懦弱或对环境的迁就。

我常建议一些精神苦闷的人，与其过分地把感情寄托在某一个“人”，不如把感情寄托于宗教。现代人否定了宗教的价值，实为一大损失。因为人总难免有心情上的苦闷，有自己所化解不开的问题，有自己觉得无法赎回的过错，有无处求得原恕的忏悔……这些心情上的重压，如果偶尔发生，或许可以找到一位好友，去向他倾诉；或在父母家人面前求得开导或指引。有时，某些问题可以随着时间的过去而自动消失；有时可以靠个人的智慧和定力去把它化解。但如果是长期的苦闷困惑无法化解，而朋友家人又无法长期提供你精神上的支援，久之，甚或不得不拒绝你的打扰；那就很容易陷于精神的崩溃了。

朋友不能经常的、随时的支援一个精神苦闷的人。但是，精神苦闷的人可以随时走进教堂或寺院，在他所想象的神明或良心的象征前面默祷膜拜，求得精神上的宽恕或安慰。教堂或寺院可以随时容纳人们的忏悔或容许人们精神上的求助；比一个具体而不由自主的“人”可靠得多了。

宗教，对知识分子来说，可以治疗他们狂妄自大的毛病；而且是他们孤立无援时，最后的救生船。

对知识浅陋的人们来说，宗教是他们行为的指南针和他们选择善恶时的圭臬。对他们有监督和警惕的作用。

当然，你究竟要选择什么宗教，是个人信仰的问题。对现代知识分子来说，可能哲学比宗教更具说服力。当你需要宗教，而又不肯被宗教说服时，去接近一下“天地与我并生，万物与我为一”的道家思想如何？它不但使你豁达，而且使你更爱这“与你为一”的世界。

忙工作，忙玩

曾有一位朋友和我谈起，说他常感到情绪恶劣。而事实上，他一切都很顺利。他的家庭美满，事业没有波折，身体也很好，也没有人得罪他，他也没有得罪人。实在找不出任何原因来解释他恶劣的情绪。

后来我发现，或许他只是因为一种心情上的寂寞。这种寂寞，不是我们平常所说的无事可做的寂寞，而是在许多所做的事情之中，没有什么真正属于自己而又为自己所喜爱的活动，因而觉得寂寞。譬如说，他很希望有人陪他去游游泳，开车去兜兜风，到林间山上坐坐，不着边际地谈谈。但是，在众多熟人之中，竟找不到一个可以陪陪他的人。家里各人有各人的活动，朋友各人有各人的牵累。他又不愿自己一个人去到处乱跑。结果，整天除了上班，就是在家，生活非常刻板而沉闷。就是这种刻板单调的生活使他觉得情绪恶劣。

人们时常是由于习惯了某一种固定的生活方式，不易改变，对新的生活内容，没有决心去安排，结果，生活就陷入了固定的轮回，单调而无聊。

很少人能理解到，不单是工作需要勤劳、计划、毅力与恒心；对闲暇时间的利用也一样的需要勤劳、计划、毅力与恒心。

许多人知道自己懒得工作，但很少人承认他是懒得娱乐。

有些人，只知口中喊闷，身体却不肯动一动。结果就只好一天到晚坐在家里看电视。体力自然越来越衰退，精神也由于长时间缺少活动而感到萎靡。只因他没有真正拿出力量，下定决心去为自己安排一点有益的消闲活动，所以只能看着时间空过，而继续度着沉闷的生活。

除非你生来具有独来独往的潇洒，可以随时自己去游山玩水或作其他户外活动，否则，消闲的活动也需要计划和安排。譬如说，你喜欢运动，那么，你有没有认真地约同伴找地方去打打球？你喜欢垂钓，有没有认真地为自己买副钓竿，打听可以钓鱼的地方，抽出可能的时间去钓鱼？你喜欢和朋友聊天或餐叙，有没有积极地了解一下朋友的时间和兴致，安排适当的时间来聚会？

成人常羡慕孩子们有游玩的伴侣。孩子们是不必事先约定的。因为他们没有事务牵绊，彼此兴趣也还接近。成年人除非具有浪漫气质，不拘小节，喜欢随兴之所至，独来独往，不在意有无游伴；否则，你的世故与拘谨就足以限制了你与朋友来往的机会。这是使成年人的生活逐渐陷于沉闷单调的最大原因。

此外，我们更发现，越是对家庭和事业有责任感的人，到了中年越是寂寞。只因他们习惯了责任而疏远了娱乐。这种只有付出而没有“奖赏”的人生不但乏味，而且也影响到他对家庭或事业的兴趣和身体的健康。

一个有适当娱乐的中年人，可以因生活愉快而精神旺盛、体力充沛，有助于他的事业和对家庭生活的热情。

许多人抱怨自己缺少消闲活动，说自己好像一个终年辛苦工作着的奴隶，或被责任与义务紧紧纠缠着的木偶。其实，他所需要的只是忙里偷“忙”，在忙工作之外，更要抽出时间去“忙玩”。不要吝惜为“玩”所付出的时间与精神，尽管它所需要你付出的心力不会少于一项重要的工作，但是它所给你精神上的刷新与振奋却不是一味的工作所可得到的。

对一个热衷事业的人来说，忙工作固然重要；“忙玩”实在更为重要呢！

赤子之心

一个人如能让自己经常维护像孩子一般纯洁的心灵，用乐观的心情做事，用善良的心肠待人；不自私、不猜嫉、光明坦白、勇往直前，他的人生一定比别人快乐得多。

“唯大英雄能本色，是真名士自风流”。一切最美好的都由于它是最真挚的。稍稍有一点流于造作，那价值就降低了。认真说来，世上又哪一件最恒久、最美好的东西不是由于它具备一个“真诚”与“真纯”的“真”字呢？

我们常说，一个人最快乐的时候是小的时候，无愁无虑，一片天真，是人生难得的一段好时光。其实，童年快乐的原因并非因为那时遇不到难过的事，也并非因为那时一定未受过亏待。主要的是因为童年时遇事不去多想，一瞬间就会把痛苦忘记，而去想些快乐的事了。这是小孩子经常快乐的最大原因。如果我们也能使自己不斤斤计较，能及时把痛苦放开，积极地朝前看，不记恨、不自怜，心情一定能够维持开朗与轻快。

小孩子能够经常快乐的原因，不但因为他们不计较痛苦，而且因为他们容易满足。一个小玩具、一块糖，都能使他们转悲为喜。成年人由于经验多了，等闲的小快乐不能安慰他们，所以不易抛开烦恼。如果我们也能尽量让自己保持一种知足感谢的心情，不要轻视眼前手边可以拥有的东西，快乐也就比较容易得到了。

成人不容易摆脱烦恼的另一原因是太严肃、太固执，故意给自己制造约束，使自己放不开、丢不下。不如孩子们洒脱。

成年人往往用严肃而患得患失的态度去学习，因此负担重而效果少。孩子们在游戏的心情中去学习，因此学得快，乐趣多。

许多伟大的艺术家、文学家、音乐家，都曾以天真诚挚的心情创作过为孩子们所喜欢的作品。大音乐家海顿的《玩具交响乐》，柴可夫斯基的《胡桃夹子组曲》《睡美人》《天鹅湖》，德彪西的《儿童天地》，以及大制片家沃尔特·迪斯尼的卡通影片中的音乐，都流露着非常美丽多彩的、属于孩子们的幻想。我们可以想象，这些大师的心灵是何等的纯净与天然！唯大艺术家能始终保持一片天真的童心，事实上保持童心也就是成功的一大要素。

赤子之心最大的特色是对事物的信心。在孩子的眼中，一切坏的东西也不坏，丑的也不丑，可怕的也不可怕。是经验使一个人逐渐对周围事物充满了戒心与敌意。

许多美好的东西都是由于它的单纯。“单纯”就是不加一点修饰，不加一点造作，我们常不明白自己为什么喜欢小孩子、小动物、小野花、小野草。我们只是不由自主的要对他们徘徊流连，一看再看，事实上，那就是因为他们的单纯所产生的一种美和吸力。使人看了，能从种种世俗的约束、造作、虚伪之中解脱，回到平易、天然和纯真。这种平易、天然和纯真也就是人人所向往的“自由自在”的生活。

生活有一部分是需要严肃认真，一丝不苟的；另外也应该有一部分是轻松的、洒脱的。有痛苦也可以一笑放开，有失望也可以随它去，穷困也不抱怨，受了委屈也不记恨。保留孩子时期的天真无邪的心情，即可了悟，人生原是很简单的事。快乐也并不难求得。一切都只因我们平时太苛刻，太小量了，才会有很多痛苦。

小孩子做事常有错，但人们不会因此而不爱他们。

小孩子知道的事情最少，人们也不会因此而不爱他们。

孩子们尽管有错而无知，却不影响其可爱，主要是由于他们的真诚与天然。

人们常说某些东西很好玩。好玩就是一种轻松的感觉和一种不用心机的美。它能使你觉得自己不被侵犯，也不受拘束，自由自在，平易单纯。使你觉得自己可以摆脱世故，同到天然。

有时人们的苦恼不是由于不了解环境，而是由于太了解环境。当一个人累积了许多教训，懂得了许多世故，他就不容易再用单纯的心情去看世界。他知道事情会有好好坏坏、不同方向的发展。知道许多可能的后果，于是，他对世事就充满了怀疑与戒备。这怀疑戒备就把他严严密密地囚禁在一个狭小的天地里，不再能用坦然无邪的心情去欣赏美好的事物与人情。

唯有能多让自己保存几分单纯、天真、如同孩子般的心情，才可多享有一些人生的乐趣。

“唯大英雄能本色”。本色就是天然，不造作。可惜人们最不易做到的就是这一点。

维持本色，要有自信。

要相信自己的为人是正直的，想法是真诚的，是不怕别人批评，也不怕不受别人欢迎的。

能有这分自信，自然就不必去造作了。

老　人

——我们的阳光

九月九日是重阳，我们把这天定为老人节。

那天，我在我的广播节目一开始，播放了一首威廉退尔序曲（william

Tell Overture）中的早晨的音乐，来配合这个节日。

人人都说，早晨的阳光象征青年，但我却是每一想到早晨，就想到我的祖母。因为祖母房间里有大片的阳光。

她总是起得最早的。当我们懒洋洋地从被窝里勉强钻出来，跑到她房间去享受温暖的时候，那房间总是早已一片整洁了。

早晨的阳光从大大的窗格中照射到大大的炕上，闪着一方一方的亮光。那种令人振奋的“太阳色”总是立刻把我们灌满了活力与欢欣。

窗明几净是什么样子？

祖母的房间就是最具体的说明。

一日之计在于晨是什么意思？

祖母的早起就是最具体的说明。

一生之计在于动是如何实行？

祖母的行动就是最亲切的实例。

祖母房间的早晨是一片明朗、温暖与欢欣。不是因为那朝南的窗户，不是因为那熊熊的炭火，而只是因为那是祖母的房间。

房间是祖母亲自打扫的。有油漆的地方一定亮，有铜饰件的地方一定光。炕上的毡条一定是一尘不染，窗纸一定是完整如新。

祖母一向是黎明即起，先把自己梳妆整洁。衣袖上的折痕务求其利落笔挺。然后打扫房间，冬天生上炭火，以配合淡淡的曙色。夏天打开凉窗，以迎接轻快的南风。把一切整理就绪，天才大亮。因此她给人的印象是悠闲的，是从容不迫的。

她房间的早晨，那分朝气与明朗，就是她的化身。而我们总是受欢迎的。无论她自己心情如何，见了我们，也会笑逐颜开。我们喜欢到祖母房间去，因为在那里有最亲切的笑脸在等待我们。

当来到她的炕沿前，等她把我们抱上炕去，脱了鞋子，就可以在暖和的毡条上跳跃，打滚，吃零食，大笑……享受一切的优待。可以听祖母永不厌烦地回答我们幼稚的问题，给我们讲薛仁贵的故事，包龙图的故事，岳飞、文天祥的故事。百讲不厌，百听不厌。

祖母就是我们的朝阳。早晨就是我们记忆中的老年人的象征——早起、勤劳、光明、温暖、欢乐、宽容。

记忆中，母亲的房间里却没有早晨。

母亲总是忙。忙孩子、忙饭菜、忙缝补、忙打扮自己、也忙着和父亲吵。孩子多，使她不胜其烦累。小家庭缺少帮手，使她十分的紧张。

在工厂上班的父亲带我们离开了老家，他公事忙，应酬多，家庭负担重，要用百分之百的心力去发展自己的事业；使母亲觉得不受重视与同情，因此心烦，因此暴躁——为什么我应该如此寂寞的为家庭做马牛？

没有人去关切。父亲也无暇去回答。虽然他非常爱她。

早晨到母亲的房间时，迎面而来的是一连串的催促，“快！快！快！”快穿衣，快吃早点，快拿书包去上学。

放假的时候，“快帮我扫地，抱妹妹，买杂物，抹桌椅，洗菜……”

问她问题？少废话！

想听故事？等我有空再说。（她永远也没空。即使夜深人静，她也要在灯下缝缝补补，那年代，连鞋袜都得自己缝做。）

可怜的母亲！

在那年代和这年代，所有的母亲们都可怜。

要选择小家庭，就得决心孤军奋战。

你要自由，就得甘愿没有互助。

每个人都相信自己是时代的起点，不要前人的经验。于是每个人都只得从头摸索。

不会带孩子？

不知如何处理突发事件？

病了该怎么办？

伤了该怎么办？

没人提供经验。你自己就是一切。

你所能倚靠的或许有一两本“专家”写的书，但因为“专家”的环境不是你的环境；而且“专家”的意见多是来自书本或研究室，而非来自实际生活，所以足可使你走入迷途。曾有一位专家写过一本极畅销的《如何带孩子》的书，主张绝对不要抱孩子，以免惯坏了他。但后来，另外的“专家”却又发现，不抱孩子，使孩子得不到足够的爱与智慧的启发，会变为呆钝。你如听了前一位专家的话，不知该怎样后悔！

此外，你只好倚赖金钱去换取帮助。但不幸，金钱所能换来的只是交易，却无感情。而人们在烦累紧张的日子里，所最需要的偏偏不是交易而是感情。

只是在不得已的情形之下，做丈夫的不得不拼命赚钱，以备必要时去“购买帮助”。做妻子的拼命操劳，省下钱来以备必要时去“购买帮助”。生活中只是无暇回顾的追赶与攀援；心情上是无处申说的怨气与寂寞。

谁耐烦去和孩子陪笑脸？

年轻的母亲反而像暴风来临之前反常的烈日，一阵酷热，一阵阴霾。

不怪母亲；怪那被迫走入工业化的时代。

因此而更觉得祖母像早晨。那么清亮，那么平和，那么温暖和煦。

再加人老了，一切苦乐都已尝遍。从中体味到的是，与其抱怨，不如看淡；与其计较，不如宽恕；与其恨，不如爱。

何况生命可贵，难得有缘在这世上走一遍，有机会相聚者都是缘分，要好还来不及，何可分心去恨？

再说，人间有艰苦，有挫折，每人都难避免。老人家是过来人，了解谋生不易，物力维艰。每人都有可怜与可同情之处；每人也都有需要被原谅与帮助之处。那么，得饶人处且饶人吧！那么，趁孩子幼小时，多使他们享有一些爱与照顾吧！

这是为什么老年人和煦如朝阳。

每想到他们，总会使我想起清晨一片平和的芦笛。想起田园，想起牧歌，想起淙淙流去的河水，宽容博大，无所不包，无所不容，无所不恕。

年轻人何能比朝阳呢？他们热情如火，血脉贲张，是烈日。

中年人更何能比朝阳呢？我们奔忙竞逐，分秒必争，晕头转向，席不暇暖，我们是暴风圈。

尽力而为

每个人在这世上的意义，或许都只是“尽力而为”。

要说“成就”，究竟什么样的成就才是值得满意的呢？

人生的乐趣不仅在达到某一目标的那一刻，而更在于继续不断努力追求的过程之中。

在这努力追求的过程中，我们就觉得生命有意义，活着有价值。

不要问哪里才是止境，也不要问自己能获得多少。

你在步步向前的过程之中，会发现，你的目标随着你的进度而一步一步地向前推移，你越进步，新的目标就越高远。

你或许要问："如此说来，最后的成功是永远不可企及的了？"

我想是的。

最后的成功似乎是永远不可企及。

人无论已经有了多大的成就，他总还是要追求更高更远的。

成功目标的远近和人的智识程度、能力范围成正比，而且互相推移。

你的智识与能力向前推动着你所追求的目标，而在这追求的过程之中，为了达到这目标，你的智识与能力就一定在不断地增进。你永不会满足于你的现况，你永远觉得有更好的目标要追求，你永不会觉得你目前的成就已是巅峰。但这也正是人生乐趣的持续。

你或许会问：

"难道说，我就永远向上攀援？何处才是我愿永远停留的某一峰顶？"

事实上，你没有办法永远向上攀援；你不能也不必永远停留在某一峰顶。有一天，你会倦旅，你会希望归隐田园。那时你会发现，你一生中最绚烂的时刻不是攀升至任何的峰顶，而是到达了那一峰顶之外的另一片广阔宽朗、花木繁茂的沃野平原。在那里，你才开始享有宁适平和的人生，而真正欣赏和喜爱这世界。

人们在年轻时希求自己有为，也最好让自己有为。希求绚烂，也最好让自己绚烂。但在另一方面，人们也希望自己不仅有为，而且开朗；不仅会争取，而且会放开；不只有己，而且有人。由对小我的重视，扩大为对大我的欣赏。所谓"退隐"，是退出小我的狭窄樊笼，投入大我的辽阔天地。

我国古人对退隐生涯积极歌颂，因为他们了解，绚烂之后的恬淡实在是人生的另一胜境。那胜境，视野开阔，境界广远。抛开了人间得失荣利，真正与天地自然同在，是前半生一切努力辛劳的另一硕大成果。这成果，唯真正有智慧、有胸襟者，才可得而享有；也唯真正会辛勤跋涉过来，到达过峰顶的人才可得而享有。

为了到达这人生高峰之后的另一广大美好的平野，当我们能够有所作为时，才必须尽力使自己有所作为。因为这一境界位于高峰的另一边，所以你要先付出最辛劳、最艰苦、永不满足的攀登；然后才能从那高峰处往那最静、最美、最满意处下山。

取与舍

苦恼的最大来源是患得患失，人们常参不透，你要有所取，必须有所舍。

人生“取”固费力，“舍”亦大难。

我们不能只取小舍。

要有收获，必有付出。付出便是一种舍。虽然它有代价，但人们在付出时，仍是一种割舍。

对无法得到的东西，忍痛放弃，那是一种豁达，但也是一种割舍。必须割舍而不肯割舍，则是沾滞与执迷，对自己有害无益。能在必须割舍时，毅然地割舍，乃是坚强与洒脱。

不要以为只有能“取得”的人是大智大勇。那些能毅然割舍的人，实在具有更高的智慧与更大的勇敢。

苦恼最大的来源是患得患失。

所谓患得患失，也就是对取舍的疑虑不决。

人们常不能参透，你要有所取，必须有所舍。

这“舍”有时是有形的，如，你买东西，置产业，你须付钱。有时是无形的，如，你要专心争取事业上的成功，必须舍去许多个人的享受。在工作上选择去留时，这种取舍的权衡就更为明显。鱼与熊掌不可兼得，而人们最常见的苦恼却是，当得到鱼，舍不得熊掌，当得到熊掌，又舍不得鱼。

这种苦恼并不只发生在决定取舍之前，而更常发生在既经决定之后。决定之后的“舍不得”之苦，就是平常所谓的“后悔”。人们常在选择了某件东西、某项工作、或某种方法之后，又开始追悔所放弃了的。认为自己做了错误的决定。其实，这只是一种不能毅然舍弃的心情所造成。人们太希望自己只有得，没有失；只有收获，没有付出。苦恼自然就多了。

学生们经常遭遇到的取舍是学校的选择，如：在公私立高中、高职、五专等入学考试之后，由于不是同时报考，考生有选择的余地，按理说，应是值得庆幸的事，但当事人却反而会有难定取舍的痛苦。时常会在自己好不容易做了决定之后，又会惋惜那被自己放弃了的，认为是做了错误的决定。

谋职也常遭遇类似的困扰。当求职不成的时候，觉得只要有一枝栖就心满意足了。但当几个机会同时到来时，你又难定取舍。最后好不容易做了决定，却总觉那些已经放弃了的有较多的好处。

其他，小至买衣服用品，大至找房子搬家，都常有不可得兼的情况发生；也常有后悔惋惜的心情存在。

这都是因为人们在选择了某一条路之后，就忘记了当初做此决定时所看到的好处。而只想到所放弃了的那些路的好处，轻视目前所有，而重视未得，苦恼自难避免。

以上所谈是小取小舍，是日常生活中所经常面临的取与舍。此外，更有大取大舍，是整个人生事功的取与舍，最大的取舍是对成功与荣誉的取舍。人们追求成功犹如爬山。一个又一个山头的征服过程虽艰苦，但成功在望的鼓励使你有勇气继续攀援，这是“取”的过程。但当你到达峰顶，备享殊荣之时，也就是你准备功成身退之日。这一番“舍”更需绝大的智慧与决心。

这一境界，我国古代有些诗人最了解，也做得最洒脱，“有为”是人类天性所要追求。前半生，求功名，求建树，追求绚烂，是“取”的过程。后半生，放弃以前一切执着，回归平淡，是“舍”的过程。诗人们“舍”得最漂亮、最潇洒、最动人、最不朽。读陶渊明“归去来兮”，朱希真“一个小园儿，两三亩地”，辛稼轩“晚岁躬耕不厌食”等诗句……对手边功名的舍弃是何等飘逸！尽管这大舍弃所换取的却是另一永恒不朽的大“取得”，但这取得却决非他们所曾有意为之。

不了解这一“舍”的境界，则当取得越多时，越觉负累沉重，无从解脱。结果必致诸般牵绊与干扰纷至沓来，挥之不去，致使自己举步维艰。“取”之乐趣就变为沉重的拖累了。

另一种“舍”是对求之而不得的事物的舍。尽力而为是取的最高原则。尽力而为之后，发觉此事与我无缘，能潇潇洒洒地挥手而去，另求用世之途，另辟发展一己才华之道，这也是一种“舍”。读曹子建故事，读到后来，是他再三上书当朝，希求一官半职，就觉悲悯。他如知道他的价值是“千载后，百篇存”，是在文学史上留名，而不是做一个国君，就不会那么厚颜去乞怜了。

“舍”的境界是宽朗，是狭隘；所采的方式是平和，是意气，也有关一个人的气度与胸襟。急促的，一了百了的“舍”，有时只表现一时的意气用事。如日本人的切腹自杀，当时场面赫赫动人，似乎舍得颇为彻底。其实是缺少韧性，缺少更高人生境界的领悟，所见难免拘谨。看似大勇敢，实为大懦弱。是为不敢面对以后的平淡或艰苦而逃避。是为不知如何重加肯定生命的价值而逃避。是为不敢与不懂面对“舍”之后的岁月而逃避。

在“舍”之后，使个人生命另有价值；正好在稻谷收成之后，能使园地并不荒废，另行种植其他作物。这作物即或不是正面有关国计民生，但小小的草花、瓜豆，在自娱之外亦足点缀人类精神上的荒芜，又何必一“舍”之后，就觉生命再无价值了呢？

豪迈豁达的胸襟

我们如果仔细观察，即可发现，一个人的胸襟是否博大，气度是否恢宏，和学问的大小并没有什么关系。有人书念得很多，气量却是很小；有人根本胸无点墨，却是开朗得很。遇事非常洒脱，又能一言九鼎；对人既宽厚，又有担当。

所以胸襟的豁达并不一定来自学问，它只是和一个人对得失竞争的看法有关。

有人对一切都斤斤计较，唯恐落于人后。在学校，争名次；在家庭，争宠爱；在社会，争权位；在钱财，争得失；与人相处，争上风。这样的人，表面上看，他似乎是具有力争上游，积极进取的美德；实际上说，他是有己无人，处处想要凌驾别人之上，因而缺少同情心，无仁慈宽厚、推己及人之量。唯恐看到别人的成就与财富，唯恐别人比自己有地位和有进境。结果导致自己的生活日益闭塞，心情越来越不快乐，却只知用千万倍的努力去埋头追赶别人，希图超越别人而后快。结果当然是越来越苦闷，也越来越不快乐。

另有一种人，不计较个人得失，能欣赏别人的成就，他生活的天地自然就比别人宽朗。

简单说来，博大的胸襟与恢宏的气度，是由于一种自信和对世界的欣赏之情，以及能够登高望远，抬头看天外的生活境界。这生活境界的由来，却不一定是来自书本，而是来自一种对外界事物的欣赏和感动之情。

人们常形容一个胸襟豪迈的人的行动，说他是“昂首阔步”“豪气干云”。像岳武穆《满江红》词中所写的“抬望眼，仰天长啸，壮怀激烈”，就是这样一种气概。李白诗中说：“君不见，黄河之水天上来，奔流到海不复回。”陈子昂的“前不见古人，后不见来者，念天地之悠悠，独怆然而涕下。”张若虚的“春江潮水连海平，海上明月共潮生，潋滟随波千万里，何处春江无月明。”苏东坡的“大江东去，浪淘尽，千古风流人物。”朱敦儒的“飘萧我是孤飞雁，不共红尘结怨。”辛弃疾说：“神甚放，形则眠，鸿鹄一再高举，天地睹方圆。”都是这种襟怀的写照。

这些诗，所表现的都不是学问的渊博，也不是官位的崇高，更不是肥马轻裘、财富的雄厚，它们所表现的，只是一种俯瞰寰宇的豪情，翱翔天外的眼界，对整个宇宙人生既爱惜、又惋叹的悲壮情怀。它们之中没有儿女私情的缠绵悱恻；没有对官位爵禄求之不得的忿怨；也没有嗟老叹贫的自怜。他们所表现的，是对整个宇宙生命的感怀；所见到的，不是眼前身边属于私人的毫末，而是极目天涯，纵观万古的远大的胸襟。

写这些诗的人，在当时，绝无一毫对自己学问、禄位、名声、私情或财富的关心。他们在后世读者心中所产生的共鸣，也决不是一些私人小我的得失与悲喜。

使一个人有这番胸襟的，不是书本，而是登高望远的“眼界”。

读书只是给你知识，登高望远的眼界才可以使一个人摒除私心而高瞻远瞩。拓展胸襟最好以大自然为宗师，欣赏大自然，投入大自然，书中的知识才会发挥积极的作用。

一个人，如果能从大自然学到其中的宁静永恒与无限的生机；了解到“大块无言，而四时行焉，百物生焉”的至理；接触到山川林木、鸟兽虫鱼的悠然自得，以及生命之间，互相杀伐的悲剧性，他即使未曾读书，也曾经以自然为师，学到了更生动鲜活、博大久远的真理。所谓“师古人不如师造化”，不但在艺术造诣的追求上是如此，在人生境界上也是如此。

当然，我决不是说，人可以不读书。读书是一条道路，一种方法，一把钥匙，它使你了解你心中感怀的所以然，并可以此为出发点，感染别人，以利天下后世。它带领你通往你所要去的地方（这“你所要去的”是什么地方，却在于你自己的认知）。它告诉你，使自己生活在何种境界的方法（这“何种境界”却在你自己去了悟）。它给你一把开启自然妙谛的神奇的钥匙（你要不要用，还要在你自己）。

有人读了书，而还是只想去求名、得利，甚至由于读了更多的书，而能用更高明的方法去欺世盗名和求得不法之利（近年来的知识犯罪、科学犯罪、中外皆然，不胜枚举，学问成了犯罪者的工具）。他们不是未曾读书，而是未曾师法自然，未能袪除私欲，也未能得到真正内心平和的快乐。以蛇吞象的狂妄，想要囊括天下所有资财，结果不但事败之后，下场堪怜；即使在未蹈法网之前，紧张焦虑，惶恐不安又何尝有一天好日子过?

如要做到“师法自然”，难不难呢?

答案是，并不难。我们中国人尤其不难。因为我们不但有中国的名山大川，更有台湾宝岛这如诗如画的葱茏林木。而且我们拥有数千年所流传下来的古人哲思与诗情，亲近自然，歌颂自然。一切素材，都近在手边。做个潇洒豪迈、悲天悯人、以真正天下的平和与安乐为己任的平和与安乐的中国人，不但光荣，而且容易。只要我们肯保有这一分“抬头看天外”的心灵。

日本作家夏目漱石，曾在很多篇文章中，谈到他只能藉我国的“汉诗”使他的心灵得到解脱。认为我们中国人哲学思想，有一种使人“抬头看天外”的提升之力。而这分力量就正是我国最具飘逸之美的道家思想。这思想，并非来自书本上的学问，而是来自美丽的山川。

* * *

争强好胜不仅是人际关系的破坏者，而且是个人成功的绊脚石。成功在于埋头认真的耕耘，抱着纯正的目的，为做事而做事。如果抱了争强好胜的念头，心思一定分散在抑制别人，表现自己上，对工作的专注自然减少，结果不但降低了成绩的水准，而且多半会为了与人竞争而误以别人的方向为自己的方向，世上的迷失莫此为甚。

* * *

成功的条件是埋头耕耘，而不是放下工作去与别人竞赛。盲目竞赛的现象，就是“一窝蜂”。大家成群争夺一个目标的结果，除了某一个与赛者幸运夺标之外，其余的人们都将空手而回，却发现自己原该致力耕耘的园地也荒芜了。

* * *

真正的“胜”是不做正面的争夺而有属于自己的成绩，真正的“强”是不用压倒别人而能够卓然不群、光明正大的有所作为。

* * *

一个人觉得心情沉重，很少是因为不可抗拒的逆境，而多半是因为他所要得到的太多，或为了要压倒别人，而心中充满着嫉妒与恶念。

* * *

人们所想得到的往往是私利或私情。也唯有为私利或私情患得患失的时候，才会痛苦。如果是为了公益，为了助人，而一心情愿付出自己的力量去争取为公的收获，不计个人的得失，单是那堂皇的动机，就会使你觉得快乐，又如何会心情沉重呢?

* * *

心胸狭窄的人不会快乐。心胸狭窄的最简单的定义是太过分的专注于个人的利益，而容不下别人的利益。

* * *

优美风度的得来是靠丰富的内在、超脱于名利得失之外的高尚人格和对人间的宽容。

* * *

在工作上有竞争，固然是进步和创新的原动力，但是要对事，而不要对人。竞争一旦以“人”为对象，就会造成仇恨、嫉妒与倾轧，一心以压倒或阻挡对方为目的，反而影响了对工作的专注。

* * *

恨别人挡住了自己的去路，是最可怜的一种心情。因为他没有能力使自己看到两旁广大的视野，宽朗的大地，而只顾在这条固定的路上与人竞赛，即使侥幸抢先，也只不过胜过了一个人而已，又何光彩之有？

* * *

天地辽阔，世上有许多地方可以供你驰骋，你不必和任何人去比赛先后，只要尽最大可能发挥自己的天赋，就自然没有人会跟得上。而在努力奔赴的途中，你更会由于胸襟开阔而看到美丽平和的世界，使你的人生充满着嘹亮清新的快乐。

谈快乐

“快乐”是每个人都希望追求到的，它可以说是人生潜在的最大的目的。只是有时我们不曾意识到，或有时，它以其他目的姿态出现，使我们觉得有更高贵、更堂皇的理由放弃快乐，去达成那更重要的目标。实际上，我们所要达成的那些目标之所以值得全力以赴，也仍然是因为我们要追求一种更崇高、更不自私、使自己觉得更不平凡的一种“快乐”。

快乐是一种权利，每人都有权使自己快乐，也就因为这个缘故，它也是一种道德。妨碍了或剥夺了别人的快乐是违反道德的事。好人和坏人的分别多半在于他们是否关心别人的快乐。肯把别人的快乐放在心上去衡量的人，才是有了做为一个好人的基本条件。

好人不剥夺别人快乐的权利。当一个人蓄意去侵犯别人、打击别人、欺压别人的时候，对他最简易的形容词就是说他是个“坏人”。因为他损人利己，巧取豪夺，以达到这样的目的为得逞。

为别人设想是一种美德。这项美德说来不难，只要会设身处地，己所不欲，勿施于人，也就是了。但是，人们仍会时常做出“己所不欲，施于人”的事。这说明，做好人需要一些对自己的约束。要使自己能够把别人的处境设身处地多想一下，就会有善意在一念之间了。这一念之间的善意，在人类自私的天性之下，是很重要的。

现代人常常觉得，一个人，应该“聪明”一点。这里所谓的“聪明”，说穿了，不过是多为自己，少为别人；或干脆只为自己，不为别人。这种只为自己，不为别人的想法，初看起来。像是因为一点也不付出，所以没有损失。但实际上，正因为每一个人都一点也不付出，所以每一个人都只能保存了属于自己的一个人的小小的一份；也只能享有这小小的一份。甚至只这小小的一份也有被更会巧取豪夺的人夺去的可能。相反的，如果大家都不要那么“聪明”，而肯付出自己，多为别人，少为自己，那么，虽然每人付出了自己的一份，却得到了社会大众许多人付出的许多份，这便是初步的互相合作，共存共荣。即使为自己打算，由“利他”而“利己”也是最好的途径。

大家都认为是“清静无为”、不主张“拥有”的老子，却曾说过“既以为人己愈有；既以与人己愈多”的话，是从反面求正面的至高哲理。

我们不能否认，当一个人觉得自己纯良，高贵，无愧于心，被别人所爱戴与信赖的时候，最为快乐。

那些背负了良心的债务，剥夺了别人的快乐，来饱入自己私囊的人们，他口袋所装的并不是快乐，而是沉重的羞愧、良心上的负担和因失去了别人对他的信赖与尊敬，而感到孤立无援的恐怖。

我们不否认金钱的重要。它能使生活无忧，能买到自己想要的东西。因此我们不妨说——它也能买到快乐。但如果我们不做别的打算，而只希望藉更多的金钱之力，来使自己快乐，那就会发现，它所买到的将只是无止境的锱铢必较，患得患失，为唯恐不能获得更多，和唯恐失去眼前的所有而焦虑不已。

快乐来自知道“适可而止”的恬淡心情。贪欲只能使自己总觉眼前一切不够如意。这种“否定自己眼前处境”的心情，正是一种最不快乐的心情。

快乐小语

世上没有比快乐更可贵、更为人们所普遍追求的了。我们的问题是，常常不知道如何认识及把握快乐，又有时不知道如何从不快乐之中去发现或提炼快乐。

* * *

合群是一种快乐。无论自己以为多么喜欢孤独的人，当与许多人携手并肩，用同一节奏奔赴同一目标时，也会觉得心情振奋。

* * *

人们常说，童年最快乐。通常我们只想到，那是由于童年无忧无虑。事实上，童年的快乐更是来自对环境由衷的欣赏和对人间的信心。

* * *

人们说，孩子们天真无邪。这“无邪”两个字用得最好。因为他们对环境没有恶意，不存戒心，所以一切快乐反映在他们心上都是真正的快乐，一切善意反映在他们心上都是真正的善意，不会有任何阴影，这才是人生最可贵的一份。

* * *

从别人的快乐之中去证明自己人格的光明与胸怀的坦荡，是最值得快乐的事。

* * *

每人都希望自己的生活能够快乐。但我们总会发现，快乐并不能依赖外在的环境，而要靠自己的内心。我们要有一颗能容纳快乐的心，快乐才会降临我们。

* * *

追求完美是做事的最高目标，容纳缺陷是做人的起码美德，做事应该要求十全十美；待人却要多存宽厚，不必苛求。

* * *

对人不苛求，自己才会快乐。

* * *

由宽大平和之中认识这世界的可爱和可颂赞之处，才不辜负这难得的一生。

* * *

我们的生活是否美满，人生是否可爱，前途是否值得期待，不能全靠环境来给我们证明，而必须要靠自己的信念。要我们承认生活美满，它才美满；觉得人生可爱，它才可爱，相信前途值得期待，它才值得期待。

* * *

有人一切都不缺乏，但是他不快乐，有人什么都不比别人好，但是他快乐。原因就在有没有这分对世界的信心与对现实的认可。

* * *

所谓对现实的认可，是说，我们要承认，生活中不会只有快乐，而一定还有痛苦。不单是有成功，而还会有失败；不单是圆满，而还有缺陷。这样，我们才会在顺境时，格外觉得感谢；在逆境时，也承认这是理所当然。

* * *

当你真正能静下来，看到自己内心苦乐的时候，会有一种接近宗教的心情，你会觉得，这一天，如果快乐，固然值得欣慰，即使痛苦，也值得感谢。因为只要我们心情真正的宁静，痛苦会逐渐变成一种指引，告诉我们，这是人生必不可免的经过，也告诉我们，这会使自己更坚强、也会成熟一些，明天会不再这样，会是全新的一天。

*　*　*

有希望就不会觉得恐惧，这希望不是靠环境的给与，而是来自个人内心的坚毅与沉着。

*　*　*

现实生活对每个人都是一样，它不会厚此薄彼，每个人都有困难，每一天都需要付出一些心力，每一件或大或小的事，对我们都是一些考验，能承认这些而不想去逃避的人，才会快乐，才不会对生命途中这些必然的困难与阻力视为是自己独有的噩运，而怨天尤人。

*　*　*

人的快乐之中，不仅包括自己的享受，还更包括对别人的贡献。不付出辛劳，又如何能得到这些快乐呢？

*　*　*

虽然我们要尽量摆脱琐事俗务的牵绊，但当你发现自己必须生活在琐事俗务中，无法脱身的时候，与其抱怨，不如用欣赏的心情去体会，从这些人生世相中悟出一些道理。

*　*　*

我们不可能每天都很快乐，正如同我们不可能从来也不做错事。但是，我们可以希望当自己不快乐的时候，有自己所爱好的事物或活动可以寄放忧愁，化解悲哀。把灰黯的心情转变为轻快与光明。正如同当我们无意中做了错事，能有智慧及时发现，并且有方法加以弥补或改善。

*　*　*

把灰黯的心情化为光明，是成功的精神生活所必须。弥补过失，改过迁善，是说明一个人本质善良的最佳证言。

* * *

我们应该快乐光明地生活，但不必也无法拒绝痛苦与灰黯。我们所能做的是疏导与升华。

* * *

借艺术活动来发抒或来创造，使痛苦与灰黯不但可以消失，而且更进一步，转化为美丽辉煌的艺术上的成就，这就是情感与力量的升华。

* * *

我们每人都是一盏灯，都有一分小小的力量，可以唤醒人间的欢乐、神圣和美好，化解愁苦与怨恨。

* * *

能克服困难，超越痛苦，由困难中取得经验，由痛苦中了解人生，这都是生活上的成功。

* * *

凡事能够大公无私，无愧于心，就是光明的行为。心情上也会觉得光明正大，高贵堂皇。这种心安理得的感觉，就是千金难买的快乐。

* * *

做事避免徘徊瞻顾，犹豫不决，有信心与决心勇往直前，不但成功的可能性大为增加，心情也会觉得振奋，生活自然就充满了希望与快乐。

* * *

荣誉的得来，一定是由于所做的事公正无私，对众人有好处。否则即使成功，也不光荣。不光荣，就不会享受到成功的真正快乐。

* * *

唯有心地光明，做起事来才会理直气壮。唯有能够理直气壮地做事，才可以不怕任何阻力，积极、坚定、勇往直前。

* * *

每个人都希望自己堂堂正正，受人尊重。堂堂正正就是守礼、守法、不自私，心地光明，行为正直。

* * *

快乐是一种美德，因为它不但表现自己对世界的欣赏与赞美，也给周围的人带来温暖和轻快。

* * *

没有一个人敢说他的生活中是没有一点痛苦而只有欢乐的。但是有人能始终对人生有着乐观和赞美的心情，这是因为他们知道，不但人间万事都有它苦和乐的两面，而且由苦中提炼出来的欢乐才更是胜利的凯歌。

* * *

认真说来，个人遭遇的痛苦是局限的，而人间的希望和生存的价值是多方面的。我们要能够不着眼在狭小与局限的个人遭遇，而看到广大的空间与丰富多彩的世界，即可知道，许多我们自己引为大事的，都只不过是一些毫末。

* * *

快乐就是幸福，一个人能从日常平凡的生活中发现快乐，就比别人幸福。

* * *

每个人的生活中都充满着种种考验，不少的痛苦、打击、失望和挫折，所以快乐决不是肤浅的东西，快乐的人除了天性知足之外，大都是经过了困苦和打击，克服了灰心和沮丧，透过坚强的毅力与对善美的信心而找到了他应该快乐的理由。

* * *

一个人，即使拥有一切，但是如果他由于患得患失而心情焦虑苦闷，那也等于是什么也未曾属于他。

* * *

每个人都有感情的波动，任何人都不会对苦乐无动于衷。处理感情的方法才是真正决定一个人苦乐的最重要的原因。

* * *

对待快乐，要不致“忘形”。对待痛苦要懂得如何发抒或超越。

* * *

有人能把自己从感情的压力与绊缠之中解救出来，因此能够活得平静而快乐。有人不能做到，于是经常受着感情的左右而彷徨苦恼。

* * *

所谓“洒脱”也无非是使自己不被各种感情所绊缠，而得来的心情与行动上的轻便。

* * *

大半的悠闲是由于我们先已做了足够令自己安心、对别人无愧的事情；完成了足以向任何人交代的工作。

* * *

任何事都有一定的收支。你付出了多少，才会收获多少。付出时不一定痛苦，收获时却一定快乐。

做事之乐

你有没有发现，做事的本身就是一件很快乐的事?

当一天过去，到了晚上，你回想这一天，觉得这一天的每一分一秒都已充分利用，你会感到自己这才是真正在生活。在这静下来休息的时间里，你才会觉得快乐而安闲。

有人把做事当作一种不得不应付的责任或苦役，因此心理上先拒绝做事，结果在不得不做的过程中，就更会感到辛苦与乏味。相反的，假如你把做事当作一种学习与磨炼的机会，或想到它对人对己的帮助，甚至你把它当成一种艺术，你就会觉得它充满着乐趣，而逐渐由被动的心情转为主动的力量了。

活动可以产生更多的活力，做事的成绩可以鼓励我们做更多的事。

懒惰会使日子过得无聊而漫长，会使冷天更冷，热天更热。会使烦心的事更烦，失望与沮丧更加沉重，由于停滞不动，而使希望无从产生。

勤快的工作，增加了生活的节奏与密度。你会自然而然的就有力量冲破沉闷生活的僵局，转变生活的低调，给自己增加信心，使别人对你也刮目相看。

工作是一件很神奇的东西。它会由一件而引起许多件；使你由会做一件事，而变为会做很多事。

工作的本身可以刺激你学习的欲望、拓展的动机。而那等待成果的乐趣更使你加快工作的速度，并且设法来增加工作的效率。这都是使你一天比一天更能干、更进步、更乐观、更丰收的原动力。

即使我们目前所做的事，看似没有什么积极的作用，但它可能是日后面临某项工作时的准备，它所可能发生的作用比正面所做的事也许更大。因此，我们可以肯定地说，只要我们不停地在做事，前途就有光明。

* * *

时常，就在我们觉得最无望的时候，前途会豁然开朗，大放光明。那说明，正是因为我们未曾在接近目标时因失去耐性而停止工作，才使那长途的准备有了机会结出果实。

* * *

有一首描写音乐，曲名“林中铁匠”。听听那首音乐中清新嘹亮、坚定愉快的打铁的节奏，你会觉得工作的本身就象征着勤快与健康，使你深信，一个人只要肯付出力气去工作，不必任何外在的鼓励，就能够有发自内心的快乐与自信。

* * *

任何成绩都不是一步可以达成。越是有分量的工作，越是需要准备的时间。每一分准备都会在必要的时候发挥一分力量。

* * *

贪图急功近利的人往往不等事情准备成熟，就忙着揭晓，结果即使看见一点结果，也必不够成熟，更难维持久远。

* * *

如要使生活有保障，储蓄金钱当然最为重要。但更重要的还是储蓄学识和技能。储蓄金钱只是消极的、局限的准备。储蓄学识和技能才是积极的、可以应付任何环境的准备。

* * *

情愿让日子过得忙迫，也不要让日子过得无聊。

* * *

避免使日子无聊的办法之一，是让自己有目标。当一个人知道自己要做什么，和所要去的方向的时候，他的生活就有重心，就不会感到无聊。

* * *

忙碌虽然使人觉得累，但精神上会有振奋、轻快、焕发、有活力的感觉。

相反的，如果一整天无所事事。单是那彷徨无主的无聊之感，就足以形成一种压力，成为精神上沉重的负担。

* * *

当每天早上醒来，如果你有事可做，有计划、有目标，那么，第一个念头来你心中的，将是开始工作，而不会是觉得意志消沉和懒散。尽量把生活充实起来，使每天都有足够的工作项目，是使精神畅旺的最佳途径。

* * *

我们常把生活的目标解释为“远大的”或“郑重其事的”、“严肃的”目标，而忽略了生活中许多小小的项目都有它们本身的目标，都是使生活充实所不可少的项目，如果我们不忽视这些小项目的重要性，生活就可以充实、丰富，而且快乐。

* * *

生活中许多小项目的完成就是大成绩的基础。更是使精神振作、心情愉快的最佳途径。这些小项目包罗万象，无论是读书、工作、运动、社交、旅行、参观、学习技能，以至整理环境，都可使生活充实，带给我们快乐。

* * *

“勤劳”是美德，但有时我们情愿用“勤快”来替代。勤劳有劳苦的意味，事实上，勤于工作并不一定有辛劳之苦，却常有勤奋之乐。勤于工作所带来的有效率的轻快之感，就是“勤快”。勤快使生活节奏迅速，效率增加，是最好的生活态度。

* * *

勤快使生活项目丰富。由于多做事、多经历，等于在无形之中使生命延长。

* * *

保持健康最重要的条件不是营养而是勤劳。

* * *

勤劳可以使生活中灌注了朝气、活力和希望，使你身体机能运转灵活，精神也会蓬勃奋发。

* * *

人人都知道工作需要恒心和毅力，但很少人想到运动也一样需要恒心和毅力，不工作是懒惰，不运动也同样的是一种懒惰。

* * *

运动有郑重其事的运动，也有游戏式的运动，更有从工作中附带获得的运动。从游戏中得到运动和从工作中得到运动，都是双倍的收获，值得我们采取。

* * *

我们常说改善环境是“冲破黑暗，奔向光明”。“冲破”与“奔向”都需要坚决与速度，才能集中心力，勇往直前。这分力量的得来，所靠的是明确的目标，坚定的信心，和实行的勇气。

* * *

在生活上来说，“明快”是一种可爱的气氛。对个人来说，“明快”是一种可爱的性格。

* * *

光明、果决、肯行动，不沉闷，不作无谓的瞻顾。用这种态度去做事，效果必佳；用这种态度待人，必能得到朋友；用这种态度生活，日子一定会清爽而充实。

* * *

活力的来源是来自活动。包括形体上与思想上的活动。迟滞静止会产生暮气，降低希望与斗志，使生活趋于消极，精神趋于畏缩，以致丧失自信和对世界的好感。

*　*　*

如果你觉得精神倦怠，最好的办法是给自己安排一点体力活动的机会。

*　*　*

精神上的疲劳多半是由于思虑过多或紧张。它霸占了你真正应该做事的时间，却使你比真正做了事情还加倍的疲倦。这是一种徒劳无功的疲倦，要尽量避免。

*　*　*

祛除这种精神疲倦最适当的方法是强迫自己多做事。不但可以减少自己胡思乱想的时间，而且由于做事所得到的成就感，足以使你增加对事情和对自己能力的信心，而可以不必再去忧虑。

*　*　*

多做体力活动，使自己由于身体疲劳而没有余力去为不相干的事担忧，是最好的摆脱忧烦之法。

*　*　*

活动可以加速生活的步调，可以丰富生活的内容，可以增加你的见闻，使你的生活积极而富于变化，心情也会因此而振奋。

经验与热情

人们自幼就要受各种的教育，让知识与经验来塑造一个成熟的人格，以便具备足够的条件来完成自己，发挥天赋。但多数人在具备了足够的知识与经验之后，却失去了完成自己、发挥天赋的动力与热情。

曾有一次，我对一位知友谈到自己的感情如同炼钢，逐渐遇冷而凝固。朋友却发人深省地说，“百炼钢成绕指柔”，经过锻炼的感情才能臻于具有理性的柔和。“冷硬”只是过程而非终极的境界。

感情是人生重要的一部分。是一切的喜怒哀乐使人生“有味道”；是一切的“感受”使人生“真实”；是一切的“感动”使我们乐于在这人生的道路上奔走跌撞，而仍然热情洋溢；是一切的“感情”表现出我们有个活泼天然的灵魂。

练达人情、通晓世故的所谓人生体验，都是一种锻炼；但也都是一种冷却与凝固。它教你怎样认识环境，如何保护自己；却也教你如何剥开事情的表层，透视其中真相；也教你如何放慢脚步，不要奔跑，而要步步为营。人人都逃不开这些锤炼；它总是给你一些你所不想接受而又不得不接受的“否定”。告诉你：“你受骗了！事实并非如你所想的那么单纯与美好。”于是，你变得比以前“聪明”，不再那么容易相信一个表面的美丽。你学会了分析，学会了审察，学会了怀疑，学会了观望，学会了拆开万花筒，拿出几片碎玻璃，聪明地告诉别人：“你看，不过如此！”

当你学会了这些，你再去看舞台上用灯光幻化出的七彩缤纷，你的心会提醒你说，那不过是几张彩色玻璃纸的幻术。你再去海上乘风破浪，看万顷之茫然，你的心会提醒你，碧波白浪下面有嵯峨礁石和险谷。当你再去看山上葱茏的林木，你的心会提醒你，树丛中，草叶下，藏着有毒的虫蛇。

世故与经验不仅随时提醒你“不过如此”；也随时告诉你“不可如彼”。它让你不再轻信一切的美好与善意，不再轻易动用感情。它使人学会了如何遇事却步，以便保护自己；如何遇事迟疑，以免当真相大白时，会证明自己的莽撞。它使人学会了洞察，也使人学会了冷漠。使人了解了“因子”，也使人否定了“现象”。使人学会了“知”，也使人失去了“情”。

我常想，上帝造万物，先就给了万物一种“信”的本能，让万物在不拆穿他的“手艺”的情形之下，快乐而认真地活跃在这个世界上，快乐而认真地欣赏每一处的花草林木，每一季的日月星辰。我想，上帝一定不喜欢有人忽然看破了月亮不但没有光，而且是一片死寂与荒凉。即使不幸已被发现，它也希望大家仍然欣赏它的手艺，当月明之夜，江边漫步的时候，仍然会忘记上界的一片荒凉，也忘记江水海面下的怪石嶙峋，而仍有吟咏“滟滟随波千万里，何处春江无月明”的诗情。

上帝所造的人类之中，有一群顽皮的、自作聪明的孩子，他们喜欢把上帝老人家用他的细心巧手，拼制而成的精美玩具拆成零件，让它不但失去了外观的、整体的美好，也失去了机能的灵动。他们喜欢把上帝老人家用大自然幻丽的光影，渲染成的彩色缤纷，关掉电钮，使一切归于空无，再来哗笑着炫耀自己会拆穿戏法的聪明。于是，他们因拆毁了玩具，关掉了灯光，而把自己陷入了无聊与苦闷，然后开始痛哭这世界的死寂、寒冷与无情。

上帝所造的人群中，还有一群不聪明的孩子和一群更聪明的孩子。那一群“不聪明”的孩子，是从根本上就不会去拆穿他们的玩具，而把上帝所赐与的一律照单全收，认真地相信着每一件玩具的灵巧与美丽，快乐涨满着他们与生俱来的诚实心。

那另外一群更聪明的孩子，虽然把玩具拆散了，把灯光弄暗了，但他们立刻发现自己破坏了天赐的礼物是可耻的错误，而赶快发挥自己的聪明才智来设法补救。他们运用上帝赋予他们的巧手和灵思，修复了玩具，恢复了灯光，使他们再度运转如初，再度丰富绚丽。然后由衷的了悟，自己也属于这造物者的巧手和灵思，也是一个不能用自己的小聪明乱拆穿的精灵，而从此应当相信，欣赏所当欣赏，奔忙所当奔忙，感动所当感动，希求所当希求，欢呼所当欢呼。

于是，当月明之夜，仍然是“海上生明月，天涯共此时”。

当爱慕一个人，仍然是“曾经沧海难为水”。

当友伴们在外面一声高呼：“我们游山去!”仍然会从床上一跃而起，披上夹克，拎起行囊，说去就去。不问林木间有没有“青竹丝”；不问海拔三千尺，会不会高处不胜寒。

当秉烛夜谈，仍然是，有人以天下为己任，慷慨悲歌。

有人要芒鞋破钵走天下，去济世救人。

有人要大家一同厚积资财，使国家民族为之富强。

有人要读尽好书，冀望死后仍与古人的智慧同在。

有人要踏遍九洲四海，回来后，可以畅谈天下奇观。

于是，酒香茶酽，密友良朋，仍然一切是真而非幻；仍然是无限的豪兴与热情，仍然是无比的执着与认真。

无论经过了多少世故与沧桑，仍然有这样深浓的信念与奔腾的热力。即使年老，也仍然拥有青春。

年轻与成熟的调和之道是：我们不可不“知”，更不可不“信”。因为有许多时候，会由于“知道”而产生了“否定”。

人生许多轰轰烈烈的大成就，是完成在从“不知”到“知”的追求的过程之中，而不是在“已知”之后。它所靠的是因为“已知”而向前奔赴的那分狂热。

年轻人常向年长者索求“经验”；但不要忽略了年长者才更应该向年轻者商借“热情”。

谈走入社会

年轻人一提到“走入社会”，常会联想起下一句是“人生如战场”。觉得自己是开始加入了一场战斗，仿佛个人与社会是对立的，而一走入社会，必然是四面楚歌，会使一个全无经验的人遍体鳞伤的。

我觉得这是受了一种夸大说法的影响。人们常把初入社会所遭遇的困难，及自己适应和解决这些困难的过程，有意无意地加以强调，使人一提到走入社会，就觉紧张恐惧，如临深渊。

其实，家庭、学校也都是广义的社会。一个人，从降生之后，就立刻会和一些不同类型的社会发生关联。也时时刻刻都在面临一些必须学习适应和解决的问题。只是因为大家所说的“走入社会”，是指“独立谋生”的阶段开始，因此自己的责任格外大些而已。

那么“独立谋生”这件事，可怕不可怕呢？

我认为，只要你观念正确，准备充分，并不是那么可怕的。

所谓的观念正确，是不要把独立谋生看成是开始了一场战斗；而要把它看成是一项值得高兴的参与。说明自己已经成熟，而具备了相当的资格，可以作为成人社会的一员，得到了客观的认可，因此能够独立的一展所长。它是人生路程上的另一种“升级”。正如同一个人从幼稚园、小学、中学到大学，每一个阶段都是走向成熟的一项证明。当你学业完成，或年龄与能力达到了这个阶段，你应当有资格“升入”社会，因此，它是一件可喜和值得争取的事，而不是一件可怕的事。

社会上固然有种种挑战，但并不值得惊疑，因为生存的本身就随时都在面临挑战，从一降生就已开始。它并不是拼个你死我活，马上就要定出高下的“竞赛”。它事实上是一种合作，每个人施展自己的所长，付出自己的才力来把社会推动。所以你要顾虑的不是是否会被别人“打败”；而是是否能对别人“有助”。社会是一个有机体，每个人提供自己的能力，使别人得到助力；同时，每个人也从别人那里得到自己所需的助力。所以，如果一个人能对别人“有助”，他自然就会被社会所接纳。反之，如果一个人对社会“无助”，他就会在不知不觉中被社会所冷落。这“有助”与“无助”，也就是一个人有无一技之长和是否为社会所需。有一技之长而为社会所需的，他会自然而然地投入这社会人群的有机体，变成一分力量，社会对他必定是欢迎的。

医生为社会所需，所以是出路最好的。教师为社会所需，所以是不愁找不到工作的。技术工人、劳力工人，更为社会所需，所以他们薪资是越来越高。运输业为社会所需，所以许多人改行投入这一范围。餐馆为社会所需，因此投身这一业的人也越来越多。我们的社会需要各种各类的服务，新的行业也因此不断地诞生，看家人、看孩子、美术班、音乐中心等等，都是人们感到需要而社会尚未能够充分供应的。对准备独立谋生的人来说，它们也正是一些新的出路，只看你是否肯动用你的头脑并付出你的劳力。

当你投身于社会需要的任何一环，你就成了这社会的一分推动的力量，你应当用快乐的心情学习、适应，并尽量发挥。因为从这时开始，你才正式成为一个“社会人”。

“处世”并不是一项虚伪造作的表演，也不是尔虞我诈的乱用心机。事实上，你越是单纯与诚实，越是为社会所欢迎。因为你的单纯与诚实，证明你对社会人群无害，你的努力工作证明你对社会人群有益。一个人，对社会人群无害而有益，岂会不受欢迎呢?

* * *

我们不能否认，人情确实有险恶的一面，但是我们也更要承认，人情有温暖善良的一面。仔细想想即可发现，我们在有形无形之中，直接间接都在从别人那里得到帮助。我们也在有形无形之中，直接或间接地帮助别人。这就是社会之所以形成。

* * *

社会有它不可忽视的重要性，就因为它说明了人们必须互助与合作，而且也一直在互助与合作。

* * *

世界对每个人并没有故意的厚此薄彼。它有良辰美景，也有许多灾难，它让每一个人都必须工作，才能维生。它让每一个人都必须面对种种的、接连不断的难题的考验，因此，它是公平的。只看我们如何去面对它和如何去解释它。

* * *

不要把困难与挫败看作是命运对自己的不公。我们要把自己能够通过考验看作一种胜利；把万一不能通过的时候，看作是一种学习。你会觉得自己对生活充满了好感，尝试克服困难也成了一种乐趣。

* * *

每个人都是赤手空拳来到这世界，而在正常的情形之下，每个人都可以生存下来。这证明造物者既然这样创造我们，就一定为我们准备了能力，也为我们准备了可以生存下去的环境。

* * *

除非天灾人祸或病痛，在正常的情况下，只有好吃懒做或品德上有大缺欠的人，才会面临不能生存的恐惧。

* * *

我们不能希望生活中只有快乐，没有愁苦。只有幸运，没有波折。而只能希望自己具备足够的力量和足够乐观的心情，随时敢去面对困难，超越痛苦，并且发挥力量来使自己得到克服困难之后的成功的快乐。

* * *

每克服一次困难，都会增加了一分对自己的信心。也由于知道生活中仍会有使自己接受考验的机会而觉得不平淡，并且愿意更进一步去为自己储备更多的力量。这就是学习与进步，努力与成功的一次又一次的循环。

* * *

我们的生活多半是由于有新的困难和新的挑战，才有了新的乐趣。

谈内向

许多人为自己的内向、怕羞而苦恼。认为自己缺乏适应环境的能力和开拓前程、勇往直前的冲力，深恐自己会被环境所淘汰。

当然，在有些情形之下，无论是找工作也好，拓展业务也好，是需要一些外向的性格。但这并不是说，每一个人都必须如此，才可以表现才华或才可以对社会有益。事实上，我们如果仔细观察，即可发现，这世界上需要各式各样的不同性格、不同作风、在不同方向发展才华的人。只不过，由于现代生活强调竞争，主张新奇，有些人只求眼前煊赫，不管永恒功业，形成一种潮流，使人误以为，唯有快速适应、立即表现、不择手段地争取一时出头的机会，才是成功。而忽略了生活真正有内涵、有深度、值得欣赏的功业并不能用这种全速争取的方式去达成。

在现代生活中，人们一味地要求自己去竞争和表现，要自己不顾一切地去取得，是一种错误的短视的现象。也可以说是在社会转型期间所产生的一种过渡时期的现象。在这短暂的过渡时期里，人们为了急于有所表现，以得到快速的“成功”，因而只以抢到别人前面为胜利，有时即使对社会造成观念上的偏差、是非的混淆也在所不计。这种对“争先”的重视，使得人人感到自己是在孤军作战，而环境周围都是敌人。现代人所谓的“竞争”就是先肯定了环境中的每一个人都是自己生存的敌手。所谓的“成功”，就是“你抢到了，而别人没有抢到”。相形之下，所谓的失败，也就是：“在一场短暂而又不见得有意义的争抢之中，那眼明手快的抢到了，而你没有抢到。”并不问这所抢的东西是一粒钻石，或是一堆粪土。“抢”的本身变成了目的。一次又一次，一波又一波，盲目的争抢，就判定了所谓的优劣与成败。

这观念，显然是错误而可笑的，是会妨碍了深度与恒久的成绩的。

事实上，“内向”是一种可喜的“内省”的性格。内向的人往往有一种优美的气质，是“深度”的所由生。肯深思，是真正的文人或艺术家所必备的敏感的特质。它有利于更深一层地思考和体认。而且它可以使一个人的感情比较收敛，是形成高雅风度的一分内在的力量，它可以减少人与人之间尖锐的对立，因而真正的感情才有机会出现。

人与人之间，固然需要适度的开朗与坦率，却也更需要保留几分含蓄的感情和谦虚礼让的美德，而不希望这世界上每一个人都像打手一样，对准一个目标去“先驰得点”，认为那些不在跑道上奔驰的都没有胜利之望。

内向，是对自己内在生命的一种省察和对外界人情与事物的一种敏锐的感应。有谨言慎行的美德，更有一种“一目了然”“旁观者清”的洞察力。所以，如果你不被现代世界这过分强调“争先”的风尚所迷惑，就会明白，并不是只有外向的人才会成功。世界上有一部分事情是需要外向性格去争取、去突破和完成的；而另外一部分事情却需要较为内向的性格来把它做得更加深入而恒久。事实上，即使看来是所谓“外向”的成功者们，也必定同时具备着内向的一面，这是为什么古今中外许多伟大的政治家或军事家，在极富组织力、影响力、说服力、策动力的成功要件之外，经常使世人发现他们同时又是画家（邱吉尔）、散文家（诸葛亮）、诗人（岳飞）、音乐家（西德总理史密特）等等经由内省而散发出来的光辉……外向给他冲力，内向帮他省察。

我国传统教育不鼓励人们抢先和表现。固然说，这在讲求立即效果的现代风气之下，表面好像是会吃亏点；但实际上，要求人们静下来多思考、多吸收，然后再取精用闳而“实至名归”，是避免肤浅和虚伪夸张的最好的教育。

对天性内向的人来说，与其为了要求表现而去学习外向。不如尽量发挥自己那敏感深思的特长，在需要深度的工作上去努力研求。许多“不鸣则已，一鸣惊人”的人，都是由于他们虽不擅长立即表现，却正因为如此，而有机会深思明辨，把自己所学所能经过千锤百炼之后，才肯公之于世。而他的独立特行，使他不仅能达到别人所无的深度，且能使他因为路线与众不同而见人之所未见，言人之所未言。一旦有成，必定格外杰出。

内向，是一种助你深耕的力量。如能善用之，会有大成就。

* * *

一个真正成功的人，在活跃的一面之外，必有非常沉静凝重的一面。当他独处的时候，必然是十分深思的。

* * *

一个人如果只是思想而不活动，当然失去了生命力，但如果只是活动而不思想，也会使生活陷于浮面的感官而缺少了应有的深度。能够使这两者得到平衡而且充分的发挥，才是最好的生活态度。

工作小语

大致说来，不需深思熟虑，只靠技巧取胜去争取时效的工作，可以求快；需要恒久价值的工作，就要把求快的心情暂时收敛起来，而去不断地钻研改善，求得细密而持久的品质。这两种态度都是必需的，只看是不是在适当的时间，与是否针对适当的事务。

* * *

工作的成绩并不完全来自紧张奔忙，事实上，它是来自一种心情上的安闲和平和。由于日常有充分的准备和肯定的目标，因此有条不紊，能够按部就班，心情怡悦而安闲。

* * *

生活应有动与静的两面，动是生命力的发挥，静是对人间万事细心的体尝。

* * *

对不幸的命运，越是抱怨，越是觉得痛苦；越是想逃避，越是觉得恐惧。不如去面对它，迎战它，克服它，超越它，使一切痛苦低头称臣，使灿烂的花朵盛开在艰苦耕耘过的土地上。

* * *

伟大的胸襟，高贵的情操，坚定的自信，可以把黑暗化为光明，把悲忿化为欢歌。

* * *

真正的朝气并不是奔忙紧张的。你看初升的太阳，多么宁静和坚定！多么深藏不露而又一鸣惊人！

* * *

真正的雄伟和恒久，决不是一时的冲力和奔忙所可达成，更不是喧嚣的大张旗鼓。所谓“飘风不终日，骤雨不终朝”，你看古老的地球，不声不响地旋转着，孕育了多少的生命，而我们几乎是不会感觉到它的存在的。

* * *

对生活中难以避免的那些悲苦失望的时刻，应该用欣赏的心情去体味和面对，并练习去适应。你会发现，一切的苦乐成败都为我们充实了生命的内容。你更会发现，快乐固然值得欣慰，痛苦也会使人有另一方式的收获。

* * *

我们要认真，但不要顽固不化，我们要洒脱，但不要玩世不恭；我们要真诚地工作，也要有游戏的心情。

* * *

有人以收获为幸福，有人以付出为快乐。最后人总会发现，真正的收获都因为曾经付出；那些未经过付出而得的收获一定不是真正的收获。

* * *

每个人的天赋不同、性向不同，成功的程度和方向也不会相同。用自己本色和真实的感情来创造前程，这就是每个人成功的道路。

* * *

所谓的成就，无非是尽力而为。因此，既不必羡慕或嫉妒别人，也不要把一时的虚荣当作了成就。

* * *

成功包括对别人的贡献，而不是剥夺别人来装点自己。

* * *

许多所谓的成就都指的是个人的表现，而大家往往忽略了这个人的成就之中，有没有别人的牺牲。

* * *

要使自己过得心安理得，在工作上要做到今日事今日毕，在为人方面要让自己良心上没有愧疚。

* * *

个人的价值要靠别人客观的肯定。如果你从来也不为别人设想，别人又为什么要来肯定你的价值呢?

* * *

生活是一连串的奋斗。我们不断地努力，就是胜利的保证。如果过去的时间没有荒废，现在就可以看到相当的成绩。如果目前的成绩不令自己满意，那也并不是你未得到应得的收获，而是证明你又有了更高更远的目标。

* * *

世上真正伟大的成功者没有一位不是朴实诚恳的。因为唯有朴实诚恳，做事才会按部就班，才会有经得起考验的成绩。

* * *

每人都知道“一技之长”重要，而我们更不妨把“一技之长”改为“数技之长”，多让自己具备一些技能，生活一定可以左右逢源。

* * *

学有专精，是重在一个项目的钻研与精通。但在这一项的专精之外，更不妨有多项的才能，用求知致用的心情去学固然很好，用游戏好玩的心情去学，一定更为愉快。

* * *

我们的生活要有创意、有特色。虽说应该加入群体生活，但在精神上要不抄袭，不模仿别人，发挥自己的本色，才可以有独特的成绩。

* * *

自由的意义不是散漫无章，而是能根据自己的意志去努力，使生命发出光辉。它是欢乐奔放的，同时也是严肃真诚的，当一个人能被允许严肃而真诚地生活，那就是彻底的自由。

* * *

自由包括对别人的尊重与对生活的真诚，它是庄严的，但也是最使人感到受重视、被关切、欢乐而奔放的。

* * *

每个人除了日常的工作和例行的事项之外，有许多生活项目是要自己加上去的。这个需要自己加上去的项目才构成了一个人生活的格调。

* * *

事业没有真正的巅峰，它只有一段不停地攀升与进取。成就之上还有成就，希望之外还有希望。这才是组成生活乐趣的真正原动力。我们所要追求的是一分如日中天的饱满的精神和登高望远，不受环境局限的对前途的展望。

* * *

诚实善良的人才肯承认默默耕耘的成果和舍己为人的高贵，世界需要这样的人。

* * *

对有些人，我们不必去考虑是否要得到他善良的回报，当然，也不必考虑自己要去怎样对待他们。在这一点上来说，不侵犯别人，就是善意了。

* * *

使生活的内容丰富是每人所希望的，但也要看这些内容所代表的意义。

* * *

使自己的生活有内容但不杂乱，需要一种选择的力量。有人只是为了使自己够忙，而找许多事情来做，看来像是很丰富，实际却是一无所有。

* * *

疲劳不一定是来自工作，而多半是来自心情上的烦乱与紧张。同样的，热，也不一定是来自天气，它时常是由于心情上的焦虑与患得患失。

* * *

有时我们非常向往一种幽缈之美，但它需要完全澄静的心境，没有一点外界的干扰，才可以体会得到。

* * *

在现代生活中，音乐要有强烈的节奏，绘画要有强烈的色彩，才可以把人们的注意力集中起来，原因就是环境太吵闹，而各人心中的事情又太繁杂。这对需要深入表达和沉潜欣赏的层面来说，是一种损失。

* * *

有时一个人会很乐观，他觉得世间有许多道路都为他而开放。有时一个人会很伤心，因为他觉得世界并不像他想象的那么美好。但也正因为人们有时如此，有时如彼，所以，我们不必认定哪一个时候的感觉是绝对正确的。事实上，这两者交互出现，世界有好的一面，也有不太好的一面。你必须承认，才不会过分地失望。

* * *

忧愁并不能解决问题。对待问题的方法是在深思熟虑之后的行动。用行动去解决它，或用行动去摆脱它。

* * *

把注意力放在将来，生活的态度自然积极。把渴盼成功的心情集中起来化为行动，着手工作，就是走向成功的道路。

* * *

经常让自己一面工作，一面知道下一步要做的事，下一次要去的地方，生活就不会沉闷，效率也一定提高。

谈性向

所谓“性向”，简单说来，就是一个人的“性之所近”，是他自然而然无需任何外力趋使，就乐意去接近的东西。

由于性之所近，因此在别人看来是工作，在他看来是娱乐。由于他在工作的时候，心中仍然念念不忘这项工作的乐趣，所以他在日常生活中，随时随地都会不由自主地去吸收这方面的知识，注意这方面的活动，留神与这工作有关的参考资料。因为他这种毫不勉强而又随时随地的专注，所以他对这项工作的了解就会远比别人广阔而深入，他的成就也就因此而远超过那些不这么专注的人们。

一个对美术有兴趣的人，他所到之处，都会被与美术有关的事物所吸引——这处风景美丽，这张广告设计特殊，这栋建筑的造型别具风格，这幅装饰的色调美好，这座雕像的线条不凡……他注意，所以他吸收。他有兴趣，他才去注意。这发自天然的反应和一般为了“充实自己”而强迫自己去“苦苦用功”的情形大不相同。

有一阵，我天天去听音乐会，无论场地好坏，无论地方远近，无论刮风下雨。朋友说：“我很佩服你，这么勤奋!”

她以为我是为了我的广播工作，而不得不去听。

我的回答却很简单：“那不是因为我勤奋，而是因为我喜欢。”

伏案写作是很辛苦的工作吗？

如果你的回答是肯定的，那你是最好不要从事写作。因为那不但使你经常觉得辛苦，而且一定会因为你觉得辛苦而常想逃避，而只要不提笔，就情愿不去酝酿任何写作的题材。那会使你成为一个痛苦而缺少成就的作者。

如果你的答案是，“写作有什么辛苦？和玩一样。”那证明你真正对写作有兴趣，你会一有时间，就坐下来写着玩。你的成就就会在这极像“游戏”的心情之中，日积月累，越来越丰富，而你会越来越快乐。

从事一项自己爱做的工作，才不致每天一想到工作就头痛，到了办公室就如坐针毡，下班铃一响，就逃命似地回家，再也懒得去想关于工作的事。而因为这个缘故，你对你的工作永远也不能进入情况，对别人的询问，你总是不知所云，不得要领。你痛苦，你逃避，于是敷衍塞责，工作不可能有成绩，考绩不会好，在同事或同行面前，没有荣誉感，没有自信心。在上级面前，得不到奖赏，不能有所升迁……这种种，都只因为你对这项工作没有兴趣。

选择工作是如此的重要，而这选择的权利与自由又从何而来呢？

答案是：从你的所学、所知、所能而来。

怎样才能拥有这必要的“所学、所知、所能”呢？

答案就是当初选择所要进入的科系时，是采取的什么态度了。

你重视自己的性向吗？你人云亦云吗？

你赶热门，慕虚荣，只以为考上某些最有名的学校为要务吗？

你只为将来收入而下决定吗？

医学院真的只是为了将来可以赚大钱而设的吗？

你不喜欢数目字，却喜欢发财，因而硬着头皮去进商学院吗？

兴趣可以培养，但不能在面临填写志愿时才去急于培养，那来不及。

态度不可偏差，学医是为了济世，商学院不是为了使你发财，也不是为了便于出国。

让自己尽量多接近可学的科目，才可以在要升入大专或职校之前，有机会了解自己的性向。

对选择科系的态度不可存有走捷径、求功利的念头，而要问明自己，真的有此志愿，决定全力以赴，才可以去起步。将来才不致发现自己走错了轨道而后悔莫及。

要使自己将来走入社会之后，能够每天快快乐乐，充满自信地去上班；对自己的工作有辉煌的理想和抱负，而不是天天勉强应付，度日如年，更不会计较工作量和待遇的多少。你不能选错科系，不能入错行。

俗谚说："男怕入错行，女怕嫁错郎。"真是经验之谈。工作与婚姻都是"终身大事"，决定终身的苦乐，怎能草率马虎，毫无主张呢？

* * *

与其勉强一个天性木讷的人去做外务员，不如发掘他思考与观察方面的长处，看他是否更适于做一些企业设计或撰写、研究方面的工作。

* * *

用思想和用机智或用体力的人，都是同样重要，都为社会所需。

* * *

这世界需要各种不同性向、不同工作的人们，才可以把这世界推动。与其勉强自己去变成"别人"，不如努力发挥自己的天赋，做一个美好的"自己"。

* * *

努力发挥自己的长处，就是一个人的道路。他可以在这方面有成就、有建树。至低限度，他可以生活得比较快乐。

* * *

每人都有自己的优点或缺点，发挥自己的优点，使自己有所表现，改善或疏导自己的缺点，使它不致成为自己或社会的障碍，这就是我们每个人所要具备的自我教育的功夫。

* * *

我们手中的时间有限，精神和体力也有限，如何在这有限的条件之下，去做最大可能的应做的事，是对我们智慧的一种考验。有些事，应该把握；有些事应该舍弃。在这该与不该之间，需要冷静的头脑和独立的判断。

* * *

冷静的头脑使我们会衡量轻重；独立的判断使我们不致随着环境的诱惑去盲目地奔逐。

* * *

不但工作需要选择，娱乐也需要选择。娱乐反映一个人欣赏品味，也反映他的生活格调。

* * *

工作有自发自动的工作，有为了责任催迫而不得不然的工作。当然，最理想的情况是：工作本身就有相当的吸力，使自己不由得就自发自动地去做。要达到这一目的，在当初选择科系和选择职业的时候，就要先衡量自己的性向。

* * *

衡量自己的“性向”，不是宠惯自己。世上没有一件事是可以不劳而获的。在没有经过充分努力和多方面的学习之前，没有理由以“性向”为藉口，偷懒苟安，“划地自限”。

谈胆识

信心不是盲目的固执，而是基于自己对事情充分的了解，足够的准备和对环境真切的认识，因此而有坚定的信心。因为知道自己是对的，所以用不着再为别人的意见而动摇了自己的决定。

* * *

知识是信心最重要的来源。由于你知道事情本身的意义和它必然的归赴，看得清它的来龙去脉，所以不会没有把握。当一个人对事情有把握的时候，也就不会游移不定，迟疑不决。

* * *

果断是由于自信，自信是由于知识和经验，以及眼力和判断力。有些人之所以没有远见，是他们没有足够的能力去推测以后所可能发生的事，因此不敢下判断。不敢下判断就是犹豫不决。当一个人对自己的推测犹豫不决的时候，别人的意见就会乘虚而入，于是难免受了别人的左右。

* * *

听取别人的意见是必要的，但必须有自己的意见来做支持。否则每一个人的意见都将增加你自己的困扰，使你越是征询别人，越是无所适从。结果必致头昏脑涨，痛苦不堪，而阻碍了事情的进行。

* * *

并不是每个人都善于下决定的。如果知道自己不是一个长于下决定的人，最好避免让自己担当重要的决策性的人物，以免造成重大的错误而影响别人。

* * *

一个人不可能具备各方面的知识。遇到重大的问题，与其自己苦思焦虑，不如把问题请教适当可信的或具有专业知识、丰富经验的人去替你斟酌损益，采用他们的建议。不但有利对事情的判断，而且这也是最有价值的学习。

* * *

有时一个人感到对事情委决不下，是因为患得患失。当左思右想，觉得无论下什么决定都有损失的时候，那是因为他忽略了一项真理。世间事，几乎任何一种选择的背后都一定要有一些必要的付出。只看你认为付出什么，换取什么，对事情的本身较为有利，你就该朝这个方向来下决定。下了决定之后，就不要忽然又去想到你刚才的付出是一种损失。因为这就是一切犹豫不决的总来源。任何的犹豫不决都是这种心情之下产生的。

* * *

因为任何的选择背后都一定有些付出，所以一个敢下决定而且坚持不移的人，都不仅是因为他坚定，而更是因为他有担当、有胸襟、不计较必要的损失。了解自己为了收获，而必须承担损失。还知道“必须要承担而坦然去承担”的态度，就是一种魄力，魄力加上见识，就是一个决策人物所具备的“胆识”。

* * *

会选择，能衡量，就是一种辨识能力。

* * *

了解收付之间的选择的人，实际上比那些想什么都要的人更有胆识。有胆识才能大刀阔斧，昂首阔步，真正做到使自己和相关的人都有所收获。

* * *

所谓收获，并不专指实质的利益。正相反，有时你放弃利益，反而更是收获。最浅显的说明是，如果你放弃贿赂，你就收获了清白。你放弃了投机，你就收获了原本应该属于你的钱财。你放弃自私自利，你就收获了友谊。你放弃无谓的名利诱惑，你就收获了凿井及泉，属于你自己的成功。

谈决心

自信是一种说服力。在一开始时，看来仿佛不会成功的事，假如你坚持地做下去，它就会成为对它自己的一个证明。相反的，假如你因为别人的怀疑或批评而犹豫不决，退缩不前，那不用别人的阻挡，你自己就打败了自己。

* * *

自信是一种吸引力。只有当一个人有自信的时候，他才会成为别人注意的焦点。当一个人有自信的时候，别人会放弃了他们那游移不定的意见来附和他。

* * *

能够在遭遇质问或批评时，不动摇自己的信念，不是因为固执，而是因为自信。充分的自信是由于有足够的准备，高超的见识，卓越的能力。它不是盲目的刚愎自用，而是清楚地知道事情必然的归赴。这种自信是由知识、见识和力量所形成的。

* * *

创新是可贵的。但每一件创新的工作，在一开始都难免会受到周围人们的怀疑。能克服怀疑阶段的人，才是成功者。

* * *

很多人不是没有想法，也不是他没有能力，而是他不能克服别人对他的怀疑而中途放弃了他的计划。这样的人为数甚多，所以古今中外，我们看到的成功者总是少数。

* * *

当一个人有自信，别人就会相信他；当一个人坚持到底，那些怀疑他的人就会反过来帮助他。当一个人勇往直前，别人就会给他让路。

* * *

对一件有创造性的工作，大众的心情总是忧喜参半的。在他们不知是该赞成或反对之前，要先看你自己本身的志向是否坚定。如果你坚定，那些本来不很肯定的人也会跑来赞同你。

* * *

如果你有一个计划，而且自问是已经很成熟的话，与其征求别人的同意，不如自己先拿出一些事实来证明你值得大家的同意。

* * *

创事业，证明自己的天赋，是人类与生俱来的一种愿望。这不是虚荣，而是为了证明自己对社会有用处，对人类有贡献；证明自己没有虚度此生，因此希望得到机会来发挥，来提供自己的才能给这世界，它的出发点是非常可敬的。

* * *

对有心创事业的人，我们尽可能给他们鼓励与支持，使他们有成绩，被肯定。间接也就是给这世界增加了福利和彩色。

* * *

“兵贵神速”，一九八二年，率领英军横扫福克兰群岛的指挥官穆尔少将的作战哲学是“迅速行动，猛烈攻击”。在充分的准备之下，速度就是力量。物理学上也给我们证明，当你有充分的实力，万全的准备，如果你行动迅速，就会大大地增加了成功的可能性。

* * *

在现代世界里，有许多的事物被大众需要，是由于各种机缘的凑齐，聚合在一起而形成了一种情势。在这样的情势之下，适时地提出了你的贡献，自然会被大众所欢迎。

我们的来处与去处

我们不知道自己怎样降生到这世界来的，正如我们不知道为什么有那么多各式各样的动物与植物，而它们又各有各的天分，各有各的传统，各自依序生长与繁殖，不会乱掉。

宗教家说，宇宙万物是上帝创造的。在没有证明它错之前，我们也不妨这样相信。道家说，万物是大自然赋予生命而形成的。他们虽说不出大自然是怎样赋予生命，怎样形成，但至少庄子所说“以不同形相禅”是可见可证的。我们至少可以相信，生命是由自然界在营养，生命的死亡是物化，而不是消失。因为我们死后，身体腐烂，却化为其他养分，可以帮助花木生长，或变为某种能源。花木植物又可以喂养其他生物，延续其他生命。所以道家神话中所说，人死后会变为花木或蝴蝶，是很科学的。

至少，如果我们承认道家的说法，我们就不会觉得生命虚无或生死无凭。就不必惶恐万状地问：“我们自何处来?”“到何处去?”我们可以把视野扩大，不仅想到这一个地球，而想到整个太阳系和整个的宇宙。生命在地球上出现，是因为这里有适量的空气、阳光、水。如果别的星球也有适于生存的条件，那里也可能有生命。我们的生命和静默的宇宙是一体，宇宙是大生命，我们是这大生命的精灵。

人们一向和大环境分立的想法是不对的。我们可以设法多利用或改善自然，但不应说是“征服”自然。我们可以设法使自己这生命活得更光辉些，但不必希望个体的永生。因为如果个体不死，大自然的活动就停顿阻塞了。例如：一些动物吃植物，植物死了，而那些动物的生命在延续。动物死了，化作肥料，营养了植物，使植物开花结实，这地球的大生命就是这样川流不息地进行下来的。

那么，你或许要问，既然死不足惧，我们又何必维护生命而不去自杀，以提早加入大生命的循环呢?

这你却又错了。

你错在低估了生命的价值，忽略了生命的意义。

我们虽不知道生命是怎样形成的，但我们知道，能够拥有一个“人”的生命，能活动、能思想、能体味、能观照这世界，知道有一个“我”在存在，是难得的机会。我们有躯壳，能活动，我们有一个灵魂，能思想，有感情，这是上天给我们的极其难得的机会，有了这个机会，我们才可以看，可以听，可以享乐，可以求知，可以试图解释我们所自来的宇宙大生命。我们可以替大自然说话、替它想、替它欣赏。又因我们和大自然不是分立，而是一体，我们等于是大自然的一些精灵。被当选为大自然的“耳目”。这岂不是极难“当选”的一件事吗？有了这个机会而不好好利用，那真是辜负“上天好生之德”了。

“上天”给我们生命，使我们能生活，目的似乎为了要使这世界活跃、美丽、丰富、繁荣。它把生命分别赋予活泼的小动物、雄伟的大动物、聪明爱饶舌的人类，也分赋予美丽灿烂的花朵，潇洒不凡的树木，于是这世界才有了天上飞的、地下跑的、水里游的，才有了花花树树来点缀四季，美化江山。我们幸而“当选”为人，当然要好好地为大自然做一点事情。

而所谓“好好地做一点事情”，也无非是尽心尽力地做一个认真生活的人。

至于说怎样才是尽心尽力、认真生活的人呢?

我们可以借用《中庸》所说：“天命之谓性，率性之谓道，修道之谓教。”

天赋我们的本性是什么？我们就尽心尽力地去做什么，不但要做且要做得好，要做得正直，要做得正是上天所希望我们做的。所谓上天要我们做的，其实也就是我们做来使自己感到心安而快乐的。何者使自己心安而快乐，何者不然，这分际，正是来自人的天性。

这包括严肃的方面，如：好好地做人，勤恳地做事，专心地用功，研究学问，努力创造事业，使这世界有秩序、有进步。

也包括轻松方面的，如：快快乐乐地生活，有机会就游山玩水，观赏自己的所自来——大自然。用音乐与诗歌来歌颂它，用绘画、摄影或工艺来描摹它。用房屋的兴建，亭园的装修，花木的种植，道路的开筑来点缀美化改善它。藉跳舞、运动、人与人之间的种种联谊，及其它人文方面的活动，来感谢它所赐与的生命之力。

无论属于严肃或属于轻松，都是天赋我们的本性。每一个人都顺应天赋去发挥，就织造成丰富华美、生动活跃的世界。

有了这一信念，我们对生命就可以肯定，对生命肯定，就可以积极乐观地利用这几十年，替大自然增加一分活跃。然后心安理得地归于尘土，再去参加宇宙的大生命之流，化为其他生命。

因此，我们的生活态度应该是对生命肯定而感谢的、认真的、快乐的，尽量利用时间来做自己天性所要做的事。把个人与自然看成一体，因此是博大的、豁达的、高瞻远瞩而不斤斤计较小节的。

当我们年轻有为、极想做事时，要尽力地学、尽力地做，不必有“如此辛苦，所为何来?”的问号。因为生命的动机就是要我们如此向前奔赴，热烈认真，使宇宙丰富生动。

当我们年老力衰，或不再想热衷事业时，大可退隐田园，（现代人或许只能“退隐都市”也无不可）过过闲逸的生活，是对人生的另一番肯定。它是真正脚踏实地，回到本质。生命原是来自自然，晚岁回到自然。生命原是很单纯的事，晚岁回到单纯。生命原是应该彼此一体，相亲相爱的事，晚岁挥别荣利，归于平淡。大家都已“历遍人间，谙知物外”，奔劳竞逐只是人生的一面，安闲与淳朴是人生的另一面。这两面，都是来自自然所赋予我们的天性。

我们热烈的生活过了，尽情的在这世上奔跑、建设、思索、发挥过了，生命力没有一毫浪费，然后我们可以心安理得的去腐朽，化为物、化为尘、化为火、化为能、化为花、化为树、化为鼠肝或虫臂（庄子语），都无不可，随自然去安排、去演变。只要这宇宙持续，我们就在以各种不同的形式活着。用这种态度对待人生，不是很畅快的事吗?

* * *

我们辛苦奔忙固然是为了生存，但也更是为了使自己感觉到自己是在生存而快乐。因此，“辛苦奔忙”并不完全是像字面上这样被迫的。正相反，我们常常是自动情愿地用各式各样的忙碌来证明生存的意义和肯定自己的价值。

* * *

时间的本身没有什么意义，它的意义全是靠我们自己的所做、所想去把它填充起来。

* * *

一个人，如果能经常用最好的方法使时间显出最光辉的意义，他的生活就是成功的了。

* * *

把握时间需要争取速度，说做就做，这就是效率的所由生。但是，把握时间并不一定是指不舍昼夜的赶丁，静下来思想和静下来欣赏，也一样是利用了时间。

* * *

“浪费了时间就是浪费了生命”。但很多人不知道自己是在浪费时间，以致他的几十年过得如同只有一天一样，没有变化，也没有感受。对别人没有好处，对自己也没有意义。

* * *

不要让自己把可以做事的时间拖延过去。不要让自己把可以游览旅行的时间在灯红酒绿、不见天日的场所虚度过去。不要让自己把可以和良朋益友谈心的时间在言不及义、说长道短中耗过去。

* * *

对“时间”这样东西来说，“充分利用”就是节俭。

* * *

如果我们意识到自己一生最多不过三万六千多天，就会觉得自己手里的每一分钟都很珍贵。

* * *

最好的生活态度是“以出世的精神做入世的事业”。所谓“出世的精神”并不是消极的逃避人生或看破红尘，一切空无；而是能超然于私人名利得失之上，用大公无私的精神，有所不为的志节，一介不取的操守来做事。

* * *

要想让别人相信自己，自己先得要真诚。要想得到朋友，更不能希望藉伪装、应酬或世故来获得。伪装、世故、应酬可以应付一时，但不能维持长远。

* * *

工作虽然很累，但是它有工作的成绩来使我们显得光辉。只有工作之外的名利与人际关系纷扰，才使人心情沉重而抵消了工作成绩所带来的快乐。

谈谈寂寞

寂寞是一种灵魂上的苦闷孤独之感。我们不但在“夜静酒阑人散后”的情景之下感到空虚和寂寞，不但在“半生飘零羁旅”的景况中感到寂寞，我们也同样可能在灯红酒绿繁华热闹的场合感到寂寞，而且越是才智超群的人越觉寂寞。

因此，如你不甘寂寞，你就必须迁就一下流俗；曲高必然和寡。除非你忍得下寂寞，否则，你只好唱唱滥调陈腔。然而，也幸亏这个世界上究竟还有那许多不怕寂寞的人，他们在漆黑的夜空中散布下几点星光，照亮了他们自己的那个时代，也照亮了后来人们的路。

乐圣贝多芬一生寂寞孤独，可是他却说：“当我最孤独的时候，也就是我最不孤独的时候。”因为他在寂寞孤独之中，才更不得不去把情怀寄托在领略大自然的美妙上，才更有机会去整理他那不平凡的思想和灵感。他的音乐决不是繁华热闹场中的产物。

许多有名的诗句也得力于作者当时心情上的寂寞。常被引用的“枯藤老树昏鸦，小桥流水人家，古道西风瘦马，夕阳西下，断肠人在天涯。”作者当时如没有深切的寂寞孤独之感，决写不出这样的佳句。又如张若虚“春江花月夜”中的“江天一色无纤尘，皎皎空中孤月轮，江畔何人初见月，江月何年初照人。”也深深刻划出作者当时那前不见古人，后不见来者的寂寞之情。

又如“千山鸟飞绝，万径人踪灭，孤舟蓑笠翁，独钓寒江雪。”一诗，在隐逸中，又是何等的悲凉寂寞！

每一个人都有在灵魂上痛感寂寞的时候。我们时常会感到满腹辛酸，却觉家人亲友之中，竟无一人可与之一吐积郁。尤其是当我们发现并且证明了人们多数喜欢看你春风得意时的笑脸，而不喜欢听你秋扇见捐时的牢骚；当你一腔心事方待倾诉，却见你生平好友婉谢约谈，离席辞去。那时，你心中又是什么感觉？

但如你够豁达，你就应该了悟，人与人间只能在笑语喧腾的时候，显得亲热，或在一方可以施舍善意，博得慷慨之名的时候，显得仁慈；舍此而外，没有谁真正会分担你心灵上的寂寞。

因此，我们在这漫长而又孤零的人生道上，只有勇敢地承担起这与生俱来的寂寞，用自己的力量发出一点光和热，冀望这点光和热也可以成为漆黑夜空中的一二星点，在漫漫无际的永恒中，发出一点光辉。

西哲说：“世界上最强的人，也就是最孤独的人。”又说，“只有最伟大的人，才能在孤独寂寞中完成他的使命。”如要成为强者，即不可避免寂寞，而唯有那够坚强，能面对寂寞的人，才有力量使他的天赋才华不致被寂寞孤独所吞噬，反而因磨炼而生热发光。能在孤独寂寞中完成使命的人，即是伟人。

快乐的种子

宗教家劝我们每天晚上做做祷告，以使我们的心获得平安。我们虽不一定都信宗教，但是每到了晚上，如能把这一天之中所经的是非恩怨，都用一种宽容恬淡的心情把它看开，再重新在内心中点燃起“希望”和“勇于生活”的两盏灯光，我们就能用安稳愉快的心情去迎接明天。

朋友，如果你今天感到失望和灰心，请你相信，在这个世界的各个地方，还有人比你更失望和更痛苦的。如果你今天过得十分快乐，那么也请你好好记住快乐的心情，它可以在你偶尔感到不如意的时候，来帮你冲淡你的烦恼。

“留住快乐，忘记烦愁”，这就是使我们找到快乐的秘诀之一。

人的心情也和天气一样，时晴，时阴，时苦，时乐，常常变化。因为我们的生活是这样复杂，不管我们怎样快乐达观，也总有时候会受到周围事务的干扰。

一位先生在办公室里刚完成了一件愉快的任务，神采飞扬地回到家里，满心想和自己心爱的妻子分享一下这份光荣和快乐。却不料一进大门，就看见太太蓬松着头发，衣服纽扣也没扣，拿着鸡毛掸子在打孩子，孩子光着屁股赖在地上哭；厨房里的饭焦了，鱼被猫偷走了。这位丈夫的一腔高兴，马上化为冰冷，在失望和不耐烦之下，也许就此和太太吵上一顿架，换来三天烦恼的日子。

太太们也常常免不了有这种遭遇，当她手脚不停地忙了一天，在丈夫下班以前，赶着整理好了房间，打扮好了自己，收拾干净孩子，满心希望丈夫回来之后，和他分享这份难得的宁静。却没想到，丈夫在办公室受了一肚子气回来，一进门连鞋都不脱，把公事包一扔，就躺在床上看报去了。太太一面痛惜刚擦干净的地板，一面伤心丈夫辜负了自己的一番辛劳，情绪马上变坏了。

我们无论是在家里，是在办公室，或在学校里，都免不了在情绪上受到别人的干扰，而使原来晴朗的情绪突然布上一层黑云。问题只在我们能不能在黑云密布的时候，保持一点冷静和忍耐。我们没有多少力量去左右环境，把快乐寄托在别人身上，总难免遭到拒绝或受到打击而失望。既然如此，我们是否能试一试看，在自己心里好好地留出一片小小的、安静平和的地方，来保藏住一些快乐的种子呢？当环境中的人或事令我们受到伤害或打击的时候，我们能不能抛开那些无益的气恼，而在自己内心这片快乐的园地找到希望、安慰和鼓励呢？

每个人都可以在自己心里种下一点快乐的种子，这些快乐的种子可能是一些爱好，一点信心，一个理想，或一些名人先知的格言——它们都可以帮助我们在受到打击或挫败的时候，重新获得支持自己的力量。无论我们受到的打击有多么严重，只要我们能保持自己内心这点平静，就不会真的受到环境的伤害，就可以随遇而安。

圣经上说："你们要喜悦，而你们的喜悦也没有人能够从你们心里夺去。"在风涛险恶的人海上，只有自己的信心是唯一可以信赖的舵手。

我们不能把快乐全部寄托在别人身上。因为别人只能有限度地了解和帮助我们。而事实上，这个世界上锦上添花的人总比雪中送炭的多。如果你表现得很坚强，别人就都来鼓励你。如果你软弱，就很少人会来扶助你了。

快乐不能仰仗旁人，而只能依赖自己。我们不能希望由别人的帮助获得快乐。如果自己没有适当的自处之道，则彷徨孤独的苦恼一定会时常跟着我们。所以，我们必须训练自己，使自己在即使没有家人，没有朋友的情形之下，仍然能够坚强快乐地生活下去；使自己在失望、灰心的时候仍然能够建立起希望和信心。

生活情趣

有一天晚上，下着大雨。我下班之后，本来想等电台的车回家，但是，一来要等上一个多钟头，而我的家离电台并不太远，就走路回去也没有什么关系。二来，我想，反正自己也带了雨衣和胶鞋。

刚好那天，一位同事送给我一把粉红色的剑兰，另外还有一堆工商日报，要带回去剪了做资料，加上我自己原来要带的东西，我就这样冒着滂沱大雨，在十一点多钟的夜半走回家了。

走到半路，雨像瀑布差不多，雨衣和雨帽简直不管用。我开始觉得有一点后悔，觉得应该等一会儿，坐电台的车子回家。因为我知道这样一来，花一定浇坏了，衣服也全湿了，鞋也进水了，心里很不舒服。想到也许会感冒，又想到里面的皮鞋弄湿了会走样子；头发湿了，都变成直的，明天还得重新卷过；报纸也都会粘成一堆了，等等，等等……样样都是问题。这一场雨，给我找来太多的麻烦。

但是又走了一段路之后，我忽然在一盏路灯的下面，照到了自己的影子，我看见自己穿着雨衣、胶鞋，拿着剑兰，在发亮的马路上漫步，好像并没有什么可担心、可紧张的样子。于是，我猛然想到，本来事已至此，担心和紧张根本没有用，反正是衣服鞋子都浇湿了。你担心，也是这样；你不担心，也是这样，那何不想开一点呢？想到这里，觉得自己方才那种紧张的心情豁然开朗。

于是，我开始看见街头雨景十分动人，像一幅画，或一张经过艺术眼光取景的照片。天空中的乌云冉冉浮动，柏油路上反照出各种颜色曲线的灯光。而我自己把衣服全湿，会得感冒，报纸会破，花会打坏等等顾虑撇开之后，以一种无所谓的心情，淋雨蹚水，觉得这难道不是很畅快的游戏吗？

于是，我想起林语堂博士曾在他的书里谈起，一个成年人想要出去淋一场雨，玩个痛快的时候，他就只好在阴云四合，骤雨将至之前，趁早跑出去，然后他被这场意料之中的大雨淋得透湿回来，对家里的人说："唉呀！真糟！走到半路遇上这场大雨，都淋湿了！"

人的年纪越大，越觉得生活中没有情趣。小孩子比成年人快乐，因为他们脑中没有现实生活中利害的观念，没有实用的观念，没有太多的顾忌。他们可以在雨后的水洼里跳跃，溅得满身泥浆；因为他们只知欣赏水花四溅的乐趣，而不想到衣服脏了要洗，鞋湿了晒不干，以及脚湿了会感冒等等现实中的问题。所以他们快乐，但我们成人却会为外面天雨路湿而发愁得不敢出去。

我们有很多可贵的经验，都是在矇然无知的小孩子时期得来的。我们小时候看见蚂蚁成群的、在没有擦干净的饭桌上搬面包渣，觉得很有兴趣。我们注意的是它们怎样用触须互相碰碰，告诉同伴来去的方向；注意它们排的那个队伍，像一大队由城堡里出来的兵一样；也注意它们小小的身体，怎样搬运比它们大的东西。心里一面想着，它们用的是怎样一种暗号呢？它们的洞里是不是像一个仓库，存了各种的食物？

我们可以相信，许多生物学家们，一定要能维持这种孩子时期的兴趣，才可以由于这种好奇，去一步一步研究出蚂蚁的社会组织，把它写到教科书上，让我们这些一长大就对蚂蚁消失了兴趣的人们，知道生物学上的这门知识。而我们多数人，在长大以后，碰到成群的蚂蚁爬上饭桌，就只剩下骂佣人不擦桌子和忙着用 DDT 来打死它们了！

所以，我想，是否我们可以用我们成人的经验去和孩子交换生活情趣，我们教他们小心这样小心那样；也该向他们学一学，不要顾虑这样和不要担心那样。小孩子假使从开始就像成年人这样胆小害怕，他们可能连走路都学不会。他们假使从开始就怕弄脏这样，糟蹋那样，大概只好一生都在摇篮里过去。

我们应该想办法使自己在该顾虑的时候顾虑，该摆脱的时候摆脱。古时孟敏堕甑不顾而去，朋友见了觉得奇怪，他说："甑已碎，顾之何益?"其实，这位想得开的古人所表现的，也正是一般孩子们所表现的。成年人如能在经验过小心严肃的生活之后，再来体味一下打破玻璃杯根本用不着站在那里后悔惋惜的道理，就可以知道这其中和孩子们的无知，只是境界高下的分别而已。能够做到这样，就可以使我们的生活中，多一些情趣，而少掉许多心理上不必要的负担。

随遇而安

一个人如能不管际遇如何，都保持快乐的心境，那真比有百万家产还更有福气！

生活中拂逆的事情是很多的。俗话说："不如意事常八九。"我们一生很少有几次真正感到自己的生活一帆风顺，海阔天空。人生遭遇不是个人力量所可左右的，而是在诡谲多变、不如意事常八九的环境之中，唯一能使我们不觉其拂逆的办法，就是使自己"随遇而安"。

有一次，我有一位朋友从台中搭公家运东西的车子回台北。车到中途，忽然抛锚。那时正是夏天，午后的天气，闷热难当。在赤日炎炎的公路上无法前进，真是让人着急。可是，他当时一看情形，就知道急也没有用处，反正得慢慢等车子修复才可以走。于是，他问了问司机，知道要三四个小时才可修好，就独自步行到附近的海滨游泳去了。

海滨清静凉爽，风景宜人，在海水中畅游之后，暑气全消。等他游泳兴尽回来，车子已经修好待发，趁着黄昏晚风，直驶台北。之后，他逢人便说：

“真是一次最愉快的旅行!”

随遇而安的妙处由此可见一斑，假如换了别人，在这种情形之下，恐怕只好站在烈日之下，一面抱怨，一面着急？而那个车子既不会提早一分钟修好，那次旅行也一定是一次最痛苦最烦恼的旅行。

环境和遭遇常有不如人意的时候，问题在个人怎样面对拂逆和不顺。知道人力不能改变的时候，就不如面对现实，随遇而安。与其怨天尤人，徒增苦恼，就不如因势利导，迁就环境，由既有的条件中，尽自己的力量和智慧去发掘乐趣。

我看见过一对相爱而不能结合的情人，他们经过了一段短暂的痛苦之后，知道了痛苦无益。于是，他们用明朗和快乐的态度去各奔前程，用真诚的友谊互相勉励对方去好好生活。当然这种爱情的升华并不是常人所可办到的，不过他们这种解脱苦恼，求得快乐与平安的智慧是值得赞赏的。

歌曲之王舒伯特说过：“只有那能安详忍受命运之否泰者，才能享受到真正的快乐。”当我们处于无可改变的不如意的时候，只有安详顺受，并且从容地由不如意中去发掘新的道路，才是求得快乐宁静的最好办法。

知足常乐

每当我心情苦闷的时候，或忙了一阵觉得乏累的时候，或偶尔对例行工作觉得厌烦的时候，我就勉强自己到街上去走走看看。

也许那天是个火伞高张的大热天，时间正是中午。这时在街上，我就会看见一些汗流满面的人，拉着车子或挑着担子，在为生活奔忙。

我也看见一两个穿得破旧的女人，背上背着孩子，手中还牵着一个，另外一只手则提着篮子，从不知多远的地方来，向不知还有多远的地方去。

也许那是一个凄风苦雨的夜晚，行人稀少，却仍有一两个寂寞的卖面的摊贩，在黯淡的街角等待他们的主顾。他累了一天，也盼望了一个晚上，却不见得能得到他所希望得到的。

街角那家水果店的女孩子，正在拖着她站酸了的双脚，用她粗糙的双手，清扫果皮、清点货物。她一脸的疲倦和耐苦的表情，而她必须承受；她睡上四五小时之后，接着而来的仍然是同样劳累的一天，又一天。

这些人，他们辛苦劳碌，无非为的是生活。他们所缺少的东西比我多得多，而他们所负担的生活的重量却比我重得多。看了他们，我开始为自己的得天独厚，觉得庆幸。于是方才那些乏累、厌烦或愁闷就会减轻，至于消逝。同时可能生出一种新的信念，这信念是由于一种幸运的感觉而产生的——那就是我应该不辜负这得天独厚的恩典。一点也不夸张，因为和别人的更大的辛苦劳碌作了一次比较，发觉到自己不能满足于自己的生活而觉得惭愧。

我们随时会看到辛苦的，活得没有意义的，像骆驼一样负担沉重的人们。单只是“生活”，已经使他们疲于奔命。但他们仍然可以把希望放在明天或将来不知哪一天。他们只单纯地希望，有一天自己可以不这样劳累，就于愿已足。而且我因此相信，如果我处在他们的境地，一定也完全像他们一样。当我一文不名而只好在炽热的太阳下徒步赶路的时候，我最大的希望只是一张公共汽车票的钱。当我常年只有每天四小时的睡眠和二十小时的工作时，我最大的希望一定只是一天不受干扰地蒙头大睡。

但是，我也由此明白，每当一个人最起码的愿望满足之后，他必定还要有第二个愿望，而且将来还会接着有更多更大的愿望。没有一个人认为他自己的生活中已经不再缺少什么，尽管假如他退居一个恶劣的生活环境中时，也会向往或怀念这种生活；但在他自己置身在值得满意或甚至于值得艳羡的生活中的时候，他总还是觉得贫乏和不如意。

当然，往好的方面说，由于我们时常不满意自己的现状，我们才会拿出更多的智力和体力，去求得更大的进步，我们才会有更多的创造与发明。但是，往坏的方面说，一个人如果只是消极的对生活不满意，消极的厌倦和抱怨，那就只能说是一种对自己幸运的忘恩负义。因为无论我们是不是认为自己已经够苦，总还有那些比我们活得更辛苦更没有意义甚至于看来更没有希望的人们，而他们却是在那里认真地抱着希望地活着。在他们心里想，如果他们有一天能达到我们现在所过的生活，他们一定要用最大的虔诚去感谢他们所信的不论是什么神。他们一定会觉得心满意足，不再会有任何奢望苛求了。

每一个人都不免有时厌倦、烦闷和不满足。逢到这种时候，就是我们把自己设想到一个更没希望，更辛苦，更困难的境地的时候。

幸福是需要比较的，它没有止境，没有标准，而只是看你对它的认识如何，及看你对它怎样解释而已。

清醒与糊涂

当一个人碰到感情与理智交战的时候，常会发现，越是清醒，越是痛苦。因为你明知道你所面对的这件事是背叛良心与正义的，是会伤害到自己或别人的。你明知道你必须战胜它，否则你就不能摆脱那种罪恶的感觉。然而这种交战又是那样不容易使良心和正义获胜，因此，有的人就感慨地说："真是不如干脆糊涂一点倒好。"

这句话听起来倒像有点道理。于是，我们也有时候放任自己一下，让自己糊涂一点，由糊涂中得到一点短暂而又虚幻的快乐。可是，后来总免不了在更大的痛苦中清醒过来，才发觉自己事实上还是糊涂不了多久的。

一个人的理智和良知像是一个直言诤谏的朋友。他总是好心好意地希望你在没有被痛苦刺伤以前，早一点清醒。可是，理智的直爽常会引起我们的不快；我们总是希望摆脱那些责备和教训以求得一时的苟安，而不愿去正视那迟早会来临的痛苦。

朋友们时常向我谈起他们所遭遇着的难解决的问题，特别是感情上的问题。当他们问起我的时候，我总是先提醒他们说：

"你又想糊涂一阵了！我不信你真的不知道怎么办?"

的确，他知道怎么办。他自己也承认，假使这件事发生在别人身上，他也一样的会劝人家怎样怎样。而轮到他自己的时候，他就不肯听自己的话，或者莫名其妙地希望"自己可能是个例外"。

碰到这种情形，我总是替他说出他自己本来就明白的话，然后告诉他：

"假如你一定要试试，我也没有办法。不过，请你在试的时候，多加小心。而且千万记住，一旦吃到苦头，就要立刻回头。你要相信'苦海无边，回头是岸'，这句话一点也不夸张。"

有人当面临考验的时候，不能切实有效地控制自己，于是，只好希望他能在尝到苦头的时候，不要忘记“前进虽然无路，后退却还有门”。无论前面风涛多么险恶，只要肯决心回头，马上就会回到平安地带，化险为夷。

一时的糊涂，人人都有。永远的糊涂就会越陷越深。清醒虽然会使你爽然若失，但它会使你聪明。我知道，尽管我们有不怕痛苦，不怕毁灭的勇气，却不一定认为“作傻瓜”也是光荣。

喜欢故意犯犯错误，装装糊涂，或虽然无意之间犯下了错误，但他可以再用自己的聪敏去纠正弥补的，那是聪明人；或者我们不妨说，那是聪明而且又有胆量的人。从来不去犯错误，也不装糊涂，一生规规矩矩的人大概是圣人。既喜欢犯错误，又不知道自己应该从糊涂中清醒，或根本不知道怎样才可以使自己清醒的人，那是傻瓜。

谈果决

有一天，一个在恋爱中的年青人，很想到他的爱人家去，找他的爱人出来，一块儿消磨一个下午。但是，他又犹豫不决，不知道他究竟应该不应该去，恐怕去了之后，或者显得太冒昧，或者他的爱人太忙，拒绝他的邀请。于是他左右为难了老半天，最后，他勉强下了个决心，坐上一辆三轮车去了。

但是，当车一进他爱人住的巷子时，他就开始后悔不该来；又是怕这次来得不受欢迎，又是怕被爱人拒绝，简直他就希望车夫把他现在就拉回去。

车子终于停在他爱人的门前了，他虽然后悔他来，但既来了，只得伸手去按门铃。现在他只好希望来开门的人告诉他说：“小姐不在家。”

他按了第一下门铃，等了三分钟，没有人答应，他勉强自己再按第二下，又等了两分钟，仍然没有人答应。于是他如释重负地想：“全家都出去了。”

于是他带着一半轻松和一半失望回去。心里想：这样也好。但事实上，他很难过，因为这一个下午没法安排了。

你能猜到他的爱人现在在哪里吗？他的爱人就在家里，她从早晨就盼望这位先生会突然来找她，带她出去共度一个下午。她不知道他曾经来过，因为她门上的电铃坏了。

那位先生如果不是那么犹豫不决，如果他像别人有事来访一样，按电铃没人应声，就用手拍门试试看的话，他们就会有一个快乐的下午了。但是他并没有下定决心，所以他只好徒劳往返，让他的爱人也暗中失望。

我们迎接一件事情的时候，是否有足够的决心，可以使事情的结果完全两样。

又有一位先生，他听说某公司招考一个职员。这公司的待遇优厚，远景也好。他很想去试试，但是他怕自己能力不够，又怕万一考不取丢脸。于是他犹豫着，没有下决定。

直到最后，他发现另外一个比他条件差得很远的人居然考取了，他才后悔自己为什么不去试一试。

许多事是应该用勇气和决心去争取的。

我时常注意一位做某单位主管的先生，看他怎样处理事务。他有一种不容许别人有机会扰乱他的意志的长处。往往在别人还在他旁边啰啰嗦嗦地叙述事情的困难的时候，不等旁人说完，他已经把他的办法拿出来了。干脆利落，决不拖泥带水。

我注意到当他下决定的时候，他只听懂了问题的始末，然后他就开始运用自己的思考和判断力，这时他完全信赖他自己。

至于来请示他的人，在他旁边唠唠叨叨地所说的那些枝节的话，他是完全不去注意的，只偶尔“啊啊”两声答应着，因为那些话确实是徒乱人意，对解决问题毫无帮助的。所以他只要认清问题的症结所在，就完全凭事理去判断、去决定。该怎样就怎样，枝节问题不在考虑范围之内。

他那种明快果决的本领，十分令人折服。

而我们一般人，却常常做不到这样。当我们遇到问题的时候，时常并不是对这问题的本身不能理解，而是我们往往被枝节的问题所困扰，我们太容易被周围人们的闲言碎语所动摇，太容易瞻前顾后，患得患失，以至于给外来的力量一种可以左右我们的机会。谁都可以在我们摇晃不定的天秤上放下一颗砝码，随时都有人可以使我们变卦，结果弄到别人都是对的，自己却没有主意。这真是我们成功途中的一个大障碍。

要想扫除这种障碍，自然第一要先训练自己对事理的判断能力。但最重要的还是要训练自己在判断之后，坚定、勇敢、有自信地去把这个判断付诸实行。

对一个坚决朝向他目标走着的人，别人一定会为他让路。而对一个踟蹰不前，走走停停的人，别人一定抢到他前面去，决不会让路给他。

两点之间，直线最短。我们应决心朝着既定的方向走去，越直捷越好。

我们不能到用得着判断力的时候再去听取别人的建议，我们应该在事先多采纳别人的意见来做我们鉴定事理的准备，但到了决定的阶段，一定要坚决地信赖自己。

笑

“笑”是我们人类得天独厚的一种本能，大家常说：“人是有理性的动物。”其实，如果另外想一个定义，让其他动物无法和我们媲美的话，我们何尝不可以说“人是会笑的动物”?

除了人之外，其他马、牛、羊、鸡、犬、猪、老鼠、蛇都不会笑，至少截至目前为止，我们没有发现过它们有和我们人类同样的“笑”的表情。一个人在欢喜的时候，你不让他笑，就会冲淡了他欢喜的情绪。所以，我们可以断定，其他各类动物在快乐情绪的享受上，是远不如我们人类的。

我们不但在欢喜的时候笑，我们还在觉得滑稽的时候笑。这种看来“滑稽”的感觉，实在也只有我们人类才有。猫狗之类，可能它们会有时觉得很欢喜，但它们不会看着什么事很滑稽。比如说，我们看到一只猴子穿戴得像个“人”一样，会觉得可笑；但那只猴子本身，和它的同类们，就不会有什么可笑不可笑的感觉。

所以，我们实在应该感谢上帝，他给了我们这种笑的本能，使这个世界在人类的眼里，格外的多彩多姿。我们不但能用笑来表达自己的快乐和表达对朋友的友好，同时，还能用笑来批评和享受这个大千世界。

笑是有感染性的，这也就是为什么当有一个人在笑的时候，和他在一起的人们也会跟着他笑的道理。

我们时常只是因为看着别人笑得那么前仰后合，而糊里糊涂也跟着别人笑得要命，其实自己一点也不知道为什么。所以人类的笑，可以说是上天使我们获得朋友的一种方式，大家一致地笑了一阵之后，会觉得感情上接近了不少。

而且卫生学家还说："每天大笑一次，是维持健康之道。"笑有一种促进血液循环的功能，我们都有过大笑的经验，笑完之后，会觉得浑身血液畅通。所以，单从生理方面讲："笑已经注定可以祛病延年了。"

我们从心理方面更可以找出"笑"可以使我们身体好，活得长的道理。一个笑口常开的人，他多半是个快乐的人，即或他对烦恼和忧愁也很容易感受，但是，因为他对快乐更容易感受，所以他多半会自己宽解。只要他看到一点愉快欣喜的事，他就又用一串的笑，把那些烦愁的阴影赶走了。

和一个喜欢笑的人在一起，会使我们如沐朝阳，他的欢喜爽快可以感染周围的人。而且，一个爱笑的人，他一定比别人更会在生活中发掘笑料。换句话说，他一定比别人更具有一种轻松的幽默感。这种人，比较不固执，比较会摆脱烦恼，他的心情就一定是快乐的时候比愁闷的时候多。

一个不大忧愁的人，他一定是血行畅快，消化良好，对世间万事万物都具有浓厚的兴趣。这种人的身体一定会好，当然就会益寿延年了。

多年前，有一张唱片叫"洋人大笑"，我觉得想到灌那张唱片的人很有意思，他利用了笑的感染性，把哈哈大笑的声音灌成唱片，使听的人跟着它莫名其妙地大笑一阵，这是一帖治疗一些人的忧郁病的妙药。

希望我们都能好好利用我们这份得天独厚的本能。不但能为可喜可乐的事情笑，而且能进一步对可气可恼的事，也一笑置之。不过分的认真，不钻牛角尖。这样我们大家就都可以多活几年，多看一看这个充满了笑料的花花世界。

人生偶得

乐观·宁静·豁达

我国哲人认为最好的生活态度是"以出世的精神做入世的事业"。既不必消极隐遁，更不要沾滞沉迷。这样我们就会觉得是生活在优容博大的天地之间，能有余情去欣赏这多彩多姿的世界。而对生活存有一种感激之心，就不会再产生怨天尤人的苦恼了。

* * *

要想得到快乐的生活，培养生活情趣是一件很重要的事。有些人，尽管他们很穷苦、很孤独，事业上也谈不到什么成就；但只因为他们懂得从生活中，寻找那一星半点闪烁着的情趣，他们就不会觉得困苦和孤独。

* * *

把心灵寄托在一种事物上或一件工作上，从它们可以得到生命的实证，了悟生命的意义。当我们知道，我们在这个世界上并不是空走一遭的时候，心里自然会感到充实和快乐。

* * *

许多人只知赚钱吃饭，却没有一点爱好，于是他们就成了生活的奴隶。

三轮车工友的工作是辛苦的，可是，我们经常可以看到他们在等待主顾的时候，三三两两凑在一起下棋；或自己坐在车垫上，翘起大腿看小说；或拿出口琴笛子吹奏几曲乡土小调。在这小小的游戏之中，他们可以忘记疲倦和生活担子的沉重，而使自己沉醉在悠然忘我的快乐境界之中。

生活情趣俯拾即是，只看我们是否愿意去找。

* * *

我们可以由工作的成果来证明生命没有浪费，而觉得快乐；也可以把胸中积郁发为诗文，而得到释然于怀的快乐。

* * *

快乐虽然是情感上的享受，却是非要用理智去追求不可的。

* * *

快乐是要花代价的。要求得快乐，必须先磨炼自己的耐性，先付出艰苦和等待。我们必须先播下种子，去慢慢灌溉，用不求收获的、理智的心情去等待快乐的果实。不要为那埋在泥土里，看不见的遥远的希望而觉得不耐烦。

许多人等不及真正的快乐，而把快乐的种子吃掉。更有许多人把表面上美丽的事物当做快乐，因而尝到了苦果。

你要尝到成功的快乐，必先付勤劳与努力的代价。你要尝到交朋友的快乐，必先克服自己的自私自利。你要尝到恋爱的快乐，必先学会怎样不滥用爱情和牺牲自己。一切快乐都要先下耕耘的苦功，然后才可望收获。

* * *

无论从事任何学问和事业，最好先把成败得失的念头抛开。把自己所从事的学问和事业当做一件艺术品看待，只求满足自己的理想和情趣。这样才可以使自己眼界宽宏，胸襟豁达，一切苦恼紧张自然就可以减少，成功的可能性反而增加了。

* * *

当你胸中有广大的世界，对眼前狭小生活圈子中的恩怨，自然就不想去计较了。

* * *

我们虽然有时不免糊涂，但不要忘记在该清醒的时候清醒；虽然有时也犯错误，但在该悔悟时要不忘悔悟。有时我们悲伤，但别忘了人生总有波折。有时我们抱怨，但要明白自己也应负些责任。这样我们才可以过着一种复杂而且深入的人生而不至于把自己迷失，才可以在痛苦和快乐的时候都能保持适度的清醒。

* * *

为了使人生不至真的幻灭而成为冷寂的虚空，我们一定要有一种故意不去看破的执迷；这就是认真。为了使自己不至掉入人间苦乐的幻景中而不能自拔，我们更一定要有随时退出局外，做一个旁观者的清醒；这就是豁达。

* * *

买东西需要眼力，选择真正的快乐也需要眼力。有许多表面上使你快乐的事物，实际上却隐藏着痛苦。而那许多一时看不出来的幸福，却总要在付出相当代价之后，才会来临。有眼力的人不会被表面上的华丽所欺骗，也不会看不出内在真理的光辉。

* * *

懂得过丰富华丽人生的人，是那些知道把握生活情趣的人，他们知道什么时候的良辰美景必须欣赏，什么情形之下的忍耐和牺牲可以换来快乐。

勇气·信心

人人都有软弱的时候，只看他有没有方法使自己平安地渡过这阵心绪上的低潮。假如你有力量，够坚强，就会发现总有峰回路转的一天。

* * *

当你设想门外是寒冷可怕的世界时，你还应该开门出去看看，是否真的如此。

* * *

如果你有信心，你对前途就不犹豫了。如果你有勇气，你就不怕前途是否有困难或危险了。

每人心中都应有两盏灯光，一盏是希望的灯光；一盏是勇气的灯光。有了这两盏灯光，我们就不怕海上的黑暗和风涛的险恶了。

* * *

人的一生很像是在雾中行走。远远望去，只是迷蒙一片，辨不出方向和吉凶。可是，当你鼓起勇气，放下忧惧和怀疑，一步一步向前走去的时候，你就会发现，每走一步，你都能把下一步路看得清楚一点。“往前走，别站在远远的地方观望!”你就可以找到你的方向。

当危险紧张的事故环绕着的时候，紧张慌乱是没有用的。而最要紧的是镇静和坚强。当你在心理上有最坏的准备时，眼前的一切就都没有什么值得畏惧的了。

知 足

世界上很少人有那么好的运气可以找到既钱多，又理想，又有兴趣的工作。你应该由既有的工作中去发掘它的乐趣，从既有的工作中去学习一些新的东西，获得一些新的经验，而使这段时间除了薪水之外，仍然可以得到其他的收益。

* * *

欣赏你目前的环境，爱你目前的生活。在无意义之中去找意义，在枯燥之中去找趣味。世间许多事物，都由我们自己的看法如何而决定它是好是坏，是有希望还是没有希望。

* * *

人们因为对同一事情的看法不同，往往产生极其相反的结论。在处理生活方面也应在使用理智去分析之余，不忘用一点感情去把冰冷的东西加以美化。懂得生活的艺术的人可以从枯燥的事物中看出趣味，不懂生活艺术的人可能把极富情趣的事看成平淡无奇。这两种人生活的苦乐可以想见。

* * *

我们生活在没有变故的日子里，不觉得一切顺利进行是多么可贵和多么值得我们欣慰和感谢。日常生活只要能按部就班，没有差错，不生枝节，那就已经是置身在幸福之中了！一些不必要的闲愁只是由于自己没有感觉到顺境平淡生活的可贵而已。

* * *

幸运背后总是靠自身的努力在支持着的。一旦自己松懈下来，幸运也就溜走了。

* * *

“当上帝不答应你的请求时，那必是你不该得到的。”我们不该得到的，总比该得到的多。假如我们知足克己，不贪心、不妄求，对既有的东西知足感谢，并且肯用自己的力量去追求那可以为上帝所允许的东西，就不会常受到失望的痛苦了。

* * *

不要为眼前的环境没有希望就灰心丧气，当你的土地不适于种稻麦的时候，你不妨去种点花生或地瓜。把握住目前的一切，尽自己的可能去利用它，而不要在消极悲观中浪费光阴。除此之外，没有别的方法可以使你凭空找到希望。

* * *

一粥一饭，半丝半缕，都是多少年，多少人的血汗结晶。对这些由别人处所得来的恩惠，应该存着一番感激之情。而当我们心里觉得知足和感谢的时候，自然一切怨尤和烦虑就都消失了，对周围的人和事也就可以用仁爱和宽恕的眼光去对待了。这就是获得快乐的最好途径。

* * *

当我们得不到所想望的东西时，必须爱我们现有的一切。快乐是由知足的心情之中产生的。达成愿望的路需要付出坚忍与耐性，用健康乐观的心情一步一步地去走。抱怨与悲观只能使我们消沉颓废，以致可以到手的东西也会错过，连既有的东西也会丧失。

* * *

当我们对眼前的生活觉得不满意，因而抱怨的时候，就是我们应该把自己设想到一个比现在更不如的境地的时候，把自己目前的生活和那些不如自己的人做个比较，就会觉得知足和快乐了。

* * *

你觉得生活很辛苦吗？但是你一定看见过比你更辛苦的人们，而且你替他们想想，好像将来也没有什么希望。我们有时会抱怨自己没有钱，得不到爱情，或工作不如意。可是，当我们想到，世间不知有多少人在想着，希望能过像我们这样的生活，这时就明白为什么不必过于抱怨了。

* * *

一个百万富翁如果生意失败，而只剩下了一万块钱，他说不定会去自杀。可是，一个穷汉如果中了一万块钱的奖券，他就会觉得自己是发了财而快乐。因此，当你认为你受了损失而痛苦的时候，你就该假定你本来就什么也没有。

* * *

人们总觉得失去的东西或没有到手的东西是最好的，诸如：没有结婚的恋人，没有完成的学业，没有接受的工作，没有赚到的钱……等等。其实，当我们得到一件东西的同时，也必会失去一样东西，在两样东西之中选择其一，另外一件必会失去。我们不能都要，因此在人生途中，要经常重视那些我们所拥有的，而不要总为失去的东西惋惜感叹。

* * *

我们总觉得失去的东西可惜和可贵是因为它没有真正属于我们，因此我们没有机会发现它的缺点和对我们有害的地方。到手的东西使我们觉得厌倦或不满，证明那些失去的东西，假如没有失去的话，也会同样显出它们有害的一面。

励志小语

火 种

世上有两种人，一种是生来就对一切都不起劲的，他们活着就是为过日子，至于为什么要过日子，他们是不去理解，不去追究的。

另一种人是对一些事情很认真，很希望自己的生命不要浪费的人。然而，他们之中却只有一部分人能够认真地去完成自己，而另一部分人却始终拿不出力量来。

为什么他们会这样呢？原因在哪里？

我发现，有些人比较坚强。他们自己既是燃料，又是火种。他们可以很容易地把自己燃烧起来，发出光和热。而另一些人却不然，他们自己是燃料，有发出光和热的可能性，但是，他们自己不是火种。他们只是木柴或煤块，需要有火柴或打火机把他们点燃，然后，他们才可以生热发光，而燃烧，而产生力量。

绝大多数的人都需要火种，去把自己引燃，而自己却缺少使自己燃烧的力量。

于是，这“火种”就成为一些人成功的必须条件。找得到火种，他才可以燃烧；找不到火种，他就永远只是一堆冷硬的木柴或煤块。

所幸，这“火种”并不难得，它们可能是一部名人传记，一本有启发性的书，一部电影里的故事，一个好朋友的几句话，一位好老师的指引，一次愉快的旅行，一段神圣纯洁的恋爱，或一些意外的刺激。

这些，都可能在适当的时机，引发一个人对学问或事业的热情与动力，使他由静态的等待，变为动态的钻研与追求。给了他一种勇往直前的力量，使他多年的准备，一旦之间，完全成为事实。

这“火种”可能自动地来，但多数时间，需要我们自己去找。不要放弃任何一个可以引发自己潜力的机会，这是走上成功之路的一大要诀。

给失败者

一个人在刚受到某些打击的时候，是会格外消沉的。在那一段时间里，你会觉得自己像个拳击失败的选手，被那重重的一拳击倒在地上，头昏眼花，满耳都是观众的嘲笑，和那失败的感觉。在那个时候，你会觉得你简直不想爬起来了！觉得你已经没有力气爬起来了！

可是，你会爬起来的。不管是在裁判数到十之前，还是之后。而且，你慢慢会恢复体力，创伤会平复，你的眼睛会再度张开来，看见前途光明。

你会淡忘掉那观众的嘲笑，和那阵失败的耻辱。你会为自己找一条合适的路——不要再去做挨拳头的选手。

你既然不适于在擂台上争胜，你该沉下心去找一找，找到一个其他的方向。在这一方面，你可以争胜。或者，不说争胜，你可以平安，可以快乐，可以没有失败的羞辱。

不要理会别人的观念！有些人是中了一点魔道，迷信那辉煌的虚名，而不注意每个人独特的专长。

劝你不要紧张！这些日子，你灰心失望，是必然的现象。你需要时间，让自己恢复神智和体力。

放轻松一些。过些时，再去重新找一个正确的方向，再去努力。最近这些天，你不妨找点自己喜欢的事情做做，把烦恼写在日记上。等过一阵之后，你会发现，那失败的痛楚已经逐渐痊愈，那时你会有新的勇气和力量去为自己开拓新的前程。

祝你成功！

一切迂回的路都决不白费。在人生途中，你每走一步，就必定会得一步的经验。不管这一步是对还是错，“对”有对的收获，“错”有错的教训。绕远路，走错路的结果，你就恰如迷路走入深山，别人为你危险焦急惋惜之际，你却采集了一些珍奇的花果，获得了一些罕见的鸟兽。而且你多认了一段路，多锻炼出一分坚强与胆量。

一帆风顺固然值得羡慕，但那天赐的幸运不可多得，可遇而不可求。唯一稳当可靠的是自己心中的指南针。无论你绕了多远，无论你被阻挡得多么严密，只要你不忘记你的方向，你就有走到目标的一天。

战胜环境

我常常发现，许多人，明知烦恼无益，但却非烦恼不可。比如说，一个学生，因为没考取理想的学校，心里觉得十分自卑，天天想着，自己比不上别人，尤其是比不上以前那些同学。于是，烦得要命，书也念不下。这样一天天地心不在焉地混，成绩越来越退，几乎要留级了，心里又加上一分怕留级的紧张，这怕留级的紧张加入到以前的烦恼里面，使他更加一倍的烦恼了。

同样的，也有人对自己目前的工作不满意。认为职位低，赚钱少，比不上别人。心里又是自卑，又是消极。天天懒洋洋的，做什么也不起劲。于是，他的工作成绩很坏，上司也开始不喜欢他。同事们也觉得他没有出息，看不起他。结果，他就越来越孤立，越来越被环境排挤，越来离快乐和成功的道路越远了。

其实，我们旁观者清。一个人对自己目前的环境不满意，唯一的办法，是让自己战胜这个环境，越过这个环境。譬如行路，当你不得不走过一段险阻狭窄的道路时，唯一的办法是打起精神，克服困难，战胜险阻，把这段路走过去。而决不是停在途中抱怨，或索性坐在那里打盹，去听天由命。

所以，置身在不如意的环境中的人们，不但不应该消沉停顿，反而要拿出加倍积极乐观的精神来支配目前的环境。

在不理想的学校读书的同学，你与其厌烦这学校，懒得用功，怕见以前的同学，就不如喜欢这学校，努力用功，把自己以前所荒疏了的，充实起来。你在这个学校，一样可以做个好学生。或者，你因为功课有了进步，可以再找机会考进好的学校。

那对工作不满意的也是一样，每一位主管都喜欢提拔那肯埋头努力、认真工作的人。假如你认真工作，升迁的机会当然会轮到你，除非没有机会。

而假如你自以为大材小用，一肚子委屈牢骚，成天懒懒散散，对工作敷衍了事，那么即使有了机会，主管也不会给你。

奉劝置身在不如意的环境中的朋友，停止抱怨，开始面对现实，把握机会充实自己。一个肯努力上进的人，在任何环境里，都用不着自卑。换句话说，一个不肯努力上进、浪费时光的人，本身就是一种耻辱，别人不会因为他环境不顺，而就原谅他的。

* * *

凡事大处着眼，心中感悟自然不同。

* * *

追求理想，需要恒心与勇气。

* * *

一个人的工作职位不怕低，只要你不放弃你的理想，拿目前的工作做一个踏脚石，一方面维持生活，一方面找时间充实自己，认准一个确定的方向去努力。慢慢地，你总会发现，你的努力没有白费。

* * *

不要对自己目前的东西抱怨或不满意。它们可能是贫乏的，是不好的，但你既然没有办法可以弄到更好的，那你就只好迁就你既有的一切，从中去发现出路和希望。不重视现在的人，就不会有可以期待的未来。

* * *

自食其力是光荣的事，不要因工作职位低，而觉得屈辱。职位无所谓高低，而只有正当与不正当。只要所做的是正当的工作，靠自己的力量赚钱，然后利用时间自修，等有了机会，你才有能力去做较好的工作。单是好高骛远，不从自身修养方面下功夫，那就只好永远过着痛苦与不满意的生活。

由林海峰谈起

世事如棋局

当台湾青年围棋国手林海峰在日本和坂田荣寿争夺围棋名人宝座，做一连串比赛的时候，本地报纸均以大字标题争先报道棋赛的情形。在许多精彩的新闻报道中，我注意到一些佳妙的标题。其中最引人深思的是，当林海峰与坂田在荻之宫对弈的时候，由于棋局复杂，旁边观战者均莫测高深，如入五里雾中，而当局者却仍能照顾全局，从容落子。这一条新闻的标题是：

“旁观者‘迷’，当局者‘清’。”

这标题是套自“当局者迷，旁观者清”的成语，改得非常生动。因为面对高段棋士对弈时那复杂深奥的棋局，当局者对棋局倒还明白它的来龙去脉；旁观者却都糊涂迷惑，莫知所以。说明凡人与智者，内行与外行之间的差别，非常贴切。

俗话说，世事如棋局。这句话的意思是想借棋局的复杂变幻，说明人事莫测，不由自己主张。但事实上，棋局是由两个下棋的人造成，其中每一手都有来历。问题只是下棋的高手能够知己知彼，并且具有足够的眼力、定力与智慧去综观全局，了解局势发展的趋势与步骤。不但能够真正地随机应变，兵来将挡，水来土掩；而且能够自己部署前途，造成有利自己的局势。而普通一般人却做不到而已。

所以，认真说来，“世事如棋局”并不是一句悲观的话，因为如果你是智者，而且你肯用心去观察，你就会觉得在复杂纷纭的变化中，仍然有你个人所可以为力的地方；仍然有你个人所可以看出它的来路与归趋，因果与条理的地方。或者，我们不妨说：“万事皆有因果，唯善弈者（智者）能当局而不迷，且能创造时机，开拓前程而已。”

而且，即使我们是凡（寻常）人，智力中等，我们也不必为不了解这如棋局般复杂纷纭的世事而悲观。因为棋局虽复杂，棋士都是由不入段而初段，而慢慢升为高段的。如果我们肯虚心用功夫，立志做一个可以创造环境的人，我们只要从头学起就是了！

“世事如棋局”是不错的，而与我们对弈者是一个我们把它称做“命运”

的东西。命运时常以对我们不利的姿态出现，需要我们去看穿它的动向，并采取征服它的步骤。在这局棋里，我们是胜利还是失败，要看我们应付环境的力量“段数”如何。弱者是会提早被淘汰，永远无缘问鼎名人赛的。

天才的成长

发掘一个天才，并且造就一个天才，是一件很难的事。它的难，就难在很少人能具有慧眼，看出自己的子弟、晚辈或学生中，有哪一个是天才。不要说天才，往往就连他们对哪一方面有一点特长，我们也很少注意。

大家只知道一心一意地逼着孩子读国、英、算，参加恶补，一路猛攻，读完大学，然后送上飞机，出国了事。

这样的出国，到了国外，也不见得能成为了不起的人才。因为他们早被通才教育限制得迷失了方向，当初自己喜欢什么？擅长什么？自己也不知道。即使曾经知道，但是在入大学的时候，被硬性分进了不晓得第几十个志愿，所学的早已不是自己所好的。

林海峰二十三岁已经成名，而普通一般青年，二十三岁，拿到了大学文凭之后，反觉茫然无主，离成功成名似乎还很远。

我觉得，我们应该认真地想一想看，是否我们缺少一种胆量，敢毅然决然地让自己的孩子离开那条拥挤的升学之路，而去尽量发展他的专长呢？

人人都羡慕林海峰，可是，很少人“敢”让自己的孩子不参加升学补习，而去学一样被一般人认为“旁门左道”的东西。

结果，就只有眼看着孩子的天分被磨光，成为一个庸才了。

* * *

成功的人生在于是否尽量发挥了自己的所长，把自己的所知所能，贡献给社会。而不在于发大财、居高位或怎样的煊赫与尊荣。

* * *

在不适合自己志愿的路上奔波，犹如穿上了一双不合适的鞋，会令你十分痛苦。

* * *

“志”可以培养，但不可以扭曲。开明而有远见的父母应多给儿女接近一些东西，试着培养他们的兴趣。不可硬性改变他们的志愿，剥夺他们的兴趣。

* * *

在这生存竞争激烈的时代，单凭资历并不能保障你的前程。主要的还是看你是否比别人能做，比别人会做，与是否比别人多一分锐气和冲力。

* * *

“艺多不压身”。多会一件技能，生活多一项保障。

* * *

不见得每一个孩子将来都应该成为大学问家。但是每一个孩子将来都应该可以独立谋生。给孩子们训练一些谋生的技能，将来可以不必为他们的生活担忧。

* * *

靠学问去谋生固然理想，靠技术或手艺去生活也很光荣。

冲破苦闷
——答继甫听友

不要认为这时代一般青年有什么“通病”！

据我所知，这时代的青年有些很好，有些太消沉。正如任何一个时代的青年一样，有些很好，有些太消沉。时代尽管不同，它考验青年的程度则一。

这时代也许生存竞争太激烈一点，也许可发展的远景狭窄一点，也许社会给你们的榜样太差劲一点。但假如你有目标，够坚强，你会冲破苦闷，抓住希望，找到路径。

雾是有限的，你如照准一个方向往外冲，而不是在那里毫无主张地转圈子，我相信你会冲出浓雾，看见清朗的天空。你觉得你在浓雾里，那是因为你只埋着头在那里怀疑，在那里发烦，发闷！

你问："什么是这时代青年的中心思想?"管别人做什么?你只要问明你自己就是了！要知道，大多数人都是没有中心思想的。不仅是这时代！许多人过分地把时代和自己拉在一起，拉得太近。但是要知道，当你无法使"时代"令你满意的时候，你至少应该可以想办法使你自己令你满意。你有没有想想办法看呢?还是只在那里发闷，在那里抱怨时代，说时代害了你?你说，青年们为什么要放弃责任而逗留他乡?请问你，什么是他们的责任?

假如一个青年在外面见识广大的世界，学更多的东西，经历更多的磨炼，使自己更丰富，更广博，更坚强，更壮大；使自己可以充分发挥自己的天赋与才智，可以完成自己，难道说，他是放弃了责任?难道每一个人都必须留在一个狭小的地方，找个小差事，做着可有可无的工作，对社会不发生作用，对自己谈不到进境，这样就是在尽责任?

出外求学的人们固然不一定个个认真，逗留国内的人们却也不一定个个认真。话说回来，一切还是在个人。如果你是个认真尽责的人，你在国内或在国外一样的可以认真尽责，一样地对得起自己和国家。如果你不是，那么当然，在任何地方，也一样是苦闷，一样感觉到自己是在"混"！

你说，像这样的青年，将来怎样领导社会，谁有资格去领导?为什么人类社会中阴谋手段总不息?

假如每一个人都认真地在走着一条正确的路，那么谁领导下一代就不是一个值得担忧的问题。在担心别人是否公正无私之前，应先使自己公正无私。

你问，什么样的生命才能得到永恒?有人说，任何事都不会永恒的。我却认为这样说法，未免太悲观。我们不要那么急于否定一切。让我们相信我们心目中所认可的那种永恒就够了！

什么样的生命才能得到永恒?——那完成了自己的。

如果你有某方面的才华，如果你的生命可以在哪怕是最最小的一个角落里发光，而你利用了它，那你就可以在这短短的旅程中留下一点印记了！

如果人人都不以权力为荣，如果人人都以能发挥自己的大赋，能在此生有所建树为荣，而不以治人为乐，那时，将不会有闲情去阴谋别人，这世界自会和平得多。

你不要问别人，你需要什么?你也不要急于奉献什么。你应问你自己，你需要什么?不要管别人怎样说，怎样想。

在一切之前，你所最需要的也许只是一个目标。这目标不必牵涉国计民生，它应该只是你一个人的，最真、最善、最光明的目标。只要你找到了它，你的一切问题都将迎刃而解。不必急于以天下为己任，在你没有值得奉献的东西之前，你先要把自己修剪培养得整整齐齐。

你不必怀疑人生是否一定要以服务为目的，在事情来临的时候，每一个有品德的人都自然而然地会为群众奉献自己，那不是目的，那是人性。

如果你觉得“洋玩意”只是“众药之一味”，而认为没有人注意中国古董是件憾事，那么你何不就从自己本身做起，去发掘发掘，研究研究？治国不是空谈可以做到，人类精神的遗产也不必一定要有中外之分。如果每一个人都能尽量进德修业，充实自己，不但国可以治，天下也可以平。

怀疑不是办法。要肯定！肯定自己的才能，肯定自己的目标，肯定自己所要着手去做的事！

不能急！急就会使你一事无成。别的事可以求快，唯独这一生的大问题，你要耐心耐心地慢慢来。你在十年二十年中都不一定会有成绩，但那不是时代或青年的问题。在这一方面，人人都很平等——我们要服服帖帖地做个移山的愚公。没有机器可以帮忙我们成功，非用原始的劳力不可。一步一步地来，一天一天地做，一分一分地堆积。当人家问，你在做什么呀？

你该回答他：“我在完成我自己！”

因为当我们降生时，我们只是一个空空的间架，上帝不负责完成我们，他让我们自己把自己填充，修整。

我觉得这是很好的生活态度。至少，抱着这样的态度去生活，你不会再那样苦闷和彷徨。

出路问题

行行出状元

——给不想读书的朋友

你说对读书不感兴趣，现在虽已上了三年中学，但是每年都靠补考才升级，功课一团糟，想到有人说“行行出状元”，打算索性不读书，去做学徒，将来反会有出路。你问这样是不是可以？

行行出状元是不错的，但是，你先要问问自己，是不是懒惰？还是真的对读书没有兴趣。

假如你做别的事都很勤快，很能吃苦耐劳，并不好吃懒做，那么，或许是你的头脑不适于念书。那么，你去走走用劳力或技能赚钱的路，也未尝不可。但是假如你自问并不是这样，而只是懒得念书，对别的事也不勤快，也并不能吃苦耐劳，那么，我就要爽直地告诉你，天下没有一件不劳而获的事。如果你是这种态度，那你的问题就不是读书或做学徒，而是要从基本上去唤醒自己，使自己由贪玩懒惰变为勤奋好学。

一个人这一生的是否成功，不在你做哪一类的工作，而在你是否肯认真地把自己发动起来，花力气和功夫去工作。

做任何一行，都要有认真刻苦的精神来做基础。没有这项基础，即使有兴趣也仍然是不能成功的。

行行出状元，这话很对。但是行行的状元都是要超过许多同行才可以成为状元的。要想超过同行，就不能只凭简单的一句话，而要凭的是日积月累的成绩，一点一滴的心血，不辞辛苦不怕艰难的努力和永不松懈持久的恒心。

所以，假如你对你所从事的这一行有兴趣，你还要再问问自己，是否掌握了上述做状元的条件。

有人说，学可以不上，书却不可不读。这话真是至理名言。

一个人如不读书，做任何一行都不能专精，都不能致胜，都难免绕远路，兜圈子，落在别人后面。

没有机会上学，或放弃了上学机会的朋友们！你有没有打算利用你的工余之暇去读书呢？

淡泊俭素的行业
——给读中文系的某同学

你说，中文系是否如社会一般人所说的没有出路？

你又问，中文系为什么会给别人这种印象呢？中文系有何缺点？如何补救？

由你的信看来，似乎你很后悔你念了中文系，所以你才想知道如何去补救。但我却有我的看法。我猜想，你也是和一般大学生一样，填了许许多多的志愿，结果，你考取了这不知第几个志愿。而它并非你真正的志愿。所以你才一面念，一面后悔。

假如不是这样的话，按照正常情形，一个人既然选择了中文系做他的志愿，他必定是对文学有兴趣的。一个人对某一样学问有兴趣，就自然会抛开一切功利的念头，孜孜不倦地去研究，去探讨，而觉得乐在其中。决不会忽然又考虑到出路问题的。

特别是文学艺术这一方面的学科，如果以找出路为目的，那就毫无疑义地选择错了。

因为这些学科的本身就是目的，它不是发财致富安身立命的工具，它们是为文学而文学，为艺术而艺术的。

真正喜欢文学和艺术的人，就在他们捧着书本念，翻着辞源查，拿着画笔涂染的时候，就已经达到了目的。他们不会再去想到其他。

当然，在文学艺术上有成就，因而名利兼收的人也多的是。但假如一开始就为了这个目的而去学文学或学艺术，那就是笑话，而且是绝对会令你失望的。

所以，关于你的问题，我希望你弄清楚，自己究竟打算走哪一条路。假如你希望将来找个好工作，过优裕的生活，那你不如去学经济系商学系或是念理工或医学，将来都会有较好的出路。假如你真心喜爱文学，那么我劝你安下心来，用心地读，勤奋地写，认真地体味，勇敢地面对日后可能并不优裕的生活。

因为你如喜爱文学，你一定不怕过那淡泊俭素的生活。

希望你好好地想一想。

* * *

写作是一条认识自己，认识真理的路，你只要喜欢写，就应该随时动笔去写。

* * *

写作的目的不应该只是为了发表。当然更不是为了稿费或虚名。它实际上是一个人认识真理之后的独白。当一个人对环境中的事物有所感受的时候，他用他的智慧和文字，把他的感受尽可能地用最确切的方式表现出来，那就已经是一种成功，已经值得快乐了。

* * *

不必担心写不好，也不必把报刊的退稿放在心上。你只要多写——想到就写，多读——由别人的文章中得到启示，多生活——由生活中去体验真理。日久天长，自有进境。

* * *

把你的痛苦写在纸上，比埋葬在土里有意义得多。

* * *

爱好写作的人很多，但真能成功的人很少。我想，这和恒心有关。许多人都是半途而废，所以能跑到终点的人就没有几个了。

* * *

文学之可贵处，即在于它确实地传递着人类的心声。靠了文学，我们才能与古今中外的圣哲们在精神上往还呼应，也才能倾吐我们自己的心曲，与后来者互诉衷肠。

* * *

文人是思想和感情加起来而形成的。单是思想而不加入感情，会成为哲学家，但不会成为文人。单是感情而没有思想，那是俗类，也不会成为文人。文人的可贵处在于思想，而文人的可爱处则在于他们能用感情来表达思想。

春风化雨

有一位听友对我说，他有一个“很笨”的弟弟，初中联考一再地考不取，不用功，父母对他打骂也没用，用奖励的办法也没用。现在尤其是不听话，染上坏习惯。这位听友为他弟弟的前途很是担心，问该怎样对他，才能使他上进？

由于这个问题，我想起我有一个愿望。

我这愿望，听来也许很怪，但在我说来，这是诚恳认真的愿望。

我希望，假如有一天，我有了很多钱，我要办一个学校。这个学校，专门收那些大家认为笨的孩子。

我真的是同情那些被大家认为笨的孩子。

因为一方面，我觉得一个人笨，是天生来的，他并不愿意自己这样笨；而且，他对自己的“笨”是无能为力的，他并不能因为被老师或家长多打了几次，多骂了几顿，而就变为聪明，反而只能越打越笨。

另一方面，我觉得，在普通一般学业上，表现得不如人的孩子，并不一定真是笨孩子。他可能智力成长较慢，他可能在别的方面较有专长，他们多半不会真的一无可取。

我曾做过笨学生，那是在小学六年级时候。我算术不好，直到现在，我还记得老师对我们讲鸡兔同笼和童子分桃等问题时，我是怎样地听不懂。而且老师越是单独给我讲，我越是听不懂。我也不知道为什么我听不懂。老师说：“你要是会做这一题，我把这个最漂亮最大的铜墨盒送你做奖品。”可是，不懂就是不懂，你给我什么都没有用。

那时的心情真是够难受。明明同班同学都会了，只有我一个人占着老师和全班同学的时间，大家都觉得我是那样的笨，真是无地自容。

也就因为我记得自己当时心情，所以，我同情一切笨的孩子。我知道，他们不是不想学，他们不是不知道要面子，他们也不是不怕老师的教鞭或巴掌，他们只是对自己无能为力。

他们没有办法让自己去做自己目前的能力所达不到的事。

但是，他们不知道怎样来表白自己，来恳求老师，求老师对他们网开一面，同情他们的苦衷，去帮忙他们找出他们可以造就的地方，在哪方面去引导他们，在哪方面去建立他们自尊和自信，在哪方面去使他们胜过别人。

我很感谢我的父亲，当我拿着算术 48 分的成绩单回来见他的时候，他说：

“你理解力不行，记忆力却好，现在不要忙，等你长大一点，理解力会慢慢成熟的。”

后来，事实证明，到了高中，我的几何代数就都不成问题了。

因此，我对孩子们总有这一番同情。我不忍心看他们被迫去理解他们所不能理解的东西。当他们不能理解的时候，他们不应该挨打或被骂为没有出息，这对他们是不公平的。我认为，应该有人帮他们把他们所不知如何表白的话，表白出来。

世界上不是每一个人都有数学天才的。不一定每个人都应该成为大学问家的。假如他不喜欢国语算术，而喜欢地理、历史、自然，或音乐、美术、劳作、体育的话，他应该有权朝那些方向去发展的。

请你帮你的子弟或学生找找看，除了算术国语之外，他有没有别的专长?并且尽量去使他们相信，有一天，他们的智力会成熟，一切情形会好转，帮他们留住自尊与自信。

鼓励他，同情他，爱他，可以使他不再反抗你们，试试看!

我发现，假如一个孩子不用功，你就是打他催他也没有用。

不要想把一个孩子打得使他用功。因为我从来没有看见过有一个人是被打得用功起来的，我倒看见过本来还有点希望的孩子，只因为被打得太多，而在那里发誓永远也不用功的。因为“都是那可恶的书本，害得他挨打”。

按照教育心理学来讲，一个人，在他学习的过程中，如果伴随着一种使他快乐的经验，他就喜欢去学。如伴随着一种痛苦的经验，他就逃避这件事。

对孩子们的教育，应该重视这项理论。如果让他一拿起算术本就想到老师的教鞭，他一定不会喜欢这门功课。可惜这个很简单的道理，人们多半不去注意。要想使孩子们慢慢由贪玩变得喜欢用功，一定得让他尝到一点用功的甜味。打骂绝对不是办法。

人们各自兴趣是不相同的。让一个不喜欢念书的人去念书，正如让一个不喜欢打球的人去打球一样，是没有用的，而且是有相反效果的。

对一个不喜欢念书的孩子，可能有两种办法。一是慢慢诱导他，由浅显易懂的地方，引他入门。不要逼他去赶上旁人，只要他自己有了进步就要奖励他。奖励会使他增加自信和对功课的好感。这样可以引发他用功的兴趣，知道读书的乐趣，他慢慢的就喜欢去读了。

另一个办法就是去看清孩子的个性，朝他喜欢的方向去发展。喜欢读书的人绝对不是因为他从小就知道“书中自有黄金屋，书中自有颜如玉”，他只是喜欢读书而已。有的孩子上了一天的学，回到家来，仍然手不释卷，看书看得入迷。有的孩子却是一下学就把书包一扔，再也不去摸它。但是他可能有别的方面的兴趣。

我们千万不要以为这“其他方面的兴趣”都是没出息的兴趣。喜欢跑跳的可能成为第二个杨传广或纪政，喜欢涂涂抹抹的，可能成为画家。也有不少孩子是生来喜欢做劳力的事情，或是有为别人服务的热忱的，他虽不善读书，但他却是社会所需的基层分子。所以，我们该由多方面去发掘孩子们的兴趣和天赋，不要只因为他不喜欢读书，就认定了他没有出息。

教孩子是一件困难的事，但是诱导和同情永远比逼迫有效而且安全。

逼迫会使一个本来善良的孩子变为反抗、刚愎的太保。

诱导和同情却可以维护他的自尊和自信，使他即使读书不成，品性则仍然良好，人格和精神仍然健全。“学书”不成，仍有足够的人格的基础，可以让他去“学剑”而有成就。

童　心

和成人在一起，大家互相学习对方的冷淡、世故和虚伪；这就不如和孩子在一起，去学他们的热情、诚恳与天真。

我时常喜欢注意孩子们在游戏时的神情。

他们有时小心翼翼，辛辛苦苦地用积木搭成一座庙宇；有时费不少精神，画了一张很漂亮的图画。可是，当我正在旁边为他们的成果庆贺赞赏的时候，他们却毫不留恋地把他们所搭成的庙宇推倒，把那张画随手揉成一团了。

于是，我禁不住为他们惋惜：

“为什么好不容易做出来的成绩，这样不知道珍惜爱护呢？为什么不把它们好好地保存起来，留着慢慢地欣赏呢？”

可是，当他们又重起炉灶，用自己的手和脑，创造出另一件更新的，更好的作品来时，我才开始领悟到，在这方面来说，孩子们比成人是强得多了！

他们是永不满意自己目前的成绩的。

因为他们知道自己将更有进步，将会做出比目前更好，更可贵的作品来。所以，他们从不会像成人那样，停下来，自我陶醉地欣赏自己工作的成果；把自己工作的成果谨慎地珍藏着，唯恐一旦弄坏，自己就再没有把握做出一个比这个更好的东西来了！

这是成年人的悲哀。

一个人，一旦对自己工作的成绩珍重欣赏，不敢重起炉灶，重新创造的时候，那就暗示着他的学习能量到了一定的限度，暗示着他不会再有新的进展了。

我们应当佩服孩子们那种积极向前的精神。他们的眼光总是向前看，而不会留恋现在或过去的光荣的。

我国曾有一位作家说，一个人假如失去了眺望将来的勇气，而一味在过去的回忆中生活的话，他的生命大概也只剩下一堆灰烬了。

过去的光辉无论怎样光辉，它也不能照亮你眼前的黑暗。而只有把光明与希望放在前头，我们才会有路可走。

时常，我们以为成人可以教育孩子，而事实上，孩子们的纯稚天真，却可以做成人们的指南。

当我们被俗世名利磨损了灵性的时候，如能注意领会一下孩子们的认真和洒脱，也会使我们得到一点可贵的启示。

有一天，我为一件俗务忙得心情很烦。于是，跑到电影院去看了一场沃尔特·迪斯尼制片的《小天使》。没想到这部影片真的把我的烦恼减轻了不少。

片中叙述一个对人生只知喜爱，不知恼恨的小孤女，用她的真诚和快乐的性情，改变了许多成年人的人生观。而她的力量只是“快乐”和“爱”。

她使那些成人们的互相敌视、假冒伪善以及他们那悲观、冷酷、消极的人生完全改观。

因为她使人们相信了一句话：

“去发现别人的好处，而不要去挑剔别人的缺点。”

真的！这是一个最简单、最行得通的办法，使我们的生活减少苦恼，增加快乐。

日常生活中，多数不快乐的事情，多半都是由于我们自己情绪消极，和对别人的不信任所引起。假如我们有办法使自己在单调的事物中看出乐趣，在平凡的人群里找出他们可爱和可敬之处，我们就自然乐意和别人相处。也自然会使自己觉得前途光明。而对一切纷争攘夺的烦恼，也自然会看得淡了。

人生只怕沉落在一个“俗”字之中。

有些人终年计较别人的缺点，一天到晚怕自己受到损失。结果，他只有迷失在琐碎的忧攘之中，找不到人生的乐趣。

朋友们！你也有时觉得消极和烦恼吗？

请试着欣赏一下孩子们的热情、诚恳与天真。并请你试着去在你周围的人们身上，找出他们可爱和可敬的地方来。

眼光向前看，不要留恋过去的光荣，可使你的人生积极奋进，有所成就。

爱别人的长处，原谅别人的缺点，可使你的人生快乐轻松而充满了光明！

* * *

这个世界固然有它可恨的地方，但是也更有它可爱的地方；固然有它缺陷的地方，但正因为它有缺陷，所以才需要我们发挥力量去改进和弥补。用快乐与赞美、积极而负责的心情去面对世界，我们的人生才会显出它真正的意义。

* * *

这世界有时显得很冷酷，那是因为人们把光明与善良看为理所当然，而不去注意的缘故。事实上，隐而不现的好事，一定比引人注意的坏事为多。

* * *

让我们多去发现生活中光明美好的一面，不要去揭发那黑暗和丑恶的。假如我们用爱和希望来处理生活，就自然会得到新鲜的活力，使那黑暗丑恶的事物沾染不到我们。

* * *

不要因为你不是教徒就以为自己一定和上帝隔得很远。要相信，当你了解仁慈与宽恕，爱和同情的时候，你自然就接近上帝了。

好人与坏人

严格说来，人不会有真正的坏，也不会有十全十美的好。人，生来就有好点与缺点，不过有的人格外能发扬自己的好点，克服自己的缺点，那就是好人；而有的人或者由于环境的不良，或者由于一时的任性，做下恶事，又没有人在适当的时候勉励他，了解他，给他悔改的机会，所以，人们就说他是坏人。

我敬仰好人，钦慕他们那种善良好义的精神。好人好事总是使人感动的。我也同情坏人，坏人的行为固然可耻，但是，我总觉得他们有他们之所以成为坏人的缘故。每一个坏人都有他们一部充满着辛酸的历史，如果有人替他申说出来，也一定会使你明白他们，了解他们。当我们发现一个坏人表现出他人性中善良一面的时候，那感动人的程度可能比好人好事更为深刻。

我觉得我们所要问的，不是什么样的人是真正的好人或坏人，而是要去了解，一个人为什么会成为好人，又为什么会成为坏人。

成为好人的人，你可以说是他天性善良，但你也一定相信后天教育和习染对他的影响。

一个人成为好人，那路程比较平坦。但是一个人成为坏人，那路程就很曲折。后天的习染是使他走上坏路的大原因。我发现，许多坏人都在幼年受过很多打击和亏待，所以他们长大之后，才对人群不信任，对社会无好感，才由于自卑而行为刚愎。这样的人如能早一点用教育的力量去感化他，仍可能发掘出他善良的一面。

对人不要存成见。对好人，我们固然要爱他，要尊敬他；对坏人，我们也不必嫉恶如仇。如果你自己本身很坚强，教养也够，学识也好，能明辨是非善恶，并且自问有感化人的力量，那么我还希望你能去了解他、指点他和帮助他。

用自己的力量把一个坏人变成好人，是一件最快乐的事，只要你有足够的力量，能影响别人，就不要吝惜这点力量。

其实，自私不是大坏处，通常我们只要能做到“虽利己，而不损人”，也就不算是坏人了。如再能够做到舍己为人，那就是好人了。

好人是不打算出头的。一个好人，假如拼命奔走钻营，找关系想出头，那也就不算是好人了。也许就是因为好人多数不想出头，所以，人们才产生一种错觉。觉得不容易看到好人。而坏人坏事反而好像很多。

因此，我们不必为好人不能出头而抱不平。一个人做好人，行善事，无非是求自己能够心安，并不是为名为利，他们自己是不觉得有什么不公平的。

有人也许觉得坏人反能生活舒服，但这也看我们怎样去解释。我就没看见过坏人能始终活得很舒服。在他们侥幸逃过法网的时候，他们即使过着富裕的生活，心里也是紧张不安。而当他们一旦出了事，那下场就更凄惨可悲。李裁法是一个好例子。他的聪明才干假如用在正途，该有多好！

“有心为善，虽善不赏，无心为恶，虽恶不罚。”我们都应明辨那些有所为而为的善，更应原恕那些无意中所做的恶。这样，这世界上才可以真正的有是非，才可以有真善。才可以更进一步，把恶改为善。

常常我们听人们发牢骚说：“有好心没好报！”说自己白白做了好事，却没有得到好的报偿。言外之意，是自己不如索性去做坏事，也许反而可以得到好报。

我想，这种想法只不过是一时偏激的想法。假如平心静气地想，我们仍会看出好心还是会有好报。至少自己不作奸犯科，不会犯法坐牢，生活平平安安，夜里睡得放心，这也就是好报了。

假如说，做好事有好心的人都希望妻财子禄，那就又是有目的的为善，那善的分量就打折扣了！

* * *

人的一生很短，成大功立大业的人毕竟不多，普通一般人能够在这一生中做了一些救人助人的好事，那也就不虚此一生了。

* * *

不要计较是否被人骗取了你的同情心。要记住，错误的善心，无论如何，比麻木冷酷好。

谈节俭

有一次，我去看一位朋友。谈话之间，她说起孩子们不知道节俭。不肯吃隔夜的面包，不喜欢吃剩菜。衣服不要说破了不穿，就是颜色旧一点，式样老一点，也不肯穿。袜子更是随手乱扔。她整天向孩子们说教，什么“来处不易，物力维艰”之类，但孩子们总是听不进。

我听了这位朋友的牢骚，觉得很有同感。这些年因为物价便宜，一般人，生活都不难维持。加上孩子们过分曲解了卫生和营养的常识，又受了潮流的影响，对衣服打扮都比较注意，总觉得东西来得容易，就不大懂得珍惜。

不久以前，我家的佣人把一团发过而未用完的面，扔在院子的窗台上，说是酸了，不能要了。我说，那没有坏，放点碱，就可蒸一个馒头。她又说，已经扔在窗台上好半天了，怎么能再拿回来吃？我说，蒸熟就消毒了。

她虽然照我的意见做了，但表情上总有点嫌我小气！

我想，这也难怪她。因为十七八岁的孩子，生在台湾，过的是太平岁月，物资充沛，物价稳定，不愁吃，不愁穿。她们做梦也想不到买玉米面要排队的滋味。如果我告诉她，抗战时期，我们在沦陷区，配给的面粉两个人分一袋，大家都希望要剩在面口袋里的那一半。因为分的时候，面口袋的分量是要扣除的，但事实上，面口袋上沾着的面粉，还可以扫下一碗；而且那面口袋还可以洗洗染染，留给小孩做衣服。而在这一代的年轻人听来，他们会觉得那种生活是故事，而不是真实的生活。

抗战刚刚胜利之后，我所服务机关的主管，还时常向大家呼吁，要节约用纸，因为每一张纸都来之不易。直到现在，我写稿的时候，仍然是能多挤一行就多挤一行，总不习惯把空格增多，以求版面的美观。

我们这一代是过过苦日子的。

多数人都知道“一粥一饭当思来之不易，半丝半缕恒念物力维艰”的意义。但是，年轻的一代却是在繁荣之中长大，他们多数都不大了解为什么要节俭，为什么要刻苦。

我认为，我们固然不必把孩子管得太吝啬，但是，必要的时候，还是应该多让他们知道艰苦生活的面目。

俗话说，人在福中不知福。让他们知道自己现在过着一种不愁衣食的生活，是一种难得的福分。不要小看这福分，不要浪费这福分。一方面要知足，一方面仍要尽量节俭。这样才不会养成奢靡颓惰的习惯。日后才可以有足够的准备，去应付各种不同等级的生活。

俗话说：“多在有日思无日，别到无时思有时。”对经历过艰苦的中年朋友来说，尽管你现在生活富裕，但你仍应念念不忘过去艰苦困难的日子。这样，你才可以知足，才可以安分，才可以不敢松懈地继续努力。也才可以保住既有的财富。

旧时，我们的老祖母常劝我们说："老天爷给每个人安排了一定的福分。如果你小时候把福分享用光了，老的时候就会穷苦。"那时的人们相信，人应该珍惜自己的福分，慢慢享用，不要挥霍。所以，小孩子不许穿绫罗绸缎。而宁肯让他们穿旧衣服，或用大人的衣服去拆改。说小孩子穿得太好，会"折福"。

这话听来像是迷信。其实，其中是有道理的。一个人，在小时候养尊处优，衣来伸手，饭来张口。长大了，自然什么也不会做，什么也不肯做，好逸恶劳。那时，只会用钱，不懂生产和节约，最后坐吃山空，苦日子就必定会来。

我们该教孩子储蓄一点福分，留到他们将来享用，小时候多吃一点苦，练练刻苦和节省，长大之后，可以受惠无穷。

人人都知道勤俭是美德，但有些人只知自己勤俭，却忽略了教给孩子们勤俭，这就等于是剥夺了孩子们将来的福缘。

"宁吃少来苦，不受老来贫。"把这句话告诉你的孩子，年轻时刻苦一点，年纪大的时候，就多一点享福的可能。至低限度，俭素的生活习惯，可以帮助他多有一点力量去适应各种环境。

凿　井

常有人叹息生活忙乱，负担沉重。

当然，人生有许多推不开的负担，但是，在这些负担之中。有许多是不必要的；是由于太贪多、太求全或太急切反而使自己顾此失彼的。

许多人在除了自己分内该忙的事情之外，更要忙些不该忙的。如忙应酬；忙为了增加物质享用或虚荣而去赚钱；忙着奔走钻营去求地位。对自己已经着手的工作易于失去兴趣，因而时常见异思迁。

西哲说："与其花许多时间和精力去凿许多浅井，不如花同样的时间和精力去凿一口深井。"

乱忙的人是在凿浅井。

“能者多劳”，是对一个有才干的人的赞誉；却也是对他的一种悲悯。

不要因为自己常被别人拉去做这做那，就以为这是表现自己才干或拓展事业的大好机会。因为他是在被人拖着凿浅井。东做一点，西做一点。每一口井都没有凿到水源。这不是能干，而是生命和才力的浪费。一个人的精力有限，时间有限；在有生之年，把握住自己真正的志趣与才能所在，专一地做下去，才可能有所成就。

对事情专一，并非不求上进，也非懒惰。它是一种锲而不舍、全神贯注的追求。不但要有魄力，而且要有定力，摆脱其他外务的诱惑，不为一切名利权位等等虚荣而中途改道。这番定力才是促成一个人凿井及泉的最重要的条件。

一个人，能认清自己的才能，找到自己的方向，已经不容易；更不容易的是，能抗拒潮流的冲激。许多人仅仅为了某件事情时髦或流行，就跟着别人随波逐流而去。他忘了衡量自己的才干与兴趣，因此把原有的才干也付之东流。所得只是一时的热闹，而失去了真正成功的机会。

《湖滨散记》的作者梭罗，为了要写一本书，而去森林中度过两年隐士生活。自己种豆和玉蜀黍为食。摆脱了一切剥夺他时间的琐事俗务，专心致志，去体验林间湖上的景色和他心灵所产生的共鸣。从中发现许多道理，而完成了这本名著。这是“专一”的最佳实例。

日本作家川端康成自获诺贝尔奖之后，受盛名之累，常被官方、民间、包括电视广告商人等等，拉着去做这做那。文人难免天真，不擅肆应，心慈面软，不会推托；做事又过于认真，不懂敷衍；于是陷入忙乱的俗事重围，不知如何解脱。终于自杀，了此一生。报载，川端临终前，曾为筹措笔会经费而心力交惫。心情十分低潮，可能是促使他厌世自杀的原因之一。这当不是妄测之词。

固然，对一位作家来说，能获得诺贝尔奖，这口井已经算是凿得够深了。但如果他不被卷入使他烦倦不堪的琐事，而能依然宁静度岁，以他东方式的丰富精莹的智慧，或可有更具哲理的创作留传于世。这口井，当可凿得更深湛些。

谈　争

我读小学的时候，有一个和我一直坐邻座的女同学。我和她本来是很好的朋友，但只因我俩的学业成绩不相上下，所以时常要和她在分数或名次上争争短长。

竞争本来是促使进步的原动力，老师也鼓励我们竞争。但是，后来我发现，我每争赢一次，她就更加紧和我较量一次。我当然也是一样，两人明争暗斗，不但要加紧念书，而且向老师争功邀宠，以求格外加分。以致两人不但在友谊上变为貌合神离，心情也因此十分紧张而不快。

过了些时，也许是我厌倦了这种竞争；也许是我情愿舍分数而取友谊；于是决心放弃这种分数与名次之争。告诉她，“我承认你比我天分高多了。我不再和你争，让我们好好的做朋友吧！”

直到如今，我还记得当时她的喜悦和我的平静。从那时起，我俩相安无事，做了六年的好朋友。我不争那一分半分；也不争作文是否登上壁报或唱歌是否在前台表演。减除了那竞争与敌视的心情之后，我觉得不但生活愉快，而且功课也恢复了有趣可亲的本来面目。我可以再像以前那样用真正快乐的心情去唱歌，而不再去想是否比别人唱得好；我可以再像以前那样用真爱好去体尝国文课本中的精华，在作文簿上去写我真心要说的话，而不必耽心这篇文章是比邻座的小朋友好或坏。也不必再去揣测老师心中的好恶和给分标准。我觉得那种心境是最宽朗的心境。因此，以后多少年的学生生涯中，我一直未再热心于任何一点分数或名次上的竞争。我优游自在地念书，考试时的成绩好坏，完全是我自己的事，不与别人相关。所以我有最好的心情享受我的少年岁月。

多少年后，我曾有机会奉访那位幼时的同窗小友。那时，她已结婚，儿女早已成行，美丽依旧，娇柔依旧。丈夫在银行供职，生活十分幸福。而我则仍是在追寻那永不到手的梦，半工半读，学学音乐，做做教员，写写文章。生活不但清苦，而且东搬西迁，波动大，变化多。两人所走的方向可谓截然不同。她享有家庭儿女之福；我享有亲尝人海风涛之乐。所经的苦乐得失完全两样，个人对成败的评价也各有标准，只有那儿时的友谊未被时间之流所冲毁。这时，就更觉当初之不争而留下日后的友情，是非常明智的了。

“争”是人类愚昧短视的一面。它的所得似乎永远赶不上所失。它得到的有时是不切实际的积分。有时是不合逻辑的名次。记分表上的胜负更多半只代表一时与片面，而并不能代表长久与全局。曾有一个学生说，他羡慕我们以前所读的那所师范学校。成绩单上不记分数，不排名次，只记甲乙丙丁。直到六年毕业，才给你一个总分，排一个总名次。因此同学之间能合作，能友爱，学习的情绪能正常。心境开朗而不自私，所得知识才是丰富而扎实的知识。那确实是值得羡慕的一所学校。

因为竞争是希望自己争先而别人落后，所以它第一个心理反应必然是想利己而欲损人；与环境必然为敌，环境也必然与你为敌。对环境必然戒备，环境也必然戒备你。于是，往往由于这种戒备的心理占先，反而迫使所据以竞争的学业或事功的原义退居其次，甚至不惜矫饰伪装，施用诈骗作弊，取巧迎合，投机钻营等手段，以赢取幸胜。这种舍本逐末的心理一旦形成，则大家为了走捷径、争虚荣，势必都跟着认假不认真。所学所做都离开了原来的真义。忘了自己是为学业而学业，为事功而事功。变成了为竞争而找门路，而投出题者或评分者的所好，而钻其他与赛者所未曾料及的缝隙，而猜题，带小抄；而存心愚弄同学或同业，口是心非；君子其貌，小人其心。只思如何损人以利己，抑人以逞己。日久天长，就会逐渐忘记所学为何，所业为何，而只以为那一时幸胜的分数或名次为自己真正的目标。如有所获，便沾沾自喜，忘记自己是否凭手段而幸致，是否真正学有所得，做有所成了。

如此这般的竞争，如果真能使自己有所进步，倒还罢了。可惜的是，人们一旦只顾竞争，便会忘了进步；而只顾以寻缝隙，图幸致，求得现场竞赛时的一马当先为已足。因此无暇务本，无心求实。到最后，掌声是够令自己陶醉的了，但问真正应学应做之事呢？却早已在快马加鞭、争先恐后之中，浮光掠影地遗落在脚下，随奔腾的尘土而扬失了。

因此，我们常常发现，争积分、夺名次者，结果往往只是迷失在掌声与虚名之中而已。倒是那些不参加争胜的，有安定的心情和充足的闲暇，可以自适其适。脚踏实地地搜寻学海珠璞；认真地埋头耕耘，可以得到无愧于心的收获。这分际，只在前者飞扬浮躁，舍其本，而逐其末，所以名虽成，而实却败。后者神闲气定，看得清事情的本末，所得才是真正的收获与成功。

老子说："圣人之道，为而不争。""为"是脚踏实地地做事，所得是真正的事功。有利众人，亦有利自己，心气平和而爱人。争则是以压倒别人为能事，损人而不利己，心胸狭窄而嫉恨，所得是紧张焦急与寂寞。即使有成，亦必有限。

专心竞争的人往往忘记"为"，或无暇去"为"，或不屑去"为"。反之，专心"为"的人也必然淡于世俗的竞争，退出跑道，而能统观全局。所见远大，所成者也必不被局限。

所以，"天之道，不争而善胜。""夫唯不争，故天下莫能与之争。"

道家之言，实具至理。

"闲"会使你累

忙固然会使人觉得疲倦；"闲"也一样会使人觉得疲倦。

常听一些享福的太太们，在沙发上坐了一个上午，然后懒洋洋地站起来。说："嗳，累死了！"

你别以为她这是一句没有理由的话；也别以为她这只是一句习惯的话。她说"累死了"，是她真的觉得累。她感到腰酸背痛、头昏目眩；感到心情紧张烦乱。她是真的很累。只不过，这累的原因不是由于她做了太多的事，而是由于她什么也没做。

一个人，假如一天到晚什么也不做，单是那无所事事的感觉，对她就是一项沉重的负担。何况一直坐在椅子上不动，也正是腰酸背痛的来源。而且因为她无所事事，脑中正好有足够的空隙可以容纳许多胡思乱想。这些胡思乱想也许是怕生病，怕没钱花，担心孩子的安全，丈夫的是否忠实，猜疑邻居的态度，后悔自己在某一场合说错了某一句话，以为自己得罪了人，或是为好久以前一个错误的决定而懊恼。

这种种念头使她紧张困扰，所费的精神实在远超过应付某一件真正存在的事情。因此，当一个人闲着无所事事的过了一天之后，她会真正地感到很累。而且由于这种累所消耗的活力缺少由运动所产生的活力去递补，久而久之，她会变为神经衰弱，承受不了任何突发的事件。这样的生活可以说是一种真正的耗损。

你的生活是忙碌而充实，还是沉闷而空虚呢?

假如你因忙而觉得累，那么你虽累，却有收获。你的心情是愉快的，精神是健旺的。

假如你的生活是沉闷而空虚，那么，我劝你赶快把自己发动起来，找些具体的项目，填满自己的生活。

忙碌是医治沉闷倦怠的最佳药物。

生活需要源头活水，需要不断有新的事情，新的工作，和与外界不断的接触，使它经常加入新的意义。一潭死水会腐朽，惟有鲜活流动才是生命力的来源。

活力的来源是来自活动。太多的休息反而产生疲劳。试着找点事情做做，你会觉得日子不再那么苍白。

让自己每天都有点成绩，到了晚上，才会带着满足的心情入睡。

懒惰和无所事事的任光阴空过，那不是享福，那是把自己囚禁；是扼杀自己的活力。

真正会享福的人是用经常的忙碌来使生命活跃的人。

你闷得太久了吗?

请想想看，你是否可以放下那被你翻烂了的小说，看腻了的杂志，离开那使你腰酸背痛的沙发，去找点事情做做呢?即使你只做了一件小事，你也会觉得这一天过得比以前充实而快乐多了。

减少应酬

常听有人说，他的生活太忙，忙得做什么事的时间都没有。

但是，当你认真问他，你都忙些什么呢?他却一时也答不出来。问到最后，也许你会发现，他所忙的都是应酬。

你可以看看他日历上的记事。上面所记的差不多都是某月某日中午或晚上，某人邀宴。有时天天有应酬，有时一天两个应酬。当别人不请他的时候，他要回请别人，于是，本来没有应酬也变为有应酬。

而且我们发现，一个人，一旦开始放任自己去参加应酬，他就立刻会被卷入大应酬的漩涡。今天你应邀去了某一宴会，在那里你一定会认识了一些以前未曾认识或虽曾认识而没有深交的人们；经过这次见面之后，大家熟起来了。于是就会有人提议请你有空到他家去聚聚。所谓聚聚，其实也就是请客。他当然不会只约你一个人而势必还有旁人在座。于是你在他那里又和一些其他的人有了进一步的交谊。到了下次，这些人为了回请主人也许会把你也带上。这样，你就又多欠了一份人情，使你觉得不能不也请请客。而当你请客时，一定也会请上另一些人来作陪。结果这些人不但要回请你，而且势必把你所请的其他朋友也卷了进去。以后，你一定又会在这些朋友的宴会席上认识更多新的朋友，而增加了被请与回请的机会。

像这样大家卷来卷去，当然是把应酬的次数越卷越多。

在开始时，你或许还不觉得有什么不好；也许你还认为这样很热闹。但日久之后，你会发现，自己所有的时间都被应酬占据了去，不再有时间和心情去做自己的事。而且你会发现，你一旦被卷入这种应酬的漩涡，就很难抽身。你会觉得拒绝任何一个都不妥当，而你忘记回请任何一个也会失礼，只得继续不断地被请和回请。

我相信，这是使某些人如此之“忙”的一大原因。

避免使自己如此无事忙的唯一办法，当然是不要使自己卷入大应酬的漩涡。要在一开始就有定力、有主见地婉谢应酬。只要你婉谢了一二次邀宴，并尽量减少回请，即可避免以后无数的人情牵累。

有很多人相信，应酬是联络感情的最佳途径。但是，一切事都要适度。社交也是如此。过多的应酬，有时不但不能联络感情，反而容易制造是非。你婉谢一些应酬，顶多别人说你不通人情。而假如你多应酬，那应酬时的各种闲谈就都难免牵涉一些彼此认识的人。也许无意中的谈论会被人有枝添叶的当作另一次应酬中的谈话资料而变了质，传入当事人的耳中，反会对你不谅，而伤害了友情。

* * *

君子之交淡如水。真正的友情用不着靠应酬去维持。

* * *

应酬是一种交际手段的表演。如果你生来能够八面玲珑，也许你的应酬会成为你在商业或其他事业上的一分资本。但是，如果你的交际手腕并不高明，那么你的冷淡木讷或倔强敢言，也许正会给自己做了反宣传，使你不但失去朋友，而且增加了你所未曾预料的绊脚石。

* * *

减少无谓的应酬，把生活的繁杂内容肃清，可以使自己有较多的时间去做有意义的事。

跟上时代

不久以前，有一位朋友想利用业余时间找个兼差，赚点钱，贴补家用。

于是，他到处托朋友，希望朋友帮他留意机会。

他的朋友也都很热心地帮他留神打听，发现有找家庭教师的。家庭教师之中，又分教初高中英文、数学、理化和小学五六年级算术的。有找英文打字员打文件的；有找代翻文稿的，也有找在音乐咖啡厅负责编排古典音乐的。还有找特别护士看护慢性病人的。

但很意外的是，机会虽多，却没有一样是他所会做的。

他既不会教中学的英文理化，更不会教新数学。英文打字速度不够，而且错误百出，翻译更是不灵。也不懂古典音乐，更不会做特别护士。总之，他发现自己简直是一无所长。

其实，他现在的职位还算很高。按理说，屈就一个平时自己认为较小的职位应该是没有问题的，决未料到自己竟然是样样不行。他赧然而说：

“真是惭愧，如不是要找兼差，简直就不知道自己是这样的浅陋。”

另有一位朋友，以前是教中学理化的，后来改行做生意失败，想再回去教理化，却发现自己已经落伍。现在的教材中有了许多新的内容，是以前他所没有教过，也没有学过的。

时代天天在进步，人们稍一懈怠，就落在了时代的后面。你说这是无止境的追赶与攀援，认为它毫无意义也好，但是为了生存，我们很难抗拒时代的推力。

美国嬉皮曾试图脱离俗世压力，归返自然，但结果并不理想。许多人最后又不得不悄然回到尘世。其原因就是，群居与物质生活的改善，以及保健与卫生环境的要求，也是人类自然的天性。你说无止境的追赶与攀缘破坏了大自然的秩序，是违反自然，但勉强抑制人类先天对安全与舒适的要求，以及对发明与创造的要求，也同样是违反自然。因为这也是人类天性的一部分。事实上，人类对归返自然，回到单纯，远离尘嚣的种种向往也是属于想象的成分多。其作用是精神上的疏导与劝慰，而不一定是实际所能做到的。

消极的或世俗的说法是：你要想有所建树，有所成就，想求得生存上的便利，你就不得不抓住时代，跟上潮流，让自己能生存，而且生存得热闹繁华而有意义。

积极的或超然的说法是：你要想远离俗尘，不得不先投入俗尘。你要想享有人生真正的安逸，不得不先体尝人生的苦辛。

前半生，我们追赶、攀缘，是发挥天性中求建树、求事功、求绚烂的一面。后半生，我们可以悠游田园与山林，安享任性自如之乐。

绚烂之后的平淡，才有韵律之美。

如果一开始就懒散偷闲，那么你将来所得到的将不是平淡，而是艰辛；将不是逍遥，而是遗憾。

做为一个现代人，当有为之年，必须积极。日后才可有余情，有余力，有余资，去安享淡泊的人生。

对必须有所作为的人，或必须赚钱以维持生活的人来说，有必要让自己随时学点新的东西，了解新的事物，获得新的技能。为了不被时代遗弃，为了达到应有的成就，也为了生活的保障，更为了将来能拥有一段真正属于自己的生活，所谓“俗世”的努力，实在不能忽视，不当忽视，也无法忽视。

为了要使自己充实并且跟上时代，我们不但要了解古人的成就和古圣先贤的想法，更要了解今人的成就和年青一代人们的新的创造、新的观念与见解，以及这世界新的趋势。

先入世而后有机会可以出世。这或可说是做为一个现代人不得不认可的生活态度吧？

成年人的学习

“活到老，学到老。”这本是一句感叹之词。因为人无论活到多大年纪，总还是会有错失，因此深感自己所学不够，言外有憾恨之意。而人们也多半只是消极的憾恨，却很少人是真正在从小到老不停地学习。

尽管人们每天都可能由生活中学到了一些应付问题的方法，和对人生世相的了解，但这只是无意之间的学习。这种学习是没有计划的，因此它所得的只能是一些普通的常识，散漫的心得和片段的经验。真正的学习还是应该有目的、有系统地去学，才会有真正的收获。但是，这种学习就不是每个人都在“活到老，学到老”的了。

通常的情形是，离开学校之后，最多再维持一段时间学习；再过几年，就不知不觉地放弃了学习的打算，而一心一意地去做事赚钱，养家过日子了。大家觉得这是很自然的事。仿佛到了二十多岁，学校读完之后，自己所学就已经很够了，再没有可学的了。以后的大半生就只是漫无目的的靠经验来使自己老成一点而已。

你不觉得一生只靠那在学校的几年所学的一点东西是太不够吗？

为什么我们不能尽量多学一点东西，让自己随时都有进步呢？

想一想看，你喜欢什么？你希望知道什么？

知识的宝库随时等待你去开启、去探索、去研究。在求知的过程中，你会觉得自己的思想一天比一天的充实而成熟；而你的心情却一天比一天愉快而年轻。

人们都希望自己慢一点老去。然则如想真正能让自己维持青春与清新，最好的办法，当莫过于随时多学习、多了解、多求进步了。

有些成年人不是不想去学习，而是不敢去学习。

他们怕自己老了，脑力退化。

他们怕自己太忙，不能应付。又怕自己没有恒心，有始无终。还怕被别人嘲笑，说他强学少年。

其实，这些顾虑全属多余。因为：

第一，许多实例可以证明，人的脑力并不会那么容易老化。四五十岁的脑力并不会比年轻时差。他们之所以觉得脑力减退，多半是由于琐事太多，令他分神。而影响了学习所必须的专注。

第二，决心就是力量，信心就是成功。所谓忙，或没有恒心，都是自己不够坚决的托词。只要你下定决心，一切问题都好解决。

至于说怕别人嘲笑，那更是多余的顾虑。相反的，如果你认真学，别人只有更尊敬你。

许多成年人顾虑自己脑力退化，而不敢再去尝试学习。而且他们更时常提出证明，说自己学了东西容易忘记。其实，成年人容易忘记的最大原因并非脑力迟钝，而是琐事太多。

成年人的生活不像学生时期那么单纯。事情多，脑力分散，自然容易顾此失彼。只要你知道真正原因，就不会对自己失去信心。如因事多而减低了学习效率，可以用延长学习时间去补救。

何况以大多数情形来说，成年人对一切知识的领悟力都比年轻时强，分析力也增加。学习起来，更可找出要点和纲领，不像做学生的时候，只知死背硬记，为应付考试而念书。而且事实上，为应付考试所念的书和自己成熟之后所念的书，在收获上是大不相同的。

人生几十年中，除了真正忙碌的时间之外，总还是可以抽出时间来学点新的东西的。让自己的所学所知，停留在做学生的阶段，而不再求进步，对自己的才能岂不是很大的浪费？

当我们观察某一个人，或要考验某一个人时，不能只论他目前的程度或成就；而更要看他是否还在力求进步。那些一直在把握机会充实自己的人，才是前途不可限量的人。

当你觉得自己事业不顺利，前途缺少希望，面临种种不如意时，你怎么办呢？

我建议你鼓起勇气，坚定自己，埋头去学习一点值得去学的东西。

一开始，你或许难免觉得紧张困难；心情也难免仍觉苦闷；但很快的，你就会发现生活中有了希望。再久一点，你会看见自己前途出现新的曙光。你迈上了一个新的境界，开辟了一片新的天地。以前的得失，你已不屑再去关怀。

于是，你证明自己已是跨上了一大步。

你所拥有的已不再是苦闷彷徨，而是成功的快乐和无穷的希望了。

* * *

有些书提供知识，有些书启发真理。知识帮我们了解；真理帮我们领悟。

* * *

成年人最可担忧的事情之一就是停顿。停在自己年轻的那个时代所学到的知识技术或观念，而不知道“停顿即是落伍”。

* * *

什么叫落伍？当你对新的事物不但拒绝接受，而且拒绝去认识，不想去了解的时候，那就是落伍了。

* * *

维持精神上的清新是使一个人保持年轻的最好办法。而要想维持精神上的清新，就得多读书，多认识你所置身的环境与时代的潮流。

* * *

新的不一定都是好的。但我们一定要知道它究竟是怎么一回事，才有理由去下批判，做取舍，才不致成为盲目的保守与顽固。

拓展与圆满

人先天都有改善环境的愿望，先天也都有表现自己才能的愿望。环境的阻力越大，他所付出的创造力和开拓力越强，越急于充实自己，找寻出路。因为只有把抱怨环境的心情化为上进的力量，才是成功的保证。

也就因为这个缘故，当一个人什么都没有的时候，他觉得什么都是好的。任何能够得到的都是可喜的。任何小的成绩对他都是很大的鼓励。一个家徒四壁的人，好不容易买到一套藤沙发，他会非常高兴他有了一套藤沙发。一个从未吃过花样翻新的餐点的人，会非常欣赏一客简单的西菜。

一个人，拥有的越少，希望的范围就越大，成功或收获的意义也越宽广，也越容易得到成功的鼓励，而觉得一切都值得追求，都有意义。

但是，当一个人什么都有了的时候，他不再看得起小成绩、小收获。他拥有的太多，因此可希望的东西相对地减少。于是，他懒得努力，认为没有什么是值得他去追求的。他的人生也就不会再有什么建树了。

这是为什么恶劣的环境不一定是成功的障碍。太顺利的环境反足以消磨人的志气。

常见家境富裕的子弟们懒惰、颓废。一方面，这是由于舒适的环境使他们习惯了懒惰；另一方面也是因为他们自幼习惯了“什么都有”的人生，一切别人认为美好的、有意义的、值得追求的，在他们看来都“不过如此”。这种觉得一切都“没有什么了不起”的生活态度，使一个人懒得立志。

家境富裕的孩子往往嘲笑别人立志。认为立志是件“无聊的事”。主要原因就是富裕的环境摧毁了他的好奇心和创造欲，觉得再向前进也不过如此。以致他们对整个的人生都冷淡了。

一切太圆满了，就懒得再去创造与追求。

觉得目前的环境不满意，才会去追求较好的；觉得自己的才华没有机会表现，才去力求表现。机会要靠自己去争取、去创造，才有意义。如果一切都为你安排好了，不需你再去努力了，你也就觉得一切都很平淡，什么也不想要了。

这是人的天性，也是造物者公平的地方。

常见一些家庭，最老的一辈是贫寒出身。一生靠了辛苦的工作，勤恳的耕耘，刻苦节约，一分一厘地积存起不小的家业，开了工厂或商号，盖了漂亮的房子。他们的一生是从贫到富，从苦到甘，是成功的一生。但是到了第二代就不一定了。有的再接再厉，大多数却是因为父母有了成就，自己没有再去辛劳的必要；父母也舍不得让孩子再去辛劳。于是，孩子们养尊处优，不知道物力艰难，反而觉得父母的勤劳是多余，节俭是落伍。由于自己没有努力的必要而觉得人生没有目标，于是有的就索性吃喝玩乐。聪明一点的反而厌倦富有，向往贫穷。

这是为什么前几年美国年青一代喜欢穿些破烂的衣服，避居深山僻野，反对物质享受的潜在原因之一。

一切可努力的事都被上一代或上两代做完了，他们只有衣来伸手、饭来张口的份儿。人生就显得乏味，所以只好作怪，或唱反调，破坏现有的一切，来表示他们的创造力了。

天下事，冥冥之中都有一个天秤。

你在这方面不足，日后会有另一方面的报偿。因此，凡事都不妨保留一点缺陷。缺陷就正是希望的所由生。有缺陷，才会产生想要把缺陷补足的欲望。这欲望才可激发向上力、创造力、革新力、冲力与话力。

物满则溢，乃是千古不易之理。

小人物担不起小圆满；大人物担不起大圆满。极限大小固然与个人夙慧或福份的大小有关，其不宜达到极限与饱和的道理则一。人生的乐趣与动力来自希望。“太圆满”恰为希望之敌，所以不能不谨慎避之。

当然，所谓圆满与否，多是主观的。如果能让自己把主观的目标及成功的限度提高、拓展，不以小成小得而骄盈自满，那就是人格与涵养的更上一层楼了。

庄子所谓“朝菌不知晦朔，蟪蛄不知春秋”。量小识浅者易为小成、小得、小知而自满，是不知人外有人，天外有天的浅薄。略有功劳，便即趾高气扬，前途不但缺少希望，本身也是命小福薄，无从有大建树、大收获的了。

* * *

“满足”的另一意义就是“失去了要去努力克服的对象”，同时也就是失去了希望与目标。这是最乏味而又可怕的生活了。

* * *

如果你所要追求的是一个三百六十度的大圆满，那么，这追求过程的本身就是快乐。总让这三百六十度的圆周上有个缺口，这缺口就是希望的泉源；就是允许你去耕耘的田地，也就是你梦想中的繁华美景的乐园。

* * *

“满足”也就是平淡乏味的生活的开始。要使你生活中有可容自己去填补的“缺口”，就得经常使这圆周扩大。使圆周扩大，也就是把自己追求的范围扩大。不断地让自己有新理想，新计划，使自己有新的发挥，生活才不致平淡无聊；生命的价值也才能够充分的显现。

* * *

人在金钱、名位等等欲望之外，还有一种发展开拓的欲望。人总希望做更多更大的事，总希望去克服更多更大的困难，使自己潜在的力量尽量得以发挥。这求发挥与求拓展的过程就是活力，就是乐趣。

* * *

人们常以为清闲就是幸福。其实，清闲正是生命力的浪费与萎缩。偶尔在忙碌之中有点清闲的机会，那是休息，也是收获和享受。但经常的清闲却是生命的僵化，所感到的将不是悠闲，而是消沉。

* * *

当你觉得生活太圆满，以致清闲得近于无聊的时候，那已经不是幸福，而是你开始扩大追求，来设法造成另一个圆满的时候。而当另一个圆满完成之时，你还要继续打破它，挣脱它，再去扩大你追求的范围。这不是不知足，而是使生命力充分的发挥，是人性自然的要求。

实　行

如果要替成功的人找出一个最起码的秘诀，大概你会发现，他们只是克服了自己的懒惰。

* * *

多少计划，不如一次实施。多少空想，不如一次行动。

* * *

当你肯充分利用时间的时候，你才知道时间究竟能做多少事。

* * *

勿因事小而不为。眼前手边的小事或许正是将来大成绩的幼苗或基石。

* * *

许多人，表面看来，都是在无成绩的状况中；所不同的是，有人在耕耘，有人在无所事事地等待。当过了若干时间之后，耕耘的人有了成绩，等待的人还在等待。

* * *

常听人说："我将来要如何如何。"但只有不停地在往将来铺路的人可以实现他的预言。

* * *

胆小怯懦是多数人的缺点，勇于尝试是成功者必备的条件。

* * *

如果你看准了一件事应做可做而不敢做，那是胆小。如果你根本不知道该不该开始，那是犹豫。胆小者需要勇气，犹豫者需要知识与担当。

* * *

成功既需锐气，也需耐性。锐气是发动和推进的原动力，耐性是应付挫败、克服难关所不可少的坚持力。

* * *

下决心并不困难，难的是行动。

* * *

你必须经常有一种力量，把自己由懒洋洋无所事事的状态中拉起来，使自己进入“动”的过程，这力量才是使一个人成功的最重要的因素。

* * *

无论多么勤劳向上的人，当他要把自己发动起来的时候，也要费上一番力气，所以，你不要以为惰性是你专有，那些成功的人只是比你多对自己使用了一分推动的力量。

* * *

任何一种工作或学问都要花费力气，单单爱好是不够的。

* * *

当一个人想做一件事而没有去做的时候，心情最烦。唯一解除这烦的办法，就是把自己推动，着手去做你所要做的事。当你做了一些事情，有了一些成绩，这成绩就会成为你继续努力的鼓励。

* * *

不要使自己成为一个静止不动的平面，而要使自己成为一个向前滚动着奔赴目标的圆轮。

* * *

要使自己跳得远，你的眼睛一定要看着远方。眼望着的地方就是你想去的地方，这就是意志。

* * *

与其停在那里为未必来临的事去担忧，不如把这担忧的时间和精力用来做点可以抵御困难，防止灾祸，或忘记忧虑的事。

* * *

个人如果光是休息，没有奔忙，那么，休息对他也就失去了意义。

忙碌与进取

忙是积极向上的象征，但不要使自己卷入俗世应酬，争名夺利的奔波，变成没有意义的“无事忙”。

* * *

不要认为工作是一种负担或苦役。勤劳的感觉会使你对自己有信心，工作的成果就是犒赏。

* * *

有些意外的幸运固然可以使人快乐一时，但真正永久而且心安理得的快乐必须靠辛勤的耕耘，不劳而获的快乐只是对幸运的感谢，而不是对自己能力的激赏。

* * *

增加自信的方法，一是正直无私，一是勇往直前。

* * *

现代生活节奏快。你要跟上这节奏，适应这速度，就得随时让自己活动，参加这潮流。这样，你才会感觉到自己是在生活。你也才有权欣赏或批评这生活。

* * *

人们在最安逸的时候，往往就正是开始不快乐的时候。忙里偷闲，你会快乐；如果你知道自己永远无事可做，或你不知道今后该做什么事，你就会觉得生活黯然无光。

* * *

要想使自己觉得生活有希望，唯一的办法是做事。做有建设性的事，做有意义的事，做比较难的事。做事就是为自己点亮了一盏通往希望的灯光，在做事的过程中，你就会觉得前途有光明。

* * *

不要为生活中有难题而气馁，人类有希图克服困难的天性。当有困难时，你运用智慧和能力去把它克服了，你就多证实一次自己的价值。

* * *

不要为怕失败而放弃做事。因为做事的本身就是一种成功。能够经常正确地做事的人，就是成功的人。

* * *

为怕失败而放弃做事，在当时或许觉得安全，但过后你会觉得自己尚未着手，即已失败，因而对自己失去了信心。如果经常如此，生活就会变为灰黯而低潮。

* * *

要充分地把握自己这一生，最重要的是在能活动时尽量活动，能体尝时尽量体尝，能做事时多做事，该思想时多思想。

* * *

生活中任何新的、好的内容都可增加朝气，毫无进步的日子，使希望无从诞生。

* * *

积极生活的好处是能使你觉得快乐。一个人有没有朝气，全看他对事情是否采取积极进取的态度。遇事消极退缩，最易造成衰老和暮气。

* * *

懒惰和犹豫不决是使一个人暮气沉沉的最大原因。

* * *

勇于接受考验的人可以随时得到工作的机会，也可以随时接受新的知识，锻炼新的技能，增加应付环境的能力。他的人生必然鲜明活跃而充实，不会有时间去抱怨人生乏味。

* * *

为自己找一个值得追求的目标去追求，那不仅是为了最终目标的达成，而是为了追求过程中的有希望、有重心、有事可做的快乐。

* * *

勤劳的本身就是一种快乐。它使你觉得自己有活力，对外界的压力能抵抗，能创造有利于自己的环境。

* * *

好逸恶劳是人的天性，但过分的安逸反而产生苦恼。有人会由于无事可做而去惹事生非；有人会由于无事可做而感到精神忧郁，心绪低潮，失去了活力。

* * *

懒惰是很奇怪的东西，它使你以为那是安逸，是休息，是福气。但实际上，它所给你的是无聊，是倦怠，是消沉。它剥夺你对前途的希望，割断你和别人之间的友情，使你心胸日渐狭窄，对人生也越来越怀疑。

* * *

友情与事业代表着人生两大乐趣，而要想拥有这两大乐趣，一是要开朗，一是要勤劳。

* * *

安逸是生活的催眠剂，它最会消磨人的志气。在优裕的生活中，仍能保持清醒的人，才是强者。

* * *

不要因为现代生活的种种方便而养成疏懒的生活习惯。“多做事，少享福”是现代人的座右铭。

* * *

生活最沉重的负担不是工作，而是无聊。

* * *

凡事想在别人前面，做在别人前面，有抱负，有担当，不怕尝试新的途径，是创事业的人；凡事不动脑筋，得过且过，敷衍塞责，对事没有主见，怕负责任，就只能跟在别人后面，不会有出头之日了。

* * *

怕负责，得过且过的人，可能一生风平浪静，但也注定一生平庸。这些人，不但自己没有成就，而且会是别人成功的障碍。

* * *

创事业，需要有大刀阔斧的魄力，众醉独醒的精神，潮流影响不了他，风气麻醉不了他，在他来说，理想是指标，抱负是明灯。他永不把责任推给环境，他要用自己的力量征服环境，领导环境。

* * *

所谓效率，首先是由于有计划。没有计划的乱忙和徒然的紧张，都不能产生真正的效率。

* * *

效率来自负责守信的精神。

耕　耘

有些事，你可以争取速度；有些事，你无法争取速度。当你要做一件事情之前，先要衡量，这事要经过怎样的步骤才可达成。不能一味盲目求快，更不必因一时看不见成绩而灰心。

* * *

有目的的等待并不是停顿，而是不得不然的步骤。只要当你等待时，不忘记自己的目的及决心，不放弃应做的准备功夫，你的等待就正是成功的前奏。

* * *

犹豫不前是懦弱，等待时机成熟却是坚定。当你能做时，该勇往直前地去做；当你不能做时，你必须以静待动地等一等。盲目地乱闯并不能增加你成功的机会。

* * *

即使是天才，如给他更多的时间去锤炼，其成就当更大些。

* * *

有些人迷信天才，于是难免追求急功近利，丧失了可能有的更大成就。有时，早熟的天才被环境宠惯，反而糟蹋了天才。

* * *

不要看不起眼前手边的小事。因为不但大成功是小成功的累积；而且任何小的成功都会给你鼓励，增加你的自信，维持你继续努力的兴趣。

* * *

太过严肃而急于求功的人，反而不一定真能有什么成就。真正的成功不能只靠呆板的努力，而还要靠精神上适度的轻松。

* * *

成功没有标准，它只是一个人发挥了自己天赋之后的成果。

* * *

所有那些能够一鸣惊人的大天才，都曾经过足够时间的努力与磨炼。他们可能比别人跑得快些，但所经过的历程却是一样。

* * *

我们要追求更高更远的，但更要珍惜自己手中所掌握的。不珍惜现在，没有未来。好高骛远的人永远两手空空。

* * *

顺境常是过去辛劳艰苦耕耘得来的成果，逆境也正是日后峰回路转、否极泰来的前奏。

* * *

懒惰的人常感苦闷。正因为他们没有耕耘，所以知道自己不可能有收获。这明知不可能有收获的心情，就使他们觉得日子空虚与茫然。

* * *

在努力耕耘的过程中，不必去关心别人的冷眼或喝彩；而只要自己尽力而为。

* * *

一个人做事主要是为满足自己内心的要求，荣誉或金钱都只是附带的收获。

专　精

不要羡慕别人过早的丰收。“大器晚成”，有时确具真理。多用一点时间来琢磨与充实自己，将来一旦有成，才是真正禁得起考验的成绩。

*　*　*

许多人羡慕某些人突然像彗星一般地闪亮。却忽视了这些人们在能够发光之前所下的功夫，所忍受的寂寞，所挨过的苦闷。当你觉得自己被埋没时，应想到，那些成功者也曾有过被埋没的岁月。

*　*　*

一个人的特色就是他存在的价值。不要勉强自己去学别人，而要发挥自己的特长。这样不但自己觉得快乐，对社会人群也更容易有真正的贡献。

*　*　*

能有显赫的成就固然值得尊敬，但最重要的还是做一个诚诚实实的人。脚踏实地地工作，用诚意和爱心去待人，无愧于心地过此一生，也就是显示了生命最大的光辉。

*　*　*

不要以为自己到处去乱开拓就是雄心壮志的表现。一个人譬如一株树木，要剪去旁枝，才能壮大。

*　*　*

好博不精，足以减低可能有的成就。

* * *

到处包揽，将会一事无成。

* * *

要为工作而工作，不要为金钱而工作。要为求知而求知，不要为名利而求知。

* * *

做任何事，只有当你以这件事本身的目的为目的时，它才有意义，才有益处。

* * *

有些人不但懒得工作，而且懒得娱乐。他们自我解嘲说是淡泊名利；实际上，他们是懒散。

* * *

淡泊名利的人只是不愿为名利去奔忙。但他们有自己要做的工作。他们勤劳俭朴，是生产者，而非坐享其成的消费者。

* * *

人们常觉得准备的阶段是在浪费时间，只有当真正机会来临，而自己无力把握的时候，才会惊悟，自己平时未作准备才是浪费了时间。

* * *

为了掌握较多的成功机会，我们不但要知道时代变迁的速度和方向，更要了解自己的实力和所能发展的范围。这样才可避免盲目地跟在别人后面追赶。

* * *

没有一项努力是浪费的，只是它的效果可能在较远的地方才会显现。而且你会得到证明，所付出的努力越多，将来意外发现的成果越丰硕。

学　习

一旦你勤于工作与学习，你的日子自然就充满了活力与对前途的展望。

*　*　*

不习惯读书进修的人，常会自满于现状，觉得再没有什么事情需要学习。于是他们不进则退。

*　*　*

成年人慢慢被时代淘汰的最大原因不是年龄的增长，而是学习热忱的减退。

*　*　*

学生每天有每天的成绩；每学期有每学期的进步，称得上是日新又新。成年人就少有这样的成绩。多数人十年如一日，不再有新的收获，除了年龄，一切都不增加，难怪要被时代淘汰。

*　*　*

学习是快乐的来源，即使你不在意自己将来有没有成就，单以目前的生活来说，学习也一定使你觉得满足。

*　*　*

肯学习就有进步；有进步，生活就不会沉闷呆滞。使你的日子有源头活水，经常保持清新，生活步调自会轻快。

*　*　*

真正的财富是健康与技能。

* * *

多读书，多学习，多求经验，就是前途的保障。

* * *

要衡量一个人是否可靠，不是看他眼前职位高低，收入多少；而要看他是否随时在进修。一离开学校就停止了进修的人，不会有光明的将来。

* * *

使自己在目前所从事的工作之外，另有专长，你的生活可以左右逢源，精神也能保持清新与畅旺。

* * *

只生活，不读书，所得知识必定浮泛浅薄，不能深入。只读书，不生活，则有成为书呆子的危险。

快乐的工作

工作占人生最大而且最重要的一部分。假如对工作厌倦，整个人生都将缺少乐趣。

* * *

能从工作中找出一点乐趣，用欣赏的心情去工作，生活可以愉快得多。

* * *

有人觉得工作辛苦，是由于他太希望尽快把工作交差，好去休息或玩乐。这种急于解除负担的心情，会使工作变得格外可厌。

* * *

我们不可能随时都找到自己喜欢的工作，因此只有尽量使自己喜欢目前的工作。心理上的厌烦减除之后，工作也会显得较为轻松。

* * *

人们对工作厌倦，一部分原因固然是工作繁重枯燥，但也有一部分原因是由于自己对工作不能胜任，不能胜任，就不能愉快。

* * *

多充实自己，使自己在工作上能够胜任。当工作有成绩并得到赞赏时，本来枯燥的工作也就有了乐趣。

* * *

每一个人对生活都有责任。责任固然使我们负担沉重，但果真没有一点责任在催逼的话，我们却会觉得被遗弃，人生也会因此失去了目标。这是人类的天性，唯有乐观而勇敢地负起责任来生活，才会觉得快乐。

* * *

肯工作，所需的是勤劳与坚忍；肯工作而又能快乐地工作，则是一种智慧。这种智慧能使人在枯燥的工作中见出乐趣，使工作不再是一项苦役，而是一种创作和表现。这样的工作态度往往塑造出杰出的人才。

* * *

如想找到自己所喜爱的工作，首先要对这工作有所专长。而这专长的求得，唯一的途径是学习。

* * *

许多专以赚钱为目的的工作都往往是机械乏味的。因此，除非你肯定地认为金钱的收获可以抵得过一切的损失，否则，在选择这些行业的时候，最好多多考虑。因为你一旦投身到以赚钱为目的的行业，一生都将分秒必争地为钱奔逐，而牺牲了其他一切的乐趣，甚至连赚钱原有的意义也将失去。

* * *

有些职业是比较清苦的。赚钱少，工作多。但是，相对的，从事这些工作的人应酬也少，所需点缀虚荣的花费也少，生活脚踏实地。工作虽可能多一点，但因为没有外务滋扰，竞争者少，人事纠纷少，不必为保全职位或争取荣宠而勾心斗角，心情反而安闲。忙完了份内的工作就可海阔天空。喜欢过恬淡生活的人，仍会觉得这类职业是可取的，是有乐趣的。

* * *

对工作付出的心力越多，所得的乐趣也越多。

* * *

人是生来有荣誉感及成功欲的，如果你希望从工作中得到乐趣，唯一的办法是认真地尽忠职守，好好地完成你每天的工作。

* * *

我们工作固然是为了取得维生之资，但也更是为了使生活有重心，对社会有贡献，使生命有价值。我们游戏是为了使生活有乐趣，使人间有朝气，使我们觉得一切的辛劳在事业上的成功之外，还有另一些可爱的、快乐的代价。

快乐的来源

一个人最感快乐的是对自己的工作与品德觉得满意，是相信自己不失败，有希望，不亏欠，不愧疚。而这种快乐的得来，所靠的是努力工作和敦品励行。

* * *

工作是快乐的来源，成功是快乐的肯定。我们不必好高骛远，希望自己天天能有大成功，但应该希望自己天天都有小成绩。任何小成绩都能增加自己的信心而成为快乐的来源。

* * *

生活需要有节奏。工作与休息搭配得好，生活自然就有韵律。

* * *

惟有那真正劳动过，用过脑力，做了事情的人们，才能心安理得地享有清闲的时间。

* * *

人们觉得快乐，是因为心上没有负担；同时也是因为觉得日子过得充实。要想使自己心上没有负担，最好的办法是“忠于自己的良心”。要想使日子过得充实，最好的办法是“今日事今日毕”。

* * *

所谓忠于自己的良心，是一切按道理与正义去行事。当一个人做事违背自己的良心时，即使有实质上的收获，也决不会快乐。

* * *

人们不快乐的另一原因，是总觉得自己被别人亏待，因而心中充满了抱怨。其实，自己可能也有亏欠别人的地方，也有受到别人恩惠的时候，也更有需要别人原谅的缺点或过失。如此想想，自然心平气和。

* * *

有时人们不快乐是因为自己没有进步，觉得没有什么令自己鼓舞的事。让自己经常有机会学到一点新的知识和技能，可以扩展生活领域，更新生活内容。这种扩展与更新的感觉，就是快乐的来源。

* * *

生活缺少变化也使人不快乐。把生活中加入一些新的内容，会使你觉得心情愉快，精神振作。

* * *

当你做成功一件事的时候，你的快乐不仅是成功的快乐，而更是对自己能力的肯定。可以增加对自己的信心，也增加对前途的希望。

* * *

常有人问，除了为名为利之外，你还为什么而工作呢？我们相信，有很多人是为了使生活有内容、有意义而工作，是为了让自己感到自己是在生活而工作。工作的本身就是乐趣。

* * *

当你彷徨困扰、紧张不安时，不必对自己的前途悲观。你只是需要再付出一些辛劳和努力，忍耐和等待，当这一段险阻克服之后，你会发现自己到了另一新的境界，登上了另一高峰，因而对自己建立起进一步的信心，也增加了对人生积极的信念。

* * *

一个人没有理想，生活就没有重心，就缺少朝气，为自己建立一个正确的目标，朝向这个目标去努力追求，生活自然就会充实而有意义。

* * *

我们不妨把目标订得远大，但对眼前身边的小事更不可忽略或轻视。不重视眼前工作的人，决不会有远大的将来。

* * *

任何小的成就都不会是凭空得来的。不要羡慕别人的辉煌成果，更不要嫉妒别人的富贵尊荣。多注意别人辛苦耕耘的过程，不但可做自己的榜样，更可使你有心情去分享别人成功的快乐。

* * *

祛除嫉妒心才可分享别人的快乐。也惟有能分享别人快乐的人才是最快乐的人。

＊　＊　＊

人间许多苦恼并不一定是来自辛劳，而常是来自闲散；并不一定是来自失败，而常是来自自私和嫉妒。

＊　＊　＊

生活要有重心，这重心不一定是大的计划，而很可能是某一件细微而有趣的小事。常找些有趣的小事来把它完成，生活一定不会乏味，对人生的信心也会增加。

＊　＊　＊

有趣的小事和事业的成败可能没有直接的关系，但它使你的人生愉快而活跃，间接有助于你过成功的一生。

＊　＊　＊

最能使一个人觉得快乐的是对自己的肯定，最令人悲哀的是对自己的否定。肯定来自足够的努力、相当的成绩和别人的认可。因此，如想使自己快乐，必须勤恳耕耘。

＊　＊　＊

一个人要觉得自己有用，才会快乐。无论所做是哪一行，只要对别人有贡献，对社会有好处，就会觉得自己有价值。

＊　＊　＊

当肯定自己有光明善良的人格时，自然觉得快乐。

＊　＊　＊

自私怯懦的人常不快乐。因为他们即使保护了自己的利益和安全，却保护不了自己的品格和自信。当一个人觉得自己卑微怯懦、自私苟安的时候，他不会快乐。

*　*　*

人们常希望周围的一切多对自己有利一点，少受一点损失、欺负或剥夺。但事实上，当一个人被别人亏负时，内心却由于自己品德上没有亏欠而感到堂皇与高贵。这堂皇高贵的感觉才是真正的快乐。

*　*　*

快乐不能靠外来的物质和虚荣，而要靠自己内心的高贵与正直。能保有这高贵与正直，即使在财富地位上没有大收获，内心也是快乐和满足的。

生　动

当你在冬天的傍晚，冒雨回家，你也许很冷，也许很累，也许有某些事情令你很烦。但是你有没有想到，能够拥有一个健康的身体，可以允许你这样奔劳，正是值得感谢而且值得快乐与满足的呢?

*　*　*

人生最大的乐趣之一是能够活动。一个人，如果经常能有生动活跃的感觉，他一定是一个快乐的人。这种生动活跃的感觉本是与生俱来，只是我们有时忘了去发现和把握。

*　*　*

当我们能够随心所欲地走走、跑跑、跳跳的时候，应该意识到这是一份幸福，不要忽视这幸福。

*　*　*

只要能活动，就不必对其他的事过于抱怨或苛求。

* * *

活着的意义就是要活动，身体的活动，精神的活动，思想与智慧的活动，都是生命力的表现。

* * *

能思想，能领略，能欣赏，能感受，这都是快乐的保证。

* * *

使生活单调与沉闷的原因是懒惰和固执。

* * *

日常生活太空闲，就会无聊；太如意，就会乏味。

* * *

去着手做一件事，安排一次旅行，约晤一些朋友，都可使沉闷的日子变为生动。

* * *

假如人人都不肯主动地去找朋友，当然大家都会觉得孤独而寂寞。

* * *

不要以为朋友都不想见你，很可能，你一开始去找他们，他们就会接着来找你了。

* * *

不要让自己闷坐“愁城”。当你把自己发动，投身广大的世界，你会发现，你的“愁城”只是一个早该遗弃的废墟。

* * *

一个人的一生是充实，还是空虚，要看他是否勤劳，是否机敏，是否具有对人生足够的热忱。懒洋洋地过日子，难免会错过许多美景良辰。

苦　闷

人们感到苦闷，是由于自我被压抑。

*　*　*

不要害怕苦闷，因为它是催促我们奋勇冲破阻力的前奏。

*　*　*

安于现状的人苦闷虽少，进步也少。越是对自己现况不满意，觉得受压抑而不愿妥协的人，越是因为急于要挣脱，而能发挥潜力，终于有所成就。

*　*　*

“苦闷”是对自己不满意，希望生活充实些、有成绩些，而又做不到的一种失望或焦灼之感。它也正是努力向上的原动力。

*　*　*

由于我们在精神上常觉茫然与空虚，所以才尝试去给生活增添许多目的和意义，以使生活生动而丰富。它往往促成深思与创造。

*　*　*

几乎每一个人在年轻时都曾感到自己是不快乐的。但不快乐并非不丰富。相反的，正因为能感到不快乐，所以才丰富。

*　*　*

苏格拉底说：“如果把世上每一个人的痛苦放在一起，再让你去选择，你可能还是愿意选择自己原来的那一份。”这说明，各人对自己的痛苦有适应力。

＊　＊　＊

“人在福中不知福”，固然是至理名言，“人在苦中”却也会“不知苦”。至少，它不会像旁观者所想象或自己以前所想象的那么苦。当逆境来临时，人自然会产生适应力，也就因为我们对痛苦有适应力，并可发挥潜能去超越痛苦，所以才往往因祸得福。

＊　＊　＊

面对困难问题时，除需要勇气、毅力、智慧与经验之外，更需要冷静。冷静才能发挥潜力，稳定步骤，对问题做清醒的判断。

成　功

一个人的成就，是由于对他所热衷的学问或事物，时时刻刻，自然而然的关注所形成，而并非由于在某段时间内被迫学习了某些学科。

＊　＊　＊

从来也不梦想的人，生活必定平淡庸俗。

＊　＊　＊

认识自己不是一件容易的事。能认识自己而又知道自己的方向，始终不渝地去发挥自己的天赋，尤其是件难事。多数人都以别人的习惯为自己的习惯，以别人的爱好为自己的爱好，以别人的方向为自己的方向。

＊　＊　＊

不要欺骗自己，说你不稀罕成功。因为人的天性如此，成功使你快乐，失败使你沮丧，只是各人所追求的目标不同而已。

* * *

世间有人成功，有人失败，成败的关键并不只在于他们是否知道该如何做，而在于他们做了没有。

* * *

成功并不是一种虚荣，它是对自己价值的肯定，由社会给你客观的证明。

* * *

成功来自自己认真的耕耘，而不是来自阻碍别人的灌溉。每人有每人自己的园地。不要让无益的竞争迷惑了自己的方向；不要让嫉妒干扰了埋头做事的心情。

* * *

成功的意义应该是发挥了自己的所长，尽了自己的努力之后，所感到的一种无愧于心的收获之乐，而不是为了虚荣或金钱。

* * *

成功也并不一定是指大事。每一件小小的工作的完成，都是成功。

* * *

成功的快乐在于一次又一次对自己的肯定，而不在于长久满足于某件事情的完成。

* * *

成功只是人生过程中的一些小站，你的快乐在“到站”的一刹那之外，还更在于一路的奔驰和对永无止境的前途的追求。这奔驰与追求的过程就是生命力的肯定。

* * *

成功不是一窝蜂地追逐别人所订的目标，而是发挥自己的特色。

* * *

人们喜欢新奇，也更欣赏真正的美好。新奇能在一时之间吸引人们的注意。但如没有具备典雅的素质，就无法长久地留存。

* * *

用你真实的感情，至诚的善意，加上高远的理想和超然的态度，去从事你的创作或功业，那就是成功的道路。

* * *

在追求理想的过程中，我们所要问的不是自己比别人好多少，而是自己尽了多少力量。不是能不能胜过别人，而是能不能胜过自己。

* * *

所谓努力，并不是不舍昼夜地赶工，而是该工作的时候工作，该休息的时候休息。休息不但是为了恢复体力与精神，而更是让我们有时间静下来，了解环境，检讨自己，辨认方向。

* * *

当我们只注意一个终极的大目标时，往往会因为成功来得太慢而不耐烦，以致失去了信心。如果把一条长程分做许多段落，让自己有机会看到许多小成绩，就可得到较多的鼓励，而有信心与兴趣去继续努力了。学生的学业有段落，成人的事业也应有些段落，使自己有“升级”的期待与乐趣。

* * *

积极勤奋的努力和不计成败的洒脱是成功的两翼。

* * *

把竞争当作努力的目标，即使有所收获，也只是一时的虚荣。

* * *

世间万事，不可求其绝顶圆满。留一分不足，可得无限完美。物满则溢，强求反致崩圮。埋首努力之外，一切听其自然，届时自有机遇。

* * *

许多人以为自己的不能出头是因为缺少机缘。机缘虽然重要，但更重要的是把握机缘的实力。当一个人有了充分准备的时候，机会的来临才会发生作用。否则即使机会近在手边，他也没有能力去掌握。

* * *

由艰苦环境中奋斗出来的成就固然可贵，能不被优裕舒适的环境所腐化，仍能自励奋发，而得到成就也属不易。因为前者尚有环境外力的激励与鞭策，而后者却不但要战胜自己原有的惰性，更要战胜环境所加给他的惰性。

* * *

如果你自己没有目标，别人又从哪里着手来帮助你呢？

* * *

一切事情的成功，都要有“热忱”二字来做主要的动力。

* * *

聪明固然可贵，但真正的成功总得靠几分傻气。

* * *

年青的岁月只是一个段落，它不是一杯饮不完的美酒。它需要珍惜地饮用，切实地把握。它真正的价值在为将来奠下基础，而不是眼前的荣宠。

推动自己

我曾在我的广播节目中建议听众，“要克服自己的惰性”。

我说："每一个人都多多少少有点惰性。一个人的意志力量不够推动他自己，他就失败；谁最能推动自己，谁就最先得到成功。"

推动自己是件难事，通常我们都是希望假如有一个别人从旁催逼一下，就容易发动得多了。

于是，我想到了一个曾经推动过我的人，他是已经去世的一位新闻界的朋友，萧铁。

那时，萧铁刚从中央社转到台湾电台任新闻编辑，而我是在那里做播音员。因此天天见面。

萧铁当时还兼编《扫荡报》的副刊。

那时，台湾刚光复不久，写东西的人没有现在这样多，副刊上总觉稿源缺乏。于是，萧铁就天天逼我给他的副刊写点东西。

那时，我上晚班，六点到九点半，只报三次新闻，工作很少。除了报新闻的时间之外，多半都是在办公室里看报聊天。

萧铁就抓住我聊天的时间，强迫我坐在他对面给他写稿。我说没有东西可写，于是，他就顺口说一个题目，什么《电影院》,《咖啡馆》,《妹妹》,《风》,《云》等等。我被逼得无法推托，只好放弃聊天的心情，给他写一两千字交卷。

他常说："你可以写写，为什么浪费自己？我已经迟了，但是我在努力。"

而我却总是懒和贪玩。他催，我就写；他不催，我就又停止去想那些东西了。

后来，我离开台湾电台，几年后，萧铁因胃病逝去，遗下他年轻的妻子和幼儿。我一向很少为什么事情哀恸，但萧铁的死，却使我真的流了不少眼泪。我觉得，以他的勤奋和用功，上帝该让他有机会成功才对。可是，他死了！他是真正希望自己能在写作上有成就的一个人。为了使自己写的东西更好，他下功夫看许许多多别人不耐烦去看的东西。像经济学、哲学、历史，以至于他最外行的音乐和美术理论。每一样，他都认真地去读。他的死，使我领略到一切"壮志未酬"的人们的悲哀！

一个人有才华，又肯努力，而竟赍志以殁，真是人生最大的悲剧！

最近几年，因为工作的关系，又有了催逼我动笔的原动力，无论我怎样懒，每天一两千字的广播稿总不能不写。而且因为自己年龄日增，也突然明白了萧铁当初所说的"浪费自己"是何等的语重心长。

于是我开始认真地推动自己。

这"推动"也许晚了一点，但总比永不推动强。而且，每当我看见别人一天到晚无所事事地混日子时，我就禁不住要想到萧铁那句话：

“你可以做点事情出来的，为什么要浪费自己？”

不要以为来日方长！早一点推动自己，可以早一点使自己在死亡来临之前找到自己生命的意义！

谁愿意毫无目的地混过一生，与草木同朽呢？可是，又究竟有多少人因此而肯认真地推动自己呢？你说？

克服惰性

你也许要问：怎样才可以克服自己的惰性而把自己推动起来？

当然，惰性实在是很不容易克服的一件东西。

没有多少人不懒惰，那些勤奋的人，都是一些意志的力量在推动他的。

所以，我们不妨说：“意志是克服惰性的一种力量。”而这意志的形成，是要靠一个值得追求的目标。有这个目标在那里等待我们去达到，我们就会觉得有理由把自己发动。

俗话说：“人不为利，谁肯早起？”

“利”是目的之一，喜欢“利”的人，自然会为了追求“利”而让自己早起。当然，世上不是人人都喜欢“利”的，即使人人都喜欢“利”，也不一定每一个人都把“利”当做最值得追求的目标。

那么，把什么来代入这个“利”，这就要看我们自己的理想或喜好了！

因此，如要克服自己的惰性，先要为自己建立一个理想的目标。

问问自己，你要得到什么？你最喜欢最向往的东西是什么？你先在心里为自己找到这个答案。也许，你喜欢发财。也许你喜欢发了财之后，为自己弄一片果园。也许你打算出国，也许你想参加高考，也许你想成为音乐家、画家、或作家。那么，等你确定了你的目标之后，你会发现生活中有许多项目突然变得有意义起来，而另外又有些项目突然变得不重要起来。那时，你就会找到一些可以把自己发动的力量，让自己不再那么毫无目的地懒惰下去了。

当然，只是大目标，有时未免觉得遥远，而且太过抽象。那么，我们不妨把大目标确立之后，再给自己定立一些小目标。

比如你想存钱为自己买一片果园，那么你先要把存钱的方法找到。所谓存钱，当然一方面是开源，一方面是节流。开源的方法是工作，节流的方法是多勤劳，少游荡。这个小目标确立之后，你会开始觉得早晨一定要早起，才可以免得把时间浪费在床上，而利用这个时间，你可以去送报纸，送牛奶，或自己取代家里工人的职务去整理庭园。

于是，你觉得早起有了意义。以前，你会觉得早起也没有事，或不知道从何着手去做事。而当你有了目标之后，你在起身之前，就已经知道起来之后该忙些什么，你就会很顺利地把自己从床上拉起来，去做事了。

同样的道理，如果你想在学问上有点成就，那么，你达到这个目的的办法，只有用功读书。于是，你就可以开始找一些你应该读的书放在桌上，排出次序，一样样地去读。这样你自然就愿意尽量利用时间去读，去记，去写。而不会只在心里着急，却不知道该做些什么才是。

建立目标，是帮助自己克服惰性的方法之一。除此之外，要设法给自己找到一点可以鼓励自己的力量。因为成功的路途是很漫长的，在这漫长的途中，如果缺少鼓励，就不容易把兴趣长远维持下去。而这鼓励的力量，也要看你所要追求的是什么而定。你想存钱的话，自然以银行的存折最能使你得到安慰和鼓励。如是其他，那么，像互相勉励的朋友，自己工作的成绩，师长的奖励，等等。要留神给自己安排一点这一类的机会。

明确的目标，和适当的鼓励，可以使我们进取得快些，顺利些。但是，最主要的，还是要我们自己时常在心中反复记住一句话：

“人生很短，没有多少时间可以允许我们浪费！”

西哲说：“要活得好像明天就要死去一样。”

这话真的有着不凡的催逼的力量，谁也不知道哪一天是自己的生命终站。

多数人都预期自己可以活到一百岁，因此在二三十岁的时候，他还在那里慢慢腾腾，不慌不忙。

而认真生活的人，常会相信，只有自己可以掌握的这短暂的现在，是他靠得住的寿命。因此他尽量地利用他每一分、每一秒的时间去推动他自己。

生命不浪费，成功的机会就多了。

对的起点

一个人在没有真正尝到被环境局限的滋味以前，是不会懂得兴趣两个字的重要的。除非你本来就无所谓，如果你稍微有点个性，你就该提早考虑，为自己选一个对的方向。

我们发现，有人把自己估价太高，有人又把自己估价太低，更有人不知道自己应该站在哪一个队伍里才算合适。

古人说："知人者智，自知者明。"一个人不能真正认识自己，他就必然要走许多冤枉路，要失去许多可贵的机会，甚至一步走错，全盘皆输。只因没有给自己选择一个对的方向，所以一生都过着困恼乏味的日子。

许多青年被虚荣和好高骛远所害。在别人的意旨下，盲目地报考热门科系和有名的学校，而忽略了自己真正的志愿。

认清自己的办法，是本本分分、实实在在地对自己做个公正的评价。不要跟着别人随波逐流，也不要用功利实用的目的去决定自己的前程。想一想，试一试，看究竟自己在哪一方面的功课或工作上最感兴趣，做得最好，最有成绩。那就是你可以去求发展的方向。

帮助青年们找到他们自己所应走的路，是学校和家长的责任。我们发现，许多人忽略了这一点。大家都把目标集中在升学考试所要考的几项科目，而忘记了这几项科目以外的东西。青年们在高中阶段，所接触的东西太少，所学的科目范围太狭窄，许多在大学里可读的科系是中学阶段的学生们闻所未闻。因此，在填志愿时，大家一窝蜂，朝几个热门科系猛攻。等到攻进去之后，才发现自己根本不喜欢这一科，读起来痛苦不堪。想要转系，却不知道自己真正的兴趣何在，这真是青年人最大的悲哀！

高中阶段是决定一个人兴趣志愿的主要阶段。学校和家庭都应尽力给青年们多接触各类学科和参加课外活动的机会。要明白，大家一律朝向几个热门科系猛攻的结果，所造就出来的人才过剩，出路仍会成为问题。加以你对这热门学科缺少兴趣与天赋，学时痛苦，学习过程之中，成绩必然低劣。毕业之后，在找工作时，必然仍是次等的人选，始终落在别人背后，跟不上别人。

早一点认清自己的天赋才能，把自己放在一个对的起点上，可以提早成功的时日，可以使你这一生都过着与自己意愿相契合的愉快的日子。

盲目地在别人意愿之下去挣扎，成功的希望必然微少，而且，即使辛辛苦苦地得来一点成就，你内心深处也仍会感到空虚与缺欠。

果断与担当

犹豫不决的情形恐怕是人人都有的，不过有的人决定得快些，也正确些；有人犹豫的时间久，而决定得又不正确。这就看你是否有足够的判断力和应有的担当。

有人判断力很好。一件事，往往第一眼就看出了它的症结所在。但是到了决定阶段，却犹豫异常，而且往往推翻了自己的判断，采用了那自己原来认为不正确的。这就因为他缺少一分应有的自信，或者我们叫它“担当”。

假如你发现你自己也有这种情形的话，那么我劝你要多拿出一分胆量来，只要是自己当初认为对的，就照自己的判断去决定，不要再畏首畏尾，患得患失。

你要明白，两条路，你反正只能选择一条。而这两条路的利弊也往往不是绝对的。你有所得，就有所失。只要你衡量过，其中一条的利多弊少，你就只好放弃另外那条路上那少量的利益了。

事情既经决定之后，就不要再去犹豫。对已经采纳了的，不要再去挑剔苛求。对已经放弃了的，不要再去试图挽回，这样才可以避免后悔。

事情做了，就是做了。要有勇气承担一切后果，要有勇气承担可能的损失。

世间事物，你有所取，就必定有所舍。在你取得一件东西的同时，也必定会失去一件东西。取舍之间，要有胆量。

不要挑剔你已经选择了的东西，而要去记住你当初选择它的时候，所看到的它的好处。

既然当初是你自己认为有理由这样决定的，那么，那个理由一定不会无缘故地消失，要相信自己的决定，已经放弃了的，就随它去吧！

* * *

果断可以使自己的决定坚定不变，担当可以消除一个人患得患失的痛苦。后悔是对自己的一种惩罚，与其后悔不如改过，立刻给自己找一个新的起点，从头做起。

* * *

男儿志在四方。出国苦读的目的是要充实自己，磨炼自己。只要目的正确，一切苦也就不致白受了。

* * *

常常有人羡慕出国回来的人们，认为他们镀过了金，因此较有前途。其实，一个人如想要有前途，最基本的条件，还是要吃苦。古时比喻念书是铁砚寒窗，把铁砚磨穿，耐过十载寒窗的磨炼，到了那时候，学识有了，苦吃过了，不再怕风霜，对工作能胜任，自然比在暖房中长大的花朵要有前途些。

* * *

环境有时是不如意的。但是，在不如意之中，我们还要问问自己，是否自己太奢靡了？太安逸了？太希望不劳而获了？太迷信金钱的力量了？这一切，都需要我们冷静而虚心地想一想。

* * *

与其不尝试而失败，不如尝试了再失败。不战而败等于运动场上的弃权。弃权是懦弱的行为，无论做什么事都要抱定“拼着失败也要试试看的决心”。

* * *

不要夸大你的悲哀，不要低估你的生命！

想要使你自己够坚强与增加你的自信，最好的办法就是拿出胆量去做那些你以为没有把握的事。

*　*　*

世界上有许多做事有成的人，并不一定是因为他比你会做，而仅仅是因为他比你敢做。

*　*　*

拿出力量改善你认为不满意的环境，才是勇者。

为了快乐
——答某青年

你问："人生这样奋斗，所为何来呢？"

我也常常这样自问，而我发现，人们这样奋斗，一是为了使自己快乐；一是为了使自己觉得安全。

我们有时候会觉得奋斗没什么结果；但不容否认的是，我们总希望自己活得有点价值，使自己觉得快乐。

当你失败时，你不快乐，因此，你追求成功。

当你被人轻视时，你不快乐，因此，你尽力使自己有点贡献，好赢得别人的尊重。

饥饿寒冷是不快乐的，丰衣足食是快乐的，因此，你要努力求得谋生能力，勤劳地工作，以获取维生之资。

当一个人做下坏事，被官兵追捕，东躲西藏，或被捕入狱，失去自由的时候，他不快乐；因此，他想守法。

当一个人做下亏心事，在人前不敢抬头时，他不快乐，因此，他想敦品励行，维持自尊，获得重视，避免失败与屈辱。

成功与荣誉，维生之资的求得，奉公守法和无愧于心的坦然，不但使你快乐，而且使你觉得安全。

要求快乐与安全是人的天性，而不是为了后天的教条。后天的教条也无非是教我们如何去求得快乐与安全。

表面上看，人们努力奋斗是被环境所迫。但真正基本上的动机却是发自各人的内心。换言之，奋斗并不是别人勉强你去奋斗；而是你自己内心里天然有一股力量，希望自己活得成功而光明。每个人都是如此。即使我们平常所谓的坏人，他做的虽是坏事，但在下意识里，他做坏事的目的仍是要使自己得到某一种的重视。当他在正途上失败之后，他希望从邪路上去求得权威，以便找到补偿。只是，他选错了道路。因此，他所得的终于是耻辱和失败。那是他选择的错误，在基本动机上，他所打算寻求的仍是光荣与自尊。

人在这一生中，必须努力发挥自己的力量，随时用成绩来肯定自己的价值。否则就不会觉得自己有生命。你不必勉强自己去相信这人生的真理，因为你先天就是在这项真理之下降生。生命的本身就是价值。使这难得的生命光耀是每一个人与生俱来的愿望。因此，你一定自然而然地愿意去为你自己生命的光辉而奋斗。

如果你坚持消极的想法，你不妨试试看，让自己什么也不做，什么也不希求。对吃、睡、玩都不发生兴趣，对一切良辰美景也都无动于衷，让自己像死灰枯木，毫无生气。我相信，只要这样过一两天，你就会在大自然所赋予的生命力之下妥协。

你不由自主地就会开始觉得有些食物很美味，水很好喝，阳光很舒畅。

或者你还会不由自主地对环境中的某些事物发生兴趣。有时你会不由自主地希望自己能学到某些知识或技能，能做到某项工作，能拥有一点钱，或想让自己有所表现。这些零零星星的小欲望，就是你所谓奋斗的原动力。

有时，即使你懒得奋斗，当你发现毫不努力的生活是何等无聊的时候，也将是你重新开始努力的起点。

你没有办法抗拒这天性的。

努力吸收知识，学得技能，赢取别人对你的信心与尊重，在精神上的快乐与荣誉的要求之外，也更是为了使自己具备在社会上立足的条件。你的知识、你的能力和信誉，就是你生存的保证。在不断努力的过程中，你对自己的生存就有安全感。

怠惰与偷安的人，在下意识中，必然充满了失去生存能力的忧惧。

人是自然的产物。顺应自然所给予我们的力争上游的天性，以使自己度过较为快乐的一生，这就是一切向善向上的原动力。无需什么大道理来逼迫我们，天然的力量胜过一切人为的训条。

* * *

努力并非被迫的劳役，而是内在自然的愿望。当你积极而肯做事的时候，你必定觉得快乐。当你消极而懒得做事的时候，那灰颓的心情会使你对每一分钟都觉厌倦。

* * *

颓废放纵，最明显的结果是糟蹋了身体。常见有人自命豪放地酗酒，昼夜颠倒地玩乐，但是，不久他就会发现自己身体上毛病百出。失去了健康之后，就连颓废放纵的条件也没有了。那时才知道，过理智而清明的正常生活，才是真正的无拘无束，海阔天空。

* * *

无论你认为人生的意义是什么，最明显的事实是：你不希望自己不快乐。

* * *

你可以在一段短时间之内安于一种“颓废”的生活方式，但你一定维持不了多久。先天的希求，使你愿意自己精神旺盛、身体健康。被尊敬、被善待，而且有成就。

* * *

让自己先有条件做一个独立自主的“自己”，然后才可以凭爱好去选择自己的生活方式。

* * *

消极悲观的想法有时的确具有诗意的美，又因为它对人生有颇为冷酷的剖析，而显示出另一种聪明。但它只能是一时偏激的想法，它所剖析的只是人生狭小的一角，而忽略了在这暗角之外的广大光明的天地。

* * *

“皮之不存，毛将焉附?”先要做一个成功的生活者，才有机会做一个深入的思想家。

我们的路
——答某青年

你说你羡慕我现在的生活，认为我有所谓“事业”，有家庭，有可爱的子女，正直的丈夫，安定的收入，说我是得天独厚。

你抱怨自己的环境，认为像你现在这样教学为生，将来没有前途，又恐惧自己没有足够优越的条件，找不到理想的对象，无法组织家庭。

在这里，我不想做无谓的谦虚。尽管我的成就微不足道，尽管我的生活并没有如别人所以为的那样美满，但是，既然你认为我值得羡慕，我就不妨向你说几句知己之谈。

我们这一代是历经战乱的一代，由于战争，我曾一度中辍学业，去穷乡僻壤教书，一教就是好几年。我曾两度放弃好容易理出头绪的“事业”，到陌生环境去重起炉灶。结婚之后，为了家庭子女，曾有八年之久，我几乎放弃了一切，与外界完全脱节。直到我可以有属于自己的时间时，才再来找机会贡献自己所学所能。

当我为环境所加予我的各种各样的限制和干扰，而不能追求自己的理想时，我不敢灰心，也无权抱怨。我只是尽量取得经验，而耐心地生活，耐心地等待。

我对你说这些，决非自诩我如何坚强，而只是希望你“稍安勿躁”。

谁能知道自己将来究竟走通哪一条路呢?

谁能预料自己将和谁去组织 个家呢?

一切都无法事先料定。唯一可以掌握的是眼前所见到的，手中所拥有的。当你能念书时，你念书就是；当你能做事时，你做事就是；当你能恋爱时，你再去恋爱；当你能结婚时，你再去结婚。环境不许可时，强求不来；时机来临时，放弃不得。这便是每一个人应有的生活哲学了。

急什么呢？忧什么呢？眼前无能为力的事，怨它做什么呢？

我曾贫穷过，但我从未因贫穷而自卑。因我不重视财富，而我也不志在财富。我有我自己的爱好，别人的想法，与我何干？环境的贫穷与我何伤？嫌我贫穷者，不和我来往就是，我不会觉得难过。爱我重我者决不计较我的贫富，何必怕没有朋友？

我从不希望一个爱慕虚荣的人与我为友。

在贫困中，我也从未感到心灵上的贫乏与枯竭。

我是女人，年轻时，我并不追求美丽，我也不希望我的男友因我“美丽”而爱我。如果他不重视我的内在，而只看到我的外表，我反会觉得他贫乏浅薄一无可取。我从不接近炫耀财富、重视“派头”的男友，我对他们存有戒心。

我和外子结婚时，四手空空，但我们有许多豪爽的朋友来往。我们有共同的理想，共同的追求，因此不以家徒四壁为悲。

我们现在过着不愁衣食的生活，一方面这是由于大环境的安定，一方面是由于我们自己的安分。我们所依靠的，除自己对工作的认真之外，就是几位朋友。他们其实并非全是知己，但在一些重要的关节上，他们的助力和支援，常能使我们渡过暂时的困境。平时，我们很少聚晤；必要时，我们互伸援手。我相信，这便是朋友的真义。

如把追求理想的过程比作爬山，我们就都是在崎岖山路上攀登着的爬山者。当你在山脚下时，仰望山头，实觉高不可及；当你一步一步去攀援时，更觉前路茫茫，不知何时才可到达终站。而当你克服万难，走过相当路程之后，回首前尘，你才知道，自己每一分辛苦，都必筑成一步道路。换句话说，我们的来路全由我们双手开拓，它难保不是血迹斑斑。但若非如此，而是乘直升飞机到达，又有何乐趣可言？

当然，很可能，我们每人都难免要如希腊神话中的西齐弗 Sisyphe，好容易把石头推到山顶，那无形的造化之手却又重新将它推落谷底。但人生原就是如此——“有过就是有过了”。人活着总会死，然而，我们是活过了。我们所开辟的那些血迹斑斑的推石头上山的路，不会完全消失，它们将是一些努力的轨迹。我们到过，我们便是成功的了。

当你做教员时，你做个成功的教员，把这块石头推到峰顶，不管它什么时候掉下去。

当你办报纸时，你做成功的报人，把另一块石头推到峰顶，不管它什么时候掉下去。

当你生儿育女时，你做成功的父母。

当你活着，你过成功的一生。

当然，任何人都会落回谷底的。但既然你活着，那么，把那命中归你的石头尽力向山顶上推，就是你活着的目的了。否则你做什么呢？

* * *

当你在辛苦耕耘的阶段时，即使看得见成绩，也只是青苗，不是花果。

* * *

成功不是竞赛，是尽力而为。

战胜自己

如把我们日常所经验过的种种痛苦烦恼，仔细分析一下，你会发现，这痛苦的来源有一大部分都是战不胜自己。

当我们需要勇气的时候，先要战胜自己的懦弱。需要洒脱的时候，先要战胜自己的执迷。需要勤奋的时候，先要战胜自己的懒惰。需要宽宏大量的时候，先要战胜自己的浅狭。需要廉洁的时候，先要战胜自己的贪欲。需要公正的时候，先要战胜自己的偏私。

这许多矛盾的名词——勇敢、懦弱、洒脱、执迷、勤奋、懒惰、宽大、浅狭、廉洁、贪欲、公正、偏私……几乎经常同时占据着我们。

世上没有绝对完美埋想的人，当然也很少绝对不可救药的人，每一个人的性格中都或多或少地存在着上述的矛盾。这些矛盾，在你遇到一件事情，需要你采取行动去应付的时候，就往往会同时出现。而当它们同时出现的时候，也就是你开始彷徨困扰、痛苦不堪的时候。你怎样决定，完全看这两种矛盾的力量是哪一边战胜。如果是积极和光明的一边战胜，你走向成功。如果是消极和黑暗的一边战胜，你就走向失败。

这理由很明显，按理说，每一个人都应该知道自己怎样做，才是正确的决定。但是，很少人能够不经交战而采取正确的行动。甚至交战的结果，仍是消极与黑暗的一面战胜。

战胜自己不是一件容易的事。它需要很大的勇气，与坚定的信念。想一想看，你战胜自己的次数多吗？还是时常姑息纵容了自己？

一个人，如果他勤奋，那必定是他战胜了自己的懒惰。懒惰是我们最难克服的一个敌人。许多本来可以做到的事，都因为一次又一次的懒惰拖延，而把成功的机会错过了。

当我们尝试一项新工作，接触一个新环境，应付一个新场面的时候，总难免有一种向后牵曳的力量。我们常会退缩地想：还是安于现状吧！还是省事为妙吧！还是不要冒险吧！于是，就在这种种消极的决定中，不知多少可贵的机会流失了。许多人抱怨自己一事无成，恐怕这消极的处理事情的习惯，是使他失败的一个最大的原因。

每一个人都知道公正廉洁是可敬的，偏私贪欲是可耻的。但是，事到临头，往往就会有一些你在事先所想不到的理由来影响你正面的决定。比如说：你会把责任推给环境的压力，风气的不良，或一项消极退守的成语，如“识时务者为俊杰”之类。其实，那正是你被另一个自己所战败的明证。一个人在必要的时候战不胜自己，是可耻的，任何理由都无法掩饰这种羞耻。一个人应该有力量让自己那光明的一面战胜，否则，你的人生就失败了。

如果你知道宽恕是一种美德，那么你为什么还要计较别人的短处或过失呢？

如果你知道豁达一点可以减少痛苦，你为什么还不肯早一点把眼前琐屑的得失恩怨放开看淡呢？

要知道，我们有时痛苦困扰，犹豫不安，那只是因为我们心情上有两种相反的力量在相持不下。让我们明智一点，早作抉择，你会觉得生活的面目豁然开朗起来了。

我们从小所受的教育，足够使我们知道怎样明辨是非。在明辨是非之外，就要看我们是否有足够的信念和约束自己的力量，去遵循我们所知道的正确的路。那需要经过很艰苦的奋斗，需要动用你一切内在的向上向善的力量，才能把握你所预定应走的方向。

* * *

勤与惰，清醒与执迷，并不是距离遥远的两极，而只是薄薄的剃刀的两面。其间只有一刃之隔。你翻过这一刃之隔，便是勤奋与清醒；留在那边，便是懒惰与执迷。你要不要翻过，只在短短的一念之间。

* * *

如果你决心清醒，你便可以清醒；如果你决心执迷，你就将继续执迷。这“决心”的实现，不在你能不能，而在你肯不肯。

目的要纯正

我们无论做什么事，都要以这件事本身的目的为目的，才有成功的可能性。如果不以这件事本身的目的为目的，而把其他附带的目的当做重点，那么这件事就会走入歧途。不但这件事的本身无法得到预期的成功，就连你那附带的目的也会因你当初所持态度的不纯正而遭到失败。

以结婚选对象为例，按理说，这件事所应考虑的条件应该是双方的健康情形，人品好坏，工作能力，知识程度，身家是否清白，二人性情是否相投等等。如果这些条件能够通过，才可能是美满的婚姻。如果你在选择对象的时候，抱了其他附带的目的，如贪图对方的财势，希望由对方的社会关系得到什么好处，或为了某种虚荣；那么，你的目的就不纯正。目的不纯正，决定的时候就有偏差。该考虑的未曾考虑，不该重视的倒重视了。结果，最能影响婚姻幸福的条件被附带的目的所蒙蔽而忽略了，未予考虑。婚后才发现两人合不来，对方性格中有大缺点，或健康上有大问题。那么，不但这婚姻是注定失败；而且当初那附带的目的也必定由于这婚姻本身的失败而一同垮台。这是一个很明显的例子，也是最常见的例子，证明如果我们对事情所抱的目的不是这件事本身所应有的目的，它就难免会失败。

其他的事情也是一样。

譬如说，一位艺术家，他所从事的是艺术。那么，无论他的环境如何，他对艺术所抱的目的应该始终如一。他要表现最真挚的情感，要锤炼最圆熟的技巧，要忠于他的工作，决不为外在的名或利所诱惑。他的目的就是要完成他所做的每一件艺术品。这时他才能集中全力，心无二用，目的才能纯正，作品才有灵魂。如果一旦他抱了用艺术来换钱、来成名的目的，他的心力就分散了。他可能会分心去应酬，去奔走钻营，去追求时髦的流派，或故意作怪以求惊世骇俗，而忘了从自己真诚的内在去寻求、去体认。由于分心名利，路线必有偏差，路线一有偏差，成功的目的就离他远了。

此外还有许多实例可以为我们证明这一点，以升学来说，升学的目的是为了求知，以使自己具备更多的力量去达成自己的理想，或服务社会人群。这是升学的纯正目的。当选择学校、填写志愿的时候，按照这个目的所应考虑的是：自己的兴趣如何，各学校中自己所要就读的科系的设备如何，师资如何等等。而不是考虑“某某学校名气大，考取其中任何科系都可傲视乡里”，也不是考虑“我的女朋友希望我考取某校”或“将来出国是否容易申请奖学金”，更不是考虑某科系是热门或冷门。因为这些考虑的目的不纯正。目的不纯正，所做的选择就很难是自己真正的志愿；更很难是自己真正的爱好或专长。即使考取，读来也会痛苦。将来在这方面也必定跟不上那些真正想学和真正有兴趣去从事这方面工作的人们。结果将会一生都跟在别人后面做个“小悲哀”，而没有出头之日。

人的一生之中，几乎随时都有些事情需要做决定。当我们做决定的时候，所考虑的是否这件事本身的意义，不但足以影响这件事当时的成败，也会影响我们一生的苦乐。

想到就做

在日常生活中，有许多该做的事，不是我们没有想到，而是我们没有立刻去做。时间一过，就把它忘了。

其原因，有时是因为忙，有时是因为懒。一个事务繁忙的人，想到某一件事该做，但他当时没有时间，于是想，“等一下再说吧!”但等一下之后，为其他事务分神，就把这件事忘了。

有些人虽然不忙，可是，他喜欢拖延。该做的事虽然想到，却懒得立刻着手去做。心想，“等一下再做吧!”可是，等一下之后，他就忘了。或者已是时过境迁，失去当做的时机了。

如要使做事有效率，最好是“想到就做”。

养成“想到就做”的习惯之后，你会发现自己随时都有新的成绩；问题随手解决，事务即可办妥。这种爽利的感觉，会使你觉得生活充实，而心情爽快。

遇事拖延的习惯，不但耽搁了工作的进行，而且在自己精神上也是一种负担。事情未能随到随做，随做随了，却都堆在心上，既不去做，又不敢忘，实在比多做事情更加疲劳。

做事有始无终，也会使自己心情上有负债之感。

无论大小事务，既经开始，就应勇往直前地把它做完。我国传统规矩，家庭教子弟写字，无论有什么事打扰，也不准把一个字只写一半。即使这个字写错了，准备涂掉重写，也要把它写完再涂。这正是教人不忽视任何小事的最好的起点。在日常小事上养成有始有终的好习惯，将来做事才不会轻易的半途而废。

假如你有未完成的工作，未缝完的衣服，未写成的稿件，等等，希望你肯把它们找出来整理一下，安心去把它们完成。相信当完成之后，你会觉得非常快乐。当它们未完成时不过是些废物，而当你只要再付出一半或十分之二、三的心力，把它们完成之后，他们却变为漂亮的成品和可观的成绩，那种意料之外的成功，更会令你惊奇。

有些事，并不是我们不能做；而是我们不想做。只要我们肯再多付出一份心力和时间，就会发现，自己实在有许多未曾使用的潜在的本领。

也有些人在面临一项新的工作时，会为它的繁重与困难而心情紧张、沉重、不安。这些人大多是较为拘谨而责任感又重的人。祛除这种紧张、沉重与不安的办法，只有立刻着手去做这件事。当开始工作之后，他会很意外地发现，事实并不那么困难，而对自己也有了信心。

“想到就做”不是一件难事。它只是需要明快、果决与信心。但是，一件事情既经开始之后，是否能够有始有终，则要靠毅力与恒心。许多事往往在一开始时，凭一股冲力做了一阵，然后就渐渐觉得厌倦；加以任何工作总难免遭遇一点困难或外力的干扰，这时，不但兴趣消失，信心也没有了。很多工作都因此而中途停顿。而只有那些能克服这中途障碍的才是成功的人。

开始一件工作，所需的是明决与热忱；完成一件工作所需的是恒心与毅力。缺少热忱，工作无法发动。只有热忱而无恒心与毅力，工作不能完成。

急不如快

当你面对问题的时候，你是立即采取行动呢？还是想得多、做得少，在那里忧虑不安呢?

世上有两种人。一种是“行动多而顾虑少”，一种是“行动少而顾虑多”。

“行动少、顾虑多”的人们看似深谋远虑；但时常是过分瞻顾，而变为犹豫不决。想得多、做得少，以致被思虑拖得苦不堪言。又因为没有行动来配合，所以大部分的思虑都属空想。精神负担沉重，事实却毫无进展。

行动多而思虑少的人灵活好动，不大肯费心思去担忧前因后果。这种人做事爽快，但也许会由于顾虑不周而流于鲁莽草率，影响了事情的进展。

一般说来，年轻人做事，往往是行动多于考虑。也时常正是由于不做多余的考虑而能使事情成功。即使不幸失败，也由于他们不太计较得失而有勇气重新来过。这是“冲力”的可贵处；也就是所谓的朝气。

如果一个有冲力的年轻人，肯适时地让自己冷静一下，在行动之前多加一分思考；或是一个成熟稳练的中年人，能在慎重将事的同时，少用一分顾虑，则他们成功的可能性就都大得多了。

深思熟虑如果缺少果断，就变成了犹豫不决。结果，时间都在犹豫之中空过了，肯行动的人走到了他的前面。一切的考虑也只是一场虚空，毫无意义。

犹豫不决的坏处不只是成功的障碍，它给人最大的负担是精神上的压力。

由于他顾虑多，患得患失，一切可能的后果都令他感到不安与危惧。这种想象中的得失、不安与危惧，比事实上可能发生的成败后果要复杂得多；所加给他心情上不必要的负担比事情本身所应有的负担也要多好几倍。

明快果决是一个人性格中最可贵的优点。要让自己该果断的时候果断；适当的考虑之后，要继之以行动。行动可以使你减少瞻顾犹豫的痛苦，提早看清事情进行时的真相。

练习让自己了解，能承担必要的损失也是一种可贵的力量。当你一面计划，一面推动你的工作，避开徘徊瞻顾的困扰时，你会得到真正的经验与证明。经验事情进展的真相，证明你当初所曾虑到的得失，增加你以后面对更多新问题、新建树的实力和勇气。

你每做一分事情，就得到一分经验，比因怕错误而不敢行动要有益得多。

“急不如快”。该做的事，就立刻着手去做吧！

* * *

因循是成功最大的障碍。该做就做，不要因循。当你养成做事迅速敏捷的习惯之后，你会发现，生活的步调轻快，而工作的效率提高。

责任感

一个成功的人必然具备某些条件。其中之一是责任感。

固然，聪明、才智、学识、机缘等等，都是促成一个人成功的必要因素；但假如缺乏了责任感，他仍是不会成功的。

一个没有责任感的人，在工作时一定不会认真，对他的工作是否有成绩也不会很细心地去检讨，也不愿去承担这工作成败的后果。他容易有推诿的倾向，也比较懒惰和贪玩。他的聪明或许足可掩盖他工作上的失误或不圆满之处，在上级面前也很容易获得通过，甚至由于他的聪明圆滑，长于肆应，还可获得加薪或升级。但只因他缺少一种真正的责任感，日久天长，他的工作总难免因一再的疏漏而发生不良的后果。他由聪明圆滑而得来的信任也必不能维持久长。

我们相信，一个人即使聪明才智差一点，但假如他肯对工作负责，成功的机会也必定比只有聪明才智而无责任感的人要多。

对工作需要有责任感，对学业亦然。特别是对自己真正有兴趣，而打算做为终身事业的有关课程，更是要认真负责地去研读。单是用功，并不一定是有责任感。用功有时是为了考试，为了名次，为了学位或虚荣；真正的责任感应该是为了自己求知。为学能做到这一点，学问就变成乐趣了。

一个人的责任感不一定要由大事去衡量。由平常小事也可表现出他的忠诚与负责。我们看一个人是否每天下班以前，把他的办公桌整理清爽；是否肯把掉在地上的字纸随手拣起来；是否守时；当他有错误的时候，是否勇于承认，立刻弥补，还是希图狡赖，诿过别人。这不仅反映一个人的品德，也可预卜一个人的成败。

当你一天工作完了之后，你是否习惯去检讨一下它的成败得失呢？如果你有这项习惯，你就是一个负责的人了。因为惟有在检讨之后，你才可以发现错误或疏漏，才可及时去改正，或做下次工作的参考。事后的检讨是进步的来源。它并不是要你去做无益的追悔，而是要你从中获得可贵的经验。

对于工作，一时的热忱容易，持久的热忱困难。短暂的成功容易，持续的成功困难。必须时时求新，日日求进，避免自足自满，能够把工作视为与自己荣辱相关，祸福与共，才是真正了解成功之乐的人。

关于命运（一）
——谋事在人，成事在天

你一定常听到这句成语：“谋事在人，成事在天。”

所谓的天，其实也就是我们所看得到或看不到的环境中的因素。

这些因素相当复杂，而且是我们个人力量所无法控制。大焉者如你本来有好好的计划，忽然爆发了一次战争，于是一切计划都告落空。小焉者如你谋事的主管忽然临时调换，因此原来的决定有了改变。受环境的影响而使事情中途改变，当然不一定是坏的方面的。有时，临时意外的变动正巧带给你好运。这“好”与“坏”既不是你个人力量所可控制；更不是你事先所可预料。这就是“运气”。你不能否定“运气”的力量。

又譬如说，某次，你忽然想打消一项预定的计划，于是，你打电话给某一位与这计划直接有关的人，去征求他的同意。但凑巧他不在。于是，你只得按照原定的计划进行了。想不到这样一来，你做成了一件重要的事，奠定了你一生成功的基础。

再譬如说，你某次下定决心，跑去报名参加了某补习班，想学些新的知识和技能。但报名之后，你却又想到天天上课太麻烦，做功课太费时，怕自己无力应付，万一跟不上班太丢脸。于是，决定打消原意不去了。想不到就在你决定不去的时候，忽然路遇你多年不见的一位老友，相谈之下，原来他也正是要来参加这项补习的。听说你要打消原意，立刻劝你千万不要如此，并告诉你，学会了这项知识或技能将有多少好处。而且两个人同时来学，可以互相切磋，何乐而不为呢?

于是，你在他鼓励之下，决心去上课。

结果，你学成结业之后，凑巧你服务的机关需要具有这样学识的人才出国见习，你正好合格，就此出国去了。两年之后，你带了新的学位与技术回来，不但职位和工作与前大不相同，你整个的生活内容和思想观念都有了新的拓展。而你之所以能有今日，只是由于当时与那位老友极偶然的巧遇。

凡此种种，只要我们留意观察，即可在日常生活中找到许多实例，可以证明所谓运气和机会有其不可否认的力量。

不过，尽管某些事的促成是由于极偶然的际遇。但推其最原始的动机，还是在于你自己曾经有此意愿，而且，除了那偶然促成此事的因子之外，事情进行的整个过程中的成败，还是掌握在你自己的手中。你的努力和有始有终才是真正使你成功的主要力量。

任何真正的成功都不会是单凭运气的。即使有时适巧碰到能导致成功的机缘或环境——如有了电视之后，歌星和演员才有更多成功的机会。但如果其中没有自己的实力做后盾，还是会错过了机缘，辜负了环境。

这也就是说，尽管有好运，如果你没有尽你的“人力”，那么“天命”也不能帮你什么忙。

“有志者事竟成”的意思是，因为你有志，你才会做充分的准备。当机会来临时，你才可以抓牢那机会，而走向成功。

如果你根本无志，平时一点也不做成功的准备，那么，即使有机会，你无心也无力去把握。

机会只是给你一条通路，走不走还得看你自己。

关于命运（二）
——性情决定命运

与其相信命运，不如相信性情。

一个人的性情往往决定他的命运。所以，与其求神问卜看相，不如分析一下自己的个性。

譬如说：

如果你个性太乖僻，当然缺少朋友，而且会失去许多别人所羡慕的机会。

如果你生性淡泊，你当然不容易发财。但也正由于你的淡泊，能得到朋友的尊敬与喜爱，所以，你会在无形中受到很多人的照顾。

如果你性情偏狭，喜欢嫉妒，你命运中当然缺少贵人相助。

如果你正直廉洁，一丝不苟；你命运中大概不容易有偏财，但你也一定不会因贪污受贿而惹上牢狱之灾。而且即使在山穷水尽疑无路的时候，也多半会有你意想不到的知遇，助你一臂之力，使你逢凶化吉，遇难呈祥。

如果你性情优柔懦弱，凡事游疑不定，缺少魄力与担当，那么你命中恐怕难成大事。

如果你性情坚定果决，脚踏实地，做事勤劳，待人光明，那么，你直上青云的命运也可以预卜。

如果你刚愎自用，专断独裁，所犯错误，无人敢予指正，你恐怕难免一错到底。

自卑、无信心的人易于失去机会，成功的希望自然微少。个性孤介，恃才傲物，不肯同于流俗的人，很难享有当前现有的荣华，但可能有身后以至千秋百世的殊荣与盛名。

长袖善舞，“兜得转”的人，容易发财致富。但不会有真正的地位与可敬的建树。有大魄力、大手笔，不计小成小败的人，可以成就当世的大事业。

风流浪漫，最后难免陷于孤零。

擅长逢迎，凭吹拍走门路，所得看似飞黄腾达，但终居人下，难成大器。

眼高手低，自命不凡者，终被环境所不容，将忧伤以终老。

“但行好事，莫问前程”，是寺庙里常见的联语，也是至理名言。拿它来做座右铭，不但可以保证你的福祉，改变你的命运；而且可以使你不再徘徊犹豫，迷惑困扰，不会为自己的前途举棋不定，也不会认为自己的将来吉凶难卜。

一个人的性情决定他的命运。因此，你要重视自己那与众不同的个性。认识自己，它是你成败的关键，祸福之所系。

目　标

一个有目标的人和别人不同的地方，就在于他虽然在纷纭杂乱之中，仍然不致迷失。他可以操纵自己，而不被别人操纵。

* * *

多数人在人潮汹涌的世间，白白挤了一生，从来不知道哪里才是他所想要到达的地方，而有目标的人却始终不忘记自己的方向，所以他能打开出路，走向成功。

* * *

我们要掌握自己的命运。先建立目标，然后用冷静、执着、坚强、乐观，来做我们的守则。

* * *

一个人活着而没有目的，他就会彷徨、苦闷和不安。而唯有当一个人确实了解他自己所要过的是什么生活，和他所要追求的目标到底是什么之后，他才会觉得他的生命充实和有意义。

* * *

许多人怀疑自己是否会成功，怀疑自己是否有足够的聪明和能力，怀疑环境对自己是否没有阻碍……等等。但是，你要知道，怀疑只能使你停顿不前，虚度了时间，消耗了精力。而唯有坚强自信，朝准目标，一步一步向前行进的人，才会达到目的。

* * *

在暴风雨来临之前，天气总是闷热，这静态的闷热是动态的风暴的前奏。许多艺术家或学问家，在新的创造与发明之前，往往有一阵极其苦闷的时期。这苦闷只是一种新的力量在酝酿期间所必有的现象。因此，请不要为你的苦闷而惶惑紧张，因为那正是你冲破另一个难关，克服另一项阻力所必经的过程。只要你有足够的毅力，你会越过它，而达到新的境界，得到新的成功。

* * *

许多事情是一时看不见收获，看不见效果的。但是，你不要着急，也不要灰心。只要你一点一点地去做，慢慢的，小的成绩累积为大的成绩。那时你就可以证明，一切努力都决不会是白费的了。

* * *

许多人一心只想收成，却想不到该去耕耘和播种。又有许多人在耕耘的时候，因为看不见成绩而觉得失望，因失望而停止了耕耘。于是，等别人收成的时候，他就只有在一旁艳羡和后悔了。

凡事要往大处着眼，要从小处做起。不肯从基本上下功夫，从基层的工作去做起的人，永远也不会有大的成就。

* * *

世间唯一最可证明因果的，就是你付多少努力，你就必有多少收获。多念了几本书，一定比少念那几本书知道得多。多勤劳多努力，也一定比懒惰观望所得的收获多而具体。

* * *

不要急于知道什么才是成功，哪里才是巅峰。你只需知道自己灵魂中最可贵、最有把握的那一点是什么，然后你把它发掘出来，把它发扬光大。慢慢的，你自会走向成功。

不管别人是否比你更聪明，更伟大，成就更高。只要你能尽量发挥你自己的天赋专长，你自会有属于你自己的成就。

* * *

唯有认识自己之后，才可以不浪费生命。

* * *

这世界上真有成就的往往不是第一流的聪明人，而是第二流的聪明加第二流的愚笨的那种人。太聪明，就把什么都看开了。他不肯做傻事，花笨功夫；不肯找难题让自己受苦，所以，他就没有希望了。

* * *

读书须靠平时，做事要凭经验。闲时多读点书，不但可以增长学识，更可以陶冶性情。不要为眼前的工作职位低，待遇少，而消极怠惰。要知道只要你懂得去发掘，任何一件工作都可以给你一些磨练或经验。

* * *

兴奋活跃固然是进取的象征，但冷静沉思却让我们有机会辨认方向、决定行程。盲目地奔跑，并不能使我们到达所要去的地方。

* * *

生命如逝水，流去的日子是不会回来的。为了不让生命毫无痕迹地流失，我们一定要好好地把握它，利用它，填满它。至低限度，让它留下一点对得起自己的痕迹。

* * *

事情如意与否，固然要靠一点运气，但主要的，还是要靠自己的力量。当一个人储备了足够的力量去应付一件事情的时候，成功的机会自然就大得多了。

* * *

一个人对自己的运气，一定要坚决地抱着好的一方面的希望。这种希望就是一种精神上的力量。这力量也就是一种信心。有了这坚定的信心，做起事情来，即使有点小困难、小挫折，你也一定可以勇敢地向前迈进，而不去把它放在心上。

* * *

假如你希望自己幸运和成功，你就要“相信”自己幸运和成功。

* * *

一个人要读书，才能达理。能通达道理，他就可以过一种合理的、恬淡而豁达的，懂得如何取舍的生活。他也就可以懂得如何去发挥自己的内在，完成自己天赋的使命。

* * *

如果你有一个愿望，可能你要花一生的时间才可以达到。上帝不会凭空给人们一件东西，除非他自己拿出了足够的心力，忍耐了相当的时间。上帝也许曾经在无意中给了我们一些额外的幸运，但假如我们不懂得如何去把握这幸运的话，上帝还是会把它拿走的。

* * *

有许多愿望是只能在我们自己心里偷偷地想，而没有理由堂皇正大地把它说出来的。它们多半是不该去追求的。

* * *

社会不会无缘无故地厚待一个人，除非他自己向社会证明，他是值得社会对他厚待的。

坚强·独立

每一个人的寂寞都是与生俱来的。除非你不去深想，除非你以表面上的热闹为满足，否则你总难免会感觉到：即使是在热闹繁华之中，你仍是孤零零的一个。

* * *

有许多时候，我们必须单独去面对一些烦心的问题，必须单独去抵抗一些摆不脱的痛苦，必须单独去克服一些困难的工作。有许多问题是别人帮不了你的忙的。即使能够，别人的帮助也只能一时而无法永远，主要的力量还是要由你本身产生。

* * *

人与人之间在有形的亲密之外，还是有着无形的距离的。而且这距离有时很远。但是，我们不必为这距离而觉得悲观，我们只是必须承认这是一些事实而已。一个人能承认事实，就会有力量去面对事实，能面对事实，就不会觉得寂寞是可怕的了。

* * *

孤独并不可怕，可怕的是对什么都没有兴趣。能够对一件事物热衷地去爱好，去钻研，而不愿把时间浪费在其他任何一件事情上的人，他不但不怕孤独，有时反而喜欢孤独。

* * *

流泪是一种没有主张的表现。当一个人真正举目无亲，完全明白自己哭也无用的时候，是只有拿出力量来解决问题，才可以渡过难关的。

* * *

人生本来就注定要到处飘泊的。因为我们有两只脚，有一个会幻想的脑子。不要把“飘泊流浪”当做是一种可怜的字眼，它正是我们所有人类一生的写照，也是我们应该鼓起勇气去追求的一种生活。

* * *

在外流浪的人比别人经历过更多的风险，也就比别人更懂得人生，比别人多了许多抵抗风雨欺凌的力量。

* * *

能在孤独寂寞中完成使命的人即是伟人。如果你领略过真正的孤独与寂寞，而且你曾经用自己的力量战胜孤独寂寞，而找出自己的路，有了自己的创造与成就，你就可以相信，孤独与寂寞并不如你所以为的那样可怕，因为它对你有激励的作用。

* * *

我们要训练自己不但能动，而且能静。一个只能享受“动”的快乐，而不能品尝“静”的情趣的人，会漏掉生命中很多重要可贵的东西。

* * *

一个人能有机会自发自动地找事情做，是一种快乐，而且也会有成绩。而假如你不由自主地陷入“跟着人家忙”的漩涡，那结果就只有转得头晕眼花，时间白白浪费，结果一无所成。

要在自己内心加一点力量去抵抗不如意的遭遇，而不要认为那不如意的事该先被消灭。假如一个人够坚强，懂得怎样安排自己的生活，不受外力的左右，他自然而然就是一个支配环境的人。

* * *

鼓励是别人的事，而“自信”才是自己的事。因此，在我们不能知道是否会得到别人的鼓励之前，必须先坚定“自信”。要有独立判断，不依靠别人恩惠的力量，才能保持自己的清醒和坚决，才不致迷失方向。

* * *

你假如能找到可以用同情和了解的心情来倾听你的人，那当然最好。如果不能，你该把你的心事写下来，写在日记上，过度的抑制和太多的郁闷会像病菌一样的危害身体。

* * *

人生像是在海上航行，我们自己是一叶叶的孤舟。难得海上没有风浪，而在风浪之中，又难得有人真的能来帮助我们。放眼仔细观察，我们就可发现，获得成功的人都是在靠自己。你可能在必要的时候，求人拉你一把，但你不能希望你永远依赖别人的助力。

* * *

与其希望别人来帮助自己，不如放下这未必可能达成的希望，试着拿出自己的力量来渡过难关。

* * *

天助自助者，上帝也喜欢照顾勇敢的人。所以，只要我们不退缩，不逃避，尽管人海风涛险恶，但我们多半都能够化险为夷。勇敢地生活，勇敢地面对苦难，把一切苦难当做我们这一生不能逃躲的考验，通过了这些考验，我们就可到达彼岸。

* * *

海上风涛阔，扁舟好自持。每个人都必须自己珍重。害怕没有用，哭泣也不是办法。不管有没有人来援助我们，我们总得打定主意，凭自己的力量支撑任何危险的局面。

理　想

同样的工作，同样恶劣的环境，对有理想的人来说，那只是一时的逆境，终有夜尽天明的时候；而对没有理想的人来说，那就是注定的命运，永远也无法从黑暗无望的环境中解脱了。

* * *

有理想的人能在逆境中看到希望，在黑暗中看到光明。因为他的逆境只是过渡，黑暗也只是一时的过程。

* * *

为了理想的目标而暂时屈就一个自己所不喜欢的工作，那是有远见和坚忍。而没有目的的安于卑微无望的环境，那是无能和平庸。两者的生活方式在表面上尽管相同，但境界上却有天渊之别。

* * *

理想不是空谈，要能屈，而后才能伸。单是不肯迁就现实，而只一味空想，不但不能成功，而且终久会消磨了你当初的壮志，向凡庸平淡的生活低头妥协。

* * *

因为我们知道白昼一定会按时来到，所以我们就不会惧怕黑夜的漫长。

勇往直前谈人生

山坡上那些扶桑花，一直使我感到亲切，因为它们很像我小时候家里种的那一种“大麦熟”。

不知道是谁给那种花取的名字，或许是因为它们开的时候，正是大麦成熟的时候吧？那么两种朴朴素素的深红和浅粉，和扶桑花的花型十分相像。只因我那时候年纪太小，根本不记得大麦熟是草本或是木本，更不记得它叶子的形状及其他特色，也就一时无法求得它们的异同了。

这天，扶桑花又在山坡上摇曳着，引起了我对大麦熟的怀念。我停下脚步，想要看个究竟。忽然想起，大麦熟花有一种青涩的气味。你不能说那是一种“香”，那只是很特殊的一种植物的气味。小时候，常常摘一朵大麦熟，拿在鼻子上闻它那青青的涩味。啊！我何不也闻闻这扶桑花，看它是不是也有那分青涩呢？

我俯下头去闻那花瓣。没有。一点也没有。它只是长得和大麦熟一模一样而已。

于是，凭着这点发现，我断定它不是大麦熟了。

我惊奇于人类凭着视、听、嗅、触，去判断外界的事物，这最原始的方法，却是这样的持久而有效。几十年前，对一朵花的气味的记忆，到今天竟然还是这么清晰到能够分辨它们是不是同一种花。也因此想到，自从有人警告我不要闻花，以免花里的小虫钻到鼻子里去，引起严重的脑病，我不再敢那么仔细、逼近地去辨别花香。因此也就不再对后来的花有那么深刻的印象了。

为了保护自己而去学习对环境应有的戒备心，人们称之为一种“教育”。这种教育随着年龄的增长，排山倒海而来，于是，人变得越来越谨慎。人们说，这是一种进步，因此，每一个人都把这些戒备传授给别人，让别人也知道有所戒备。

但是，我至今仍庆幸自己在闻过了许多花之后，才有人告诉我闻花有害的事。使我先已知道了藤罗花的香是甜甜的，月季花的香是略带苦味的，马缨花的香是带着野性的清香，绣球是铁锈味的，那种绰号叫“摔盆摔碗”的白色野花是臭味的，夹竹桃花是中国水粉味的。

我也庆幸自己在被草割伤手指之前，已经抚摸过许多草，去了解它们叶面上有没有绒毛，叶筋是平行的还是放射的；去尝试它们能不能撕开，能不能打卷，可不可以用来编织。

我也庆幸，在我从未听说过“不会游泳的人最好不要划船”以前，已经和同学共划过多次船。在上面唱歌，享受“花开两岸艳阳天”的美景。

我还庆幸自己自少至长，满脑是对自己及对世界毫无理由的信心，在路上有陌生人走来搭讪时，不去过分戒备。总相信，对方是出于善意，那找我问路的人，确实是需要帮助。或许正是由于这种坦然的心情，使对方也只有机会显示他“好”的一面；也或许是因为人间本来就并不那么到处都是罪恶，所以遇到的都是好人。后来，新闻看得多了，才开始觉得每一个独自站在路角看我经过的人，都有几分“贼相”，使我提心吊胆。见闻越广，反而越不复有年少时那种“大无畏”的精神。

前些天，一位朋友为了要买一幢旧公寓给孩子住，左谈右谈，左询问，右调查；找代书，问行情，唯恐有失。对方更是对他表示万不信任，缴订金之外，还得要证人，所留尾款要期限，过期要利息，甚至到他往来的银行去调查信用，战战兢兢，步步为营。连第三者地位的代书，彼此都坚持要找自己这方面的。这样谈来谈去，结果还是没买成。看到朋友和房主争论不休的辛苦模样，使我也暗下决心，不再打买屋搬家的主意，以免经验这种人与人间互不信任的悲哀。想到以前几次为了工作方便而买卖房子搬家，所做交易，无论买方卖方，都只是当面一句话。从未互相调查过信用，也未怀疑过付款迟早的问题。一切也都顺理成章，平安无事。人与人间变得如此的尔虞我诈，也是因为新闻看得多了。知道有伪造所有权状的事，有产权不清的事，有和代书勾结欺诈的事……种种特殊偶发的事例，造成了人们以偏概全的戒心。人与人间的真诚与否，是越来越无法保证了。

所以我常想幸亏在学会戒备之前，已经做过许多事，交下了许多朋友，到过了许多地方。在学会戒备之后，即使胆小猜疑，使自己寸步难行，也总算曾经生活过了。

记得那年，只身从北方渡海来台，由一位从小学毕业就没再见过面的同学，帮我买票，送我上船。并临时嘱我上船之后，把自己所携带的仅有的一点钱和相机之类，寄存在船上一位通讯员处，以免船舱里“人多手杂”。那位通讯员，事实上也与我素昧平生。就这样把全部“财产”寄放在他那里。下船时如数收回，从未有一丝一毫的戒心，何等快乐！

如果是现在，说不定会左思右想，情愿把仅有的一点维生之资，随身带着。也许会很丑恶地找对方要张收条，说不定还得让他找个保。即使很勉强地把钱存在他那里，一路上，心中也会七上八下，食不甘味，寝不安席，更别提是否还会有在甲板上和那些萍水相逢的旅客下棋、玩扑克牌、看书、唱歌的逍遥心情了！

“胆大”是来自一种对外界的信心和自己的坦然。这似乎是使人勇往直前，奔向目标的一项最可贵的因素。

常有人问我：

“你十九岁就一个人去乡下教书，独自住在娘娘庙后殿改成的学校里过那煤油灯下的庙里的日子，不害怕么?”

“你一个人，飘洋过海来台湾，举目无亲，不害怕吗?”

“你和你先生，一个来自天南，一个来自地北，彼此身家无从了解就结婚了，你放心吗?”

“你年少时，有独自在战火中，受困危城，与家人隔绝的经验，不害怕吗?”

对这一切，我所回答的“不害怕”，不是因为我“勇敢”，而是因为我当时并不觉得这有什么需要“勇敢”之处。

人必须在知道危险的时候，才有必要迫使自己“拿出勇气”。我所经过的这些事，是我根本不知道它危险不危险，也从未想到应该问问它危险不危险。

我激赏这一分“根本不想去知道”的快乐无忧。

而我猜想，直到现在，我一定还存留着一些这样的天性，由于某一种对世界的欣赏之情，和急于证明一些问题究竟是如何的冲力，以及对人间的一厢情愿的信心，会去做一些日后才会发现“那很危险”的事。这种一切都要“日后才去发现”的天性，使我在别人看来，也许有点懵懵懂懂；但在我自己看来，却是一种天赐的快乐与幸福，使我不问情由地闯荡人间数十年，失误的时候少，得分的时候多。

最近曾听一位长者谈起，他一直拒绝别人的照顾，是因为“一个人，一旦有人服侍，就不‘独立’了”。

我想也是的。一个人，一旦有人成天地跟在后面嘱咐你要处处小心，步步谨慎，你就别想昂首阔步地闯荡了。

人生数十年，实在没有多少时间让我们徘徊瞻顾。我看，自己认为该做能做的，就放手去做吧！等自己真的什么都懂了，就什么都不敢做啦！

* * *

冲破阻力，摆脱牵绊，而可以尽全力去耕耘，去经营，去努力奔赴自己的目标，成绩当然可观。这分力量的得来，所靠的是坚定的志向，和不屈不挠、征服困难的勇气，以及对自己的信心。

* * *

我们生活在一个多彩多姿的、不怕创新、不必泥古的时代，每个人都可以大胆地贡献自己的才华。只要脚踏实地去做，就会有被人认可、值得激赏的成就。

* * *

已经过去了的事情，对的，是踏向将来的基石，错的，是未来的借镜。它们的作用在对未来负责，和对未来有所帮助。对已经过去的做无益的缅怀或追悔，只会剥夺了向前拓展的精力，延迟了向前拓展的时间。

* * *

在你的日常生活中，是空想的时候多呢？还是做事的时候多？做事是一种快乐。多少次空想，不如一次实行。每当你完成了一项工作，你都会增加了对自己和对世界的好感与信心。

* * *

摆脱牵绊是一种快乐，也是使自己努力向前、追求进步、产生效率的一种力量。这些“牵绊”往往并非来自环境，而是来自内心。许多你所以为的“牵绊”，其实只是因为你没有用力去挣脱，或只是你自己不肯前进的一个藉口。

* * *

“无往而不利”是何等的幸运。但这“无往而不利”的坦途却往往由你勇往直前的冲力而得来。

* * *

轻快的心情来自责任的完成，也来自对明天的希望。当一个人，觉得自己有值得欣慰的成绩，值得期待的收获，或值得期待的任何生活项目的时候，心上都会有乐于向前奔赴的轻快。

* * *

太轻的东西由于冲不破空气的阻力，所以抛不远。真正的轻快，必须来自适当的重量。心情上的轻快，与向前奔赴时的轻松，正是来自内在的充实。

* * *

勇往直前不是任性与莽撞；它的动机是纯洁与真诚；它的出发点是善意与无私。它的目标光明正大，不会损害其他的人。

* * *

如果是为一己之私或邪恶的目的去奔赴，那就不是勇往直前，而是飞蛾扑火，惹火焚身，因而害人害己了。

* * *

所谓朝气，是一种神清气爽、平和而又坚定的生活情调。正如一首节奏明快、旋律清朗的音乐，轻松愉快，目标稳定，精神焕发；能按部就班，因而在振奋怡悦的心情中产生最高的工作效率。

* * *

个人的朝气是表现在工作的勤奋，社会的朝气是表现在推动公众事务的速度和每个人对公众事务的关心。

* * *

当大家能够热心地希望把一切做好，不但自己独善其身，而且勇于付出力量兼善天下的时候，我们的社会就显出了朝气与灵活的生机。

面对现实

我的祈祷

让我不要祈祷在险恶中得到庇护，
但祈祷能无畏地面对它们；
让我不乞求我的痛苦会静止，
但求我的心能够征服它。

让我在生命的战场上不盼望同盟，
而使用我自己的力量；
让我不在忧虑的恐怖中渴念被救，
但希望用坚忍来获得我的自由。

允准我，我虽是一个弱者，
只在我成功中觉到您的仁慈，
但让我在失败中找到您的手紧握。

——泰戈尔——

这首诗对于正在经验生命途程上的波折的人们，是一个最好的鼓励。有许多人认为进教堂是在求逃避，也确实有许多人，当遭遇到痛苦、失望和打击的时候，不去面对它，而去逃避它，不由自己内心去寻找抵抗痛苦和解决问题的力量，而去希望痛苦自动地消失，或希望得到神的庇护。

泰戈尔这首诗中说到“让我不乞求我的痛苦会静止，只希望我的心能够征服它”。因为把希求寄托在别的东西上，那希求是渺茫的，是靠不住的，而只有你自己属于你自己，可以支配你自己。你要你的心发挥力量去征服痛苦，它多多少少，总比别人更容易听从你的指挥。

简单说来，这也就是坚强独立，自求多福。

用自己本身的力量征服痛苦，渡过难关，是一种快乐，这种快乐是一种胜利的快乐。正因为这种胜利得来很难，正因为和痛苦战斗的时候十分困难和艰险，所以最后胜利的凯歌才更加动人和响亮。

拿破仑有一句豪语：“不经艰险而征服，胜利也是不光荣的。”这句话充分流露出一个坚强勇敢、所向无敌的人的那份豪气！

朋友们！当你痛苦时，想想别人更深重的痛苦吧！当你以为你已经失去了生活的勇气时，想想世界上那些由艰苦中奋斗出来的人们吧！他们并不比我们多一些什么天赋，所多的也只是一点坚强不屈的精神而已。

“让我在生命的战场上不盼望同盟，而使用我自己的力量，让我不在忧虑的恐怖中渴念被救，但希望用坚忍来获得我的自由。”一个人必须自助，然后才可以得到天助和人助。

生命的战场上不是没有同盟，只是，这些盟友只能做我们精神上的“啦啦队”，帮你加油，使你自信，而一切的赛程却还是要靠你自己的力量去完成。我们并非不要亲友们的情谊，而是要先发挥自己的力量，不能完全仰赖别人。

托尔斯泰说：“当困难到来的时候，有人因之一飞冲天，也有人因之倒地不起。”每一个新的困难或新的痛苦，对我们都是一种考验。我们生命中决不会没有困难，所以有人说，生命根本就是一连串的战斗。你今天克服了这样困难，明天还有新的困难。你刚刚由一种痛苦中挣扎着站立起来，接着还会有新的痛苦。然而也正因为如此，我们才会有进步，才会有发展，没有这一连串的战斗，就不会有一连串的胜利。只要我们够坚强。我们就会像参加障碍竞走那样，跑完全程，到达终点。

人生逆境

每个人都可能有环境不好，遭遇坎坷，工作辛苦的时候。说得严重一点，几乎可以说，在我们每个人降生到这个世界以前，就被注定了要背负起经历各种困难折磨的命运。

但这并不是说，因此就该认定人间没有乐趣，或生命没有价值。我们虽然被注定了要靠劳力、靠工作来维持自己的生活，虽然被注定了有七情六欲来品尝人间各种各样的离合悲欢。但在另一方面，我们却有机会欣赏这有鸟语花香的世界，我们还有智慧可以体味人间苦乐的真谛，我们也还有心情来领略人间的爱心、善良和同情是何等的珍贵。总而言之，和我们所付出的代价比起来，我们的收获是值得的。

我常把人生比做一次旅行，辛劳和苦难算做是我们所不能不花的旅费。而在这一趟旅程中，我们可以得到各种各样五色缤纷的经验。当我们痛苦的时候，可以当做那是我们在旅途中的涉水跋山、走狭路、过险桥。而当我们快乐的时候，那是我们到达了风光明媚的处所，卸下了行装，洗去了风尘，在欣赏留连。也正如旅行一样，不在某一处风景区永远停留，而只能在驻足一阵之后，就又该背起行囊去寻觅另一处佳境。

因此，人间的苦苦乐乐，我们都该把它看做理所当然。做生意顺利的时候，财源滚滚而来，取之不尽，用之不竭，那是顺境。一旦遇上风险，逆境来临，就又要过一过节衣缩食的苦日子。不够坚强的人当逆境来临时，就难免会匆匆结束这次旅行，提早承认自己的失败；而假如我们够坚强，就该明白，我们就是为经历这些风险而来。

作为一个像样的旅行家需要勇气，也唯有有勇气承担旅途风险的人才可以到达人生的胜境，才可以领略到一般人所领略不到的“化险为夷”，“夜尽天明”，“腊尽春回”等等的乐趣。因此，逢到逆境时，我们要忍一忍、熬一熬、再多拿出一份勇气和信心；不要只看旅途的艰苦，而要把希望的灯光点亮，去照见那你所想要去的地方。

我们每一个人都有受到环境压力的时候，但在这时候，你与其悲伤流泪，就不如将就自己既有的条件去慢慢耕耘，等一旦机会来临，自己也有了足够的条件去应付了，境遇就好转了。许多事实使我相信，一个人的生活需要可以缩小到最小限度，而一样保持乐天达观的心情。只要你自己不让自己消沉灰颓，环境是不能把你怎样的。

懂得旅行乐趣的人，往往对平坦好走、容易达到的地方没有兴趣，而偏偏喜欢去找那些险峻的山，未开发的林，或没有人烟的岛。他们认为旅行的乐趣在于克服那些途中的困难，在于到达别人所不易到达的地方，在于发现新的佳境。

懂得人生的人也是一样，他们往往不喜欢平稳凡庸的生活，而有胆量去尝试一些困难的、冒险的、但却有内容、有意义的生活。因为他们知道，当困难克服了，险境过去了，他们才会尝到一些人生的真味，他们才会真正懂得人生的苦是怎样的苦法，乐又是怎样的乐法，贫穷的滋味怎样，失恋的滋味如何，而他们最大的收获却往往是成功的快乐。

俗话说："吃得苦中苦，方为人上人"。所谓"人上人"并不是一般功利的想法，而是说，他可以在生活上比一般人较为豁达开通，眼光远大，做起事来可以得心应手。如果我们从小就安安稳稳无风无浪的像花朵一样生活在暖房里，我们所见的天日就只有那一点点，所能适应的温度也就只有那一点点，那还有什么意思呢？

初生之犊不怕虎
——保存我们的朝气

一个初学钢琴的小孩，他只有六岁。有一天，他看见客厅墙上挂着一张贝多芬的像片。他问这是谁，我告诉他：这是世界上最伟大的一位音乐家，他不但是位钢琴家，而且他所做的曲子更是世界第一，没有人比得上。

这个小孩听了，马上很不服气地说："哼！我比他聪明！我比他更好！"我们当时都大笑起来。

但是，等我们笑完了之后，我却想到，也许这没有什么可笑。我们当时笑，是笑他坐井观天，诬天渺小；不知天高地厚，竟敢拿渺小的自己去和伟大的古人相提并论，而且大言不惭，竟敢说自己“比他聪明，比他更好!”这真是不知自量。但是仔细想来，这个敢说自己比贝多芬聪明的孩子，他是对的；因为他有理由相信他今后可能有机会证明他这句豪语。

世界上很多伟大的天才，在他默默无闻的时候，谁也不知道他会有朝一日爬上成功的巅峰；会成为全世界崇拜景仰的偶像。当时，如果他说他要超过某某名家，说他比当时的某某大师更聪明，一定也会使人笑不可抑，认为他是在痴人说梦。

我们一般人通常都是给一些成名的人物吓住了，觉得只有那些人才是了不起的天才，只有他们才配爬上成功的宝座，而和他们相形之下，自己真是渺小可怜，决不敢存丝毫与他们一争短长的念头。结果，也许就因为如此，而把自己本来可能有的成就都埋没了。

俗语说：“初生之犊不怕虎。”初生之犊，因为没有经验过阻挠和风险，一心以为自己是这个世界上最能干、最强和最幸运的。但是，当它慢慢长大，慢慢尝到了失败和挫折，也看见了世界之大的时候，它就懂得怕老虎了。而且，它不但怕老虎，连比它弱小的，事实上并不会危害它的东西，也莫名其妙地怕起来了。

我们小的时候，因为没有见识，倒反而有一股豪气。越是小学生的作文里，越多成大功、立大业的梦话。以后，这种梦话逐渐减少，逐渐不敢形诸笔墨，怕人见笑，只得把这种近于狂妄的大志存在心里。直到后来，实在看得多，听得多了，于是，自己就被别人的聪明才智与成就，吓得连在自己心里已不敢立志了。

于是，一个夸大自豪的孩子，就变成了一个庸庸碌碌，混吃等死的成人。这个成人是这样世故，这样谦卑，这样圆滑。没有人再笑他狂妄了，连他自己也满意于自己现在修炼得如此之功德圆满，认为自己终于懂得了做人的道理，懂得了崇敬别人，贬抑自己，这真是再好也没有了。回想起以前小学生时代所立过的大志，自己也不由得要脸红；而且开始训戒别人，告诉那些立大志，自命不凡的孩子说：

“你其实并没有什么了不起!”

“你不可能超过那些功成名就的伟人的，你太渺小了。”

而且，当他听见孩子们说要超过某某名家的时候，他就笑得要命，认为孩子们实在太幼稚，太不知天高地厚了！

其实，这是成人的悲哀。一个人到了承认自己平凡渺小，只剩下赚钱吃饭以终天年的时候，他所有天赋的才气就无从发挥了！

我们不应该希望孩子们也像我们这样的谦卑；当我们的朝气逐渐被岁月磨蚀的时候，应该替孩子们珍惜一下他们“目空一切”的狂妄。

当孩子们因为见闻不广，而自以为是的时候，我们能否不讥笑他们，而想办法因势利导，去给他们以适当的鼓励？

当一个孩子利用自己的头脑，潜心研究出一项他所以为的“新发明”的时候，我们能不能不因为这是世界上最简陋的一项发明，而耻笑他？我们不应该对一个孩子苛求，希望他第一样做出来的东西，就是人造卫星（人造卫星也是要经过无数次的尝试，不断的改进才有今天的成绩的）。

研究与发明可以由简陋逐渐进步到完美。我们似乎应该告诉年青朋友：尽管我们对前人的才能与成就要崇敬，但对自己的才能仍要给予信心和希望。只要我们能始终保存着一股朝气，任何远较前人更伟大的成就，都是有希望创造出来的！

励志小语

无论做什么事，要先有目标，目标既定之后，就不可以再翻悔。对学问事业尤其应该掘井及泉，不可见异思迁。西哲也说：“与其花一生的时间去掘许多浅井，不如花一生的时间去掘一口深井！”正与曾国藩所说“掘井及泉”不谋而合。可见无论古今中外，为学做事都贵在一个“专”字。因为人生时间有限，不可左顾右盼，一再蹉跎。

* * *

苦难是成功途中的考验，懦弱的人难免在苦难之下被淘汰，只有坚强的人才会走完自己认真想的路程。

* * *

“皇天不负有心人。”所谓“皇天”，其实正是我们自己精神和力量的化身。只要我们咬紧牙关，不被外力所动摇，不久之后，必会越过那些曾经讥讽过、阻碍过我们的，而到达自己理想的境界。

* * *

请记住！尽管人们对你嫉妒或嘲讽，成功总归是你的。你不需要他们什么。你知道吗？人间固然不乏同情、善意、温暖和帮助，可是，也有更多的时候，我们每一个人都必须凭自己的力量孤军奋战。在这种时候，别人帮不了我们什么忙。当我们必须自己去打这一仗的时候，最好还是鼓起勇气前进吧！

* * *

朋友！每个人都有他自己尚未发现过的内在。你也有的！

* * *

一个人是否有足够的“志气”，直接决定事情的成败。我们只要不放弃自己的愿望，不改变自己的初衷，在自己认为最合适的事情上面去求发展，就自然会有成功的一天。

* * *

“唯有埋头，乃能出头。”急于出人头地的话，只有使自己紧张焦虑，而无心耕耘。像一粒种子，你要想长大，就必须先要经过在泥土中挣扎的过程，不肯忍受被埋藏的苦闷的话，暴露在空气中一个短时期之后，就永远失去了生机。

* * *

因为你不愿自己永远被埋没，你才必须忍受暂时的被埋没。不要因为看不见收获而以为永远见不到光明。

* * *

打击和失败的耻辱有时反而可以成为一个人积极向上的力量。今天的失败可能是日后的成功。

* * *

任何环境都可以造就杰出的人才。贫穷困苦的生活固然造就了不少伟人，富贵安逸的生活对真正肯积极向上、有抱负、有理想的人来说，也并不会使他们耽于逸乐而埋没了他的天赋。

* * *

不要在失败的痛苦中倒下去！我们要做强者，要做“不倒翁”，要做坚毅的舵手。尽管人生的海上风涛险恶，可是，我们要把舵掌得稳，在旅程没有走完之前，不要放弃努力。

* * *

当事情失败的时候，越怨别人越觉不平，也越难使心情恢复。而假如我们肯把别人的心情拿来检讨一下自己，尽管真的是错不在我，也总多多少少可以找出一点自己所应负的责任来。只要找出一点点，在理智上，我们就可以心平气和了。当一个人心平气和的时候，才可以有较为清醒的头脑去为自己再决定一个新的方向。

* * *

“失之东隅，收之桑榆。”失去的东西并不一定真是你的损失。许多事实证明因祸可以得福，只是看你有没有力气承担一时之间的痛苦而已。

* * *

如果你没有成功，那是你耕耘的工夫还没有到家。不要痛苦和抱怨，而是要接受失败的教训，再做新的打算。

* * *

不要羡慕别人一时的幸进！时间会筛掉一切不真实的东西。

* * *

往往一件事情的失败只是因为你在最后关头停止了前进，你是否会功败垂成，只看你有没有再坚持那最后的一刻。

* * *

当我们面临一件困难的事情时，当我们从事一件有创造性的工作时，往往会被自己想象中的困难吓倒，使自己失去了信心，而事实上，这困难远比我们所想象的轻松得多。因此，当你要做的时候，尽管去做，与其不尝试而失败，不如尝试了再失败，何况，你并不一定会失败。

* * *

有些偏激的人们认为："人与人间的关系都是互相利用的。"这句话固然有一部分道理，但我认为不如把它改做"人与人的关系是互相帮助的"。"利用"是以自己为出发点，"帮助"是以别人为重心。它们的结果尽管很相像，但在事实上却不大相同。它所影响到人们的苦与乐也是完全两样。

* * *

年青人不满现实是正常的现象，只因年青人不满现实，希望改掉那些黑暗丑恶的，创造光明善良的，我们这个世界才会有进步，只要你的不满不是消极的，只要你能避免消极厌世、孤癖多疑，而把牢骚转化为披荆斩棘的精神，将来就可以发现，你的一双手会帮忙推动了这个世界。

* * *

惊涛骇浪如能顺利渡过，也未尝不可使生活增加一些壮丽的色彩。让我们以欣赏之情去迎接壮阔的人海波澜吧!

* * *

我们每人心中都有两派敌对力量。一派是妥协的力量，一派是挣扎进取的力量。这两派力量差不多天天都在交战。它们也许为大事情，也许为小事情。它们彼此都有战胜的时候。一个成功的人就是因为他经常让挣扎进取的力量战胜而得到成功的。你不要以为这很容易，因为这是一个人自己和自己在打仗。他得要拿出比打别人多一倍的力量来才可以战胜自己。

* * *

请你记住一句话：我要战胜自己！因为只有你自己会使你自己妥协；环境是不会的。

处世小语

处世·交友

因为我们总固执自己的成见，因为我们很少用同情和爱心去为别人设想，所以我们才容易陷于孤立和寂寞。

* * *

人与人像一部机器中许多相关的机件。我们必须和谐相处，忠诚合作，才可以使自己从中得到成功和快乐。如果互相制肘，受影响的当然不只是对方，而一定会影响到自己。

* * *

每个人都有他的好处，每个人都有他值得同情的地方。即使大家认为很坏的人，假如你和他深谈，你也会发现他的隐衷，和他那不会显现的优点或长处。发现一个人的优点，并且去爱他，这是一种绝大的快乐。有心人不妨多去尝试。

* * *

每个人都有缺点，正像每个人都有好处一样。如果你只注意别人的缺点，那你就会处处碰到敌人，把自己陷入孤立无援的灰暗之中去。如果你多注意别人的好处，用同情和仁爱去影响别人，使他能看到自己的缺点，而慢慢改正，你就会处处碰到信赖你爱戴你的朋友；你的生活中就会充满了温暖，和平与快乐。

* * *

在我们的生活中，总不免会和别人发生一些小小的误会。在发生误会的时候，也就是我们运用克己恕人的精神的时候。不管误会因何而生，我们总应尽量主动地去向对方解释，不要固执矜持，任小误会扩大加深，造成彼此之间更大的裂痕。

* * *

在初交朋友之间，适度的诚恳和应有的礼貌可以避免因不了解而生的误会。

* * *

用感情软化之后的敌人可以成为朋友，被强硬态度吓倒的敌人却仍然是一个心腹之患。因为他“心有不甘”，随时都准备着乘机再起，报仇雪恨。

* * *

平常我们劝人不要和人计较的时候，常说：“算了吧！何必和他一般见识!”这话往往很有效验。因为当我们觉得对方不值得自己和他计较时，无形中就显得自己是超然和宽大的了。我们不和别人斤斤计较是由于相信自己的品格和见识，而认为用不着再多费唇舌去辩论了。事实上，我们也常发现，喜欢生气，动辄与人争吵以逞一时之快的人，多多少少，总缺乏一点自尊和自信。

* * *

只有有自尊心的人才能尊重别人，也只有有自信心的人才知道如何相信别人。人与人之间靠互相尊重和信任，才能真正合作，才会使我们感到人间的温暖和快乐。

* * *

人间一切关系都不能只取得而不付出的。交朋友如只希望从朋友处得到照顾和帮助，而不准备为朋友付出自己的慷慨和义气，是永远达不到真正好朋友的境界的。

* * *

我们一生，在有形无形之中仰赖别人的太多了！而我们究竟对那些于我们有恩惠有助益的师长、朋友、同事、同学、以至于许多直接间接为我们做着我们自己力量所不能完成的事情的人们做了些什么呢？

* * *

如果每一个人在与别人相处的时候都先想到别人，后想到自己；多想到别人，少想到自己；那么，这世界上不但可以增加很多欢乐与和气，而且可以减少很多悲剧和恨事。

* * *

朋友有好几种，有的朋友是“有用”的朋友，你有求于他的时候，他会很慷慨的、不辞辛苦地帮助你。又有的朋友不是“有用”的朋友，而是可以谈心的朋友。这种朋友对你的思想情感和内在有启发和安慰的作用。他可能不会在实用的事物上帮你的忙，但是和他在一起时，会使你觉得如面对美景，心旷神怡。又像是在读一本内容丰富的书，使你的内心品德得到益处。因此，在交朋友之际，不可只看对方对自己是否有用，而更要问对自己是否有益。

* * *

有许多人的善意和友情是比较含蓄的。也许，它会在你想不到的时候突然出现；也许有一个你从未注意过的人，在你最需要帮助的时候拿出他慷慨的友情。

* * *

不要以为我们看不见的东西就是不存在。在我们一生中，一定会有机会发现一些不使我们失望的人，他们多半是那些埋头苦干，尽自己本份，不求闻达的人。那时候我们会奇怪当初为什么忽略了他们！

* * *

不要轻易放弃一位可能是朋友的人。留住再度相见时候那种可以想象的快乐！没有多少人是不值得我们付出友情的。

* * *

没有人是真正不需要友情的。越是表面上孤独怪癖的人越是渴望着朋友。如果你能用坦诚同情的真心去了解对方，用温暖的友爱去融化对方，使他的内心为你开放，你就会了解到他的友情是多么可爱！你自己也会体尝到一种完全不自私的快乐。

* * *

宁静快乐可以养心。一个时常紧张烦恼，患得患失的人，精神上的损失是很大的。因此，我们要练习遇事要镇定，祛除患得患失的心理。要常想：只要自己尽力而为了，事情的发展如何就不要再去做无谓的担心或揣测。对自己周围的人和事，最好多用善意与乐观的态度去对待，不多疑，不用心计，就较容易保持快乐泰然的心境。

* * *

谨慎谦和可以保身。有时因为我们年青气盛，有时也许因为我们太自负骄傲，因而忽略了谨慎与谦和。谨慎包括说话的谨慎和做事的谨慎，也就是古人所说的“谨言慎行”四字。谦和包括自己内心的谦虚和对人的礼貌。忽略了“谨慎谦和”这四个字的结果，往往会在无意中得罪了人而惹来意想不到的麻烦。我们并不是怕麻烦，而是因为我们愿意把精神用在更有意义的事情上，因此希望生活中不要发生意外的枝节。

* * *

读书可以广智，宽恕可以交友。当你有机会读书的时候，请不要放弃读书的机会。当你能以豁达光明的心地去宽容别人的错误时，你的朋友自然就多了。

* * *

知足可以常乐。所谓知足并非“安于现状，不求长进”的知足，而是我们对自己所拥有的一切，好的要感谢，坏的也不要抱怨。多反省自己所未曾尽力的地方，多想一想世间那无数还不如自己的人们。由知足而产生积极进取的力量，这就是快乐生活的起点。

* * *

勤俭可以起家。勤俭不但可以起家，而且可以使我们由于勤俭而经常保持一种活跃蓬勃的生命力。我们不难发现，许多长寿的人都是勤俭的人。

自制·克己

一个人如想不被人无理轻视，不被人随便欺侮，就先要使自己的学识才干积极的有所表现，用实际的成绩使对方知道你决非不如他，或慑于他的声势，而只是不愿和他一般见识而已。

* * *

朋友！你因别人负你而伤心吗？请你相信，假如是他对不起你，那该受惩罚的是他，而不是你，更不是除你自己之外的那些无辜的人。

* * *

不要为一件不值得的事或一个不值得的人，付出太多的心血！眼泪要流在同情你的人的面前。那已经背弃了你的，他对你宝贵的眼泪一点也不在意，你为什么不让他有一天也看看你的坚强，你的成功和骄傲呢？

* * *

我们降生在这多彩多姿繁华绚烂的世界上，就应该很有志气地活下去。活给自己看，也活给爱自己的人看，更要活给那瞧不起自己的人看。

* * *

“清者自清，浊者自浊”。别人的闲话中伤不必放在心上。谣言等于是一缸混水，解释的话等于是越搅越浊。静静地等着它，它自会澄清。如果你平常为人做事都很正直，别人一时的误会是不会真正伤害到你的。

* * *

“但行好事，莫问前程”。我们只要不断地做好事，到了必要的时候，这些好事就都是志愿来帮助你的证人。遇到不能用自己的力量去洗清污点时，这些你所不知道的证人自然会出来解救你。

* * *

“种瓜得瓜，种豆得豆”。我们平常在地上随便撒下的种子，到了适当的时候，都会出乎我们意外的发芽长叶，显示出它们的善或恶。我们如不在撒种子的时候小心选择，就无法在它结果的时候再去控制。

* * *

“岂能尽如人意，但求无愧我心”。一切事只要自己问心无愧，不曾主动地去与人为敌就可以心安了。至于别人怎样待我，我们既无法强求，也就不必强求了。

* * *

“万两黄金容易得，半个知己也难求”。知己是难求的，因此如你遇不到知己，你不必抱怨；你遇到了知己，却千万不要错过。

* * *

“己所不欲，勿施于人”。如果每一个人都能设身处地地为别人想一想，人间自然会多一些愉快与祥和。

* * *

处处抢先，事事占便宜的人多半要付出更高的代价。

* * *

当你能找到公平讲理的地方时，你不妨去找，不妨去讲。但当你不能的时候，你也只有尽自己的所学所能，做你自己认为对的，不要同流合污就是了。

＊　＊　＊

日常生活中，使我们心情感到沉重的事情很多。减轻这种心头负担的办法，最好是赶快去面对它。因循、逃避不但于事无补，使自己更加不安；而且会加深了事情的严重性。

恕　人

有光的地方就有阴影。即使同一个人，他在性格上也一定同时有他可爱的地方和不太可爱的地方。

＊　＊　＊

人间有善有恶，有美有丑，有爱有恨。只要我们多发掘光明善良的一面，并设法对罪恶与憎恨用宽容冷静的态度找出它们的成因，或它们不得不然的隐衷，我们就会对人生多有一点信心和好感了！

＊　＊　＊

墨子说：“乱自何起？起不相爱。”假如人与人除了互相利用之外，就是互相憎恨的话，天下就不能不乱了！

＊　＊　＊

“会了解就会宽恕”。如果你了解人人都不免自私，你就不会对他们这样生气了。有时，我们如能冷眼旁观人们的自私小量，口是心非的形形色色，也可以对人生有所领悟。人生就是这个样子的！不必太苛求，也就不致愤世嫉俗了。

＊　＊　＊

“植物似的，动物似的，人也是土地的产物”，我们是自然界的一部分，因此，我们应该爱自然界像爱我们的家一样。当我们痛苦或喜悦的时候，我们也要相信，“这痛苦，这喜悦，迟早都要交还给我生长的地方，化为微尘，消失得无影无踪的。”当你这样想的时候，你就够豁达了！

* * *

我们与其痛恨厌弃那些卑鄙丑恶的人和事，倒不如去欣赏和同情他们吧！他们也许有许多你所想象不到的苦衷，他们也许只是人生舞台上的一个丑角。假如你用同情和悲悯之心去和他们相处，你就可能有机会发现他们或许也有许多委屈或不平。

* * *

你也曾有过喜欢搬弄是非、制造流言的邻居或熟人吗？他们的无聊行为是否也曾令你感觉困扰或气愤呢？

假如你知道，古今中外到处都有这一种人，而且你明白他们是多么可怜，你就不会为他们而生气了。

因为他们多半受的教育不多，见闻也少，眼光浅短，生活圈子狭小。他们除了自己周围的那一片小天地和那一小群人之外，不知道还有广大的世界。他们多半很闷，生活单调，缺少变化和刺激。因此，他们愿意制造一些故事，好使一潭死水似的生活起一点波澜。

如果你怜悯他们的浅薄，你就不会再为他们的行为而气恼了。

* * *

人们大多喜欢看戏、看电影、看小说或听故事。喜欢欣赏别人的喜怒哀乐和悲欢离合。因为人们可以由别人的故事中发现自己，使自己的情感藉别人的故事而得到发抒。

少数浅薄的人喜欢探听别人的隐私，制造故事，传布流言，唯恐天下不乱，也无非是基于这种心理。

因此，假如你了解他们，并能原谅他们的无知和肤浅，就可以不去和他们计较了。

罗兰小语

（下）

罗 兰 著

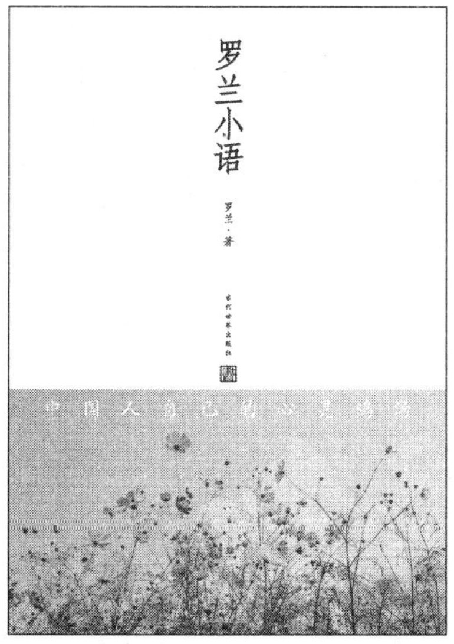

收藏书坊

当代世界出版社

目　　录

情感小语

"小悲哀"不必悲哀 …………………………………… (274)
不要为琐事分心 …………………………………… (276)
读书之乐 …………………………………… (277)
成功三部曲 …………………………………… (279)
爱你自己的个性 …………………………………… (282)
保存自己的特色 …………………………………… (283)
"我们好人"和"他们坏人" …………………………………… (285)
谈过年之乐 …………………………………… (286)
慷慨的友情 …………………………………… (288)
睦邻 …………………………………… (290)
当你寄人篱下的时候 …………………………………… (292)
谈"追" …………………………………… (293)
给失恋的朋友 …………………………………… (294)
看来没有希望的爱情 …………………………………… (297)
谈友情 …………………………………… (299)
一点新的认识 …………………………………… (302)
内在美 …………………………………… (303)
亲戚远来香 …………………………………… (304)
处邻居一得 …………………………………… (305)
开朗、豁达、洒脱 …………………………………… (307)
天性 …………………………………… (312)
性灵 …………………………………… (313)

世故 …… (316)
运动 …… (317)
欣赏 …… (318)
美德与宗教 …… (321)
乐与艺 …… (323)
文艺 …… (326)
不要放弃你的梦想 …… (328)
不要浪费生命 …… (329)
永不会太迟 …… (331)
成功不是偶然　失败不是命运 …… (333)
谈自信 …… (335)
拿得起·放得下 …… (336)
谈谈友情 …… (337)
化敌为友·克己恕人 …… (339)
防人之心 …… (340)
宽以待人 …… (342)
贵人相助 …… (343)
夫妇之间怎样才能和谐相处 …… (345)
姻缘前定 …… (346)
“爱”的微语 …… (348)
寂寞三题 …… (352)
谈寄托 …… (355)
何处不相逢 …… (358)
待人贵超然 …… (359)
带点笑容 …… (360)
金钱与物欲 …… (362)
感情 …… (365)
爱情 …… (367)
爱情·婚姻 …… (369)
感情小语 …… (377)
谈“爱情” …… (383)

文化小语

储蓄一分欣赏之情 …………………………………………………………(388)
良辰美景近在眼前 …………………………………………………………(393)
四季小语 ………………………………………………………………………(396)
欣赏小语 ………………………………………………………………………(403)
超然的人生境界 ……………………………………………………………(405)
答问谈道家 …………………………………………………………………(409)
美德小语 ………………………………………………………………………(412)
从“三顾茅庐”到自我推销 ……………………………………………(418)
从乾隆谕旨看通商 …………………………………………………………(421)
儒医、儒将、也“儒商” ………………………………………………(424)
闻过则“怒”谈文化输出 ………………………………………………(428)
“商业目的”和“自身目的” …………………………………………(432)
金钱反应与商业念头 ………………………………………………………(435)
文人与“市场” ……………………………………………………………(439)
善胜敌者不与 ………………………………………………………………(443)
嗜欲深者天机浅 ……………………………………………………………(446)
以中国观点看“日本第一” ……………………………………………(449)
经营之余，抬头看看天外 ………………………………………………(453)
从“一窝蜂”到“追求卓越” …………………………………………(457)
四千六百年往事如昨 ………………………………………………………(460)
损失的是金钱还是自尊 ……………………………………………………(464)
“跟上时代”的悲哀 ………………………………………………………(466)
中国气质与形象 ……………………………………………………………(470)
美式商业幻术 ………………………………………………………………(472)
走出文化附庸的瓶颈 ………………………………………………………(475)
从“忠于一主”到跳槽为荣 ……………………………………………(479)
浊富与清贫 …………………………………………………………………(482)

建立属于自己的现代 …………………………………… (485)
人生三大问题 …………………………………………… (489)
孔夫子在台北 …………………………………………… (492)
庄周梦“钱” …………………………………………… (498)
名利竟如何 ……………………………………………… (503)
谈“气质” ……………………………………………… (507)
武侠小说中的“武”与“侠” ………………………… (511)
大怒与小怒 ……………………………………………… (514)
百川汇海溯源头 ………………………………………… (517)
从不屑言利到不“耻”言利 …………………………… (521)
直线最短　事缓则圆 …………………………………… (524)
中国式自由 ……………………………………………… (528)
中国式悠闲 ……………………………………………… (533)
什么是“美育” ………………………………………… (537)
从“衣食足”到“知荣辱” …………………………… (540)
妇女的形象代表国家 …………………………………… (543)

情感小语

“小悲哀”不必悲哀

一位署名“知音”的青年给我写信谈到初入社会的悲哀。他说：“为了生活，我不能放弃工作。可是，主管的官腔，同事的冷眼，工作的繁重和枯燥，实在使我感到社会的冷酷无情，难以忍受。”他希望我能给他一点鼓励，使他能够“勇敢地面对现实，没有恨”。

我相信这位青年的痛苦也正是许多人的痛苦，因此，我愿借用他这句话——“让我们常能勇敢地面对现实，没有恨!”因为怨恨只能使自己退缩和逃避，只能造成与现实的更不和谐，使自己陷于孤立无援，四面楚歌的境地。

我看见过许多愤世嫉俗的青年人，他们说社会冷酷，人群势利，于是，把自己武装起来和社会宣战。可是，结果毁灭的不是社会，而是他们自己。

为什么？因为社会是无形的，它不是一个可以看得见，可以打得败的东西。你向社会宣战，等于是向虚无宣战；它既不会起来应战，也不会被你动摇，结果你就等于向自己宣战。

社会是一个抽象的东西，它没有办法挺身出来，对某一件事情表示可以负责，或表示悔过。它确实是冷酷无情的，即使你怨恨、你流泪涕泣，你怒吼，它也不会有动于衷。所以，我们尽管放心地承认，社会就是这样一个冷酷无情的东西，用不着为这社会觉得可耻。

而且，我们一定要承认，那不是什么人的错。青年人往往以为这个社会是被老一辈的人搞坏的，老一辈的人却说人心不古，世风日下，是新的一代搞坏的。贫穷的人以为有钱的人制造罪恶，有钱的人却觉得贫穷的人容易破坏社会的秩序。女人怨男人、男人怨女人；农人怨商人、商人怨政治家。大家彼此怨来怨去，而事实上，我们所感受到的压力却是所有的人共同形成的。

你用不着反对谁，反对并没有好处。而只有当我们不把责任推往别人头上的时候，才能真正地面对现实，拿出自己的力量来，适应环境，渡过难关；只有当我们每一个人都不把责任推往别人头上的时候，社会才显得可爱和有希望，也唯有能挺身负责、承担苦难和错误的人，才可以有力量改善那抽象的社会。

喜欢打官腔的老板到处都是。而且做小事，有小人物给你气受，做大事，有大人物给你气受，所差的不过是轻重的分别，而只有不做事，才不受气。可是，我们不能不做事。

当然，除了不做事之外，还有一个办法可以不受气，那就是——使自己的才干能力，做事经验一天比一天进步，一天比一天完美，使主管觉得你是他的左右手，凡有重任，一定找你，当你想要辞职的时候，他会觉得惋惜。可是，这个办法不是一天半天所能做到。你除了多在本身的学识、才干、能力、经验上去下功夫充实之外，还要给老板机会和时间去认识你的长处。只怕在这个过程之中，你往往会忍耐不住怀才不遇的苦闷，没等主管认识你的好处，你就已经想要辞职不干，或和他吵翻了。

我并不劝人一辈子低声下气。可是，在初入社会，或乍到一个新环境的时候，总免不了要花一点忍耐的功夫。只要我们在工作上吸取了经验，充实了自己之后，我们总有机会不再受气。

我敢说，每一个人都曾有过自认为受气的时候；我也敢说，慢慢的，你会觉得好起来的。

有人把刚入社会，练习做事的生手叫“小悲哀”，这个名称想得很妙。我曾做过很多次“小悲哀”，我第一次做事，主管是个女的。她对我真不客气，常常白眼相加，把我支使得团团转，而且她连我穿什么样的衣服，系什么颜色的头带都要限制。可是两年之后，她就不再麻烦我了。后来，我又找到了一个比较有前途的工作，从头再做“小悲哀”。

我很想说句良心话：对那些使我们头痛的主管和把我们当“小悲哀”的同事，我们是不妨存一点感激之情的。因为他给了我们一些磨炼和一些经验，更激发出我们一些志气，使我们目前有机会吃得苦中苦，才可望将来有机会成为人上人。

朋友！你不要真的悲哀！“小悲哀”三个字是一个有希望的象征。一个人一旦没有勇气再换一个新的环境，从头再做“小悲哀”，去学习适应新的工作了，他就没有进步的希望了。

那是衰老的现象，那才是一个人真正的悲哀！

不要为琐事分心

当白日已尽，夜幕低垂的时候，又是一天过去了。这一天，有时我们觉得很快乐，有时觉得很空虚，也有时会带着一肚子的闷气。当我们快乐的时候，觉得天下事都易如反掌，自己似乎是最幸运的人。当我们愁苦的时候，又会觉得世界是这样的冷酷黯淡，没有一条路可以走得通。

其实，假如我们够豁达，就可以明白这一切快乐与愁苦都只不过是人生途中所不可避免的波浪；正像白天与黑夜不断地轮替一样，不管你快乐的时候是怎样的快乐，也不管你愁苦的时候是怎样的愁苦，它总归会随着时间成为过去。因此，假如你今天很快乐，你不妨多留恋一下这快乐的心情；假如你今天很烦恼，那最好还是早一点把它抛开。与其拉住那迟早总要过去的烦恼不放，不如把眼光放在明天。

最好的生活态度之一是不要为琐事分心。日本有句格言："生活要朴素，理想要高远。"生活朴素可以减少我们在物质上和精神上不必要的浪费，理想高远可以使我们从生活的琐碎项目中超脱出来，全心全力朝向远大的目标进行，因而对生活中那些无谓的烦扰纷争，自然就不屑去计较了。

摆脱生活中不必要的牵挂，可以节省下精神来，去从事比较有意义的工作。当你不想应酬的时候，当你认为和某些人闲聊是毫无道理的时候，当你认为有些家常琐事是可以把它省掉的时候，你不妨就这样去做。我总觉得我们一生消耗在没有效果，没有用处的活动上的时间太多，如果这些事情能省掉而不致影响我们所追求的大目标时，为什么不把它省掉呢?

生活中难免有牵线攀藤的琐事，难免有使你烦心的小问题。对付这些事情有两种办法：一是拿出魄力来，把它们快刀斩乱麻地解决掉；一是根本把它们扔得远远的，理也不要去理它们。这两种办法都能使你心情痛快，都能使你马上可以腾出精神去做你该做的事。为一些不相干的人或不相干的事去忙碌或用心机，那才是浪费生命。

我们一定要使自己能始终全神贯注事情的主干；旁枝末节的小问题，不要去理它。因为它到时候会自动地消灭，或随着大问题的解决而解决。

在短暂的人生过程中，要做些有价值有意义的事；“踌躇”、“犹豫”、“因循”、“观望”和为零星小事去枉费心机，都是缺少魄力和目光短浅的表现。

能以坚决的信心，一贯的意志去做你所做的事，人生必会延长。

我们如能把用在吃喝上的时间，每天省下一小时来做一项更有意义的工作，结果定会有所成就。只要我们能分辨哪些事情是必要的，哪些事情是浪费徒劳的，再加上恒心和毅力，我们生命的意义就会和别人不同。

读书之乐

古人说：“三日不读书，便觉言语无味，面目可憎。”乍听之下，这话似乎说得很严重。可是，仔细一想，却觉得十分有理。

一个喜欢读书的人，假如好久没接近书本了，那必定是因为他忙，或因为他的心思分散在其他琐碎拉杂的事情上，使他没有时间或没有心情读书。而这些琐碎生活项目的使人忙碌，正是造成一个人思想肤浅庸俗的最大原因。思想肤浅庸俗形之于外的时候，言语就自然无味，面目也必随之可憎了。

我们固然不能脱离现实而生存，但每天抽出一小部分时间来看看书，却可以使我们保持头脑的清醒和思想的灵活。

古诗中有“问渠哪得清如许，为有源头活水来”。我们的思想需要源头活水，而这源头活水有一大部分是来自读书。天天读点有益的书，对精神有滋补作用，而我们的言谈举止就不至于“无味”和“可憎”了。

一个人说他忙得没有功夫读书，实在是一件很不幸的事。而偏偏我们大多数人又都很忙，好像一天把必须赶完的工作赶完之后，就已经筋疲力竭了似的。不过，我们仍可承认，一个人无论怎样忙法，一天之中。十分二十分钟的时间总还是可以抽得出来的。问题只是当我们闲下来的时候，手边不一定有适当的书可看，想到还要费事去翻书橱，就懒得动了。

因此，为了让我们随时可以利用短短的空闲时间来看书，不妨经常把一两本打算看的书放在最容易拿到的地方。比如你是一位每天上班八小时的公务员，下班之后，吃过晚饭，你总会有一点时间坐在沙发上或藤椅上休息。这时如果你的书就放在旁边茶几下面，不必起来，一伸手就可以拿到，你就自然愿意一面抽烟喝茶，一面看书了。

或者你是一位家庭主妇，那么，你可以把你要看而没有时间看的书放在枕边。属于家庭主妇自己的时间多半是在忙完了午饭，收拾清楚，躺下来午睡一会儿的时候。你可以一面休息一面看书。虽然你也许只能看一两页，可是，日久天长之后，你的读书成绩也会大有可观。

对从事体力劳动的人来说，读书是一种休息。对用脑力处理事务的人来说，读书是一种解脱。当我们烦闷的时候，读书固然可以解闷；当我们愁苦的时候，读书也可以使我们忘忧。

读有益的书可以把我们由琐碎杂乱的现实升到一个较为超然的境界，能以旁观者的眼光回顾自己的忙碌沉迷，一切日常引为大事的焦虑、烦忧、气恼、悲愁，以及一切把你牵扯在内的扰攘纷争，这时就都不再那么值得你认真了！

书本是人类精神上的营养剂。缺少了它，生活必有缺陷。

林语堂博士在《生活的艺术》中劝人们找到“文学上的爱人”。他说：“世上原有所谓性情相近的事。所以一个人必须从古今中外的作家中找寻出和自己性情相近者。”你如能时常有机会和一位与自己精神领域接近的作家借书本聊天谈心，他所说的就是你想说的话，他的喜怒哀乐就是你的喜怒哀乐；而且他给你一些启示，叫你认识你自己狭小天地以外的世界；这时，你就可以得到如同交到知己朋友一般的快乐。

如果幸而你不是个“忙人”，那么，在寂寞的雨天，在长长的下午，在无法排遣的星期假日找一本自己最能领会的书来浏览一番，真会有一种“如对故人”的快乐。

世上有人喜欢储蓄金钱，有人喜欢收藏古董，有人喜欢搜集邮票珍玩，也有人喜欢把书本上的嘉言名句储存脑中。我认为最后这种储存是最富经济价值且又最安全的储存。因为它一不怕窃盗，二不怕丢失，而且携带方便，取用简单。

尤其是“腹有诗书气自华”，它能够使人风度高雅，气宇轩昂，远胜过服饰上的奢华或家宅中的堆金积玉，而它之能使你享有恬淡宁适，心安理得的快乐，更决非终年孜孜为利，唯恐失去存款的人们所可比拟。

成功三部曲

唯有埋头，乃能出头

许多有抱负的人都忽略了积少才可以成多的道理，一心只想一鸣惊人，而不去做埋头耕耘的工作。等到忽然有一天，他看见比他开始晚的、比他天资差的，都已经有了可观的收获，他才惊觉到自己这片园地上还是一无所有。这他才明白，不是上天没有给他理想或志愿，而是他一心只等待丰收，可是忘了播种。

我有一位朋友，时常在闲暇时来找我谈天。他学的是法律，却热衷戏剧，常想有机会跃登银幕，成为大明星。可是，我却从没有看见他去尝试那可以进入影剧界的机会。于是我问他："为什么不去试试看呢？"

他说："我不愿去和那些初出茅庐的小孩子们竞争。我已经快三十岁了，即使考进去之后，也不过是做个小小的配角，有什么意思？我要等什么时候有大公司找某一部影片的主角和我的性格戏路合适的，我一去，就会录用，那才可以一鸣惊人。"

可是，像这样幸运的人能有几个？于是，他只好任岁月蹉跎，年华老大，而他的愿望仍止于是个愿望。只因他不肯从头做起，所以永远接触不到他理想的天堂。

单是对自己那无法实现的愿望焦急慨叹是没有用的。要想达到目的，必须从头开始。所谓"登高必自卑，行远必自迩"；正如爬山，你只好低着头，认真耐性地去攀登。到你付出相当的辛劳努力之后，登高下望，你才可以看见你已经克服了多少困难，走过来多少险路。这样一次次的小成功，慢慢才会累积成大的更接近理想目标的成功。

最终的目标绝不是转眼之间所可以幸致，在未付出辛劳艰苦和屈就的代价之前，空望着那遥远的目标着急是没有用的。而唯有从基本做起，按部就班地朝着目标进行才会慢慢地接近它、达到它。

古人说："唯有埋头，乃能出头。"种子如不经过在坚硬的泥土中挣扎奋斗的过程，它将止于是一粒干瘪的种子，而永远不能发芽滋长成一株大树。

把握时机

居里夫人说："弱者等待时机，强者创造时机。"这真是一句至理名言。《台北民族晚报》上，有一次记述林语堂博士当年的一段故事说：

"有一天，一位先生宴请美国名作家赛珍珠女士，林语堂先生也在被请之列，于是他就请求主人把他的席次排在赛珍珠之旁。席间，赛珍珠知道座上多中国作家，就说：'各位何不以新作供美国出版界印行？本人愿为介绍。'

"座上人当时都以为这是一种普通敷衍说词而已，未予注意；独林博士当场一口答应，归而以两日之力，搜集其发表于中国之英文小品成一巨册，而送之赛珍珠，请为斧正。赛因此对林博士印象至佳，其后乃以全力助其成功。

"据说，当日座上客中尚有吴经熊、温源宁、全增嘏等先生，以英文造诣言，均不下于林博士，故在事后，如他们亦若林氏之认真，而亦能即日以作品送诸赛氏，则今日成功者未必为林氏也。"

由这段故事看来，一个人能否成功，固然要靠天才，要靠努力，但善于创造时机，及时把握时机，不因循、不观望、不退缩、不犹豫，想到就做，有尝试的勇气，有实践的决心，多少因素加起来才可以造就一个人的成功。所以，尽管说，有人的成功在于一个很偶然的机会，但认真想来，这偶然机会的能被发现，被抓住，而且被充分利用，却又决不是偶然的。

机会是在纷纭世事之中的许多复杂因子，在运行之间偶然凑成的一个有利于你的空隙。这个空隙稍纵即逝，所以，要把握时机确实需要眼明手快地去"捕捉"，而不能坐在那里等待或因循拖延。

西谚说："机会不会再度来叩你的门。"这并非说它架子大，而是它也被操纵推挤在万事万物之间，身不由己。

因循等待是人们失败的最大原因，所以说："弱者等待时机，强者创造时机"；所谓"创造时机"，不过是在万千因子运行之间，努力加上自己的这万千分之一的力量，希图把"机会"的运行造成有利于自己的一刹那而已。林语堂博士的故事，可以说是一个最好的证明。

徘徊观望是我们成功的大敌。许多人都因为对已经来到面前的机会没有信心，而在一犹豫之间，把它轻轻放过了。机会难再，这话是对的，因为即便它肯再来，光临你的门前，但假如你仍没有改掉你那徘徊瞻顾的毛病的话，它还是照样要溜走的。

绕道而行

我们常看见那迷路的蜻蜓在房间里拼命地飞向玻璃窗，打算到那海阔天空的地方去。它看准了透过玻璃窗照进来的那一片光明，百折不挠地飞过去，但每次都碰到玻璃上。必须在上面挣扎好久，才恢复神智，然后它在房间里绕上一圈，再鼓起勇气，仍然朝玻璃窗上飞去，当然，它还是“碰壁而回”。

其实，旁边的门是开着的，只因那边看起来没有这边亮，它就不想去试试那个门。

追求光明是多数生物的天性。它们不管怎样遭受失败或挫折，总还是坚决地朝向光明的地方去奋斗。但是，当我们看见碰壁而回的蜻蜓的时候，却不禁想要告诉它：我们有时为了达到目的，是不能不换一个看来较为遥远，较为无望的方向的；否则，你就只好永远在尝试与失败之间兜圈子，直到你完全铩羽而回。

百折不回的精神虽然可佩，但如果这里虽然望得见目标，而这前面却只是一片陡削的山壁，没有可以攀缘的路径时，我们也只好换一个方向，绕道而行。

为了达到目标，暂时走一走与理想相背驰的路，有时正是智慧的表现。事实上，人生途中是没有几条便捷的直达路径可走的。我们时常必需把目标放在背后，而耐心地去做披荆斩棘、铺路修桥的工作，我们时常必需尝试很多条看来非常晦暗无望的道路之后，才发现距离目标近了一点。

只要我们记住自己理想的方向，就算多兜儿个圈子，也并不算错误。

不要逞匹夫之勇，不要像那只固执的蜻蜓。请运用你的智慧和耐心吧！你可以暂时屈就你所不喜欢的职业，你可以暂时应付一下你所讨厌或轻视的人，你可以暂时走进一个黑暗的涵洞——只要你不忘记由它的另一端钻出来，只要你时刻知道这一切都仅仅是手段，而不是你的终极目的，你就用不着灰心和难过；也用不着关心周围的人怎样批评或嘲笑你。

法国作家勒农说：“你不要焦急！我们所走的路是一条盘旋曲折的山路，要拐许多弯，兜许多圈子，时常我们觉得好似背向着目标，其实，我们总是越来越接近目标。”

懂得兜圈子，绕道而行的人，往往是第一个登上山峰的人。

爱你自己的个性

常有人问："不容易与人相处是否由于修养不够所致？看这方面的书有没有用处？我们要随俗一点吗？"

其实，不容易和人相处算不了什么大问题，尤其是年青人，正是极容易流露个性的时候，而且也只有自然流露自己的个性，不肯曲意随合的年青人是正常可爱的年青人。我一向喜欢年青人的见棱见角，而不大欣赏年青人圆滑老成，用像中年人一样世故的手段去待人接物。我认为，只要你不故意去侵犯别人，你独来独往的个性正是一个可爱的个性。

修养的书虽然应当看，而且看了之后也确实会有益处，但那好处也正如我们吃饭一样，吃下去不会马上变成营养，而要慢慢经过消化吸收之后，才可以对你发生作用，才能有益于你的待人接物。

而且，在基本上来说，所谓处世和修养，目的并不是要我们改造自己去使别人来喜欢我们，而是教我们知道怎样去认识自己，看重自己和怎样在环境不能尽如己意时，有以自处。因为事实上，我们不能希望每一个人都喜欢我们，因为个性习惯不同，也不可能和任何人都相处得来。

一个懂得处世之道的所谓有修养的人，也无非是一个懂得和谈得来的人多谈，和谈不来的人保持一个和平淡远的距离的人；他不为对方对自己不友好而不高兴，也不勉强自己去迎合别人。

当有了性情相投的朋友时，可以尽兴畅谈，当没有相投的朋友时，也不必觉得寂寞；因为那不一定是你的错。

而事实上，一个人做到了这种"对友情听其自然"的地步，他自然就会有一种超然潇洒的神情，形之于外，这种神情却正是一种使人仰慕敬爱的神情，那时，别人自会希望接近你，以能和你接近为荣；那时，选择朋友之权就确实操纵在你的手中了。

因此，我奉劝各位希望知道"处世交友"之道的青年朋友们，你如喜欢朋友，就先要喜欢你自己，喜欢你自己的个性；但你更要宽容别人和尊重别人的个性。

当你喜欢你自己的时候，你就不会觉得自卑，当你宽容别人的时候，你就不会感到自己和别人站在敌对的地位。能有这种感觉时，你即使仍然没有很多的朋友，你也一样会觉得满意和心安理得了。

曾有一位少女问我："那些受人注意的女孩子们是否由于她们先向别人有所表示？或是她天生有一种吸引力？"

当时我回答她说："希望你别太过关心自己是否受人注意，也不必去和那些你所谓受人注意的女孩子相比。因为在这方面来说，确实有一种看来很'抢眼'的人，也许她们外型漂亮，也许她打扮与众不同，也许她们举止比较夸张，这都是'抢镜头'的条件。当然，这种人很令人羡慕，她们无论做什么事都可能比别人多一些方便。但这并不是可以去学，或值得去学的条件。

"你不要以为在你的朋友之中，你比较不受人注意，就是你不如一切人。也许，你有比她们更丰富的内在，当你一旦把你的美点展示出来之后，那些吸引人的女孩子们也许反而跟不上你了。

"当然，你也许又会很谦虚地说，你的内在也不怎样。而假如你真是这样的话，你就正可以趁此时机，多在内在方面下一点功夫，你会由这一方面得到一生受用不尽的好处，那比一个吸引人的外表更能使你不平凡。"

青年朋友们！我愿意劝你喜欢自己的个性。你虽然也许不像春天的花朵那样芳菲引人，可是你一定有属于自己的内在气质。你只要耐心找出自己个性中的美点来，就可以慢慢相信，世上的人们，有人喜欢秾桃艳李，也有更多的人喜欢水仙或寒梅。如要长远维持你自己特有的芬芳，就不必随俗浮沉。

保存自己的特色

台北曾经上演过的一部电影"樱花恋"，里面的女主角是位日本姑娘，因为想要去动手术做双眼皮。使她的美国丈夫大生其气。

日本姑娘想做双眼皮的目的是要使自己变得像美国人，她以为那样"会使丈夫觉得她更可爱"，但事实上那位美国丈夫所爱的却正是她原来的东方面貌；换句话说，她丈夫就因为她长了单眼皮、矮身材、直头发才爱她。

这段剧情当然不仅是戏剧中的夸大演染，因为在事实上，我们差不多每人都有过这种感想：往往美国朋友在台湾所挑选的中国太太，并不是我们中国人心目中认为漂亮的。相反的，他们挑的却正是我们认为不漂亮的。他们常常喜欢找一些身材特别娇小玲珑，头发完全是中国原始的样式，没有花花卷卷，鼻子不高，单眼皮，而举动也保有中国固有的文静的小姐。因此，常有人觉得美国人的眼光奇怪。

其实，他们的眼光是正常的。他们如果爱那种西洋化了的东方人，那就干脆去娶一个他们本国的小姐，不是更标准吗？他们爱东方人，就是因为东方小姐们是东方小姐，具有一切东方小姐的特色和东方的美点。而我们中国人却正和他们站在相反的观点。我们有时欣赏西方人的风仪，对自己本来的面貌反而觉得平庸无奇，所以总希望把自己弄得西洋化一点。

当然，按一般“美”的标准来说，最好的是西方人具有东方的美点，或东方人具有西方的美点。所以有许多欧亚混血的孩子，都是很漂亮的。

可是爱情却不一定是如此，一个人对一个人发生爱情，往往不是爱对方够上什么标准，而只是爱上他的特色。否则大家都向着少数的几个标准美人进攻，其他那些不够“标准”的，岂不找不到对象了吗？

既然不可能每一个人都合乎“美”的世界标准，那末与其勉为其难的用不自然的方法改造自己，就不如好好地保存自己的特色。

一个人生来的特点可能就是她的美点，我们不必希望自己像某一个有名的美人，我们应该希望自己只最像自己。

谈起一个人有一个人的特色，就不免想到那些电影明星。有一阵子，我们在报纸杂志上，看见许多明星的照片，都有点像李丽华，又有一阵看见许多明星的照片都有点像张仲文。这些人不懂得发挥自己的特色，而只知“东施效颦”，就难怪他们只能做默默无闻的三四流角色了。

记得以前有位美国太太，在上海某照相馆照了一张照片，拿回来一看，照像师把她下颏上的一块凹下去的印子给修掉了。也许因为这位太太是学艺术的，当时她很不高兴，问照像师为什么给她修掉。照像师当然解释说因为这样比较好看，她说：“不管好看不好看，那是我脸上有的东西，你就不该把它修掉。”

当然学艺术的人不免有点怪癖，不过，这也说明了，艺术上所说的“真”，究竟是美的条件之一。如果把自己弄得不像自己，失去了应有的真，那就无从谈到“美”了。

假如你爱你自己，而且也希望别人所爱的是你的本色，那么，你就不必去模仿别人，而要发挥你的本色，使它显出光彩来。

“我们好人”和“他们坏人”

小孩子看完电影或看完故事书，常喜欢谈论说“我们好人怎样怎样，他们坏人怎样怎样”，无形中把他自己放进好人的行列，把好人的胜利做为他自己的胜利。

拿这种自然流露的喜欢做好人的心理看起来，我们倒可以相信“人之初”的确是“性本善”的。孩子们都愿意当好人，都维护好人；同时也都厌恶坏人，希望自己站在好人的行列，帮他们伸张正义，打倒坏人。

往往在电影上看到好人被坏人围困，正在危急万状的时候，忽然救兵来到，坏人溃退，这时观众中总有不少人鼓掌，表示快意。

我不知道我们这社会上所谓的坏人们看不看电影。有时我好奇地想：那些鼓掌称快的人们之中，是否也有一些社会上所认为的“坏人”呢？

可是，在现实生活中，“好人”和“坏人”的分别，究竟不会像电影或故事里那么显明，电影或故事里的好人与坏人是经过编者或作者认定之后，才加以渲染描述的。因此，当我们看的时候，才觉得是非分明，很容易分辨出谁好谁坏，而马上可以决定自己站在“好人”这一方面，为好人去鼓掌加油。

而在实际生活中，不但我们评判别人的事的时候，会因为我们不能跳出事实以外去做个真正的旁观者，而很难先分辨出哪些才是“我们好人”；就连当局者本身，时常也并不知道自己究竟是好人还是坏人。似乎我们可以相信，如果一个人真的能够知道他自己所做所为是应该被列入“坏人”名单之内的话，他也许会重新考虑他的立场的。

不幸的是，人们多数都不容易有自知之明，不管别人怎样不赞成他的行为，他自己却总是觉得理直气壮，总是把自己还当做是“我们好人”。

因此，我们似乎可以想象，这个社会上，不但好人聚在一起时，自称

"我们好人"，就连所谓的坏人们聚在一起时，也一样的自称为"我们好人"。

这样看来，我们要想贯彻从小孩子时期就立志要站在好人行列的志向，倒是不容易的。因为很少人有那种智慧，能从纷纭的事实中跳出来，冷眼去分析辨认，来求得谁是谁非的结论。而且我们时常太容易宽恕自己的过失，掩饰自己的缺点，而自己并不觉得。于是，我们统统成为不公正的裁判员，总是把自己判做好人，把别人判做坏人。

所以，所有的人都可能一方面在电影院里为"我们好人"鼓掌加油，一方面在生活中去扮演"他们坏人"的角色；自己可一点也不觉得矛盾。

想到这里，你也许会好笑，也许会开始觉得有点迷惑。究竟自己好又好到什么地步？坏又坏到哪里？也许我们都该从头反省。不过，无论怎样，我们如能不忘在电影院为好人加油助阵，那总还是值得乐观的。

谈过年之乐
——答吴松镇同学

松镇同学：你说你对过年没有兴趣，看不惯家里为年节忙碌，而只觉心情烦闷、寂寞，不知如何排遣。我觉得你是太固执了，你为什么不喜欢过年呢？让我来告诉你一点"过年之乐"。

过年过节，我们虽然不应该铺张浪费，可是，你不要忽视它们，因为它们是生活中一个一个的高潮。有了年节，我们会得到使精神焕然一新的机会，尤其是过旧历年，它有一种特殊的热闹快乐的情调。我认为无论是小孩子、成年人、或是老年人，都不应该对它没有兴趣。

我们对过旧历年的兴趣是在于它那一点传统风俗的亲切之感，是在于所有的人们为这个节日而打扫，整理和对这个节日所抱的"万象更新"的希望。

往往人们在过去的这一年里没有什么成就，或境遇方面不十分顺利，而把希望寄托在来年。这固然有点像是迷信，但事实上，人们在心理上都有一种希望一切从头开始的心情，把以往所做错的，所轻轻放过了的，所失去的，统统让它随着旧的日子过去，而当一个新的阶段开始之后，我们也好有一个重新振作的机会，像迎接春天一样地迎接新的一年。

旧式人家过年，喜欢在门口墙壁上贴上个“迎春接福”，似乎“春天”是和“福气”同时携手而来的。其实，这也是说明了，人们希望一元复始之后，万象都同时更新，自己的精神自然也就焕然一新了。

因此，我希望你不要把过年过节的意义看得那么黯淡和俗气。

固然，妈妈她们杀鸡杀鸭，烧香祷告是不大有意义的，可是，你再看她们拼命节省下一点钱来，把大门重新油漆一下，把屋子里破旧灰暗的墙壁扫扫，或粉刷粉刷，把玻璃和厨房的锅灶擦得雪亮，枕头被褥也都浆洗干净，客厅里的茶几，换上一张新的玻璃布，又忙里偷闲地跑到街上去买几把花，点缀在花瓶里，她们又赶夜工为孩子们拆旧改新的每人准备一套新衣服，务必使大年初一的时候，全家人和家中一切都整整齐齐，面貌一新，然后，大家过个和和气气、欢天喜地的旧年。

这一切一切，都为的是希望这“好的开始”是来年“成功的一半”。一年之初，大家新鲜整洁，和气快乐，就可以预期这一年都是顺利和成功的了！

你为什么不欣赏大人们的忙碌呢？如果你知道大人们是抱着一种怎样积极乐观的心情在除旧布新，你就该感谢过年所带给人们的精神上的鼓舞了。

因此，我劝你试着领略大人们过旧年的真正意义。他们并不是想浪费铺张，他们只是想用新鲜的精神开始迎接人生的另一里程。他们心里所希望的是全家的顺遂和欢乐，是和气与安详，是积极与奋进。难道你不想参加在这快乐的气氛中吗？

我说过旧历年的快乐并不在铺张浪费，因为我国传统的习俗是希望“连年有余”，而并不讲究“吃净花光”的。

我曾在抗战时期度过八个非常穷困的年；但唯其那种年是在极其拮据、极其困难的情形之下勉强度过的，才更能见出人们除旧布新的一番积极乐观的苦心。而且，无论日子怎样艰苦，到了过年和正月，大家总是为自己居然布置了一个十分像样的“年”而快乐。

尤其是当大家平常都节衣缩食，非常俭素地生活着的时候，到了过年，你忽然看见对门那位成年蓬头粗服的太太，竟然打扮整齐，穿上一件翻新过的花棉袄，头上还戴了一朵红绒花，喜气洋洋地向你道恭喜发财的时候，你难道不觉得开心吗？

我真是欣赏人们在一夜之间忽然变得整齐漂亮，显得生活富裕而又快乐的那种景象。而且因为人们是不许在过年的时候吵架呕气的，因此，那时连我的继母都破例用温和的笑脸来接受我们的拜年，而且和我们一起聊天守岁了。你说，这不都是值得快乐的事吗？

我并不反对过旧年，因为，我觉得既然有那么一个日子能使我们所有的人都觉得人生忽然变为快乐与祥和，而又充满了朝气和希望，这个日子就是有意义的了。

因此，我们可以说，过年是带来朝气赶走暮气的一个机会，可以使我们藉此机会换上一副新鲜振作的精神去有所作为，请不要只在表面的意义上去衡量它。

松镇同学，我希望你不要太多愁善感。生活中有许多所谓的俗事都是很有渊源，并且有着不少积极的含义的。

你如能从“俗事”中找出它好的含义，然后试着去保存好的，淘汰那些坏的，你就会觉得什么地方都有你的一分权利和义务，你也就不会觉得寂寞和无聊了。

祝你

快乐！

罗　兰

慷慨的友情

我读中学的时候，学校有很大的宿舍，可以给远道的学生住宿。我家住在乡下，所以我也住在学校里面。

住读和走读最大的不同就是，住读生可以多有三四倍的机会认识自己的同学。因为大家不只是上课的时间才在一起，而是游戏、自修、吃饭、休息全都在一起，所以同学之间的感情就不像走读生彼此之间那么简单。

在十几岁的中学时代，尤其是女生，同学们彼此之间常常有很要好的时候，也有很不要好的时候。也有时几个人好得不得了，成为一个集团，然后大家抵制一个人，让她孤立得可怜。

究竟大家对某一位同学的好恶是以什么为标准？那可很难说，有时只是因为某人的个性有点与众不同，或只是一句话：“看着她不顺眼。”于是大家同心一气，那个同学就被孤立起来了。因为只要大家无形之中一决定对某人抵制，就没有人再敢冒犯众怒去再和那人来往，以免因此而被人加以同样的抵制。

但我那时也许是基于一种正义感，也许只是一种幼稚的标奇立异的心理，每逢有这种情形，我必定会离开那“亲热”的集团，刻意去找那个被孤立的同学玩。而且我极力使自己相信，她一点也不坏，她是个值得交往的朋友。

因此，先后有好几位被大家抵制过的同学在感激之余成了我最要好的真正的朋友，因为她觉得我了解她。而我也好几次都证明了，被人看着“不顺眼”的人，其实只是人们没有认真去了解她。

事实上，每人都有他自己内在的好点，内在的可爱和可同情的地方，只是因为没有人肯去试着了解她，没有人给她真正的友情，所以她才越来越被人看着“不顺眼”。

后来我离开学校，进入社会之后，更时常发现这种被众人遗弃的人，也可以说是被“冻结”的人。

这种人有的是新调升的小主管；他原来和大家“同工同酬”，彼此相处得也还可以。但自从他开始被上司另加青眼以来，同事便对他表示一种不信任和恶感。这种不信任，并不只是因为妒忌，而是从侧面生出来的一种对这个人的学问、品德方面的不信任和成见。于是这人的一举一动，就会平白无故地被认为“不顺眼”。

也有一部分人是不擅长交际的，性格内向的人，他给人一种冰冷的，但却是目空一切的印象。大家对他敬而远之，觉得不要接近他比较好，免得自讨没趣。

这两种人是社会上最常见的，被冻结的人。

其实，我也讨厌过很多像这种的人，并且一点也不像读中学的时候那样，肯再独排众议地去和他接近。因为觉得自己长大了，以前那种傻劲似乎没有必要。

直到最近，有一次在街上遇到一位曾经被所有的同事看着“极不顺眼”的小主管。我本来想假装没看见他的，可是他却笑容可掬地和我打招呼，接着和我谈起几年分手后的情形（他现在还是原地方的小主管），和我谈一些日常生活上的话题，问我的近况，我的家庭，谈到年纪和胖瘦，显示出和他平时完全不同的另一面。

我忽然觉得，如果这时我问问他生活和工作方面的情形，他一定会诚恳地告诉我一些发自内心的话。他一定也一样有他个人的困难、个人的快乐、个人的牢骚和抱负。他一定也非常需要别人的同情、了解、支持和鼓励、建议和劝告。他或许也有事业和家庭方面的苦衷，无论如何他不会是真的冷冰冰，不通人情的。

社会上很少人是真正冷冰冰，不通人情的。不过，因为地位的关系，或因为个性的关系，他没有机会像其他的人一样可以任意剖白自己，解释自己而已。

和他分手之后，我觉得在一时之间，把以前对他的恶感完全冲淡了。而且我想：以后有机会，我愿意试着多去了解他，他可能和大家心目中所认为的完全相反。

了解别人，是我们生活中很大的一项快乐。没有人真正不需要友情。越是表面上孤独怪癖的人，越是渴望着朋友。

如果我们能排除自己和众人的成见，完全以一种坦诚、同情的真心去了解对方，融化对方，把他表面那一层冷冷的冰融解开，使他把自己的思想和情感为你开放，你会觉得友情是多么可贵，你会体会到一种完全不自私的快乐。我真愿意你也去试试看！

睦　邻

邻居相处是很重要的生活项目之一。尤其是住在都市里的现代人，房子一家挨一家，彼此声息相通，不要说孩子们彼此吵架淘气，就单是日常琐事也有说不完的纠缠不清的地方。而且两家争吵一旦开端，以后就一定再也难得有平静的日子。

人与人间最怕存有成见。彼此和睦的时候，鸡毛蒜皮，大家可以付之一笑。而一旦有了意见之后，言者无心，听者有意，简直会风声鹤唳，草木皆兵——对方关门重了，咳嗽的声音大了，洗衣服的水流过来了，往往都是惹你生气的泉源，因为你会把这些事统统看做是故意的。

于是，你就一定要想办法去报复。这样你来我往，误会只能一天一天加深，以至两家势成冰炭，不能相容。

我们为了过心静的日子，为了避免更多、更表面化的争执，邻居之间最重要的是一个“忍”字。忍一时之气，虽然在当时觉得屈辱，可是，为长久打算，忍耐一时还是值得的。

邻居相处，小小的误会在所难免，但千万别凭一时意气，吵开了头。争吵一旦开端，以后就处处都是吵架的资料，结果就会闹得鸡犬不宁，成为生活上的一大威胁。遇事忍一口气，大事化小，小事化无。忍耐一时并不难，而且以后的好处是无穷的。

假如已经发生过争吵，就应该尽量找机会自动和解，由自己这方面先付出一份友情，表示以前的误会从今完全一笔勾销，以后别再存有成见，可以补救已有的嫌隙。

除非对方实在蛮不讲理，在通常情形之下，应该多检讨自己，别只知责人。须知世上没有愿意吃亏的人，自己既不愿吃亏，推己及人，也别希望别人“愿意”吃亏。如想求得和平安静，自己暂时在表面上吃点亏，也许以后无形中会得到很多好处。至少，在目前为了生活的宁静，为了健康和平安，表面上吃点小亏，并不算是懦弱。

太太们设法扩大自己的生活圈子，可以使自己眼光远大一点，减少对眼前琐碎事情过分的注意。

先生们冷眼旁观，看看自己的太太是否有该检讨的地方，相机劝劝太太。如劝解太太无效，先生们可以从本身做起，表现一点风度，和邻居的先生展开友好的来往，太太们可能因此化敌为友。

邻居和朋友不同，朋友是经过选择的，而邻居则全是无意中凑在一起的，品类兴趣不可能完全合适。现代生活中，我们如想坚决地择邻而居也不容易。所以，“尽量维持客气礼貌”是唯一取得安静愉快的睦邻之道。而所谓的“客气礼貌”之中，一定不可避免的需要很多的容忍和克己的功夫。

在这种情形下，我们不能凡事都过于认真，邻居们谈得来的固然可以多接近，谈不来的也要维持一点有距离的友好态度。

对喜欢沾小便宜的邻居，不妨在适当的范围之内，让他沾一点小便宜。既然他喜欢此道，如果让他从府上间或得到这点嗜好的满足，他也一定会非常喜欢你们的。

我并不赞成为人处处无条件地吃亏，而是看这“亏”吃得是否值得。如果让对方沾点便宜的代价是日常生活的平安愉快和融洽，那就不算是吃亏。

有时候，我们是应该用一种比较豁达幽默的态度处理可气可恼的事情的。

当你寄人篱下的时候
——答玲玲小姐谈处世交友

玲玲小姐：

你说你只身在外，寄居在舅舅家中，舅舅收入不好，舅母为人刻薄，你除上学之外，早晚饭、洗衣及一些琐事都要你做；而且受舅母的卑视冷眼，使你十分痛苦，有时几乎想不再继续学业了。

我很同情你，但我也为你庆幸。同情是同情你的孤苦，庆幸是庆幸你总还有舅舅家可以寄居，而且已经读到高中二年级，马上就可以毕业，自立谋生了。

寄人篱下的滋味是很不好受的。尽管人家对我们并没有歧视，甚至很可能他们还是认真费了一番心力，在精神上，物质上都增加了许多负担，而我们却还会由于自卑和心理上的紧张不安，而时常在疑虑之中，对方说一句无关紧要的话，我们也会疑心。人家为了别的事不愉快，我们也会以为是在生我们的气。

在亲戚家中，短时期很容易保持愉快亲热的气氛。日子久了，大家在礼貌上难免会疏忽下来。礼貌一疏忽，就会被误会对方冷淡，其他的误会也由此慢慢滋生。误会又产生新的误会，本来没有的事也会慢慢地形成。

这是所有寄居在别人家里的人所一定会感觉到的共同的痛苦。这种痛苦很难避免，但也就因为它有不容易避免的因素存在，所以如果我们必须依赖亲友帮忙的话，我们就有必要接受这种痛苦，而且要进一步使它不致造成双方的隔阂与误解。

因为这并非你的亲戚“不对”，而是人情之常。这种不融洽的气氛，我们自己也应负一部分责任。

君子应以“责人之心责己，以恕己之心恕人”。又说“推己及人”，假定自己和对方换一换地位来相处的话，不见得我们会比对方表现得更好。因此，我们不必太为别人的态度不好而认真难过。我们应该认可这是理所当然，再由这点基本观念进一步去积极地尽自己的力量去消弥这种人情上的隔膜。

我们寄居在别人家里越久，越不可认为自己是个客人。对亲友应格外表现自己在他们环境中是重要而且有用的一个。让他们觉得不但你依赖他们，他们也有很多地方要依赖你。

具体一点说，譬如，你除了自己料理自己的衣食琐事之外，应自动地去料理舅父母家中的一些琐事，而且要以真诚愉快的热忱去做。让自己像他们的儿女一样亲切，不可像他们儿女那样撒娇。这样，他们会对你减少冷淡的感觉。

当然，由你这封信看来，那位做舅母的可能是偏狭、自私的。可是，要知道，没有几个人是如我们所希望的那么古道热肠，何况，现在你有必须仰赖他们的地方。

为了自己的将来，同时也为了她让你寄居这一点情谊，你不该苛求她，而应该从自己这一面多下一点功夫，克制自己，委曲求全一下。

人的感情是互换来的，你不苛求她，她心里也自然会有一点惭愧内疚的感觉，而对你好一点。

你差一年就高中毕业了，前途远景正好，十七八岁的年纪又正是人生中的一段锦绣年华，想想那些比你更艰苦不幸的女孩子们吧！

“成功的秘诀不在力量而在坚忍”。你能忍这最后一段路，不但完成学业，可以自立谋生，而且使你和舅父家这一段宾主关系全始全终，日后大家见了面可以觉得彼此都很宽厚，那不是很好吗？祝你

快乐

罗　兰

谈“追”

常有朋友们向我谈起“追”女朋友的烦恼。当然他们各人有各人的问题，每人所遭遇的情形也不一样；但归根结底，说来说去，总离不了“怎样才能

得到她?”“为什么得不到她?”这两个问题的圈子。

我觉得当初发明用“追”字，来表示恋爱过程，实在是很妙。这个字不但很生动地勾画出一方对另一方的希冀、倾慕和企求；而且在实际情形上，这个“追”字本身还可以代表恋爱过程中，主动与被动双方的心理状态。我们如能仔细想象平常游戏时的追与被追的心理活动，就可以明白这其中成功和失败的关键所在。

人是很敏感、警觉性很高的一种动物。

当一个人觉得有人在后面追踪他的时候，他会莫名其妙地设法逃避。追得越快，逃得也越快。但如这时追的人停住了脚步时，逃的人也可能停下来。

这时，逃的一方可能才会开始问自己，“为什么要逃?”“用不用得着逃?”继而想到刚才“他追，我逃，只是一种未经考虑的反射作用”，只是为怕被追上才逃。

这时，如果刚才追人的一方返身拔脚而逃，被追的这人却可能马上跟着去追；一时之间，反客为主。

由于一种逞强好胜，不肯认输和好奇的心理，在“追”的过程中往往是对方越跑你越追，越追不到越不舍得放手。而且因为你追得越紧，她跑得越快，结果，就会越追越远，直到追不上为止。

所以，我常常觉得，开始恋爱的朋友们，应该小心，不要造成使对方不敢停下来，考虑你的可贵之点，而只顾头也不回的和你赛跑的局势。

你可以采取主动，但你要给对方冷静回顾的机会。

我相信，不论男人或女人，都有这么一种倾向——他们多半逃避那些追他们的，而宁愿去追一个站在老远不动的，甚至在前面跑的。

如果你看清了这一点，你就多少可以对你的失败找到一个比较正确的答案了。

给失恋的朋友

失恋的痛苦虽然由表面上看来，像是情形不一，内容复杂；可是认真说来，却也都很简单——无非是因为当局者迷，不能退后几步，离远一点去冷静观察，或虽明知其中问题焦点所在，而偏偏自己固执着不肯承认。

正好像有人把眼睛盯在万花筒里，分不出是真是幻，把几片碎玻璃当成了真的锦绣世界。也有人虽然明明已经把万花筒拆穿，知道了内容不过如此，却仍宁愿多在迷梦里耽搁一会儿，或莫名其妙地希望自己那明白时的判断是错的，而仍在执迷不悟。

例如：某先生失恋了，他明白她不爱他了。于是，他说："算了吧！随她去吧！我已想开了。"似乎他具有足够的智慧在挥慧剑、斩情丝似的。

可是，过了一星期，他却又迷糊起来了，他说："我真不明白她为什么对我冷淡。起初，她对我是很好的，很关心，很亲热。我邀她玩，给她买东西，她统统接受。可是，后来她为什么冷淡了呢？……一定是有人教唆她，有人讲我的坏话……"

然后这位先生说："我要再写一封信给她，去问问看，虽然她已经好久都不回我信了，可是，也许她没有收到，也许别人将信藏起来了……"他又在企图使自己相信万花筒里的花花世界是真的。

第三个星期，他骂他的女友忘恩负义。

第四个星期，他把女友给他的最后一封信给我看，他说："你看！她什么意思？她说她不配我，她是不是客气？她为什么这样客气？……"

这可以说是一幅失恋的人的最好的画像。

你不要笑他，当你失恋时，也不免这样迷迷糊糊，自问自答。

这不是聪明不聪明的问题，因为，恋爱就是这么一回事；单恋更是容易使人丧失智慧，没有几个人在事到临头时真正想得开。

然而，"想不开"要有个限度。

既然人人都可能遭遇到或遭遇过失恋的痛苦，那么，这其中必定有人较潇洒，能够早一步丢开。而有的人却显得痴愚，不但不肯早日罢手，却反而对着冷硬的事实在那里问：

"就此罢手，不是太懦弱了吗？"（他以为这是在做摔跤竞赛。）

或"再去继续追追看？"（不成功便成仁似的。）

而且，最后他还会问："那么，我要不要报复？怎样报复？"

对于那些能够早日罢手的失恋者，我用不着再去建议他什么；而对于后者，我却要提供他们一些意见：

你知道吗？"既然明知失恋，就必须马上死心"。

有些事物可以修理弥补，而在恋爱上，假如对方不以同等的感情来答报你，那就是暗中在轻蔑你。

在这种情形之下，她已不再和你站在祸福相共的地位了。你如干脆放手，对她再也不去顾恋，她反而慢慢会觉得你是高贵而可敬的。

这也是你仅有的一个在她心中取得好位置的机会。

假如你已经可以把她淡忘，那就算了。假如你不服气，也可以化悲忿为力量，自己在她所欣赏崇拜的那一方面去努力进取——不管是学问，是事业，或是金钱。

请你相信，有志者事竟成，花上十年的功夫，你会使她对你刮目相看，使她后悔当初有眼不识泰山；而那时你已功成名就，爱也好，不爱也好，胜利已经变成你的了。

你或者以为我是在说空话或唱高调。可是，假如你愿意暂时相信我，把忧伤的情绪抛开，认真去用点功夫试一试看，我相信你会得到证明。

许多事，如能往远处看，把得失看得开一点，你会得到不同的结论。

把一个不爱自己的人勉强追到手是件苦事；而假如你根本可以有办法使她迟早发现你的价值和可尊敬的地方的话，你为什么不试一试看呢？

你该知道，即使谈“报复”，那也是一种最高贵、最有风度的报复。不信的话，你只要想一想“朱买臣休妻”和“马前泼水”的故事好了。

当初朱买臣假如在羞怒之下，买瓶硝镪水和他那位太太同归于尽，我们就看不到“马前泼水”这出大快人心的好戏了。

至于说，当失恋之后，仍愿继续努力去追追看，这仍是一个执迷不悟的想法。

我认为在恋爱上，“追”之一途根本就是一个很难收效的方法；特别是对一个本来对你就已经有戒心或成见的人，多半只能越追越远。因为既然你已经追了很久，还没有追上，而且你们之间的距离越来越大，可见对方的“脚程”比你快，在势不均力不敌的情形之下，你是很难追上她的了。

培根说：“爱情是很容易考验的。如果对方不以同样的爱情来回报你，那就是暗地里在轻蔑你。”

这是一句非常理智而清醒的话，非旁观者是说不出来的。当局者在感情的蒙蔽之下，总希望自己是例外，不肯承认自己在对方心中已经没有了分量。

古人说：“与其临渊羡鱼，不如退而结网。”对你那美丽的对象，单凭羡慕梦想是没有用的。

你要明白，你捉不住她是因为你缺少可以捉住她的条件。所以，当失望的时候，也就是你“退而结网”的时候。

当然，暂时放下你所羡慕，所急于要得到的“鱼”，而要回去织那麻烦的“网”，你是很不情愿的。可是你得承认，假如你没有适当的工具，你将永远得不到她。

结网虽然麻烦，虽然需要耐性和时间；但只要功夫一到，你的网结成了，那时，你就有绝对的把握可以捞到你所喜欢的鱼了。

你也许着急地说：“到那个时候，她早就被别人捞走了！”

不错！那是可能的。可是，你知道，水里的鱼很多，而且我相信，等你有了一个结实的网的时候，你早已看不上原先那条小鱼了！

一个人有了足够的条件之后，是很容易找到你所爱的鱼的，何必只顾望着鱼儿发愁呢？

看来没有希望的爱情
——答石容听友

石容听友：

你说你爱着一位小姐，但家庭反对你们结合，甚至于反对你们的来往。你说过这位小姐不只有你一位男友，你并不是最有希望的一个，因此感到十分困扰。

你说你对恋爱所抱的态度是很认真的，你不想抱着玩赏的态度，你不想做爱情骗子，因为，你觉得恋爱是很正经的。

你问，在这种情形之下，你究竟是应该走着瞧？还是就此结束？就此结束的话，不是太突然而且莫名其妙吗？因为，你说：“我们谁也没得罪谁。”

我很赞成你对恋爱所持的态度。

恋爱不是游戏，不认真，不正经，用玩赏的态度是不对的。

可是，你要记住一句话，恋爱虽然不是游戏，但对恋爱的态度豁达一点，总是好的。

“豁达”有和“玩赏”同样的使心情轻松的效果，但它与“玩赏”以及“不正经”却有着根本上的不同。你可以用认真而又豁达的心情去面对恋爱过程中的苦与乐，只要你不存心玩弄别人的感情。

这样，你可以使自己在必要的时候退居在一个第三者的地位，来欣赏你自己和对方的一来一往，才可以用比较清醒冷静的眼光来认识你们之间究竟有多少距离，以及你自己究竟犯了多少错误。

这样，你就可以在“可以成功”的时候不致糊里糊涂地错过了时机。而在面临失败的时候，也可以明明白白地知道自己为什么失败和已经失败到什么程度，而不至于执迷不悟，去扮演情场败将的丑角。因此，你虽然不想抱玩赏的态度，但你却最好能抱轻松豁达的态度。

你又说，你不想做爱情骗子。那当然很好，“爱情骗子”真不是一个好名词，可是，你却要当心“别人”是否是爱情骗子。我不一定是说你目前恋爱的这位对象。人的一生可能不只经过一次恋爱的；如果这次不成功，你还要当心下次。

诚实人最大的缺点就是常把别人设想为和他一样诚实，因而上当。

那么现在究竟是该走着瞧呢？还是就此结束？

当然，如你所说，就此毫无理由地结束是不对的。因此，你现在应该走着瞧。你爱她，她也并没有确实的迹象使你觉得她一定不爱你而全心属于别人。那就是说，你还有候选人的资格。

你把在爱情上的迷途知返比喻做“撤退”。你们之间的情形，“撤退”并不太难，因为假如以后证明她也爱你，那你们可以共同努力，争取家庭的同意，或两人公证结婚。只要你们已经成年，家庭在法律上无权干涉你们。

而假如以后你证明了她并不爱你，那你自己单方面撤退，就不只是你自己在主动撤退，而且她还会在后面帮忙，推你一把，使你退得快些。

只要你提早在心理上有所准备，到真正失恋的痛苦来临时，不怕你不用“玩赏”的心情去为自己解嘲。

恋爱和其他事情一样，在尚有可为的时候放弃努力，那是懦弱。在已经没有希望了的时候还在那里死不放手，哭哭啼啼，那就有欠聪明。

聪明人不会在必要的时候看不清自己的处境，而且聪明人到什么时候也都会想得开的。

最后你问，男女之间可以有友谊存在，而绝不涉及爱情吗？

这个问题在我看来，答案恐怕是否定的。

男女之间的友情不是太疏远，疏远到还够不上“友情”两个字；就是太亲密，亲密到超过了友谊的限度，而变成了“爱情”。特别是对一个本来就是你所爱的人，你是不可能只把她当朋友而不去爱她的。祝你

快乐

罗　兰

谈友情
——爱朋友，信朋友，帮助朋友，不要倚赖朋友

有一阵，我连续接触到许多件关于友情的问题，使我突然觉得，友情在一些人心中所占的分量，似乎比我平常所想到的要多许多倍。

我发现，这些为友情困恼不已的人，在心理上有两个因素。一个因素是寂寞，另一个因素是太缺少自信。寂寞使一个人把全部生活的重心都放在友情上，缺少自信使一个人对友情患得患失到无以复加的程度。以致一旦失去了友情，他们就找不到自己。

没有一个人不知道朋友的重要，但是，在我接见了这几位为友情困恼的听友之后，我觉得，如果一个人太倚赖友情，那他从友情所得来的并不是快乐，而是更多的苦恼。

我屡次在谈话中特别强调：“一个人把快乐寄托在别人身上，总难免会失望。”这“别人”，包括所有的人——朋友、父母、子女、夫妻，一切……快乐要求自己。

交朋友，应该。爱朋友，可以。

为朋友付出一切，值得！

但是，你不能没有自己。

不但要有自己，而且要信赖自己！

因此，我要修正大家所经常相信的一个观念，我要劝大家不要总是主动地去企求友情；而要让友情自动地来临。

你可以与朋友处在一种互相吸引的地位，最好是让自己先具备足够吸引朋友的条件。换句话说，先要充实自己，让自己有光芒。这样，在交友方面，你才进可以攻，退可以守。你才不会为友情忧虑紧张，不可终日。

不久以前，有一位在大学读书的女生来找我，她有一张可爱的笑脸和柔和甜蜜的声音，她很喜欢活动，也不缺少朋友。但是，她说她苦恼，而且很苦恼。

我们谈了很久，起初我很困惑，觉得既然你不是不喜欢活动，又不是没有朋友，又没有恋爱上的困扰，那么究竟你有什么可苦恼的呢？她自己也说不出，只是说她很苦恼，说她不如别人，又说她没有别人那么容易吸引朋友。

她一直问我，怎样去获得朋友，怎样才可以讨人喜欢，尽管她事实上已经有很多朋友，而且她本来就很讨人喜欢。

于是，我忽然了悟，就是因为她太希望讨人喜欢了，所以她才苦恼。她希望有更多的源源不断的友情，才可以使她有安全感。

知道了原因之后，我开始告诉她，一个人应该先相信自己，先建立自信，先希望去完成自己；把精神和心力用来发掘自己的内在，培养自己的兴趣，充实自己的内容，为自己建立一个目标，开辟一条值得自己去走的路。在这过程之中，你自会逐渐地显露你的特色。你的坚定、自信，你的充实，以及你那种有目的的生活方式，都会形成一种夺人的光芒。这光芒，就是一种力量，它会使你周围的人对你产生一种向心力。于是，你就成了一块磁石。凡在你磁场中的金属，都会自动地归向你。

这样不但所得来的朋友是真朋友，是性情相投的朋友，而且，由于你对朋友无所奢求，所以你心中就不会有患得患失的苦恼。

换句话说，要用吸力去交朋友，而不要用施舍恩惠或阿谀的方法去求朋友。

要使自己为主，至少要使自己和对方吸力相等。这样的友情才可轻松自然而持久。

不要希望每一个人都是你的朋友。友情应该听其自然。如果你觉得环境中的某些人是高不可攀的，是谈不来的，是没有味道的，是你遇见他几次也记不住他是谁的，那么，你也用不着为这些人去为难紧张。你觉得和谁在一起最自然，最快乐，就和谁在一起。如果没有这样的人，那也不是你的错。你可能会在别的环境里发现与你志同道合的。

凡事我们对它所抱希望太高，就难免会失望。把一件幻想中的事物想得太美，回到现实的时候，它就难免会幻灭。对一切事，与其沉醉于它的空中楼阁，不如对它采取一点保留的态度。朋友也是凡人，不要把朋友加上太多的幻想。这样，你们的友情才可经得起现实的考验而能维持长久。

爱朋友，喜欢朋友，用诚意去对待朋友，但不要倚赖朋友，更不要苛求朋友。能做到这几点，你才可以享受到交友的快乐。

维持友情的另一要诀是“保持距离”。

无论两个人怎样要好，彼此之间那点应有的尊敬总是不可少的。

许多人，和朋友一熟，就不分彼此了。当初认识时的那点礼貌与分寸也不注意了。朋友一到了互相没有敬意，不注意礼貌与分寸的时候，就快要发生误会与摩擦了。

这种礼貌与敬意，包括很多小节。像：说话的态度、拜访的时刻、彼此任何一方心绪不好时的自制；对方有错误时，纠正的技巧；以至于应有的夸赞或安慰。这些，都不能因为双方熟了，就不再顾到。

许多本来很要好的朋友，忽然闹翻，都是由于双方过于厮熟，因而忽略了敬意、礼貌、与分寸。

孔子说，唯女子与小人为难养也，近之则不逊，远之则怨。

我们也不妨反省反省，在与朋友交往的时候，是否有“近之则不逊，远之则怨”的倾向。

如果能做到“虽然人家对我们很亲近，而我们仍能与对方保持适度的尊敬；或当对方对我们保持距离的时候，我们仍能处之泰然”。那么，我们就称得上是君子了。

交朋友和对待其他任何人一样，都应多为对方设想，少为自己设想。

你如爱你的朋友，你应鼓励他向上，不影响他的工作或学业，不影响他的家庭，帮助他使他快乐，但不必因一心想要把他据为己有，而患得患失。

* * *

为友情的得失而忧虑的人，是因为他缺少一种“自持”的力量。缺少一个人所应有的自信，与坚强独立的精神。

* * *

朋友是求不来的。朋友失去了，也只好让他失去。

* * *

一个人，必须先有自己，而后才可以有朋友。有些人把自己全部倚赖在朋友身上，一旦这朋友离弃了他，他就茫然失措了。

一点新的认识
——给青年

我曾说过，人有时是很冷酷的。也许有人认为，我们应该只告诉人们关于人间光明的一面，才可以使大家多乐观些，勇敢些。但是，我发现，既然有黑暗面存在，而假如我们不去提到它，不去正视它，假装没有它，那么一旦我们必须面临黑暗的时候，岂不是会格外的失望惶惑，而不知怎样去面对它吗?

我愿意给青年朋友们一点心理上的准备：不要希望人类是完美无缺的，不要希望每一个人都像圣人一样是不自私的，是仁慈的，是肯舍己为人的。不要这样希望!

你必须承认，人人都有点自私的，人的善意是有限度的，许多时候，仁爱是有条件的。而人与人之间的好感时常是需要彼此在利益上着眼的。

我认为，我们这样承认，并没有什么不好。而且唯有这样承认了之后，我们才可以对人间多存几分原谅，少受一点失望的打击。

当我们承认任何环境都不免对新来的人有点歧视的时候，我们就可以安于那暂时的委屈了。

当我们承认人人都有点自私的时候，我们自然就知道小心一点，不要无缘无故地去侵犯别人的权益，来保持彼此间的友谊了。

当我们承认人们的仁慈是有限度的时候，我们就不至于毫无道理地希望我们的朋友是个圣人，而不留余地地去打扰人家了。

当我们承认了这些之后，我们才有资格和别人交朋友，才不会成为不知趣的人物，才不致因为得寸进尺而伤了朋友的感情。才不致因为我们贪求太多，使朋友穷于应付，而把以前所曾经付给你的善意也收回，把友情也一笔勾销了。

说人间冷酷的青年朋友：希望你承认人间有它冷酷的地方，停止你的抱怨，想办法坚强起来，在这冷酷的人间，使自己有力量生存下去，而且有力量生存得够好，那才是有出息！

假如你为人间冷酷而难过，那么唯一你能做的事就是由你自己发出光和热，使人间减少一分冷酷，增加一分温暖。假如人人都停止抱怨别人，而由自己本身去发光生热，这人间就温暖得多了！

不要怨恨别人！也不要为别人不了解你而难过！要承认，别人总是别人。他不是你，他有他的苦乐和他的本身的困扰。先把希望别人对你好和对你了解的心情收拾起来，试着去对别人好和了解别人。那时，你会发现，这世界比以前可爱得多。

不要希望人们一点也不虚伪。你只能希望人们在虚伪之中仍不忘善意，并且希望人们能在该诚恳的时候诚恳，这就够了。

不要对人类失望！我们生来就是这个样子的。有好处，也有缺点；有可爱的地方，也有令人失望的地方。能承认这些，我们才可以用宽容的态度来对待人生。对人生太苛求的人是不会快乐的。

内在美

——答雨铃同学

你说，想以内在的充实来弥补你外在的缺点，但是你发现，你的同学仍然以貌取人，不肯和你做朋友。因此而使你感到自卑消极起来，对人也开始充满了敌意。问应该怎么办？

我想，你是用不着灰心和消极的。以貌取人，是人之常情，也不必抱怨别人。你觉得自己外在不很漂亮，而且想到了以内在的充实去弥补，你想得很对。

但是，你不要希望你的内在很快地就能弥补外在，也不能希望别人能像发现一个人的外在那样直接地发现你的内在。

外在是容易看到的。所以，漂亮的人一定比不漂亮的人占些优势。而内在是隐藏着的，你要给人家时间，让人家慢慢地去发现你。

你要心平气和地去充实自己。不是为了要压倒别人，也不必完全为了争取别人的好感，而要为了使自己真正得到一些精神上的收获、安慰或寄托。

也惟有这样，你才可以专心地去充实自己。才可以耐心地等到你的内在真正充实起来的那一天。

朋友是求不来的。当你没有朋友的时候，或当你环境里的人对你表示拒绝的时候，不要去谄媚别人，而要建立起自己的目标，让自己去追寻。当别人都在同一条大路上拥挤，而且排斥你的时候，如果你壮起胆子去走一条属于你自己的小路，最后你会很意外地发现，你走到了别人的前面，你比别人先到达了山顶。

没有朋友并不算是悲哀，真正的悲哀是没有你自己。

对一切既成的、无法改变的事实，千万不要存有抱怨和伤痛的心。因为抱怨和伤痛是无济于事的。那么，最好的方法就莫过于由既有条件中去找幸福了。

想想看，你喜欢什么工作？你有什么专长？你喜欢看书吗？喜欢写写画画吗？喜欢做手工吗？喜欢唱歌吗？或者你很有耐性，愿意去做一位护士吗？只要你想得出来，你喜欢什么，你就可以找到生命的凭依和目的，你就不会只知道去计较别人对你的好坏了。

亲戚远来香

俗语说：亲戚是远来香。许多和亲戚有过较多往还的人，大概都能体会其中含意。

它的意思是说，亲戚之间偶尔应酬一下，表示一点关心与善意，大家都会觉得很容易做到，而且做起来很容易讨好。但是，假如一年到头，经常在一起，相互之间，失去了那点所谓“远”的距离，就难免会发生利害上的冲突。彼此的利益及私生活一被侵犯，那点善意就不容易维持了。

其实，不但是亲戚，人与人之间，无论彼此是什么关系，总得保持一点距离，才能维持久远。

我们不必抱怨人情太薄，因为人情就是这样一种脆弱的东西。古往今来，在人情上温暖敦厚的人不是没有，而是太难得。多数人都是平常人，都是多多少少有点自私的人。尤其是现代的人们，谋生不易，每月收入有限，而物欲又多，多一人的开销，自然就在无形中剥夺了他们自己的。短时期可以，日久天长，就难怪人家计较。

普通没有亲戚关系的人，倒还好办，他可以有理由开口向你要钱，或索性向你坦白说出他们不欢迎你，因为他们自顾不暇。可是亲戚之间就有些顾忌，也就因为这些顾忌，大家不能开诚布公，把不高兴忍在肚里，于是，这不高兴就由其他的地方找机会发泄。追究其中原因，也无非是因为你侵入了他们的私生活，使他们在精神和物质上都增加了负担而已。

寄人篱下的滋味是不好受的。因此，除非你是不得已，或除非你自己知道这是一种有限期的，暂时不得不委曲求全的，是你为了达到完成学业或其他的意义和目的，才不得不如此的。否则你应该尽可能避免寄住别人家里。

处邻居一得

不久以前，有两位中国文化学院的同学，因为要做一个专题访问来找我。让我同他们谈一谈关于处邻居的种种，说最好是谈谈处邻居的一些有趣味的小经验。

听了他们这个问题，我当时很觉得困惑。因为我觉得我想不出来这一类的而且是有趣味的小经验。

后来，我才觉察到，我是一个不大和邻居往来的人。所以，在我生活中，这方面的具体经验很少。

这并不是说，我不懂得“远亲不如近邻”的道理，而是我太了解人与人之间应该保持距离的道理。

因此，我告诉了那两位同学，我在这方面的心得。

我说，我认为，我们与其花心思去想办法“处邻居”，不如花心思去想办法与邻居保持距离。

我告诉他们，我和邻居绝少来往。但这并不是说我们不和睦。我和邻居们一向抱定和平相处的原则，而我们之间能够和平，是靠我们之间的距离，而不是靠着我们之间的来往。

我发现，既然亲戚是远来香，那么，同样的道理，邻居也一样是远来香。开始时，我不和人家来往，人家未免认为我不通人情。但是，他们对我的批评，也就一定止于这一句似是而非的“不通人情”，绝对不会有更多更深的磨擦与纠纷。

我深信，人与人之间的误会、争执、利害冲突，多半都不是因为彼此太疏远，而是因为彼此太接近。

太接近的人们，如想保持友好，那需要很深的知己，或很大的容量——容忍。

而太疏远的人们却可以很容易地做到互不侵犯和保持彼此之间的礼貌与敬意。

假如我不常去拜望邻居，最多，人家说我不合群，但决不会批评我其他什么。即使有，也因为我们很少来往，那批评也就没有机会传播，许多误会都可因此避免。

当然，我这样做，并不是反对付出善意。正相反，我认为，邻里之间，在有人需要帮助的时候，那才是我们真正应该慷慨地付出善意的时候。如有那样的情形，我们应该自动地去伸出友情之手。

在人家真正需要的时候去做人家的朋友，才是真正的朋友。

谈到处邻居，我还有点感想。

我觉得，现代生活已经是一天比一天的忙迫，时间实在不够支配。拿我为例，我时常对家里的人说，我们现在一天的生活，事实上是别人的一天半。

因为我早上六点钟起来，晚上十二时以后才睡觉，白天很少午睡。这样，我醒着的时间是十八个小时。而这十八个小时，我总是把它填得满满的。哪一段时间做什么事，大概也是安排好的。尤其是当没有佣人的时候，每一分钟都要充分利用。

在这种情形之下，如果有人来串门，和我言不及义地闲话家常，我即使很喜欢这点人情的交换，但也总难免心里紧张。因为这样一来，就会使我生活的秩序全部都被牵动。

我相信，不单是我，每一位忙碌的主妇都会有这种感觉。张家长、李家短的一聊，半个下午就去掉了。该缝衣服的没缝，该打扫房间的也没扫，该午睡的也没睡。

串门，偶一为之，未尝不可。

常常如此，就要提防是否影响了别人的工作。

开朗、豁达、洒脱

人们烦恼迷惑，实因看得太近，而又想得太多。

* * *

凡事太计较、太小心，都是烦恼的根源。让自己能够站得高，看得远，世界自会宽大开朗。

* * *

人们心里不快乐，只有少数时候是有重大具体的原因，其余多是由于自己过分的担忧和患得患失。

* * *

有些令人担忧的事件固然是可能发生的；但也更可能是不会发生的。心胸狭窄的人容易去想那“可能”发生的一面；而心胸开阔的人就喜欢去想那“不会”发生的一面。这两种人，生活的苦乐可以想见。

* * *

人的烦恼多半是由于自私和对别人的不信任。如能多保存一点天真，对自己所将付出的不要太吝啬，烦恼自会减少。

* * *

寂寞并不可怕，可怕的是对一切都没有兴趣。能对人生有热忱，生活才有光亮。

* * *

爱也好，恨也好，只要不麻木。

* * *

最令人感到疲劳的不是身体上的操劳，而是精神上的紧张。

* * *

能有抱怨自己寂寞的心情，就证明你还不是真的寂寞，也证明你对生命还有热情。

* * *

在工作进行中，必须能把得失、成败、荣辱等枝节问题放开看淡，而只把握事情的原则去循序地工作，才能举重若轻地把工作顺利完成。

* * *

开朗的性格不仅可以使自己经常保持心情的愉快，而且可以感染你周围的人们，使他们也觉得人生充满了和谐与光明。

* * *

要知道自己的遭遇和情绪的变化会影响对人生的看法，才不会流于偏激。

* * *

做错了事，与其追悔，不如改过。把惋惜的心情用来抓住一个新的希望，从头起步，可以促成新的成就。

* * *

同样的环境与际遇，有人感到丰富而充满着意义；有人却感到悲凉与空虚。

* * *

要懂得如何去撷取生命中的花果，欢乐时有欢乐时的意义，痛苦失意时也同样有值得采取的经验与心得。

* * *

与其发愁，不如行动。用行动去解决问题，或用行动去摆脱愁闷。

* * *

人们对事情担忧多半是怕这事情的发展会对自己不利。但事实上，事情多半有它的两面。往往你越是用怀疑与戒备的态度去对待，它的结果越是不如意。相反的，如果你对它有信心和足够的善意，本来不很乐观的事情，也会由于你的光明坦荡而发展为美满的结果。

* * *

心胸狭窄的人不但不易交到朋友，而且自己本身也常常被琐屑恩怨纠缠不堪。要想使自己胸襟开拓，最重要的是对私人恩怨少去计较，对自己的得失多有点担当。

* * *

人们有时为将来担忧，有时为过去懊悔。这两者都霸占了最有用的现在的时间，都对实际没有补益。

* * *

人们的苦恼多半是因为对前途犹豫不决。

* * *

用清醒的头脑，淡泊的心情，去做自己所能做到的事。少想个人的得失，多想事情本身的价值。这个大原则决定之后，你会觉得一切取舍都有了准绳。

* * *

如想成功，不但要会记着，而且要会忘记。能忘记心情上的种种负担，才随时可以使自己轻轻便便地重新开始，从头努力，轻轻便便地奔赴前程。

* * *

记着学问，记着经验，记着由错误中得来的教训，记着别人的幸灾乐祸所给你的激励。

* * *

忘记创痛，忘记悔恨，忘记由失败所带来的沮丧，忘记灰心的感觉，忘记人们幸灾乐祸所给你的打击。

* * *

今日之你已非昨日之你。昨日，如果你成功，你已走上了另一步阶梯。如果你失败，那个失败的你已随着时间成为过去。

* * *

人的一生随时难免挫败、羞辱和悔恨。只是，有人能记着教训，重新建立自信，得到更进一步的成就。有人不能忘记羞辱而无止境地责备自己，以致一次的失败或错误影响了他整个一生的信心。

* * *

人人都有积年累月的痛苦与创伤，错误与愧疚。如不知道摆脱与清除，必然由于负累沉重而减缓了向前奔赴的速度。

* * *

河水悠悠流去的感觉最能使你感到心情安闲。因为它给你一种摆脱的轻松，和向前奔赴的欢快。

* * *

人人都应跟上时代的潮流，否则会落伍、会寂寞。但是在跟踪时代脚步的同时，更要能经常保持一份置身事外的旁观者的冷静，才可以知道真正的方向，而在适当的时候，对这时代真正有所贡献。

* * *

我们休息，是为了工作。我们介入这时代，是为了多了解这时代而知道如何推动时代。

* * *

既要活着，就最好是快乐积极地活着；而不要希望夸大痛苦，更不要传播痛苦给别人。

* * *

旅行的目的不仅是为了增广见闻，而更是为了使自己有开阔的胸襟与豁达的生活态度。

* * *

大自然创造万物，最基本的赋予就是求生的力量。即使当你最消沉的时候，如有意外的危险突然降临，你的直接反应也仍然是趋吉避凶，保护自己，使自己免于受伤或死亡。死亡虽是自然的代谢，但“求死”则是违反自然。

* * *

即使看破红尘，出家修道，也无非是希望解脱或解救人间痛苦，而求得心境澄明的快乐。宗教上所谓的“永生”，更显示人们对“生”之一字所抱的强烈的愿望。

* * *

能有开朗的胸襟，才可成伟大的事业。

* * *

气量狭小，患得患失，将使你终生局处一隅。因为缺少冲力，而减少了成功的可能。

* * *

胆小与迷惑互为因果。人们胆小迷惑，是由于对前途缺少认识，无法预先了解所将接触的事物及可能发生的后果，所以惶惑不安。要减少犹豫不安，最好是要多知。而要想多知，必须有勇气去学习与尝试。

* * *

许多人发生问题并非由于他们不能满足自己的愿望，而是由于他们不能满足别人的愿望。他们的能力达不到别人的要求，心上又不能解除这项负担，于是形成许多精神上的病态。

* * *

有些工作需要严肃；有些工作不妨轻松。有些学识必须苦心钻研；有些学识可以由游戏的心情中得到。一味严肃死板的为学态度反而会局限了所学的范围。

天　性

一个人的性格决定他的际遇。如果你喜欢保有你的性格，那么，你就无权拒绝你的际遇。

* * *

如把一个人的先天条件比作汽车的性能，那么，属于你自己后天能力范围的则可比作驾驶。先天条件决定成败的程度；后天的能力决定成败的可能性。

＊　＊　＊

有人喜欢新奇，有人安于保守。保守是一份安定的力量，能使人冷静抉择。新奇是一份冲力，提供更多可以选择的方向。

＊　＊　＊

生活中有许多小趣味是值得我们去珍惜的。会欣赏小趣味的人比较容易排遣忧愁，忘记痛苦。

＊　＊　＊

奔放的性格有勇往直前的好处，含蓄的性格有迂回委婉的优点。把握自己性格的特色，就是每个人处世的风格与成功的道路。

＊　＊　＊

一个人，偷懒不努力，固然是浪费生命；但对自己所不能达到的事，拼命苛求，也足以使自己精神崩溃。做自己性之所近的事，尽力而为，可以有更大的成就。

＊　＊　＊

人与人的智力不同，性向不同，盲目地让自己去和别人竞争，痛苦的机会多，成功的希望少。

性　灵

一个人没有朋友固然寂寞。但如果忙得没有机会面对自己，可能更加孤单。

* * *

爱静的人对宁静的要求，正是为了要找到自己，听听自己内心的声音，使自己不再寂寞。

* * *

繁忙的现代人更需要宁静的高山流水，森林古寺，清晨绝早的乡村，夜深人静的时刻，以及古诗、古画、古物等等。只因它们可以使人暂时离开无谓现实的催逼，而有机会面对自己。

* * *

人们越是忙碌，心思就越容易只停留在事物的表面，而没有时间去深思。当人们习惯不去深思的时候，生活就只剩下物质的奔走征逐，而没有性灵上的光辉了。

* * *

浮面的快乐禁不起沉静下来时的反省。纸醉金迷的玩乐过后，定会感到空虚。因为那浮面的快乐并非快乐，而是麻醉。

* * *

我想，现代音乐的吵闹与噪音是为了使奔忙的人们在嘈杂中更加忘记自己，而得到麻醉的快乐。因为沉迷于金钱物质，找不到灵魂的人们，已不能忍受反省。他们怕看到自己那被扭曲的灵魂，因此情愿不看。

* * *

纯朴不仅是一种美德，而且是一种使自己心灵澄澈的清洁剂。它能使你减少物欲，远离罪恶。

* * *

忙碌紧张的现代生活使人们逐渐失去了欣赏与体味的心情。因此一切细致的艺术都被冷落了，这实在是人类的一大损失。

* * *

人的感情是很复杂的。因此需要真正静下来的时刻，使我们有机会来体尝。艺术家们尤其需要这种深入的分析与体悟，而后才可以有深切感人的创作。匆忙的生活，使人只注意到表面浮浅的感觉，创作和欣赏都受到了损害。

* * *

需要精神生活越多的人，其智慧越高。

* * *

真正的活力来自安详的认知和稳定的把握方向。

* * *

摒绝外务，抱定方针，才不致迷失，才不会徒劳，才是真正个人力量的成长，与群体力量的发挥与延续。

* * *

形体虽无法远离现实，精神却大可向往飘逸。

* * *

能尽量做到减少物欲，摆脱牵累，那也就是明智而超然的生活了。

* * *

人们常希望从日常琐事中解脱，找到自由自在的“纯我”。但是生活必有责任，无法真正摆脱，也不必真正摆脱，能使自己一方面在现实中求生存，一方面在精神上另有境界，才是成功的人生。

* * *

物质上无止境的追求，其结果是对个人价值无止境的否定。那朝夕的奔劳，永远追赶不上变幻不停的物欲。于是，个人变成了被物质所戏弄的猴子。忙碌地追逐着一个不可企及的幻影而无暇反顾自己的愚昧。

* * *

一个人要能站得高，才能看得远，能看得远，才不致为现实琐事所淹没。

世　故

人们自幼至长，天天接受有形与无形的世故，以致太懂得明哲保身，变为圆滑虚伪。做人失去了纯真，做事失去了冲力。

* * *

孩子们对一切都充满了幻想，都认真，那是最可贵的人生态度。谁最能长久地保有一颗童心，谁最能过成功的一生。

* * *

赤子之心其所以可贵，就在于他对世界有信心，有爱心，对一切充满善意，肯勇往直前，不瞻前顾后。

* * *

许多所谓处世待人方面的进步，其实是精神上的衰老。唯有那些真正的天才与伟人，可以始终我行我素，不理世故，而保有一颗赤子之心。

* * *

有人正因为他可以不问一切世俗的教训，而只按照单纯的真理做去，所以得到成功。

* * *

世故是一层铁甲，它或许可以保护我们，使我们不致受伤；但它也限制了我们的行动，使我们负担沉重而脚步蹒跚，失去冲力，以致一事无成。

* * *

当一个人不再欣赏天然，也不再欣赏率真与纯朴，而懂得去争取实际的利益，并对别人设防，他以为自己是世故和进步了，其实，他已经是很可怜地失去了天赋中高贵的一分。

* * *

知识和世故不同，真有学问的人往往是很天真的。

* * *

修养有益，世故有害。修养鼓励我们，世故限制我们。修养教人诚恳，世故教人虚伪。修养使人充实，世故使人空虚。

运　动

活力的来源来自活动。一个人长久不做体力活动，不但身体逐渐衰弱，思想也会呆滞。

* * *

读书和工作固然需要“勤奋”和“有恒”，运动也更需要勤奋和有恒。不读书，不做事，固然是懒惰；不运动，也同样是一种懒惰。

* * *

适当的运动和正常的生活是最靠得住的保健之道。

* * *

不工作，使你无法生活或没有出头之日；不运动，直接影响身体的健康，间接也影响其他方面的发展，减少了成功的可能性。

* * *

运动的好处除了强身之外，更是使一个人精神保持清新的最佳途径。喜欢运动的人大多朝气蓬勃、乐观、积极。由于好动，所以他们的生活不致空虚、冷漠或枯燥。

* * *

身体健康是使一个人乐观的最直接的原因。由于身体好，活力充沛，所以对一切事都有兴趣。也由于身体好，所以能克服困难，能承受打击，而不致因偶有挫折就沮丧灰心。

* * *

自然就是一种美。唯有自然，才有神韵。

* * *

生活中有两件事最使人觉得快乐。这两件事一是运动，一是学习。运动使人觉得自己精神旺盛，活力充沛。学习使人觉得自己有进步。这两者就是维持年轻、防止衰老的秘诀。

* * *

你或许也曾不止一次地说过：“我要做点运动”或“我要读点书”。那么请问你，“什么时候开始呢？将来？还是现在?”

欣　赏

常有人说，他一生最大的愿望是环游世界，可见人是多么爱这世界。也由此可以说明，我们是应该何等小心地来维护这世界的和平与自由，使它能真正的安乐与美好。

* * *

人欣赏美好，也欣赏凄凉。落日晚霞，霜叶秋林，晓风残月，流浪漂泊，离情别绪，秋日长天的冻云，敲窗的冷雨，无人的空阶，寒夜秋虫，昏暮雨中列车的汽笛，都是凄伤，也都是美丽。

* * *

生活中有许多小小的趣味，只要我们知道去把握，它就会使生活的面目可爱起来。

* * *

不要说诗情画意都是些不切实际的虚无缥缈。因为，这些不切实际的虚无缥缈正是生活的润饰，是心灵的清泉。一个人，如不懂得在生活中加上一些诗情画意，他的生活必有缺陷。

* * *

诗情画意不仅是生活的点缀，而且是生命力的来源。不喜欢欣赏良辰美景的人，总不免缺少一点应有的想象力、冲力，以及追求理想的热忱。

* * *

失去了对诗情画意的赞赏之情是可悲的，因为那是一种心灵的衰老。

* * *

有些梦想的本身就是非常值得欣赏的。

* * *

说人生乏味的人一定是对良辰美景忘记了欣赏。

* * *

回忆常使人产生欣赏之情。在当时并不美好的变为美好，并不可爱的变为值得留恋，苦恼与仇恨也变为淡然。以这分领悟来面对眼前的哀荣恩怨，自会平静超然。

* * *

一个人生活格调的高下和他对艺术的欣赏能力与爱好程度有关。做一个艺术家，需要天才；但要做一个欣赏者，可以靠后天的培养。

* * *

一个人，欣赏的能力越高，气质也越好。

* * *

一个人的欣赏力和品评力决定他的选择力，也就形成一个人言谈举止、穿着起居的格调。而欣赏力和品评力的培养就是要多接近艺术。

* * *

人生有许多无可奈何的际遇。我们可以尽力去面对它，或尽力去忘掉它。

* * *

一般说来，人们不快乐的时候比快乐的时候多。值得庆幸的是，我们一方面有强调快乐的本能，也有欣赏愁苦的天性。强调快乐使快乐足可抵过愁苦，欣赏愁苦正是艺术的所由生。

* * *

如果只用眼睛而不用心灵，则虽行万里路，也并不能有所收获。

* * *

要用一颗善感的心去欣赏，而不要只用一双忙碌的眼睛去观看。

美德与宗教

人人都知道“满招损，谦受益”。问题只是当你真正在骄傲自满的时候，自己却不会觉察，而以为自己的态度是理所当然。

* * *

最起码的一个衡量人品的标准是看他究竟能不自私到什么程度。

* * *

世间事有光明的一面，也有黑暗的一面。但如果你能始终用善意来面对一切，黑暗的一面也常会被你光明的心地所照耀，而逐渐变为光明。

* * *

快乐是一种可贵的情操。一个人，能在恶劣的环境中，保持快乐的心情，证明他有吃苦忍耐的美德，光明坦白的心地和勇往直前的精神。

* * *

人类先天有一种对善美的追慕，对生命的歌颂和对造物者的崇服。越是善良的灵魂，越是对造物者有至高的敬意。

* * *

不要只迷信力量，而更要承认道德。因为道德才是左右人类幸福、决定人类苦乐的关键。

* * *

不要怕别人不知道你的善良和爱心，只要你自己凭良知做事就好了。不要怕别人辜负了你，只要你时时在照顾别人就是了。

* * *

与其说宗教是属于道德的，不如说它是属于感情的。事实上，至高无上的道德也正是至高无上的真挚虔诚的感情。宗教所揭示的“舍”，也正是爱的最高境界。

* * *

人们在感情上希求至善与真美。宗教正是朝这方向来做人们的导引，而至善与真美也最能激励人类的感情。

* * *

宗教能令人感动，就因为它使人们接触到最深挚的了解与关心。当一个真正的信徒走进教堂时，他会感到自己被了解、被关切、被接纳，而得到安慰与鼓舞。这就是一种最真挚的感情。

* * *

现代人虽然一直想要否定宗教，但事实上，寂寞孤立的现代人，比任何时代都更需要宗教。

* * *

个人是渺小的。我们只能尽自己最大的力量去做可能做到的事。人如果太狂妄，就难免寂寞与无助。

* * *

无论人多么聪明，多么伟大，也总有软弱的时候，或对某些事无能为力的时候，宗教的力量也多半在这样的时候显现。

* * *

宗教不但令人尊敬，而且那崇高纯洁之美令人感动。

* * *

无论你是否教徒，也可能有在宗教的虔诚气氛中被感动的时刻。那也就是你最善良、最纯真的天性发出光亮的时候。

* * *

人们太聪明了，精神上反而会觉得空虚。当聪明人自以为洞悉世事都“不过如此”，也无人比他更强的时候，他会变为孤独与无助。这时，他仍不得不投奔宗教。

* * *

人们先天有自私的一面，更有时会犯错误。在法律所顾不到的地方，所需要的是道德的规范。这时，最需要的是教育与宗教。

* * *

如果说，现代人觉得宗教对他们缺少了说服的力量，那么，去信奉“大自然”吧！大自然在人们心中至少是真实的存在。大自然所赋予人类的赏善罚恶、趋善避恶的愿望也最公正。

* * *

人在大自然中虽然渺小，却并非无用。人的降生虽属偶然，但它是大自然的代言人。能替自然观照世界，使这世界显示出具体的生命。死亡是归于自然的母体。个体无论是否生存，大自然的母体仍在活动运行。

乐与艺

当你觉得实际生活不能尽如你意，人与人间的感情又太难把握时，艺术上的创造可以适时地来填补这缺陷。你可以由别人的创造中得到乐趣，更可由自己的创造中证明生命的价值。

* * *

艺术是感情的升华。当你苦闷寂寞或快乐振奋的时候，经由艺术将你的感情表达，使别人也能分享你的感受而发生共鸣，这就是艺术的作用与价值。

* * *

艺术是时代的反映。生活中既然有了某项素质，艺术上就不得不表现出来。但艺术的使命不仅是表现，而更是提升。如果只知表现而不负起对人生境界提高与升华的使命，那就和长舌妇的传播丑闻没有两样了。

* * *

艺术家与上帝最为接近。他们能给世界增加新的内容。有了他们，这世界才有更多美丽的彩色，更多谐和的声音，更多美好的形象，也更多灵性的发掘与真理的探讨。

* * *

人间有了艺术家的创作而不枯燥、不寂寞，并能借艺术对心灵的净化而免于形体的恣纵，欲的横流。

* * *

艺术能把人类的灵魂提升到崇高的境界。如说尘间有天堂，这天堂只有艺术家才能给予我们。

* * *

时间是一层淡淡的烟雾，它软化了痛苦或欢乐，使它们变为朦胧缥缈而有了诗意。

* * *

许多艺术上的创作，其动机都是由于对“时间”所生的感触。

* * *

时间可以改变很多东西，而时间又是何等的静默！

* * *

人们常说“把握时间”，其实，我们只是要尽量掌握自己所拥有的这段生命。因为没有人能真正把握住“时间”。

* * *

也许最能给时间留下鲜明痕迹的，只是艺术吧？

* * *

好的音乐与诗是同一来源。

* * *

曲子作得高明与否是另一回事。作出之后，无人接受与传诵，就等于没作了。

* * *

艺术固然要有深度，不能浅俗；但所谓“有深度”并不是指文字或形式上的艰深。古今许多美好的诗词歌赋，字面上是很浅易的，它们的深度却正蕴藏在难得的浅易之中。

* * *

真正有兴趣的学习都有几分游戏的快乐。

* * *

当你真正喜欢一项工作时，你会觉得那不是工作，而是游戏。

* * *

至善与真美，了解与包容原是宗教的特质，却常在艺术中显现。

* * *

个人的喜怒悲欢可经由艺术来发抒，也可经由艺术得到彼此间的了解和同情。

* * *

艺术虽然是一种精益求精，追求至美至善的极其认真的活动，但它的本身更具有闲逸的特质。能以闲逸的心情去从事艺术活动的人，才是高手。

* * *

现代艺术上的抒情也是较为冷静的抒情。因为科学的进展，生活竞争的剧烈，大家对感情也都抱持一种较为超然与客观的态度了。

* * *

音乐也是一种语言，它可以直接替你倾诉心事，也可以与你的苦乐发生共鸣。

* * *

能欣赏音乐的人，很少有无法排遣的寂寞。真爱音乐的人多能保持心境的平和与为人的纯良。

* * *

音乐能使人格净化，真正伟大的音乐家即使难免孤僻，但都很纯真。

* * *

新的东西不一定都是好的，但希求创新的心情却是一切进步的来源。

* * *

旧的东西的特色不是“旧”，而是因经得起考验而“耐久”。

文　艺

喜欢文艺的原始动机是喜欢自己的感情，是因为有动于衷而希望表达，或希望由别人的表达之中发现自己而引起共鸣。

* * *

文章是一个人思想与性格的直接表达。你要写文章，在了解别人的思想之前，先要有自己的思想与主见。

* * *

写作只是需要一颗善感的心，好学深思的头脑和一支勤恳的笔。

* * *

写作既非全靠生而知之，也不一定要靠学而知之，它是做而知之。

* * *

写作是最孤立无援之事。别人教不了你，帮不了你，替不了你。它常由寂寞之中产生，在寂寞之中前进，最后也难免在寂寞之中接受尊敬与喝彩。但它也是极能获得同情与共鸣、关心与爱戴之事。好的诗文常能得到超越时间与空间之外的友情。

* * *

在文学上，要有属于自己的创意，才有存在的价值。不必关心什么流派，什么主义。

* * *

能创造自己的风格，才有存在的价值。文章如此，事业亦然。

* * *

文章贵在表达自己的真性情、真见解，也唯有“真”，才能形成属于你的风格。

* * *

文章是一个人真正自我的活动，不受外界任何干扰与动摇。它是热情的追寻加上理智的认知以后的记述或发挥。它必须是来自一丝不苟的诚恳，不能掺杂半分的造作。

* * *

文章“诚”而后工。

不要放弃你的梦想

假如一个人终生也没有找到他活着的意义，那不是很悲哀吗？

我们此生不一定要成大名，立大功。可是，我们一定要明白自己的梦想，并把它具体起来，使它成为可能，然后去追求它，去实现它。追寻一个梦想是一种绝大的幸福和快乐。你也曾体会过这种幸福和快乐吗？

有人放弃了自己的梦想，从前进的行列中败退下来，是因为他失去了自己的意志。

我们时常会看到，有些人好像不在自己意志指挥之下过活，而是在别人给他划定的范围之内兜圈子。他们所奉为圭臬，所赖以决定自己动向的是“别人认为怎样怎样”；“我如不这样做，别人会怎样说”；或“假如我这样做，别人会怎样批评”。不幸的是，别人的批评又是那么不一致。张三认为应该向东，李四认为应该向西，赵五认为应该向南，王六认为应该向北。你如选择其一，其他三人总会指责你。

于是，时常顾虑到“别人怎样说”的人，他就只好一年到头在不知究竟怎样才好的为难紧张之中团团转，总也走不出一条路来。

这种人，即使侥幸由于他天生的善于应付，而能做到“不受批评”的地步，他最大的成就也不过是个乡愿之类的人物。别人所给他的最大的敬意，也不过是说他一句圆滑周到而已。而在他自己本身来说，因为他终生被驱策在“别人”的意见之下，一定感到头晕眼花，疲于奔命，把精力全部消耗在应付环境，讨好别人上，以致没有余力去追求自己的梦想。

当然，我并不是说，一个人应该独断独行，不顾是非黑白。而是说，我们在听取别人的意见之后，一定要经过自己的认定和理解。我们应该自己有定见，用足够的理智去认清事实，在决定方向之后，就不再受别人意见的左右。

古人说："岂能尽如人意，但求无愧我心"，也就是这个意思。我们没有办法使所有的人都同意我们，没有办法听从每一个人的意见。所以，我们尽可不必顾虑到"别人怎样说"或"怎样想"，而只要顾虑到自己的理智怎样说，自己的良心怎样想。也就是说，"我只对自己负责"。

一个人的所做所为，只要自己问心无愧，即使瓜田李下之嫌也可以不避。也只有如此，才可以避免瞻前顾后，左右为难的苦恼，才可以使自己的梦想实现。

胡适博士曾鼓励青年人做"梦"。因为"梦"代表一种想象力，一点抱负，一些愿望，以及一些对现实的不满。正如一位西哲所说："如果你有胆量堂皇高贵的做梦，这梦会成为预言。"

不要浪费生命

一个人生命的长久或短暂，并不是单凭生存的年月来计算，而是凭我们对生活认真的程度和我们究竟体尝了多少生活的意义而定的。有的人活了八九十岁，可是他的生活天天一样，年年一样，一生中绝少变化。这样的人，我们可以说他只活了很短的一段时间。他的人生阅历太少，生活领域太狭窄，以至于对不起他的年纪。

朋友们！你是否曾有过当一天过去之后，到了晚上，觉得自己什么也没有做，什么也没有得到的一种空虚之感呢？

我时常觉得，好像当每一天开始的时候，我们都各自提着一个买东西的袋子，开始分头去采购今天的生活经验。有时我们很顺利，到了晚上，回到自己的住处之后，觉得袋子里填得满满的，收获不少；可是，也有的时候，我们在市场转了一大，什么也没有买到，以致到了大黑之后，不得不提着空虚的袋子回家。

这两者之间，一是欢喜，一是惆怅。我们固然不容易每天都有丰富满意的收获。可是一定不愿天天空手而回。

我的工作是在晚上，所以有些时候，能看到一些奇妙的夜景。每当这个时候，我都会觉得自己十分幸运。由于我的晚归迟睡，在无形之中，比别人多享受了人生。

记得有一个深秋的晚上，雨下得很大。下雨的晚上，大家不免觉得闷倦；可能多数人都提早休息，带着一个凄风苦雨的印象入睡。把这一天，从头到尾记上一个“雨”字。

但事实上，这场雨下到十一点就已经停了。我从电台下班回来的时候，已经没有一点雨。我一个人在清静的马路上走，仰望天空，发现了一片意想不到的奇景。由我站的地方往东，天上是厚厚如棉絮的云层，一片浓重的深灰色，疾风正在吹卷着它们，想要扫荡出一片晴空。往西却是一片深湛的蓝色，星星和月亮镶在上面，亮得出奇，好像是人工的布景，天空干净得连一点儿云也没有。

于是，这天空就成了两半截然不同的世界。因为一半太亮，一半太暗，所以地面上的房屋，树木，灯光，都显得和平时所看见的情调不同起来。好像突然之间，这个熟悉的地方变成了另外一个从未到过的世界。我独自在静静的街道上走，对大自然所涂染成的这片奇景，油然而生了一种从未有过的眷恋和欣赏之情。

到家之后，知道家人都已入睡。我独自在门口站了一会儿，想到这周围的人们都没有机会欣赏这难得的美景，真是可惜！

还有一次，是一九四八年农历元旦的早晨，我在祖国大陆北方的家乡也曾看到过一次绝妙的奇观。除夕那天下过很大的雪，第二天清早，看见我家对面山上那许多柏树，隔夜的积雪在上面刚刚融化，但还没来得及流下来，就又马上被冬天早上的严寒冻成了冰，在大雪初晴的朝阳之下，被照耀得闪闪发亮，再配上柏树苍翠的枝叶，真是一个琉璃世界。

可惜因为那天是大年初一，大家除夕都曾守岁，清晨时间太早，人们都还在梦中，而这一片奇景却只有一刹那之间的观赏机会。因为稍早一点，固然尚未形成，稍晚一点，太阳热力一大，冰就要开始融化了。

因此，我常想到，人的一生不过几十年的时间，去掉幼年、老年、生病等等，其中可以自由自在的年月已经不多，还要去掉一天八小时或更多时间的睡眠，实在剩不了多少。现在尽管科学昌明，医药进步，但要求延年益寿的真正有效药物，还是没有的。所以，我认为最简便可行的延年益寿办法之一，就是尽量减少不必要的睡眠时间。

如果我们一天睡八小时已经足够，就不必再多耽搁一分钟在床上。能多睁着眼睛看，少闭上眼睛睡，无形中就等于是比别人多阅历了人生。

延年益寿的目的决不是为了多闭着眼睛睡几年，而是想多睁着眼睛看几年。如果我们一方面希望自己长寿，一方面却把可以活着的时间睡过去，岂不是很奇怪的矛盾吗？

生命是一分一秒的时间堆积成的。我并不劝你“立志”，可是，我愿意劝你享受生命和体验生活。时间在我们身旁像一列火车一样地飞奔着，浪费了时间就是浪费了生命。唯有多活动，多体尝，才可以赶得上“时间的列车”。因循拖延或闲散都是生命的浪费，受损失的也只有我们自己。

永不会太迟

许多人刚一到了三十岁，就开始感叹自己老了，而对前途悲观起来，认为自己已经不能再有进步和发展了。

一个爱惜生命，有抱负的人，对时间是会比一般人敏感的。因为他知道世界上知识的宝库无穷，他知道一个人的时间精力的有限。当他看看这样，学学那样，还没有做了多少的时候，却忽然警觉到时间已经过去了一大半。尽管这段时间，在一个庸庸碌碌的人看来，并不足惋惜；但在一个积极有志的人看来，却会觉得它万分重要，而深感自己能力薄弱，未能充分把握这可贵的时间，于是就不由得对无情的时间叹息了！

但是尽管如此，我还是要劝你不要对过去的时间叹息。我们在这人生的旅途上，最好的办法是只向前看，不要回顾。能往前走一步，就利用这点时间往前走一步，不要时常停下来，回头去对那已经无能为力的“过去”感叹。

我们如果能够约束自己，不对过去的日子徘徊留恋，就可以不在意自己究竟已经走过了一生的几分之几；因为事实上谁也不知道自己现在究竟走过了自己这一生的几分之几。三十岁对一个从来不立志，以后也不立志的人来说，可以说是他生命的百分之百；他已没有什么前途可言。

但如一个人志向远大，健康良好，可能活到八十岁以上，则三十岁也不过等于一生的三分之一强。以后还有一大半的路好走，而且这一大半的路已经不必再从学爬学跑，学阿拉伯数字及ㄅㄆㄇㄈ开始。我们已经有了足够的学业基础，成熟的心理状态，充足的理解能力和正确的辨别是非的头脑。今后，可以毫不浪费地朝着既定的方向走；可以使今后的所学、所做都能发挥最大的效果。

这个年纪，才是真正最可爱、最可喜可贺的年纪。因为我们成熟了，不再犯以前那种笨拙幼稚的错误了！而且以后只有越来越成熟，越来越少犯错误，越来越有办法理解世界上的道理；可以举一反三，切实而有效。

一个人为什么要到了好容易把自己锻炼成熟的时候，反而感叹起来呢？难道说我们花了二三十年的功夫，学这样，学那样，经过无数次的尝试，历尽多少次的挫败，就只是为了到现在为止，不用再往前走了吗？

三十岁，甚至四十岁，等于才从人生的大学堂毕业。我们想要学以致用，这才是刚刚开始！有什么可伤感的呢？

所谓青春，它的可爱处并不是那个年纪，并不是它距离坟墓比三十四十岁远，而是那种青春时期的心理状态和健康。只要我们没有放弃对人生的好奇，对自己的希望和对前途积极进取的精神，那种青春的精神和健康就不会离弃我们。

麦克阿瑟元帅说："人与信心同青，与犹豫同老；与希望同青，与绝望同老；与自信同青，与恐惧同老。"这句话出自一个最成功的世界大将之口，确实是金石之言。麦克阿瑟立于世界上的一个不败之地，他能说出这几句话来，不是偶然的，也不是高调。他本身的成就就是一个最好的证明。

朋友们！把握住现在，不要理会时间，也不要管环境的坎坷。路是人走出来的，如果我们继续向前，有生之年，决不停止，也不徘徊瞻顾，我们一定能到达一个常人不易到达的境界！

成功不是偶然　失败不是命运

我们常说："某人的成功不是偶然的。"意思是说：这其中包含着有志气，有决心，有毅力，有善于捕捉时机的智慧，有创造时机、操纵环境的才干等等。

真正的成功决不是侥幸可以得到的。也就因为这个缘故，我们可以相信，失败也决不是命运。有许多人把自己的失败归罪于命运，其实，如果我们肯冷静地观察，就可发现，命运还是操纵在自己手里，坚强的人不会因为环境的不利就消失了斗志，只有那些优柔寡断的人才在外力的阻挡之下低头退缩，改变了自己的志愿。

朋友！你也看到过在外力阻挡之下消失了斗志的人吗？你不觉得那是很可惜的吗？

我们常看见有一些人，他们有天赋的聪明和才气。在我们看起来，他是可能有点成就的，他自己当初也以为是可以有点成就的。可是到了后来，其中有的人青云直上，发挥了自己的专长，而有的人却在生活的琐碎项目中消失了。

"为什么？"我常常这样问，于是，我去发掘其中的原因。

我发现许多人都是太懒散，他们以为来日方长，反正有的是时间，加上自己的聪明才智，总不会不成功的。可是，懒散会成为习惯，他们慢慢地安于懒散逸乐的生活，而他们的那点可贵的天赋就在弃置不用之下生锈或发霉了。当别人还不免为他可惜的时候，他自己却早已忘记自己是可能有所成就的了。

有些人辜负了他自己优越的天赋，是因为他太聪明。他看不起埋头苦干的人，笑那些想走上成功之路的人们是傻瓜。

你也看到过笑人们是傻瓜的聪明人吗？在这些聪明人的脑子里想来：一样的拿薪水，一样的吃饭穿衣，娶妻生子，少付出一些力气，老板也不会骂我，更不会开除我，你们那么兢兢业业，又是何苦来呢？可是，他不知道，我们对上司交待容易，维持生活也绝不困难，而怎样才能向自己的生命交待，才是我们一生中最大的责任和最大的课题。

我常听见一些命苦的老太太们，自言自语地叹息着自己“枉来一世”，我觉得那真是人间最沉恸的叹息了！朋友，我们也愿意做一个挣钱吃饭、以终天年的、辛苦而又简单的生物吗？还是想要在生命中找出一点比较鲜明的意义来呢？

有些人越走离他的目标越远，是因为他的舵把不稳，所以只能随着潮水的冲激，跟着风向的吹动，忽东忽西，忽前忽后。他没有坚决朝向自己目标进行的魄力，一生在迁就环境。结果，他就被环境淹没、沉落下去了！你说，这不也是一个悲剧吗？可是，我们随处都可以见到有人做这种悲剧的主角。

不要做聪明的傻瓜！有一部美国西部电影里，有一句对白说“苦干近乎愚蠢”，可是，到后来证明，只有近乎愚蠢的苦干的人才能拯救他们自己和别人。假如你有聪明的天赋，我奉劝你千万找到那点近乎愚蠢的干劲。

只有傻干、苦练的人才可以真正显出他的聪明。也只有时常笑骂别人“傻瓜”的聪明人，才是真正的傻瓜。

国语流行歌曲中，曾有过一首很受人欢迎的《真善美》。那首歌词很动人，好像是一个历尽艰难的艺术家用沉痛的笔调写出来的一片心声。其中有几句，颇为语重心长：

“多少因循，多少苦闷，多少徘徊，换几个真善美！

多少牺牲，多少埋没，多少残毁，剩几个真善美！”

真、善和美，是构成艺术品的主要条件，也是一切成就的主要条件。人们想要有所成就的话，一定要在途中一样一样地克服那些因循，那些苦闷，那些徘徊瞻顾，才能避免被牺牲，避免被埋没，才不致于中途残毁。能以自己的毅力，把握方向，渡过这些难关的，才是剩下来的硕果。任何成就都是要饱经挫败，历尽风霜的。

成功不是偶然，失败也不能全怨命运。

你想要的，上帝自会给你，只要你说得明白。

谈自信

无论我们怎样强调意志的力量，仍难免会在连续的打击之下，变得怀疑，变得没有自信，失去了热情和勇气。

我始终认为："没有比打击一个人的自信心更残忍的事了。"一个人是要靠着自信，才能快乐地生存下去的。

通常有两种情形，最为打击一个人的自信：

一种是"事实上"的，我们从事一件工作，屡试屡败，因而对自己的能力发生了怀疑。

一种是"心理上"的，这种心理上的失去自信，多半是由于别人在有意无意之间给我们的打击。当一个人在热心地做着某一件事的时候，他旁边的人不但不鼓励他，却反而嘲笑他，讽刺他，像施用催眠术一样的不断地在他耳边嘀咕，说：

"你一定弄不好。"

"你看你是不是弄砸了？"

"我早就说你不行，我看你还是放手算了吧！何必不自量力？……"

这种心理战术，会使一个本来充满自信的人，逐渐动摇，失去了他原来的信念。

这种情形在我们的生活中是会时常遭遇到的。因此，如果我们不知道随时提醒自己，让自己千万努力，由这可怕的失败的巫术中逃出来的话，我们就会陷于沉沦和永劫不复的噩运。

肯鼓励别人，劝导别人，使别人积极向上的人，不是没有。如果我们幸而碰上这种朋友，那将会帮助我们加快成功的速度。但如果我们没有碰到这种朋友，我们也不要气馁，更不可失去自信。我们应该明白，那种阻力是一定会存在的。正像童话中的孩子要拿到仙丹仙果，一定会在中途遭逢许多危险和困难一样。这些危险、困难，就是对我们意志的坚强程度的一种考验。我们要有足够的心理准备，让自己以最大的努力渡过这许多关口。这些关口就是我们成功与失败的分界线。你如果能不失去自信而渡过它们，你就是成功的。

你千万要明白，这些难关的背后都躲着一些幸灾乐祸的小丑，他们如果看见你不敢往前走了，就会在后面得意洋洋地嘲笑你。但如果他们看见你以一种大无畏的精神，不为所动的勇毅克服了这道关口，就可能不但不敢再来嘲笑，却反而来为你鼓掌助兴，正像世间那些趋炎附势的小人一样。

至于说，究竟怎样才可以克服这种使我们突然失去自信的难关；唯一的办法，就是不要停止做你原来想做的事。尽量不理会那些使你认为你不能做成功的疑虑，勇往直前，拼着失败也要去做做看，其结果往往并不会真的失败。这样慢慢地自然会由事实纠正你心理上的疑点，把你由恐惧、犹豫中解救出来。医治没有自信、怀疑、恐惧的对症之药，只有三个字："试试看!"

拿得起·放得下

有一位住在台中的听友给我一封信，告诉我他正遭遇到一件非常令他伤心的恋爱。他的那封信写得十分颓丧，而且充满着激愤、怨怒之情，他曾很激动地说他想要动武，使那背弃他的爱人及情敌受到惩罚。但是，他终于没有这样做，因为即使在他极度悲忿的情绪之中，他仍用很清醒的语气写道："……但我知道那是不划算的……"

也就是这句话拯救了他，因为他所受的教育和他自己的人格尊严告诉他，什么才是值得和什么是不值得的。于是这位听友找了一本可以令他稍微得到一点宽解的书，然后到山上去做了一次短时期的旅行。最近我再收到他的信，告诉我他的心情已经平复了。

情感上的创痛是只有自己运用智慧去医治的，而医治这种创痛的对症之药就是先建立起自己的自尊和自信；然后用最大的努力去把那烦扰自己情感的记忆从心里连根拔去。

当然，这话说来容易，做着却难。不过，有一句很具哲理的话，我们应该时常记住——"并非你不能忘记，而是你不想忘记。"这句话对那些明知往事如烟不堪回首而偏要去回首，使创伤不易平复的人，可以说是一句绝顶透彻的提示。

如果你时时放任自己去追念那已经失去了的，徒劳无功地去惋惜或痛悼，那就只能使伤口不易愈合。但假如你明白你之所以念念不忘，是因为你不想忘记，是因为你下意识地享受那点苦痛，那你就得承认这是咎由自取。

而且假如你肯坚强起来，拿出勇气来面对现实，你就可以发现，有些事，其实是我们自己过分地夸大了它的重要性，有些人，是我们过分渲染了他的美点。我们往往在失意的时候，面对着这堵失望懊丧的墙壁，固执地不肯离开。我们时常以为自己费了很多力气，走上了一条不通的路，因而觉得自己已经没有更多的力气去另换一条路走了。

其实只要你的脑筋稍微活动一下，移动一下脚步，往后退一点，你就可以发现，你周围还有那么广大的世界；这世界并不因任何人一点小小的不幸，而停止活动。而且你会发现，世界上除了这条倒霉的死路之外，还有很多光明平坦的大道好通行。

当你决心离开这里，走向更辽阔的天地之后，你将不必再害怕回顾，因为那时，你那点所谓不幸的遭遇已经化为灰尘，被你远远地扬弃在背后了。

谈谈友情

俗话说：“在家靠父母，出外靠朋友。”在我的半生中，得朋友的益处最多。不但生活中大大小小的事情要靠朋友的帮忙，就连在自己心情不好，或有困难想不通的时候，也都要靠朋友一番知己的劝导来指引一下迷津。

我是一个爱朋友的人，往往我认为到美容院做头发或逛委托店买东西都是在浪费时间；可是和朋友聊天一聊就是好几小时，我倒觉得这好几小时很有收获。因为我和朋友聊天之中可以懂得许多自己生活圈子之外的事，而且，我们总是越谈越互相了解，距离就越近。

要交到真正互相了解的朋友并不是一件容易的事，因为你们不但在刚认识的时候要先去慢慢地试探你们是否可以成为朋友，并且用真正的自己去和对方交换他的真诚；而且，你们还必须在交往的过程中小心那些意外发生的误会。往往一对朋友来往了一个时期，本来都很顺利，却忽然有一天，不知从哪里来了一件使你们彼此猜疑的事，于是，一开始赌气或不信任，以下的误会就一个跟着一个地来了。

过去，我曾经认识过一位朋友。认识的时候本来很偶然，可是一见之下，彼此都发现对方很值得来往，于是我们就常常见面。后来她到别处去做事，我们就用通信来维持联系，并且希望由信中去多使对方了解一下自己。

本来，这样也是很好的，可没想到有一次，忽然她不给我来信了，等来等去没有消息。我心里觉得奇怪，于是就反省一下自己是否有什么地方得罪她了。

天下事有很多都是这样的，所谓疑心生暗鬼，反省的结果，我真的以为是自己在信中有一句什么话使她恼了，觉得十分后悔。本来想马上写信去向她解释一下，可是，不知怎样，自己又想，为那么一句无意中的话，她也要生气不理我，那也未免太小器了！而且又怕如果她不是为这个生气，而只是不想理我了呢？那么去胡乱解释一番，岂不更是笑话？于是，就矜持着也不写信去了。

这样一直拖了一年。

忽然有一天，我收到她一封简短的信，问我为什么总不给她写信了？是不是她在某一次的信中某一句话得罪了我？这我才恍然明白原来她没有收到我那封信，赶快回信去告诉她，我在这一年中疑神疑鬼的心情。她也跟着写了一封信来，告诉我，她也刚好和我一样的疑心，结果两人在信中哈哈大笑了一阵，恢复了友谊。并且从此两人约定：

一、不要再胡乱猜疑。

二、如果信中有哪一句话说得不小心，请千万相信那不是故意的。

三、不许那么计较，一封信一定要换一封信。假如信寄去了，没有回音，那你就应该想到——可能是信寄丢了。可能她病了，搬家了，可能她忙等等。不妨再寄一封信去问问。自己闷在心里胡思乱想，准会把简单的事情想成复杂，把本来没有的事情想成真有其事。最后，就会失去一个难得的朋友。

我想这几条约定也一样适用于所有的朋友之间，尤其是女人和女人之间。因为女人比较容易计较事情的细节，不肯放弃矜持。其次是男女朋友之间，因为两性之间的感情比较复杂，可猜疑的地方也更多，矜持起来也比同性的朋友更加矜持。这都会造成很可惜的后果。

朋友之间最要紧的是彼此相信。由相信才会产生原谅。

虽然说，要达到彼此相信的程度需要时间，但是，在开始交往的时候，如不能祛除猜疑和矜持的心理，就不会建立起以后真正彼此信赖的基础。

因此“坦”“诚”两个字是友谊的必要条件。

先用坦诚建立互信的基础，有了这项基础，彼此才能原谅对方的无心之过，原谅对方的缺点，并进一步能原谅对方偶尔对自己的误解；这才能长久维持朋友的感情，使它不变。

世间本没有十全十美的人，也没有永远不犯错误的人。而只有在朋友之间，这缺点和错失才可以得到了解和原谅。

西哲说：“那能爱你的长处，了解你的缺点，并且随时准备原谅你的错处的人，就是朋友。”这种友情得来不易，有了这样的友情，我们该好好去珍爱它，维护它，千万不要随便糟蹋了它。

化敌为友·克己恕人

快乐的来源很多，中奖券、加薪、升级都很快乐；交朋友、旅行、与爱人约会也很快乐；看心爱的书、听动听的音乐更是绝大的快乐。而在许许多多的快乐之中，我所曾领略过的最大的快乐是“化敌为友”的快乐。

所谓“化敌为友”也就是把自己和对自己不友好的人之间的敌意消除掉，化解开。两个人捐弃成见，握手言欢，互相谈到自己性格上的缺点，开诚相见，进而成为莫逆之交。

这种交情是一种“不打不相识”的交情，其中有宽恕，有忏悔，有慷慨的义气，有豪爽的侠情。

在由两个势不两立的敌人一变而为互相宽恕谅解的朋友之后，不但有一种如释重负的轻松，而且你会由于自己克己恕人的大量，而得到一种无愧于心的快乐。

在我上小学五年级的时候，有一个同班的女同学，对我很不友好，时常取笑我，并且不许别人和我玩，我很恨她。

可是，有一天晚上，我们在附近一个花园里碰到。那天白天我们刚吵过，先是俩人都不打招呼，后来，她不知想起什么来，忽然走近我的身旁对我笑了笑。我觉得这一笑很好，就也对她笑了笑。

哪知道，她见我对她笑，她反而流眼泪了，拉住我的手，对我说："我不该和你吵架，我比你大，而且我爸爸又和你爸爸同事，他们都很要好。你假如不生气了，咱们以后做好朋友吧！"

我到现在还能清清楚楚地记起我当时的感情，我马上把她所有欺负我的事都忘得干干净净了。因为我得到了一个朋友，而且少去了一个敌人。

我知道从此当我再上学的时候，不必担心她在后面瞪我了，也不必担心她对别人骂我坏话了！而且我知道，她也不再担心我瞪她或骂她了。你想，那有多么快乐！有多么心安理得！

从那以后，我和那位同学再也没有争吵过，因为我们都特别珍贵这份经过考验的友情。朋友们！当你树立了一个敌人的时候，你所得的将不只是十个敌人，你在精神上所感受的威胁将十倍百倍于他实际上给你的威胁。

而当你用友情感动了一个敌人使他成为你的朋友的时候，你所得到的也将不只是十个朋友，你在精神上所感受的欢乐和轻快也将十倍百倍于他实际上所给你的。

防人之心

俗语说："害人之心不可有，防人之心不可无。"这句话用在现今复杂诡谲的社会上，确实很有道理。我们固然不该存害人之心，但预防自己被人暗算的心还是要有的。

不过，有一点，我们要弄清楚：那就是被暗算也要有被暗算的条件。

比如说，和人有金钱往来，债务关系的，为防万一起见，得用契约或担保去防备对方赖债、倒账或揩油。

又比如说，和人有爱情纠葛的，为防因嫉妒或报复而引致杀身或毁容之祸，以及名誉上的损失，应当随时注意情人或情敌的言谈举止，有无失常或暗伏杀机的迹象。

至于坐公共汽车要小心旁边那个人是扒手，坐火车要设想找你借火，或替你看东西的人是骗子，女孩子要设想后面跟来的那个人是色狼；这一切一切，都在“防人之心不可无”的范围之内。只要运用得当，不动声色，不露痕迹，在人情、道理和法律上也都还说得过去。

可是，如果我们没有类如上述各种必须防备别人对自己不利的条件，而一味滥用了“防人之心”的话，却会大大地影响到人与人之间的和气与融洽。小则使个人生活紧张，成为乖僻多疑；大则影响社会人群，形成彼此的对立和仇怨。

事实上，我们发现有人把“防人之心”，用得太过分了，变成对所有人们的不信任与敌视。结果，不但辜负了别人对他的一片友好诚意，而且把自己也造成一个不通人情的、孤僻怪诞的人物，把自己和别人之间可以交通的道路完全用深沟高垒做上坚固的防御工事；结果是不但挡住了别人，也拘禁了自己。这样，固然别人想害他的时候需要费一些手脚，可是，他自己也早就不见天日了。得失之间，实在有仔细衡量一下的必要。

西哲说：“自疑不信人，自信不疑人。”所有对别人过分戒备的人，多半都由于缺少自信。

换句话说，假如我们深信自己的才干能力和品德素行都没有什么可以被人乘机暗算的弱点和漏洞，自然而然就会用坦然的心怀去接纳别人的友情。

世上没有真正愿意把自己孤立起来，专门和别人作对的人。

人们对别人设防戒备，多半是因为对人对己都没有信心。他怕别人在他的弱点上，乘其不备，对他不利，因此时时准备先下手为强。大家彼此防备，自然人间就充满了敌意，而把人类原来喜欢合作，喜欢友情，希望亲爱相处的心隐藏起来。

在这种情形之下，人们只有越来越疏远，越来越敌视，和平安乐的日子就只有越来越遥远。

在日常生活中，我们所需要的是大家用善意开诚相见。这其间，自然需要一些牺牲小我，捐弃成见和容让忍耐的功夫。可是，当我们看到真诚的眼泪和微笑，当对方向我们伸出友谊的手的时候，就会感觉到，有了这么大的快乐，当初所付的代价是非常值得的了！

宽以待人

“静坐常思己过，闲谈莫论人非。”这句话虽然听来未免迂腐，可是，仔细想想，它却有很值得我们遵行的地方。

“静坐常思己过”，是一种反省的功夫。我们假如常能在静下来的时候，想到自己在做事或待人方面有疏忽有亏欠的地方，自然就减少了对别人抱怨嫉恨或报复的心情；也同时由于明白了自己的过失而得到一些警惕，以后将不致再犯同样的过错。这是前人劝我们“静坐常思己过”的真正意义。

至于“闲谈莫论人非”则更是我们为人处世的一条金科玉律。把谈论别人是非的精神用来“常思己过”，既可减少得罪人的机会，又可随时改正了自己的缺点，可以说是一举两得。

有人说：“假如我们都知道别人在背后怎样谈论我们的话，恐怕连一个朋友也没有了。”这并不是一句否定人与人间友情的话，相反的，它正可以告诉我们，对背后的闲话尽可不必去认真打听和计较。

要知道，人们背后一时兴之所至，谈到了你的过错或缺点，说了对你不利的话，这是人之常情。即使他是你的朋友，偶尔一两次顺口说来的话，也并不证明他不够朋友。假如你不知道，这事情就会和根本没有发生过一样。

可是，假如你时常担心别人背后对你的谈论，而要千方百计地去打听的话，传话的人可能会把事情夸张些或歪曲些。这样一来，本是无意之间的闲谈，就会成为相当严重的有意的中伤，当然就会影响到朋友之间的感情。

我认为在这一方面是大可不必过于认真的；假如你喜欢你的朋友，在传话的人面前，你反而应该替他辩护一下或洗白一下才对。因为这是换得朋友对你的信心及杜绝闲话的最好办法。

朋友之间的感情本不是短时间可以建立得起来的。在彼此交往期间，不计较小的恩怨，适当地消除小的误会，原谅对方有意或无意的错误等等，都是使友谊巩固和增进的最好办法。许多人一生交不到一个朋友，那就是因为他太斤斤计较了。要知道，世间有几个人没有缺点和没有粗心大意的时候呢？

假如别人也同样的来计较我们的错失的话，我们不是也会成为孤立可怜的人了吗？

我一向喜欢快乐和气的气氛。不管是家庭里，邻里之间、朋友之间、同学同事之间，假如大家见了面都是一团和气，彼此心中没有成见，没有意气用事的地方，嘻嘻哈哈，有说有笑，那该多好！而这种快乐气氛的造成，就是靠着每一个人从本身做起的一种宽厚、容忍的功夫。

对人抱持一个“恕”字，欣赏别人的好处，记着别人的好处，忘掉别人的错处，原谅别人的缺点，不去故意挑剔别人，这就可以获得一种心安理得的快乐。

旧式大家庭里常因为人多嘴杂，彼此之间堆满了猜嫉和嫌怨。往往养成人们尖酸刻薄、睚眦必报的习惯。

常见有人说话方面不饶人，你损我一句，我必定要报复你三句，认为是精神上莫大的胜利。可是事实上，我们知道，无论所争执的事是大是小，既有争执和意见，心里就不会舒服，无论自己是胜是败，精神上总难免受相当的损失。为琐屑小事争强好胜的结果，必定会把无意变为有意，把小事扩大为大事，以后就更难和平相处了。

“和气可以致祥”，如要使自己生活愉快祥和，就不要忘记“和气”二字。

和气并非软弱，一个懂得和气二字用处的人，和气会成为他的无形武器；它消极的可以避免卷入无益争论的漩涡，积极的可以克服对他有所不利的敌人，而且可以更进一步把敌人化为朋友。

贵人相助

我有一位朋友，他最近知道某机关有一个很好的职位，正在找可以称职的人才。他觉得自己在各方面的条件都很合适，于是就托人去和那边的负责人谈了一下，那边的负责人认为他的学历、经历都很合适，就初步答应下来了。不过，按照手续，他们还要向他过去的服务机关，或交往的人们，调查一下他的工作态度和为人等等。

这位朋友很想要这个工作，因此他很紧张，不知道这位未来的上司要向什么人去打听他。于是，他天天嘀咕，自己想着："会不会这位未来的上司刚巧问到一个和自己闹意见的人呢?""自己过去有没有工作上的错失，或不尽职的地方?""有没有在银钱往来上不大清楚的地方?""有没有什么不检点的行为被别人在背后传来传去? ……"

想了很多，越想越紧张。因为，这和考试不同，假如主管出几道题考一考，那只是要凭自己的学识，当时用心做答就行了。可是，现在他是去向别人打听，自己不便到处拜托人家美言几句，尤其是和自己曾有过什么小小别扭的人，更是不能去拜托。假如自己过去有过什么不小心的地方，做了错事，尤其是品行上的过错，给未来的上司打听到了，那就更糟……这一切，自己简直无能为力，只好听天由命了。

幸亏吉人天相，他的工作总算顺利成功了，而且已经走马上任，这他才算是松了一口气。后来，大家在一起聊天，他还感慨地说："现在才知道什么叫'但行好事，莫问前程'。"

有些人对前途疑惑不决的时候，到庙里去求上一个签，签上如是"上上大吉"则必会告诉你有贵人相助。于是对这位看不见的"贵人"，心里会油然而生一种感激和庆幸之情。

其实，签上所谓的"贵人"并不神秘；我们虽然不知道他是谁，可是，他一定是一个和我们直接间接有关联的人。而且，他是一个不愿说我们坏话，或说不出我们有什么坏处的人。

这个人在有意无意之间，为我们说了一句好话，决定了我们的成败祸福。因此，我们可以发现一个原则——"有没有得罪人，有没有做过坏事"，是决定我们前程一项最大的因素。

谁也不知道当初一个小小错误的种子，会到什么时候长出来，开花结果。

我们可以相信，如能但行好事，就自然可以莫问前程。我们平常的好品德，好行为，在无形之中有一种巨大的力量，决定自己的前程，那决不是用人力可以左右的。

夫妇之间怎样才能和谐相处

据我个人的想法，夫妇之间第一是要“容忍”，第二是要“了解”，然后由了解而能宽恕。做到这个境界，夫妇之间就可以和谐相处了。

我为什么先说“容忍”，而后才说“了解”呢？因为“了解”这两个字虽然被人常常使用，虽然我们都常常以为自己了解某人，或某人了解自己；而事实上，“了解”二字却是很难做到的。别看许多男女，两人在交友恋爱之后，双方都兴高彩烈地说：“哦！我了解你！我们是这样互相了解，因此，我们可以结婚了。”但等到结婚之后，仍会吃惊地发现，对方并不了解自己，而自己也没有了解对方。

人的思想和感情是很复杂的。说两个人能互相了解，实在并不容易。婚前，因为两人在恋爱的狂热中，常误以为那种一时的“情热”为“了解”。但事实上，那只是一种愿意尽量宽恕对方，不计较对方任何缺点的“情热”。认真说来，其中真正“了解”的成分是很少的。于是到了结婚之后，两个人由梦境似的恋爱，回到清醒的现实生活中来的时候，发现对方并不是罗密欧，自己也不是朱丽叶，而仅仅是普通的某先生和某太太，大家要实实在在地生活了。从此，彼此就会一样一样地发现对方与自己并不完全协和的地方；于是开始觉得自己错了，看错了人，而痛心起来。先是吵吵闹闹，最后难免要承认“意见不合”，大家分道扬镳，各奔前程。

其实，像这样因意见不合而分道扬镳之后，再有机会和别人结婚的话，会不会就“意见相合”了呢？我认为恐怕还是不会的。因为一个人要做到真正了解另外一个人，没有相当长的时间是不行的。而在尚未真正互相了解的这时间当中，假如不能容忍，还是要因“意见不合”而分道扬镳的。

记得从前看到过一段小故事。这段故事大意是说：

有一个男人和他的爱人恋爱成熟，决定结婚了。到了喜期，亲友们纷纷送来各色各样新奇的贺礼；而这位新娘的母亲却只送给他们一双旧鞋。

当时，他们都很莫名其妙。于是这位岳母说：

“新婚和穿新鞋是一样的。它看来很光彩漂亮，但是它并不适应你的脚。它常常会使脚痛，走路不便和起茧，所以需要忍耐。过了很久之后，你的痛苦慢慢消失，那时这双鞋子虽然没有新的时候那样光彩了，但它却已经完全适合你的脚了。希望你们日后发生争执的时候，想到旧鞋的启示，会对你们彼此之间暂时的不能相容，有一点帮助。”

我认为这真是一个最好的比喻。当然，一买来就穿着合适，而一点都不使脚痛的鞋不是没有。从结婚以来，多少年都合好无间，从未争吵过的夫妻，也不是没有，但那总归是少数。

通常情形，夫妇之间闹意见，吵嘴是常见的事。但是，如果我们承认，大多数的新婚夫妇都正如新买的鞋子一样，总免不了不合适，而需要我们付出相当的“容忍”。在容忍中细心地去体谅对方，了解对方，明白一个人总免不了有缺点，那么，既然彼此相爱，就该因“爱”而容忍，由容忍而了解，由了解而宽恕；慢慢的，就做到一种境界——“知道那是他的老毛病了，不要理他，过两天就会好的。”

做到这个境界，几乎可说是婚姻生活的最高理想境界了。

姻缘前定

人们常说，姻缘是前生注定的。

这种说法有鼓励作用，也有安慰作用。

有时两个人在茫茫人海中，不期而遇，而发生了感情。当其中一方还在为一些枝节问题犹豫不决的时候，另外一方可以用这句话去为他摇摆不定的天秤上放下一颗肯定的砝码；同时，告诉他：“这是前生注定，三生石上记录在案的缘分，您就认命吧！”

当两个人已经结成夫妇之后，偶尔因一点意见不合，而吵架拌嘴，其中一方或双方因而悔不当初的时候；他们的亲友也可以拿“前生注定”这句话去劝劝他们，让他们想到，既然当初相遇是缘分，现在争吵也正是“不是冤家不聚头”，一切都是命里注定的。

“人不能和命争”，过去就算了吧。

这种前生注定的说法，是我们一般人常常在有意无意之间用来解释人与人间的离合聚散的。这虽是一种消极的想法，但因为它确实可以帮助我们解决一些在理智上化解不开的问题，和弥补一些在感情上一时无法平复的创痛，所以，我们勿宁说是愿意保留这点近于迷信的看法的。

人到了没法不向事实屈服的时候，只好把一切委之于天命。

一个人过了三四十岁，还碰不到合适的结婚对象，人们就说他是命里应该晚婚，红鸾星还未动；也就是说，他还没有机缘在人海中捞到他那位前生注定的对象。很可能，他明后天就有机会遇到一位以前做梦也没有想到过的人，来往几个星期之后，彼此很有吸力，就结婚了。真是：“踏破铁鞋无觅处，得来全不费功夫。”

很多夫妇都是“碰”来的，而不是求来的。既然说是“碰”，那就全靠运气。好像一辆从北门往东门开的汽车，和一辆由东门往北门走的三轮车，他们如果选择的路线相同，时间恰好的话，就可能在台北市某一点碰上。如果选择的路线不同，时间又不对，那他们就永远没有机会碰面。这其中促成他们相遇的因子非常复杂。马路口的一次红灯，交通道的一列火车，一个横过马路的孩子，车链子掉了一次等等，都会形成他们碰面或不碰面。人与人的遇合，细算起来也是如此。这就是定数，也就是所谓的缘分。

据我想：婚姻真是可遇而不可求的。所以，要说在事先悬了个怎样的标准，走遍天涯去找，那真很难。

很少人的婚姻是依照自己定好了的标准找来的。而大多数人的婚姻都是在莫名其妙的遇合之下“碰”来的。而且和自己那有意无意之间所定的标准，相差很远。

这种“前生注定”的看法，同样可以帮助在情场上失意的人，使他们相信追求不到，是缘分问题，而并不关系到自己的能力和自尊。这样想想，可以心平气和得多。

婚姻大事，绝对不能强求。两个无缘的人，勉强结合，不是辜负别人，就是委屈自己，结局是不会好的。

曾有一位人体电磁学专家鲍特纳博士用科学观点解释为什么有人两情相悦，有人却冰炭不能容的文章，倒也有点参考价值。

据这位鲍特纳博士说：“每人的体质不同，脑细胞分裂与组合的速度，不但决定一个人的思想能力，以及情感的深浅，同时还有一种电磁发生。这种电磁可以使异性发生爱慕或憎恨。这种电磁常在第一眼看见对方的时候，就有了感应。彼此之间，磁力辐射，尺度愈是接近，就愈是容易发生爱情。所谓一见钟情，那是可能有的。假定两个人所发射的电磁非常贴近，就自然有喜悦之感。”

由此看来，一个人和另外一个人是否能有爱情上的共鸣，就更是前生注定的了。因为一个人的体质既是生来如此的，当他对你不发生磁力感应的时候，你就是杀了他，他也不能变得和你的磁力发射度数一致，那又何必强求呢?

“爱”的微语

诗人徐志摩认为恋爱是可遇而不可求的。他说，“得之，我幸。不得，我命；如此而已。”这话说得何等洒脱！但唯有真豁达的人才可以说到做到。

* * *

金钱对真正的恋爱有两大害处：一、假如对方本来并不爱你，她可能因为你有钱而对你产生虚伪的好感。这种感情发展到最后，只有花钱上当。二、假如对方本来对你是真正相爱，可是，当你动用了银弹攻势之后，会弄得连你自己也闹不清她爱的是你，还是爱的是钱。把原来纯洁高尚的爱情蒙上了金钱的尘垢，使她蒙受不白之冤，也使你失去了考验她的机会。因此，除非你自问除了金钱之外，本身的条件实在太差，才只好用钱去买虚情假意。否则，即使你有钱，也最好留到恋爱成熟，结婚的时候再用。

* * *

佛家认为人与人的聚散都是缘分。有些人和我们缘分浅，仅仅一面之缘，如浮萍在水面上做偶然的相聚。有些人缘分深，可以成知交，成腻友，或成终身伴侣。这一切人间聚散，固然不可缺少人为的力量，但更能左右我们的，还是那看不见的“缘分”。这并不是迷信，而是在冥冥之中，许许多多因素促成的一些定数。所以达观的人对人生聚散，多能以洒脱的态度去处理。

* * *

用轻松明朗的态度和女友交往，慢慢地建立友情，爱情会不期而至。而你如果在一开始时，就把事态弄得严重，使对方觉得一旦答应了你一次邀请，你就会粘住她不放了，那么她就会觉得索性否决了比较安全。

* * *

恋爱不是容易成功的。因此，在进行时，要一面抱胜利的希望，一面做失败的准备。天下事都有“好坏”两种可能，不要以为“曾经沧海”之后一定会“难为水”。想开一点，看淡一点。你会用欣赏的心情去迎接失败。

* * *

世人把爱情分做“正常的爱情”与“有罪的爱情”。而在我们的一生中，有时也难免会遭到“有罪的爱情”的考验。关于这一问题，我愿意说：假如你不信这“世俗”的看法，你不妨去尝试。

问题只在你是否自信受得住那前人早已指明的、注定的打击。假如你够坚强，受了打击而不致把自己可贵的部分统统毁灭，我也不反对你去尝试。

明知故犯的人很多，分别只在：聪明人从错误之中得到教训和哲理；不聪明的人从错误之中得到的，除了惩罚之外，就是毁灭。

诗人艺术家的畸恋、狂恋、失恋的痛楚，结果是美丽动人的诗篇或乐章。而庸人的畸恋、狂恋、失恋就只是糊涂的笑话和一切完结的悲惨下场。

* * *

我们每一个人都有机会扮演人生的悲剧，在这悲剧中，爱情更是免不了的穿插。我们如果演得很好，让人生舞台前面的观众觉得这个角色虽有错误，但并不愚昧，而是个值得同情与喝彩的角色，那也算我们生活上的一项成功。

* * *

单恋极易产生苦恼。不但爱的一方要小心失恋，被爱的一方在接受与拒绝之间也要十分适当；既不伤害对方的自尊，也不致给自己惹上麻烦。

* * *

有些男女之间的问题发生在自己不在意的时候。尤其是女人，对于“防闲”二字要时时放在心上。“自己无心，别人有意。”由误会而生情的实例很多。防患未然胜于事后的补救。

* * *

第一次的爱情虽然是可贵的，但也绝大多数是不会成功的。也许就因为多数是一朵不结果的花，才增加了它令人低回留恋，念念不忘的成分。因此，请千万不要把初恋的诗篇写坏；好好地爱，好好地分手，保存下这点难得可贵的美。

* * *

处理生活的一个法则是该认真的时候认真，该摆脱的时候摆脱。这是艺术家的生活态度，也是一般人所该追求的生活态度。在爱情上，也是如此。

* * *

“你不能忘记，是因为你不想忘记”，如果你真的肯痛下决心，彻底把那烦扰你的影子从心中除去，不去温习那痛苦，不去留恋那痛苦，我想，你是可以有办法把它忘记的。

* * *

世上有两种人，一种人一经打击就心灰意冷，从此消沉下去；一种人在和挫败挣扎一番之后，他总会找到一条更平坦更光明的路，使自己更坚强，无论是在精神上或在事实上，他都有机会以胜利者的姿态再度活跃起来。

* * *

“岁月无涯，青春有限”。多数人最终所需要的还是一个安定的家，而不是绚烂刺激的“恋”。建立 个家要付出的很多，不肯付出的人将来会 无所有，结局也很寂寞。

* * *

交友恋爱，贵在开始时的谨慎，“爱情”这张支票签出之后，要能兑现才行，否则，就难逃开空头支票的麻烦。情书在开始写的时候，就应预防它是否会有需要被销毁的一天。

* * *

人不会永远不做错事，在爱情上的错误当然也在所难免。可是，当你知道错了的时候，就必须有勇气承担，针对事实去想对策，这是最好的办法。

* * *

在恋爱中的人们，在面临猜疑的时候，要开诚布公。有苦衷，就要说出来。两人共同面对问题去想解决的办法。有误会，就要坦白真诚地去问个清楚，讲个明白，才可避免误解，增加互信。

* * *

爱情是美丽还是罪恶，要看你怎样去面对它。懂得爱情的人会使他的爱无论是成是败都可以成为动人的诗篇；不懂得爱情的人却在拥有的时候不知道珍惜，在失去的时候又不知道怎样收场，辜负了上天对他的恩赐。

* * *

恋爱过程中的苦乐都会产生一种鼓励的力量，只要你会把握，这恋爱无论是否成功，都会对你有益。

* * *

如果你们的爱情中有着别人的牺牲，受着社会的责难和忍受着自己良心上的不安，那它就不会成为持久而又可爱的爱情。聪明人在面临不正常的爱情时，他总会以不伤害别人为最佳的选择。

* * *

一个“输得起”的运动员，能在输了的时候仍然维持坦然磊落的风度，他是虽败犹荣的。在情场上也要有这种“输得起”的精神，才可以使自己在爱人和旁观者的心目中有个光荣的地位。那些败了就“搅局”或“赖皮”的人就不但在恋爱上失败，而且还加上了人格上的失败，可以说是双料的失败，聪明人是不做这种傻事的。

寂寞三题

抗拒寂寞

每人都有寂寞的时候。如果我们还算幸运，也许可以找到一个知己的朋友，和他发发牢骚，他也劝一劝你。烦恼一经说出来之后，就减轻许多。

但是，我们也时常发现，在这种时候，竟找不到一个可以听我们倾诉的对象。有些人是和我们太疏远，你明知道他不会了解你和同情你，所以宁愿不同他谈。有些人却是关系太密切，你不但不能同他谈你的烦恼，而且还需要把烦恼在他面前隐藏起来。有些人虽然平常很要好，也可以分担你的烦闷，但是碰巧他最近心情也坏，或者还有的时候，你正在想要对他说说你的心事，却偏偏发现他并不了解你。

你说，人是不是够寂寞！

真的是很寂寞！不但是你这样觉得，我也有时候这样觉得。那么，怎么办呢？

我想，在这个时候，就是考验我们意志坚度的时候。就是考验我们究竟能不能和环境对抗的时候。假如我们怕，或我们一直烦恼下去，而不晓得该怎样摆脱它，那我们在精神生活上就失败了！

于是，我们该想到，要为自己多储备一点对抗这种压力的力量。这力量的来源有两个。一个是“活动”，属于动的方面；一个是“爱好”，属于“静”的方面。

活动，包括散步、爬山、旅行、运动等等。在你能做到的范围之内，可以想去就去。

常常我们发现，出去在雨中散一散步，或坐公路车跑了一趟远路，回来之后，心里那点烦恼已经烟消云散。

因为出去活动了一下，眼睛所接触的视界宽了，想的事情范围广了，你原来那点“烦”就相对的减淡了，变得渺小，不值得重视了！

另一个抵抗环境压力的力量的来源是“爱好”。一个人不能没有一点爱好。这“爱好”不一定是什么，只要是正当的活动，就可以对你有帮助。像集邮、照像、画画、写作、玩乐器等等。这一点爱好，就可以成为你烦恼时的一个避风港。往往在这避风港里，你不但躲过了眼前的烦恼，而且还可能无意中使你在这方面有所成就。

快乐是浮浅的，苦闷是深沉的，几乎一切成就都由苦闷中抽芽，茁长。

一切艺术都是苦闷或寂寞的产物。

一个人在热闹玩乐的时候，不会想到去做诗、画画、或写乐曲。即使想到，也没有多少机会让他静下来做。而唯有在他与热闹欢乐隔绝的时候，与世人隔绝的时候，在他寂寞的时候，他才可以静下心来，朝他所喜欢的东西去寻求安慰，为他的苦闷去找出路。

所以，有作为的人们不必害怕苦闷，有时，他真应该高兴他有这许多烦闷的时刻，使他有机会去找到他自己。

快乐之源

人的情感需要经由多方面的途径去发抒。只有一条出路的话，会使你紧张，患得患失，反而容易受到打击。

我发现有些人，他只有一个朋友，或只知道恋爱，而没有一点艺术上的爱好，也没有什么抱负，也不喜欢在生活中去寻找乐趣。于是，这一个朋友或爱人，就变成了他整个的世界。一旦他在这方面遭受了打击，他就觉得整个的世界都已崩溃，再也找不到一点光明和希望。

我也发现，另外有一些人，尽管他们在交友恋爱的时候很认真，但是，当他在这方面不顺利的时候，他会很快地把握住他的事业或他的爱好，把精神转移到另一个方向去。这样，他不但顺利地渡过了友情上的逆境，而且还往往因此而激发出他的潜力，促成了他事业上的成功。

我们应该多给自己安排几个生命力的泉源。当这边的泉源涸竭了，或遭遇故障时，你可以还有别的泉源。

这样，不但生活中多有一些乐趣，而且由于我们储备了足够的应变的力量，心理上自然觉得轻松。心理上一轻松，对友情或爱情就不致过于固执与苛求。而正因为你对友情与爱情不固执，不苛求，在友情与爱情上成功的机会反而多了。

再说，所谓知音，本来就是可遇而不可求的。在你遇不到他的时候，你想求也求不来，你痛苦也没有用。当然，你更不必抱怨人间冷酷无情，也不必自鸣孤高，与世隔离。

人与人之间，心灵上的一点契合是很微妙的事。所以有人用“磁力感应”或“缘分”来解释人与人之间的感情或友谊。

当你们互相了解的时候，就是互相了解，当你们彼此看不顺眼的时候，就是看不顺眼，要找出其间具体的理由，也许是很困难的。

也就因为如此，我才劝你不要把所谓的知音，列为人生必不可少的项目。有它，你固然很幸运，没有它，也并非上帝待你不公。

想开一点，看淡一点，多给自己找点寄托，好好为自己安排一些理想或生活的目标。那时，你会觉得你即使没有知音，也不是什么大不了的事。

一个譬喻

从前，有一位体育老师，教我们溜冰。

开始时，我不知道技巧，总是跌倒。所以，他给我一把椅子，让我推着椅子溜。

果然，此法甚妙，因椅子稳当，可以使我站在冰上如站在平地上一般，不再跌跤。而且，我可以推着它进行，来往自如。

我想，椅子真是好的！

于是，我一直推着椅子溜。

溜了约一星期之久，有一天，老师来到冰场，一看我还在那儿推椅子哪！这回他走上冰来，一言不发，把椅子从我手中搬去。

失去了椅子，我不觉惊惶大叫，脚下不稳，跌了下去，嚷着要那椅子。

老师在旁边，看着我在那里叫嚷，无动于衷。我只得自力更生，站稳了脚步。

这才发现，我在冰上这样久，椅子已帮我学了许多。但推椅子只是一个过程，认真要学会溜冰，非得把椅子拿开不可——没有人带着椅子溜冰的，是不是？

不要以为你离开某人就活不下去！

更不要使你自己离开某人就活不下去！

世上没有人可以支持你一生！

别人可以在必要时扶你一把，但别人还有别人的事，他不能变成你的一部分，来永远支持你。所以还是拿出力量来，承认“坚强独立，自求多福”这八个字吧！

谈寄托

为了使自己能经常保持一种宁静泰然的心境，一点精神上的寄托是很需要的。

所谓寄托，完全是属于你私人灵魂深处的东西。它不一定有很大的意义，不一定有什么积极的目的，它只是你精神上的一片私人的园地，是你灵魂的一个小小的避风港，是你躲避世俗牵绊的堡垒，是你可以在那里找到自己，和自己心灵恳谈的一个秘密的花园。

会处理生活的人，一定懂得怎样给自己安排这样一片不受干扰的属于自己的小天地。在这里，你可以想你所要想的，做你所要做的，躲开一切你所要躲开的，逃避一切你所要逃避的。这片小天地就是你寄托你灵魂或你真正的自己的地方。

给自己的灵魂找一个寄托，那并不是消极的逃避，那正是一种积极的养精蓄锐。正如有位名人说的“我休息是为了工作”。我们也是一样，让灵魂去休息一下，养一养它在尘间奔波所受的伤，然后好再去奔波。

人生真是一连串不停的奔波！

我们几乎很难找到一个人，能够成天只做他自己喜欢的事，过他自己所愿意过的生活。

每个人都必须被动地做些他并不想做的事，表演一些他并不喜欢表演的角色，过一种他所不愿过的生活。所以，我们发现，有些人一有时间就吸烟，有些人一有时间就看小说，有些人一有时间就写文章。这些一有时间就想做的事，才真正是他所喜欢做的事。但是，因为他必须应付许许多多生活中的琐事，他没有充分的时间和自由去只管做他所喜欢做的。因此，这些小小的嗜好，就成为他生活中的一点寄托。

他从这里面找到他自己，得到生活的真味，暂时忘掉了世界的烦嚣。

假如你懂得生活，同时你也懂得你自己，那么，你一定会在生活中找到那么一点使你安心，使你忘忧，使你沉醉的所谓的寄托。

这寄托有时很容易找到。一本书、一张唱片、一支笔、几张纸，或集邮、或摄影、或游山玩水，只看你兴趣近于哪方面，只看你是否诚心去找。

辛勤的工作，然后用你的爱好去美化并充实你的生活，这样，物质与精神才可以平衡。

匆忙的生活使我们忽略了许多美好的、值得欣赏的东西，只有当你找到寄托你心灵的处所之后，你才能有余情去欣赏这世界可爱的一面，才有机会去享受真正属于你自己的人生。

* * *

假如你对不该记着的事，偏偏不能忘记，那你不如索性把它写下来。因为我们往往发现，你之所以对你那美丽的回忆不能忘怀，是因为你认为这段经历太美丽了，太难得了，虽然它令你痛苦，但你还是唯恐忘了它。所以你才下意识的不停地去温习，去回想。那么，与其这样，你为什么不把它写下来呢？写下来之后，你已经把它保存在纸上，不会消失了。那时，你就可以不再总去回忆它了。

* * *

一个人的寂寞，不是名誉地位或有形的幸福所可以消除的。往往我们感到的是灵魂上的寂寞，是有苦有乐无处申说的寂寞，是没有人能真正懂得我们内心苦乐的寂寞。

消除这种寂寞的方法，只有去找精神上的寄托，在自己所爱好的东西上去求发抒，去找到一些可以使自己感到被重视，被需求的工作，在这上面去求得生命更高的、属于内在的意义。

* * *

把自己的苦闷借笔墨发抒，是一条由消极转为积极，把无用化为有用的路，值得尝试。

* * *

音乐能使人从兴奋中得到宁静，在消沉时得到鼓励，在愁苦时得到安慰。

* * *

教家中子弟多接近音乐，他们会从音乐中领略到更多的生活情趣和人生真谛。喜欢正当音乐的青年，是不会把多余的时间去消耗在不正当的消遣上的，就连在恋爱的时候也比别人更高尚纯洁一些。

* * *

能欣赏音乐的人即使在十分孤独的时候，也不会觉得寂寞。因为他早已从音乐中懂得了很多繁华热闹以外的乐趣。

* * *

能欣赏音乐的人可以从音乐的启示里得来恬淡的心情，豁达的胸襟，和高远的理想，他们自然比一般人更懂得怎样排遣愁苦，和怎样欣赏人生。

* * *

当一些不认识的人们听到一首他们彼此都会唱的歌的时候，他们先是跟着一起唱，后来就会觉得在感情上有了互相了解、接近和共鸣的快乐。一个没有大家可以共同唱唱歌的地方，是一个寂寞的地方。

* * *

使生活不致陷入苦闷单调的方法之一，是养成正当的爱好。有正当爱好的人，很少有机会感到时间无法排遣，而且由于精神有所寄托，而可以减少对环境中琐屑小事的计较，可避免不满现状和与人勾心斗角的毛病。

* * *

当你闷倦时，信口唱一首能发抒你内心情感的歌或民谣小调，会使你得到倾诉的畅快。

何处不相逢

有一句俗话说，人生何处不相逢。有时我们觉得这个世界很大，人与人间的聚合须靠着难得的运气或机缘。没有缘的，一生一世也未必见得到一次面。可是，也有时候，我们会觉得这个世界很小。碰来碰去都是熟人。本来彼此不认识的，谈了一阵之后，还可能会发现

——啊！原来你和某某人认识啊！或者还会发现，彼此竟然是亲戚。于是，大家会又感叹又欣慰地说：这个世界太小了！

不管这世界是大还是小，人与人的遇合总是很难预料的。也许有那朝思暮想希望见见面的人，偏偏总是阴错阳差碰不到一起。也许有那唯恐碰在一块的人，偏偏冤家路窄越躲越会碰上。

曾经有一位先生，去投考某大公司。他抱着很大的希望和信心去参加了考试，一切都很顺利。本来录取的希望很大，可是，没想到负责命题和阅卷评分的人是他以前所得罪过的一位先生。于是，这条路就走不通了。

当初，他得罪这位先生的时候，两个人原来是同事。不久之后，两人都另外找到工作，辞职离去。那时，本来想，从今以后，大家分道扬镳，谁也不会再碍谁的事了。没想到，几年之后，会在这种微妙的机会下碰在一起。只因为当初一时的闹意气，而影响到日后自己的前途，真是有苦说不出。

人生何处不相逢！不要以为世界大，道路多，得罪了的人，可以永远不再见面。常常我们会发现，人们总是在那几条路上挤来挤去，说不定什么时候就又会碰到一起。想到这里，我们也许会了悟，忍一时的气，让人一步，并不算是吃亏了吧？

待人贵超然

有人说，处人比做事还难，单单做事，我们只要拿出本领，勤劳认真地去做，就不愁没有成绩。而处人就不这么简单，常常因为自己忽略了与人相处的细节而得罪了人。因为人事的不能协调，工作就发生了障碍，以致本可成功的事也失败了。或者在工作上虽然成功，在人缘上却失败了。

据我平常观察，我发现，大致说来，有两种人。一种人是八面玲珑的，对人非常周到，每一个同事，每一个亲戚朋友的喜庆生日，过年过节，以至于他们孩子的生日，毕业，得奖，考取学校，等等大小事项，没有一样忘记。他总是抢先去应酬，去送礼，去道贺。平常说话更是圆滑透顶，处处不得罪人，见什么人说什么话，应付得面面俱到。

按说，这种人该是最不容易得罪人的了。但是，我发现，即使他不得罪人，他也一定很苦，很累。他的生活被这些细节占去了大半，以至于使他没有多余的力量去顾到真正该做的事。而且，因为他太不希望得罪人了，往往偶尔一次有人说他不好，他就难过紧张。觉得以自己这样用心，而还换不来人们的好意，使他伤心难过。

同时，我们发现，人们往往也很残忍。对那些越是面面俱到的人，如果偶尔发现他有一次疏漏，反而越会不原谅他。因为人们会想，以他那样面面俱到，那样细心，而居然有这种疏忽，那就是故意的，因此，就不可原谅。

做个八面玲珑的人并不容易！

我所见到的另一种人，是马马虎虎的。一切都不操心，我行我素，从不关心别人的事，更不关心别人的情绪和困难。这种人虽然对他自己来说，是比较省心，也可以专心去做他自己该做的事。但是，在人事上发生困扰的，也就是这种人。他们太马虎了，得罪了人也不知道，该争取别人信任与谅解的也没有去争取。因此，他们也会遭受阻挠而失败。

在我看来，在对人方面，最好是能保持一点超然。超然之中，该加入一些同情和真诚。不要加入人事纠纷的小集团，背后不谈论任何人的是非。这样，你既可避免自己被卷入琐碎应酬和闲是闲非的漩涡，又可保存自己和周围人们之间所应有的感情上的联系。使人们相信你的真诚，了解你的超然，你做起事来，就不容易碰到敌对的人在背后牵制你了！

带点笑容

一位台大工学院的教授曾经在闲谈中对我说，他每次上课（特别是给新生上课），一定面带笑容。不但他自己面带笑容，而且他尽量用说笑话的方式来讲话，使得满室笑声不绝。他说，这样做的目的是为了消除一般学生对理工科目的畏惧心理。

"剥下科学严肃、冷硬、令人生畏的外衣，显出它内在的、原有的、真正的趣味和美感!"这是这位名教授的教学方法和教学宗旨。

他说，本来科学是非常美妙、非常有趣的一种东西，可惜当初真正"通"的人太少，以致因为他们的不通，而不能把科学的真正面目很轻易地传授与人，而使科学蒙受了冤屈，成了深奥难解、令人不敢接近的东西。

笑容是消除隔膜、增进感情的媒介。我一向畏惧数理科学，相信这就是因为它们最初和我见面时，没有"面带笑容"的缘故。由此想来，文学、艺术、音乐之使人乐于接近，也不外是因为它们多少都带了一点或隐或现的笑容吧！

以前小学生的算术教科书上，把 2 画做一只游水的鸭子，把 6 画成一个汤匙，把 7 画成一把伞柄……这正如国语的开始用诗歌体，慢慢才归纳到文法，音乐开始用唱游，慢慢才演绎出乐理相似。我们设想，假如物理学不先让你背牛顿三定律，而也改用一些类似的办法，使它"带上一点笑容"，那么很可能，那声光力电也就样样都以如诗如画的姿态和我们见面了，岂不美丽得多?

笑容好比机器上的润滑油，可以减轻磨擦，使齿轮与齿轮之间的运转灵活，又犹如桌椅脚下的胶垫，可以缓和锐角，增加彼此之间的和睦与协调。

当我和朋友在谈话之间，偶尔意见发生冲突时，我喜欢停止谈话，用笑容来听他的滔滔雄辩。我认为这是最好的消灭争执而又不伤和气的办法。

而且我更相信，即使在你争辩或抗议的时候，如果你仍能使自己面上带点笑容，这争辩抗议也会很容易地变成了提醒与解释。减少了对方的敌意和反感，增加了胜利的机会。

笑容不但能表现在面貌上，而且能表现在声音里。

也许我是因为职业的关系，做播音员做久了，对声音特别敏感。有好几次，接听电话时，因为对方声音里缺少笑容，被我误认为他很忙，或一面打电话，一面为办公桌上的公事在发烦，使我不敢和他多谈下去。而当我草草结束谈话，请他快去忙公事的时候，他才惊奇地问我："为什么这样匆促？你不是有事要商量吗？"

这我才知道，他并不忙，也没有为公事发烦，他只是以为我看不见他的表情，因此省掉了笑容而已。

还有一次，一位很熟的朋友，因为她在电话里的声音没有笑容，而使我以为她在生气。等我向她问罪的时候，她才连忙解释，并没有生气，也并没有不欢迎我的电话。后来，她才恍然想起，说："哦！对了！我没有带上一点笑容。"

笑容虽是脸上的事，但表情确乎会影响声音。当你带点笑容讲话时，你的声音里必定有点喜气。当你皱起眉头讲话时，你的声音里就自然而然地带上了不耐烦。当你拿起电话听筒，脸上毫无表情地问上一句："喂！你是哪位！"对方听来，准觉得你是陌生和疏远的。而假如对方通上名来之后，你还不能用笑容表示一点欢迎与惊喜之情的话，你的朋友就难免以为他的电话对你是一种无礼的打扰，而急于想要把电话挂断了！

不久以前，有一位大学生因恋爱发生了问题，来找我商量对策。一进门，我就看见他一脸紧张严肃的表情，连和我握手寒暄的时候，也没有半点笑容。

于是，当我们坐定之后，我的谈话就一直在轻松可笑的话题上打转，直到约莫十五分钟之后，我看见他那绷得紧紧的脸上绽出了云破日出的笑容，我才开始谈他的正题。我告诉他：

"现在可以谈你的正题了。不但可以谈你的正题了，而且，我要建议你的也就是这些——恋爱应带点笑容去谈。像你这样紧张严肃，怎么会不失败呢？"

他若有所悟地笑着去了。

笑容是一种生活上的艺术。它可以使一个面貌平庸的人变为美丽，可以使本来陌生的人们突然消除了距离，更可以使你那敏锐善感的朋友得到友情的鼓励。而最重要的是，即使你本来很烦，而假如你仍肯勉强自己在人前带上一点笑容的话，那由别人那里交换而来的愉悦的回报，也会很巧妙地冰释掉你的忧闷心情，而使你突然觉得人间温暖起来。而且又正由于你心中有了这温暖愉悦的感觉，你的外貌表情也就更加光彩可爱，而受人欢迎起来了！

友情、爱情，不正是由这种滚雪球式的温暖愉悦之感的互相交缠而形成的吗？

生活虽然有它严肃的一面，但如果你懂得使这严肃的人生带上一点笑容，那么，那严肃的一面也就会变成音乐与诗章了。那难道不是一件很开心的事吗？

金钱与物欲

爱钱的人很难使自己不成为金钱的奴隶。多数人在有了钱之后，会时时刻刻为保存既有的和争取更多的钱而烦心。他的生意越大，得失越重。难以找回海阔天空的心境。

* * *

一个人如果真正非常有钱，一切都不缺少，他反而不见得真正快乐。倒是当他尚未富有的时候，对“自己如果有钱，该是何等快乐”的想象，最为快乐。

* * *

如果做事的时候把金钱利益做为第一前提，那出发点就是低姿态的了，又如何能达到最高理想呢？

* * *

凭自己的工作得来分内的报酬，才是心安理得的财富。临财勿苟得，不但是最高人格的理想标准，也是个人安全的最佳保障。

*　*　*

认真说来，一切良好行为的内在目的都是为了保障自己的安全。不贪财，不做恶事，就不会犯法。不涉足不良的场所，就不会得罪恶人，牵连恶事。能如此，自然平安。

*　*　*

只相信金钱力量的人，最后会败给金钱。相反的，金钱所买不动的人，别人永远无法将他征服。

*　*　*

做事比赚钱更重要。而且认真做事的结果，金钱往往会自动地光临。

*　*　*

太爱钱的人不安全。因为金钱会驱使他去做种种冒险违法的坏事，和接近违法乱纪的坏人。

*　*　*

如果一个人自始就只想赚钱，那么他一生所得，至多也只是钱。因为他认为金钱的价值高于一切，最后即连购买别墅与艺术品，及到海外旅行，也必须是一项以金钱为目的的投资，而无从享有其中的乐趣。

*　*　*

工商业社会的特色是在热闹的表面之下，隐藏着因缺少灵性而产生的空虚。

*　*　*

工商业社会给人充足的物质，但人们却在物质的洪流里失去了自我。反映在现代艺术上的是，表面热闹绚丽，骨子里却很悲哀。

*　*　*

人们常抱怨自己是生活的奴隶，无法摆脱紧张与忧烦。如果生活真是如此，那么，让我们做事业的奴隶，而不要做金钱的奴隶。事业使你崇高，金钱使你卑下。

* * *

物质上的追求永难使人满足。算一算看，你手中已有的多呢？还是希望到手的多？如果你重视手中已有的，你多半会觉得快乐。如果你重视那尚未到手的，你难免会烦恼。

* * *

当你的心思被金钱与物质占满时，就再没有余地去容纳理想。即使有成，也必有限。

* * *

钱固然是人人所必需，但它并不代表一个人的价值。如果大家习惯了用钱的多少来衡量人的价值，人们就可以为了追求金钱而无所不为了。

* * *

真正的尊贵不是有钱，而是坚强独立。真正的幸福不是锦衣玉食，而是能安享逍遥自在，不受牵绊的乐趣。

* * *

物质的欲望，虚荣的诱惑，是使人们迷失的最大原因。许多可贵的才华与可能有的成就都在这种诱惑之下断送。

* * *

每个人年轻时都可能有最崇高、最远大的抱负。但真正使这抱负实现的人却是极少数。原因就是，多数人都在中途迷失，他们多数是被金钱和虚荣所诱，而放弃了远大而可贵的前程。

* * *

当你自以为比以前聪明，对金钱利益不会吃亏，不再放过的时候，最要小心反省。因为这聪明可能正是一种堕落。为眼前小利而放弃了自己真正的兴趣与前程，将会得不偿失。

感　情

感情是人生重要的一部分。处理感情问题是否得当，可能影响一个人一生的苦乐或成败。

* * *

明达、洒脱、真诚、纯洁、不自私，是处理感情问题的五项原则。而要能掌握这五项原则，必须善用理智。

* * *

感情是一种对美好事物的向往与追慕。梦想的成分常比实际的成分为多，所以就时常不大能禁得起现实的考验。但也就因为如此，当梦想在现实面前破灭的时候，你不必悲哀，而应该重视你在现实中所可掌握的一分。因为它就正是你当初幻想中的完美之所由生。

* * *

感情是与生俱来，也是人生乐趣的来源。但是，它需要控制和提升。有人能用理智把多余的感情化开。有人能用艺术把原始的激情美化、纯化和净化。

* * *

有些人的感情淡淡如水；有些人的感情轻灵优美如最高级的诗歌，另有些人的感情却充满了阴暗卑下的欲念。这分际，就是一个人的格调。

* * *

一个人的格调并不全是与生俱来。它需要后天的陶冶与净化。这陶冶与净化的教育也就是所谓的美育。

* * *

人人都应接受美化情操的教育。音乐、艺术、诗文，以及对大自然的欣赏等等，都有美化情操的作用。

* * *

当恋爱顺利时，所用的感情要能优美而崇高。当恋爱受挫时，要能很自然的给自己的感情找到出路。

* * *

爱情如果和情欲没有分别，人和禽兽也就不会有什么分别了。

* * *

高唱爱情即情欲的人最不艺术。他们缺少高级的感情，而还自命新潮。

* * *

如果我们把人生比做一本小说，那么这本小说的进行，需要配上音乐，才衬托出它的韵律。爱情是每个人这本生命之书中的最好的一章，它尤其需要音乐的调剂与美化。

* * *

一个人太少用理智，固然不能应付问题；但太少用感情，也会使生活枯燥冷硬而缺乏彩色。

* * *

使生活沉闷无聊的原因除了缺少属于理智的适当活动之外，更是因为缺少感情的活动。

* * *

理智是生活的主干，感情却是生活的动力。只有主干而无动力，生活难免变为僵化。

*　*　*

所谓感情的活动，除亲情友爱之外，对美好事物的欣赏是最重要的了。能有欣赏的心情，生活才不会只是单调而辛苦的劳役。

*　*　*

同样的景物，有人觉得很欣赏，有人就无动于衷。这固然与先天的感受力有关，但有时也需要鼓励提示和导引。这是为什么美育重要。

*　*　*

诗情画意不仅是生活的点缀，而且是生命力的来源。不喜欢欣赏诗情画意的人，总不免缺少一点应有的想象力，他的生活必然枯燥低俗。

爱　情

爱情可能是恒久的，那是一分坚贞与执着。但也可能是很脆弱的，那是当你存有太多幻想，而又太不肯忍受现实的缺点的时候。能维持长远的感情，其中定有很多的宽容与原谅。

*　*　*

世上没有十全十美的人。真正的十全十美都是双方互相的适应。你应该是要求对方五全五美，再加上自己的五全五美，去凑成十全十美。

*　*　*

梦想中的爱情不是不可能在现实中出现，而是说，你一定要加上自己的真诚，去把对方美化。

* * *

真正的爱情是一种纯洁心灵的奉献。它应该有一种至高无上的美。

* * *

不要让纯洁的爱情蒙上物质的尘土和现实的泥沙。

* * *

当你爱一个人，你应见到他的性灵之美。当你被爱，你更应由于这爱情而提高自己的品格，使自己值得对方的爱。

* * *

常有人问："爱在何方?"你应回答："爱就在我们自己的心中。"因为只有当自己心中有爱，才能得到爱的喜悦，世间的美才能显现。

* * *

对世界怀疑与愤恨的人，怎能欣赏到美，体尝到爱呢?

* * *

音乐与爱情是同出一源的。音乐是爱情的声音。

* * *

音乐是爱情的具象。而真正优美纯洁的爱情的本身，就是音乐与诗歌。

* * *

散文和诗能更生动贴切地表达爱情之美，正因为这两种文体具有音乐性。

* * *

爱情的美丽不是它所经历着的故事，而是那沉醉在最高贵纯真之中的虔诚的心情。

＊　＊　＊

爱情究竟是成功的障碍或助力，全看你是否能把握它所给你的激动之力。有人做了感情的奴隶，欲望的俘虏；有人却可以得爱情力量之助而做出辉煌的事业。

＊　＊　＊

为自己所爱的人立志做一番可敬的事业，即使爱情失败，亦有事业上的成就可以弥补。

爱情·婚姻

没有人喜欢假的东西。忸怩作态，在有眼光的人看来，是幼稚粗俗的表现。

＊　＊　＊

少女们请记住，假如你要使自己显出你的年轻和纯洁，千万要远远离开那肮脏的脂粉。

＊　＊　＊

对待男同学，应该不即不离。真正有教养的女孩子，并不是那种傲气凌人、拒人千里之外的女孩子；而是有着优雅风度、举止文静的女孩子。

＊　＊　＊

待人要谦和有礼。保持适度的距离，别人会对你有敬意。

＊　＊　＊

有些小姐们找不到对象的缘故是她们太矜持，太保守，太虚伪，使对方不敢接近。

* * *

婚姻大事，固然应该慎重，但认真说来，多少总带点冒险的意味。因此，在选择的时候，心要细。在决定的时候，胆却不要太小。

* * *

女孩子在和异性交往时，固然需要适度的含蓄，但在必要的时候，更需要相当的明朗。在你应该答允的时候. 固然不必过于矫情，在你应该拒绝的时候，更需当机立断。

* * *

如想使女孩子对你好，你要使她们看出你是个正直有为的好男孩。与其在她们面前献殷勤，不如拿出你的成绩，表现出你的风度。你用不着研究女孩子的心理，有办法的男孩子不愁没有女孩子来爱他的。

* * *

上学期间，读书第一。恋爱假如无法避免，也只能做为轻描淡写的一个点缀，不能过于认真。

* * *

如果你爱一个人，先要使自己现在或将来百分之百地值得他爱。至于他爱不爱你，那是他的事。你可以如此希望，但不必勉强去追求。

* * *

你怎样使你所爱的人快乐？他立志向善的时候，你鼓励他；他愁闷消沉的时候，你安慰他；他被别人轻蔑的时候，你尊重他；他失望的时候，你帮他找到希望。使他常能由你那里找回他的自尊与自信，这样，他从你那里所得的就一定是快乐了。

* * *

性情相投是恋爱的主要条件。所以，假如你想要征服一个人，你要投其所好。而假如你在“投其所好”时，有勉强的感觉，那就证明你们并不性情相投，还是早点分手的好。

* * *

一个人爱另一个人，应该是爱上他的特色，而不应该是爱上他的合乎某些标准。那些拿着尺度表格去挑选对象的人，并不是真正懂得爱的人，甚至也不是懂得生活的人。因为他们太现实，只看到表面的条件，而忽略了精神上的因素。

* * *

男女之间，如果有一方表示了爱情，而被拒绝，那结果就连友情也不存在了。所以，假如你没有十分把握，最好的办法是先留住友情。有友情做基础，将来还可以有发展的余地。

* * *

真爱是没有罪的，有罪的爱都不是真爱。所谓有罪的爱，是这爱里面有着别人的牺牲，别人的痛苦，受着社会的指责和自己良心的责备，有罪的爱是不会持久的。

* * *

要认清你自己的情感。有人把一时的好奇当做了爱情，也有人把同情与施舍和爱情混为一谈。假如你对对方没有一种魂牵梦绕的感觉，没有一种肯为他做任何牺牲的决心，那你恐怕就不是在爱他。

* * *

爱情问题错综复杂，但世间“真爱”并不多见，全情全性的人更是少有。多数的人把爱情加上种种功利的条件，又有许多人把爱情看做了简单容易、唾手可得的东西。更有人把一时的幻觉当做了爱情。

* * *

当两人之间有真爱情的时候，是不会考虑到年龄的问题，经济的条件，相貌的美丑，个子的高矮等等外在的无关紧要的因素的。假如你们之间存在着这种问题，那你还是要先问问自己，是否真正在爱才好。

* * *

凡是把“爱”滥用的人，凡是做出触犯刑章的事，而还要以“爱”来粉饰的人，都不是真正懂得“爱”，他们只是自私和冷酷。

* * *

如果你明明已看出了对方有不值得你爱的地方，而你却还偏偏要执迷不悟的话，那就是自讨苦吃。为爱情牺牲自己，说起来像是很美丽，但假如对方并不值得你为他这样牺牲，或你的牺牲换不来你们之间的幸福，那你就要当心，不要让自己做傻瓜才好。

* * *

请你找一个值得你爱的人去爱。让那些爱慕虚荣的、见异思迁的、虚有其表的、够不上了解你的思想、情感和人格的人，去找她志同道合的伴侣去吧！你总有一天会暗自庆幸你幸亏没有得到她呢！

* * *

失恋的痛苦多半伴随着自尊心受到损害的痛苦一同到来。而这时维护你自尊心的唯一办法，就是不要再继续向他表白你的爱情。

* * *

要想使你所爱的人觉得你尊贵，千万不要用哀求做为追求的手段。哀求会使一个好好的人忽然看来卑下和笨拙，而影响了你原有的风度和气概。

* * *

我们是否不致做了感情的奴隶，欲望的俘虏，完全在于我们对“发乎情，止乎礼”这六个字了解并奉行的程度。

* * *

如果一个人不能在适当的时候，在“礼”字面前止步，那他当初的“情”

也就变成值得怀疑了。

* * *

当你知道你的爱对对方不仅无益，反而有害的时候，当这种爱曾使自己和对方陷于众叛亲离的境地的时候，当自己和对方的爱危害到无辜的第三者或更多的人的时候，就是你的爱情应该止步的时候了！

* * *

人与人之间靠一个“爱”字，会显得何等的融洽亲密，会鼓励多少颗积极进取乐观无畏的心！我们一定要好好地运用它，不要污蔑和亵渎了它！

* * *

当你不能得到你所爱的对象时，你不要悲伤。应该好好地祝福她的将来，好好爱惜自己的前途。这样虽然你们没有在一起，但彼此仍会以对方为荣，仍会永远敬爱并记得对方的。

* * *

恋爱只有在可以认真的时候才认真，如果你对你恋爱的前途没有十分把握，那还是抱一种欣赏的态度比较妥当。

* * *

在恋爱中的朋友们！请你千万把握住恋爱所给你的鼓励的力最，使自己力求上进。而当它不顺利的时候，要虚心地接受它所给你的教训，静下来检讨自己失败的原因。

* * *

在爱情上，只有骗取对方的爱情才是罪过；而不接受对方的爱情却是诚实。

* * *

情场上的失败并不是人生的失败。不论原因在你，还是在对方，这种失败都仅仅表示一个很简单的意义——你找错了对象。用不着消沉灰心，否定自己。

* * *

世间表面上缺陷的事情往往会有一种凄艳的美；表面上美满的，背后反而隐伏着空虚和悲哀。爱情的结局是否美满，有时并不能从表面上去推测和衡量，表面上结局不美满的，也许正因此而留下了永恒的好感。

* * *

痛苦的恋爱对一些人是致命的打击，对另一些人是激励的力量，只看你是否有足够的坚强。

* * *

在爱情上，懂得如何把感情升华为诗歌或其他艺术上的成就，那末，不管这爱情的本身是成是败，也是值得歌颂与赞美的了。

* * *

事情的原则总是不会错的，人们之所以困惑，都并不是他们不知道他们所应遵守的原则，而是因为他们希望自己是例外。所以他们会明知故犯，会做错事情。

* * *

如果你不相信原则，而明知故犯，或希望自己是个例外，那么，你就要具备足够的勇气去承担一切你所可以预料的后果。否则，你就要多拿出一分自制力来，说服自己，听从理智的建议。

* * *

对爱情不必勉强，对婚姻则要负责。

* * *

“两情若是久长时，又岂在朝朝暮暮？”假如你们相爱，不必计较一时，而应期待永远。

* * *

支配一个平常的男人已经很难，支配一个在生活上、精神上、习惯上有问题的男人就更难。知己知彼，才能百战百胜。你知道他心中所想，所感，所欢乐，所悲伤的都是些什么吗？假如答案是肯定的，你不妨尝试去和他接近。假如答案是犹豫的，我劝你及早回头。

* * *

爱情固然有着感化和激励的力量，但是，也要看你自己是哪 类型的人。有些人是可以舍身入地狱的，有些人可以把别人感化，有些人却不适于去做这种工作。不要毫无把握地去冒险。

* * *

恋爱是有条件的——最起码的条件是，你们俩人是在公公平平的互相恋爱。

* * *

恋爱也是不应有条件的。这是说，假如对方开出条件，说你一定要如何如何，他才爱你，那就证明他所爱的不是你，而是那些条件。那你就让他去找合乎那些条件的人去好了！何必为他费心呢？

* * *

许多格言、古训，都是历代人们的经验之谈，它们并不都是迂腐的教条。许多道理的存在和流传，就是因为它们背后有着许多事实，在不断地证明它们的正确。我们如肯接受它们，就自然可以少吃些亏，少出些错，也可少一些后悔的机会。

* * *

当他爱你的时候，不必他提出任何保证，你自然可以从他的一个举动、一句话、一个微笑而知道。如果你觉得他态度闪烁，那就很可能是你在自作多情。

* * *

不要为了欺骗自己，而不去正视那事实的真相。相信你冷静时的判断，可以避免一误再误。

* * *

要避免让自己陷入单恋的苦恼。爱一个并不爱你的人，不但痛苦，而且是白白糟蹋了自己宝贵的爱情。

* * *

不要以为重视贞操是落伍的观念。要知道，那是对你人格与将来幸福的一项保证。轻率地付出贞操，将来必定后悔。

* * *

与其对爱情抱太大的希望，不如对它存几分戒心的好。

* * *

古今所谓地老天荒的爱情，似乎都拖着一个不完美的尾巴，让人从不完美之中去想象完美。而在已成眷属的人们之中，只要大家对家庭子女多负一点责任，那也就是美满的爱情了。

* * *

我国古人把爱情叫做儿女私情。加上一个“私”字，就对爱情二字下了一个注解。它是私人的，也是自私的。也正因为它是“私”的，所以如果在影响到别人的情形之下，应该是能退让一些，才够君子，才有风度，才见教养。

* * *

对于爱情，大胆地攫夺，固然是勇敢，但是能够在顾全别人的情形之下，忍痛放弃，那就不但勇敢，而且光辉，而且不朽。

* * *

婚后的幸福要靠你自己去培植和维护。要准备大量的忍耐，无限的细心。要准备许许多多方法去矫正你们所走错的方向。要准备绝不灰心的乐观精神。

* * *

婚后小的磨擦在所难免，能够白头偕老的夫妻都是付出过相当代价的。

* * *

离过婚的人，再婚的话，往往仍然不很幸福，因为他既然没有耐性去维持第一次婚姻，也就不容易有耐性去维持第二次婚姻。

* * *

婚姻的基础固然要靠爱情，但是，单凭爱情，如没有相当的理智做后盾，就不易维持久远。

* * *

恋爱所需的条件少，婚姻所需的条件多。恋爱可以用幻想去涂染，婚姻却必须通得过现实的考验。恋爱可以短暂美丽如电光的一闪，婚姻却必须切实平淡如细水长流。恋爱的责任少，婚姻的责任多。它们虽然可以是一条路的延续，但它们也经常是各有全不相干的起点和终点。一定要把恋爱和婚姻混为一谈，有时难免令你失望和痛苦。我们该懂得怎样为了保存一点真美而结束恋爱，并且懂得怎样为了完成至善而培护婚姻。

感情小语

感情是人生重要的一部分，如果忽略了它，或故意去轻蔑它，会使人生变得枯燥乏味与虚伪。

* * *

感情是世界上最真诚的东西。而工商业社会的人们，常常为了现实的利益而否定真诚，连带也否定了感情。

* * *

现代人常以为不用感情是一种进步。觉得唯有无情才可勇往直前，不受牵绊。但这样的勇往直前，所追求到手的是否快乐呢？这就不是现代人所乐意去想的了。

* * *

现代人们不愿使自己真诚，是为了保护自己。这理由，表面听来，冠冕堂皇，其实说穿了，也就是自私。一颗自私的心，一切感情都不能容纳，又如何独能容纳快乐呢？

* * *

人生的乐趣不在别处，只在感情。有感情才有快乐，才知道人间诸般滋味。如果没有感情，人生也就寂灭了。单是金钱利益，也不能使生命活跃起来。

* * *

由于人间许多错综复杂的离合聚散，难免会使人觉得感情是一种负担，或对自己的伤害。但我们不必因此而否定感情，而是要懂得从中找到取舍的分寸。并且要在适当的时候，保持一分旁观者的欣赏之情，这欣赏之情如果运用得好，就是我们所追求的感情上的升华了。

* * *

人们常不了解，感情上的升华境界如何可以达到。其实，它最简单的解释，也无非是在必要的时候，使自己腾身出来，保持一分旁观者的欣赏之情。

* * *

当一个人能使自己从当局者的痛苦与迷惘中，腾身出来，变成旁观者的时候，就会看到事情的全貌，发现人间种种的喜怒悲欢，都是美好的感情，都值得欣赏，也都值得体会。这也就是一切的音乐、文学、绘画等等艺术成就的根源。换言之，如果没有这分对感情的欣赏之情，许多艺术上的创作都将无从产生了。

* * *

有感情才可以发现生活的况味。无论是快乐，还是痛苦，都值得体会，都可以激发我们的生趣与活力，产生克服与超越的力量，而成为许多成就的泉源。

* * *

理智是行动的规范，它随时监视着、提醒着我们，一切行动不要过分，以免侵犯到别人或危害到自己。感情是生活的润饰，它使我们体尝到生活中苦乐悲欢的滋味。如果没有这些，生活会变得枯燥而乏味。

* * *

我们喜欢结交富于感情而直率的朋友，因为他热诚、奔放，使我们对他容易了解，而有不必动用心机的快乐。

* * *

肯毫不造作地表现自己的感情的人，是可爱的人。

* * *

不造作就是诚实。诚实是最可贵的美点。

* * *

现代人常有意无意地否定诚实，认为诚实会吃亏，因此把自己伪装起来。但如果全世界的人都把自己伪装起来，尔虞我诈，互相欺骗的话，吃亏的仍然要包括自己在内。大家勾心斗角，没有宁日，人与人间完全失去信心与诚意，没有人会得到快乐。

* * *

与其费尽心机，伪装自己，结果仍是吃亏，不如还是每人由自己做起，诚实不欺，彼此信任，人家都可过得平安而快乐。

* * *

美好的东西时常是由于它的真诚。

* * *

我们可以让自己不受环境的左右，不受人情的包围，不受物质享受的污染，不被无聊的应酬纠缠；但是，不能失去对世界的热情。一个人，如果失去了热情，就不会快乐。

* * *

一个人，如果对周围的事物冷淡，必定使自己的生存也失去了意义。不关心世界的人，就没有办法关心自己；不在意别人苦乐的人，自己的快乐也就失去了意义，自己的成就也得不到掌声。

* * *

一位伟大的音乐家或艺术家，必定关心到别人的快乐与幸福；有深切的同情心和真挚的爱国心。由于他们关心世人的快乐与幸福，所以他们必定是伟大的道德家。因为道德就是善良、纯真与完美。艺术所追求的也是同样的素质。近代有些人，标榜艺术是不必顾到美德的，那就难怪相信这种说法的人，永远达不到真正艺术上伟大与崇高的境界。

* * *

艺术的最高境界是善良、纯真和美好。道德也追求的是这个境界，宗教也是。所以至高成就的艺术和至高无上的道德及宗教都会殊途而同归，都能令人感动、欣赏与赞美，激发出内心深处的虔诚。

* * *

每个人在灵魂深处都存在着对至善真美的向慕与期盼。这是为什么，在面对最高的艺术成就的时候，会和面对宗教一样的产生一种虔诚膜拜的心情。

* * *

我们要肯定一种完全无私的、忘我的、不求收获的爱。这种爱，在付出的时候就是一种收获。

* * *

对世事的淡漠是感情上的一种麻木。它虽然有时候减少了对痛苦的感受，但也同时一定减少了对快乐的领略。我们情愿由于能够感受而痛苦，也不要在感情上把自己武装起来，使它变成麻木。

* * *

人人都希望自己交到坦率热情的朋友，而不希望人人都很世故而冷淡。面对一个坦率热情的人，我们感到自己被信任，因此觉得快乐。面对一个世故冷淡的人，我们会感到自己被戒备，受提防，而心情紧张。

* * *

所谓的世故，是学会了不表现真实的自己而且以此为荣。觉得会掩饰自己的感情，不透露自己的心声，是一种聪明。结果他的人生变成了一场虚伪造作的表演，辛苦孤独，而毫无乐趣。

* * *

在大自然里培养出来的友情，没有功利、不计较得失，因而能发现彼此真正的好处，得到心灵上真正的交融。

* * *

洗去功利和自私的念头后，你才会发现人情的可爱与可贵。

* * *

孩子们的快乐是来自对世界的信心，一个人，对世界的戒备和怀疑越多，乐趣就越少。

* * *

能用单纯的心情看人间情谊，是一种福气。对自然界来说，也是一样，多一分单纯的心情，才可多一分欣赏的乐趣。

* * *

每个人在年轻的时候，都应该感到自己有无限的活力、冲力和希望之力。有这分属于年轻人的力量，可以比年长的人更有创造性，也更有不怕困难、不畏失败的勇气。

* * *

动作快，顾忌少，是年轻人最大的长处。真正要珍惜年华的人，就是要把握自己年轻时的冲力，勇往直前。即使遇些挫折，也学得了经验。

* * *

经验要使它发挥建设性的作用，而不要使它变为患得患失、畏首畏尾的“世故”。同样的世界，反映在不同年龄的人们的心中，会有很大的不同。尤其是对世界的信心，往往由于经验和世故的累积而逐渐消失。

* * *

冲力与活力是健康与希望和对世界与对自己的信心组合而成。它是生活乐趣最大的来源，也是一切成就的原动力。

* * *

对世界有信心就乐观，对自己有信心就有朝气。我们要使自己维持这分信心，不要因为偶尔的挫败或打击而使它减少，更不要让它失去。因为事实可以给我们很多证明，世界对每一个人都是这样的一个世界，只因各人对它所持的态度不同，才有人乐观地赞颂它，有人悲观地诅咒它。

* * *

对周围事物的好奇心和欣赏之情不仅是创造与发明的原动力；而且它是人生乐趣的来源。一个人，如果对所见所闻都无动于衷，生活必然缺少情趣，也缺少光明的远景。

* * *

在现代生活中，科学正如音乐与文学一样，它们不是少数人的专利，而是全民每一个人都有机会接近的东西。从日常生活所接近的事物为出发点，去探索和研究，不但可以拓展知识的领域，也丰富了生活的内容。

谈“爱情”

我曾在另一辑《罗兰小语》中说过，“把快乐寄托在别人身上，总难免会失望”。

原因是，人在某一个限度之外，都无法百分之百地为别人付出。你可以说这是一种自私，但你必须承认，这自私并非恶意。人们有一种天性，这天性是一定要保护自己。你不能希望每一个人能够“舍己为人”，虽然这世界上不是没有这种肯舍己为人的人，但并非每个人都能如此。

有人善良些，有人邪恶些，但不能百分之百付出的情况都会有。所以，当我们不幸陷入了“非得某某人对我好，我才会快乐”的窘境之时，就是我们把快乐寄托在了一个不可靠的基础上，而必须赶快清醒，重新给自己找回力量之时。

这世界上谁最可靠?

没有别人，只有自己。

别人的可靠也要看我们自己的条件。我们自己要先可靠。

别人的善意也要看我们自己的条件。我们自己要先值得别人的善意。

说得明白一点：如果我们自己够坚强、够勇敢、够独立，别人就会对我们好一点。这不是人情冷暖，而是天助自助。不是别人趋炎附势，而是一种天赋的公平。人们天性喜欢赞同有志气、有决心的人。所以，如果万一不幸，我们卷入了爱情的漩涡，变为随着对方的喜怒而浮沉，失去了自己的主张，依赖对方的支持，这时，对方就会觉得你成为他的负担，使他觉得被牵绊，不再有足够的自由，而亟思摆脱，设法逃避。

你不要悲观，因为感情就是这样一种东西。你不求他，他反会自动地来临。你求他，他就厌弃了。

如果你希望一个人爱你，最好的心理准备是，不要让自己变成非他爱你不可。你要坚强独立，自求多福。让自己有属于自己的生活重心，有寄托、有目标、有光辉、有前途……总之，让自己有足够的可以使自己快乐的泉源，然后再准备接受或不接受对方的爱。

为什么把快乐寄托在别人的身上会难免失望?

因为别人有别人的苦乐，有他自己工作或生活上的负担，有他要去分心的各种琐事。没有一个人可以百分之百的为谁而活。他只能有限度的，在可能范围之内的去付出感情、善意和关怀。他并不虚伪，也不是自私，而只是人人都有不得不受的牵绊和不得不应付的属于个人或生活上的种种问题。

不仅是爱情如此。人和人之间任何的关系，都难免是如此。亲子之情，夫妇之情，朋友、同学、同事之情，都是这样。有人可以付出得多些，但仍然只是在有限度的范围之内给你安慰，使你快乐。谁也不能百分之百。而且我们也没有理由希望任何人对我们做那么“壮烈”的付出。承认了这一点，你就会放开对别人的企求，而反过来要求自己。要自己坚强、勇敢、刻苦、努力，力求充实，使自己的精神有寄托，学识有进境。这样，当环境不能给你快乐的时候，你才能不至于呼天不应，叫地不灵。这种不使自己陷入“苦求别人之窘境”的决心，应该早一点建立。不要等到求了很多次，失望了很多次，受了太多的创伤之后，才发现这决心早就应该建立。

造物者给了我们许多谋生的本领，不用倚靠感情去生存。这并不是说感情不重要，而正是因为它太重要了，所以才不能不对它格外谨慎，以免自己因所求不遂而受伤，反而损害了原有的坚强意志和快乐自主的心灵。

爱情是美丽的。当你坚强的时候，它会更加美丽。

爱情是不可捉摸的。你越是追求，它越是逃避，很像水中的藻影，你越急于去捞取，它越是分散；如果你静止，它也就会凝然聚合，成为一个可以触摸的实体。

爱情是一种力量，它可以使一个人得到鼓励和激发，而更有创造性，更有冲力，也更爱这世界。

但这力量只有当你够坚强自主的时候，它才会慷慨来临。也才能在它不能如你所愿的时候，仍然能发挥它的激励作用，使你为了证明自己值得它，而且胜过它，而加倍努力去完成自己。

总之，对待爱情，要尽其最大可能，让自己操纵它，而不要让它操纵你。

当然，说来容易，做着却难。但这番心理的准备一定要有。否则，为任何感情的得失所困，都非自己之福。

* * *

世上有许多东西是可以用努力去争取的。唯独感情，特别是爱情，它没有办法去争取。无论你是抢夺也好，哀求也好，和对方据理力争也好，都没有用处。

* * *

感情虽然是很美好的东西，但它实际上却是最难通融的东西。所以对于感情，如果你争取不到的话，最好而且最聪明的办法是当它不存在，当它没发生；不去重视它，把它摆脱掉。即使你不愿意，你也只得如此，因为你没有选择的余地。

* * *

当一分感情不属于你的时候，它根本也就对你没有一点价值，所以你也不必认为它是一种损失。

文化小语

储蓄一分欣赏之情
——谈谈“美育”

“欣赏”是一种对事物的喜爱、同情、赞美与关切。它是一种优美的感情活动，一部分来自天赋，大部分来自教育。

培养欣赏之情，就是美育。

当你能欣赏这世界的美好之处，你就会喜爱这世界，就会乐观、振作、宽大、平和。就肯对别人的苦难同情；对别人的错误原谅。就知道如何选择自己所要置身的环境，或如何在既有的环境中，保持自己良好的本色，并且激浊扬清，兼善别人。

美育是优美情操的培养。有优美的情操，自然不屑为恶，不屑与污浊为伍，不屑作奸犯科。

最高级的守法是“不屑”为恶，而不是“不敢”。

“不屑”是居高临下，为“罪恶”所高不可攀。

“不敢”是卑微畏缩，容易为环境的压力所屈，为奸佞所乘，为邪恶所惑。

所谓“高风亮节”，就是由最佳的美育所形成的“人格”。使人仰之弥高，不可企及，它不是来自威严，而是来自一尘不染的“纯洁”。

我国古人讲琴棋书画，认为最能培养高尚的生活情趣。这琴棋书画，用现代语来说，也就是音乐、美术、诗文与智力游戏。古人认为，它们并不是专家的事，而是每一个对生活有高尚品味的人所可以共同享有，使它们成为生活中的清凉剂。有消除紧张，淡忘烦恼，恢复生趣的最佳效果。

美育是一种性灵的陶冶，是由于对美好事物的欣赏而得到的高格调的生活情趣。这种欣赏，可以使人了解，在金钱物质之外的、更高的人生境界，不致沉迷于物欲征逐，也不致斤斤计较狭小的恩怨得失。

美育在学校课程中，包括有音乐、美术、工艺和诗文。但实际上，对大自然的欣赏就是最好的美育。多接近田园与山川，自然会培育出对万物的欣赏之情和对生命的喜悦，以及不屑名利、卓然博大的胸襟。

培养青少年高尚的欣赏力，是成年人的责任。我们给子弟的教育，不应只是责成他们读书，争名次与高分；而更要注意他们的兴趣与爱好，及课余的康乐活动。提早给他们培养欣赏美好事物的能力与习惯，可以防止他们行为与品德上的危机。

欣赏是一种爱的表现。有良好的欣赏力才会有良好的选择力，使人知道如何选择气质良好的朋友，如何选择适当的娱乐和高尚的嗜好。也可以帮助他渡过生活中的阻力与难关，及失望沮丧的时刻。由于自己有高尚的品味和欣赏能力，而不致为现实生活中一时的挫败而失去了对世界的热情和个人的生趣。

常听有些人说生活乏味。生活乏味的原因，一是缺少希望，一是缺少对周围事物欣赏的兴趣。因此，如要挽救这乏味的感觉，除了尽力自修，勤奋工作，藉此给自己建立希望之外，就是培养对周围事物的欣赏之情了。

欣赏之情是来自“美育”，它不是临时可以得来，而是要从幼小的时候慢慢培养的。你必须学会领略、喜爱与赞美，才能享受到欣赏的乐趣。

同样的环境，有人觉得其中有许多可以欣赏的东西，有人觉得一切都很平淡。这“平淡”的感觉，就足以使人生“乏味”。

南宋大诗人陆游有句云：“镜湖元自属闲人，又何必官家赐与?”这里所谓“闲人”是指有闲情逸致、懂得欣赏的人，如果你懂得欣赏，一切美景自然都属于你。

每个人都知道储蓄金钱的好处，它使我们生活能够得到实质上的保障，但很少人想到，在整个的人生过程中，应该储蓄的还不只是金钱，而更应当储蓄一点对外界美好事物的欣赏之情。

在无止境的追求物质满足的社会里，人们往往只看到金钱的可贵，生活的内容只是：“专心地赚钱与热衷地花钱。”认为只有值钱的东西才有价值，生活中充满了财货，却忘记了世界上有更多的超乎金钱价值之上的美好可贵的东西，因而使整个的人生变为紧张乏味而且低俗。

一个人，如果只知道金钱才能买来快乐，必定会不断地追求更多的金钱，又不断地恐惧自己会失去金钱。不幸，一切可以用金钱购买的东西，都会在更值钱的东西面前黯然失色。而使自己永远感到不如别人，不够富足。我们所应当掌握的是对金钱物欲的一个限度。使自己在有了能够维持水准以上的生活之后，能够停下来，调整一下方向，以便重新认识世界，找回天然，了解这属于大然的世界是不必用钱去买的。一潭澄碧的湖水，海上浩渺烟波，幽深的树林，枝头的小鸟，花间的蝴蝶……都不必我们花钱去购买，而它们却比那些无生命的珠宝钻石可爱而有情趣。但是，如果我们只一心去赚取金钱，而没有储蓄下这一份对天然事物的欣赏之情，恐怕就只有终生做个追求金钱以求片刻满足的“财奴”，而永远只能藉金钱之助，买到极其有限的东西，又永远为不会买到更多更好的东西而痛感失望与沮丧。

储蓄一分对世界的欣赏之情，会使你在任何情形之下，都感到富足。当有钱的时候，你固然会因为保有了欣赏世界的余情而觉得快乐；即使在物质上略感贫乏，你也一样会由于懂得欣赏宇宙自然之美，而不致对世界感到绝望。

* * *

所谓美育是一种性灵的陶冶，能美化人的情操，培养欣赏的能力，提高生活的格调。可以使人了解在金钱物质之外，另有更高一层的精神境界，避免陷入物欲征逐、患得患失的痛苦，也避免罪恶的诱惑。

* * *

对美好事物的欣赏力是生活乐趣的来源，对高尚品德的欣赏力是生活格调的来源。“欣赏”二字本身，不是理智，而是感情。对美好事物有动于衷，就是欣赏。这欣赏力的培养，就是教育上所说的美育。

* * *

一个缺乏欣赏力的社会，对低等品格会形成一种鼓励。

* * *

一个社会，能够欣赏良好的品德，是这社会有格调。相反的，如果一个社会不知道欣赏良好的品德，那就是这个社会的堕落。

* * *

帮助社会，使它有欣赏力，是我们每一个人的责任。只重学识而不重品德的教育，往往所造就出的是一些高等罪犯。一个学有专精，而没有品德的人，利用他的学识与技能去作恶，脱罪的方法也更胜人一筹，使法律受到严重的考验，决非社会之福。

* * *

教育的最真实的目的，首先应是美化情操，培养高尚的欣赏力，使人有纯洁的生活内容。

* * *

一个社会是否欣赏良好的品德，就是这社会的道德水准。社会是否有笑贫不笑娼的倾向？是否有只赞扬成功，而不介意手段的倾向？显示着这社会的道德水准。

* * *

品德决非道貌岸然，令人望而却步的象征。正相反，高尚的品德是非常感情的。孔子所说的“仁”，就是一种最温暖无私的感情。

* * *

高尚的品德是一种令人感动的、至高无上的美好。正如当我们走进教堂，无论是不是教徒，都会被那里的纯净、肃穆与崇高的气氛所感动，激起了对至善真美由衷的向往。

* * *

对“真诚”的欣赏，就是至高无上的品德的流露。

* * *

社会最需要的是良好的品德，其次才是丰富的学识。

* * *

思想领导行为，因此决定一个人的方向。良好的品德形成纯正的思想，纯正的思想导引高尚的行动，保障一个人前途幸福与成就。

* * *

品德比学问重要。对个人来说，品德，才是保障个人生存的最大的力量。在正常的情形之下，一个人，无论学问大小，能力高低，只要品德良好，健康没有问题，就不会没有出路。相反的，一个人无论能力何等高超，如果品德不好，生存必然迟早会成为问题。

* * *

越是大家认为现实功利的工商社会，品德不好的人越是难以得到生存的机会。道理很简单——因为只有品德好的人才是最对大众有“利”的。才被大众容纳与欢迎。

* * *

许多艺术上的创造都是为了弥补现实生活的缺陷，因此站在艺术创作的立场，生活的缺陷反而应该是值得感谢的。

* * *

人们需要艺术，是希望藉艺术来疏导现实生活的苦闷，移走现实生活的压力。

* * *

艺术尽管是苦闷的象征，但高级的艺术莫不具有升华与超越的作用。如果艺术也和现实一样充满着沉重的压力，苦闷挣扎和抱怨，而没有指给人们一条出路，我们又何必要艺术呢？

* * *

人类智慧的可贵之处，就在于能在苦闷中发挥力量，在黑暗中见出光明，在绝望中看到希望。在丑恶的一面之外，也能同时展示给人们美好的一面。

* * *

礼乐射御书数，是谓六艺。这六艺，礼乐当先，其次是射御，用现代语来说，是“公民与道德”和“音乐体育”在先，书数的“学科”反而在后。可见礼乐才是教育上最重要的。礼是德育，乐是美育。这样的教育，才可以使一个国家有知礼守法、品德高尚的国民，才可以使一切建设与进步的基础稳固。

* * *

“真诚”是生活的最高格调。造作就是低俗。

* * *

我们常把美德当做理智的产物，那还是因为我们没有了解美德的最高境界的缘故。

良辰美景近在眼前

我的播音桌上有两张唱片的封面非常漂亮，一张是瑞士爱乐管弦乐团的仲夏之梦。整张封面都是高可参天的树林，使你觉得自己可以徜徉其中。另一张是阿姆斯特丹管弦乐团演奏的德彪西的音乐。封面上，是一望无边、水天一色的海。近景是海岸，几块岩石，溅起白亮的水花。整张画面都是绿色主调，连乐队的名称都是深透的绿。面对这样的两幅画面，你即使是在狭小的、与世隔绝的斗室，也仍然畅快地呼吸到了来自于海洋的、大自然的充足的空气。

所谓的诗情画意，无非是一些自然景象。春夏秋冬，早午晚夜，日月星辰，风霜雨雪……这些自然景象之所以令我们感动，表面的原因是它们美丽动人；内在的原因却是因为它和我们的生命与生存息息相关。所以诗情画意才会使我们觉得宁静喜悦，使疲劳的身心得到休息。

万物静观皆自得。这是说，如果我们懂得欣赏，一朵花，一片叶子，一尾小小的水中游鱼，都会给我们带来喜悦。

我们常陷于两种不良的情况，忙的时候，埋头忙碌，觉得世界是一团凌乱、挤迫与紧张。闲的时候却又无所事事，觉得这世界是一片空白，平淡乏味，这种种不快乐的心情，其实都因为我们忘记了欣赏这世界。如果肯去欣赏，一定会发现它是何等的多彩多姿，变化无穷，丰富华美，永远不会使你感到单调和寂寞。

我们所置身的这世界是非常丰富的一个世界，可以欣赏和赞美的东西到处都是。无论晴天雨天，也无论春夏秋冬，早午晚夜，都有它令人欣赏的地方。抱怨这世界不够美好的人，很可能是因为只愿把自己囚禁在周围狭小的得失恩怨之中，而忘记了外面不远处就是广大活跃的世界。

许多人都喜欢旅行，希望自己能有机会环游世界。旅行和环游世界的乐趣，就是因为我们爱这世界，喜欢看到它各处不同的美点，也因此我们应当想到，这世界许多美好的地方，可能并不一定在远处，而就在我们的身边。只是因为它太近了，而忽略了它的美，忘记了去欣赏。

在观光事业发达的今天，世界各地的人都到自己家乡以外去旅行，为的是看看不同的地方。但我们也经常发现，别人来游览观赏的地方，正是在我们的附近，而我们却因为它太近了，反而不去欣赏。这时候，如果我们换一种心情，假定自己是个观光客，用全新的眼光来看看这近在身边的景色，也许会惊异地发现，这熟悉的景物，竟然是如此的不平凡而如同仙境一般的美丽。

距离会产生美感，因此人们往往舍近求远，对近在身边的东西反而不知道珍惜与欣赏，自己家的花园，每天早上的天光，附近不远处的小溪流或树林，以至于巷口那片草地，亚热带晚上的星空，都是远来的观光客所欣赏的景色，也都是我们所忽略了值得欣赏的东西。

生活的乐趣并不一定要经过太远的历程方可求到，它只是需要自己的一点发自内心的欣赏之情。能欣赏大自然是最快乐的事。因为它经常近在身边，不用花费多少时间去寻访，更不用花我们一分钱。即使在枯燥的都市生活里，相信也有机会欣赏到一片天光，一抹云彩，几声鸟语虫鸣。

* * *

真正的财富是一颗知足和懂得欣赏的心灵。

* * *

所谓知足，并非不求进取，而是对自己所拥有的知道欣赏和感谢。

* * *

所谓贪得无厌，最简单的注解是对自己所拥有的不知道感谢，不懂得欣赏，而一味要求更多和更好，因此永远在不满意和求之而不可得的痛苦之中。

* * *

对自己所既有的不知感谢，连带的就会对环境抑怨，产生一种怨天尤人的戾气。这当然不是我们所要追求的快乐和幸福。

＊　＊　＊

时光不留停，与其惋惜，不如快快乐乐地搭上这班时间的列车，和它一同向前奔。这就是朝气与活力，就是对生命真正的珍惜。

＊　＊　＊

当人们习惯了用金钱去衡量事物的价值时，一切不用花钱的东西都变为不足重视。但它们往往是我们所最不可少的。如空气、阳光、水，这些生命之源，常会因为它们随时在侧，垂手可得，而小看了它们。直到或许有一天，被它们舍弃的时候，才会醒悟，原来它们是这样的不可缺少。

＊　＊　＊

对得来不易的东西，大家都知道珍惜。但对眼前手边，随时可得的东西，却往往忽视了它们的价值。如，人与人之间的善意、亲情、友爱，时常会被视为理所当然而不加重视。唯有当需要它们的时候，才会发现，它们竟然是那么昂贵，而即使倾其所有，也无法买到。

＊　＊　＊

谈到把握时间，大家总先想到的是及时的工作或读书。其实，许多值得感谢与欣赏的时间也同样是要把握的，否则，人生难免会变成一场漫长的追求与等待，在不满与空虚中过去。

＊　＊　＊

同样的东西，有人觉得欣赏，有人觉得无动于衷。我们的生活环境中有没有值得欣赏的东西，全靠个人去体会。天空一弯淡淡的月痕，屋角下几声寂寞的虫鸣，秋天清风拂过时的微凉，一只会飞的、而不是被人钉死在纸上的蝴蝶……等等。希望我们会欣赏，希望我们不致因为这些东西不能变成金钱而就不知珍惜。

四季小语

现代人一味奔劳不知欣赏
实在辜负了造物者的美意

春之潋滟

春江潮水连海平
海上明月共潮生
潋滟随波千万里
何处春江无月明

这是张若虚“春江花月夜”中的第一个段落，也是气势最宏大的一个段落。很少人用这样博大的胸襟与宏壮的气势来写春天所带给人的感动。这份感动，美好得近于苍凉。

一切最深的感动，都会近于苍凉。

正如陈子昂“登幽州台歌”，“前不见古人，后不见来者，念天地之悠悠，独怆然而涕下。”这不是感伤，而是由于关怀整个的宇宙和无尽的时间而万感交集。

当一个人，在面对宇宙自然的时候，万感交集，是他最真挚的时刻；也是人生最值得珍惜和把握的时刻。

通常，我们都活得很浮面，都不大有机会动感情，或甚至有意无意地隐藏感情。

现代人尤其如此。

工商业社会，为了争利，为了求名，理智必须当先，越能不动感情，胜算越多。动感情，容易被别有用心者所乘，为怕付出了自己的真诚，换来了对方的虚伪，只有虚情假意，以能获得实利为终极目的。久而久之，人们逐渐由压制感情，到轻蔑感情，终而忘记了感情。

这种不动感情的生活，在实利上，确实较易有所收获。但在人生境界上，却是一种陷落。感情是最高程度的真诚，限制感情，事实上就等于是训练自己动用不同程度的伪装，让自己明明有动于衷的时候，偏要表现无动于衷。这种训练，久之会超过适当的限度，而变为冷漠无情。不但在处理事务的时候，全用理智，在面对人情物性之时，也不再有真诚的感情出现。

没有感情的人生，所谓的快乐就全是来自物欲的满足。不幸的是，物欲没有止境，而且它注定来自与环境为敌，以私利为先。因此，这样的“快乐”里，就无法不充满着紧张、戒备与患得患失。就不可避免地要为不能在物质的拥有上超过其他的人而失望沮丧。在拥有当时那短暂的一刻之外，将都是紧张奔劳和对自己所得之不足与不满，因此而被欲望催迫着去追求更多与更好。一味追求财富的现代人，常会为了无止境地吸取与扩展，终于使自己小小的灵魂不堪容纳，由饱胀而爆炸，演变成无法善后时的精神崩溃或作奸犯科而触犯法网。

在一味追求物欲扩展的生活里，为了利己，而不能动感情。到了灵魂不堪承载，精神近于崩溃之时，才会惊觉到自己的孤立，与感情上的疏离。求救无门之余，只得孤寂地了此残生。如此冷漠惶急的人生过程，是现代工商业社会的特色。由于习惯了不动感情，而对一切良辰美景都无动于衷。由于习惯了不以真相示人，而使自己一生都在虚伪之中过去。这种“浮面”的生活状态，使人们丧失了生存所应有的、多方面的喜悦。

造物者曾给了我们对这世界的欣赏之情，原可好好利用这几十年的生命，做一趟认真的“人生观光之旅”。旅途劳顿应是欣赏美景良辰所当付的代价，而不是终极的目的。现代人一味奔劳而不知欣赏，实在辜负了造物者的美意。

欣赏不一定只是单纯的快乐。在极诚恳的、由衷的快乐之中，常会激荡着感伤，然而，即连这感伤，也是人生的一份真味。

江天一色无纤尘，
皎皎空中孤月轮。
江畔何人初见月，
江月何年初照人。

现代又有几人肯付出虚伪酬酢以求名利的时间，去江畔看月？更有几人可以在争先恐后，车水马龙，灯火辉映之中，沉潜于“江天一色”，去想到“江月何年初照人”？

即连现代旅游的“夜旅”节目，也无非是舞场、夜总会，令你仍然陷落在时时刻刻盘算金钱之中而已。

能有一份苍凉感，证明自己是在真挚地生活。

倒不一定只有“快乐”这份感情才值得追求。“感情”的本身就是一种生命之力，有感情，不麻木，就是一种“快乐”。

夏之清凉

绿树阴浓夏日长
楼台倒影入池塘
水晶帘动微风起
满架蔷薇一院香

高骈·夏日山居

夏天虽然炎热，但如果你有心灵上的宁静，就会欣赏到属于夏的清凉。

夏天实在是最美丽动人，而且充满诗情画意的季节。而最能代表这份清凉感的，应当是夏天的早晨了。

当五点钟不到，天刚刚亮了，鸟儿开始轻轻鸣唱，草上、树上，都是晶莹露珠，属于早晨的牵牛花，静悄悄地绽放。这时候，空气特别清凉，如果你是个早起的人，肯离开空气混浊的斗室，来欣赏花草与露珠，沐浴在淡淡的曙光与甜美的空气之中，你就分享了这世界的一份美好与欢欣。

没有欣赏过夏天早晨之美的人，实在辜负了造物者所赐给我们的这最美好的世界。夏天的植物最为繁茂，到处是葱茏的树木，缤纷的花朵，茂密的草丛，与对世界的颂赞。早起的人们，才会分享到这份生命的欢畅。而迷失在物欲中的现代人却早已远离了这些，他们不但平时是在十里烟尘中奔走征逐，连假期也免不了是灯红酒绿的日子，逛街花钱的日子，和目迷五色的时光。

在没有功利私欲的干扰之下，人和人才可以做朋友。在大自然里，人和其他生物也才可以做朋友。如果你懂得爱那些蝴蝶，不把它们拿来做成标本去卖钱。如果你懂得爱那些蜻蜓，分享它们在花草间轻盈飞舞的逍遥之乐，如果你懂得赞赏那些花草树木，分享它们旺盛的生机，你会觉得，它们都在对你笑脸相迎。

夏是生机最旺盛的季节。就连令人困倦的长长的中午，那流过茂密树丛的闷恹的南风，都带着多情的抚慰。正因为那是造物者在为这世界散布生机，使它们饱满，你难免会由于这饱满而觉得困倦。但当日午过后，晚风吹来，你会重见属于夏天的清凉与开阔。

夏夜繁星带给人们最多的幻想。星，经常是诗歌、神话、创造与发明的来源，也是过去农业社会时代人间情谊的欣赏者。它们静静地俯瞰下界，看到人们晚饭过后，来到院中或门前休息乘凉。那闲话桑麻的悠然，与各家团聚的怡悦，都是属于夏天的诗歌。

林中听蝉，池畔赏荷，湖上泛舟，都是夏天最美好的享受。何况还有下雨的日子，带来无边的清凉。再加上，如果你喜欢读点古诗，写写毛笔字，在沉静的夏季雨天，将给生命渲染上更深浓的诗情画意。

自然界值得欣赏的景色无穷无尽，“夏”是其一。

你看这首诗：

纷纷红紫已成尘
布谷声中夏令新
夹路桑麻行不尽
始知身是太平人

何等快乐的人生一景！

其中可有一丝金钱与物欲的纠缠困扰，得失恩怨的紧张和忧心？

秋之诗篇

还山吟

天高日暮寒山深
送君还山识君心
人生老大须恣意
劝君解作一生事
山间偃仰无不至
石泉淙淙若风雨
桂花松子常满地
卖药囊中应有钱
还山服药又长年

白云劝尽杯中物
明月相随何处眠
眠时忆问醒时意
梦魂可以相周旋

这是高适的“还山吟”。

曾在一个秋天，坐车越过两个山头，去看一块远离尘世的地方，非常想在那里建一所小小的茅屋。

这念头的来源，却就是从北方家乡迢迢千里带到台湾来的一本古诗与唐诗选集。

尤其这首“还山吟”，使我神往于那份不受物欲牵累的飘逸。

后来，我并没买什么土地。因为当我欣赏山重岭嶂的幽谧之时，已经领略到“天高日暮寒山深，送君还山识君心”的意境而山中那深浓的秋意也已经可以长存我的心中，无须再有实质的属于我的土地和茅屋了。

我十九岁那年，抗战军兴，凑巧有机缘让我去僻远的乡下教小学。那种国仇家恨与己身前途渺茫的凄惶，给我们那段年龄涂上了深浓的秋意。当课终人散，那所借用娘娘庙后殿做教室的黄土院落，在夕阳斜照之下，透着荒凉与萧索，院中唯一的一棵老榆树渐渐落叶，我独自面对这北方旷原小村中的秋景，只觉感慨万端，却又无从理出头绪，于是，我用毛笔抄写唐诗，寄放自己的感怀。

当自己磨墨润笔，在纸窗下独对煤油灯，慢慢地一字一字地正楷抄写时，心里充满着感情。这感情，是对整个秋天，或整个宇宙的感情，觉得自己生存在这有时万卉竞妍，有时木叶凋零，有时南风送暑，有时雨雪纷飞的天地间，是件值得感动和感激的事，是件满溢着感情，而觉得必须把这感情有所表达，才不虚此生的事。

而我欣喜的发现，这些感情倒也不一定要由自己来表达，手边那本古唐诗，就代我表达了一切。

当读到与自己心情相契合的文字时，那原有的感怀就会为得到同情，被人了解的喜悦所取代。

由感怀转化为喜悦，这过程，就是艺术的力量。它使我们的情感因而得到升华，使自己由当事人一变为旁观者。能用置身事外的、欣赏的心情来看自己的苦乐。这种情感的升华，使忧愁苦闷不致郁结，反而成为一种值得欣赏与歌咏的艺术之美。如果你自己把它形诸笔墨，发为诗文或绘画，或谱成乐曲，那就是创作，而你的苦乐忧喜也就更进一步地得到了发抒。

人生绝对不是只有快乐，没有痛苦；或只有繁华没有悲凉的。

坚决不去正视痛苦与凄凉，或一味相信人生应当只有快乐的人，并不诚实。红楼梦里的诗句：

寒烟小院转萧条
疏竹虚窗时滴沥

何等的清寂！

但它正是我在那荒凉小村教书时所感受到的。相信它也是许多人曾经体会过的。当它以诗的姿态感动你，或你自己藉笔墨把它发为诗文的时候，它就不再是一份凄伤，而变为极美的诗意，令人徘徊寻味，不忍返去了。

寂寞使人深思。

在那两年“庙里的日子”里，我读熟了许多诗，临摹了不少毛笔字。并且由于缺少应时的读物，使我不得不反复浏览手边那部《辞源》，来消磨每一个黄昏，因而获益匪浅。至今我对许多诗文的了解与记诵，仍是拜那两年与世隔绝的日子所赐。

冬之温暖

绿蚁新醅酒
红泥小火炉
晚来天欲雪
能饮一杯无

——白居易·问刘十九

这是最能描写冬之温暖的一首诗。

新醅的酒已经可以喝了，红泥小火炉可以取暖。在天将下雪的晚上，约好友来共饮一杯，那情调是多么温馨，何等快乐啊！

这短短的四句诗，鲜活地画出冬日晚间，熊熊炉火旁，好友对酌时的情景。因为友情与酒的温暖，而使冬日晚间欲雪的天气都不冷了。

在农业社会时代，和三五友好，品茗谈心或饮酒赋诗，都是最令人神往的雅事。人们相互之间有真诚的感情交融，可以有金兰之谊与生死之交。“知己”是令人神往的友情，大家有时间与闲情、也对人情有足够的信心，来慢慢培养深厚的友谊，彼此能够互相知心，成为永恒的道义之交。

现代的友情却逐渐失去了这一份深厚与真诚。

近来常听到有人抱怨，说，请朋友吃饭都会被认为是一种干扰或剥夺。因为大家都太忙了，忙得除了有业务上的需要之外，没有时间和朋友谈心。

在重利的现代人看来，时间即金钱。任何一点时间的支出，都必须有实利的回报，否则就是一种损失。人们只知道用时间来赚钱，做事和应酬也是为了要赚钱。实在没有什么必须要做的事和可以赚钱的应酬的时候，他们会觉得在家里休息一下，和家人团聚一刻也是难得的。于是，时间在现代人的眼中变得非常紧凑，而且万分珍贵，因而不愿意把任何时间分惠给和实利无关的友情。

现代人情因此而难免充满着“势利”的成分。人们常会想假如他对我事业上有助，或对我金钱上有益，那么，就支付出本应在家休息、团聚的时间，去应酬一下吧！

替现代人想想，在样样需钱，又因为人情淡薄而必须孤军奋战的生活里，又怎能怪他们一切为利、不顾人情呢？

在必须有足够的金钱才能支应他们的生活所需，使他们有安全感的情形之下，人们彼此不谈情谊，只谈实利。却又正因为不谈情谊，只谈金钱，而更注定了必须孤军奋战的情形之下，我们实在对现代人充满了悲悯与同情。

金钱能帮助人们到某一个限度。在这个限度之外，人们会发现，他所最需要的并非金钱，而是情谊。

一个患了半身不遂的病人，空有满柜的金钱，却换不来真心的关切与扶助。重利轻义的人们，会忍心拿走他的金钱，而不顾他的生死。

一个偶尔遭遇到事业上的挫折的有钱人，不敢把自己的困难向朋友请教，因为唯恐一旦消息传开，他的信用立刻崩溃，使他无法把握一点可以挽救的时机。而重利轻义的现代人，很少不把朋友当作商场上的敌手而幸灾乐祸。极少人肯付出智慧与财力来扶助一个遭遇困难的朋友，因为人们断定那走下坡的人对他不再有利。

古时有刎颈之交，有忘机之交，彼此没有实利的目的。对朋友，只愿付出，不想取得。因此，在平时，可以有闲情，坦诚地对坐谈心，享受友情的温暖；当有困难时，彼此可以掬诚相助，不带任何功利的成分。

宋朝杜小山有一首诗，题名“寒夜”：

寒夜客来茶当酒
竹炉汤沸火初红
寻常一样窗前月
才有梅花便不同

现代人还有没有这种快乐的心情，迎接寒夜叩门的“不速之客”，而还觉得连月亮与梅花都因有客来而相得益彰了呢?

欣赏小语

生命如一条河流，淙淙不断地向前奔流。两岸是阴晴寒暑，四时不同的景色。我们一方面要克服阻力，向前奔赴；一方面更不要忘记两岸各种景色都值得我们欣赏与品尝。一帆风顺固然可贵，但它也减少了发挥潜力、运用智慧的机会。

* * *

我们固然要严肃地工作，但也更要用快乐的心情来欣赏自己所置身的这世界。如此才使生活有情趣，工作在维持生活之外，也有了更多的意义。

* * *

现代生活使人过分重视功利，而忽略了勤劳工作的本身所给人们带来的快乐。而唯有当你在清晨时刻，出来走走，看看清静的马路上，有勤劳好动的人们在工作或运动，你会觉得，加入这样的人们中间，是一件光荣的事，也是一件使你重新对人间产生好感的事。它不需要灯红酒绿，无须金钱势力的比较和追求，使你重新相信，生活可以维持淳朴的原则的，不必为日间五光十色的繁华而感到彷徨和动摇。

* * *

在科学不是如此昌明的时候，夜晚的情调和现代大不相同。在一个到了晚上没有充足的灯光来照明的时代，人们有较多的时间欣赏夜的景色，看到夏夜繁星和草上流萤，也看到冬夜的雪景，深黑的天空与雪白发光的雪地，是何等令人惊叹的对比。相信有许多诗歌、故事、神话，以及音乐，都是在这样的情形之下所产生。

* * *

我们一方面不能不感谢科学昌明所带给我们的物质生活的丰富；一方面也不要忽略心灵活动的重要。因为生活的乐趣不仅来自物质的供应，还更来自想象力与创造力，来使它充实和多彩。

* * *

现代生活项目繁多，赚钱容易，花钱也方便。因此容易使人们的生活内容，除了赚钱，就是花钱。想想看，自己的生活，除了赚钱与花钱之外，是否还保存着一些属于性灵的天光云影呢?

* * *

幻想是生活的润饰，使生活多彩。许多的创造与发明，也多是由于当时的一些幻想，逐渐把它实现，变成了伟大的成就。在勤奋忙碌之余，不要忽略给自己保存一点停下来幻想的闲情。

* * *

不要以为把清早的时间用来欣赏世界是在浪费光阴。如果你经常享受到清新嘹亮的早晨，你的精神一定比较旺盛，心情一定相当愉快，头脑也会格外清醒。而且你这才会活得脚踏实地，所知所感都会比别人深刻而清晰。

* * *

欣赏世界的美好，也是一种收获。不一定只有读书才是收获。一个人，如果只会读书，而不懂得欣赏和爱这世界，他所读的书也失去了价值。

超然的人生境界

常有社团邀我去谈“如何美化人生”。望文生义，似乎已先假定人生是不够美好，或至少是有“丑化的可能”的，因此才需要美化。

那么，人生究竟是个什么样子？

据我个人经验，当我根本未曾听说过“人生”二字时，我的人生最为美好。

记得很小的时候，住在冀东乡下老家，深宅大院，后临蓟运河，园中静静地生长着各种植物：藤萝、葫芦与葡萄爬在架上；南瓜、茉莉、小葱、韭菜长在地上。花间飞着蜂蝶与蜻蜓，地上爬着大大小小、黑黑黄黄的蚂蚁，草上有蚱蜢与螳螂。这些，充满着生机，而又十分的静谧与安详。有时，趁着工人挑水的机会，溜出后门，去看看白亮的河水，河上有渔船，对岸有田野，依然一片宁静与辽阔。

那时，我觉得世界真是无限的美好。我有的是对人间的信心，可以细细欣赏这世界，从不觉得寂寞与空虚。

慢慢的，我逐渐长大，接触到大自然以外的人为世界，开始感觉到人间不再那么宁静与平和。不过，仍不缺少良朋益友，和欣赏世界的心情。中年以后，卷入了工商业社会，才切实体会到冷暖人间，炎凉世态，知道了这是怎样一个易于使人迷失的世界。天天席不暇暖的人们，大多数所追求的非名即利；再难寻到单纯的人间情谊，与对天然世界由衷的欣赏之情了。

老子说：“其出弥远，其知弥少。”在重奢华、讲收益的现代入世生涯里，人人都有越来越广的人际交往，懂得越来越多的人情世故和社交手段，却也都不由自主地离天然越来越远。对真正的人生乐趣和意义，越来越觉茫然。

老庄一派的哲学家极力提醒世人，要避开人事纠缠、功利牵绊，实在是因为他们早已见到，人生乐趣并不来自名利征逐，而来自脚踏实地，用单纯的心情，为做事而做事，和坦然无私的对世界的欣赏之情。凡事如果以“利”为先，就会失去埋头耕耘的信心与乐趣，也失去了人与人之间的互爱互信之情。因为“利”是要“争”的。而“争”的最直接的意义，就是要求速效，并且要假定人人都是敌手。于是，人生乃成为一个“战场”，人间原有的真情与善意，都不得不为之消隐。

我想，现代人之所以急于“美化人生”，无非是希望找到一点力量，使这“战场”恢复它天然的坦荡与柔和，找回人间的真情与善意而已。

为了充分发挥自己的天赋，和造福社会人群，人人都希望自己能够建功立业。但在这发挥与建树的同时，人人也都希望人间有善意，有真诚；而且自己能有余情欣赏这个有善意和真诚的世界。

我国人生哲学，综合了儒、道、释三家，所得的结论是：以出世的精神，做入世的事业。

所谓的“世”，指的是“人为之世”。这个人为的世界里，由于争权夺利，而扭曲了天然的人际关系。越是重视荣利的社会，越是无法维持人与人之间的纯情，而使人间充满了嫉妒、戒备与敌意，互相利用，又互相争夺与倾轧。

仔细想想，我们即可发现，入世生涯的一切苦恼，都是由人际关系而来，而人际关系之所以成为人间一大苦恼，则是由于“私欲”。所谓“私欲”，包括拥有之欲，和想要凌驾别人之上的狂妄与虚荣。前者我们称它为“私利”；后者可以称之为“私荣”。

“利”与“荣”本来也是人性天然的要求，但它必须是“公利”与“公荣”。而不幸，一般人们所想追求的，大多是“私利”与“私荣”。

要使生活美好，先得使自己保持无私与单纯。不为私利与私荣而伤害到亲情与友爱，不把私利与私荣当做人生正常的目的，不为外在环境的影响或不纯正的目的而虚伪矫饰，才可以我行我素，不必刻意经营。生活的面目也就自然会单纯可喜了。

当然，一个人，入世既久，习染已深，既无法百分之百的“出污泥而不染”，也不易在一转念之间，就回到了单纯。因此，我们需要一种经常的“提醒”，来使自己迷途知返。而这提醒，就是一种超乎物欲之上的、使心灵净化之力。心灵净化，才能回到无私，才能不为外在利欲所诱，放开无谓的征逐，而有余情欣赏世界上真正的美好。这份无私的美德和对世界的欣赏之情的维护，也就是美化人生的力量了。

我国儒道两家都着重“祛利”与“忘私”。儒家所提供的是道德，讲“己所不欲，勿施于人”，不强调自我，而去尊重和关心别人，如能做到大家都肯推己及人，人生自然会美好与祥和。

道家所提供的是高格调的人生境界，重点在于“欣赏”。教人有优美的情操，懂得爱好自然，崇尚纯朴、恬淡、飘逸与豁达。使人由欣赏天地宇宙之大，体认到自己的渺小，了解到物欲征逐之无谓。而又由于爱好自然，及“天地与我并生，万物与我为一”的对大生命的了解，而对世界有更高层次的热情。使人爱宇宙万物，但绝不狂妄地想要把这宇宙万物都据为己有。又由于了解自己也正是宇宙万物之一，而觉得这宇宙与自己为一体，自然而然地就能仁人爱物。

浅显地来说，也就是，只要你懂得欣赏，宇宙间的美好事物就都属于你。日月星辰何等高不可攀！但只要你欣赏它们，它们就属于你。别人不懂欣赏，它们就不会属于别人。在另一方面来说，却是无论有多少人欣赏它们，也不会影响或剥夺了你欣赏它们的可能，反而会使你觉得有了更多的同道与同好，而更加快乐。这是一种最无私、却最豪华的拥有。

当你了解这一点，自然就不再觉得花费几十万金，买一盆兰花，是一种值得自豪的拥有。因为自然界不知有多少值得欣赏的花卉。你也不再以为把一些矿石的碎粒珍重收藏，是拥有了值得夸耀的东西；因为地球上多的是比你所能珍藏的更巨大的矿石。你即使尽你所可能有的空间，想把全球值钱的、难得的、美丽的东西收藏，你又能容纳多少呢？

假使世外有一双无形的眼，俯视人间奔走钻营，苦苦积攒着这些永远搬运不尽的草木矿石，以为这就是欣赏与拥有，而不知放眼整个宇宙的奥妙神奇；更为了私利与私欲，对美好的自然界，争相砍斫，不知爱护与保持，它将会如何的悲悯人们的愚昧啊！

这双无形的眼，就是我国道家的眼。儒家给我们热情，教我们奋斗；道家给我们境界，教我们超然。它的特色是，腾身在世界之外来看世界，却又能看到，自己也是在这世界之中。人能“超然”，所见才会普被广远；才会宽大无私，而不会被尘间私利、私欲、私人恩怨所牵绊。尽管自己生活在世间，却能随时腾身出来，置身世界之外，来看这世界。着眼点既远大，所见事物的范围也就宽朗。因此，道家情调的诗词中，所看到的是“天与一轮钓线，领烟波千亿”的浩渺与空濛。道家情调的画幅上，一叶扁舟，在万顷轻波之上，舟中人物，却是似有如无的渺小。广大的视野，所给人的启示，正是无须狂傲，不必矜夸的深度与开阔的胸襟。

这一份无须自我矜夸的温和与谦冲、淡泊与超逸，不但是美化人生的基本动力，而且也是使一个人胸襟博大，度量宽宏，成大事业，造福人群，有利世界的最深厚的基础。相形之下，那些只知为私利、私荣而奔走钻营，得一时幸进，便觉沾沾自喜，自以为这就是积极有为的表现，而嘲笑那些不知攘臂而先的人是落伍与失败的人们，是何等的浅薄与俗陋啊！

这种道家式的、博大宽朗的生活态度，表现在我国的诗文与绘画及音乐里，就是我国传统的美育。其中蕴含着高深的哲思和快乐的生趣。所谓“万物静观皆自得”，就是指这种无所不在、悠然忘我的、最高境界的欣赏之情。这份“超然”的欣赏力，就正是我们所要追求的美化人生的最高层次的“美育”。

要谈美化人生，不可忽略这份“超然”的欣赏力。有了超然的欣赏力，才有超然的人生态度。当一个人，能超然于私利与私荣之外来做事的时候，才能清廉，才能公正，才能专心任事，而不被外在因素所惑；才能产生儒家所说的“富贵不能淫，贫贱不能移，威武不能屈”的志节。

一个人，能超然于私利与私荣之外来与人交往，才不致为私利与私荣去戒备朋友，背叛或出卖朋友。才会有“刎颈交”与“忘机友”的纯情出现。

一个人，能超然于私利与私荣之外，去欣赏“大”的世界和整体的自然的时候，才不会眼光如豆，一味奔走钻营，想把世上万物都搜刮到自己囊中；才不致因内心的丑恶邪佞，而影响到生活面目的美好，才有了高不可攀的格调和堂堂正正的威仪。

用这样的胸襟去做事，才不会被私利与私荣所诱，才能大公无私。因大公无私而为人群所爱戴与拥护，无需强求，即能实至名归，自然而然地登上事业的巅峰。

* * *

最好的工作态度是单纯地面对工作，既不分心名利，也不去顾虑人际关系的纷扰。

* * *

人间的扰攘纷争是由于对别人的戒备和敌视，如果去掉了这份戒备和敌视，你会觉得生活境界开朗而做事的心情专一，这也就是我们所说的生活态度的超然。

* * *

一个快乐的人不是由于他拥有的多；而是由于他计较的少。太过计较得失的人，就会常常觉得自己被亏待。当一个人总觉得自己被亏待的时候，他是不会快乐的。

* * *

有人能够临危不乱，举重若轻，履险如夷，固然是因为他有较高的胆识与能力；但也更因为他具有博大的胸襟，能看到远大处更高一层的得失；也能容纳普通人所不能容纳的损失与挫折。

* * *

镇定从容，虽忙不乱，有效率而并不紧张，遇拂逆能冷静，对得失有担当，形成一个人雍容大雅的风度。一般人对这境界虽不能至，但心向往之，可使自己不致为琐屑事物做无谓的担忧。

答问谈道家

《诗人之国》出版之后，朋友们见了面，常会问我："你近来怎么忽然研究起诗来啦?"另一个问题是："你怎么忽然这么'道家'了呢?"

因此，我觉得有写篇小文把这几点谈谈的必要。

首先，我并不是从"最近"才"忽然"对诗发生了兴趣的。我相信每一个喜欢写文章的人都不会对诗没有兴趣，我当然也不例外。以前的读书人，自幼就要先学背诗和作诗。诗是每一个中国人生活的一部分，不但书本是诗，下笔为文离不开诗；而且日常接触诗的机会比现在看电视的机会还多。中国人是从"诗"的环境里成长的。只有西方，才把诗人提出日常生活之外，使他们高高在上，为常人所不可企及。中国人不是这样的。我们喜欢诗几乎是和吃饭一样自然的事。由于喜欢它而去亲近它，那不是研究，而是涵泳。我们对诗的态度是"乐之者"，而不是用求知的态度去研究的。

幼年时，我那古老的家宅，宁静的气氛，后园葱茏的花木，以及后门外的蓟运河与家中那"四壁图书"相辉映，那都是诗。长大离家在外求学，每次回家，都觉自己是投奔一份诗情。成年后，每次出外旅行，别的不带，却常带上一本诗集。从老家到台湾，行囊中一切从简，却未放弃那套线装的《古唐诗合解》。这本书，曾伴我旅行了各地名胜。去关子岭时，我加上了一本郑板桥全集。去美国访问，旅游了十一国时，多带了一本《胡适词选》。

旅行带着诗集不是为了“用功”，而是为了谈心。我喜欢独游而从不觉得寂寞，主要是因为我有诗集为伴。

我爱道家思想也不是最近才开始的事。而且我觉得这也不是很特别的事。中国人先天都有几分道家色彩，这是受了自然环境的影响。我国山川壮丽，平原辽阔，天然给人一种“天地与我并生而万物与我为一”的博大之感。幼年时，几个住处附近都有河流，那河面的小舟，对岸的田野，远处的芦丛，无边的浩渺与辽阔，就自然而然使你领略到什么叫“天与一轮钓线，领烟波千亿”。那印象，成为我日后读《庄子》和《渔父词》时的心中“插图”，因此十分亲切。这种亲切之感，都曾在我的散文、小说，以及《罗兰小语》中出现。它并不是“最近”的事。

道家思想的宽朗博大，曾给我很多影响。我在散文一辑中的《书与我》一文里，曾特别提到庄子给我的影响。那时我是二十多岁，曾面对心情最黯淡的一段时期。庄子的“以道观之，通为一”，以及“故万物一也，腐朽化为神奇，神奇复化为腐朽”，使我得到对人间痛苦释然于怀的超脱。在那以前，第一次读林语堂先生的《京华烟云》，也第一次喜欢上被引用在他书中的庄子。那是在抗战期间，生活处于最艰苦无望的岁月。庄子使我了悟“不执著于一端而在既有的条件中求发展”的可能性和不必对表面的穷通否泰过分萦怀的真理。

我国艺术受道家影响，诗所以成为中国知识分子的精神寄托与解救。我把这寄托与解救称为“防疯术”。我国知识分子不容易得精神病，也很少自杀，主要是因为他们一方面采取了儒家“全力以赴”的入世精神，一方面把握了道家“抬头看天外，退出了牛角尖”的超诣与豁达。在《罗兰小语》第三辑里，曾表达我对人生这两面的态度。在前言中说：

“……想到自己一面成天穷紧张，一面总得劝自己‘何必，何必！’这大概也就是每个人所不得不掌握的生活法则了。否则，在必须向前奔赴始能觉得快乐或觉得安全的人类天性催逼之下，不累死也必苦死了。”

这劝自己“何必，何必”的力量，往往来自充满道家情调的诗句。如：

莫听穿林打叶声
何妨吟啸且徐行
竹杖芒鞋轻胜马
谁怕
一蓑烟雨任平生
料峭春风吹酒醒
微冷
山头斜照却相迎
回首向来萧索处
归去
也无风雨也无晴

（苏轼·定风波）

又如“飘萧我是孤飞雁，不共红尘结怨”（朱敦儒），“卖鱼生怕近城门，况肯到红尘深处”（陆游）等等诗句，都给人带来“抬头看天外”的启示。这境界，不是消极，而是超诣。不是不进取，而只是不屑在世俗所设定的狭窄跑道上去盲目地竞争。

我们平时说某人“疯子”是因为“想不开”，这真是对“疯”的原因的最佳注释，也是中国知识分子不容易发疯的最大原因。许多人精神失常的原因是钻入了牛角尖，无法解脱。中国诗人所受的道家影响正是使人能退出牛角尖，看见大宇宙的最大力量。它使人可以很超然地退出后天人为的跑道，在更广大的原野上去耕耘与收获。

所谓“想得开”的“开”字，包括了开朗、开阔与开通。能站得高，看得远，了解得透。它是中国知识分子在接受过包括了儒、道、释三家思想训练之后，自然而然能够达到的一个境界。旧时的“疯子”多是乡愚，他们因为“想不开”而发疯，是被知识分子悲悯的对象。不似西方式的现代人，追求知识使自己成为“知识狂”，越是书念得多，越是容易精神崩溃。正因为他们缺少了道家的宽朗，只会“想”，却“想不开”。只会穷追不舍地朝一个牛角尖里不停地“钻研”，却忘了牛角尖外的宽朗天地。

“一阴一阳之谓道”，“反者道之动”，所以，“企者不立，跨者不行”，积极奋进的真正可能性还是得靠着有消极逊退的一面，想要跳高，得先下蹲，道理至为明显。这消极逊退，当然只是手段而并非目的。

道家思想虽然常被自命积极有为的人所轻蔑，甚至有意把它打入冷宫，但实际上，真正能渡过大风浪，熬过大压力，躲过大危机，而能长存于世，胜过了那一味盲进的人们，不致失去机会，不致中道崩殂，而终底于成的成功者们，没有不悄悄采纳了道家“以退为进，以弱胜强”的道理的。

老子说：“道常无为而无不为。”

人们通常只看到它的“无为”二字，而未看到它“无不为”的“无为之为”。

老子说：“天之道，利而不害；圣人之道，为而不争。”

人们通常只看到了“不争”，而忽略了“为”这个字。

单是“不争”，当然是一般所谓的消极，会导致败亡。

如果是“为”而“不争”，那就是表面不争，实则有为。不与别人争一日之短长，而把争的精神用去做别人所不及见到的“大事”，所得的结果才会是“大胜利”。老子说：“天之道，不争而善胜。”又说：“江海能为百谷王者以其善下之。”“善下之”是“不争”，“百谷王”却是“善胜”的具体证明，是“天之道”。

道家的思想并不玄妙，更不消极。能了解它的精髓而善用之，可以无往而不利。

中国大部分的诗词，以至绘画，都有浓厚的道家色彩，略加留意，即可了然。

* * *

老子说：“企者不立，跨者不行。”常有人以为只有严肃郑重地努力向前，才是积极有为的表现；而忽略了以退为进和静思内省的重要，更忽略了“超然于世俗奔逐之外”，更高境界的“大有为”。

美德小语

什么是美德呢？简单说来，多为别人，少为自己就是了。

* * *

我们不能希望人能百分之百地消除私念；但应该在牵涉到别人利益的时候，能退让一步，不损害别人。

* * *

利己也不是罪恶，利己而不损人就是美德的起点。能够舍己为人就是善性最可贵的发挥了。

* * *

一个人，能不过分地患得患失，就是减少了利己的念头。减少了利己的念头，心上就会感到坦然而清凉。

* * *

能够了解到“自己”虽然重要，但这“自己”的价值却必须在群体的利益中才可现，就自然可以把群体利益放在自己的利益之上，而不致过分斤斤计较，烦恼不堪了。

* * *

所谓的“光彩”，是一种知道自己行为正直而受人尊敬的感觉。所以凡是自觉问心有愧而可能会被人责罚轻视时，就都不会觉得光彩。

* * *

当一个人感到自己活得很光彩的时候，就会觉得步履轻快，一切阻力都可由于他的活力，迎刃而解。

* * *

真正品德良好的人，他的感情自然、适度、而且真纯，不必有一点约束与造作，但决不会过分。这样的人不但自己快乐，别人和他在一起时，也会如沐春风。

* * *

感情不但使生活滋润丰富，更是许多创造的原动力。

* * *

初步的品德教育我们如何用理智来约束感情。进一步的品德教育是教我们如何让感情不必经过理智而能够适当地出现，来显出人生真正的乐趣与活力。

* * *

缺少身体的活动，是体能的浪费；缺少思想的活动，是心智的浪费。不活动是懒惰；不思想也是懒惰。

* * *

思想并不一定是艰深孤高的。正相反，许多透彻的思想是由最接近我们的日常生活而来，也最能由眼前手边的小事得到印证。

* * *

由于现代交通工具的迅速，生活的节奏也跟着加快。这种快速度的生活节奏，使人们一切都急于争取时间，唯恐一旦慢下来会落伍，或被别人超越，这种心理上不敢慢下来的紧张，是使人们无法深入思想的最大原因。

* * *

一个人，如果一心只愿向前追赶，而没有心情去辨认是非，分析问题，会变成盲目的匆忙。这种盲目的匆忙，反而妨害了真正的创造与发明。

* * *

我们在工作上要争取速度，在心情上却要不慌不忙。

* * *

能够在单独一个人的时候，不觉得孤单；在冷清的时候，不觉得寂寞；在空闲的时候，不会无所事事，所靠的是内心的丰富与充实。

* * *

如何享有空闲的时间和如何工作，是同等的重要。

* * *

现代人的匆忙，适于工作、适于活动，但不一定适于内心的思想和深沉的感情。

* * *

快速的节奏能够帮助我们追赶或摆脱；但不能帮助我们深思和体认。

* * *

奔忙可以产生速度与效率，但静止下来，辨认方向，应该更为重要。

* * *

心情能够沉静，才能深思，才能找到问题的重心与事情的脉络。

* * *

真正要使工作产生效率，所需的不只是速度，而更是正确。浮躁与盲目竞争是使人走错方向的最大原因。

* * *

并不一定只有形体上的奔忙才是积极进取；有时恰恰相反。那形体在奔忙的，并不一定是在做事。而那形体静止的，反而是在有所作为。

* * *

当我们发觉自己太静止而无事可做的时候，固然要检讨一下，是否自己太闲散或太懒惰。但当发现自己不停地奔忙时，也更要冷静下来检讨，看看自己究竟所忙的是否有意义。

* * *

有时，当我们觉得自己“太忙”的时候，反而要留神想想看，是不是卷入了应酬或游乐等等“无事忙”的漩涡。

* * *

唯有先付出自己的时间与心力，为社会人群尽责，社会才会回报我们一份自由自在的权利，这是真正的公平。

* * *

心情上的安闲最重要，它并不是因为不必工作而觉得安闲，而是由于无愧于心，没有牵绊，所以心安理得。

* * *

凡事先有计划固然好，但有时偶然的兴致，临时参加的活动，由于去掉了事先的准备和期待，以及患得患失的负担，反而可能更觉得这段时间过得灵活而轻快。

* * *

曾经认真地利用每一分钟时间，发挥了每一分力量的人，休息对他来说，就是一项犒赏。

* * *

真正在工作上有效率的人做起事来都是从容不迫的。

* * *

在做事的时候能够不急迫，不去担心后果，也不去分心为已经过去的事追悔或懊恼，心上的负担可以减轻，而可以把这份心力用来处理更多事情。

* * *

坚定果决有两种不同的境界，一种是近于固执的定而不移，一种是开朗轻快的我行我素。前者比较严肃，后者比较聪明。

* * *

世上有两种聪明，一种是把聪明用来侵犯别人；一种是把聪明用来创造美好有益的事物去嘉惠别人。同样是聪明，由于使用方向的不同，结果也就完全两样。

* * *

用不存成见的心情和人交往，才可以交到朋友。用不存成见的心情去欣赏生活，才不会错过生活中原有的乐趣。用不存成见的心情来选择自己的前途，才会发现，前途有更多的道路可走。

* * *

用不存成见的心情来欣赏与评判事物，才不会以偏概全。遇事多从各种角度去了解，尤其要多从与自己意见相反的方向去了解，才不会产生偏见而得到较为合理的结论。

* * *

有些现代人常以为能看到人间的丑恶与愁苦是表现了他独到的眼光，认为能发掘人生丑恶的一面是一种聪明。其实，他们忽略了真正更高一层的聪明，是能更深一步地看到人生更广大的层面，是能超越痛苦，净化邪恶，因眼光远大，心地纯良，而终于能看到痛苦之上的快乐。

* * *

欣赏艺术上的一份淡泊的宁静，与世无争的美，并不是消极；因为它给人带来精神上的放松，使人回到人生单纯的起点，有助于缓和紧张工作所带来的压力，消除对得失的执著，和适时地校正自己迷于名利而走错了的方向，因此，它的作用是积极的。

* * *

老子说："企者不立，跨者不行。"常有人以为，只有严肃郑重的努力向前，才是积极有为的表现。如果有人劝他轻松下来，洒脱一点，他会说，你在劝他对生活采取消极的态度，而不肯接纳你的意见。其实，真正成功的人，生活中都有适度的轻松。对繁重的工作，问题的催迫，才有适当的方法去摆脱和化解，否则他即使不被累死，也会紧张死了，又如何能任重致远，而有所成就呢？

＊　＊　＊

对生活中的许多问题，我们有必须认真去面对的时候，也有必须毅然摆脱的时候。只知严肃认真，而不知适度的摆脱，精神上所承受的压力就会太大，不但对他所真正该做的事没有补益，而且会使他的精神逐渐不堪负荷，而产生了病态。现代紧张生活所造成的精神病患者，多半是由于他们接受了太多的催迫与压力，而不知如何去摆脱所引起的。

＊　＊　＊

摆脱压力并非不负责任，而是使自己登高望远，从较高的位置，较宽的视野，重新估价事情成败得失的意义。放开对小成小毁的执著，看到大的生活天地，也许会发现，自己引为紧张焦虑的大事，只是一些不足道的毫末。

＊　＊　＊

越是希望自己积极有为的人，越是需要会找适当的时间，来暂时推开事务的催迫和对成败的忧心。一个人，所能承受的压力有一定的限度，超过这个限度，不但不能逼出潜力，反而影响了他应付重要事情的能力。分秒必争固然重要，不计较分秒之争，而另有高远的目标，更是成就大事业所必有的胸襟。

从“三顾茅庐”到自我推销

现代工商业社会，躬耕自食的生活已经褪色为一个古老的梦。大家都发现，自己必须与家族之外的人们去互相依存，却又必须互相竞争。因此，终日得眼观六路、耳听八方，以免稍一疏忽，就错过了进身之阶。

这是一个运转迅速的世界，一切机会都稍纵即逝，因此要靠自己眼明手快去抓住，甚至去抢掠，才可把握。

西谚有云：“弱者等待时机，强者创造时机”，和中国古老的“等待知音”的想法是多么不同！高卧隆中，等待明主的诸葛亮，如果依照这个逻辑来判断，就成了弱者。现代人为了要在那稍纵即逝的短暂时机里，迅速地获得赏识及接纳，另有必修的一课。这一课，是“推销自己”。它不是等待，也不是创造，而是“攫取”。

“推销”是商业名词。“自己”因此成为商品。

“自己”是要靠“推销”，才能有机会用世的吗？又如何推销呢？

这，得向商人请教。

首先，你不可太谦虚，也不可太孤介。

你可曾听到一个商人声称他的货品“并不太好”吗？

你可曾见到一个商人情愿把他的货品“藏诸名山，以待后世”吗？

这真使受了数千年谦冲教育与“不为五斗米折腰”的中国人瞠目结舌！

“不可太谦虚？”中国人疑惑地问，“难道要我们自己说自己好吗？”

答：“正是此意。”

中国人在西方商业社会里，常常因为谦虚退让而贬低了自己的价值。

最明显的是在谈薪水的时候。

西方的办法是让受雇者自己提出要多少钱。谦虚而不屑言利的中国人唯恐“高估”自己，在填这类表格的时候，往往会受到一阵折磨。有人在困扰良久之后，客客气气地填了一个中庸的数目，结果发现自己因不会“讨价”而大吃其亏。钱的方面吃亏，在一向轻利的中国人看来，倒还可以“清高”过去；自尊方面的吃亏，才真正使自视甚高的中国人难以忍受。因为，很明显，你自己要少了，别人并不因此高看你，认为这是你的“高风亮节”，反而认为你这人傻瓜，吃亏是活该。这种自尊心方面所受的打击，大概曾使不少的中国人“觉醒”了，了悟到少要价并不能表示清高，而只表示你不懂行情。这是使一向不近金钱的中国读书人开始学习用商人的眼力来看金钱的原动力之一。

做为一个现代的中国人，从痛苦中所得到的教训，除了“不可太谦虚”之外，也“不可太孤介”。

孤介是中国读书人时常维持的原则。为了维持原则而不惜“挂冠求去”。

陶渊明不肯为五斗米折腰向乡里小儿，而情愿回乡下去“乐享田园”，被后世传为美谈。现代人可能会建议他，“你既然看不下去那乡里小儿的作风，就该挺身出仕，把他赶下台来，然后，你才有机会改革政风，矫正乡里小儿做威做福的恶劣现象。”

现代人忽略了陶渊明的受后人推崇，是在于他站在读书人的立场所树立的原则。

“成功”和“树立原则”，有了价值观念上的不同。

商业社会的特色是经商者的成败观念所形成的。中国自古以来“可杀不可辱”的“士”，为了坚持原则而宁折不弯，以现代人重实利的眼光来看，那是“把事情办吹了”。宁折不弯，与商业社会的观念相抵触。经商的守则是“和气致祥”。低头折节，只是一时的权宜；“把生意做成”，才是最后的胜利，才算志气的贯彻。做生意的人不鼓励“挂冠求去”，推销员不能“宁折不弯”。如果“弯一弯”可以把生意做成，又何乐而不“弯”？

商业挂帅的社会，会产生以商业式的成功为成功的价值标准，因此也难免演绎为“以商业式的失败为失败”的荣辱观念。

“士、农”当先的社会，所产生的是以为士或务农的成功为成功的标准，因此大家也以为士或务农的失败为失败。

传统中国人的成功之路并不单单是学而优则仕，而更是把所读的书中教训实践出来。所谓“万般皆下品，唯有读书高”。读书人的用处除了为官之外，更是给社会树立最高人格的典范。他们是一些标志，是原则的维护者。因此时常要像尽责的船长一样，无论多大风浪，也不宣布弃船。他们的牺牲不是为了己身的事业与功名，而是为了一个他们所坚守的原则。因此称之为“志节”。有志，有节，不能屈从任何外在的压力。陶渊明情愿归返田园，去过三餐不继的生活，而受到后世不断的歌颂，所歌颂的就是他表现了一个中国读书人的“贫贱不能移”的傲气，没有人因为陶渊明三餐不继而认为他是个失败者。这就不是商业社会的衡量标准。

林语堂博士在他的著作《吾国与吾民》中曾认为，中国人虽然历代大小战乱频仍，外患不断，但是不仅不会覆亡，反而每经一次忧患，必定更加光辉，且把征服者吸收同化，这其中最大的原因，就是中国人有“贫贱不能移”的一分傲气。

很奇怪！中国读书人建立了一个举世无双的价值标准，孔子使后人觉得“富贵于我如浮云”，道家使后人觉得“贫穷是一种冠冕”。凡是这项价值标准的维护者，都是中国人的偶像。陶渊明人称靖节先生，诸葛亮的“南阳诸葛庐”成了“陋室铭”中用来引证而传诵不绝的佳句，真是“何陋之有”？庄子情愿“曳尾泥涂之中”，寒山、拾得二人不但入诗、入画，而且声名远播，成为现代西方嬉皮的宗师。

当然，我们可以说，以上的事例都是为了身处乱世，不得不安贫以自保。

在天下有道时，当不必如此谦退与孤介。但是，我们更不能不承认，是这种思想使中国人有无穷的张力，可以处盛世而不忘形；处乱世而不丧其志。因此在恶劣的环境中反而越能显出自己文化的光彩，使征服者为之迷惑而折服。

日本人直到如今，还在以百思不得其解的心情，探索中国的山川文物，历史遗痕，希望从中找到中国人为什么不会被外力征服的真正原因。我希望他们最终也会寻出这样一个答案："当一个民族不以商业式的失败为失败，在逆境中反而加倍地表现了无上的自傲与自信的时候，你又有什么办法去征服它呢?"

其实，中国也是个善于经商的民族。世界各地华侨在商业界的成就可为明证。但中国人无论何等的发财致富，在他们内心深处，还都是不愿仅以财富论英雄。"万般皆下品，唯有读书高"的春联，不仅出现在士大夫的大门上，而是更普遍地出现在农工商各行各业的大门上，它所代表的意义，绝对不是来自可以"学而优则仕"的虚荣，而是中国人内心深处那份对"树立原则"的人们由衷的尊敬。

* * *

历来我国诗人、画家所歌颂的仙哲，都是老而贫穷的。"老"是"智慧"经过历练而成熟的象征；"贫穷"则表示对物欲的超脱。能坚守原则而有所不为，因此贫穷成为一种冠冕。

* * *

我国传统教育，直接把金钱视为一种污染，教人对它严加戒备。因为金钱有强大的诱惑力，足以使人忘记原有的目标；而只去追逐金钱，会成为罪恶的前奏与社会的乱源。

从乾隆谕旨看通商

手边有一份资料，是英译的乾隆给英皇乔治三世的"谕旨"。这是一段节译文字，当初看到它的时候，觉得有趣，便把它保存下来。后来找出历史上这道谕旨的原文，常常把它们一起拿来欣赏，觉得意味无穷。

现在我把这两段中英文对照的文献提供给读者，来分享文中趣味，也可从中了解一下，前朝皇帝所代表的中国人对“通商”的观念，以及在国势鼎盛时期，中国人的“天朝心态”。

我们先看英文：

To King George The Third，

The virtue and prestige of the Celestial Dynasty havingspread far and wide，the King of myraid nations come by landand sea with all sort of precious things. Consequently there isnothing we lack…we never set much store on strange oringenious objects，nor do we need any of your country'smanufactures.

Chien Lung

而节录这段文字的原文是：

“……天朝德威远被，万国来王，种种贵重之物，梯航毕集，无所不有。尔之正使等所亲见，然从不贵奇巧，并无需尔国制办物件。”

这是1793年，英国向清廷请求建立进一步的商务关系时，乾隆答复英王乔治三世的信，也是历史上一道有名的谕旨。

当时英国是希望清廷准许英国派员驻北京，照管英国商务，想在京师设一商馆，收贮货物发售，并希望允许他们使用舟山附近“无城砦的小海岛”，及“广东附近小地方”一处，以便居留商人，收贮货物，同时要求明确的税制等等。

清廷却是把英国当作朝贡国之一来看待的，英国使臣那次进京，清廷直接认为是给乾隆祝寿而来。所以这道谕旨叫“赐英吉利国王敕书”，开头是：“咨尔国王，远在重洋，倾心向化，特遣使恭赍表章，航海来庭，叩祝万寿，并备进方物，用将忱悃，……具见尔国王恭顺之诚，深为嘉许。……”

但对英国的要求则驳斥无遗。认为英国“地处荒远，不识天朝体制”，而“妄行乞请”，“无足深责”。所以一方面赐使臣筵宴，优加赏赉，“以尽怀柔之意”，一方面敕谕英王，盛称中国威德，回绝了英国打算设馆的要求，成为以后英国千方百计侵略我国的一个伏线。这是题外话，在此不提。我们单看这道乾隆谕旨所代表的意义，和我国当年对“通商”的看法。

首先，从这道谕旨，我们不难想像当时乾隆朝的自信与威仪。朝廷称英国为“英夷”，英皇为“夷王”，来使是“夷目”，认为该蛮夷之邦都是倾慕中原教化而进贡来朝的。

这种“天朝心态”的造成，其来有自。中国历代有盛世、有武功、有文治，数千年来，开疆拓土，使四海臣服。清朝本身也有败俄人、平外蒙、西藏、新疆、安南等光荣纪录，有其自我尊大的条件。因此当时乾隆稳坐宫中，安享万邦来朝的光荣，心理上当然是“万王之王”，对四夷是用一种“教训”的态度，觉得他们未曾受过教化，只知贪图利益，所以不配与“天朝”“平起平坐”。同时认为“天朝”拥有一切物品，但却从来“不贵奇巧”，所以不需要“尔国制办物件”。

站在当时中国的立场，这种不屑与“夷商”贸易的心情是可以理解的。乾隆在另一道敕谕中曾说：

“……天朝物产丰盛，无所不有，原不假外夷货物，以通有无。特因天朝所产茶叶、磁器、丝帛，为西洋各国及尔国必需之物，是以加恩体恤，……”

以现代人的眼光来看乾隆的心态，当然会觉得他的“闭关自守”是惹祸根由，并嘲笑他不懂世界局势。但如果我们从另一个角度来看乾隆这种想法的由来，却也觉得不无道理，因为他是从中国人对通商的基本想法来处理这件事的——我们不需要你们的产品，为什么要和你们通商？

乾隆能够把中国治理国家不尚虚靡、务本崇实的精神，用来宣导“四夷”。虽然他自己是个最有搜集癖、爱好珍玩的皇帝，但他对外仍拒绝进口外洋的“奇巧之物”，认为这并非国家所需，而不想在这方面去“浪费外汇”。这想法也未尝不是正确的，它表达了一个“天朝”对待“四夷”所持的“王道”的态度，说明中国人对待藩属的政策，在原则上不是侵略与剥夺，而是照顾与教化的。他把“英夷”当成藩属子民看待，而不是站在做生意牟利的立场去“互惠”。他不想通商，因为他不在意那些外洋的“奇巧”之物，当然也不去想有“外贸差额”的问题。

用现代语来说，他拒绝进口“非民生必需品”。

这种对奇巧之物的鄙视，大部分是来自道家的“绝巧弃利，盗贼无有”及“不贵难得之货，使民不为盗”的想法，而只以有利民生之“利”为真正的利。

虽然，这种“闭关绝市”的想法招致了后来一连串列强的军事侵略，造成中国史无前例的许多国耻，但我们不能因此否定这种对贸易的态度有其高贵的一面，显示出一个泱泱大国所具有的胸襟。

当年，我们所输出于外国的，都是民生必需品；而外国所打算用来赚取我们外汇的却不仅是“奇巧以供玩好之物”，而且后来索性把原来仅做医药用的鸦片，用来做为荼毒我们民族的利器而大量地输入。

回顾历史，借鉴来兹。我觉得，对这件事，我们与其说清廷当年是昧于西方各国之进步与强大，不如说他更是昧于国与国之间“相互为利”的现实性，和西方传统的侵略性与扩张主义并不合于中国传统的王道精神。

中国并不是没有“奇巧以供玩好之物”。不但有，而且既精且多。只是在原则上，我国历来为政者多不鼓励“奇技淫巧”，以保持朴厚的民风。许多奇巧之物散置民间而不受重视的，比收集在博物馆里的不知多了几千万倍。我们始终只把它们看作是“行有余力”时的消闲之用。虽然从艺术成就的观点来看它们几乎全是无价之宝。站在现代商业的观点，它们也是极能获得厚利的最佳商品。但站在维持淳朴民风的立场，“绝巧”与“弃利”却是“使民不为盗”和“使民心不乱”的一个最好的起点。

现在我们已经明白，世界上国与国之间，只有“利”的盘剥与攫夺，而无“义”的照顾与互惠，既不可能再像以前乾隆皇帝时代，以“天朝”自居，去照顾“四夷”；也不必希望别国能自发自动、无条件的“以平等待我”。我觉得，现在正是我们和西洋易地而处的时机。

“古玩”是“文化财”，我们要保护、发掘，作为我们历史文化的具体记录，并给世人以观摩欣赏的机会。但在另一方面，小鼓励大众以拥有“奇巧之物”为荣，把经营生意，获得财富，与“不贵难得之货”以维护朴实民风的重要性加以分别，才是端正风气，巩固国本的正道。

* * *

说文中“贸易”的“贸”字，注释为“阻碍他人以取其利也”。商业社会的悲哀也在于此。

儒医、儒将、也“儒商”

春节期间，传统旧式商家的大门上，常贴有如下的春联，写的是：

陶朱事业

端木生涯

陶朱是陶朱公，范蠡。端木是端木赐，子贡。

这两位都是我国历史上赫赫有名的人物。越王勾践用范蠡、计然，厚殖国力，终报强吴。后来范蠡乘扁舟到陶山，发财致富，后世称为陶朱公。子贡是孔门中有名会理财的一位。后世商人选择这两位出身不凡的人物来做为典范，说明中国商人对发财致富的想法有更高一层的境界。林语堂博士说："中国人虽然是好商人，却永不会是小店主的国家。"原因就在于中国商人除了发财致富之外，另有一番对学问、才干、人品，以至生活艺术的向往，不只是求腰缠万贯为己足，而更希望自己能像子贡或范蠡，腹有诗书，成为一个文雅高尚、有内涵的商人。

我国历来称有儒者风范的将领为"儒将"；识礼义、知损益、有道德的医生为"儒医"。事实上，那些在大门上写"陶朱事业、端木生涯"，以范蠡、子贡为典范，鼓励自己多受诗书薰陶的商人，也应该称之为"儒商"。

我国的商人，即使在当初创业时，胼手胝足，没有机会去饱读诗书，但当他们事业略有基础之后，也莫不悉心教导子弟读书，培养他们高雅的气质与深厚的内涵。不但以知书达礼为荣，而且往往以自己只懂赚钱为耻。我常觉得我们中国可能是世上最不以财富论英雄的国家，也许更是唯一的一个能使有钱的大商人在无钱的学者面前感到自卑的国家。

将领读书是为了培养真正的雄才大略，使自己不只是会以力服人，而更能做到以德服人，所谓不战而屈人之兵，所需的不仅是"力"，也不仅是"智"，而更是由于腹有诗书所涵养出来的"气度与胸襟"。

中国过去的医生多称"儒医"，以有别于江湖郎中，也是取其具备读书人的风范，了解悬壶济世的真义而不屑名利。有了这项基础，医德才可以不受污染。

古时商人虽未曾有"儒商"之称，却有"儒商"之实。中国之所以"不会是小店主的国家"，也就是因为有成就的商人能更进一步地追求学问，使自己做到有胸襟、有气度的大商人，不致孜孜为私利，而忽视社会大众的福祉。

近年来，台湾地区有成就的企业家，自己本身脚踏实地，克勤克俭，创下事业，也更用心培育第二代，使他们的书读得好，学养见识及经营事业的才干都能兼备，也是希望他们能成为"现代儒商"。

历来，读书人之所以受人尊重，是因为他们明白义利之辨，有所不为，为社会树立典范。一个社会能向读书人看齐，是说明这社会重视精神生活，也重视原则，明是非，有标准，而不致堕落与腐化。

商人多读书，可以使自己“腹有诗书气自华”，而成为气质高雅的“儒商”。不但有助于个人的精神内涵，更有助于事业的拓展。《天下杂志》在开始的几期内，曾连载过周君诠先生所翻译的日本名评论家伊藤肇所写的《中国古代经营哲理》，列举日本现代商人的成就，一部分原因是他们下功夫研读中国典籍，从中学到极有价值的哲理，了解到如何把儒者对人对事的风范与胸襟拿到现代经营与管理上来致用。全书旁征博引，使现代中国人看了，不但觉得佩服，而且应该觉得惭愧。

商人研求学问，可以成为“儒商”。说明所谓的“儒”并不是与时代脱节、落伍顽固的腐儒，更不一定是由于专攻学问，而就会成为与实际事务背道而驰的“书呆”。真正的智慧可以在任何时代，任何角落发挥正面的作用而产生辉煌的效果。

日本是现代公认在商业上最有成就的国家，而他们的商人却能引经据典，把中国古老的学问拿来致用，说明所谓的现代，并不是和传统对立；而所谓的工商业社会也并不意味这社会的价值标准要完全以商业利益为转移，更不意味各行各业的作风都要以小商人获取近利的方式为范本。

不久以前，有人为了要出版一套书，向大家发出了一份通知，内容大致是说，“我们为了要发扬中华文化，花了多少人力、财力和时间，完成了一套史无前例的巨著。它可以继往开来，为国家立不朽之功业，并且预期它将行销海外，影响广大的读者群。”希望大众为他们写一点评语，以便印在书上，表示各界对他们这项工作的赞扬。

通知上并没有说何时何地可以给大家看到这本即将出版的巨著的风貌，也没有附上简要的内容，可供大家依循来作评语，却有个距离很近的截稿日期，意思是请大家就按照他们自己所夸示的来写些捧场的话了。

收到通知的人对上面那浮夸的词句颇有反感，觉得以这种手法来宣传的，一定不会是一套有分量的好书，打算不予理会。后来有人要求先看看这本书的校稿，再作定夺，结果却意外地发现，这套书竟然真的是费了不少时日，动员了不少的人力和财力，脚踏实地所编印的一套很有内容的书。却只因他们误用了市井小商人夸大叫嚣的方式来宣传，几乎使人对这本原来不坏的书产生了反感，而低估了它的价值。

这件事，可以说是误解宣传的一个例证；也是读书人放弃自己本色，“取法乎下”所造成的一项不良后果。

我举这个实例，是希望说明，工商业社会的意义并非让大家纷纷放弃原则，用商业的手法来做事。尤其读书人，如果也一味的以达成商业利益为目标，以夸大宣传为得计，那恐怕将来我们的社会不但不能产生“儒商”，读书人也将失去对社会风气的领导功能了。

伊藤肇在“中国古代经营哲理”中引用《大学》里的话说：“德者本也，财者末也。”认为人若是有德，财货自然会聚集到这个人的地方来。德是真正的根本，财只不过是枝末而已。并以日本三井财阀的“大管家”池田成彬为例，来说明一个人无论处身富贵贫贱之中，都要保持“德”的本色，才能真正有所作为。

读书人的价值在于“德”字。“财者末也”，用招财进宝的伎俩去推销宣扬关于“德”的书籍，出发点及方法都已错误，又岂能达到预期的目的？

伊藤肇又举《论语》中的“不学诗，无以言”，引出松下幸之助的经营语录对日本其他商人的影响。那句名言是：“企业之经营归根结底，还是经营者本身正确的人生观。”

松下幸之助认为，一个人能领略诗书中的要义，心地才会宽宏，做事才有格调。“要由风雅之道入门，少走功利之路”。

商人都要从诗书中去涵养读书人的气质，以使自己成为“儒商”，读书人本身又岂能向孜孜为利、虚矫浮夸的小商人去看齐呢？

* * *

当一个民族有了浓厚的文化基础，他们就不再仅仅是追求财富的增加，更不屑只是在穿戴上去考究。他们会了解内涵的可贵和“腹有诗书气自华”的气质之美的重要。

* * *

所谓“腹有诗书气自华”，并不仅指的是学问，而更指的是修养。能在知礼守法之外，更能不以财富为荣，不以贫穷为耻。能建立操守清廉的观念，不只追求鲜衣华服，而以品德的清高为最大的光荣。

闻过则“怒”谈文化输出

近几年来，由于工作的关系，日常来往的外籍人士中，美国人显著地减少，而欧洲人却逐渐增多。

在和这些来自不同文化背景的人们来往的经验中，有个最鲜明的感觉，那就是，美国人对我们的文化活动比较客气，而欧洲人在这方面就常有点苛求。

和美国人一同去看看故宫博物院，他们会迷在里面，无论有什么活动，你请他们去，他们总会几乎近于夸张地表示他们的感谢。欧洲人不同。欧洲人即使感谢，也很保留，而经常会在态度上使我们感到他们并不真的欣赏，有时甚至会明明白白地告诉你，这并不是他们所预期的“中华文化”。

在这一点上，我喜欢美国人的洒脱。虽然他们或许是由于在文化上的“谦虚”；或许是由于美国人一向善于用近于夸张的方式来表达他们的感情，不论是因为什么，他们的反应使我的自尊心不致受损。而欧洲人则反是。他们的礼貌比较含蓄；而他们对自己文化的骄傲则又形之于色，对别人的文化则为了炫耀他们自己，而有点近于苛求。

法国人近年来令我激怒的第一件事，是法国一位服装设计家曾大言不惭地说，他幼年就曾梦想要把他的名字写在长城上。谈到在国内设厂制造成衣的时候，则用轻蔑的口吻说：“我才不要设计什么毛装。他们的人民只要穿上西式的服装，就可以认为自己已经现代化了！”

这位时装设计家嘲弄的语气，使我隔着海峡而愤怒不已，而没有办法使自己冷静下来反省，为什么会有这样的事情发生在中国；也没有办法使自己理解，这不是可以感情用事的问题。抛开这些为“公”而生的气之外，我深知，这不是对某一个人，也不是某一个人对我。我对和欧洲来的文化界人士交往之中，论私人友谊，都能逐渐熟稔，逐渐深厚，逐渐了解。但是，在谈到有关文化的问题时，却时常会被他们激怒，时常深感有伤自尊，而无法自制。

一位法国朋友，讲一口流利的普通话，又会写中文，用功的程度，使我们自愧不如，人又风趣随和，是最可爱的人物之一。但他对我们目前在文化方面的表现常有批评，而且毫不保留。他批评中国年轻一代对传统文化一无所知，批评他们不懂古文，批评中国餐馆的服务生毫无礼貌，中国家庭教育子女方面又毫无规范。他熟读《红楼梦》，认为在我们的日常生活中，找不到一点《红楼梦》里的风格。问我们为什么不用朱子治家格言来教育子女。他正在准备用毛笔恭录朱子治家格言。他也问我们为什么不用韵文来做教材。然后他说，你们根本不尊重孔子，年年祭孔只是形式，因为你们在礼貌和教育方面完全和孔子背道而驰。他又说，故宫博物院的文化遗产都是古董，和你们的现实生活毫无关联，而日本人就不是这样……

他直言诤谏，我闻过则“怒”，不断地起而自卫。尤其当有人拿我们和日本相比，我就更加要起而自卫，说这是文化转型必然的过程，说你不能希望一个国家总停留在古代而不跟上世界潮流。生活上的西化是现代化的一部分，我们现在吸收得够多了，正在回头把握传统。日本人比我们西化更早，他们对东方文化的觉醒也比我们早，“日本能，我们更能”。又把前几年亚洲作家会议，日本作家佐伯彰一的论文《西方文学与日本的现代化》拿来引证，实在被他责难得没有办法，我就“图穷匕现”地反击说，要不是英法联军、八国联军，我们还不至于把自己否定得这么彻底，而要“全盘西化”。为了要“全盘西化”，才害得我们把古典及传统礼仪一起“扔进了毛厕坑”。

我的反击使他略显沉默，但理智也就在此时在我心中抬头——这一切，不能全怨别人。“物必自腐而后虫生”，满清的腐败是招致那一连串灾祸的主因。而我们一百年来，从极端自负到把自己全盘否定，到亟图自救而病急乱投医，这悲壮的历程，这凄苦的经验，所写下的史页，血泪斑斑。它是教训，是反省，却也是自我拯救的一剂猛药。我们并没有永远迷失，现在我们已经找回方向。

法国朋友说：“你们的文化无法复兴了。”

我说：“怎么无法复兴？现在就在复兴。”

他坚持，我也坚持。

他问：“谁来复兴？”

我答：“我。我们每一个人。你不知道，你看不见。我们已经在复兴。我们要加快复兴给你看。”

争辩到此结束，而我好几天都还在生气。

“你们先来打垮我们，毁灭我们，然后现在又来向我们要文化！”

但是，正因为如此，才证明我们的文化在世人心目中是何等的珍贵，何等的高不可攀，连外人也不能忍受这样优美的文化被埋没。

法国文化中心的朋友，向我们要文化。

《天下杂志》的记者访问法国经济学家卢伦的时候，卢伦不赞美我们的经济成就，反而向我们要文化。当记者问他："你对台湾的印象怎样？"他不谈经济，顾左右而言他，然后说："法国人除经济成长外，还有更喜欢的东西。"他近于自负地说，"法国人大概是世界上最不理性的动物。他们对音乐、历史、文化都有极高的敏感与喜爱。我想，台湾可从这方面着手，多作些宣传，弘扬你们的中华文化。"

很想责怪他，在这么短时间的匆匆来去中，怎么可能看到我们的文化？

但理智不能不承认，我们的文化不应该只是在故宫博物院、历史博物馆或孔庙。它应该在民间，在公共汽车上、餐厅里，在大学毕业生回答外国人所不懂的典籍的时候，在家中子弟应对进退的礼节上，在婚丧嫁娶的仪式中……

文化建设委员会主任委员陈奇禄先生在亚洲华文作家会议上的一段演讲里说得好，他说：

"文化演变是不可避免的现象。由于文化不断地演变，有一些东西会因不合时宜而成为古董。……古董因为不再制作而稀少价昂，但却没有太大的用途。所以，站在维护文化的立场上，我们希望保存的是有用的活的文化，而不是价高而无用的古董。至少我们希望博物院中所保存的文物和现实生活还多少有些关联。如果我们为传统的酒瓶在饮宴中被玻璃杯所取代，雍容华贵的衣服纹样被外文字母或外文字句所取代而感到遗憾，那么，我们为什么不把博物馆展览的酒瓶予以仿制，用于饮宴；把传统典雅的织绣花纹予以撷取应用呢？如果博物馆的藏品对我们保存文化仍具启发作用，则它们的价值就超乎古董之上了……"

或许我们已经在朝这个方向走。一定有有心人正在设计这些可用的东西。让我们在饮宴的时候，有传统中国风格的酒壶、酒杯，也有中国风格的待客礼节。不久也会用传统的刺绣或能代表中国的花纹来装饰我们的衣服；我们的外销商品可以用有传统中国特色的设计；而我们的商人可以恢复传统商人的"货真价实，童叟无欺"的美德。

中国人的形象在我们每一个人的身上。我们不是美国人，不是欧洲人，也不是日本人。"自信"是如此的重要！鸦片战争以来，使我们失去的，要从各方面去重整与重建，经济发展是有形的成就和一切的基础。我们要在愤怒之中原谅那些外人对我们在文化上的苛求。他们当年来侵略我们，除了是因为羡慕我们的地大物博之外，也更是羡慕我们的文化。他们以为，只要占领，即可攫夺，但事实上他们发现，土地可以占领，文化却不能占领。土地可以攫夺，文化却不能攫夺。文化上的攫夺会变成模仿，而它的结果却是“同化”。

这形成了一个很奇特的法则——我们被占领了土地，却同化了对方，其结果不但土地未曾失去，反而因此增加了属民。

但是，如果我们因丧失自信而连带扬弃了传统文化，将会使我们在遭受外力侵略时，不再有可以不被攫夺的东西。历史上许多国家的灭亡，不是因为他们失去了自己的领土，而是因为他们没有足以坚定自己，并同化别人的文化。

或许，当外人向我们索要文化，我们不该愤怒，因为它说明了这样的文化只有我们中国人才能提供。

当历史告诉他们，文化不能靠攫夺而占领时，他们应该也已发现，它只能通过和平的方式来彼此互惠，互通有无。

事实上，古人早已为我们证明，中国被西方称为“丝国”，称为CHINA，正是拜当年贸易输出丝品与瓷器之赐。“丝路”所输出的不仅是商品，而更是文化和国家的声誉。它说明，即使为了赚钱，也只有当我们的商品代表了自己国家文化特质的时候，才会在外销市场上独霸一方，不必担心被竞争者夺去。

文化不是少数人才华的炫耀，它是所有人们生活内容与精神内涵一致的提升。

* * *

有钱不一定是文化，有品德才是文化。用金钱衡量一切的社会，是堕落的社会。

* * *

国民的气质，形成国家的气质；国民对自己文化的肯定，就形成国家前途的肯定。

“商业目的”和“自身目的”

很多人对我所说的“生活素质的不能提高，是因为社会上商业气太重”感到怀疑。他们的疑问是：“为什么商业气会影响生活素质?”和“如果你为避免商业气而不想赚钱，你又怎么会有钱呢?”

为了解释这两个问题，我想用“商业目的”和“自身目的”这两个自撰的名词来作说明：

“商业目的”是考虑到这件工作能否赚钱。

“自身目的”是考虑到这件工作本身是否做好。

为了商业目的，可以在一时之间刺激工作的品质。但是，往长远处看，如果放弃了一项工作的自身目的而去迁就商业目的，这件工作的品质会变。它会变得很合乎商业的需求，却失去了本身应有的“气质”。

所以说，不但提高生活素质所必需的文学、艺术、音乐、戏剧等等，要摆脱商业目的；即连商业本身，发展到一个相当层次之后，也都有必要摆脱商业目的。否则，也无法提高它的境界，终于也将影响到它的商业目的。

金钱利益影响一个人“念头”的纯净。

“念头”是很敏感的东西，它会在连自己都不知道的情形之下，悄悄地被污染。就像一池原本澄清的水，被注入了化学药物那样悄悄地变色。于是，成品就带上了取媚俗众的商业气。

商业的目的是金钱。起初是自己的工作出品偶然获得了金钱的收益，而达到了商业目的。后来是因为这收益值得欣喜，而把它直接当作了工作本身的目的，只陶醉于金钱收益而不再去想到精神内涵。一位艺术家在发财致富之后，常常会在心里嘲笑以前那安贫乐道的自己。觉得既然金钱已经使一切都变得比以前容易，又何不直截了当地来追求金钱?

于是，他在观念上，对“商业目的”和“自身目的”的孰轻孰重有了改变。

商业行为是将本求利的行为。“将本求利”的原则之一，是希望迅速得到回收，以使资金能够灵活运转，减轻利息的负担或损失。因此它要求出品能够迅速应市。因为要求迅速，所以有各种机器的发明，包括交通工具和交通方式的改进，以至于电脑作业带来的便利，都缩短了从出产到应市之间的距离。

但这种种现代科技对商品制造与运销上的帮助，却无助于文化上的成就。因为文化成就是来自思想与感情的活动，它需要时间来酝酿，更需要一种摆脱功利诱惑的、沉潜宁定的心情。

我们可以要求制鞋业、制衣业、玩具业或其他各业多多利用新式机器，来加工赶制，以增加产量和速度；但我们绝对不能要求一位作家、音乐家或艺术家，为了市场的要求而加速生产。如果一定要做如此的要求，而这些人也应允如此适应的话，那很显然，他的出品在品质方面就会因为失去了或缩短了沉潜酝酿的过程，而变为迎合市场的商品；不是反复抄袭自己的过去，就是流于表面的浮华而损害了内涵。

为了迎合市场的要求而大量生产，原本不仅是文学艺术作品会流于浮滥；如果生活各方面，处处以商业目的为目的，其结果也会造成表面的浮华而失去了内涵的深厚。

以衣食住为例，我们的衣服如果只为了一时的流行，就难免忽略了长远的价值。商人们只为了商业利益，促使消费者汰旧换新，而有意地使今年的流行变成了明年的落伍。其结果是，形成浪费而暗示消费者不重品质、只重浮华与新奇的选择标准。这种观念的形成，影响到生活各方面的缺少内涵而难以建立对恒久价值的重视，使我们的文化活动在观念上也只重不断地淘汰而不屑往深处扎根。

食的方面，如果我们的目的不是在营养、卫生、经济与实惠，而是在金钱的炫耀与口腹的享受；浪费时间于追求食的精美，相对的，必定剥夺了在追求工作品质方面所应付出的时间与心力。

目前一般商业界，把昂贵的酒席做为商业投资的一部分，使本当用于制造成本上的金钱，消耗在人情酬酢的酒席上。它的结果必定是抽取了若干出品本身品质上的要求，而错用在浮面的交际上。并且由于误信应酬可以弥补出品品质上的不足，而放弃或减少了对品质的要求，致使社会各界也都以饮宴应酬为达到目的的必要手段，而不敢或不屑去埋头耕耘。

住的方面，高楼华厦的目的应该是为了居住的安全与舒适。如果建筑商把建筑房屋当作股票或筹码，用低成本、高售价的心情来取利，而购屋的人也以同样的心情，把购屋置产看作“买了就赚”的投机行为，则建筑物的品质必然列为最后考虑，而只重表面的美观和“本”与“利”之间的距离，在品质上要求浮面，在时间上要求快速，而无心顾及它稳固耐久的基本条件。当“恒产”以“动产”的姿态出现时，社会风气必定浅薄，由于缺少殷实久远的打算，而形成难以植根的、今朝有酒今朝醉的心态，使高品质的文化也无由产生。

这就是为什么我说商业气影响品质。当一个社会的“商业目的”在各方面都凌驾于“自身目的”之上时，这社会就一定是一个浮华而品质低劣的社会。

否定商业目的并不是反对赚钱。这一点，最需要解释。

各行各业都有它的“自身目的”。把“自身目的”百分之百地达成，就是各行各业的成功。它的结果也是金钱收益，但它的目的应该不是为了金钱。不仅属于精神生活的文学、艺术或音乐，如果偏离了它们的自身目的，而去追求商业利益，用对待“商品”的态度去对待它，其出品格调必定流于低俗浮滥；各行各业虽不像文学艺术那么明显地容易受到商业目的的污染，而事实上，就连理发店、美容院、餐馆，都不例外，如果他们偏离了自身目的，不顾服务品质，而只追求金钱收益，不久你就会发现，他们的营业一落千丈，因服务品质不能令顾客满意，只得歇业关门。

所以，慎防“商业目的”，不使它的利诱影响每件事的“自身目的”，这绝非不切实际的高调空谈，更不会因此而真正地影响到金钱收益或导致贫穷。相反的，唯有偏离了自身目的而只去追求商业目的，才会因为忽略了品质，而导致失败与贫穷。

我觉得，每一个人都要自问，我从事这项工作的目的是什么？盯住这目的，心无旁骛地去把它百分之百地达成，而且不断提高自己对它的要求，这便是成功之本，也是“赚钱之本”。

所以你不必问“如果你不想赚钱，你怎么会有钱”。

因为答案已如上述：“正因为你不想赚钱，所以你才可以有钱。而且在这同时，你也享有了凌驾于金钱利益之上的，属于你工作本身的成功。”

当一个社会能摒弃商业目的，而各行各业都能以品质为光荣的保证，我们才可以看到一个步伐沉稳、文质彬彬的社会。孔子说：“无欲速，无见小利；欲速则不达，见小利则大事不成。”老子也说：“大器晚成。”又说：“以其终不自为大，故能成其大。”后世学者注释这句话是：“不务近小，不求速成，务小求速，未能有成其大者。”

追求急功近利，而以目前小成为满足，以能赚取一时的商业利益为得计，都显示一种缺少远见的浮嚣之气。

财富要“厚殖”，文化也要“厚殖”。要“厚”，就不能求速。如果只见整个社会大众跌跌撞撞，追求急功近利，而不见各行各业稳健耕耘，重视根基，这个社会绝非能够提高文化素质的、有美好远景的社会。

* * *

经营金钱不如经营事业来得快乐与安心。经营事业不但有一分耕耘，一分收获之乐；而且事业本身的成就感比金钱上的收获更使你觉得光荣。

* * *

当你经营事业得到了成功，金钱会自动地来临。那时，因为你的目标不在金钱，它的来临会给你意外的惊喜，使你在获得它的过程之中，没有患得患失之苦，而只有收获之乐。这才是金钱所能给我们的最有价值的酬谢。

金钱反应与商业念头

近来常发现人们对事情的第一个反应是“多少钱?”

你答应了一项工作，人们不问你这项工作的性质与意义，而先问你“能拿多少钱”? 如果你说“这是不计酬劳的”，他会有两种反应，一是“不相信”，觉得你一定是“偷偷地在赚钱，怕给别人知道”；一是“你怎么这么傻瓜? 不给钱有什么可做的?”

你办一个活动，别人会问你，收不收入场费? 不收? 那你办它做什么?

你去旅行，“花了多少钱?”“带的东西能赚回来吗?”

你要上大学，“投资那么多，什么时候才可以赚得回来?”“要是从高中毕业就做生意，早就发财了!”

给孩子学钢琴，“很好啊! 将来做私人老师教琴，真好赚呢!”

……

似乎一切都变成了“生意”。你每做一件事，目的都应该是为了赚钱。

你用“是否可以赚钱”来衡量事情，别人以“是否赚到了钱”来测试你。于是，事情的动机和目的全被扭曲，纯正的动机不被信任，也不被支持。许多有意义的事情都因此而中途受到质问，我称这种“质问”为“商业念头”。在这念头之下，不是把一件有意义的事在一瞬间变成了商业行为；就是在大家互相监视与戒备之下，收摊不干，解散了。

“商业念头”之令人沮丧，就是因为它在无形之中给精神品质带来了破坏性。它使美丽的理想受到讥嘲，给做事者的热情浇下冷水，丑化了梦想，造成了怀疑，俗化了事情原有的境界，使它由纯洁地追求一个崇高的目标，降级为“有利可图就好”。

“理想”的本身应该是件“浪漫”的事。它追求的是一项高远美丽的目标。它是一种力量和热情，使你为它赔上时间与金钱在所不惜。而由于这理想本身的美丽动人，常会吸引来许多志同道合的“同志”与“同好”，大家全用这种“浪漫”的心情来为这理想奠基，为它耕耘与开拓。

于是，在力量与热情的支持下，它开花结果，漂亮极了。

但许多事也就在这个阶段来临的时候，商业念头开始袭来，使人们的热情骤然下降，功利的侦防开始抬头。

“我们做得这么有声有色，是不是其中有某某人赚到钱了?”

这个念头一旦开始，“理想”的浪漫色彩立刻消褪，热情的水银柱立刻不可救药地下降而至于冰点。

开始时的同志与同好，此刻变成了互相怀疑、彼此戒备的敌人。最普遍的反应是：

“我们大家出力，原来只为了给某人赚钱。”

当然，工作并不一定会因此而立刻涣散，通常大家总还是会在不肯承认失败的情形下勉强支撑下去。只是由热情降到了现实，理想的彩虹已在大家开始兴起金钱利益的念头时，破灭无存，剩下的只是为了维持这个理想的假象，在勉强支撑。人们放下了原有的目标，千方百计去寻找本非当初目的的“金钱”，勉为其难地达成一个没有人觉得真正公平的分配。表面上，大家不再争执，实际上，热情早已消失，目的早已走样；当初那灿烂的成果不复出现，以后再拿出来的成绩，功利的色彩浓重，灵性尽失；大家只不过是机械地假装自己还在为那理想努力而已。大家貌合而神离，步伐凌乱而游移，向前奔赴的力量在互相掣肘之下被抵销。精神品质降低之后，成绩拼凑污浊，不再能得到大众的支持。

我看到许多可贵的团体，在这样的因果之下骤起乍落。

我看过许多纯洁的工作，在大家忽然兴起“为什么拿不到钱”和“怎样才可以拿到钱”的念头时，忽然减退了对这件工作本身的热情。

我不是说，工作可以永远不靠金钱的维持，更不是说，人们可以不靠金钱而生存。

我只是发现，当人们一旦把金钱的目的取代了理想的目的之后，那筑路的方向会变。尽管表面看来，人们仍在筑路，但由于眼睛所看的方向改变，这路已和原来的理想分歧。虽然这分歧点是那样的微小，而它却是在你自以为并没有改道的时候改道。方向错误，原来的目的也就遥遥无期。

为了不使一个理想在功利目的抬头时受阻，它是越能长远保持超然越好。

金钱原该是工作的回报，而且应该是工作越好，金钱的回报越多。问题只是在，当你把注意力由工作转向了金钱之后，分散了对工作的专注，偏离了工作原来的指标，掺入了功利的杂质，为求迅速达到赚钱的目的而急切完成，为求较普及的市场而迎合俗众，误以初步的成功所赚来的金钱为终极的成功巅峰，不再追求精进，只在浅薄的水平上重复一项初步的完成。我们看到太多有天分的钢琴学生为了教琴赚钱而终于未能成为一位更好的钢琴家；我们看到太多的艺人在一起步时的成功之后，就停留在这一阶段，在舞台上蹦跳一阵之后，迅即消失。

即使以金钱为目的，也要了解埋头深耕的意义；要想追求成功，必先忘记成功；要想追求金钱，必先忘记金钱。

“忘记”与“摆脱”功利的诱惑是现代人一项重要的课题。

你会发现，当你越能超然于功利的诱惑之外，你越是有机会达到更高的成就。那时将会有“水到渠成”的金钱做为真正的“回馈”。正因为你没有立刻而直接地迎向金钱，你的理想才有机会在不受干扰、不被污染的情形之下，圆满地达成；当一个理想能够圆满达成的时候，金钱的回馈是代表着人们对你成就的喝彩，你的收获将不只是金钱，而是真正理想的达成与荣誉的建立。

急功近利的做事态度，使人直接地奔向金钱，而无心顾及理想，更无暇完成理想。大家心慌意乱，毫不汗颜地奔赴金钱，表现在一个社会上，是浅薄急躁、纷乱与浮嚣。大家只跑短程，从闻枪声起跑，到近在眼前的终点，只求瞬间的完成，便沾沾自喜。大家不肯也不敢抛开金钱利益的念头，去埋头深耕，以待日后那自然而久远的理想与金钱同时达成的、双倍的回馈。

总希望我们的社会多发挥一些雍容沉稳的大国之风。能在直接的财富之外，有眼力见到间接财富；在狭小的财富之外，有胸襟见到广义的财富。

直接的财富是，你为了赚钱而赚钱，着眼点就是钱财。目的和手段全在直线上，以最近的距离去攫取。典型的直接财富是投机暴利或冒犯法律去抢夺。

间接的财富是，你因为做了许多有价值的事，而赚到了钱。着眼点不是钱财。目的和手段也全在金钱之外。当金钱以自然的因果来临时，你感觉到它们是从侧面来的。你没有预期它们会降临，当它们降临时，你也不会有“翘盼已久，好容易才有收获”的感觉。相反的，正因为你全心专注于工作，它们的来临在你看来全属意料之外，在这之后，你的注意力也仍然是工作，而不是金钱。

狭义的财富是，你拥有，你投下有形的资本，获取有形的利润。广义的财富是，你培育，你垦殖，为了兴趣与群体的利益，你不想把收获据为已有。你投下的不仅是有形的资本，而是工作；你获取的也不仅是有形的利润，而是广远的回馈。它们可能是金钱，也更有金钱之外的，来自工作成果的收益。

“眼睛所看着的地方就是你会到达的地方。”教田径赛的老师会告诉你，“跳远的时候，眼睛要看着远处，你才会跳得够远。”

“念头”是很抽象的东西，但是它极端地影响你“所要去的地方”。创事业的人，追求理想的人，要能避开“商业念头”的侵袭，才算是走上了成功的第一步。

我们常谈“精致文化”和“生活品质”，却很少人想到“文化”本身的敏感性和“品质”的易于被金钱利益所污染。

当我们一心以为“因为没有钱，所以办不到”的时候，很可能它正在产生一个令人意外的后果——

因为处处想到钱，所以有些事是更加的办不到了。

* * *

超然于金钱诱惑之外，才可以有埋头耕耘的自由。

* * *

不受功利污染也是一种浪漫，它是不拘一格的，有摆脱世俗之力，可以得到我行我素的自由和与众不同的成就。

* * *

一个人的工作，仰赖别人的好恶越少，越是快乐。而商业却是最仰赖主顾好恶的一种工作。

文人与“市场”

做为一个现代社会的中国文人，所面临的最大困扰是作品权益的问题。文人（包括音乐家、艺术家等广义文人）能同时具备商业才干的很少。大多数人都是在创作的时候很聪明，一旦作品完成，面临商业行为的阶段，就受到了痛苦的考验——你怎么能把作品打入市场而不致吃亏呢？

文人对“市场”二字，先就避之不遑。

陆游的名句有云：

“卖鱼生怕近城门，况肯到红尘深处？”

连做个渔翁卖鱼，都怕接近城门，你还想要把文人牵到市场去叫卖吗？而中国文人却偏偏最向往那“生怕近城门”的飘潇自如的渔父。

艺术才华和商业头脑，可能是两种互不相容的天赋。上帝不会给你一切，所以当你长于此而拙于彼的时候，倒也用不着抱怨。本文所要谈的是我们传统中国人对著作物的“权”与“益”的观念。这观念比较特殊，对不懂财务的文人来说，却有很大的安慰与鼓舞作用。

在进入商业社会之前，中国人对著作物的权益观念非常模糊。文人虽然有时自嘲“煮字疗饥”，意味着把文字当作赚钱维生的一种工具，但大体来说，中国人对自己的作品只是用艺术欣赏与文化传播的心情去看待，而不把它看成是一种商品。不但传统轻商的观念在文人心里根深蒂固，认为文人是“士”，“士”如果用“商”的心态去著述和对待自己的作品，对他自己的身价会形成一种贬损；同时，中国士人的耻于谈钱，也并不是来自对身份的虚荣，而是来自一种不屑为利的教育。

“不屑为利”是一项很深的哲学。它主要的作用是为了防止人们被金钱利益所污染和左右，因而违背了行为应有的守则。在一个社会中，其他的人被金钱利益所污染，影响有限；文人却负有教育民众，领导风气的无形又无限的责任，如果被金钱利益所污染，对社会就将造成深远的伤害。所以，文人对自己的社会责任要非常警惕。也唯有对自己这项社会责任知道警惕的文人，才不致因为逐利而降低了作品的格调与内涵。

中国人称这种“耻于谈钱，不屑为利”的特性为“风骨”。它有临风矗立、高不可攀的意义。“如果你想要使自己高不可攀，你首先要能够抗拒金钱。金钱魔力最大，所以能够抗拒金钱诱惑而坚守原则的人，才最高贵。”

由于中国文人强调这“耻于谈钱，不屑为利”的“风骨”，所以长远以来，中国人对待文学作品，以至艺术作品的态度是非常“不商业”的。

所谓的“不商业”，就是认为文学与艺术作品的价值凌驾于商业价值之上。一种东西一旦超越了商业价值，就成为“无价”。当你不能用金钱去衡量一件东西的时候，它就有了无限崇高的地位。你没有办法用金钱买的事物，表示它可以不理会任何的权势。这观念，一部分来自儒家的“志节”，所谓“富贵不能淫，贫贱不能移，威武不能屈”，认为唯有当一个人能抗拒金钱的时候，他才能坚守原则。要想能抗拒金钱，首先得有安贫的风骨。“安贫”才能“乐道”，这并不歌颂贫穷，而是教人在面临金钱与原则的抉择时，肯抗拒金钱，安于没有这笔金钱的较为“贫穷”的状态，而不被它所蛊惑。

文人能够“安贫”，才能够“乐道”。一味追求金钱的是商贾，如果文人也一味追求金钱，那又与商贾何异？当文人与商贾无异的时候，他所表达的思想对社会就失去了清醒的作用。“道”在教育上的解释是真理，是方法，也是原则，乐“道”，就是乐于坚守原则，文人自己所要坚守的，和他希望社会来遵守的原则，是维持行为守则的所谓“贫贱不能移”。“不能移”的是什么？是志节，是操守。当知识分子“不能移”的时候，才可以有不贪污、不受贿的文官和不怕死的武将。

知识分子对国家社会的作用是维持这样的一分清醒，发挥一分定力。当众人皆醉的时候，能够独醒。“醉”，所醉的是金钱利益；“醒”，所醒的是为“乐道”而“安贫”。

醒觉而安贫的文人有一份金钱所不能衡量的尊贵，所以中国文人虽然不谈钱，他们却是社会的中坚，是风骨的象征，是大众希望信赖的对象。这种对凌驾于金钱价值之上的尊重，形成中国人对著作物与艺术品和西方大不相同的观念。

中国历来文人对待自己作品的态度，是希望它广为流传，而不把金钱利益计算在内。直到如今，我们社会上仍有许多“善书”，印来分送四方，不取分文，或只收极其低廉的工本费。因为中国人觉得，“书”的目的是为了济世，它是越能流传、深入各阶层，越能发挥教育的功能。如果它的价格使大众买不起，或使大众为了金钱的打算而对这著作物望而却步，在传播文化的立场来看，那都是削弱与贬损了这著作物的“价值”。

在这种观念的前提之下，中国人常常把他喜好的作品抄录转赠，以广流传，表示对作者的尊敬和爱戴。著作者本身，也认为这是一种荣耀。在中国人的想法，“我喜欢你的作品，才传播你的作品，否则我才不屑理你！”至于说，这抄赠是否侵犯了作者的权益？中国人觉得，只要我告诉别人，这是谁作的，这话是谁说的就好了。中国历来写文章讲求“引经据典”，一部常被引用的书，是经典，你不懂得引用才是耻辱呢！

中国人抄录转赠别人的作品是为了宣扬这个人的思想与成就，而不是用来牟利，所以被认为是高尚的行为。直到现在，还会由于这种传统观念而犯下为其他国家所不容的错误。曾有一位中国学生，把他复印的外国学者的著作拿去请这位来华做学术演讲的学者签名。使这位外国学者拂袖而去，造成非常尴尬的场面。在外国学者来说，这是别人侵犯了他的权益，所以十分震怒。而在这位中国学生想来，我是欣赏你的著作，佩服你的成就，才“胆敢”把复印品拿来请你签名。在心理上，他丝毫没有“偷窃”的感觉；在出发点上，他也没有“偷窃”的动机。以传统中国人的想法，那位外国学者岂不是只为他没赚到这本书钱而震怒？这未免太“小气”了吧？

中国人之不把书当作商品，不认为知识的传播应该在商业利益的前提之下进行，而认为心理上的尊重与诚服远非金钱利益所能置换。这观念，究竟是对是错，即使在全世界必须步调一致尊重版权的共识之下，仍然有进一步、深一层去探讨的必要。

在西方或整个现代世界看来，作家和艺术家也要生存，你不让他赚到足够的、应得的钱，他就不能生存，也无法贡献了，你又到何处去得到他的启发与教诲。

在中国人看来，一个文人或学者如此的锱铢必较，那又和市场的商贩有什么两样？他在孜孜为利的心情下，还能酝酿出什么高超的思想？听这样的人的言论，还不如坐在午后菜场去听菜贩的生活经验来得切实哩！

新旧交替，中西双轨的文化，造成无数的困扰，而以这种对文学艺术用什么态度来表达尊重，所造成的困扰最为突出。

中国人表达尊重，是用无形的感谢，而不是用金钱。只有在对人不很尊重时，才用金钱。所以金钱的馈赠多数是用“赏”的心情或“济助”的心情。因为那表示“我比你高高在上”，我可以“赏”你，你却不能“赏”我。从前学生交老师学费，要用信封装好，恭恭敬敬地呈上，而不是把一叠钱像买东西一样，赤裸裸地交给老师去表示“银货两讫”，更没有“敬师金”之一说。

知识不是“货物”，文学作品与艺术也不是货物，要想把这数千年来的传统观念革除，当然也不困难，只要建立一切都是财货，文人也要谈钱的观念就行了，但这究竟是一种进步，还是一种退化，对整个人类社会的影响又是如何呢？那就很难说了。

几年前曾有一位大学生在闲谈中谈起，有一位作家到他们的学校演讲，然后介绍他的书，说：“你们要买的话可以打七折。”这位大学生对这件事的结论是：“我们因此给他的人格打了六折。”

年轻人的反应，应该没有传统包袱，所以格外使我惊异而深思。传统的力量是如此的无形而深远，我们不能说这位年轻人的反应是迂腐；而只能说，他的反应代表了一部分文化，说明了一种对某项真理的执著。在工商业社会，金钱力量如此气势凌人的情形之下，人们仍然坚信，文学与艺术的从事者，越能避免私人利益的沾染，越是纯真，也越是对公众有益。太重私人利益，使人焦虑，也使人违反原则。

其实，岂仅是文学艺术如此？美国总统里根，在记者问到他，入主白宫以来，为什么一点儿也没有像前几任总统那么被政务累得苍老与憔悴时，他的回答也正是如此。他说：“并非没有什么亟需解决的事情使我焦虑，但我做任何决定时，从不顾虑到这决定对我个人的政治前途或我将来竞选连任时有何影响，而只考虑它对民众是否有利，因此能够使我睡得非常安稳。”

为公益而不为私利，大概应该是众所公认的一项创事业的原则。它在现代社会的难以达成，是商业利益的无所不在，而人们很难相信“既已为人己愈有；既以与人己愈多”的道家真理。更很难想象，文人和艺术家离开了古代的“学而优则仕”和归隐后的田园，要怎样才可以在商业社会中做个能适应的成功者。

在一切追随西方的潮流之中，回顾自己文化的优劣得失，是否有益实际，那也只有等待时间来为我们做无情的说明了。

* * *

和多疑善变的商场同业“争利”，总是不如和诚实守信的大自然“合作”来得愉快吧？

* * *

我们的社会有太多教导如何取得金钱的方法，却忽略了在这同时，也要教导人们如何抗拒金钱和为什么要抗拒它。

善胜敌者不与——为自己开路

不知你有没有以下的经验？

当你随着很多人一起逛夜市时，为了怕和别人失散，你必须随时注意别人的去向，跟着大家亦步亦趋。结果你一路上所看到的只是你的同行者，而没有看到夜市上究竟有些什么东西。

于是，你决定下次逛夜市的时候自己去。结果你看清了夜市，也买到了所要买的东西。

当你和别人约好同赴某 个会议，你会在约定的时间以前，提早准备等待他们的按时来临。结果他们之中有人忘记了时间，或中途交通阻塞，车子故障，因而延误，你却为了守约，不得不继续等待，最后大家一起迟到。

于是，你决定下次自己去。可以省下一切的电话约定，提前准备和等待大家聚齐的时间，并避免迟到。

二十年前，一个国小毕业的孩子，和别人一起挤联考，经历了一切恶性补习的惨痛折磨，而仍然榜上无名。后来，他的父母决定因材施教，让他进一所大家视为冷门的美术学校去学美工。二十年后，工商业空前繁荣，各处亟需大量的美术人才，他在广告界出人头地。

一个人，只因为唯恐与别人失散，而忘其所以地和别人挤在一起卷来卷去，把别人的方向当成了自己的方向，这是一种迷失，和对个人思辨能力的一层障碍与约束。大家牵牵绊绊，拥向同一个目标，每一个人都无暇旁顾，人们却称这种现象为“竞争”，以为这就是“进步”的原动力。人们时常为了怕与别人失散而不敢自寻出路；人们也怕离开了跑道去给自己另开蹊径会被认为是遭受淘汰出局，而只得盲目地继续跟着别人奔跑，以在跑道上的胜利为胜利，以能参加众人的拥挤为安全或成就。

“竞赛”是一种狂热，大学联考的填志愿就是最现实的一例。

你真的那么要读台大吗?

即使台大没有你所喜欢的像建筑系、音乐系、美术系或新闻系，你也要为了不委屈自己的分数和那第一志愿的虚荣，而去把报名表上先填满了台大才有的志愿吗?

或者，你真的那么赞成为考大学而死背习题吗？还是，你只为了在这大家都来竞赛的跑道上争个一时的胜负而已呢?

在某次电信特考的众多报名者之中，有人回答记者问题时就曾表示，他只是“想考验一下自己的能力，所以有考试就想参加”。这种凡有竞赛就想参加的心理，大概是从小就不断地接受各种考试，所塑造出的“考试癖”与“竞争狂”吧?

大家不约而同地挤向同一个竞赛来一决胜负，谓之“一窝蜂”。过去曾有养来亨鸡的一窝蜂，养鸟的一窝蜂，近来也有养猪的一窝蜂，其结果有目共睹——与赛的人们，因大家挤向同一个市场，造成严重的供过于求，因而全军覆没。

我常喜欢介绍老子的话，劝大家“为而不争”，大概也常招人误解，以为“不争”就是退缩与消极。我举以上一些事例，是希望用这浅显的小事，解释一下这项看来深奥的哲理。老子主张从小路远远地包抄，而不采直接的竞赛。主张“上善若水，水善利万物而不争”，却正因为它不争，所以江海能为“百谷王”。老子不是失败者，由他名垂2500多年而不朽，可以得到证明。他给我们的启示就是：不要跟着别人的脚步去追，而要独立自主，登高望远，为自己开路。他在当时那儒家甚占优势的环境中，能够冷眼旁观，是一令人喜悦的超诣和清醒。

世上的成功者都不是和别人在一条跑道上竞赛而成功的。他们的成功是来自独立思考，独立开拓，放下与别人较量的心情，埋头耕耘自己的园地。最近一期的《天下》杂志上，有海外学人发愿要回来办一所有如当年天津南开一样的学校。当年张伯苓办南开，不是要和谁竞赛，而是出于他自己对环境清醒的认知和独立的判断。他是当年的开路者，不是追随者。现在海外学人不说回来再办个台大，而说要回来办个南开，因为台大是别人办好的，路是别人走出来的。他要办另一所学校，来达成他对这个时代的教育的理想。这是对这时代做了独立的观察与判断之后，才说得出来的。这就是开路，不是挤到同一条跑道上去竞争。

把眼光盯住别人不放，以别人的方向为方向，总难超越别人。要想有成就，你得自己开路，而你所开的路因为有你自己的理想、见解与方式，所以是你所独有的。老子认为：

“以其不争，故天下莫能与之争。”

“不争”不是“无为”，而是放下竞争去为自己开路。他说“圣人之道，为而不争”，可见他是“为”的。道家所说的“无为”，是“无为而无不为”。以无为求有为，才是他的目的。从大处着眼，所以能超越一般人所能见能及的小范围。他所教的是冷眼旁观，清醒而不使自己卷入众人争逐的漩涡，避免了当局者迷的盲从与被动，采取了旁观者清的冷静而醒觉。

老子对“竞争”所提出的最高级的意见是：

“善为士者不武”

“善战者不怒”

“善胜敌者不与”

三句话都以不正面直接去争取为制胜之道。尤其“善胜敌者不与”，一语道出不争之争可以常胜，认为“善于克敌制胜的人并不参与战争（或并不与人交锋）”。

现代大众一窝蜂式地赶时髦、挤热门，赶同一个考试，争同一类生意，好像失去平衡的船，一下歪到这边，一下倾到那边，大家毫无自制力地彼此跟着乱挤。登高望远的道家却在一旁抚须微笑，找大家在盲目竞逐之中所无暇顾及的捡上一两样，种植与耕耘去了。

道家是“清静”的。但不是“无为”，他们只是不屑盲目地去挤而已。

在现代这“分秒必争”的工商业社会里，我们尤其佩服那些能保持清醒的人们，在行列外面，自有主张地加速奔驰。他们不问金榜上的第几志愿，不赶热门，不追逐别人已有的成就。他们是“不与赛者”，但他们锐气十足，坚定勇敢，因为他们知道自己为什么要奔驰，他们的方向是经过自己认定而不是追随别人的方向。

在现代的人潮车阵、十里烟尘中，他们独具一份道家式的飘逸不群之美。

他们不争，而他们却是在“全力以赴”的“为”。他们旁边没有“一群人”，他们所拥有的是能冷静思考，独立判断的“自己”。

* * *

超然于金钱诱惑之外，才可以有埋头耕耘的自由。

* * *

使自己维持发自内心的创造力，是“风格”的所由生。因为纯真，所以能达到他人所不易达到的境界。也因为纯真；所以能够独具一格，为他人所无法模仿。

嗜欲深者天机浅

朋友住处的巷口，隔着大路面对面，又开了两家又大又豪华的理发院。一边的大楼是新盖的，工料设计都属第一流，楼高十二层。由于近几年房地产一直不景气，所以空了很久。一楼先是开了一家大而无当的店铺，看样子就知道是不赚钱，果然，没隔多久，就悄悄地关了。然后就看见工人们在外面钉钉敲敲，用木板把沿街那些大大的落地窗统统遮盖起来，又加了一些拱形的图案，设计为城墙的模样。完工之后，就悬起了横贯前后左右的大招牌，“某某理发院”，二楼改为宾馆。巧的是，对街和它异曲同工，也是新出现的，悬了醒目的招牌——理发院。但愿它的楼上不致也发展出这样一个宾馆。

台北市赚钱的生意可能很多，但是总不如新兴的理发院和宾馆这样引人注目。除此之外，给中外人士印象最深刻、生意也最兴隆的，大概要算餐馆了。台北市餐馆之多，可能已经成为这都市的一个特色。你要问这里的吃，不但国内各省口味齐全，而且已经发展到世界各地的口味俱备。吃腻了川、扬、湘、粤的菜，吃台菜；吃腻了台菜，吃日本料理、韩国火锅。至于欧美大菜，更是不在话下。大小各式餐馆，只要经营得法，不愁没有顾客。现在的上流社会人士请客，已经不屑只限于固定的菜式与地点，大家竞相打探的是，又有了什么新的餐馆，新的口味。所以，在市区宴客如果觉得不足以表示他是一位“吃家”，那就不妨跑远一点，去山区吃山珍，去海滨吃海味。真正是叫“靠山吃山，靠水吃水”。越是懂得挑剔菜式与口味的人，越是上流社会、交际红人的表征，成为社交的一项重要条件。

生活水准高到“食不厌精，烩不厌细”的这种层次，社会繁荣到花钱不眨眼的程度，这是不是一件可喜的事呢？

古老的中国民间有一句谚语，听来可能有点煞风景，这谚语是：

“贪食者无志。”

“贪食者”是否真的“无志”，我不敢说；但至少它说明了一部分事实——你有那么多的时间，花那么多的心思去在“吃”的方面讲求与征逐，是不是还有时间与心思去做事呢？有哪一个真正“有志”的人，舍得把时间与心思花在这上面呢（节俭与否姑且不论）？

比“贪食者无志”这谚语更具哲学价值的，是庄子的话，他说：

“其嗜欲深者，其天机浅。”

食、色，都是嗜欲，此外的一切金钱物质享用，也都是“嗜欲”。“天机”是智慧，是灵性。以庄子的看法，一个人，如果欲望多，他就缺少智慧与灵性。

欲望，是对物质的渴求和颂扬，以拥有多量的财货为成功与荣耀。所追求的首先是高楼华厦、肥马轻裘和美食。丰衣足食之余，色情也成为必然的追求。这种种的追求，都是庄子所说的“嗜欲”。而“嗜欲”这种东西是永无止境，永远不会使人觉得满足的，否则也就不能称之为“嗜欲”了。

一个社会的人们，如果给人的印象是大部分人都在“嗜欲”上去追求，而且以此为成功与荣耀的表现，所繁荣的大部分是餐饮业和地上与地下的色情，那就未免使人觉得忧虑。因为它显示，这社会的“天机”太浅了。

追求嗜欲，是追求官能的享受，它剥夺人们的时间，销蚀人们的志气，减弱奋斗的力量，忘记人生的目标，障蔽人们的欣赏力，降低人们对成就标准的衡量，也限制了人们的胸襟与眼界，减损了人们的“天机”。使人们在饱食终日之后，不再有欣赏天光云影的心情。

追求金钱，创造财富，没有错。

但是，在追求到金钱，创造了财富之后，如果只满足了个人的嗜欲，而且以此沾沾自喜，那就有错。它的错，是错在使人们把追求“嗜欲”的程度和追求金钱的努力，相互提高，结果变成大家纷纷为了满足“嗜欲”而追求金钱。影响所及，成为社会上一种唯利是图、唯钱是尚的风气，而缺少了理想的追求，也因此而影响了文化的品质。

中国传统文化，不但我们自己引以为傲，也为全世界所仰望与钦羡。但我们独独忘了这传统文化的形成，并不是因为它提倡金钱，而相反的，是由于它大力地抑制人们对金钱的欲望。

这原因，正如庄子所说，“嗜欲深”者，恐怕“天机”就浅了。一国的百姓如果“天机浅”，还哪里来的文化?

中国历史上，有很富强的朝代，也有很贫弱的朝代，但中国哲人、文学家、诗人、画家，所歌颂、所倡导的都不是金钱的追求；相反的，他们用了几千年的时间，来塑造成中国人对金钱的淡泊，甚至戒惧。至于说，为什么如此，理由很简单，因为人类先天的嗜欲已经很难自我节制了，而金钱是满足一切嗜欲的最有效的工具，你不鼓励人们，人们已经自动地要去追求，如果你再加以鼓励，那当然会使嗜欲如同脱缰之马，一发而不可收拾了。

中国传统的“轻商”，实际并不是对商人的歧视，更非故意造作去假装轻视金钱，更非不明白创造财富，提高生活水准，使人们安居乐业的重要性。它只是一种用来教育民众的、无形而有效的手段，所要求的是精神性灵上的提升。先教人“不屑言利”，节制人们在物质上无止境的嗜欲；节制嗜欲，乃是为了保存人们的“天机”，而优秀的文化正是由“有天机”的人们所创造出来的。

智慧与灵性是由于能避免“嗜欲”的诱惑而保存。

教育民众的第一步，应该由节制金钱嗜欲来出发，我觉得目前我们的教育很缺少这一点。

曾听到两个国小一年级的女童一面玩“手拍手”的游戏，一面口诵童谣：

我家住在西门町
门牌号码 ABC
因为我家很有钱
所以天天穿新衣

童谣的产生，其来有自，值得我们警惕。

留意我国传统诗画的人们，一定都会发现，他们笔下所描写的人生境界，越是高超的，越是不接近金钱，也越是受到民间的传诵与喜爱。尽管每个人都知道，金钱物质的满足是可喜的；但在这同时，每个人也都神往“没有烟火气”的艺术和那“不食人间烟火”的神仙境界。

人，在下意识里，也都很了解物欲是何等可怕的一种牵累，只是很难凭自己意志的力量去摆脱罢了。这正是我国传统文化的可贵处和我国传统艺术在世界上独树一帜的最大原因。它用非常飘逸可爱的方式来提升人们的“天机”，降低人们的“嗜欲”。

孔子说：“无欲则刚。”这是说可以维护一个人的志节。

老子说：“不贵难得之货，使民不为盗。”这是为了杜绝民众因贪欲而犯罪，以增加社会祥和，减少暴戾之气。

庄子说：“鷦鷯巢林，不过一枝；偃鼠饮河，不过满腹。”藉动物来隐喻人们，使人知道，多了也无法消受，反而有害生机，因而乐于放开物欲，使自己活得潇洒一点，把追求金钱物欲的心力，用来追求与完成一些理想，则对个人与社会都可以有积极的贡献了。

* * *

以前人们所学的是如何辛苦赚钱来养活自己，现在人们所学的是如何折磨自己来养活金钱。

* * *

过多的贪欲使你忘记自己原来的富有而变成心理上的贫穷。

以中国观点看“日本第一”

《天下杂志》集体采访日本，出版专辑，引起社会广泛的注意，使社会大众深入地见到日本社会的现况，及日本经济发展成功的重要因素；间接也触及日本潜在的忧虑与我们应该警惕的地方，给广大的读者提出了一个问题：

面对日本今天在经济上的成功和他们潜存的忧虑，我们想的是什么？

相信读者在看过这次报道之后，至少会有以下的两项觉醒：

一、该学日本的地方要赶快学，以加速进步；

二、该回顾自己文化根基的地方要认真回顾，以避免类似日本的隐忧。

第一、关于该学日本的地方，不用我说，人家也一定已经一目了然，如：勤奋、负责、忠诚、好学、要求工作的品质等等。当然，“该学”与“说学就学”之间，还有一段距离，实行不是空谈，与其坐而言，不如起而行。其实，在这许多我们所认为的“日本的好处”之中，也大都是我们固有的好处。中国人的勤奋、负责、忠诚、好学及对工作品质的要求，也不是未曾在世界上建立过声誉；我们要自问的只是，“为什么现在这些好处变成了日本的好处，而我们却失去了这些好处?”“曾经有过”不等于“现在还有”，那么，我们要问自己：“为什么把曾经有过的好处扔掉了？为什么?”

民族自信心的丧失，是答案之一吧。

民族自尊心的丧失，是答案之二。

恢复这两者，只要我们有心，并不太难，难在是否了解我们缺少了哪一些支持这民族自信与自尊的东西。如果要把它们重建，我们可以用恢复自己固有美德的心情来学日本。

我们应该学日本，特别是学他们的辨识力。在文化上，日本的辨识力比我们强，因为它把我们和西方的珍藏大部分都弄去了，使它们成为“日本第一”的一份强大的力量。而我们不懂得什么是真正好的，扬弃了自己的珍藏，剩下了糟粕。

第二，不要听到日本说我们有“文化上的包袱”，就再继续扔，现在是我们应该停下来看看，有哪一些“包袱”是我们扔了，而被日本捡去的；还有哪一些是我们想扔还未来得及扔的。把扔出去的，找回来几个；把还未及扔出去的，保存下几个，打开来看看，究竟它们是废物，还是财富。一个世纪以来，我们受了太多的愚弄，每听到别人说我们在文化上有弱点，就不分皂白地先扔了再说。使自己几乎变成文化上的“赤贫”。我们的经书不被闻问了，我们的礼仪不见了，我们的忠诚不被表扬了，我们民族先天的艺术气质不被欣赏了。

已经扔了的，赶快捡回来，我们可以仍然是勤奋、负责、忠诚、好学的中国人。

我们要学日本的辨识力，而且要有比他们更明确的辨识力。在他们还未发现之前，我们先发现，先保存，从我们这里发扬光大。很可能，这件财宝就正是今后自救救人的凭藉。

中国一向不是一个“小门小户”的国家。也许因此导致我们不会像日本一样的“团结”。不过，也许我们的“团结”是另一种形式的团结，或许这种“团结”不是像日本一样的、排外式的团结。它是“有容乃大”的一种“容量”。“高攀”一点的话，它可能和美国式的“团结”有点近似。美国所爱的是一种“美国精神”，有世界观，能包容及嘉惠别人以扩大自己。我们所爱的是一种“中国精神”，有世界观，“天下为公”的想法是最不“日本”的想法；“世界大同”的理想也是最不“日本”的理想。至于说，这“中国精神”究竟是什么，当然“一言难尽”；不过，简单说来，它可能就是“儒家与道家的结合”。儒家给我们热情与秩序，道家给我们境界和欣赏的心情。儒家的，日本学去了不少。道家的，日本学不到。这和他们的传统，他们的地理环境，和他们的民族性都有关系。

日本作家夏目漱石在诗中嘲笑他自己“非儒非释又非耶”。“耶”是耶稣教。这可能代表了日本知识分子对他们自己的嘲笑，因为这三者都不是他们自己的，想做其中之一都有困难。

而我们宋朝的朱敦儒在他类似的诗中所表达的却是：“不修仙，不佞佛，不学栖栖孔子。”

“仙”是道家，“佛”是释家，“孔子”是儒家。他所说的“不学”，并非真的不学，而是不肯拘于一家的造诣。

比较一下中日这两位文学家对思想与生活的看法，我们或可发现，在这两个人的诗句中，日本诗人比我们的诗人多了一个“耶”家，却少了一个“道”家。

日本人之所以狭隘，正是因为他们没有道家。

或许也可以说，正是因为日本人狭隘的民族性，所以他们发展不出道家。道家是以超然于人事界之上的眼光来看世界（我想这应该才是真正的“世界观”甚至“宇宙观”），因为视野广远普被，了解人与自然的关系，因此不屑孜孜为利，也不屑尔虞我诈的攫夺与倾轧。这种“不屑”的态度，形成一种中国式的自信、飘逸与洒脱。

“上善若水，水善利万物而不争”这种如水的、不受拘约的宽朗、悠闲，与无所不在的普被之力，应该是使中国之所以为中国的最基本的原因。它是无声的，是无形的，是无所不在的。

“江海所以能为百谷王者，以其善下之”。中国人不屑逞强好胜，不以攫夺侵略为能事，中国人也不以表面上的财富为永远的财富。所以能避免“坚则毁矣，锐则挫矣”的日本式的惨败。老子说：

天地长久
天地所以能长且久者

以不其自生
故能长生
（按：林语堂英译此两句为：
Is that it does not live for self,
Therefore it can long endure.）
是以圣人后其身而身先
外其身而身存
非以其无私耶
故能成其私
（林译后两句为：
Is it not because he does not live for self,
That his self achieves Perfection?）

日本的隐忧是什么?

他们自己说，是因为缺少军备。弥补这项缺陷而使自己增加安全感的方法是极力发财致富。然而，他们自己也说，这并不能使他们真正有安全感。

只能靠“第一”才能生存的人，哪会有安全感?

“为什么不做第一”，是日本过去军国主义时代的“理念”，也是现在“经济强国”的目标。

但是，任何的“第一”都是要永远的面对敌手。拳王永远不是唯一的、恒久的。只因他们的一切都只建立在一场又一场的挑战与比赛上，所以放眼皆是准备把他打下台来的敌人。而他除了这一行的“第一”之外，别无生路。

你要以世界为敌，焉能不存在隐忧?

你要把别人的资源来发展自己的经济，焉能不充满隐忧?

你不能“善利万物”而只和万物去“争”，又如何不充满被“万物”群起而攻之的隐忧?

“第一”有各种不同园地的第一，不主张“第一”的人并不一定是甘作“第二”。“第一”也有善义或恶义，与是否容易被后来者所取代的“第一”。

老子说：“胜人者有力，自胜者强。”（林译：He Who conquersothers has power of muscles, He who conquers himself isstrong.）聪明人不会去做拳击手，因为他有别的本领可以生存。

“团结”也有各种不同意义的团结，不只刻意谋求“小团体”的团结的人，可能才会使得近悦远来，发展出非常大的“团体”和更高境界的“团结”。

* * *

要使自己是为了工作的成绩而工作，不是为了和别人做敌手而拼斗。

我们不希望把工作变成战场，因而失去了人生所应有的平和与快乐的心境。

* * *

我们已经和大自然疏远了，如果和同类的“人”也因为互相争利而不能维持诚实的关系，你真以为科技可以拯救我们吗？

* * *

如果成功的意义只是为了压倒别人，那就难怪它得不到别人的祝福而导致日后的失败了。

* * *

当一个成功者的周围都只是敌人而没有朋友的时候，那就不是成功，而是失败。

经营之余，抬头看看天外

很多人觉得奇怪，为什么他虽然有了很多钱，而他却不快乐。

说来也很简单，那是因为他不能因为有了钱，而就可以坐下来安心享用他的钱。

为什么不能坐下来安心享用他的钱？

因为他总觉得这些钱有用完的时候。用完后怎么办？

为了怕把这些钱用完，于是他去经营这笔钱。

为了要经营这笔钱，所以他并没有做成钱的主人，而做了钱的奴隶。

经商的目的是以现有的钱去赚更多的钱。出发点就是视现有的为不足，而去追求“有余”。但事实上，经商的心态是永远不会觉得现有的有“有余”的一天。当一千万变成了一亿，他仍觉得应该以一亿为本钱，去追求一亿以上的利润。如果有一个人竟然认为他既已赚到了一亿，正好可以停下来享用了，那大家一定觉得他不太正常，觉得他太过分的玩世不恭，世上哪有一个人是把钱拿来“享用掉”的呢？

把眼前的所有视为“不足”，而去追求更多的“有余”，是公认正常的心态。它是勤奋的代号，却只因这勤奋的原动力是赚取更多的钱，所以它的结果就变成了长远的“逐利”，而永不会有能够坐下来安享成果的心情。

对别的东西觉得不足，是可以看得见的有限度的不足，你可以调整自己去适应它。对金钱感到不足，是看不见的不足，你永不敢说“我可以调整自己去适应它”，因为它操在无数和它有关的人们的手里。当它要贬值，当市场不景气，它是受无限量的因素的影响，你个人完全无能为力。

农人忙了一年，仓廪实了，年终岁暮，有坐下来围炉畅饮的心情。这收获是看得见的收获。可以使人理直气壮地坐下来安享。

文人写了一首好诗，一部好书，它永远在那里，不会消失，不会贬值，不会使你觉得有必要去永无止境地经营它。它在那里就是在那里了，那是一种可以安享的收获。

教育家教出了一批批的学生，桃李满天下，他们永远在那里自动地繁荣扩大你的“业绩”，你不必恐惧他们“贬值”。

世界上似乎只有赚钱这件事，使人永远无法知足与知止。一个白手起家的人，在一文不名的时候，他会以为“如果我有一百万就好了”。但当他有了一百万的时候，不但钱已贬值，而他在心情上也不再觉得这一百万是个值得欢喜的数目。他会觉得这一百万很不安全，觉得应该去投资，应该去设法保值。为了投资他必须凑足一笔“起码”的钱，他可能要东奔西走去贷款，而当他把款贷到的时候，却发现，这第一步的成功是使他从有钱变成了负债。

当然，他可以在很短期间，赚到百十倍的钱。他的手边早已不仅是百万千万。他的资产会以亿来计算，他的贷款能力也是以相等的级数在扩大。他很会经营，业务扩展到连他自己也不曾预料，他是亿万富翁，但他照样和他开始有了一百万的时候一样的不能感到安全。

简言之，他永远不会感到安全。

当然，你如果说，这是人类的天性，必须逼自己永远去追求更多；也永远要想尽办法去证明自己有更多的才智去发展到无限的大。在从事创造与发明来说，这当然是不容否认的。但这样无止境地给自己“赚”更多的“钱”来增加无止境的压力，不但不是追求快乐之道，而且他一生的奔忙，也看不见值得欣慰的成绩。

他可能以看见账册上长串的数字为乐，但他一定失去了“抬头看天外”的心情。

我认识一位最会经营的商人。二十年来，他所赚到的钱连计算机都不知如何容纳。但我仍然时常看到他坐在漂亮的办公桌前，满腔心事，两眼发直。

我不觉得他会很快乐。

我常觉得现代工商业社会的人们，缺少一种“降落”的安稳与舒泰。大家活得富有，但很玄虚。每一个人都怕自己手边的所有会因缺少经营而减损。于是没有人敢以自己手边的所有为满足，更不敢因为已经有了这些而觉得快乐。

事实也是如此。十年前的一百万，如果不曾经营，到了今天，会是多么令人懊恼！

那么，以过去证未来，今天的一亿如果不去经营，十年后，将是那么悔不当初！

这种对日后懊恼的忧惧，就成为现代人背后的一条鞭子，赶着你拼命向前，不敢稍作停留。

唉！让我降落一下吧！

大地是多么亲切安稳呵！

于是，许多中国的传统商人，会让自己家里有几幅字画。雪渔图、关山密雪图、秋江渔隐图、灞陵诗意图……这一类名画，千百年来，都并不是挂在没钱人的厅堂里，而是挂在有钱人的厅堂里。它们之能够完整地保存下来，是有钱人喜欢它。有钱人为什么会喜欢看一个雪中的蓑笠翁呢？为什么会喜欢看一个“倚柳坐睡”的渔夫呢？

那不是附庸风雅。那是让自己在偶然坐下来喝杯茶的时候，会从那幅画上、诗句里，呼吸到一些天然的、不用花钱也可以得到的清凉空气，来体会一下“降落”的安稳与舒泰。

沈周在他画的《灞陵诗意图》上题诗说：

闻到灞陵桥
山遥路更遥
六十年

踪迹寥寥
牖下困人今老矣
双短鬓
怕频搔

行着要
诗瓢酒壶相伴挑
望秦川
千里迢迢
再画一驴驮我去

便不到
也风骚

“遥远”不可及的时间与空间，却给人一种降落的轻松。这也就是日本作家夏目漱石所常向往的“抬头看天外”的心情了。

林语堂说：“哲学的唯一效用是叫我们对人生抱着一种比一般商人较轻松快乐的态度。”

中国传统商人很能了解这一点。

他们在经营之余，会去搜集一些名人字画，挂在自己的厅堂里。值得注意的是，他们不是为了“投资”，而是为了使自己有机会降落在厚实的大地上，可以安下心来，领略到“抬头看天外”的舒畅。

周书有云：“农不出则乏其食，工不出则乏其事，商不出则三宝绝。”可见中国传统对农工商是同等重视的。后世哲学家之所以不敢强调“货殖”，有两个原因：一是为了避免大众唯利是图，影响社会安定。二是为了避免个人一味逐利，无心欣赏人生，反而失去了幸福。

让最具才智与勇气，因而发财致富的商人们在日常生活中有一些“降落”的缝隙和抬头看天外的闲情，则是文学与艺术的功能了。

* * *

困扰和负担虽然有许多时候是来自外界不可抗拒的力量，但有更多时候，是由于自己内心的贪欲和患得患失。如能祛除自己这内心的苦闷之源，至少是去掉了一半令我们困扰和负担的可能性。

* * *

如果说，苦恼的来源是因为总觉得自己不够富有，那是因为我们没有看见那些有钱人在商场上紧张竞逐的心情负担，更没有看见他们所可能负着的债务，也没有机会去参与他们一旦陷入金钱纠纷时的痛苦。

* * *

小我的完成是为了更有余力去完成大我，生活的稳定是为了能更专心去发挥自己的天赋，使这一生不致虚度。

从“一窝蜂”到“追求卓越”

西方有句话说：“狮虎独行，狗狐才成群结队。”而我们的社会，从考学校、出国、就业、游乐，乃至商品，莫不一窝蜂。中国古人所推崇的“众人皆醉我独醒”的冷静思考态度，为什么变成了今天“众人皆醉我也醉”的从众哲学，值得我们深思。

我们的社会有一种很奇怪的现象。这现象是，当你宣传一项活动，你得事先慎重防范那远超过你所预期的、蜂拥而至的人潮。

故宫博物院旁边的至善园，好不容易，精雕细琢，把一片大好山林改造成了一个人工的庭园，开放的消息刚一上报，就立刻吸引来成千上万的观众，把个规模本就不大的至善园，蹂躏得体无完肤。

林语堂先生纪念图书馆，是供人阅读研究的地方，开幕的时候，竟然也涌来了人潮，报上说：“逛的人多，看书的人少。”本来也是，即使有人想看书，在这么热闹的人潮中，又怎么看得下去呢？

台北市立美术馆，也许是在成立之前，就哄扬得太久了。开幕的时候，报上的报导也多了一点，加上地点好，正在圆山动物园的对面，游客就以逛动物园的心情，扶老携幼，挤入了市立美术馆，把个美术馆挤成了万头攒动的市集。墙上挂的画，对赶热闹的人来说，大概只相当于百货公司大减价的标语，或小吃店的市招。当中陈列的艺术品，就是市集摊贩的廉价货物了。至于说，为什么挤着去逛美术馆，相信很少人真正答得出来。

每年中秋节的脚步还在远处，大众传播总要未雨绸缪，提前宣导，希望赏月的民众爱护风景区，不要制造脏乱。不宣导还好，一宣导，准保提醒了要赶热闹的人们，届时各风景区一定人山人海，汽车大排长龙，交通为之阻塞。至于说，那些辛辛苦苦去赏月的人们，“赏到了月亮没有”呢？大部分人的答案可能是连月亮都没有看到。不是看不到，而是根本忘了自己此行是为了“赏月”。跟着人潮赶去赶回的结果，所看到的只是人车，形同逛了一次闹市。其实，月亮就在每一家的窗外，抬头即可“赏”到。

中秋赏月，次日的报导一定是“人山人海，各风景区的垃圾以吨计”。那宣导的目的似乎只是为了提醒人们别忘了去凑热闹和制造垃圾。

阳明山花季也是一样，好像除了阳明山，别处都没有花似的。

至今仍有人责备当初发现野柳美景而把它公诸于世的人，提醒了民众，涌向野柳，使野柳再难恢复旧观。

蝙蝠洞的悲剧，大概人们也还记忆犹新。

西门徒步区开始设置。为了向市民推销此一构想，市府邀请了学生与民众，在该区设计动态展，跳舞的跳舞，作画的作画。结果市民摩肩接踵，把个徒步区挤得水泄不通，比不做徒步区还乱。两边商店反而做不成生意，画虎不成的结果，只得赶快再函请警方来取缔。

西门徒步区的“大热闹”，新闻报导说这显示“民众需要这样一个可以活动的场地”。言外之意是，虽然违背了设徒步区的本旨，但民众如此渴求，“其情可悯”。其实，如果我们冷静地想，就会发现，民众即使需要活动的场地，也不必一定要挤到同一个地点去。何况霹雳舞之类，也并不是不可或缺的活动，更不需要那么多驻足而观的闲人。大家蜂拥而至，实在只是因为“哪里有人提倡，就朝哪里挤”的一种盲目跟从的心情。

这种“一窝蜂”现象的造成，追本溯源，或许和我们的学校教育方式有关。学生们答考卷，要求整齐划一，老师说什么，学生答什么；课本怎样写，学生怎样背。观念与想法，被限制为固定的形式。只为阅卷省事，分发学校方便，却造成学生不敢独立主张，只知盲目跟从的习性。走入社会之后，也难免还是用这种方式来处理事情。

清华大学核工系一位教授，曾举例说明中美学生处理问题态度之不同。他说，某次，美国的学校举行一项考试，其中一道试题是：两点到三点之间，时针和分针什么时候重叠。结果，每个中国学生都用公式算，而每个美国学生都拨表。他说："人家本来就没有限制你用什么方法去得出结论，你为什么不用最简单、实际的方法去做呢？"

中国古人很歌颂"众人皆醉我独醒"的冷静思考，和从事情的基本意义上去独立判断。

现在却不然，大家一窝蜂学别人的样，赶热闹是因为有人在赶，乱丢垃圾是因为有人在丢。

不能"独醒"的最具体的事例，可以拿《民生报》的一则报导为例，这则报导标题是：

七万游客带来上万公斤垃圾

翡翠水库集水区惨不忍睹

因为大众传播最近对新建的翡翠水库集水区表示关切，怕水源被垃圾污染，却不料反而提醒了民众。

新闻内容说："因为星期假日，天气晴朗，各级学校已放暑假，大专、五专及高中联考又都已结束，估计约有七万以上的游客涌到这一带集水区，大小车辆络绎不绝于途，交通为之阻塞。他们沿各溪流散步，并不听水源管理委员会及卫生警察的劝导而下水游泳，使人怀疑是置身海水浴场。大多数人随手丢弃垃圾，只这一天的时间，估计制造了约一万三千公斤的垃圾。大家都不去想，这是自己要喝的自来水，而忘形地糟蹋水源。"

学生们岂是不知道水源不该污染，垃圾不该乱丢呢？

唯一可以解释这种"集体制造脏乱，不顾后果"的行动的理由是："因为有人在做，我就跟着做了。"至于说，为什么要跟着别人做？这样做的后果如何？不做行不行？不做是不是比较好？……很少人习惯这样去想。

问题出现而不去深思，不去明辨，而只是跟着大家学样，你做我就做，这是"众人皆醉我也醉"，没有独醒的定力。这就正如同：

"你们都说台大是第一志愿吗？"

"好，那我也这样认为。即使我本来想读音乐系、美术系、建筑系，也要因为台大没有这些系而放弃它们，改填台大才有的系。"

"你们都说外文系好吗？"

"好，我也这样认为。"

"你们都说物理系好吗？"

"好，我也这样认为。"

“你们都说商学系或建筑系好吗?”

“好，我也这样认为。”

…… ……

考学校、填志愿、出国、就业、生活、游乐，甚至商品，莫不一窝蜂。电影电视节目也不例外。而这样大家互相模仿的结果是自相残杀，一起覆没。

西谚说：“狮虎独行，狗狐才成群结队。”

我们的教育，似乎不太热衷培养“狮虎独行”的气概。

这恐怕也是“追求卓越”的一个障碍吧?

* * *

一个社会发展的方向要靠这社会的每一个人去把握和选择。而这选择力来自观念，观念来自文化。我国有古老优秀的文化传统，我们的选择就应该不会仅仅是金钱财富，而是超越于金钱财富之上的生活态度的稳健和对大自然的爱护与欣赏。

* * *

不受功利诱惑，在生活上，是一种风格。它可以使你有独立特行的自由，排除干扰而专心朝着自己的目标去耕耘。

四千六百年往事如昨

如果你不细想，可能不会发现我们中国人是多么热爱自己的历史，也不会发现中国人是怎样自然而快乐地把四五千年的历史都拉到自己的眼前，使我们觉得无论几千年前的人物与事迹，都发生在自己身边。我们认识古人，熟悉古人，因而不觉得他们距离现在有那么遥远。

我们的尊重历史和西方的热衷汰旧换新，想法刚好相反。你不能随便肯定说哪一种方向是对的。

相传四千六百多年前，黄帝时代的名医歧伯，写了一本叫《素问》的医书。那时草莱初辟，所谓的医术，当然也只是一些初步。如果谈淘汰，它们早就该为后人不屑一顾。但是，我们中国人直到现在，称赞医生的时候，还是在匾额上写“术妙歧黄”，称医术就叫“歧黄之术”。至于后世的和缓、扁鹊及华佗，更是经常用来写在匾额上，比拟医术的高明，送给医生做为表扬。

用古人的成就来标榜现代几乎无所不能的医术，在西方重逻辑、重实证的人们看来，是不合理；而在中国人的想法，这才最亲切、最温暖、最尊重先人的成就，也最光荣。

又传说黄帝推算天文，分出年月，有了历法。虽然黄帝历早已失传，但目前我们的农历还是叫作“黄历”。我们更永远称自己是“黄帝子孙”。

旧时中国人教子弟背书的时候，总是追问，某句话“出自何典”。“典故”因此成为中国人的常识。用现代观念来说，这是另一种方式的“尊重版权”。只是我们所尊重的“版权”，意义在于对前人“创见或创意”的诚服，而不是在于金钱的利益。

熟悉典故的中国人，使几千年的历史生动地活在大家周围。

前一阵子，平剧节目很好，我就约了几位外国朋友去欣赏。主要不仅是请他们欣赏平剧的艺术，而更是要请他们了解一下，中国的平剧有大部分是来自历史。先请他们看了一出《王昭君》，是汉朝的故事。然后看《霸王别姬》，是楚汉相争的故事。再看《双投唐》，是唐朝的故事。一出《龙凤阁》是明朝的。《汤怀尽忠》是宋朝徽钦二帝时的故事。《杨家将》演的是宋辽失和，连年交战的各种情节。《挑滑车》是宋金交战时，岳传里的故事……我一面看，一面向同去的外国朋友解说，却发现自己的历史知识根本不够用来解说平剧；而自己的平剧知识更不够解说历史，时常要避重就轻，草草一笔带过，心里很觉愧疚。因为过去交往的朋友之中，有自幼就熟悉平剧的，讲起平剧中的历史如数家珍。能把从商、周、列国，到汉初、汉末、三国，以至于隋、唐、宋、明，各朝各代，根据历史所编写的戏一一道来。何者在先，何者在后，各个故事之间人物的关系，事情的发展和对后来所造成的影响，既熟悉、又灵活，非常的生活化。在他看来，这些故事，哪里是几千年来的历史，它们只是几台戏而已。

虽然戏剧和正史有好大的距离，但它是我们过去的“视听教育”。过去，中国的民众，文盲占绝大多数，但他们都受过“教育”。只是这“教育”并非来自学校，而是来自戏剧与民间的说唱。现代学校所教出来的学生，可能念过许多本历史书，做过各朝各代的研究；但是，问起《比干挖心》的故事，他不见得比看过《鹿台恨》这出戏的民众知道得更真切。《文王访贤》怎么访？姜子牙什么模样？《渭水河》这出戏比课本给了大家更具体的印象。《东周列国志》复杂难记，但常看平剧的人能把完璧归赵、将相和、田单复国、吴越春秋、战樊城、文昭关……等等一系列的大小事迹说得头头是道。《指鹿为马》写秦朝赵高；鸿门宴、未央宫、盗宗卷，写汉初。三国戏最多，写的是汉末。看过平剧的人，不但知道故事的始末，而且像是“认识”这些历史人物，可以随口对他们的忠奸善恶，幸与不幸给予很中肯的批评。他们在民众心目中就不只是一些形象模糊的古人，而是真真确确活动在眼前的真人真事。他们近在咫尺，他们的遭遇，所发生的事情，不是一两千年前的事，而是发生在大家眼前身边，触目可见，伸手可及的事。所以民众不但知道姜子牙，而且“认识”姜子牙；不但知道周文王，而且“认识”周文王；不但知道刘邦、项羽，而且认识他们。我觉得，这才是我们民族真正的特色。

我们喜欢把历史搬到眼前来演，喜欢去看祖先们的活动和经遇。然后把印象深深地记在心里。因此那些几千年前的人们都还活在今天，使人们觉得他们和自己仍然息息相关，脉络相连。

中国人常常有这样的问答：

“你贵姓?”

“姜，姜子牙的姜。”

“姓刘。”

“哦，刘是大姓，汉家姓刘。”

“宋家姓赵，唐家姓李，所以赵、李也都是大姓。”

七八十岁以上的中国人还有把过去的朝代称作“唐家”、“宋家”的习惯，觉得那只不过是一个“家”的段落。姓氏和朝代的关连，一直都延续着。你说这是封建余毒，当然有你的理由，但中国人却总是因为这个缘故，觉得他们和千百年前的某些人都是一个家族或亲戚。

重历史和敬祖先，形成中国人很特别的一种向心力。这不是西方所谓的“爱国”；但也不是近代有人所批评的“中国人只知有家，不知有国”。我觉得，说中国人只知有自己的历史源流，倒是真的。

人们都以为，中国的历史太过绵长难记，西方学中国历史的人，更是觉得这么长的历史，无法掌握，而中国人不这么想。在中国人心中，每一个历史中的人物都活在眼前，都是他们的亲朋友好或同乡同宗。

从这个观点来看，谁能说我们不团结？只是我们团结的方式不同，目的也不同罢了。

中国人对“亡国”二字的看法，是“历史要亡了!”这可不行！我们不能让周文王、汉武帝他们“亡国”！不能让唐高祖、唐太宗他们“亡国”。“基业”是“祖先”留下来的，我们不能做炎帝、黄帝的“不肖子孙”。这是中国人无论在什么情形之下，也能忍耐坚持以等待峰回路转的最直接的原因。尽管这“原因”随便一算，就是上千年或几千年。

中国的历史上充满了自己打自己的记录，但无损于历史的延续，原因当然很复杂，但其中一个最重要的原因却是，打仗者常是为了“道统”而打仗。“道统”是什么？是历史。

在中国大众的心中，你可以抢我的土地，可以抢我的财宝，但不能抢我的历史。于是，在那些偶然被抢走的土地上生活着的仍然是永不放弃自己历史的中国人，土地也就等于从来没有失去。

西方的“崇新”，是一份进步的力量，我们已经学到了不少；但不知从中国人“崇旧”的观点来看，是不是“崇旧”也有一点好处？

如果我们崇新而并没有学到西方式的“爱国”精神，却又扬弃了中国式的念旧思古的情怀，是不是会使这“一盘散沙”真正失去了团结的力量？这问题，也很值得我们深思。

* * *

我们民族有种种先天与后天的优厚条件，使我们能够以身为一个中国人为荣。如何善用这条件，正在考验着我们。

* * *

我国有爱好艺术的民族性，所以有举世钦羡的文学与艺术上的成就。我们不要忽略自己民族这先天的优点，不要使自己的民族在金钱诱惑、西方功利主义的强势之下，变成不懂艺术而只重实利的民族。

* * *

要想抗拒金钱的诱惑，除了道德的力量之外，更需要一种高尚的欣赏力。人们能欣赏超乎金钱物质之上的东西，才能产生优秀的文化，也才能形成高雅的民风。

损失的是金钱还是自尊

一九八六年二月的新闻报道，台湾家电业与日本厂商之间“殖民式”的不平等合作，终于爆出了问题。台湾厂商多年来，不但处处忍受日商的箝制与剥削，年付日商的技术权利金，高达新台币十五亿；而且现在日本索性露出狰狞面目，正式向我合作厂商“夺权”。由于当年所签各种不平等的合作条件，使我厂商丧失主权，陷于几乎无法“救亡图存”的境地。

如果我们说，当年一开始看到国内厂商踊跃与日本订约合作，挂日本品牌，打日本广告，就已觉得是日本又一形态的经济侵略，恐怕会有人说这是“事后有先见之明”，或是对日本有情绪化的敌意，不肯面对现实，而忽略我们与日本经济合作的实际需要。可以说，被认为是一种“不识时务”的反应。因此许多人，尽管对日本的经济侵略手段早已知之甚谂，却仍因为现实需要或大众对利益的急切追求，以及一部分人崇日的积习，而未能有机会把这“心之谓危”的念头及时向社会提出警告。

现在日商果然在暗中步步进逼，设下无数陷阱之后，眼见时机成熟，摘下友好面具，掀出阴谋底牌。台湾厂商也只有瞠目结舌，眼看自己多年上当受骗，犹图幸存的指望已经破灭，不但发财好景不再，借东洋声势以自重的美梦也该醒醒了。

这震撼工商界，也震撼全台的日商翻脸事件，其实，不怪日本，怪只怪我们自己不知记取教训，不肯面对事实，崇洋忘义；只见“近利”，不问“远忧”，得过且过，暂求满足一时的私心。

是不是全体国人都不曾意识到这种“假合作”、“真吃亏”，是莫大的危机呢？

当然不是。

只是在全台高唱发展经济的声浪里，为了赚点临时救急的钱，而情愿饮鸩止渴，任何人在当时提出警告，都会被认为是“不识时务非俊杰”罢了。

印象深刻的倒是有一篇非常短的文章，刊载在当年的《征信新闻》（今天的《中国时报》）副刊上，王鼎钧先生任副刊主编的年代。那一小段文字，不知是谁写的，仿佛是海外华侨的来信，以补白的姿态，“躲”在许多大块文章之间，因为文字精短，寓意深长，词句又很幽默，所以把它背了下来，这段短文大意是：

台湾经济繁荣真是一日千里，不信你看：

“田边也在制药

松下也在造电器

山之内的地方也都充分利用。”

真是好一段精彩幽默的评语！作者把日本厂商的名称当普通名词来用，“田边”、“松下”、“山之内”，都是日本厂名，用在文中，假定是国人勤奋忙碌的画面用得天衣无缝，讽刺之极。

相信这段短文的作者是早已看到会有今天这个局面，却只因在大家热烈奔赴“发财第一”的时代潮流里，被冲激得说不出话来，而只有借这些许幽默，浇一浇胸中块垒了。

回想二十多年来，我们为日本厂商打了多少广告？做了多少促销？我们多么的善忘！何等的因循苟且！我们是怎样的在自欺欺人！从看不惯日本品牌，到假装相信，这些就已经是我国自己经营的品牌；从暂时忘记日本在大举军事侵略之前，就曾积极策动经济侵略，到以为日本已经由于战败的教训而大彻大悟，从我们的敌人变成了友人；再加社会上崇拜日本之风，过去已然，于今为烈，产品有点东洋背景，绝对广受欢迎，国内厂商因而吃准甜头，甘心得过且过。以为吃些哑巴小亏，好在仍然大有钱赚，也就懒得去想了。

若问自甘吃亏受辱的，为什么总是我们而不是日本，说来倒也简单，这不是日本人坏，而是我们太缺少民族自尊。

因为缺少民族自尊，所以看见日本就五体投地。

因为缺少民族自尊，所以无力抵御用来“收买我们”的钱财。

因为缺少民族自尊，所以情愿倚赖，不思自主，年复一年，只要有利可图就好。

自尊心最传统的解释是：“富贵不能淫，贫贱不能移，威武不能屈。”三条之中，有两条是对金钱财富与人格尊严两者之间发生冲突时的取舍，而我们为追求财富所做的取舍，最不考虑的却是人格尊严。

从现在起，记取教训，也许为时未晚，但问题是，我们是不是真的觉得这次所受的屈辱，所伤害到的并不是金钱财富，而是个人的和民族的“自尊心”。

* * *

追求金钱去满足物欲，所得的快乐往往立刻就变成了压力，使人陷入金钱的得失与纠纷，把快乐变成了痛苦。

* * *

创造事业的过程中，个人的才智、热情、勇气、冲力和勤奋，都可以发挥决定性的作用，因此忧虑少，而成就感多。而经营金钱却不然，在经营金钱的过程中，个人所能掌握的因素，往往敌不过环境所发生的影响，因此忧虑多，而成就感少。

* * *

由于创造了成功的事业，同时也自然获得金钱，这成就属于你自己，没有人能真正把它夺去。所以你觉得安全与稳定。

“跟上时代”的悲哀

什么叫“落后”?

建设与一切科技跟不上别人，叫做“落后”。

跟在别人后面跑，而不知别人的目标是否正确，或别人的目标是不是你的目标，这也叫“落后”。

没有道德观念，是落后。

文化上的抱残守缺，也是落后。

但这些，还都是大家看得见、感觉得到的“落后”。可以经由反省、学习和努力，使自己不再“落后”。

另有一种“落后”，大家不太意识到，而却是很可怜的一种落后。这落后，就是人家不要的东西，我们当作进步与新潮，用沾沾自喜的心情，抢着接过来炫耀，以为这可是跟上了时代，而不知这正是给别人做了免费的宣传，所推销与接受的却是别人已经觉得“烫手”而急于把它抛给别人的东西。

时装设计家皮尔·卡丹访问台湾，我们的大众传播热烈报导，欣喜于这位大亨看中了“台北是穿的天堂”。认为这世界级的时装生意人的惠然光临，给我们证明了一项进步，至少可以证明我们已经有钱到够资格穿用他所创出的品牌。

皮尔·卡丹是何等的了解商情及时势所趋！他岂肯无缘无故地来拜访我们？他的来临是为了推销在巴黎以及世界各大都市已经风光不再的“高级时装”！想使他的品牌在每个地方的成衣界再占一席之地。

世界变了。消费者的观念进步了。大众化的成衣业已经取代了高级时装的华而不实，肯花那么大笔的冤枉钱去订做一套模特儿身上穿的时装，以表现自己是唯一的“引领风骚”的人，现在已经过时了。

据《时报》周刊报导说：“高级时装的顾客数目逐年锐减，最景气时，几达万人，但在10年前已减半至5000人，5年前更锐减至2000人，现在估计则仅600人左右。”

这种只为满足少数有钱人虚荣心的、只此一家别无分号的时装，贵得出奇。据报导，一套全手工缝制的香乃尔套装标价一万美元；一件手绣织金的晚礼服高达3万至5万美元。这一方面是时装店为了表示高级，不惜杀鸡取卵，自抬身价；一方面也是因为顾客越少，成本越高，不得不从极少的交易里，赚回庞大的开支。

现代真正进步的人们，都已经知道，为了虚荣去给高级时装设计家“进贡”是非常的不智，真正精明的现代人懂得如何看紧自己的荷包，不为别人的花言巧语所迷惑而去上当。

成衣的品质越来越好，技术也已接近高级时装，价钱又因为大批制作而十分便宜，所谓的“手工缝制”只不过是物稀为贵的假象而已，不见得比机器缝制的更密实精巧。

报导中又说：“法国政府对高级时装业的式微极为关切。”但很显然，以需要如此庞大开支的时装业，而每年只有“600名”高级顾客上门来接受他们的服务，又如何能够维持呢？

皮尔·卡丹凭其敏锐的眼光，在早已看出巴黎时装走下坡的情形下，开始用他的品牌到世界各地去打“这就是高级”的知名度。他知道在这世界上还有些什么地方尚未享受过“高级品牌”的虚荣，于是，他到各落后地区去“作秀”。他对访问他的记者表示，截至目前为止，他已经“成功地登陆苏俄”，“在澳洲、非洲、南美洲、中国，也展开了他的攻势”。

在中国刚刚开放给西方人的时候，皮尔·卡丹就已看中了那片市场，“把他的名字写在长城上”的梦想就在他逐步的计划之下实现。现在他已经在北京天坛开了第一家时装店，在国内成立了一所时装学校。中国又批准他在北京开设“美心饭店”（以高消费及穿高级时装赴宴而闻名的地方），甚至还要求他留在上海，可惜他“实在没有时间”。

“落后地区”不是“贫穷”，而只是“落后”。“落后”到把人家已被时代淘汰的东西和已被时代淘汰的观念都当作宝贝来接受。

现代世界步调这么快！所需的生活方式是多么需要实用与精简！

真正的“经济动物”是多么长于精打细算！

谁还肯花时间与金钱去表演那“把钱给别人赚”的“高级”？

但落后地区偏就是神往这份虚荣。

皮尔·卡丹早就说过，中国的时装无需什么设计，“他们只要穿上洋装，就以为是现代化了”。

落后地区给西方生意人的印象，就是这么可怜！

巴黎时装如此，美国的色情刊物《花花公子》的进攻落后地区，也是这种模式。

这几年，美国社会风气大整顿，里根政府在各方面影响美国民众，使他们由六七十年代的颓废放纵，重新回到振作、整洁与健康。

“性开放”对美国社会所造成的毒害，已使美国人由痛苦之中大大地觉醒，从政府到民间，通力合作，摒弃色情，不再把“性开放”当作时髦与新潮，而把它视为毒蛇猛兽，是残害民众，荼毒国家后代，削弱国家实力的大敌。

但，光是禁绝色情，会使业者无以为生，有违美国商业社会以赚钱为目的的本旨。于是，灵机一动，把在美国即将关门歇业，书摊上不愿陈列的《花花公子》译成中文，一口气推销到香港，使崇洋的香港人大为“受宠若惊”。一夕之间，《花花公子》席卷了香港杂志市场，在强大的广告攻势下，初版5万本在两天内销售一空。而当这中文版在香港大行其道时，美国版《花花公子》的销数却从1982年的700万份，骤跌至目前的340万份，而且还在锐减之中。《花花公子》转移阵地成功，美国在清除色情和商业利益方面两全其美。

纽约曼哈顿四十二街，被称为“全美色情零售之都”，现在却已春光黯然。非营利性的“四十二街发展公司”几年前就已成功地买下了四十二街第九与第十大道之间的一家超大按摩院，改建成外百老汇的表演剧场。

去年夏天，以柴肯道夫为主的房地产集团便买下百老汇以西，四十八及四十九街间的大片地皮，准备改建正当的旅馆。而更厉害的是，纽约州及市政府提出的20亿美元复建方案，将在四十二街兴建四幢办公大楼，一幢旅馆以及一家超大型的市场，那时将一举消灭23家“性商店”。

而正当美国大刀阔斧消灭色情，以“性开放”为恶心与落伍的时候，我们这里的“色情文化”却是如火燎原，大家还在以性的大胆作风为新潮与光荣的象征，到处色情场所林立，演艺界更以“脱戏”、“床戏”要求演员“突破”，以跟上这已经被美国所唾弃的“时代”。

近年来美国禁烟禁得声色俱厉。公共场所、飞机车船、电梯、百货公司、办公室、餐馆……纷纷谢绝烟客。有些应征求职的人，还得以“不吸烟”为录用条件之一，新闻报导说：“青年人约会，对吸烟的少女缺乏胃口。”在美国，吸烟已经成为社交的一种障碍，使多年来，以指夹一根香烟为气派的绅士淑女们，在一夜之间变成不受欢迎、缺少教养的次级人物。吸烟的人们虽然心中不甘，但风气如此，也只得偃旗息鼓，重新建立使自己面上有光的生活方式。

当然，这也严重危害了美国烟酒的利益，于是和色情刊物采取同一策略，向“落后的地区”施加压力，三下两下，把“毒品”就抖了过来。谈判尚未完成，超级市场及大小摊贩，已经摆满了各式美国香烟。使我们这里的瘾君子与崇洋的消费者们大为高兴。以前要高价才能买到的洋烟，现在垂手可得，学洋派、充高级就不难了。

在谈判僵持不下的时候，忧国忧民的人士难免提出很理想化的建议——“像当年抵制日货一样，你不买洋烟不就行了吗?”

问题是，手夹一根洋烟的“气派”，却是很难抗拒的。

至于说，为什么人家已经视为“毒品”、象征低级与落伍的东西，却是我们的光荣与代表上流社会的象征，为什么我们觉得跟上了时代的事情却是“落后”，那就要从国民的心态上去慢慢分析了。

“落后地区”之所以是“落后地区”，原因在此。

悲哀也在此。

中国气质与形象

美国漫画家劳瑞先生画了一幅《李表哥》，来代表中国人的形象，曾引起大家很多意见。大多数人都觉得这形象不大能代表中国人，各报也都有文章谈论这件事，希望能从多方面了解一下，究竟我们中国人该是什么形象。

令人觉得奇怪的是，大家讨论尽管热烈，结论却仍然是个问号——“你说中国人该是什么样子?”

中国人似乎就是没有具体而富代表性的形象。

从前，瓜皮小帽、脑后拖着辫子、长袍马褂的中国人，无论主观客观，都不足以代表中国人，尤其不能代表现在的中国人。我们更不愿外人画一个营养不良、卑躬屈膝的中国人，也不能希望外人把我们画成一个像唐太宗那样令我们自己都羡慕不已的古代帝王式的中国人。

中国历史悠久，变化多，单凭服装与外型，实难找到一个有代表性的形象。日本人就比较容易。他们那由大小方块所组成的形象（包括脸型、眉型、口型、和服的结构与木屐的立体感），一直都很突出。这种“方块”形象也正如英文里的 at square 或 by square，有难以改变也难以合作的意思在内。日本人的外形与内在正是十分一致的“方块”，所以特别容易表达。

中国人没有强烈的特色，而这“没有强烈特色”的特色，却可能正是我们的特色。

中国人的哲学是“不走极端”的“中庸之道”，不鼓励强烈地表现自己。“喜怒不形于色”是受过教育的象征。先把强烈的感情尽量收敛，经过内在的化解之后，变成外在的平静无波，这叫作“含蓄”。一个“平静无波”的形象，是一种无象之象，你让画家如何去捉摸呢?

中国人是天生的道家。他是“无可无不可”的，是“圆熟”的，是连军事家都用“兵无常势，水无常形”来说明“无固定形象之必要”的。这“无常势”与“无常形”的哲学，使中国人能够像水一样地适应任何环境，嵌入任何模式，但又绝对不会改变它的本质与天性。水是什么形貌呢？画家如要画水，一定得用另外一种东西去反衬它，譬如说，画个河岸，画个小舟，画点水鸟之类。波浪是画家经常用来表达水的方法，但它也只能代表水的动态，而中国人就正是这么一种令人费解的人类，只有当它有外力吹动或遇到地势不平的时候，才在波动或奔流之中显现水的特性；而一旦势平风定，它就变成“止水”，止水是一片明净清澈，你再也没有办法可以直接去画它了。

中国人是世界的难题，连形象也足以难倒画家，甚至会难倒我们自己。

但也就因为这个缘故，我们应该因此而更进一步地了解自己这世上稀有的民族性——我们是不固定的，因此是无限量的。我们是极有适应力而又无所不在的，像水，“善利万物而不争”，我们是一切却又不是一切的。

劳瑞先生用一个近似李小龙的形象来代表中国，其实也没有什么不对。中国功夫也是我们的一分特色。能把握这点，已经很不错了。这是“水在动”，是用波浪来代表水，也是唯一的，能不藉水以外的东西来表达“水”的方法。在这一点上来说，劳瑞先生是非常聪明的。

中国人所追求的东西非常抽象，除了希望自己能达到“上善若水”的圆融之外，还时常用一个更抽象的“气”，来形容人的性格。这性格，发乎于内，形之于外，就代表了中国人对某些形象的褒贬。而这些形象更是只可意会而不可言传的，例如，我们形容某人气质低俗，唯利是图，说他是“市侩气”。这说明我们观察人不是观察他具体的形貌，而是观察他的气质。“气质”一词虽然抽象，但比一个具体的形象更能表达这个人的内在，也更能给人真切的印象。你不必真的知道这人是个“市侩”，而他的“市侩气”就主动地说明了这个人低级的趣味，唯钱是尚的想法和行为，以及包括了一个市侩所可能有的一切特色。你画不出来这种“气”，你只能去感觉和体会。

用“气”来形容一个人，可能是我们中国人相当独特的一种表达方式，当我们说一个人“流气”、“俗气”、“阔气”、“小气”，多半可以很清楚地描绘这个人所给人的印象，但这些“气”，却不是一幅静态的画所可以充分表达的。

当我们形容一位出世的隐者所居住的地方，说它是“清气飘然”。“清气”是一种不受尘俗污染的天然之气。而形容这隐者本身的气质也就说他是有“清气”；相反的，满脑俗欲的人就有“浊气”。正人君子是“一团正气”，行为不端的人是“满脸邪气”。举止局促自卑又吝啬的人是“小家子气”。

饱读诗书的人会自然而然地有一种“书卷气”。

靠交际吃饭的女人就有“风尘气”。

太过“四海”的人有“江湖气”。

说某人艺术天分高，是“有才气”。

说某人只爱金钱而不知艺术为何物，是“俗气”。

慷慨好义的人有“豪气”。

有志节的人有一股“浩然之气。”

性情乖谬、睚眦必报的人，有“戾气”。

为人谦虚、肯替别人设想的人是“一团和气”。

“和”是不争执，互让一步。战争结束或两人停止争端是“言和”。“和”也是一种感情轻柔的气氛。所以，春天来临在中国人的笔下是“惠风和畅”，“日丽风和”。在感情上，是“和气”可以“致祥”，“和气”可以“生财”，“家和”可以“万事兴”。

中国人的传统教育（甚至我们可以说是中国人的天性），所追求的大部分都是“不执着一端”，不显白自我，不求压倒别人，肯替别人设想的一个“和”字。它是一种最无个人特色的、难以描绘的“形象”，却也是这扰攘世界上所最应当追求的一种“气”氛。

近年来，我们太过强调经济发展上的成就，未免给人一种错觉，以为“财富”就是一切。于是，社会上浮现着许多“浊气”“俗气”“邪气”“戾气”和女性的“风尘气”。

在要求外人来反映我们真正的形象之前，如果希望很贴切地给外人一个“中国”而且是“好的中国”的印象，似乎首先应当想想属于中国人传统所追求的“清气”“豪气”“正气”“浩然之气”“和气”与“书卷气”。

美式商业幻术

以前到美国去做长短期旅行，多是独游，随缘到处走走停停，一路天光云影，远离日常琐事的负担，饱尝摆脱之乐。偶尔旁观朋友们的家居生活，也因本身不必真的介人其中，而觉得美式生活大致如此，没有什么切身的感受。

这次却是应女儿之邀，去帮她迎接一位新到的远方来客。职责所在，不得不在三星期假日中，匀出两个星期，专诚体尝美国家居生活的柴米油盐。

体尝的结果，使我大感困惑。一路带着这份困惑回来，至今仍觉对这样的美式辛劳，百思不得其解。为什么以美国物质生活之充裕，美国居民工作所得之丰厚，而他们给人的印象却是如此的辛苦呢？

以我这过了半个多世纪中国生活的人来说，如果日子过得辛苦，那是因为没钱。一个人没钱，才难免要用劳力去补足。所以，该坐车的时候，要走路；该一次在附近买齐的东西，要到比较便宜的远处分几次去买。而且大多数本可用钱去买的东西，却因无钱，而不得不代以自己的劳力。家中设备因没钱而不能现代化。买不起冰箱、烤炉、洗衣机、热水器等等电器用品，也用不起电，所以只得事事靠自己的劳力去完成。因为没钱，所以一日三餐更是要靠自己操劳，精打细算，下厨炊煮，不敢去餐馆享用。也因为没钱而无法多买衣服替换，只得天天动手洗衣，甚至动手缝补。

总之，种种的辛劳，莫不是因为收入太少，手头拮据。而这种种苦况，理所当然地会在一旦有钱的情形之下，自动消失。

美国居民的收入不少，物资供应又万分充裕，除非失业，普通一般家庭的生活都在水准以上。一切现代化的设备都绝对齐全。即使失业，也有失业救济来暂作支援，不会“一贫如洗”。但是，大部分人的生活都很辛苦，而且很显然的是，他们的辛苦绝非因为没钱。

这使我这中国人的逻辑大受考验。

原来有钱并不能拯救辛苦，这就怪了！

或许，他们的辛苦另有原因。那么，这原因究竟是什么呢？

首先，我发现，他们用来代步以减少“行”的辛苦的车子，虽然为他们减少了徒步行走之劳，却拉长了他们行的距离。美国居民能在“门口”买到日常用品的可能性少之又少，能在步行距离之内上下班的更是极少可能。他们活动的距离因为有了车子而被迫无限地扩大。通常情形是：上班在开车一小时的地方；买菜在开车二十分钟的地方；送孩子上学、接洽事务、去银行、上医院，都远在步行距离之外。渺小的人类，因为有了车子而不由自主地使自己膨胀起来。活动范围不断扩大的结果，使自己变成了“行”的奴隶，把大部分的时间与精力都消耗在路上了。美国居民常感叹：“一天只能办一件事。”和我们在台北一天可以办四五六件事，仍觉得游刃有余的情况相比，真有天渊之别。

当然，为买车，维护保养车，以及所花的保险费和每天“开长途”所费的汽油钱，不是每一分毫都要自己辛苦去赚吗？你说累也不累？

其次是人生另一要项的“住”。美国居民所住的房子大部分是向银行贷款，分期付款买的。据说，贷款是现代化商业社会的一项信用的证明。等闲人还贷不到呢！有收入的人视贷款为一种福利，你可以借着贷款而享受到减税的好处。钱的幻术在商业社会真是一大绝招。人们情愿负担房子原价三倍的本息，分三十年还款，等于说，把一辈子都抵押给银行了。人们住了三十年之后，房子所有权是到手了，人也该退休了。许多美国人在退休之后把房子卖掉，住进养老院，了此残生。所赚的是货币贬值的差额。运气好的话，大概不止三倍。但即使赚了钱，自己也花不动了。

至于说，居住期间，为房子里里外外所付出的维护、保养、清洁打扫的劳力，更是住在人工廉宜的地方的人们所无法想象。美国居民在工资上所争取到的权利，随着就变成了他们自己的“作法自毙”。在每人都有高收入，每人都被迫要高消费才能维持彼此的高收入，每人都用不起帮手的情形之下，美国居民必须三头六臂，样样事情自己来，又焉能不辛苦呢？

他们安慰自己说，现在有各种节省家事操劳的用品及设备。但这些设备却是样样都要用钱去买。而钱的来源，除了多工作以求开源之外，就是多打算以求节流。然则，多工作，固然增加劳累；多打算又何尝不是时间、脑力与体力的剥夺？

我们看美国居民“节流”的办法，包括：一、尽量在一次时间内，买来所需的各种东西，而且尽可能使它在一段相当的时间内不必再买。因此，购物像“办货”一样的“大规模”。而选购、排队、搬运，都是很耗费体力的。为了一次可以买齐多日所需，那些论“加仑”的罐装牛奶和果汁等饮料，也使你叹为观止。二、你不要以为他们这些化零为整的采购真的可以为他们卸除了多少负担。精打细算的美国居民，需要从各方面来节省他们辛苦所赚来的钱。从最普通的选择银行开始，哪一家银行利息高、信用好，到何种存款才可以多收利息，每月何时动用存款才不影响利息，以至于要怎样支配金钱，才可以享受减税。这是第一步的精打细算。然后要注意商店、百货公司大减价是什么时候，都是什么商品在减价，去什么样的市场，买什么样的东西比较便宜等。信箱里，或从市场带回来的广告或点券，要仔细核算，剪存，看清何时、何地、何物，以何种比率在减价，再不辞辛劳地去挑选、比对、斟酌。在人山人海的抢购者群中排队等付款，万一不小心拿错了非减价的货品，还得放弃好不容易排成的队，再回去更换。“耐性”在这里是绝对的必需。

美国居民在努力开源、细心节流之下，过着举世艳羡的生活，在我看来，却只觉得他们是这样的辛苦！而这辛苦似乎抵消了他们所享受的现代幸福。

人们起先是为了减轻自己的辛劳，而想赚钱来购买可以减轻自己辛劳的东西。

但是，到了后来，却发现自己是为了要购买这些东西而负担了另一种更无止境的辛劳。

换句话说，人们由生活的奴隶变成了赚钱的奴隶和花钱的奴隶。

美式商业社会是一个大幻术，一切在这以商业利益为前提的幻术下进行。人们跌入了这个幻境，降服于这个幻术，所有那些使你以为可以大事享用的产品，其实都只是你自己的一些幻觉。你忘其所以地去追求，以为它们可以给你带来安逸、带来享受；但最后你却发现，为了要购买安逸而去赚钱，为了赚钱而多多工作，为了多多工作而失去了更多安逸。于是，你为了节省一些辛苦赚来的钱，或减轻一些为了赚钱而增加的工作，你看广告、算点券、赶大减价的公司或商场、精打细算地选购、排队付款、驾车来去，其结果却是付出了你好不容易得来的“工”余之暇。

或许，美国的制度所要告诉我们的是：生活的目的是富有，而并非宽裕。让民众迷失在赚钱与花钱的商业幻术中的基本目标，是创造财富，使国家富有，而每个人所可以享受到的是国家给你安排的各种福利。使人们的一生过得辛苦，但却不会有“后顾”与“前瞻”之忧。

说起来，当然有理。只是在一个中国人的内心深处，总还是觉得——人生一世，应该不仅是这些。

或许这就是我们“开发”缓慢的一些阻力吧？也或许，由于这点对人生基本信念的不同，古老的中国在追随美国式的现代化到一个限度的时候，该有静下来省思一下的必要吧？

走出文化附庸的瓶颈

美国这个国家，有雄厚的国力，荟萃的人才，和他们自欧洲移民来美时所挟带的欧洲文化根基，两百多年来，把欧洲文化用“加工出口”的方式，做了空前的吸收与“转口”。这种声势夺人的商业色彩，加上美国本身的科技成就，创造了令全世界起而模仿的“美国文化”。

无论大家对这美国文化的本身是否崇服，事实所表现的却是全世界都在尾随着美国文化跟进。这种以美国为范本，大家朝同一方向耕耘的结果，使全世界变成了千篇一律，大家住同样的房子，用类似的设备，有同样的公共建设，住同样的旅馆，吃同样的速食，穿同样的衣服，听同样的音乐，谈论同样的问题，也产生同样的现象。

因此，早在十几年前，美国人自己就已发出了抱怨：

“全世界都在模仿美国，我们还出来旅行做什么呢?”

“模仿”，是由于喜爱与崇服，却也是由于缺少自己的创意。

被模仿的人是成功者。

模仿的人是自知需要改进而又缺少主见的尾随者。

音乐界的人们常说：

“听过贝多芬之后，还听谁呢?”

而他们所看到的答案是：

“听过贝多芬之后，该听自己的了。”

当贝多芬的音乐已经登峰造极，他给后起者带来了庞大的压力与苦闷，于是，他们发现，与其追随，不如求变，否则再难对他有所超越。而求变的结果，在音乐上，最能做到令世人耳目一新、由衷喝彩的，不是布鲁克纳，不是马勒，而是发展出自己民族风格的东欧、北欧和俄国的国民乐派。特别是俄国的五人乐派，他们的成就，不再是跟在贝多芬后面追赶，而是回到自己亲切自然的乡土本色，使用自己的音乐语言，表达自己的情感，从自己的历史源流里撷取精华。这些精华，为别国所无，因此独特；是自己历代所累积，因此亲切；它们的感情，发自内心，因此真挚自然，令人感动。

不造作，有本色，有特性的作品，能感动自己，也必能感动别人。这是使它得以长存的基本要素。

“进步”，或许需要经过一个模仿的阶段；但如果永远在模仿，那就会变成了别人成就的附庸。

美国创造了这一世纪以来最绚丽的商业文化，最先进的物质文明与科技文明。世界模仿美国，是发乎自然的一种对进步与改善的要求。经过了这几十年的努力，大部分有实力的国家都已达到了相当的水准，大家都学到了所该学的，做到了所可以做到的。但问题也就在此刻发生——人们需要的并不是一个千篇一律的世界，也不能以做别人成就的附庸为自己的成就。我们自己所要进一步贡献的，已不再是继续模仿美国所能贡献。这世界还需要再进一步的成就，却已不是美国文化所能提供。需要进步和需要有所贡献的心情，正如当年西欧音乐席卷世界的声势之下，其他国家的心情——我们还能不能对现况有所超越？我们再要做的是什么呢？追随与模仿已经到了尽头，原地踏步绝对不能满足有创造力的人们。在趑趄不前的情况之下，也产生了许多难以解决的社会问题。于是，大家感到苦闷。

而针对这苦闷，我们所看到的答案也正是：

“当你无法超越别人的时候，你要找到你自己。”

“自己”，先天上就是一个为别人所无法超越的“超越”。

别人不是你，你的特色非别人所能拥有。

因此，你是独一无二的。

“贝多芬”的成就，不仅因为他熟谙欧洲音乐，而更因为他是“贝多芬”。他的个人天赋及特色，一分一厘地塑造了他。他的个性，发挥了他。“贝多芬”的登峰造极，是他在前人所打下的良好基础上努力，再加上了属于他个人的才华与特色，他个人的性格与背景，没有人能经由模仿而超越他。于是，别的音乐家才停下来思考。思考的结果是：舍开追随，找一条属于自己的路。

他们为世界乐坛加添了绚丽的彩色。

多少年来，我们是美国文化的“买主”。在文化上，我们是“入超”的国家。如今，我们能自美国“进口”的文化，都已“进口”过了，能消化吸收而成为我们一部分血肉的，也都消化吸收过了。现在的问题是——我们毕竟不能也不该成为“美国”。

有些美国的好处，我们学不到；有些美国的缺点，我们不该学。有些，我们学到了，却造成了自己行为与观念上的混乱——我们变成不中不西。我们对下一代，不知该朝哪一个方向去教育。我们没有西方传统的宗教文化，也没有美国移民初期所带到美国去的，以英国为主的家庭教育方法。我们的家庭并不会用英国式的教育去教育子弟，却又扬弃了自己传统的伦理。我们的社会没有西方宗教的基本力量去约束国民，却又扬弃了固有的道德观念。我们学到的西方文化皮毛，不但不足以形成自己的特色，而且在和我们的传统文化时常互相抵触、彼此冲突之下，使我们变成学步邯郸的“寿陵余子”，效人不成，而忘其故我。在对下一代的教育上，错误百出，缺点毕露，社会正在蒙受其害。

西方的功利主义，常遭到我们传统文化的质问；功利主义给社会带来的问题，更加使传统文化不愿让步。在两个不同方向的力量互不相让的情形之下，使我们感到文化上的“交通阻塞”。思想与观念挤在一个路口，进退不得。结果是在浪费我们的时间，消耗我们的精力，阻碍我们的才智，耽搁我们的成就。

这文化上的“交通阻塞”，亟需疏导。而这也正如一切的疏导一样，既然这边已经寸步难行，唯一的办法是“改道”。而这所“改”之“道”，就正是放弃紧追“贝多芬”的徒劳，重新寻找属于自己的林阴路，看看它是否比较清幽宽敞，却为匆匆挤向同一方向的人们所遗忘。

我在另一篇文章中曾举例说：“当你和别人一起逛夜市，起先，你一直跟在别人的后面，怕与别人失散，结果，你一路只看到了别人的背影与别人的脚步，而没看到夜市的风光。于是，你开始觉醒，放开了怕与别人失散的心情，由自己决定方向，不怕走在别人前面。结果，你不必再看别人的脚步，而看到了全部的夜市。”

我们可以不可以在这方面早为之计，让我们做个成功的、文化上的“国民乐派”。在经过这些年的吸收外来营养及与外来文化斟酌比较之后，是否可以重新坚定对自己的信心，重拾自己文化的优点。多少年来，我们习惯了凡事参考美国，认为只要提出“美国就是如此”，或“先进国家就是如此”，就等于一切的辩论终结，而忘记了独立思考的重要。我们是不是可以开始改换一个调子，再遇到问题的时候，除了习惯地要想到“美国如何如何”之外，也试着问问：“我们自己传统的方式是如何？我国的民族性是如何？”

相信以我国独特的民族性与文化传统，会给我们开出更富创意的指引，使我们离开这“交通阻塞”的瓶颈，走出文化上盲目麇集的“一窝蜂”，发现自己的桃源路。在这属于我们自己的路上，或许正是由于未被现代世界践踏，而无限清幽，可以容许我们轻车熟路，载欣载奔，重拾优秀文化，恢复民族本真，做个表里如一，有自信与自尊的现代中国人。

这应该不是梦想，只要我们有心，只要我们行动，它会给我们的前途展开光辉的新页。让我们在文化上从“排尾”的盲从，转变成“排头”的自信。特别是在伦理观念与品德教育方面，只要我们有心，它实在只是在一念之间，在一个行动之间。

交通阻塞吗？前面并不一定是你真正该去的地方呢！

从“忠于一主”到跳槽为荣

关公如果生在今天，他会挂印封金，过五关斩六将地离开曹营吗?

曹操对他的礼遇是“上马金下马银”，“三日一小宴，五日一大宴”。为了爱才，也为了争取蜀国这一员大将以为己用，曹操对关公的礼遇真是至矣尽矣，无以复加矣!

但是关公仍然掉头不顾，回到蜀国。他不是不感激曹操的一番知遇，但感激是一回事，忠于故主又是另一回事。他对曹操的感激，最后表现在华容道上，曹操兵败，狼狈逃生之际，二人狭路相逢，关公虽然在孔明面前立下军令状，却仍放过了曹操。这一段故事写得何等有声有色!表现了他的大义凛然，且又恩重情深，忠与义在取舍之间，分寸把握得好极。

《三国演义》是小说家言，但历来中国一切传统美德几乎都藉小说与戏曲在推广与加强。大家都知道，中国民众在教育并不普及的情形之下，而能够知礼尚义与行仁，原因就是小说与戏剧在负担着教育的工作。中国传统所谓教育，是品德的教育，而不是知识的教育。一般民众不必一定个个精通书史，但应该个个都是“好人”。这一教育目标，直到今天，仍然显示它的可贵与真理。由《三国演义》、《精忠岳传》等家喻户晓的小说所树立的最高人格的典范，成为一般民众所一致取法的为人处事的标准。关公之所以受到全国各地民众的奉祀，正是因为小说中塑造的关公精神为大众所万分景仰，才把这份景仰之忱用奉祀膜拜来表达。

历代以来，中国人对忠与义的尊崇，已到了无时或忘的地步。忠不仅限于对国家与君王，义又不仅限于对相关的人与事，这两项美德兼及于一切人和事。忠于所事，忠于所服务的单位，忠于原则。而义则是一种不计个人得失而舍身为人的牺牲精神，舍小我，全大我，常表现在一种干云的豪气与正气。

这种不计个人得失的“舍”的精神，和现代一切为己的“取”的观念，在出发点上，是相反的两极。

最近读到两篇讨论有关经营的文章。其中一篇是推崇日本人的儒家式的工作观念，认为日本各大小企业之所以能有如此的成功，得力于他们员工对公司所抱的“忠贞”的态度。他们不但可以一生忠于所服务的公司，为它继续效力，而且希望子弟也能进这家公司，奉献所能。因此使日本的公司得以稳定成长，不受人事异动的困扰。

另一篇文章却是谈美国式的经营观念。以美国几家有名的大公司，包括“奇异公司”为例，说明“跳槽”不但对个人来说，是成功之本，而且那些能跳槽去别家取得高位的员工，反而会得到原服务处所老板的重视。文中引用一位老板的话说：“如果我的员工不能去别的公司取得高职位，我会觉得失望。”

两种截然不同的观念，在杂志上刊出之后，难免也会引起我们这里做老板与做员工的人们的一些注意。后者是西方的观念，却也是我们数十年来所一直崇尚与追随的“新”的观念。尽管日本“忠”的观念是学自我泱泱大中华，我们却并不重视自己这古老的传统，而早已认为一切固有的想法都迂腐朽旧。“迷信西方”，尤其是迷信美国，已经成为国人近年来一股不可抗拒的力量。美国的想法如果不成为某个人的想法，那等于注定这个人是要落伍与被遗弃。

在这种潮流之下，我们似可预见，将来我们的企业观念是“希望员工不忠”、“欣赏员工辞职他就”，而对忠于职守、不想求去的员工予以轻视。在这种观念影响之下，眼前已经可以听到年轻有锐气的人们互相鼓励——“既然老板不重视忠于职守的员工，我们又何不见异思迁?”“跳槽”总会得到较高的待遇或职位，又何必株守原处?

于是，我们看到了年轻人盛行三级跳。“三级跳”往往对新进的公司有利。因为一，新员工为了争取新老板的信心与好感，当然尽力有所表现，工作态度会格外的积极勤奋，效率也高。二，新员工会把原服务公司所学到的技能带过来，附带也带来原服务公司一部分的业务机密，使这边的老板多了解一些“敌情”，当然有利业务的推展。

这种鼓励跳槽的经营观念，说穿了，等于鼓励大家互相争取肯为了赚取较高待遇而出卖原服务公司的“人才”，美国奇异公司的老板说大话，认为他的员工跳槽到别的公司都能得到高职位，使他引以为荣，那是因为奇异公司“本固枝荣”，等闲的员工辞职他去带走一些业务诀窍与机密，对大公司如奇异公司者，等于九牛之一毫。尤其大公司分工很细，能带走的诀窍与机密也极有限，对原服务公司不会产生重大的影响。原公司也乐得多有几个光荣的

“毕业生”，在同业之间去取得高位。

但对一般小公司来说，员工所涉部门较多，对公司营运及作业情形有时会了如指掌，公司对员工倚重的程度也与大公司不可同日而语。一个职员的“卖主求荣”，很可能对这家公司造成严重的伤害。但是，大家并不去注意这美国式的观念是来自美国式企业的庞大组织与严密结构，而只想到既然美国如此，我们即可跟进。

当然，这种盲目跟进，不仅对公司有害，对跳槽者本身也并不能像美国跳槽者那样，大部分都能因跳槽而得福，这也是因为我们这里大多数公司的基础不似美国那几家有名的大公司的健全与稳固。他们往往只是为了一时的需要与商场上损人利己的“挖角”式的竞争而接纳跳槽员工。因此，对跳槽员工必定会久而生厌，而且存有戒心，一方面不稀罕员工忠贞，认为忠贞是“没苗头”的表现，一方面他的利用价值已尽，自然对他不再存有好感。跳槽者在一阵高兴之后，发现新的公司并不稳定，而自己原来的位子也丢了，深感得不偿失。

更有很多事例证明这里许多小公司是在一夜之间仓促组成，资本既小，也没有长远的打算，往往只存“捞上一票”的心理来开公司，先是挖角以求一时的业绩，但跟着就无以为继，稍有风险，迅即倒闭。这种例子不胜枚举，那些只看到一时高薪俸、高职位，而就欣然跳槽，以为可以跟上美式观念的员工，却发现自己的下场竟然是两头落空，这时自己再想回原来的公司，多半已不可能；想找新的工作，自己却由一个被争取的“高手”沦为敲门求职的失业者。加以大家对失业的求职，常抱一种怀疑与排拒的态度，这才发现这“见利忘义”的“新观念”是如此的脆弱，如此的为社会所不容。

再看公司这方面，尽管对株守原位的员工抱有不耐烦的心情，认为“你如此忠贞，难道是因为没有别的地方可去”的势利想法，但在业务本身要求上，却发现，还是要仰赖这资深、富经验的员工。于是，在并不十分情愿的情形之下，不得已，还是得给他一些升迁与重用，结果，那些被争取而离去的“高手”，很可能要再回头来向这些“没苗头”的“愚忠者”递履历片了。

公司老板鼓励别家员工“跳”到自己这边来，是为了私利，员工弃原公司他去，也是为了私利，大家被“私利”所“左右”，再加上公司不重视员工的忠贞，处处剥削员工，不关心员工的生活与福利，宾主之间只有利的攘夺，而无义的存在，社会上又焉能不充满了一片浮嚣之气？

美国人在经济不景气，员工只顾罢工，争取高薪，不顾公司存亡（甚至不顾国家存亡），因而使社会蒙受严重损失之余，曾发出呼声，问：“日本能，我们为什么不能?”

美国人这个问题，原本应该是：“中国能，我们为什么不能?”如果我们一面学西方现代化，一面能够不把传统“忠”的教训，拱手让给日本的话。

* * *

一个社会发展的方向要看社会大众在重要关键的选择，而这选择力是来自观念，观念来自文化。

* * *

大众能有超乎金钱财富之上的选择，才是稳健的社会。

浊富与清贫

中国人对钱财之挑剔，恐怕是举世独一无二的。

儒家从《大学》的“德者本也，财者末也”，就先贬抑了财富的地位，而把“德”放在了榜首，然后《论语》、《孟子》又用种种的义利之辨来界定“君子”与“小人”，使人在财富面前总要先对自己取舍的态度加上几分自律，以免成为“喻于利”的“小人”。道家更是不用说了，不但老子所主张的“不贵难得之货，使民不为盗”，否定了物质生活的繁荣；庄子那“宁愿曳尾于泥涂”，只求自由、不求富贵的思想，更影响了后世的小说家与诗人，所塑造的人物，几乎越是智慧、品德高超，才冠群伦的，越是两袖清风，使那些有才有德之士，为了避免被视为“孳孳为利”的“跖之徒”，情愿标榜自己是“茅屋穿空，幸有天遮蔽”的贫儒，而不愿被看作腰缠万贯的大腹贾。

近人张潮在他的警句中也说：

“为浊富不若为清贫。”

贫穷而光荣，是中国历代哲学家、思想家、小说家、诗人，以至一般民众所努力塑造而成的一种观念。它的目的其实是为了要人们避免钱财的诱惑，安贫而乐道，维持原则与正义。富与贵虽是人之所欲，但“不以其道得之，不处”，这“道”，也就是张潮所指的“清”与“浊”的分野。

“贫”而“清”是光荣，“富”而“浊”是耻辱，这光荣与否，是在于“清与浊”，而不在“贫与富”。

人类在物质生活的满足之外，还有精神生活的层面，在财富所带来的光荣之上，还有“精神生活上的自尊”。

财富可以使人尊荣，但人类也会发现，财富不能给人带来更高层次的尊荣，除非在取舍运用上，能够赋予它更高一层的意义。否则它不但不能使人尊荣，反而使人耻辱，使人耻辱的财富就是“浊富”。

“浊”的意思是，不问是非，不辨善恶，缺少秩序与选择，不会根据人格尊严来决定取舍。“浊富”的生活内容如同一潭污水，令人望而却步。

“浊富”是只知追求金钱，聚敛无度，却缺少智慧来善用金钱，使它发挥正面的作用，也缺少能力，使金钱变为源头活水，能流通，有脉络，使它成为一道清流，在提供个人的滋养之外，也能灌溉周围的田园，并且有利舟楫，使财富货畅其流。

“浊富”对个人来说，是除了财富之外，不知其他，对社会来说，是污浊紊乱，不辨义利的低级社会。利之所在，趋之若鹜。至于是否制造了罪恶，败坏了品德，降低了生活的品味素质，完全无心顾及也无力判断。

虽然说，能够摆脱贫穷，是一大成功，但摆脱贫穷的方法和既经摆脱之后，所藉以形成的生活格调，才是“浊”与“清”的分界；也才是一个人或一个社会的真正尊荣之所由生。

台湾的富，有目共睹，但是否能避免成为“浊富”，已成为我们文化的一项新的考验。

常见的“浊富”在一般人来说，是在衣食日用上力求奢侈，只以锦衣玉食为荣，不知生活应有其他的目的。对团体来说，是在同一工作或同一活动上，重复的花钱，而不去深究这活动的基本意义。打开社会名流的活动日程表及照相簿，会看到大量的饮宴场面，“吃”已变成一切活动所不可少的重点或高潮。

今年四月，台北市教育局为了消化一亿九千多万元的预算，而紧急命令一部分中小学加紧实施“试办自来水生饮计划”，引起舆论强烈的批评。认为市府不应为了消化预算而临时强迫学校进行这样一个没有把握的计划。虽然这计划终于在大家反对之下，只申请保留了一小部分，其余缴回了国库。但这件事所显示的“有钱不会花”，也看不见何处该花，何处不该花，以及如何花才可以使钱变成真正的尊荣，显示真正的进步，仍然是一个值得讨论的课题。单单针对这“自来水生饮计划”来看，如果根据主张实行这计划的人们所说，是为了“顺应潮流”，表示“我国也已进入开发国家之林”，我们认为，与其冒险去让学生当实验品，在学校“试办”自来水生饮，倒不如把这一亿九千多万的大笔预算，用来彻底改善及增设各学校的厕所，还可更有益各校师生的健康，也更可以在观瞻上显示我们“已进入开发国家之林”。

本年六月份，在美国的中文报上看到一条短短的报道，说，一家美国理发业连锁，准备到台湾来开设分店。记者问这连锁的负责人：“台湾的理发店已经太多了，你还去做什么?”他回答说：“我去台湾实地看过，发现台湾的理发店装潢得非常豪华，但是十分肮脏。我的理发店不追求豪华，但是保证绝对清洁。”

这位先生的谈话可以说是对台湾的“浊富”现象下了一个无情而正确的针砭。

无论我们怎样善于为自己辩护，这十分具有代表性的理发业所给人的印象的确是“外表非常豪华，内在十分肮脏”。

不要说内藏色情的理发店，其豪华与肮脏的对比极端强烈，就算一般并不兼营色情的理发业，问起真正的清洁卫生，也很难合乎要求。美国这位理发业者敢以“先进”姿态，准备进军我国，并且大言不惭地说，希望他的经营方式能像麦当劳一样，在清洁卫生与效率方面，带给台湾一些示范，可以说是真正看到我们的“病源”所在。

拆除外表的豪华，洗净内在的肮脏，这是使“浊富”变“清”的最重要的一步。大家能不能“闻过则喜”，理解到这一点，足可说明我们对生活素质的判断力和真正的教育程度。

把装点虚荣的钱用来疏浚沟渠，而不是把污浊的沟渠加盖，才可避免成为“浊富”。

我们号称已经摆脱了贫穷，但是贫穷有多重的意义，它包括了物质上的贫穷和精神上的贫穷。物质上的贫穷可以用商业经营去改善；精神上的贫穷所需的则是教育。这教育，却又并非制造多少硕士、博士的专才教育和每年若干大学毕业生的数字上的虚荣。它是一种最基本的、最和虚荣无关的朴实无华的人格教育。如果我们不此之图，而只一味在制造高学历的数字上去求满足，那所谓的教育，终难免是只装点了外在的“豪华”，而忽略了使内在变清的、教育的本旨。

中国人一向对钱财是很挑剔的，现在不要轮到外国人来挑剔我们才好。

* * *

要想抗拒金钱的诱惑，道德的力量之外，更需要一种高尚的欣赏力。人们能欣赏超乎金钱物质之上的东西，才能产生优秀的文化，也才能形成高雅的民风。

建立属于自己的现代

在我们的生活环境中，有一个很常见的现象，那就是，一幢美丽的住宅大厦，好端端地被敲开打掉了一楼的外墙或门窗，改成了餐厅或其他店面。同幢大厦的住户一定也曾经反对，但反对并不能制止这种现象，结果大厦的原设计被损毁，其他住户的居住品质被侵害。

我觉得好奇的并不是有关当局为什么不加制止或究竟有没有一条法规来制止，而是，为什么我们中国人这么喜欢在住宅区开店。

因为这番好奇，使我想到了事情的另一面。

许多中国人移民到了美国之后，没多久，就又跑回来，问他为什么，他的答案是，美国太不方便了。

换句话说，台湾对他的吸力就是这里日常生活的方便，所谓方便，当然指的是随处可以买到东西，找到餐馆，节省时间、体力与金钱。

美国之不方便，人人皆知，似乎它那一切的按部就班、一清二楚，都抵不过它日常生活上的种种不便。于是，台湾这方面的缺点会忽然变成了优点。

台北，在种种直追世界一流大都市的建设之外，实在还是相当泥土气的。这泥土气使你觉得紊乱，但也使你觉得亲切，于是你陷入一种矛盾的心情，不禁要问，你究竟希望怎么样的一种生活环境?

你赞赏美国生活的一清二楚，条理分明，但你会觉得自己被架空，没有多少动弹的余地。

而在台北，你觉得自己贴近地面，好乱！但是，你也感到这是因为有无穷的动力，在你周围跳跃翻腾不已，而你自己也是其中的一个。相形之下，你觉得美国的生活僵硬平直得像是许多条拉长、绷紧了的线。它让你每天在距离遥远的点与点之间奔驰，却没有多少给你自己回旋的余地，你会非常赞佩美国种种制度的条理分明。但你也发现，普通一般的美国居民是生活在一些很可靠的“格子”里，生活是一目了然的一大片空白。人们实际上所忙的只有很少的几件事——上班、理家、度假，而就是这很少的几件事，却使人忙得筋疲力竭。

台北不是这样。

台北是乱乱地忙着，大家在拥挤的街道上，很起劲地奔逐着，节奏快而事情密集，你可以在短短的时间内做好几件事，而不必觉得紧迫。你固然不妨严肃认真地计划你的时间，但你也仍然可以用轻快的步调“顺便”完成很多计划之外的小事，公余之暇不但有充分的可能允许你去听听音乐或看看电影，不必担心透支了睡眠的时间，而且可以有安闲的心情在散场之后去吃个宵夜。

你觉得大部分的活动都容易参加，而不必郑重其事地准备“时间”，台北人的生活显得轻松而有效率，你可以说，这是中国式的、乱哄哄的效率，不能和西方先进国家“效率”相提并论；但是你也许更应该说，这中国式的效率是来自我们喜好平易简便的民族性——没什么可造作的。台北所创造的“奇迹”令人艳羡是不争的事实，它和生活节奏的快速活泼而又轻便大有关联，它不是中规中矩的，但它是很可爱的。

这商业大城的泥土味，这在法令规章之外的我行我素，使你觉得其中一定包含了一种什么样的力量，使你不愿只从表面的现象去责备他们。

我这么写，并不是要为乱哄哄的台北“开脱”，我只是在想：“为什么我们的法令规章总也赶不上社会的变迁？”或“为什么我们社会的变迁是这个样子？”“我们的问题在哪里？”“要怎么样才可以把我们这‘乱哄哄’而又活力充沛的小小习性导入正轨？”以至于：“究竟怎么样才是属于我们的正轨？”

基本上，我们和西方人是不是不大一样？和日本人也不尽相同？

中国人这种聪明实际、爱好平易与简便的天性，是不是使他需要另一形式的疏导，而不是一味地套入美国的模式？

台北人的缺少秩序，是真的因为台北人不守法吗？

还是因为他们久已不耐烦法令的颟顸迂缓，不适合他们的实际要求，而索性自行其是地走在了法令的前面，创出了法令以外的格局？

中国人是非常聪明的。

几个月来，台币升值，美元滑落，政府忧心忡忡，唯恐中小企业会倒闭，却又一直没有什么相应的措施，但是厂商自己却早已想出了办法。五月六日《联合报》的一则新闻报导说：

“国内厂商在美元大幅滑落的情形之下，采取‘汇率损失三分法’，由厂商自己、国外买主及上游原料供应商各负担三分之一的汇率损失，大家有难同当。”

新闻标题惊喜地说：

“适应能力惊人，企业倒闭几乎没有。”

报导中特别引用一家商业银行副总经理所说的话：

“厂商比政府聪明!”

在许多事情上，我们也有同感。

民众比政府聪明，甚至比政府进步。在一些问题上，民众替政府承担风险，为政府排难解纷，给政府在许多事情上打了先锋。也在许多事情上，他们用行动来表示了不耐烦的心情——“这样做不是很简单吗?”

中国人比较喜欢生活上多有一点机动性，可以给他们发挥活力与智慧。希望少一些约束与造作，以免把他们的头脑与生活“架空”，使他们失去简便行事的自由。

学习美国式的西方，我们学了不少，但截至现在为止，我们所学到的都是我们所认可值得去学的。精明务实的中国人，会用最简单明了和实际的方式去判断，用现实生活的是否合宜去求证。也有很多事是我们坚持不愿接受的，不同的民族性所能忍受与不能忍受的事情就是不会相同。

大厦开餐馆，一面吵嚷限制，一面如同雨后春笋，不断地增加。摊贩从三十多年前就取缔，一直取缔到了现在，也没取缔成。你就不能再只说，这是警察拿红包或民众不守法，而要从基本探讨一下，是不是应该用什么比取缔更好的方法来顺应这喜欢“以简驭繁”的民族性，而这样的民族性，是不是也透露了一种可以值得让政府“因势利导”的聪明和力量?

蒋经国先生当政之后，把旧历年的假期从一天增为二天，端午和中秋也正式放假，使民众不必再阳奉阴违。这说明“民之所好好之”的重要性。既然旧历年废除了半个多世纪，民间依旧是“你过你的年，我过我的年”，说明民众必有坚持如此的理由，为什么不顺应民情呢?民间的许多坚持，是一些不必登上议坛的“民意”，疏导顺应就比禁止与惩罚重要，不能一概以“落后”与“刁蛮”去责备他们。

既然人们喜欢在住宅附近很简便地买到日常生活所需的东西，而住宅区的建筑却没有适当而足够的店面，这是不是规划上的问题呢？既然人们对摊贩尽管厌恶，却又喜欢去照顾他们，这是不是说明百货公司的经营和一般大众太有距离，而使大众不甘愿去照顾他们呢？摊贩是不是可以用较合理的方式，加以我们自己的现代化的安排与设计，把他们纳入正轨，使成为令民众与观光客都觉喜悦的一个中国式的特色呢？

我们在建设上及生活方式上学西方的现代化，碰到了一些瓶颈，是不是也应该承认，这因为不同的文化背景使我们来到了一个分歧点，而开始重新考虑一下我们自己所应采取的方向？

先天民族性与文化背景的不同，是使这世界不至千篇一律的一个可喜的因素，让喜欢简便平易的中国人从这分歧点上，着手建立属于自己的“现代”与“非现代”，“合法”与“不合法”。不必再盲目地完全以西方为范本去削足适履，而只顾嘲笑自己民族是有“劣根性”。

让我们开始独立思考，冷静衡量一下，从认识并肯定自己民族的特色开始，设计一条合乎自己这民族与文化背景的新路，相信会在以后的建设上减少许多阻力而更容易看到成效。

为了简单扼要地提供一点关于文化背景与民族性的不同，我摘录几段对我国民族特色最能提纲挈领、道出其中精髓的名言。它们是林语堂博士多年研究中西文化之不同的几个重点，给大家参考，也希望藉此给我们中国人增加几分自信：

△任何一个民族的文化都是他思想的产物。

△中国人的思想非常实际而精明，中国人的思想也是富于诗意和哲理的。

△中国人有一种轻逸的、近乎愉快的哲学，他们的哲学气质可以在他们那种智慧而快乐的生活中找到论据。

△中国这民族显然是比较富于哲理和对诗人与农夫生涯的向往。假如不是这样，一个民族经过四千年的高血压，早已不能继续生存了。

△四千年专重效能的生活能毁灭任何一个民族。

△中国人有浓厚的现实主义，认为“二鸟在林，不如一鸟在手”。这种现实主义使艺术家的信念变为坚固，觉得这有如朝露的人生更美丽，同时也使他们不致逃避人生。

△中国诗人的现实主义不是商人的现实主义。那种趾高气扬、欣欣然走上成功之路的年轻进取者的大笑，也被一位手挽长髯、低声缓语的老人的微笑所取代。

△中国的三大哲学体系（儒、道、释）都曾被健全的常识所冲淡，而都变成追求人生幸福的共同问题（之探讨）。

△中国人的哲学是：一、一种以艺术眼光面对人生的天赋才能。二、一种于哲理上有意识地回到简单。三、一种合理近情的生活理想，最后的产品则是一种对诗人与农夫的崇服。

△现代人对人生过于严肃了，因为过于严肃，所以充满着烦扰和纠纷。

△我们应该费一些工夫，把这种态度根本地研究一下。方能使人生有享有快乐之可能，并使人的气质有变为比较合理，比较和平，比较不暴躁之可能。

人生三大问题

和西方朋友谈中华文化，常引起他们一个问题，这个问题是：“孔孟老庄都是两千多年以前的人了，你们怎么还遵奉他们的话呢？”

这问话不仅是表示对我们遵奉先贤的态度不解，而且言外之意，还表示：“像这样，你们怎么会进步？”

我觉得，问题的关键在于“进步”这两个字。

西方（尤其是美国）人的观念，“进步”就是不断地汰旧换新。不要说今天的人要比两千年前的进步，就是五年后的人也得比现在的人进步。这是由于他们把判断科学技术的标准用来判断思想与智慧。其实，不仅是西方人，我们自己也常说：“孔子或老子在两千五百年前即已说过了。”或“孟子在两千多年以前就能说出这样的话，实在令人惊奇。”好像人类的智慧应该像科技一样，日新月异，突飞猛进似的。

科技进步，一日千里，不断地汰旧换新，这是有目共睹的事实。不但林白当年横越大西洋所驾的飞机，在今天的波音七四七面前相形见绌，即连去年的汽车，也已变成“旧”型。超级市场天天有新产品问世，比旧的更为合用。但人类的智慧却并非如此，在遥远的地球另一端，与孔子同时的苏格拉底、柏拉图，以及稍晚的亚里斯多德，也没有因为两千多年时间的阻隔而降低了他们哲学家的地位。因此，我们只能说，“人类的智慧是在相当程度的文明形成之后，才能更加显现的一种潜力。”由于时代与地域的不同，会产生不同思想方式和不同成就的哲学家，而并没有进步与落伍之分。有些哲学思想经不起时代的考验而被人推翻了，那是个人智慧与成就的问题，和时代并无必然的关系。真正高超的哲学家的思想，不但不会受到时间的限制，而且他们所发现的哲理不会受到地域的限制。老子哲学能在崭新的现代欧洲受到欢迎，即可证明真正的哲理不但是放之四海而皆准的，并且也是垂之万世而不朽的。

这原因在哪里呢？为什么人类尽管在科技上日新月异，新旧分明，而真正思想上的成就却不会受到时间的淘汰呢？

这使我们不得不承认，人类生活中，有某些问题的素质是不变的，是恒存的，是古今中外所共通的。

这些素质，大体说来，一是生死的问题，二是人际关系的问题，三是生命的价值或对成败如何解释的问题。

这三者，既不会随着科技的进步而改变，也不会随着科技的进步而消失。它们一直受着每一个人的关切，使每一个人感到困扰，是每一位古今中外的智者希图求得一个可行的解决之道的问题。而这“可行的解决之道”，无疑的，要属我国的孔孟和老庄所提出的答案最多、最好，也最经得起时间的考验。他们思想上的成就虽然和当时混乱的时代有关，但那是受了时代的激发而引起了他们的深思。如果孔孟老庄生在现代，他们在上述三个问题方面，也必然会用现代的语言写下他们针对现代生活而产生的哲思，加入现代生活实例的印证。

关于生死的问题，孔子是“未知生、焉知死”，避而不谈的，因为他知道谈也无益。他所注重的是“可行之道”，既知无能为力，谈它作甚？庄子是“天地与我并生，万物与我为一”的，他认为，死后或为鼠肝，或为虫臂，都不过是“以不同形相禅”，（《庄子寓言篇》“万物皆种也，以不同形相禅。始卒若环，莫得其伦，是谓天均。”）个人不过是天地万物大生命中的一次演化，死后发荣滋养了鸟兽虫蚁或植物，也仍然是化为“万物之一”，只是形状不同而已。这两种态度都证明是最好的态度，为现代人所惊服，并未随着科技的进步而失去其真理性。

关于人际关系的问题，更是自古迄今，一直存在着的问题。我们只要在这世上一天，就一天难逃人际关系的困扰与负担。古今哲学家曾千方百计，试图寻求一个最好、最和谐的办法，但事实证明，人际关系是天地间第一项最无法彻底解决的问题。孔子是人际关系问题的专家，他用“礼”来规定“应如何”，要求人们“在感情的基础上，用理智来遵奉”。“感情的基础”是肯定人有先天的亲子之情，后天的夫妻之情，君臣、朋友、师生之情及仁人爱物之情。但这些情，要用“礼”来规范，始不致失去控制而泛滥。因此他强调人们要遵奉伦理，要父慈子孝，兄友弟恭，要长幼有序，要有孝悌忠信来作为立身处事的基本原则。人们受教育，先从“礼”字做起，这是世上最有秩序的人际关系的蓝图。以夫妇这人伦之始来齐家，给社会奠定了秩序，使儿童受到稳定的照顾，学到孝悌，然后推而广之，用孝悌的精神去忠于国家，信于朋友；由孝悌而不“犯上”，由不“犯上”而不“作乱”，而达到国治天下平的目的。这一整套人与人间的相处之道，以今天的眼光来看，虽然它给人们许多约束，却也证明，它仍有许多现代观念所无的好处。现代人为了个人的自由，摆脱了伦理的约束，单打独斗闯天下，所造成的问题也正是旧时代孔子伦理教育之下所无的问题。现代人有了个人自由，却失去了亲朋援手，儿童与青少年的问题多，造成社会许多乱源，也没有较圆满的解决办法。这证明，人际关系的困扰是自古就存在的，是没有百分之百的办法使它只有好处而没有缺点，使人只有收获而不必付出的。只是现代人较乐于选择孤立，以便我行我素，情愿牺牲各种感情上的照顾而已。

关于生命的价值及成败的解释，也一直是人们追问不休的问题。孔子和孟子主张“成仁”与“取义”，认为为了仁与义，舍弃生命在所不惜。因为那就是生命最高的价值。老子与庄子则主张因任自然，认为既然有了这生命，就要它逍遥自适，宁“曳尾于泥涂之中”，也不去卑躬屈节，追求高官厚禄。道家把个人看得很小，却也认为，唯有当你不自以为大的时候，才能“成其大”，才真正与天地万物同样博大。而后人把这两种不同方向的对生命价值的解释融而为一，认为人本来就有要求自由适意和希图有益于世并与环境协调合作的两面，因此把这两种态度综合起来，变成“以出世的精神做入世的事业”。既有了精神性灵上的较高境界，也不违拗人们想过入世生活的另一天性，遂成为一种综合而合乎中庸之道的生活态度。

至于成败，老子和庄子的解释最好。他们认为“凡物无成与毁”，是以各人好恶为喜忧，而“唯达者知其通为一”的。认为“其分也，成也；其成也，毁也。”“三十辐共一毂，当其无，有车之用”，是告诉你，不要只看事物一面的成毁，而要看它的两面；是“成固欣然，败亦可喜”的。这种生活态度使人眼光远大，也是对成败的更高一层的解释，使人对苦乐穷通不再采固执的态度。

面对人生诸般问题，儒家给你力量，道家给你境界。使人们可以一方面尽力而为，一方面对成败持较哲学的看法，减轻了人们精神上患得患失的负担。

现代人自诩聪明与进步，但是在面对这三项人生大问题上，并没有比古人更进一步的贡献。这说明了二千多年前的人类与现代的人类并没有什么基本上的不同。而且说不定再过二千五百年，人类仍然是在这三项问题上打转；而转来转去，还是得向我国这几位哲学家去问路呢！

孔夫子在台北

这天，大台北气温高达三十六度。孔子在他那只有三十四个榻榻米的寓所，却依然神闲气定，申申如也。

颜回刚刚来请过安，顺便带来了今天的早报。孔子留他吃早点，颜回说他已经吃过了。孔子察言观色，知道颜回只不过吃一碗白水泡饭，不会有什么营养。曾劝过他，现在已是工业时代，一个人不能太俭省。营养好一点，脸上气色也就会好一点，才可以给人相貌堂堂的印象。其实，颜回何尝不知？

只是他天性保守，只会念书，不会赚钱。为了维持生计，教了几个家教，收点束脩，还时常把这些肉干转送给孔子。他已经习惯了一箪食，一瓢饮，吃肉反而不舒服。倒是孔子，每天多多少少，总得让夫人把这些肉切得方方正正地端上来，尝一点。这几年，家里可吃的东西仿佛也越来越少。孔夫人说是因为学生招不上来的缘故，让他去问问开补习班的钱通先生，人家怎么招来的那么多学生。孔子听了很生气，说："放于利而行，多怨。"我的本分是传道、授业、解惑，又不是为了发财，你难道让我去卑躬屈膝地向鄙夫请教？富与贵是人之所欲也，不以其道得之，不处也！

孔夫人一气之下，也不理他，自顾去隔壁关家，找关太太聊天去了。

关府和孔宅是紧邻，这几年，一年比一年发达。关先生做的是纺织生意，内外销都做。他本来就是布行出身，大战期间，曾经投身军旅，立下过汗马功劳。这几年，刚好赶上纺织业起飞，子侄们也都有经商的天分，就天天逼着他讲些做纺织业的窍门。关先生起先还很不耐烦，心想，以我这文武兼修、德高望重的身份，你们怎么不问我别的，而只问我做买卖的小事？可是，这年头，子侄们比他清楚，早已不再是把商列为四民之末的那年头了。有这方面的天才和经验，为什么不拿出来用？关先生无可如何，只得略微指点一下"品质第一，言不二价"的道理，并不亲自经营，一切都交给子侄去做。好在他到处郊区都有别墅，可以躲开尘间扰攘，自己到各处住住，闲来无事，看看春秋，一早一晚，在后园里练几趟刀法，怕把武艺生疏了，一方面也是为了锻炼身体，也很逍遥自在。

关家的子侄辈，就在这几年的工夫，财源滚滚而来，把原来市区临大马路的两所平房，一下子改建了十二层的大厦，自己留了五层做公司和关系企业，其余的租给了商家，加上营业所得，一年的收入上亿，足够关先生买各种的善本书和收集古玩及养马之用。相形之下，孔子这栋小小的日式宿舍，就更不起眼了！

孔夫人为这件事不知和孔子吵了多少次，说在这寸土寸金的大台北，你没钱盖高楼也就罢了，为什么不把房子干脆卖掉，到乡下去住？总还可以多剩几个钱用。孔夫子却就是这么"有所不为"的硬脾气，这房子当初是公家配给的宿舍，虽然别人都是随便动点手脚就卖掉了，他却说那不合法，对不起国家。说什么"君子怀德，小人怀土，君子怀刑，小人怀惠"，把孔夫人气得无话可说，只有去隔壁找关太太发牢骚，说，我们那位老夫子真是食古不化，什么"小人怀土"？这年头，那些"怀土"的人，都发了财，你这不怀土的，反而越来越被人嘲笑你“土”！

话传到孔子耳中，他倒也不在意，知道这世上是唯女子与小人难养也，反正吾道一以贯之，不和她一般见识就是了。只是眼前这收不到学生的问题，使他心中很烦。这几年的大专联考，只有颜回是考取了第一志愿。他本来就是个好学生，平常老师讲什么，他记什么，“不违如愚”；又凡事中规中矩，划电脑考卷，从来不会划出格，是应考的第一把能手。曾点却考了两次都榜上无名。他父亲十分生气，跑来找孔子，要退学费，怪孔子不该把补习的时间用来教什么礼乐。孔子回敬了他几句，说：“你也别怪我，回去问问你儿子，他自己是个什么材料！平常大家都念书，他只弹吉他；别人都有修齐治平的大志，他却只想春光正好，春服既成的时候去游春，去游泳，然后唱着歌回家。我这是因材施教，他不是个‘道千乘之国’的材料，上不上大学有什么关系？”

曾点的父亲根本听不进他这套，仍然很火大的要求退学费。孔子叹道：“人而不仁如礼何！人而不仁如乐何！还亏你有个喜欢音乐的儿子，像你这样一味的升学主义，点儿的才华都被你埋没了！”

曾点的父亲摇头苦笑，说：“算了吧！我的儿子都被你教成只会弹吉他的太保了！你还说呢！这次他一看榜上无名，扭头就走，到水源地游泳去了，完全不把落榜放在心上，你怎么不教他知耻近乎勇呢？”

孔子本来不想跟他辩，现在忍无可忍，只得说：“君子言之不出，耻躬之不逮也！当初我不和你讲，让学生重礼乐，轻记问之学的道理，是想将来用事实证明给你看。你以为点儿将来一定没出息吗？咱们不说中国的黄自先生，辛明峰小弟弟，郭美贞小姐，你们是相信外国的，那就说外国吧！你看古时有贝多芬、莫扎特，今人有伯恩斯坦、鲁宾斯坦、卡拉扬诸公，哪个不是名震遐迩的大音乐家？他们不比你有名吗？不比你有钱吗？”

孔子说得振振有词，满以为这下曾先生可无言以对了吧。没想到，曾先生听完，一面点头，一面冷冷地回了他一句，说：

“你说这些人，我也都佩服，可是有一样，我们点儿已经高中毕业，算天才儿童送出国也晚了，在国内吗？考不上大学音乐系，是你学科没给他恶补之过，这你总得承认了吧？”

这下，孔子倒给问住了。

他总以为大学之道，在明明德，在亲民，在止于至善，而不是在会背书，会划符号。所以，弟子一进门，先教应对进退之礼，温良恭俭让，以身作则。

然后教诗教乐，为的是陶冶性情，涵养品德，塑造完美的人格。所以他的学校里，是天天都得唱歌奏乐的，而且还常常带学生去郊游。这些都不需要什么场地，不像那“钱通补习班”，大言不惭地说，他不教音乐体育，是因为家长出不起钱给他买地皮做场地。也不想想，就凭他那“小人喻于利”的市侩作风，凭什么资格教学生体育和音乐！孔子带学生出去郊游，要多大场地就有多大场地，大自然不用花钱买。上公共汽车，每人都得排队，谁要是抢先，回来一定“以杖击其胫”，这正是一种机会教育。大家随时学着待人以礼，谁也不许投机取巧，横抢竖夺。哪知这几年下来，他学校的学生升学率直线下降，从去年到今年，只有一个颜回录取，证明他的教学宗旨有了问题。现在曾点的父亲说他儿子自暴自弃，变了太保，老夫子一时倒是还不至于相信曾点这么差劲，可是心中也未免七上八下。本来也是，高中毕业，只会弹琴唱歌和游泳，将来可怎么办呢？“君子不患无位，患所以立”，孔夫子想来想去，倒真是不知道在这人海茫茫的大台北，到何处去给点儿找个工作了。不过，好在还有个服兵役的时间，服完兵役再说吧！

孔子一夜没睡好。打开收音机，想听听音乐，转来转去，除了偶然有一个周率还播点“尽善也，又尽美矣”的音乐，近乎舜之韶乐以外，偶尔听到一点武乐，虽然尽美，却未尽善，也足以使他留恋。可惜大多数的时段，都在播放郑卫之音。想找点灵感，自己作首新曲，教教学生，却越听越觉茫然。想到点儿弹吉他，本来也是从他教的瑟演变出来的。乐器的本身都是好的，只看你弹什么音乐。怎么大家说曾点弹吉他，就是太保？无非是所弹曲子的问题罢了。现在的音乐家也都太好高骛远，动不动就要做个印象派，写个无调性，也难怪学生们要去弹热门音乐。曾点还算是好的哩！师承孔子，学的是雅乐，弹起吉他来，像弹古筝似的。

可是这又有什么用？他出不了国，又进不了音乐系，拿不了大学文凭，找工作也没人要，也真是个问题。

孔子想了一夜，也听了一夜的广播节目。天亮之后，听了一段新闻，他也就闻“乐”起舞，起来活动筋骨了。

孔夫人被他辗转反侧地吵了一夜，也是没睡好。起来以后，一语不发地给他泡了一杯茶，把书桌给他擦好放正，免得这位老先生又闹“席不正不坐”的别扭脾气。哪知，今天孔子倒没挑剔夫人，他心里恍恍惚惚的，只是觉得自己一生“学而不厌，诲人不倦”，如今却碰到这么个升学率的问题，使自己的教育方针受到了可怕的考验。“唉！甚矣，吾衰矣，久矣吾不复梦见周公。”

学生们升学成绩不好，难道是我教学不力吗？“自行束脩以上，吾未尝无诲焉！”怎么不力呢？要说我的教学原则，也不比美国杜威他们差啊！教育即生活，教育即生长，不是他们也和我想的大同小异吗？“自天子以至于庶人，壹是皆以修身为本”，学校订公民课，音乐美术课，不就是为了这个吗？

孔子一面喝茶，一面喃喃自语，眼睛看着报纸上那些“保证升学”的补习班，“严管勤教”专攻考题的补习班，和由恶补专家领衔招生的补习班，那些铅字都化成了黑压压的莘莘学子，一个个埋头苦写，没有一个人敢说他想唱歌、想郊游。如果有人敢举手问老师，什么叫仁，什么叫义，什么叫“文、行、忠、信”，老师会叫他回去背基本教材，然后背参考书，再背昨天发的“考古题”。用不着问。孔子有点后悔让门人写了那部《论语》，害得后世的孩子们常常为注解考错了一个不相干的字，而升不了学。

正想着，忽然听说有人送礼来了。

“送什么礼呀？”孔子疑惑地问着夫人。

“唉，你真的又忘啦？你该过生日啦！”

自从改了阳历，孔夫子老是不记得自己的生日。正想翻翻抽屉里的黄历，对照一下，看今天是几月初几，夫人已经把大大小小、包装精美的礼盒端上来了。多半都是弟子们送的，这年头，大家都很忙，礼物送得虽然丰厚，却都是交给司机开车送来，顶多在卡片上附一句“福如东海，寿比南山”。也有在海外留学的，在信封里附个卡式录音带，唱的是《生日快乐歌》。

孔子请夫人把礼盒原封不动地都放在壁橱里，感慨地说：“礼云，礼云，玉帛云乎哉！这些小子一定又是忙赚钱忙昏了头，来个礼到人不到。这算什么礼？这是赏赐罢了！”

正在发牢骚，一抬头，只见玄关那儿有几个碧眼金发的年轻客人，垂手侍立。孔子觉得奇怪，问道：

“几位不远千里而来，是找我的吗？”

其中一位洋客恭谨地回答说：“晚辈们正是来给您拜寿。”一面说，一面躬身下拜，要行大礼。

孔子觉得一惊。怎么？这些洋客怎么把华夏语说得这么的字正腔圆？连本国学生都分不清的ㄓㄔㄕ，ㄗㄘㄙ，他们都说得这么标准呢？一面想，一面起身回礼，延请他们入座。他们脱鞋，上了榻榻米，再拜入座，执礼甚恭。顺序递上名帖，一个个自我介绍，说：“我们是来自欧洲和美国，因为久慕中华文化的博大精深，特别负笈来学。现在我们有了语言基础，恳请夫子收我们作为门徒。”

孔子沉吟片刻，说：“你们要跟我学什么呢？难道没听说，我这里因为升学率太差，门徒都散去了吗？”

洋学生展颜一笑，说：“我们岂是来升学的呢？夫子大概有所不知，我们在敝国都已大学毕业，只为看出敝国的工商虽然发达，论起礼义和为人之道，可差得太远。所以千里迢迢，来到贵国，只望学一些诗书礼易的学问和孝悌忠信的为人之道。不瞒您说，我们去年就曾在黎明四点多钟，冒着秋雨，走路赶到您的寿堂去参加大典。不但是为给您拜寿，而且也是要亲眼看到八佾舞于庭的周礼，听听雅乐，学学应对进退的规矩。敝国的小子‘狂简’，打起字来，虽也斐然成章，但不知所以裁之，这叫志大才疏，多半是由于教化不够，心浮气躁，一味追求新奇，不懂得‘君子务本，本立而道生’的至理。科学虽然发达，人际关系却处不好，所以大家都很痛苦。”

孔子对着这几个碧眼金发的洋学生看了又看，说道：“以前我的教育方法，是让学生们先学诗经，一面研习礼仪，然后才进一步教他们修齐治平的大道理，找出他们各人的性向，因材施教。现在你们来自外国，在日常生活里，未受过我们文化的薰陶，我得先听听你们的志向。”

洋学生彼此看了看，说：“听说您的学生曾子撰过一本孝经。开宗明义是，夫孝，德之本也。我们想要把它学回去致用，让敝邦子弟也能入则孝，出则悌，谨而信，泛爱众，而亲仁，行有余力，才去学文。又听您说过，‘听讼吾犹人也，必也使无讼乎’的话。想知道，怎么能够无讼。一个社会，怎能不兴讼而得到公理呢？还有，我们近年来的音乐，除了专讲男贪女爱的郑卫之音以外，其他的音乐也太多北鄙杀伐之声而不能致中和。很想学学您所说的‘移风易俗，莫善于乐’的韶乐。”

“还听说，中国的民间艺术里，都有忠孝节义的为人道理，不像我们西方的文艺作品，连神仙都彼此杀来杀去，没有伦常观念。现在更是大家都只提倡‘好色’，说这是新潮，而不提倡‘好德’，说这是迂腐。在我们那样的社会里，每个人都很不安全，所以想到贵国来学学修身齐家之道。”

孔子听着，简直不相信自己的耳朵，问这些洋学生说：“你们是外国人，怎么居然懂得这么多呢？”

洋学生一面谦称不敢，一面把堆在玄关的书，一叠一叠地捧了上来给夫子过目。

夫子一看，真是洋洋大观。他们把所有旧书摊上没人要的中国典籍、章回说部、鼓儿词，都搜集来了。

其中一个学生红着脸说："我们只存了两年的学费，买不起新书，只好天天跑旧书摊。我们的时间有限，不敢浪费，所以平常一天到晚，除了睡觉，都在看书，只有星期周末，去弹琴唱歌和游泳。"

孔子叹道："唉，你们倒真是合乎志于道、据于德、依于仁、游于艺的为士之道了。这样吧！正好我的学生一个一个都转到保证升学的补习班去了。我们就从今天开始上课吧！我的宗旨一向是'有教无类'，不论你们是哪国的人，都一视同仁。"

于是，孔子的杏坛上，不再有忙着拼联考的华夏学子，而进进出出的都是些抱着"朝闻道，夕死可矣"的决心，远道而来的洋学生。

不过，最近听说，又开始有些中国学生在孔子门外探头探脑，彼此传说，现在洋人都在向孔子学诗学礼了，说不定这正是"诗礼"将要"流行"的先兆。又天天在门外听见洋学生弹古筝、唱古诗，心中有点惶惶然，恐怕将来恢复留考的时候，会加上这一门。其中有个学生脑筋动得快，跑到水源地，找到正在游泳的曾点，说当年孔子曾经称赞他的生活态度，一定可以在孔子面前说得上话，拜托曾点有空向孔子说个人情，允许他第一个回到班上来补习诗礼，死背几首音乐歌谱的考古题，以后考留考的时候，就可以抢先过关了。

庄周梦"钱"

庄周这几天有点心神不定，只因惠施一天到晚和他辩论"钱"的问题。

依惠施的说法，你尽管师法自然，以天地为庐，实际上，一日三餐，遮风蔽雨，生活所必需，你还是少不了的。再说，物价节节上涨，货币贬值，是经济发展的正常现象，你做漆园吏的那点薪水，只有越来越跟不上物价。何况这年头，大家生活富裕，个个鲜衣华服，你一个人成天地说"情愿曳尾于泥涂中"也不是个办法。不说别的，我惠施如果不是看在老友分上，也不愿意和你来往，怕人家笑我交的朋友不正常嘛！

庄子当然是抱定他一贯的主张，相信人必须忘毁誉、忘利害、外生死、忘是非，鱼儿必须“相忘于江湖”，连自己的身心也忘得一干二净，还在乎什么钱不钱呢？

可是惠施不理庄子这一套，说他那“外死生，无终始”的论调并不彻底，否则为什么当年楚王派人礼聘他去做官，他说情愿做个“曳尾于泥涂中的乌龟而不愿被人剥了龟甲，用锦绣包着去供在太庙里”呢？还不是为了要活着而不愿死去吗？

庄子向来辩不过惠施，他倒不觉得那是因为自己的理由不充足，而是因为他不赞成辩论。因为他知道“彼亦一是非，此亦一是非”，你觉得对的，他不一定觉得对，各种道理适合各种不同的情况。“辩也者，有不见也”，他觉得惠子是见不到他所持的理由，多说也是枉然。但是惠子偏就是喜欢来提出反面的意见，使他不胜其烦。

像这几天，惠施不断地跑来向他游说，劝他把现住的这所小破房抵押掉，弄点钱来投资房地产。“别看你的房子破，地皮可值钱啦！为什么不知道运用呢？将来有建设公司和你合建的时候，再把它赎回来，你就发财啦！假如你承认那神龟不愿被人剥了龟甲，供在庙里，而情愿拖着尾巴活在泥涂中是生物的天性，你就知道人的天性里，还有喜欢改善生活的一面。否则我们从古到今，就不会有越来越好的房子和越来越漂亮的衣服，你这个喜欢旅行的人，也只好永远跋山涉水地步行了。要改善生活，不就得先会赚钱吗？你说什么叫‘顺应自然’呢？”

庄子不为所动，嘲笑惠子说：“你这是小知不及大知，小年不及大年。你只看到眼前的一点，怎么就判断这是自然而不是‘反自然’呢？再说，你又不是我，你怎么知道我不认为步行比坐飞机好呢？”

惠施说：“好，现在让我们从头说起。你可别忘了你当年在《逍遥游》里开宗明义，就歌颂鹏飞九万里。而且说，‘风之积也不厚，则其负大翼也无力。’你真是有先见之明。现在的巨无霸客机不正是你当年所想的那个大鹏吗？当你在地面上以每小时四公里的速度跋涉，走一天也到不了桃园机场的时候，飞机早已横越太平洋，到了美洲，看过了半个地球啦！那飞机上的人也会笑你‘朝菌不知晦朔，蟪蛄不知春秋’，一生一世，也见不了多少世面呢！你从前笑我说，‘天下没有“今日适越而昔至”的事’。你再看看现在的交通，你‘今天’下午启程去美国，经过换日线，‘今天’上午你就到啦！”

庄子看见钓竿上的浮标一动，心知是有鱼儿上钩了。一面收钓线，一面说：“算啦！大和小是相对的。我不是早就说过吗？‘天下莫大于秋毫之末，而泰山为小’，全看你站在哪个角度去看啦！你觉得巨无霸飞机很大吗？怎么我从地上仰头望去，它那么小呢？你岂能知道我所看到的蜂窝蚁冢不比在巨无霸上看地面的高楼华厦还大呢？”

庄子说完，自愿把钓上来的鲦鱼放回水中，看它任性适意地游去，不再理会惠施的唠叨了。

可是，日之所思，仍然变成了夜之所梦。

庄子被惠子的一番诡辩，说得心中失去了云影天光，做梦的时候，就没再梦见自己是一只翩然飞舞的蝴蝶，而梦见自己忽然听了惠施的活，把现住的小破房连地皮抵押了 50 万，然后提着钱袋，到处看房子去了。

天气很热，因任自然的庄子既不坐车，又不打伞，就凭着步行，来到了房地产增值最快的台北市区。抬头看，只见巨厦连云，按着报纸上所登出来的地址东找西找，走了好久，才来到这处刚要动工的新厦工地。找到接待中心，售屋小姐就带他去看样品屋，一面讲解格局、方向、建坪大小，一面指着说明书，说，这里用的是日本三菱的电梯，屋间里面铺的是菲律宾木的地板，厨房是罗马地砖，浴室是美国标准牌卫生设备，客厅贴的是英国壁纸，壁橱上装的是法国明镜。庄周不大明白这些东西要费多少事才可以从那么远的地方运来，只问一共要多少钱，回答说是 250 万。

庄子连忙摇头，说，不行，不行，我只有 50 万，焉能买这么贵的房子？售屋小姐说，这很简单，你只要先缴 5 万的订约金，然后再缴第一期款 15 万。以后分期交款，每一层楼板完成才付一次钱，自备款只有 30%，另外 70%是长期贷款，不用急啦！

庄周一想，也对，如果不这么折腾一下，自己原来这 50 万怎么能变成 250 万呢？就选了一个向南的六楼，交了订约金，高高兴兴地往回走。忽然一想，不对呀！以后把这 50 万交完了，拿什么继续交呢？何况这 50 万每月还得付银行 4、5 千块的利息，自己的薪水也才万把块钱，这一想，急出了一身冷汗，忙找惠施来商量。惠施说，庄兄你也真是迂腐！谁让你一期一期地付到房子盖好啊！现在物价涨得这么快，一转眼，这房子就可以涨上半倍，你一面缴钱，一面看风色，价钱一涨到相当程度，你就转手。50 万，连本带利，都可以回来，还可以赚上二三十万。然后你再去订别的房子，等过个五六个月，再把它转手，就可以赚四五十万啦！要不怎么叫做‘炒房地产’呢？你得不停地翻腾，才有钱赚啊！

庄周既然已经做开了头，也只得一不做，二不休啦！取消了在漆树荫下沉思默想的闲情，天天一有空，就打开报纸，看房地产广告。一面留神什么地方有新社区开工推出的，一面自己也登广告，待价出让自己现在订的，借隔壁小店的电话联络，一有人来问，就带着主顾跑工地。好在惠施的看法不错，房价真是涨得飞快。第一栋房子转手赚了钱之后，第二栋房子跟着也赚了。庄周看见自己鲜衣华服，房了也装修了，车子也有了。生意做顺了手，订一户房子已经不过瘾，而是只要有新推出的房子就抢订个三四户，反正银行也跑熟啦，也懂得怎样找亲友邀会做本钱啦！这才明白，做“买卖”真有乐趣。“买卖”者，“买”了“卖”，“卖”了“买”之谓也。财源滚滚而来，又滚滚“投资”而去。“投资”的意思，是不把任何的钱留在手上，庄子有了这番了悟，再去抬头看街上那“钱咬钱”，“钱滚钱”的招贴，报上那“挖金”、“掘宝”的“吆喝”，不但不再觉得刺眼，反而觉得那都是对着他念的喜歌，说的吉利话啦！

当庄周买下了十户即将完工的大厦，眼看着立刻转手就赚之时，自己就开了建设公司，在自己的地皮上计划兴建十二层的大楼了。地皮是早就赚回来的，也早就增值啦！现在可以自地自建，找银行办了贷款，买了建材，准备大展鸿图。

就在一切筹备就绪，广告也登了，地基也挖了，只等客户的钞票源源送到，大赚特赚的时候，忽然消息传来说，“不得了啦！世界石油不仅大量减产，而且油源立刻就要涸竭。”人们奔走相告，不由你不相信啊！本来嘛！石油是经过了几十万年的变化，才慢慢形成的。从一九三〇年以来，全球人类就都争着挥霍石油，否则就被认为不够资格做个已开发国家。可没有人去想，那石油哪里来得及补充再生啊！原来科学家还预测说，再过二十年，石油才会慢慢用光的，没想到这么快就光啦！没石油，就没电，就没自来水，其他像电梯、冷气、电灯、电冰箱……一概要停摆。大厦靠的就是这些，没有这些可怎么住呢？于是，那些没买大厦的纷纷庆幸，自己还有机会住在平地上，靠阳光照明，到附近河边或是凿个井，汲水来喝，用不着提着水桶，摸黑爬十二楼。于是，庄子的大厦就没有人问津啦！眼看着大笔的钱都压在那里，银行还有一千万的贷款，朋友们的会钱还有三百万没清，开出去的支票，纷纷到期，急得庄周天天顶着太阳去求亲告友，赶三点半。车子也卖啦！房子也押掉啦！鞋也不知跑破了几双。到处找专家辟谣，说石油绝对不会那么快就用光，不必杞人忧天，可是大家还是观望。

这天，庄周正在走投无路、满街乱转的时候，忽然迎面有人朝他打招呼。

庄子抬头一看，原来是南海和北海的儵、忽二帝，连忙问候。二帝对庄子仔细看了又看，说：“唉呀！你这气色不对呀！”庄子叹道：“唉！不瞒你们二位，我近来正是为轧头寸在疲于奔命，气色一定是不对的啦！”二帝说：“难怪！难怪！我们一眼就看出来啦！你这气色就正像我们当年给那没有七窍的‘浑沌先生’凿了七窍的时候一样。在他浑沌未开，耳目不聪之时，根本看不见这世界是什么样子，单凭想象，倒也没什么物欲和杂念。偏偏我们可怜他太不通人情世故，怕他跟不上那一日千里的时代，就好心地给他开了七窍。每天开一窍，希望他每天多了解一点现实真相，以便多学一点适应环境之道。哪知开到了第七天，他就死啦！你现在的气色，就正像他那时候一模一样。庄周啊！一定是有人教给你怎样在这工商业社会学赚钱了吧？”

庄周一听，大惊失色，忙说：“糟了！糟了！你们二位说得一点也不错。二位先生，请救命啊！”

儵、忽二帝叹道：“唉！你岂不知道，我们久已是飘游于世外的冷眼旁观者了，是只会看，不会治的啊！再说，你一向也并不在乎生死，说那只不过是‘假于异物，托于同体’的‘物化’罢了，有什么可紧张的呢？”

庄周急得大叫：“你们不会治病，借我一笔钱，应付今天的票据也好啊！怎么还说风凉话呢？”

二帝摇头不语，悠悠忽忽地驾云而去。

庄周伸手想拉住他们的衣角，一把没拉住，扑倒在地，大哭而醒。睁眼四下一看，哪里有什么大厦地基、银行票据？原来自己在漆树下睡了一夜，做了一个大梦。擦干了眼泪，坐起身来，掸掸衣服，见自己仍然是那破衣褛衫的老样子。不远处，那祖传的小屋还是原封不动地歪在田边。一只蝴蝶，翩翩地在小野花旁边飞舞。小溪潺潺的在屋后奔流。早晨的阳光照着田畦里青青的蔬菜，几只母鸡在草地上带着小鸡，咕咕咕咕的啄小虫吃。

庄周长长地舒了一口气，伸了个懒腰，站起来，一面原地跑步做早操，一面自言自语地说：“这可真是‘梦哭泣者，旦而田猎’，等一下要找惠施钓鱼去，顺便跟他算账！”

名利竟如何

现代人总是匆匆忙忙。这种匆忙，并不仅是为了忙生计、创事业、服务人群，或达成理想。现代人的忙，另有两种不同的心情。

这两种不同的心情，一是大家以忙为荣，觉得它是成功和受欢迎的象征。一是大家以忙来换取一份心理上的安全感，因为现代生活经不起投闲置散。一个人，一旦投闲置散，就会被社会所遗忘，而感到孤立无援的恐惧。

现代人讲竞争，而竞争的对象却就是自己同类的“人”。因此，人们心中明明白白，既然你生而必须与“人”竞争，又焉能希望在必要的时候，会有“人”来“帮助”你？“人情薄”乃是人类自己所造成，没有理由去抱怨。

也就因为这个缘故，现代人乃不得不把一切希望与安全感，都寄托于金钱。

多有一分积蓄，多有一分保障。

然则，这样的生活，岂不冰冷与孤单？

在无止境的追求物质满足的情形之下，人们是越来越觉得只有值“钱”的东西才有“价值”。生活中充满了财货，把一切可以欣赏的东西，都以金钱的价值去衡量，而心中充满了拥有之欲。于是：

高楼华厦反映在路人的心中不是连云的巍峨壮观；而是是否可以再增值的价钱上的评估，和自己是否有能力去拥有的忖度。基于这种评估与忖度，衷心所思所想，就只是如何去求得更多的钱的欲望，和对自己目前所有，永不满足的贬抑感。

山间、水畔、田野、林中，反映在游人心里，不再是令人心旷神怡的美景，而是这一带是否已经重划，是否已经增值，当初自己如果买下，将有多少收益，如今是否有力再买……的懊丧与奢求所交缠而成的困恼心情。一心所盘算的是自己既有的东西之不足，和所欲拥有的东西之可羡，这种永不满足的欲望，使原已相当富有的人都会感到沮丧；使一心追求财富的人永远因为有更多的拥有之欲而觉得自己贫穷。山水林泉因而失去了它们引人欣赏的魅力，变成了招人艳羡、必欲买入囊中，使它“增值”而后快的诱惑。使游山玩水的人，带着满脑的“如何取得所有权状”的问号，一路埋头盘算着金钱数字，闷闷地回家。

和朋友相聚的时候，内心也盘算着商场的动态，询问业务的电话跟踪而至，因此无心畅谈。在这样的时间即金钱的生活里，人们希望每一段时间的支出，都必随带着要有收入，才算合理的投资。和朋友相聚要花时间，但如果对方是可以使你在金钱上有收益的，那就另当别论。因此，现代能谈心的朋友尽管不多，藉应酬谈生意或拉交情的宴会可并不少。所付出的酒席钱与时间都只是本钱，利润是早已计算过，必可以收到的。大家相聚，彼此都会因此而间接的有利可图，能有这种作用的人，才有资格成为座上客。

那么，“门外山、湖上酒、林下叟”，“闲中自有闲中友”的生活情调呢？那“松花酿酒，春水煎茶”的悠闲心情呢？忙碌的现代人，当“寒夜客来”时，大概只有是“我倦欲眠君且去”，“有什么事，先打个电话联络”再说吧！

像这样的生活内容，又怎怪得别人届时也只看金钱，不谈友情？

我不是说金钱不重要；更不是说，物质生活的改善不必追求。而是说，要如何使自己做一个生活有格调的快乐的“有钱人”，是取得富裕生活条件之后的另一个新的课题。

有人说：“当物质生活艰苦贫乏的时候，人们只得谈精神上的飘逸，来作为解救和渡过难关的一份力量。”

其实，当一个人的物质生活非常富有的时候，仍然需要精神上的飘逸，来使它平衡。

物质上的富足如果没有精神上的飘逸来使它平衡，势必使人们只知一味地追求金钱，为使生活的每一分秒都能化为金钱，而对一切都失去了欣赏的心情，人生将会变得乏味而低俗。

如果一个没钱的人不快乐的原因，是因为自己所拥有的太少；那么，一个有钱的人是不是也在对自己所拥有的永不满足或失去了兴趣而不快乐？

如果是，那么我们就知道，在金钱的条件之外，一定还要有另一种东西，使我们过得快乐。这种东西简单说来，就是一种“欣赏之情”。

金钱如果可以买到令你欣赏而使你安享的东西，那你就是金钱的主人，才有资格去追求金钱。相反的，金钱如果只一味的使你感到奔劳、沮丧和不足，那你就是金钱的奴隶，就没有资格去追求金钱。

一个人，如果发现自己的金钱所买来的不是快乐，而是不断的恐惧和患得患失，经常觉得自己所买到的东西会在更值钱的东西面前黯然失色，而使自己感到不如别人，不够富足，那就证明他所需要的不是更多的钱，而是一种凌驾于金钱之上，超然于物欲之外的智慧。这智慧，就是对世界的一份欣赏之情。

南宋词人辛稼轩有一首《鹧鸪天》，其中有句说：

“……冲急雨，趁斜阳，山围细路转微茫。倦途却被行人笑，只为林泉有底忙。”

“为林泉”而“忙”，是一份雅人深致，是在鲜衣华服、功成名就之外的一份欣赏世界的智慧。

培养这份智慧，就是教育上所说的美育。

有了这份对世界的欣赏之情，才会使一个人在任何情形之下，都感到富足。当能拥有金钱的时候，不做金钱的奴隶；而仍保有“冲急雨，趁斜阳”而“奔向林泉”的闲情逸致，才不会陷于永无止境的追求物欲的轮回，终生埋头在金钱营求之中，而不见天日。也才不会为贫穷或偶尔的金钱损失而沮丧、绝望，失去了生存的热情。

名利竟如何
岁月蹉跎
几番风雨几晴和
愁水愁风愁不尽
总是南柯

这诗句，不是落魄寒士自我解嘲的风凉话；是清朝诗书画三绝的大名家，乾隆元年进士，官拜潍县知县，功成名就的郑板桥的作品。所表现的正是一种不使自己沉迷于名利得失的透达，何等的飘潇自在!

这境界，也正是有了丰富的物质生活，却避免不了“高血压”的现代人，所当追求的一个境界。

* * *

金钱的好处应该是使人活得更为自由，但通常我们所看到的，都是在有了钱之后，想去赚更多的钱，为惟恐失去既有的钱继续奔走钻营，而失去了海阔天空的心境。

* * *

一个王子常会为没有机会过无拘无束的生活，而感到苦恼。许多有钱的人活得苦恼，也是因为他们不知道在适当的时候，与金钱和平共处，给自己保留一分无拘无束的快乐。

* * *

刚好够用，略有积蓄，不虞匮乏，是最适当的财富。人们过分经营的心理因素有二，一是贪欲；一是恐惧。贪欲是希求更多；恐惧是唯恐失去。

* * *

金钱是现代生活所必需，但是，只有当你能使自己保有一些不必和金钱有关，而全然是为了志趣和感情的活动时，你才会从中发现最大的自由，也才使你的金钱发挥了最大的效益。

* * *

金钱是一种最大的诱惑，许多人为了它而忘记或歪曲了自己原先纯正的目的，而做起不忠于自己原则的事。结果不但使自己放弃理想，而且也会因此导致失败。

* * *

金钱的诱惑经常使一个有创造力的人降低了原先的品质。甚至完全为了金钱而放弃了原有的志向，中途改道，最后不知所终地消失。

* * *

尽管在现代世界里，一切艺术都难免成为商品；但是，在创作的时候，却绝对不能存有商业的动机，否则，格调就降低了。对其他一切工作，也是如此。

* * *

终日奔忙，分秒必争，固然值得敬佩，但也要看他所忙的是否有价值的工作。娱乐固然是精神的调剂，但也要看是什么样的娱乐。这两者，都需要一种选择力：

* * *

选择力来自欣赏力。你欣赏哪一类的工作，决定你的前程和生活层次。你欣赏哪一类的娱乐，决定你的苦乐安危和生活的格调。

* * *

在忙碌与奔劳的生活中，我们要能了解自己是在“为工作、为事业”，还是“为名心、为利欲”。有人忙来忙去，只是为了名利。有人所忙的是除了为生活之外，还能充分发挥自己的天赋，对社会人众有所贡献。目的不同，心情也就不同。前者烦热，后者清凉。

* * *

为了生活而辛劳，是每人应尽的责任，是件光荣的事。能使这忙碌有利于社会人群，那就更是心安理得。

* * *

如果你为工作而工作，金钱会因工作的成就自动的来临。如果你为金钱而钻营，你可能会得到金钱而失去了工作，最后也会因为不再有可靠的工作而失去了金钱。

谈“气质”

气质是很抽象的东西，但是，它给人的印象却非常明显。时常我们会发现某个女孩子很有韵味，或某个男孩子很够潇洒，这韵味与潇洒之美就是来自所谓的“气质”。气质并不专指好的一面。当然也有平凡、低俗、粗鲁的气质。

气质虽然包括衣着与修饰方面的格调，但这格调却无疑的是来自内在。

因为它不是毫无主见的模拟，而是通过个人的选择与认定。这种对美的选择与认定的能力来自三个主要的途径：

一、来自知识，它所形成的是一种“知识美”。当然，读书是求知的主要方法，但不能只读死书，而不关心日常生活中的知识。一个人的知识美要能表现出丰富与灵活。它不能只来自书本，而更要来自常识，来自对活的、进行着的、大家所关心的事物的了解。一个学富五车而从来不看电影不听戏，对娱乐界动态一无所知的人，或许值得尊敬，但却难免令人厌倦。所以，除了书本上的东西之外，你不但要知道太空人登月的经过，也要知道披头与嬉皮的来源和他们的影响。除了你专攻的学问之外，你的知识范围，应包括：大至世界大事，小至一个电影明星的自杀，时装的概念，受欢迎的电视影片的内容，以及诸如此类的大小各事，这种书本上的专门知识与平凡常识的综合，才可以构成一种丰富而又灵活的知识美，也才可以对你的气质有所帮助。

二、来自品德，它所形成的是一种“品德美”。善良的心地，宽大的襟怀，光明平和的处世态度，待人谦虚而有自信，积极向上而不嫉妒倾轧，欣赏别人的美点而不自卑，了解自己的长处而不嚣张，勇于负责而不跋扈。这种优良的品德会形成一个人雍容大雅的气质，有这种气质的人自然举止从容，态度大方，而有一种安详高雅之美。

三、来自艺术修养与对自然的欣赏，它所形成的是一种“艺术美”。艺术修养关乎一个人的气质比前两者更为重要。你不一定要使自己成为艺术家，但你一定要有足够水准的欣赏力，你应该知道哪一类画是美的，哪一类的古物是值得欣赏和珍贵的，哪一类的音乐是好的，为什么大自然是胜过人工造作的。由于你有了这份欣赏力，你才会知道某些举止是高雅的，某些举止是粗俗的；某些化妆是高级的，某些化妆是低级的；某些衣服是美的，某些衣服是难看的，某些人的言谈动作是可以仿效的，某些人的言谈动作是不足取法的。有了这份鉴赏力，你才有选择力，才有取舍的标准，你才懂得朝哪个方向去琢磨自己，才懂得什么标准是你所要达到的。这是艺术修养，也是帮助你形成高雅气质的最重要的因素。

一个人的选择力可以决定一个人的格调，也可以决定他的生活范围和他的前程。所以培养选择力在教育过程中是很重要的。知识的多寡、品德的好坏、鉴赏力的高低，决定一个人的选择力，也决定一个人的风格。以一个女孩子来说，她选择什么样的衣服、什么样的装饰品、梳什么样的发型，都要靠她自己的品评力去决定。因此，粗俗与高雅，立刻可由她的服饰上看得出来。所谓的外在美，事实上也并不是单纯的外在，而是由内在美发挥出来，是由内在的格调所造成的。

因此我们可以说，气质是来自内在，表现于外的就是我们通常所说的“风度”。风度不是造作而来的。事实上，如果你先有了好的内在，你越是真诚，就越有良好的风度。

究竟自己的气质如何？可以在平时加以测验。

当你逛橱窗的时候，你注意什么呢？是书本？是金饰？是廉价的时装？是简单大方的成衣？你喜欢看哪一类的课外书籍？你喜欢听什么音乐，喜欢哪一类的歌？你喜欢交哪一类的朋友？在同学中，你所认识的人，或你所知道的电影明星、世界名人之中，你认为谁的气质最好？你最希望自己像谁？当你想要享受一点属于自己的时间，你做什么？

外出的话，你喜欢去咖啡馆？还是去音乐会？博物馆？林间山上？海滨？你的选择，就是你的爱好。你的爱好构成你的风格。

这些答案的综合，就是你气质的雅俗。

* * *

气质之美与其说是来自内心的修养，不如说它是来自一种对美好事物的欣赏能力。这份欣赏力就使一个人的言谈举止不同流俗。

* * *

美好的气质是来自真诚，“造作”永不会产生美感。

* * *

对一项事业或艺术全心全意地爱好，全心全力地去经营或耕耘，这都是一种真诚。凡是心无旁骛，不存杂念的真诚，都能产生美好。

* * *

生活格调的高雅与低俗之间，最大的分别是，能不能看到物质享用之外的美好世界。

* * *

如果一个人只以为金钱利益是毕生所要追求的东西，他的生活格调就难免低俗。

*　*　*

金钱的用处第一应该是给我们带来精神上的更多的自由；第二应该是帮我们做到更多有益社会人群的事。有人为了金钱而使自己成为守财奴或终生为金钱去疲于奔命，那他就是没有享到金钱所能带给他的自由；又有人一生赚了雄厚的资财，却舍不得拿出一文钱来为社会谋取福利，那他就是没有享到金钱所能带给他的尊贵。

*　*　*

真诚是使一个人伟大的最基本的力量，它使一个人的缺点或过失也变为值得原谅。

*　*　*

一个人如果过分的没有缺点，反而不一定真诚。

*　*　*

真诚加上善意，就是值得崇敬的“完美”。

*　*　*

能在精神上尽量摆脱太多的物欲和得失心，就可以体会到什么是“洒脱”和“飘逸”。

*　*　*

生活态度上的“飘逸”来自不受物欲牵绊的自然和纯真。它使你不受世俗的约束，也不侵犯别人，而能心安理得，我行我素，是最容易得到也最可爱的一种自由。

*　*　*

几乎每一个人都喜欢“诗情画意”。但诗情画意最基本的元素是什么呢？仔细想想，即可知道！它们无非是属于自然界的变化罢了。春夏秋冬，早午晚夜、风霜雨雪、鸟语虫鸣、山林江海，种种的自然现象与景观，都是诗情画意的来源。你欣赏这些，是因为你欣赏大自然，它是我们生命的所寄，因此能感动和安慰我们。

* * *

最高境界的艺术常会有宗教上的效果，给人带来性灵的提升和精神上的导引，慰藉在俗世奔忙中的灵魂上的枯竭。

* * *

春天的美是蓬勃奋发，秋天的美是明净高爽。我们希望在个人气质上，能昂扬进取如春之朝气，也能潇洒飘逸如秋之超然。

武侠小说中的“武”与“侠”

我小时候，看过不少的武侠小说。第一本叫作《少年立志》。它大概是一本很不流行的书，不像《小五义》、《七侠五义》、《七剑十三侠》那么在武侠小说中有名和有地位，但它却是导引我看武侠小说的一本“启蒙”书。详细内容现在是忘记了，但很记得其中描写那位投师学艺的少年，说他“太阳凸着，眼睛努着”，以表示他身体结实，精神饱满。然后形容他不近女色，说他“也并不是躲着不看”，而是神态自若。接着就是写他练功夫，是先用两根筷子夹苍蝇，再练用一根筷子打苍蝇。后来他当然是成了武林高手，但究竟怎样高法，却是忘了。

这大概是专写给少年看的一本正派的、有教育意义的武侠小说。

其实，过去的很多武侠小说也都是写除暴安良、邪不侵正的。所塑造出来的英雄侠客，他们的行径也都足以导引人们向往正途，鄙弃邪恶。

前些年，武侠小说曾受人们指责，认为它们远离现实，荒诞不经。又因为经由武侠小说中的故事所绘制的连环图画，曾使年纪小的学生读了之后，兴起入山访道的念头，听说有因此离家出走，迷失山中，发生意外的，因此引起了学校和学生家长们对这类书籍的戒心。

那一阵子的武侠小说，是否真有那么大的“魔力”，我因为没看过，不敢说。过去的武侠小说中，虽也都有入山访道的事，但未听说我当年的同学或玩伴中，有人因此离家出走。而且我今天回想起来，它们相当的具有社会教育的功能。其中故事赏善罚恶，是非分明。所塑造的侠客，足以做为高尚人格的典范。家长也不禁止我们看那些线装的古典武侠。因为那些书中的侠客所标榜的，并不是好勇斗狠与暴力，而是明礼仪、知廉耻，有为有守的品德。他们的特色不只是“武”，而更是“侠”。

所谓的“侠义作风”，大致说来，包括有：堂堂正正，顶天立地，大公无私，见义勇为，明理守法，功成不居，飘潇自适，种种的美德与风骨。侠客们所练就的一身武功，并不是帮他们争强斗胜，而是让他们替天行道。“天”代表着公理与正义，所谓“天理昭彰”，武侠小说中的人物多用二分法，为的是便于表达“善恶到头终有报”的真理。不过，“天”也是仁慈而不利己的，因为它“衣养万物而不为主”，“赏罚”的目的是善意的，所以不主张暴力与报复，而主张“放下屠刀，立地成佛”。因此武侠小说中的“弃暗投明”受到鼓励。

武侠小说中的侠客，大致具有以下几个特点：

一、投师学艺的时候非常虔诚，他们所投之师，不但武艺高超，而且具有不凡的人品与风骨。由于他们知道武艺不可轻易授人，怕的是被品行不端的人学去之后，为虎添翼，成为社会之害。所以通常在这些小说里，我们所看到的“投师学艺”，越是武艺超群的名师，越是“真人不露相”，装出“你认错人了”的模样，而必须对方再三请求，表示诚意，经过严峻的拒绝而仍坚定不移，并且确实是个可造之材的时候，才勉强点头答应。

二、武艺的传授和人格的培育并重，当学成之时，徒弟想要下山，师父却是表现得万般无奈，极不放心，惟恐这徒弟下山之后，用所学之艺去作恶。千叮万嘱之余，老师日后多半仍会在暗中监视徒弟的为人行事。如有危难，会来相救；如有不轨行为，老师也不惜对他施以严惩，甚至杀之以绝后患。由这里，我们也可看出，中国武艺的传授，老师时常是不得不“留下一手”，以保持日后对作恶的徒弟的控制。可能也因为如此，国术才会渐渐失传。这虽然是国术的损失，却也说明我国武术传习的目的是助人为善，而不是助人为恶。如果一个有武功在身的人而品行不良，那就是武功的罪恶和师门的奇耻大辱了。

三、同样是有武艺在身的人，武侠小说却把他们分成明显的品流。行为光明正大的是侠客、义士；行为卑琐低下的是所谓“下三流”，来表明品德的重要。

四、武侠小说中有所谓“义贼”，偷富济穷，被侠客发现之后，受了侠客的人格感召，也会“弃暗投明”。

五、侠客义士不但武艺高强，疾恶如仇，而且大多被形容为“不近女色”。武侠小说中的故事，除了惩恶人之外，最常受惩罚的就是贪淫好色之徒。大概每一部武侠小说中都会有“采花淫贼”和“花花太岁”之类，受到侠客的严厉制裁。

六、有些武侠的“武”，只限于人力所可达到的范围。有些武侠则另有一个更高层次的所谓剑仙，或塑造出超乎人类体能范围之外的高强的本领。所谓“得异人传授”，经过特殊的修炼，有超人的武功。有时也出现僧人和道士，这些僧人和道士的武艺，多半比俗人高强，甚至会些“法术”。有些僧道也会品行不良，出来做恶。他们的法术就成了“妖术邪法”。最后会在众侠客与剑仙的合作之下，把他们制服。有些剑仙很像今日的科幻小说，可以遥控仙剑，在空中较量。很显然的，这种过分超出现实可能范围之外的情节，并不像那些能够“剑及履及”的侠客之受人景仰与崇服。

七、武侠小说里的僧人与道士也分好坏两类。好僧人是得道高僧，坏僧人则被称之为“贼秃”。好道士是一尘不染的“仙长”，坏道士则是“妖道”。武侠小说的作者一字之褒与一字之贬，活画出善恶正邪的分野，所发挥的社教功能也非常显著。

八、武侠小说中的侠客并不轻易动武。迫不得已时，也要先“让对方三招”，以示动武一事，在任何人，都不应是“出于自愿”。

九、武侠小说中的侠客，常以“客串”的身份为官府做事。各种公案小说，都是这个类型。说明他们与官府立场一致的“守法”精神。

十、武侠小说里，第一流的侠客，多是独往独来。虽然重义气，善与人交，但是，“四海之内皆兄弟”，大家一视同仁，并不集结党羽，形成势力。一方面，这是形容他们艺高人胆大，不屑倚靠人多势众；再者也说明这是一种人格上的洒脱，自己凭良知做事，见义勇为，功成身退，无须以武艺与功绩去互相标榜或自我矜夸。所以，武侠小说中的侠客，越是隐名的越是受人喜爱；越是不留踪迹无处寻访的，越是令人向慕。而他们自己，一袭简单的行囊，飘然来去，不受功名利禄与人际关系的牵绊，真是在“以出世的精神，做入世的事业”。

综合以上各点，我们可以发现，武侠小说所塑造的侠客，有以下几种特色：

一、在人品上，他们是儒家的。忠于国，孝于父母，友爱于兄弟，信义于朋友。

二、在行为上，他们是墨家的。所谓“摩顶放踵利天下”，百分之百的不计个人得失。

三、在精神上，他们是道家的，卓然不群，十分飘逸。淡泊名利，不受物欲与人情之任何牵累。因此，洒然清脱，不求“利己”，而能集中精神，全心全意去“利天下”。

四、武侠小说中的“闯荡江湖”，行侠作义，是侠客行为，而啸聚山林，打家劫舍，则是匪盗之流。两者之间的不同，在行径上来分，是聚众与不聚众；在格调上分，是“利己与不利己”，武林聚义，虽有时也是盛事，但真正令人衷心激赏的，还是那在众人皆束手无策之际，千钧一发之时，飘然而至，一语解纷争，杯酒释前嫌的真正品格高超、令人心悦诚服的“大侠”。

大怒与小怒

发怒，通常被认为是缺少修养的表现，但是认真说来，怒也是人类情绪之一种，只不过有些怒该发，有些怒不该发而已。

我想，我们可以把该发之怒称为“大”怒；不该发之怒称为“小”怒。“大”怒是大公无私之怒，“小”怒是有私无公之怒。两者有境界高下的不同。

岳飞的《满江红》，“怒发冲冠凭栏处，潇潇雨歇”，是气贯长虹的名句。外侮当前，家国不保。登临纵目，但见烽火狼烟，生灵涂炭，又焉得不兴起“壮志饥餐胡虏肉，笑谈渴饮匈奴血”的慷慨悲歌！

这是大将的壮怀激烈之怒。

这是怒，是“大”怒。是为国忘私的怒，是义薄云天的怒。是一团正气，使强虏闻声丧胆的怒。这样的怒是“震”怒，是气吞河岳、名垂千古的英雄之怒。

文天祥的过零丁洋诗：“人生自古谁无死，留取丹心照汗青。”是对侵略者和卖国求荣之辈的唾弃。临死时，在衣带中留句说：“孔曰成仁，孟曰取义，惟其义尽，所以仁至。读圣贤书，所学何事，而今而后，庶几无愧。”大节凛然，令人不敢逼视。是万古不朽的忠臣之怒。

三国演义描写蜀汉大将张翼德，当阳桥上一声怒吼，吓退了敌兵。常山赵子龙截江夺阿斗，把自身生死置之度外。这是勇士们赤胆忠心之怒。

弥衡击鼓，怒骂曹操，怒得有声有色，使一代奸雄为之心折，这是有所不为的狂士之怒。

一九二五年五月三十日，英国巡捕在上海公共租界屠杀我国同胞。一九二八年五月三日；日本人在济南展开大屠杀，是令人发指的“五卅”和“五三”两大惨案。全民为之大怒，奋起高呼“我同胞们我同胞，大家要齐心!”促成了全国学生的大团结。这是保国卫民、同仇敌忾之怒。

一九三一年九月十八日，日本入侵东北，全国民众一致震怒，同声喝问：“中华锦绣江山谁是主人翁!”女青年也亢声响应：“慢道巾帼无能，木兰犹从戎!”全国青年发出的同声怒吼，表现在激昂的歌声之中，大家高唱“直冲敌人巢穴，冲敌人巢穴，败贼子，永固我边疆!”及“敌军虽如铜墙铁壁坚，不捣黄龙府，决不贪生还!”

我们要有这样的怒。

我们要在该怒的时候，毫不妥协的怒。

一九四一年十二月八日，日本偷袭珍珠港，激怒了美国，挥军反击，誓雪此恨，终使当年自命不可一世的“皇军”伏地乞降，成为阶下囚。这是维护正义之师对无理取闹的幺幺小丑的勃然之怒。由于怒得有理，所以大军一发，所向披靡，获得了全胜。

人遇到该怒之事，不能不怒。因为怒是对正义的维护。是对真理的仗义执言。是有所不为的耿介，是威武不屈的操守，是“舍我其谁”的担当。是要争个水落石出的坚定。“敢怒”是一种胆气，是力的所由生。

遇有该怒之事，不能缺少怒的胆气。

所谓修养，不是指该怒而不怒。该怒而不怒是懦夫、是乡愿。其结果会使是非混淆，真理不彰。掩盖了正义，使天下变成正邪不分、忠奸莫辨，是非不明，失去了善恶的准绳。

该怒之怒是“大怒”。是为“大是非”、“大荣辱”而怒。是为普天下该怒之人而怒，不是为个人得失恩怨而怒。

为个人得失恩怨而怒，是“小怒”。是为小是非、私利益，为个人荣辱而怒，小怒多是意气用事之怒，其心理背景不外乎“面子”和“利益”。故“小怒”也可称之为卑微琐屑、胸襟狭窄之怒。

常见二人为琐事口角，双方唇枪舌箭，各不相让。实际所争的不过芝麻绿豆，鸡毛蒜皮。也常见有人在朋友面前滔滔不绝、口若悬河地剖白自己，诋毁别人，直说得天昏地暗，日色无光。目的无非是希望朋友相信自己之是和对方之非；自己之善和对方之恶。局外人从旁听来，充耳一片“我如何如何……”“他怎样怎样……”说者怒形于色，振振有词；听者却觉得一个人如此举动，不值一笑。

这是“小怒”，是小人物之怒，是气量狭小之怒。只因他是为小我的利益而怒，有己而无人。衷心所愿，无非是利己而损人。在夸夸其谈的时候，无论词锋何等锐利，给人的印象也只是自私和小量。

对喜欢发这种怒的人，最好有人能及时地给他一面镜子照照，使他蓦地看见自己指手画脚、怒形于色、有己无人的状貌，而凛然警觉：“哎呀！这人怎么如此丑恶?!”

为私利益、闲是非而怒形于色、滔滔争辩的人，在这样的一面镜子之前，保证可以不再觉得自己有那么理直气壮，而立刻把怒气收敛，恢复平和。

发“大怒”的人不怕这样的一面镜子。因为他们为天下之公理与正义而怒。他们越是震怒，其面貌越是一团正气；越是情绪激昂，其神态越是高不可攀。他们壮志凌霄，因而锐不可当。他们可以无言而雄辩，由于内心光明坦荡、大公无私，而自有一份凛凛然不可侵犯的威仪。

* * *

我们虽然应该使自己经常保持轻松愉快的心情，但是对生活、对事业，对人间，应保持相当的严肃。认真地面对事实，庄严地采取行动，不能轻佻，也不能玩世不恭。

* * *

我们每一个人的安全与福祉是包含在一切的循规蹈矩之中。

* * *

用庄严诚恳的态度面对人生，不仅是为了了解它的真义，也更是为了了解它的真趣。

百川汇海溯源头

闲时随便回想一下我国的诗、歌、文、史，竟发现其中精华的部分，或引发思想论述的起句，都在描写我国的山川。

举个最近在眼前的例子：“君不见，黄河之水天上来，奔流到海不复回……”这是李白的《将进酒》。

“明月出天山，苍茫云海间，长风几万里，吹度玉门开。”这是李白的《关山月》。

“石鱼湖，似洞庭，夏水欲满君山青。……”这是元结的《石鱼湖山醉歌》。

“渭城朝雨邑轻尘，客舍青青柳色新。……”这是王维的《送元二使安西》。

“大江东去浪淘尽，千古风流人物。……”这是苏东坡的《赤壁赋》。

孔子在川上说：“逝者如斯夫，不舍昼夜。”最能发人深省。

“环滁皆山也，其西南诸峰，林壑尤美。……”这是欧阳修的《醉翁亭记》。

“巍巍的钟山，巍巍的钟山，龙盘虎踞石头城……”这是流行歌《钟山春》。

我最幼小的时候，听高班的同学唱的一首写国家疆土的歌，有几句是：“北至大漠，南望雷琼，西临葱岭，东控东瀛。”以当时的年纪，连这句子的意思，甚至它所用的究竟是哪几个字都不知道，却只因它气势之雄浑，声音之宏壮，而把这四句歌牢记在心。年长后，忽然了悟它的内容，引起四顾苍茫的家国之思，常会因之而万感交集。

……

这些例子，俯拾即是，不胜枚举。

我国有名的诗歌，动人的论说，重要的哲学思想，都必与山川之雄伟壮丽，同时论列描述。作者自然而然，读者心领神会，已成为我国文化的一大特色。当任何一个中国人，想要表达他内心的感触时，总不由自主地要想到山川，引用到山川。

常有人问：你们中国文化的特色在哪里？

在想回答这个问题，而又一言难尽之余，我常用所想到的最简单的注解：

“我们文化的特色在山川。”

是我们雄伟的山川，广大的平原，塑造了我们的文化。这文化，是一种崇仰自然、爱好自然，也信奉自然的文化。它不是“听其自然”的消极；而是“因任自然”、“师法自然”的博大与飘逸。

这博大与飘逸，表现在儒家入世哲学上，是推己及人、不自私的恕道，是见利思义的操守。表现在道家的出世思想中，则是“天地与我并生，万物与我为一”的博大，和不以得失萦怀的洒脱。

长江与黄河二大河流，自青海巴颜喀喇山蜿蜒而下，横贯整个重要省份，汇集百川而东流入海，有时在山中迂回，有时在平野奔流。沿途美景奇观，亘古常在，单是长江三峡之险峻雄奇，就不知打动震慑过多少诗人墨客。不要说“两岸猿声啼不住，轻舟已过万重山”之轻捷，道出了诗仙李白对长江急流及沿途美景奇观的惊呼；刀兵烽火中心怀沉痛的杜甫诗句“即从巴峡穿巫峡，便下襄阳向洛阳”，也更使后人感受到长江天险的豪迈。战争小说里面，对山川的描述，也充满了诗一般的感情，“明修栈道，暗渡陈仓”的故事，不由自主地在笔下透露了四川山势的令人激赏，不由你不惊叹造化的鬼斧神工。

我国历来有名的散文与小说，都在事迹本身的述论之外，间接地传递了作者对所写主题之外的自然环境的感情。一部《三国演义》，在战争、计谋，等等情节紧凑的故事之外，竟然同时给读者留下了无数山川形胜的印象。使读者深刻地记得，那些大小战役，所发生的地理环境是何等的幽深古缈，或壮阔雄奇。从诸葛亮的隐居隆中，刘玄德三顾茅庐，所描绘的就不仅是故事，而是诗情，几个重要的战役，所留下来的重要标志，竟然都是响亮的地名——长坂坡、华容道、白帝城、五丈原，以至于赤壁鏖兵，六出祁山……故事的进展，一直伴随着山川。

《红楼梦》是一部以一个家族为背景的小说，除林黛玉由南方去北方贾府寄居，是一趟旅行之外，全书所写，都是荣宁二府。但就在这两个府邸之内，作者着笔之处，却都是园林之景，四时之景。大观园真是一个小型自然界的缩影。相信如果不是作者一面描写故事，一面描写园林，这部《红楼梦》绝无如此长远的感人之力和文学上如此不朽的价值。曹雪芹用散文来写人物故事，用诗来加强渲染四时景色与思想哲学，才形成《红楼梦》一书的多角度的灿烂与光华。

不但文学名著是如此，无数武侠小说、江湖传奇，更是一面写镖头、侠客的豪放生涯，一面写他们闯荡江湖的途中景色。“江湖”二字，实在是我国文学上最具特色与特性的一个名词。它言简意赅地表达了我们中国人心目中最理想的高士或豪杰们的行径。（这些高士或豪杰，绝不像西方的武士，在宫廷或堡垒中杀伐暗算。）他们行侠仗义，闯荡江湖，来去无牵无绊，不屑功名，不受利诱。他们的为人是“一团正气”。他们的生涯是四海为家，“餐风饮露”。而这些江湖侠客的生涯，极为广大的民众所喜爱与向往，说明我国人民对因任自然的道家情调和古道热肠、崇尚正义的儒家乃至墨家理想的巧妙的揉合。“江湖”二字的魔力，当是来自我国这些有名或无名的侠义小说作者们对山川的喜爱。而它们的存在与风行，正是因为作者与读者之间，在这一点上的密切的默契与共鸣。

道家思想是我国艺术的根基，也是除儒家之外的思想主流。几乎没有一个中国人不曾受过道家思想的浸染。或者，我们应该说，每一个中国人，天生都具备几分道家色彩，只是很少人意识到这一点而已。而道家思想的产生，可说正是由于我们有这样的山川，这样的平原，它们孕育出我们这样的中国人。这样的中国人，正如同那高不可攀的老子与庄子，一方面承认自己的渺小，渺小与鼠肝虫臂同为万物之一小枝节；一方面相信自己的博大，博大可以鹏飞九万里，其翼若垂天之云，博大到如同江海之无涯无际，可以为百谷之王。

因为我们了解自己的渺小，因此对尘间得失不致执著于一端。因为我们了解自己与天地自然同其博大而恒久，所以一切外来的侵侮无法从基本上将我们摇撼，反而终于会被我们所容纳，消化于无形。

中国人都有几分不计得失的“塞翁思想”，也都有几分独往独来的江湖客的飘潇。朱敦儒所写的：“飘潇我是孤飞雁，不共红尘结怨。”正是令每一个中国人看了由衷喜悦的一种生活情调。

这一世纪以来，虽然饱受西方物质第一、金钱至上的思想所震撼，而模仿追随之不暇；但我们深信，有数千年的文化根源，我们就是一定会把这西方思想的优点吸收消化，融入我们的传统精神，恢复百川汇海之平静与渊深。使我们的文化涵盖更加广阔，流传更将久远，影响力更为普被。

* * *

“泰山不让土壤，故能成其大，江海不择细流，故能就其深”，一个文化必要兼容并蓄，才能流传久远。若抱残守缺，故步自封，拒绝山泉雨水，不肯容纳沿途河溪，最后必然干涸。

* * *

“有容乃大”，能容纳中外古今各地的文化精华，把它消化，成为自己传统基础的一些营养，可以使我们的文化更加灿烂辉煌。在艺术方面，能不存门户之见，大量包容，再加以慎重的选择，去芜存精，而不失去自己传统的本色，才是发扬壮大的最佳途径。

* * *

离开了自己的传统，就失去了特色和立足点。我们所要求的进步，也是要在传统的基础上去求更新、求变化和求发展。新的东西之中，一定要有属于自己的特色，才有价值。

* * *

我国传统的艺术和西方最大的不同是，西方的艺术比较强调入世的热情，因此他们有先声夺人、令人激动的特色。我国传统的艺术比较倾向于出世的清凉，所以有使人心情宁静、悠然意远的效果。论冲力，西方或许略胜我们，论久远，我们大大胜过西方。

* * *

土地可以占领，文化却不能占领。土地可以掠夺，文化不能掠夺。文化上的掠夺会变成模仿，而它的结果却是同化。

历史上许多国家的覆亡，不是因为他们失去了自己的领土，而是因为他们没有足以坚定自己并同化别人的文化。

* * *

即使为了商业利益，也只有当我们的商品代表了自己国家文化特质的时候，才会在外销市场上独霸一方，不必担心被竞争者夺去。

从不屑言利到不“耻”言利

孟子如果在今天见了梁惠王，他还会劝梁惠王“何必曰利”吗？

如果孟子这样劝他，梁惠王还会接受吗？

孟子的一句“王何必曰利”，开宗明义，影响了中国人两千多年。这位亚圣似乎最怕大家言利，认为如果“上下交征利”，国家就危险了，如果大家不重“义”而只重“利”，人们就会彼此掠夺，“不夺不餍”了。

“鸡鸣而起，孳孳为善者，舜之徒也。鸡鸣而起，孳孳为利者，庶之徒也。欲知舜与庶之分，无他，利与义之间也。”

大家怕做孟子所说的“庶之徒”，所以不屑言利。

至圣先师孔子对“利”早已设防，他说：“富与贵是人之所欲也，不以其道得之，不处也。”又说：“君子喻于义，小人喻于利。”

大家怕做孔子所说的“小人”，因此耻于言利。

数千年来，全国上下，接受儒家的教训，使我们成为一个最怕谈钱的民族。

再加以道家“清风明月不用钱”的归返自然、不慕荣利的思想深入民间，使我们每一个人多多少少都沾上了几分飘然出尘的想法，唯恐受了金钱的污染而变“俗”。

当然，这种想法是非常超逸的，它也形成了我们民族的一种高不可攀的超逸的气质。

“能用钱打动的东西是有价的。”因此可以收买。

“不能用钱打动的东西是无价的。”因此高不可攀。

儒、道两家的思想在这一点上不谋而合，相辅相成。儒家给我们力量，道家给我们境界，使我们的民族真的做到了“富贵不能淫，贫贱不能移，威武不能屈”的无限的深度，在任何逆境（逆境总不可避免是贫穷的）也不会覆亡。而且使别的民族由非常纳闷而开始羡慕与倾服，往往在用武力侵略战胜了我们之后，反而虚心接受了我们的思想，以致被我们所同化。

市井小民由小说、戏曲之中，吸收了“不屑言利”的文化，他们不会引经据典，却会用最口语的说法来表达不屑言利的强者姿态与骄傲。南方有一句豪语：

“大叫三声不要钱，鬼也怕！”

可以说是金钱买不动志节的最响亮、最动人的一个注解。

但是，这种轻利的观念，也产生了一些副作用，它所形成的轻商的传统，使国人大部分对“利”之一字过分的规避，太缺少创造财富的能力与意愿，因而不易改善生活。尤其在西方物质文明强大的压力之下，我们这一套由农业社会发展出来的哲学思想，在“贫穷即是落后”的现代商业世界里，受到了严格的考验。

代表西方的美国，是个商业大国。他们善于经营的头脑，处处以利为先的观念，和我国传统的想法刚好是强烈的对比。最早使我们感到震撼的是一件小事：“儿子给父亲做事，还要钱吗?”而美国却就是这样一个“不管你是谁，我出力，你就得给钱”的国家。在我们中国人看来，那岂不是“唯利是图”? 但，美国却也是我们近年来一直在仿效的国家。他们创造财富的能力使他们成为世上的超级强国，不容讳言，事实胜于雄辩。

早年，有人就曾说过：“我们国家的贫弱，是受了轻商观念的影响。”

国内的忧国忧民之士，也发现富国裕民以对抗强权侵略的必要。于是开始发展经济，改善民生，有了今天我们有史以来最繁荣富庶的局面。民众也逐渐由“不屑言利”改变为“不耻言利”。许多文化界人士改行从商，或在正业之外附带经商的事例也随处可见，改变了大家对“利”望而却步的情形。

犹记得在观光护照开放以前，能顺利取得出境许可的，只有商人。许多人因此千方百计，由经商的朋友那里弄张聘函，把身份证职业栏改个“商”字，以便出国。当时这种由传统轻商，一下子变为商界先有特权的现象，曾使文化界人士大吃一惊，甚至觉得是一种耻辱。但情势已是如此发展，你不能否认是商业界打了先锋，奠下了小康的基础，逐渐厚殖了财富，如今大家才都可以有钱出外观光。而且国人在外购物手面之大，已经使外人对我们“刮目相看”，莫不承认“黄面孔的观光客是肯花钱的大主顾”。谁也不能否认自己在商人的领导之下，沾光受惠这一铁的事实。文化界人士纷纷用各种不同的方式从商，也就不足为奇了。

这是轻利观念的一大突破。

“轻利”，是儒家与道家数千年来所辛苦建立的一道维护品德的堤防。问题是，这道堤防，会不会由于观念的突破，而有了溃决之虞？

如果这道堤防就此溃决了，有没有害处？

我不是卫道者，并不希望大家抱残守缺，不图更新。

我只是觉得，这世界上，如果大家都言利，而你一个人不言利；世界各国都言利，而你一国不言利，无疑的，会成为被剥夺者而无法立足。但如果人人言利，社会上充满着“孳孳为利”的“庶之徒”，大家都“后义而先利，不夺不餍”，恐怕也非社会之福。看看如今青少年抢夺之风，社会上为获利不择手段的各种有形无形的犯罪，以及严重的色情泛滥，仿佛看见那由堤防缺口涌进来的滚滚浊流，令人心慌不已。

要想及早堵塞这缺口，或疏导这浊流，有没有适当的方法呢？

西方的聪明人很多，可惜我未曾遍读西方哲人的大作。只得就我一个中国人所知的想来想去，竟然还是回到了“孔子适卫”。

《论语·子路篇》，孔子到卫国去，冉有驾车，看到卫国的人口够多了，冉有问孔子：“人口多了，该做些什么呢？”孔子说：“应该使人民生活富裕。”冉有又问：“既富矣，又何加焉？”当人民生活富裕了以后，还该做什么呢？孔子的回答是：“教之。”

原来儒家教训里的“不言利”，不但并非不想致富，而更认为为政的第一件事，就是先要使老百姓生活富裕，但是，紧接着在“既富矣”之后，就得“教之”了。

“教之”，教什么呢？

教“义利之辨”吧！

用“义”来平衡“利”所带来的副作用，使人们知道在什么情形之下要“见利思义”，就不致有像美国航空管制人员罔顾国家利益与大众安危而悍然罢工的事件发生了。

那么，什么时候开始教呢？

是从现在开始呢？还是等到美国人再一次问“为什么日本能而美国不能”的时候，我们再去追赶喊嚷说，日本的“能”原来是从中国抄去的呢？

* * *

我国传统文化最可贵的一点是“不以财富为荣，不以贫穷为耻”。贫穷而清高是一项冠冕，为我国历代成功者所乐于拥有。

* * *

一个高雅的民族，绝不是一个只会发财的民族。

* * *

一个社会发展的方向要看社会大众在重要关键的选择。而这选择力是来自观念，观念来自文化。

* * *

大众能有超乎金钱财富之上的选择，才是稳健的社会。

直线最短　事缓则圆

读高希均先生的文章，常使我觉得这时代是在另一个强烈的西潮冲击之下，好像要再经历一次胡适博士当年所带给中国的震撼与针砭。上次是文化，这次是经济（当然，经济也是另一项的文化）。

任何的冲击与震撼，都会使人为了要让自己站立得稳，必须起而抗衡。这是直觉的，也是必然的反应，与孰是孰非并无直接的关系。它是相互的考验，也是相互的质问，胡适的时代有许多的“卫道者”、“传统的信徒”在起而反抗。多年之后，证明他们双方都是不得不然的。胡适对新文化有功也有过，传统所维护的，正是后世证明“有过”的这一面。这说明，每个有见识的人都会见到事情的一些重点，也都可能忽略或故意忽略了事情的另一些重点。

古今中外所谓的“主张”或辩论，都难免为了维护自己，驳倒对方，而不知不觉地使自己退居一隅，只为了反驳而反驳，结果反而使自己失之于偏执。这是为什么《庄子·齐物论》中的“非辩”受人推崇。他的“彼亦一是非，此亦一是非”，“辩也者，有不见也”是最有效的清醒剂，说明是因为“有所不见”才有辩论。换句话说，如果见得周全，就不会有辩论了。

“不辩”是“扩大视野，见到全面”的开始。当有人问你“喜欢黑或喜欢白?”你也许会选择其中之一。但当他再问你“为什么喜欢黑而不喜欢白”或“为什么喜欢白而不喜欢黑”的时候，如果你只顾答辩你为什么喜欢这其中之一，你就落入了负隅顽抗的陷阱，而为这其中之一盲目地辩护起来。其实，你很可能是既喜欢黑，也喜欢白。也很可能是在某种情况之下喜欢黑，在另一种情况之下喜欢白。

辩论使你只顾输赢而忘却真理。

当高希均先生写“有什么比贪污更可怕”，认为“无效率”比贪污更可怕的时候，我很想反对，因为觉得他有维护贪污之嫌。后来我自己偶然和人谈起“光贪污、不做事”和“虽贪污，但总归做了事”这两者之间，我还是宁愿选择后者。这才忽然想到，没有效率而贪污，确实比有效率而贪污更加可怕（可恨），而庆幸自己当时没有起而辩论。因为这个话题如果辩论的话，说不定会成为“应不应该贪污”或“贪污与无效率孰佳”的不当有的辩论。它们原本都是坏事，所以你不能用辩论去把其中之一变成好事。就正如黑与白原本各有好处，你不能用辩论去把其中之一变成一无可取。

当年胡适博士和他的反对者们，如果今天都还健在，一定证明了他们各自主张的功过，和历史给他们的证言。胡适博士给时代建立了什么，失去了什么；他的反对者应该在哪些方面坚持己见，应该在哪些方面让步言和，如今都已经不辩自明。虽然说，历史的创造者使后人兜了好大的圈子，绕了许多远路，但这路是不得不绕的。绕路的原因是要改变、寻觅与探索，是使想要辩论的人们去亲眼见一见正反两面的道理。不绕路不足以更新，也不足以辨明方向。

十六期《天下杂志》，高希均先生写的“两点之间直线最短”，也使我想起了一个中国式的相反定理，传统中国人的说法是“事缓则圆”。

这两者，形成了很有趣的对比，使我想藉此来谈谈为什么西方人直来直去，而中国人打太极拳。

不过，我所谈的只是行为模式，与高先生文中所谈的经济问题无关。

中国人受儒家重伦理的影响，在处理问题的时候，比较长于“动之以情”，而拙于“喻之以理”。又因为中国历代不重法治，孔子所说的“听讼吾犹人也，必也使无讼乎”，是劝人和平相处；后世证明他这句话值得遵奉，是因为发现在不够法治的社会，兴讼的结果，常常是两败俱伤；官司不一定能够得直，反而劳神伤财更惹气。于是宁舍“对簿公堂”，而采“动之以情”的策略。当这种策略行得通的时候，人们所得到的虽然并不一定是道理上的胜利，却得到了感情上的平复，有了“化敌为友”的快乐。但是，在这样暂时搁下是非曲直而采迂回战术的同时，人们心情上的挫折感却无处发泄。于是常常会寄情于山水诗酒，去寻求“化解”与“消融”。这大概是中国人喜欢道家思想，或产生道家思想的一个最大的原动力。道家思想是事缓则圆的具体象征，它产生了许多使后人感到安慰的哲理，影响到中国的武术、中国的小说，也影响到中国的艺术。

当你在电视上刚看完了新闻报道中的西洋拳决赛，接着又看功夫影片的时候，最会感到这两者之间的不同。它是西方行为模式和中国行为模式的两个具体象征。

西方人做事，直来直去，力与理的成分远超过智与情的成分，所以他们的重量级不和轻量级、羽量级去比，因为不公平，而中国功夫不然，中国功夫不能靠分级去取胜（因为他们可能觉得那也是另一种的不公平，在真正有情况时，不会有人去为你们分级），所以中国功夫常常表现以弱胜强的奇迹。小说与戏剧里尤多这种以一个弱女子、幼童或老者，因为“功夫高强”而胜过关西大汉的情节。

当然，也许这些情节经不住好奇心重的人去求证。事实上，曾有一次，一位以会中国功夫著称的老先生，被一位想要求证的西方人，出其不意地一拳击倒在地，使他来不及采迂回战术；而许多以弱胜强的故事，也只是小说家言。但在真正用实际行动、广泛且认真地做进一步的求证之前，你也不能否定中国功夫确有这样的成就，不能以特殊情况或不成熟的事件去判断。我在这篇短文里所要说的“事缓则圆”，是说中国人这种行为模式的所由生和它的特色。

“事缓则圆”的行为模式是“绕道而行”，不走直线。是以回避困难的方式去达成目标。它并非降服于困难，而是不去与困难做正面冲突，以减少阻力，或使“阻力”对你疏于防范而致胜。这是“出其不意，攻其不备”的兵法，也是避免“坚毁锐挫”的道家哲学的实践。

使“阻力”疏于防范而达成目标的最佳成就是太极拳。

太极拳的动作是圆形动作。它的原理是“借力使力”，把对方攻击的力量改变为自己反击的力量。你用力打我，我不还击，反而闪避，结果使对方这一记直拳打空，而扑倒在地。我则不但毫发无伤，而且未曾使出分毫的力气。这是“闪”的战术，不是“攻”的战术。武侠小说里常把这种道家式的战术列为最后的胜利者，这种战术靠智谋，能够以弱胜强，以寡敌众，以无形胜有形，《孙子兵法》也说："兵无常势，水无常形。"想法来自道家，主张以智取，不以力敌，是道家"柔弱胜刚强"的哲理，也是使弱者取胜的合理的来由。

中国这个国家，战乱频仍而寿命绵长，百姓贫困而文化辉煌。细想其中原因，总不难发现这份不声不响的迂回之力和在败中求胜、辱中求荣，既无法在现实中求快乐，只得在精神上求恒久的阴柔坚忍之功。当一记西洋拳把你打倒在地，对方带着胜利的狂喜，在喝彩声中走了，却不知中国功夫还会有诈败拖刀之计，在后面等着呢！等你走了之后，他又站起来了。中国人常是这样，"别急，别急，你先胜了我再胜"，而使人莫测高深。

实际的中国功夫和西洋拳对阵的擂台，大家还没见过，究竟胜负谁属也并不是问题的焦点，发展出西洋拳和中国功夫的历史源流和文化背景才是最重要的。这其中，有环境的因素，政治形态的因素；有适应不适应的问题，有长远不长远的问题。文化是个庞大的有机体，部分的反其道而行，会造成"断电"。改革所以必须顺方向去"修"，而很难逆方向去"改"。

当朋友们问起我："在你去过的许多国家中，你最喜欢哪个国家？"

我的回答经常是："我喜欢美国。"

"为什么呢？"

"因为美国给我的印象一目了然，明朗爽直，是非分明，十分省力，最好相处。"

匆忙的现代人，不愿采用曲折迂回的行为模式，因为它实在太累人了。可是，凭良心讲，我还是比较喜欢看"功夫"影片中所描写的那中国式的迂回谦退、"不争而善胜"的道家精神，而不喜欢看直来直去斗蛮力的西洋拳。

中国人的习性，总是喜欢像平剧舞台上的演员那样，在明明可以直接奔向目标的时候，跑的却是"圆场"。

* * *

当你经营事业得到了成功，金钱会自动地来临。那时，因为你的目标不在金钱，它的来临会给你意外的惊喜。你在耕耘的过程中，不会有患得患失之苦，而只有收获之乐。这才是金钱所能给人们的最有价值的快乐。

* * *

直接为了赚钱而赚钱，和由于创造了成功的事业而自然地得到了金钱，其间有层次与境界高下之不同。

中国式自由

中国人喜欢各管各，各自孤立，因此是“一盘散沙”。

前几年在台北演出的一部舞台剧《左邻右舍》，其中有一段对白，颂赞天上的星星，说：“它们各管各，各自发光，不侵犯别人，也不被侵犯，多好！”这真是中国人对“自由”二字最基本的想法。

“各管各，各自发光”，正是“一盘散沙”所具备的自由。

我们常用“一盘散沙”来责怪自己国家没有团结的力量，因此受列强的侵略。

但在另一方面，我们的历史却绵延了这么久，其间虽有多次的边患或异族入主中原，但它最后仍还原为“一个”中国，延续着一脉相承的文化，而且版图越来越大。“异族”也已成为中国的一分子。

最近美国总统里根在为旅居美国的华侨致“中国新年贺词”的时候，非常聪明巧妙地用了一个黄帝纪元。他说的是：“我祝贺你们黄帝纪元 4675 年的新年。”

一句简短的祝词中，道出了中国绵长的历史，其他一切也就尽在不言中了。

有四千多年、将近五千年历史的中国人，在西风东渐之前，所发展出来的文化，是一项非常独特的、诗人式的、极崇尚自由的文化。这种自由和西方那种与政治密切相关的自由却又不大相同。大部分中国人是情愿不理政治，或随时都表现出对“黄老之治”的向往，认为政府“无为”的时代是百姓最安乐的时代。

里根这位高年当选的美国总统，在他 1980 年当选前后，谈他对政治的抱负，也说过：“政府管得越少越好。”（Governing Best by Governing Least）也与中国的“无为而治”不谋而合。

我国最早的古诗《击壤歌》，产生在史称最民主自由的唐尧时代，清明的政治之下，人们对生活所歌颂的却是：

“日出而作，日入而息，凿井而饮，耕田而食，帝力于我何有哉。”

这首诗之所以流传，除因“帝尧之世，天下太和，百姓无事”，所以“有老人击壤而歌”之外，更重要的恐怕还是因为以后世世代代的人们都神往这样的一种简朴而无所求于人所形成的自由。我们也可以说，所有能够传诵不绝的诗，都是因为人们对它的喜爱，因此也清楚地显示了这四千多年来，中国人的人生观及政治观。

诗人式的中国人，相信越是无求于人越是自由。陶渊明不肯为五斗米折腰向乡里小儿，陆游有“卖鱼生怕近城门，况肯到红尘深处”的诗句。所发展出来的人生观，大致有两个重点：一是不肯心为形役，而重视精神生活，最怕物质牵绊；一是不肯陷入人间扰攘，而情愿遗世独立，避开人际关系的纠缠。因此，在精神上，中国人常是很出世的。

怕受物质牵绊，不耐人际关系的纠缠，形成中国人一种孤立的性格。我想，这大概是“一盘散沙”的民族性的最原始的原因。而这“一盘散沙”很可能并不是人们所认为的绝对的缺点。因为它在遭遇外侮时，会忽然团结起来。可能正因为这“一盘散沙”所爱的是自由，所以才情愿在平时做“散沙”。如果这自由受到威胁，他们会起而反抗。当这威胁解除时，它就又会回到“散沙”的状态。

中国人永远发展不出像日本人那样的“团结”。我们甚至嘲笑那种团结，觉得日本人那盲目随着团体跟进的行为是一种愚昧，是绝对的不自由，不聪明。而且那种杀气腾腾，只顾自己团结而排斥外人的行径，在中国人看来，是胸襟狭窄的岛国民族的缺点。日本人从唐朝学去很多，但绝未学到唐朝那博大恢宏、四海一家的气度。唐太宗贞观之治，华夏安宁，远戎宾服，唐太宗叮嘱臣下，要他们“视华夷一体，爱之如一”。这也就是我们至今仍在歌颂并引为自豪的“泱泱大国”的胸襟。

中国人对“胸襟”二字是十分重视的。觉得一个人，如果没有博大的胸襟，就不会有什么作为。国家更是如此。

这博大的胸襟，一盘散沙的个性，都是爱好自由的标志；也都是使“四夷”一旦“宾服”，就不想离去，而情愿加入这散沙，成为其中之一，使中国版图越来越大的一份吸力。

中国人的选择，时常不是“好不好”，而是“自由不自由”。如果不自由，再好我也不要。这种性格可以称之为“艺术的性格”。事实上，中国人给世人的印象也是这样的。日本人曾说我们是“文学民族”，也称我们为“诗国”。说明这正是我国文化的一个特色。

这“艺术性格”、“文学民族”的中国人，是爱自由爱到连金钱地位都不想要的。相信世上再没有另一个民族比中国人更懂得为什么要摆脱金钱，和为什么金钱曾使人失去自由。文人雅士固然非常懂得“镜湖元自属闲人，又何必官家赐与”或“诗万首，酒千觞，几曾着眼看侯王”的真义；民间通俗文学、广受大众欢迎的小说《济公传》里也有“一不积财，二不结怨，睡也安然，走也方便”的山歌。这类诗句反映出中国人普遍的心声，大家都很明白，物欲给人带来的不是自由而是羁绊。财富的好处和坏处经常是携手并肩而至。而人类天性中的贪欲，往往会由于财富的一次到临而变为不可遏止的继续追求，结果使自己陷入其中。所谓“人为财死，鸟为食亡”，是民间对财富最深切的体认。到了最后，难免为追求财富而作奸犯科，落入法网，失去自由。即使不致有如此可怕的后果，也必会被过多的财富所牵累，终日患得患失；或成为别人羡妒的对象，盗匪觊觎的焦点，以致“睡也不得安然，走也不能方便”了。

金钱给人约束，使人不得自由，金钱使人羡妒，引人钻营谋夺，导致人们滋生恶念，影响人格的正直与人际关系的真诚。因此中国人在诗画中所表达的大多是不必要求金钱富贵，以求得心灵的纯净与安宁。也唯有了解金钱富贵易于使人迷失，而知道摆脱它的诱惑，才可以得到真正心灵上的自由。《济公传》里另有诗句说：“贪利营谋满世间，怎如破衲道人闲，笼鸡有食汤锅近，野鹤无粮天地宽……”也具体地说出了一味追求私人财富所面临的危险。

中国的儒家与道家都以教人如何避免或摆脱“利”的诱惑为重点，历来中国教育也以祛除利欲为基本要义。孔子除正面地教人要“见得思义”以外，又以自己为例说：“饭蔬食饮水，曲肱而枕之，乐亦在其中矣。不义而富且贵，于我如浮云。”至于影响中国文学艺术最深远的道家，则更是要以使民众“不见可欲”来“使民心不乱”；用“不贵难得之货”，来“使民不为盗”。把

“利”直接地列为品德的敌人，澄明心境的破坏者了。

深受道家影响的古代诗人所流露的对金钱名位的淡泊更是俯拾即是。苏东坡的“长恨此身非我有，何时忘却营营”，辛弃疾的“富贵非吾事，归与白鸥盟”，白朴的“傲杀人间万户侯，不识字，烟波钓叟”，都给奔走钻营的人世间带来无穷的摆脱与清凉，也因为这种想法受到大众的喜爱，所以传诵不绝。

认为金钱能买到自由的人，是未曾正视古今因贪财而犯罪，以致成为阶下囚，饱尝铁窗之苦；或经济罪犯终日躲躲藏藏，寝不安席的实例；也未能了悟大富豪们为了保护财富，怕被周围环伺的亲朋晚辈所攫夺，以致深尝背腹受敌、四面楚歌之苦。至于大财阀身未死而子孙的产业争端已起；死后为财产纠纷无法出殡下葬的眼前实例也至为鲜明。只是仍有人未到身历其境、亲尝其苦的时候，总抱着自己可以是个例外的奢望而已。

诗人由于情感丰富，感觉锐敏，所以古今有很多诗句，表达了诗人们这方面的哲思，累积成为民间普遍赞同，乐于传递的具有中国特色的人生哲学。中国人是很透彻的。透彻到看穿了利的诱惑，也看穿了人际关系的不必过分执著。朱敦儒的词所说的“飘潇我是孤飞雁，不共红尘结怨”和《济公传》的“一不积财，二不结怨，睡也安然，走也方便”异曲同工，都说的是摆脱。摆脱金钱纠缠，也摆脱人际关系的牵绊。因为能摆脱，所以才有飘潇“孤飞”的自由。

中国人爱自由爱到极致，寂寞也成为一种令人向往的美。陆游词：“挥袖上西峰，孤绝去天无尺”，给人的感觉是无限的宽朗与自由，“孤绝”是不受牵绊的结果，让艺术性格的中国人选择的话，他是宁选“孤绝”之美的。

大家歌颂梅花，让我们来看看朱敦儒与陆游二位大诗人不谋而合，用同一个词牌“卜算子”所写的《咏梅》：

> 古涧一枝梅，免被园林锁，路远山深不怕寒，似共春相躲。幽思有谁知，托契都难可，独自风流独自香，明月来寻找。（朱敦儒）
>
> 驿外断桥边，寂寞开无主，已是黄昏独自愁，更着风和雨。无意苦争春，一任群芳妒，零落成泥碾作尘，只有香如故。（陆游）

中国人所爱的是这样一种非常个人的、孤傲的、没有人能把它夺去的自由。你让这样“零落成泥碾作尘，只有香如故”的中国人由衷地屈服，是不可能的。你要让这样情愿做“古涧一枝梅，免被园林锁”的中国人去仿效日本式的团结排外，以表示爱国，可能他们反而觉得那样的国没有什么可爱了。

“艺术性格”的、孤傲的中国人，各行其是，不知不觉地形成了这“一盘散沙”式的国家。世间许多事都有它好坏的两面，许多好处，同时也就是缺点，中国人缺少日本式的团结，德国式的规律，美国式的奔忙。林语堂先生在他的书里，称中国人为“大悠闲者”。这“大悠闲者”究竟给国家带来了多少福祉或灾祸，当然说来话长，但这“散沙”式的生活态度，各管各，不愿受财富与人际关系牵累的“中国式自由”，一定对很多外来者充满了神奇的吸力，因此情愿加入这散沙，来做其中的一分子。大家常说，中国文化有很独特的同化力，大概这“中国式的自由”也是其中重要的一个因素吧。

* * *

现代工商社会的人所缺少的，不是物质上的拥有，而是精神上的自由。

* * *

真正的财富是健康的身体、简单的生活和心情上的海阔天空。

* * *

如果有钱人不知道把钱用来购买“自由”，而只知去购买“拥有”，他将永远在比他拥有更多的人们面前感到自卑与沮丧，而不能享受“有钱”所能给他带来的宽裕与快乐。

* * *

金钱不能购买真诚，也不能购买安全感。误以为金钱可以带来自由的人，会意外地发现，有钱的结果是被自己的财富所囚禁。

中国式悠闲

见芳草
映萍芜
听松风
响寒芦
我则见
落照渔村
水接天隅
见一簇
帆归远浦
他每都是些
不识字的慵懒渔夫

——沈和

如果你在壁上悬挂这样一张横幅，当你偶然坐下来喝杯茶，一面无意间抬头读到它的时候，你会感到自己在这一瞬间是安全地降落，可以舒一口气，清凉一下了。

安闲感的产生，是因为发现生活可以降落到一个最单纯的起点。对于终日紧张的现代人来说，“落照渔村”、“帆归远浦”的画面是一副有效的清凉剂。它可以告诉你，人生不必是那么复杂的事，虽然在实际上，你总是不得不奔忙，但在灵魂的深处，如果能保存这一点小小的空间，有“落照渔村、水接天隅”的空阔，和“不识字的慵懒渔夫”的原始感，那就是你精神上的一副“降压剂”，刹时间，你抛下了千百种的烦虑，找回了本真。

如果你问，传统中国人的生活趣味和现代人有什么最大的不同？我想，其中之一大概是对“忙与闲”的看法之不同了。

近年来，常见学到了西方皮毛的知识分子提醒同胞，“你不要说你近来不忙，因为那会显得你没有苗头，被冷落。”我觉得，这是使我们近年来有很多人变成“无事忙”的重要原因。

中国人在基本上不喜欢“无事忙”。相反的，中国人越是事业上有成，越是书念得多的人，越使人觉得他悠闲。

这悠闲者的具体象征可以从平剧舞台上看到。舞台上的名儒、名将以至于为官退休或从商致富的员外，他们无论文武，都穿厚厚的粉底官靴，手中多半还拿把扇子。这样的造型，使他们走起路来迈着方步，手摇折扇的动作是一派悠闲。

戏台上的角色是经过了着意地刻划，以使他们具有“一望而知”的典型的性格。这些迈方步、手摇折扇的人物，代表着中国传统文武官员在人们心目中应有的形象。“成功者”应该是从不忙乱，也不紧张，永远神闲气定的。

文人如此，一流的武将也如此。

岳飞走方步，关公不但走方步，连眼睛都不轻易张开。诸葛亮是军师，当然更是“泰山崩于前而面不改色”，街亭失守，挥泪斩了马谡，仍然潇潇洒洒地“唱”完了空城计，赢得观众们永远的喝彩。

中国式的成功者，无论文武官商，都以这样的典型出现。如果忽然有一个摇折扇、穿官靴的人脚步踉跄，摇扇子的节奏紊乱，那说明这个人“乱了方寸”，“大事不好”，多半的剧情是，真正的大事不好了！

现实生活中的传统中国人也是如此。

饱读诗书的“成功者”们，都不会是“匆匆忙忙”的。“镇定从容”是中国人很崇尚的一种气质。因此，他们自幼就被朝这个方向训练。无论心里多么慌急，表现于外的都应该是“神闲气定”。

也就因为对这样一种气质的追求，中国人不大喜欢强调自己“忙”，因为那会使人觉得他是“心劳力绌”，不能应付裕如，所以才忙不过来了。相反的，如果他能够在悠闲中有效率，那才表示他对工作是何等的应付裕如。关公的“温酒斩华雄”之所以令人传诵就是这样的一例。中国武将或军师所讲求的是“谈笑用兵”，才显得出“艺高人胆大”。

所以这种中国式的悠闲决非懒散，而是一种高超。

《空城计》中有名的一段唱腔，诸葛亮自述：

“我本是，卧龙岗，散淡的人……”

掌声就由此而起。不仅是因为那老生唱得好，而是大家神往这“散淡”而能运筹帏帷、匡扶社稷的人。

司马懿大兵掩至，诸葛亮设空城计退敌，何等紧张！而他唱的却是：

“我正在城楼观山景，忽听得人马乱纷纷……”

镇定从容，一至于此。这是中国人最诚服的一种气质了。

《幽梦影》的作者张潮有警句说：

“人莫乐于闲，非无所事事之闲也。闲则能读书，闲则能交益友，闲则能饮酒，闲则能著书。天下之乐，孰大于是?”

我们远可以加上两句，“闲则能深谋远虑，制敌机先”，“闲则能了解商情远景，未雨绸缪，早为之计”。

文化，是悠闲的产物。也唯有在适当文化的陶融之下，人们才懂得什么是忙中之闲，所以张潮又说：

“能闲世人之所忙者，方能忙世人之所闲。”

“闲世人之所忙”，是一种“众醉独醒”的冷静，不盲目追赶跟从。因为能够冷眼旁观，所以能在众人所盲目奔逐的事物之外，看出被众人所忽略而实际却具有重要意义的该忙之事，去贡献一己之力，而有所建树。

“悠闲”的形成，有儒家的镇定，也有道家的飘潇。所追求的都是一种更深远、更宽广的精神内涵，使人不以小成而沾沾自喜；不以小败而不可终日。是先把一个人的胸襟扩展到尽可能的大，使他能够容纳一切的纷扰，包容一切的起伏，而不致举措失常。

“从容”二字是一种“见得了大场面”的风范，能够“不忙”而有效率，是更高一层的境界。为了表示自己能达到这境界，所以传统中国人并不把“忙”当作冠冕，而把“闲”看为是有修养的标志。

“悠闲”有它积极和消极的两面作用。

积极的作用是，以逸待劳，从事情的核心去着手而奏功。消极的作用是，它常使人得到精神上的舒解，了悟到无谓营求，紧张奔逐之不智。能欣赏自己少量的拥有，而有闲情放眼广大的世界。不必为自己所拥有，而等于为自己所拥有。陆游的诗句说得好：

轻舟八尺
低蓬三扉
占断苹洲烟雨
镜湖元自属闲人
又何必官家赐与

可不是吗？又何必一定要弄到所有权状，让自己既要费力经营，又要承担税赋呢？

“无多别业供王税，大半生涯在钓船”，是一种知足之足。一个人能抛开为让自己拥有大量资财而去奔走竞逐的念头之后，心头就可以清凉了。

也唯有当心头清凉的时候，智慧才可以出现。这时才会有高瞻远瞩的眼光，造福天下的胸襟，放开了个人的患得患失，于是心情悠闲而步伐稳定。

许多真正伟大的事业是由此而起步，由此而成功。

* * *

我国古代知识分子把大自然格外美化，把农村生活的美也加以艺术处理，虽然夸大了一些，但他们的目的，一是勿忘农村，二是勿忘大自然，使人不致迷于名利而扭曲了生命的价值。

* * *

《济公传》里有一首山歌，希望你也和我一样的喜欢它：

> “茅屋青山绿水边，往来年久自相便，数株红白桃李树，一片青黄菜麦田。竹榻夜移听雨坐，纸窗晴启看云眠。人生无事清闲好，得到清闲岂偶然。”

* * *

清闲不是懒散。它是由于日常的勤勉，脚踏实地，无愧于心，而得来的心情上的海阔天空。

* * *

所谓知足，并非不思进取，而是在努力耕耘之中不奢望，不贪欲。所谓欣赏，也不是无所事事，袖手旁观，而是对美好事物的一份重视和感激之情。由于知道自己是在认真的生活而产生的一种无愧于心的坦然，因而有余情去赞美这世界。

什么是“美育”

欣赏力的培养就是美育。

音乐之所以被古人认为能“移风易俗”，主要就是因为它能替人类发抒情感，宣泄苦闷，解除寂寞，表达欢乐与和谐；并且提高人类对“美”的欣赏力，使人的生活不致流于低俗和枯燥。

音乐如此，其他艺术也莫不如此，所以在艺术活动中，有人喜欢音乐，有人喜欢绘画与书法，有人喜欢诗文，也有人寄情园艺与大自然。

“寄情”的现代语就是“情感的寄托”。情感有寄托，就不容易被苦闷与焦虑所压倒，对生活中的压力会产生纾解与平衡的作用，减少精神上的病因和行动上的乖谬与暴戾。

国内由于近年来，各级学校太重视升学，许多术科的课程都被与升学考试有关的学科借去，以致和艺术有关的学习机会被剥夺，所培养出来的青少年缺少这方面的基础，对艺术也没有正确的观念。少数被家长认为有“天才”的儿童，被送去学音乐或美术，其目的却大部分是“将来可以成名”或“教琴可以赚钱”。功利的目的扭曲了艺术的精神。

或许，在大家一致汲汲营营、奔赴名利与时尚的这个社会里，我们谈什么属于精神层面的欣赏力已经不易被人们所接受；不过，值得追逐时尚的现代人重视或追求，而且是艺术所能提供的，仍有以下几点：

一、艺术是“浪漫”的源头。重视功利的现代人不见得会爱艺术，但对“浪漫”二字一定十分向往。要弄清楚的只是所谓“浪漫”并非一般人所以为的、乱搞男女关系的滥情。它是一种高尚的生活态度，意思是“不拘一格”、“不墨守成规旧矩”，而有超然的欣赏力与鉴别力。西方音乐、文学与绘画上的“浪漫派”，都是因为这些人有才华、能突破、能创新，才被冠以“浪漫派大师”之荣衔。因此，如果你希望在生活上能摆脱一些约束，在事业上能摆脱一些旧观念的纠缠，而想要有新的创意，闯出新的成就，你就要具备这份艺术上的“浪漫”。“艺术”可以使你有更高的欣赏力，也可以给你带来精神上的摆脱力。你不受世俗的约束，就能特立独行；你能特立独行，就会有与众不同的、独特的成就。贝多芬是音乐上的浪漫；石涛、八大山人是绘画上的浪漫；李白是诗上的浪漫；贝聿铭是建筑上的浪漫；里根是政治上的浪漫。他们有极高的才华，因此能驾驭传统，从中撷取精华，扬弃糟粕，加入自己不拘一格（浪漫）的梦想。

二、艺术是“气质”的元素。年轻一代常喜欢说：“某某人有气质。”其实，“气质”每个人都有。所谓“有气质”，应指的是“良好的气质”，而非“低俗的气质”。而良好气质的形成，所靠的却是艺术上的修养。所谓“腹有诗书气自华”，“诗书”其实就是广义的“艺术”。“腹有诗书”和“腹有音乐与美术”，以及“胸中自有丘壑”的人们，看事能超然，行事较飘逸，不斤斤计较得失恩怨。只因他们能看见更高贵的人生理想和更美好永恒的、宇宙万物活泼的生机。他们有高尚的欣赏力，因此有不同流俗的选择力，使他们无论在言行举止或衣着用品方面，都能高雅不俗。这是“气质”二字之所由生，和金钱财富并无任何瓜葛。

三、只知金钱财富而以此为荣，是谓“浊富”。“浊”就是“低俗的气质”。张潮警句说：“与其为浊富不如为清贫。”“清”就是“良好的气质”。“清”的来源是“可以不用金钱去购买光荣”。欲达到此目的，首先要有艺术的熏陶。真正爱好艺术与大自然的人，会了解“欣赏即是拥有”。“欣赏”是“无限”，“拥有”却是“有限”；“欣赏”只有快乐没有痛苦，“拥有”却难免有患得患失的紧张和“得陇望蜀”的贪欲所带来的不安与忧虑。有欣赏能力的人会用“万物静观皆自得”的心情去面对世间所有值得欣赏的东西——一首乐曲、一幅画、一件古物、一首诗、一片云、一脉山、一带溪流……他们知道，越是没有拥有的欲望，越是富有。而这富有却和金钱无关。

四、潇洒。现代人不一定重视欣赏力，却一定希望自己能够“很潇洒”。其实，“潇洒”是什么呢？简单说来，它不过就是“会欣赏，而又了解这欣赏的对象不必据为己有”的一种生活态度罢了。对自己认为美好可爱的东西，看过了，听过了，就此心满意足，十分快乐，可以一尘不染地飘然离去，这就是现代人最向往的“潇洒”。它不是一身“庞克”的那种自命潇洒，它是“挥一挥衣袖，不带走一片云彩”的清脱。

当一个人能领悟“欣赏而不必拥有”的时候，他就可以不去做财富的奴隶，他就可以“找到自己”而十分的“性格”。

当一个人可以不做财富的奴隶时，他就可以有更多的自由，对喜欢的事点头赞许；对看不上的事摇头拒绝。古人说是“无欲则刚”，我们应该可以更进一步地体会到“无欲则自由”。一个人，如果一直要求金钱，就不得不向打算用金钱收买他的人俯首帖耳，唯唯称是。

当你明白“欣赏即是拥有”的时候，你的家里就不会堆金积玉，或藏满了古董，害得你夜晚不敢熟睡，白天不敢出门，更别说逍逍遥遥去环游世界，享用你的财富了。

一位做古董生意发财致富的朋友，忽然对另一位朋友说：“我好羡慕你家里什么都没有，出去都不用锁门。”听来令人同情。

《济公传》里有几句山歌，值得现代沉迷功利的人慢慢体会。这山歌是：“一不积财，二不结怨，睡也安然，走也方便。”

济公是位僧人。在这一点上来说，真正的宗教也是最高层次的一种“艺术”。它让你有心情欣赏“扣户苍猿时献果，守门老鹤夜听经”，超然于物质欲望之上的生活境界。

什么是“美育?”大家对这问题或许不太有时间去深想，但它和一般人所以为的“现在我们已经有钱，可以谈美育了”，恰是相反的两极。

“美育”所要教你的，正是“能欣赏，却不必用钱去买来据为己有”的那种洒然清脱的心情。它直接的好处是：让你在有钱的时候不致成为“浊富”；在没钱的时候可以在物质上安于“清贫”，而精神上仍然十分富有。

* * *

唯有当我们对美好事物有欣赏之情的时候，才会觉得生活不是一连串奔波不停的竞赛，而有了与环境融洽相处的喜悦。

x x x

博物馆中的每一件古物都价值连城，有钱人家穷毕生之力，也许只能拥有一两件；而你只要懂得如何去博物馆做个由衷的欣赏者，它们就都属于你，而且比放在家中还更没有唯恐失去的恐惧。

从“衣食足”到“知荣辱”

如果说，“衣食足而后知荣辱”是一句真理，那么，我们现在应该是最“知荣辱”的时候，至少也应该是开始下决心，肯定“知荣辱”的时候。

我们已有了超过“衣食足”的财富，但这些财富并没有顺利地带领大家走向“知荣辱”的理想层次，反而是在泛滥成灾。人们的财富到达了一个“瓶颈”，挤在那里无从疏导，只得在同样的事情上重复花钱，而造成社会上许多畸形的现象。

以日常生活来说，衣着上有显著的浪费。成衣市场几乎每一个月就出现一波新的流行。大众也就认为所有的衣服都如同“免洗餐具”，用过就扔。因为它很快就会被新的流行所淘汰。

食的方面，餐馆竟然也如同时装，有流行与不流行之分，许多曾经鼎盛一时的餐馆，会因为“不再流行”而没落。宴客的人要时常更换新兴的、有气派的（或小而昂贵的）宴客场所，以表示得风气之先和在社交界的显赫。而被请的人也会以对方所选择的餐馆是否合乎新的流行层次，来判断这人是否仍能掌握这时代的脉搏，甚至以此来决定自己是否有兴趣应邀前往。

住的方面，房子不但已经成为一种投资赚钱的筹码，而且家中装潢陈设也力求豪华与流行。连大件家具也有理由不断的添换，使得所居住的空间日益拥挤，样样用品几乎都已超过了所需。

休闲活动更是从昔日简单的游山玩水做运动，进步到“不花钱不足显示高级与阔绰”。理发与沐浴等单纯的生活小事，也因为人们希望花钱享受，而发展为花样百出的新行业，甚至成为另一形式的“社交”场所。连喝茶、看书，也都为你提供了本来目的之外的享受。

钱多的结果，理发厅不专为理发，浴室不专为沐浴，宾馆不专为住宿，茶室不专为喝茶，球房不专为打球。这些让你在原来不必花钱，或只需花少量的钱即可做到的事情上去花大量的钱，其基本动力是色情的诱惑。在人们手中的钱多得不知如何是好，需要找些缺口让它去泛滥的情形之下，色情正好是满足了人们在衣食丰足之后的寻乐。于是，只见我们的社会上是“人欲横流”，而未见“衣食足”之后的“知荣辱”。

公家机关的预算，一方面到处仍在痛感不足，另一方面却又有像让学校试办自来水生饮，而又因为事实行不通，而把惊人数目的预算缴回国库的新闻。至于说，各机关时常为了要“消化预算”而在设备上做不必要的更换，却又有许多应该推动的工作因缺少预算而停滞不前。

这也就是说，社会大众的财富和国家的财富，在运用上都出现了瓶颈。

凡事出现瓶颈，就需要疏导。人们驾驭财富出现了瓶颈，当然也需要给财富找适当的出路。而我们发现，每当谈到这问题，大家就只认为这是经济学家或财经当局的事；所想要为大众筹谋的也都是如何把多余的钱去投资，而较少人想到再投资与再创造财富之后，如果人们仍然不知如何使金钱发挥正面的作用，问题是不是仍然存在。

从“衣食足”到“知荣辱”，似乎不是立即与直接的一条通路，它需要一个桥梁，让衣食足的人们能够通过这桥梁而到达一处宽朗舒适、和缓而有深度的新天地。这新天地，才是人们创造财富的真正内在的目的与需求。

人，先天上并不希望自己一直为财富奔走。人类创造财富的基本目的，是希望在为自己解决了衣食等现实问题之后，能获得免于被现实生活催迫的自由，而建立自己人格的尊严，促成自己理想中的生活新天地的实现。在这生活的新天地里，人们可以缓和下来，祛除为财富奔走时的紧张与因竞争而产生的对人间的敌意，使自己清醒而看到生命更庄严也更快乐的本旨，创造高层次的生活内涵。这是为什么，一个真正进步的社会，人们生活富裕，而心境平和，生活的步调沉稳而坚定，人与人之间有较好的、互相尊重的关系，摆脱了竞争的险恶，而产生了智慧与仁慈。大凡一个有悠久文化历史的国家，必定不会使民众一直在财富的竞逐上做无止境的攀援，而能有新的政策，广揽人才，把物质的财富用来创造精神上的财富。

物质财富不是人生的目的，而是创造美好人生的手段。工商业社会人们的痛苦是只以财富为荣，一味朝向这唯一的目标去追求与竞争。而当财富已失去了满足人们维持生活所需的意义之后，人们却因为没有别的目标，而仍然不得不去继续以追求财富为目标。这时，他会觉得自己被愚弄、被胁迫，身不由己，而对人生觉得痛苦与失望。

最近一期的《读者文摘》报导，日本人一味追求财富，却不知财富给他们自己带来的是什么，紧张竞逐变成了日本人的吗啡，“一到假日就受不了”（因为不知自己除了工作与金钱之外还有什么可以追求），认为“日本人赢得了世界却失去了自己”，因此导致精神上的病态，甚至自杀。

这事实说明，“财富＋财富＋财富”的日本，也并未达到人类追求财富的正确目标和理想的人生境界。

要使财富成为生命的助力而不致由于不会使用而造成人生的险路和社会的耻辱，需要一种教育。这教育，却并不是继续培养更多的博士、硕士，去满足人们的“知识欲”与“追逐狂”；而是要用来给民众建立人生的理想境界，使大众能认识财富之外的快乐，财富之外的自由，以及财富之外的尊贵，不再只以为“钱最多就最快乐”或“只有花钱去买”才能得到快乐，而使人能从物欲的征逐与压迫中得到释放。

唐朝贞观之治，唐太宗在教育民众面对财富方面，把握住两个重点，一是“俭约”，一是“守礼”。他用道家“不贵难得之货”和“不见可欲”来“使民心不乱”，给日后的唐朝诗人奠立了歌颂自然，用道家的飘逸来美化人生的基石。同时也用儒家的“礼”来树立荣誉的指标，俭约为荣，奢靡为辱；守礼为荣，无礼为辱。规定生活礼仪，服装形制，使人民遵守。为了把政策落实在日常生活，规定“自王公以下，第宅车服，婚嫁丧葬，准品秩，不合服用者，一律禁断”。民间因为有规范可循，而能以守礼为荣，于是形成了当时“民间风俗简朴，衣无锦绣，而财帛富饶”，建立了良好的社会秩序。（按：日本受唐朝影响，至今仍然在传统服装方面，非常考究年龄、身份与场合）。

历史上的治世，必有严谨而鲜明的“礼仪”来代表“国威”，也必同时发扬了超越财富之上的俭约沉稳，恢宏大度的民风来代表“国格”。民众在物质享用上有节制，精神生活上有内涵，所谓“礼以禁其奢，乐以防其佚”。用现代语来说，“礼”是德育，“乐”是美育，古今同然。这也正是我们今天“衣食足”和“知荣辱”之间所要积极搭建的桥梁吧？

* * *

欣赏是一种艺术品味，你喜欢哪一个层次，说明你的格调与内涵。

* * *

唯有当我们对天然美好事物有欣赏之情时，才会觉得生活不是一连串奔波不停的竞赛，而有了与环境融洽相处的喜悦。

妇女的形象代表国家

如果我说妇女的形象代表着国家的形象，不知大家有没有异议。

大致说来，美国妇女有活泼外向、勤劳节俭的特色。她们到老也不放弃化妆与服饰上的花红柳绿，她们到老也不肯让自己“认老服输”去安享清福。她们用钱极有分寸，痛恨浪费与懒惰，不但能使自己衣履鲜明，更把家庭布置得令全世界人们为之羡慕。商业大国的民风由于妇女们的节俭勤劳，追求完美和荣誉，而显得非常淳朴。尽管这些年，新一代的美国人兴起许多歪风，但似乎都敌不过美国传统保守的威力，不久就都自动地销声匿迹，美国大部分妇女对传统美德的执著，功不可没。

日本妇女虽然以柔顺闻名于世，但实际上，她们有非常刚烈的一面。平时，她们柔若无骨，但当她们的忍耐达到一定限度时，那反弹力却也十分可怖。《蝴蝶夫人》歌剧虽是一个故事，但日本妇女自杀或用极凄厉的方式，扼刀杀人的胆量和决心，则绝对不只是故事。这种柔极而刚、物极必反的反弹力，所说明的是，日本这个国家，多礼到让人穷于应付的程度，但这种种的“多礼”，所为的还是他们自己的尊严，和他们内在的刚烈正是十分的一致。

从美国到欧洲去旅行的人会发现，这两边的妇女在气质上很不相同。特别是年纪大的妇女，在年轻时的优雅之外，加上了年长之后的沉稳。她们不像美国妇女，在鲜亮的衣饰下面，总给人“胼手胝足”的感觉，欧洲妇女却非如此。她们给人的感觉比较悠闲，年老的妇女能够顺乎自然，使自己朴质无华，流露出一种对生活与对年纪的自信。不必倚赖外在的装扮，也不必再终年奔波劳碌，而可以受到应得的尊重。那种来自天然的安全感，相当令人羡慕。也显示出欧洲国家那由历史与文化所凝聚而成的从容与稳重，给人神闲气定的感觉。

妇女的形象反映一个国家的形象，与音乐反映民风是同一道理。大体上，我们或可做如下的观察与印证：

妇女们如果蓬头粗服，劳累紧张，神情沮丧，显示这社会是动荡不安而贫穷。

妇女们如果奢侈浪费，好逸恶劳，显示这社会缺乏目标，教育有偏差，而家庭中的问题正在层出不穷。

妇女们如果勤奋积极，整洁明朗，显示这社会的运转灵活，生产力强大，结构紧凑，步调迅速，是正在进步之中。

妇女们如果轻浮淫荡，没有妇德，显示这社会是堕落而污秽，人欲横流，罪案丛生，而下一代正在受害之中，包括品德与健康的瓦解，与国本的动摇。

男人们的堕落往往是由于妇女们的品德不修。如果妇女不给男性以可乘之机，男性会被迫敛束。

如果一个社会“笑娼不笑贫”，这社会可以清洁。由清洁而保持健康，由健康而产生财富，这种财富才可以用到正途，而保持恒久。

如果一个社会“笑贫不笑娼”，妇女们争相仿效，用身体去“创造财富”，则这个社会肮脏，男性随之堕落，家庭解体，财富与罪恶携手而至，也将与罪恶互为祸源。妇女成为残花败柳，社会失去健康与朝气，而病毒丛生，使外人掩鼻而过，避而远之。

清洁是一种自尊，一种荣耀。不仅环境的清洁是清洁，心与身的清洁更是清洁。这种清洁，绝不是豪华的建筑装潢，与日新月异的服饰所可点缀，它所需要的是自尊与自重，是洗尽铅华之后的纯朴与健康。

如果妇女们贪财，男性们就难以抗拒金钱的诱惑，贪污就由于有幕后的催迫而大行其道，不义之财就可以找到门路去消化。妇女们如果能够安贫守分，男性们就不必为了金钱而不择手段，因为男性的钱大部分都花给女人。一个国家的妇女廉洁自守，男性就容易维持品行端方。

勤俭有德的妇女会显现出衣着上的文雅大方，而塑造出国家文化深远，脚步从容，尊贵自信的形象。

有什么样的妇女就有什么样的国家，妇女们如果崇洋忘本，也显示国家缺少自信。

在这个意义上，妇女似应“优先”负责，不可小看了自己。

也许你要问，以台北来说，我们现在中国妇女的形象又是如何呢?

在我看来，我们现在可以大略分为三种层面：一种是保存着传统固有的妇女形象，不求闻达，安分守己，在家相夫教子，充分付出，不问收获。她们衣着朴实保守，举止沉稳从容。

另一种层面的妇女是近年来在事业上建立了声望，得到了成就，有卓越贡献的妇女。她们精明能干，学识丰富，勇往直前。肩上多半挑着两副担子，责任感强烈，既不放弃事业，也不忽略家庭，她们衣着鲜明考究，举止敏捷迅速，做事明快果决。

还有一种层面的妇女，可以说是完全误解时髦与现代，借口为改善生活而付出自己，其实是或明或暗，在不同的层次，以不同的方式，凭交际，靠色相，谋取高级的衣着享受，而且以此为荣。她们的生活态度正如一股野火，在悄悄地延烧。没有人知道何时、何地、何人，会被她们夸张的衣饰和大胆的生活内容所污染。她们有时假艺术之名而行，混淆了社会的判断力；有时，她们是把色情宣传为艺术的某一批人的受害者；有时，她们自己制造的毒素贻害到别人。社会对她们要负责，她们对社会也要负责。但结果却是，谁也不去负责，这无人负责的“野火”相当令人引以为忧。

这三种现代女性，第一种是最该被尊敬、赞扬和鼓励的，社会有责任多多表扬她们，使她们的美德继续代表我们传统中国的一个形象。

第二种妇女是在近几十年的新思想、新潮流、新教育、新环境之下，所培养出来的天之骄子。当然，她们自己的努力功不可没。很可能，她们就是未来社会的中国新女性的目标，也正在以勇往直前的姿态加入男性们所开创的天地，塑造着新中国的形象。

最值得忧虑的当然是第三种。她们不是娼妓，不是交际花草。她们在表面上，往往只是一些来自不同阶层的一般妇女；而实际上，她们是社会之瘤，是精神与身体上双重的病媒，威胁着社会的治安和人心的纯净，更威胁着下一代的品质与安全。

我们曾为日本观光客称台湾为“男人的乐园”而大声抗议，但如何才能使这恶名从根本上消除，而不要真的让她们代表了社会的形象，这不是一个轻松的问题，它非常需要大家彻底地正视，严肃地面对。

在外人的心目中，究竟哪一个层面的妇女代表着我们社会的形象；要看是什么人在导引，什么人站在第一线去给外人建立印象。这一点，在这商业优先、金钱挂帅的时代里，是非常值得大家去正视的一个问题。